ॐ नमो भगवते वासुदेवाय

国家十二五重点出版项目

中国社会科学院创新工程学术出版资助项目

博伽梵往世书

BHĀGAVATA PURĀṆA

第十二卷 第九篇

维亚萨戴瓦 著
英文译著 A.C.巴克提韦丹塔·斯瓦米·帕布帕德
中文翻译 嘉娜娃

中国社会科学出版社

目　　录

第一章

苏丢么纳王变成女人

这一章描述的是苏丢么纳(Sudyumna)如何变成女人，外瓦斯瓦塔·玛努(Vaivasvata Manu)的王朝如何与来自月亮的王朝合并。

应帕瑞克西特王(Mahārāja Parīkṣit)的要求，舒卡戴瓦·哥斯瓦米(Śukadeva Gosvāmī)讲述了有关外瓦斯瓦塔·玛努的王朝，他前身是铎维达国(Draviḍa)的统治者萨提亚瓦塔(Satyavrata)王。舒卡戴瓦·哥斯瓦米在描述这个王朝时，也描述了至尊人格首神躺在毁灭之水中，从祂肚脐长出的一朵莲花上产出主布茹阿玛(Brahmā)。从主布茹阿玛心念产出玛瑞祺(Marīci)，玛瑞祺的一个儿子是喀夏帕(Kaśyapa)，喀夏帕与阿迪缇(Aditi)生了维瓦斯万(Vivasvān)。维瓦斯万与桑格雅(Saṁjñā)生了刷达戴瓦(Śrāddhadeva Manu)。刷达戴瓦的妻子刷妲(Śraddhā)产下依克施瓦库(Ikṣvāku)和尼日嘎(Nṛga)等十个儿子。

刷达戴瓦，也就是依克施瓦库王的父亲外瓦斯瓦塔·玛努，在生下依克施瓦库之前没儿子。凭借大圣人瓦希施塔(Vasiṣṭha)的恩惠，他举行了一个祭祀，以取悦弥陀(Mitra)和水神瓦茹纳(Varuṇa)。接着，尽管外瓦斯瓦塔想要一个儿子，但照他妻子的意愿，他得到了一个名叫伊拉(Ilā)的女儿。然而，玛努并不满意得到的是女儿。为满足玛努的愿望，伟大的圣人瓦希施塔为伊拉祈求，让她能被转变为一个男孩；至尊人格首神使他祈求的内容得以实现。结果，伊拉转变为一名年轻、俊美的男人，名叫苏丢么纳。

一天，苏丢么纳想要与他的大臣们一起去旅行。在苏梅茹(Sumeru)山脚下有座名叫苏库玛尔(Sukumāra)的森林，他们一旦进入那森林，就都转变成了女人。当帕瑞克西特王向舒卡戴瓦·哥斯瓦米询问有关这种转变的原因时，舒卡戴瓦·哥斯瓦米讲述苏丢么纳被转变为女人后，接受月亮的儿子布达(Budha)为丈夫，并有了个名叫菩茹尔瓦(Purūravā)的儿子。凭借主希瓦(Śiva)的恩典，苏丢么纳得到一个祝福，那就是：他今后将一个月当女人，一个月当男人，以此方式生活。这使他重新获得他的王国，并有了三个儿子。他的儿子分别名叫乌特喀拉(Utkala)、嘎亚(Gaya)和维玛拉(Vimala)，他们都十分虔诚。那之后，他将他的王国委托给菩茹尔瓦，自己则去过退出家庭生活(vānaprastha)的灵性生活。

第1节

श्रीराजोवाच
मन्वन्तराणि सर्वाणि त्वयोक्तानि श्रुतानि मे ।
वीर्याण्यनन्तवीर्यस्य हरेस्तत्र कृतानि च ॥१॥

śrī-rājovāca
manvantarāṇi sarvāṇi
tvayoktāni śrutāni me
vīryāṇy ananta-vīryasya
hares tatra kṛtāni ca

śrī-rājā uvāca—帕瑞克西特王说 / manvantarāṇi—关于各个玛努统治期的信息 / sarvāṇi—他们全体 / tvayā—由您 / uktāni—被描述过 / śrutāni—被聆听 / me—被我 / vīryāṇi—神奇的活动 / ananta-vīryasya—具有无限力量的至尊人格首神的 / hareḥ—至尊主哈尔依的 / tatra—在那些玛努统治期内 / kṛtāni—被举行的 / ca—也

译文 帕瑞克西特王说：舒卡戴瓦·哥斯瓦米阁下，您详尽地描述了各个玛努的统治期，以及在那些时段中，有无限力量的至尊人格首神所从事的神奇活动。我很幸运从您这里听到所有这一切。

第2—3节

योऽसौ सत्यव्रतो नाम राजर्षिर्द्रविडेश्वरः ।
ज्ञानं योऽतीतकल्पान्ते लेभे पुरुषसेवया ॥ २ ॥
स वै विवस्वतः पुत्रो मनुरासीदिति श्रुतम् ।
त्वत्तस्तस्य सुताः प्रोक्ता इक्ष्वाकुप्रमुखा नृपाः ॥ ३ ॥

yo 'sau satyavrato nāma
rājarṣir draviḍeśvaraḥ
jñānaṁ yo 'tīta-kalpānte
lebhe puruṣa-sevayā

sa vai vivasvataḥ putro
manur āsīd iti śrutam
tvattas tasya sutāḥ proktā
ikṣvāku-pramukhā nṛpāḥ

yaḥ asau—以……的他 / satyavrataḥ—萨提亚瓦塔 / nāma—为名 / rāja-ṛṣiḥ—圣洁的君王 / draviḍa-īśvaraḥ—铎维达国的统治者 / jñānam—知识 / yaḥ—……的人 / atīta-kalpa-ante—最后一个玛努的统治期结束时，或者最后一个一千个年代循环的结束 / lebhe—收到 / puruṣa-sevayā—通过为至尊人格首神做奉爱服务 / saḥ—他 / vai—事实上 / vivasvataḥ—维瓦斯万的 / putraḥ—儿子 / manuḥ āsīt—变成外瓦斯瓦塔·玛努 / iti—如此 / śrutam—我已经听了 / tvattaḥ—从您 / tasya—他的 / sutāḥ—儿子们 / proktāḥ—被解释了 / ikṣvāku-pramukhāḥ—以依克施瓦库为首 / nṛpāḥ—许多君王

译文　在上一个年代循环结束时，凭借至尊者的恩典得到灵性知识的铎维达大地的圣君萨提亚瓦塔，后来在下一个玛努统治期内，成为维瓦斯万的儿子外瓦斯瓦塔·玛努。我从您这儿得知这一点。根据您的解释我还了解到，依克施瓦库等君王都是他的儿子。

第 4 节

तेषां वंशं पृथग्ब्रह्मन् वंशानुचरितानि च ।
कीर्तयस्व महाभाग नित्यं शुश्रूषतां हि नः ॥ ४ ॥

teṣāṁ vaṁśaṁ pṛthag brahman
vaṁśānucaritāni ca
kīrtayasva mahā-bhāga
nityaṁ śuśrūṣatāṁ hi naḥ

teṣām一所有那些君王的 / vaṁśam一王朝的 / pṛthak一分别地 / brahman一伟大的布茹阿玛纳(舒卡戴瓦 · 哥斯瓦米)啊 / vaṁśa-anuca-ritāni一及他们的王朝和特点 / ca一和 / kīrtayasva一请描述 / mahā-bhāga一十分幸运的人啊 / nityam一永恒地 / śuśrūṣatām一致力于侍奉您的人 / hi一事实上 / naḥ一我们自己的

译文 啊，非凡幸运的舒卡戴瓦 · 哥斯瓦米！伟大的布茹阿玛纳啊！请分别为我们描述所有那些君王的王朝和特点，因为我们总是渴望从您这儿聆听这类话题。

第 5 节

ये भूता ये भविष्याश्च भवन्त्यद्यतनाश्च ये ।
तेषां नः पुण्यकीर्तीनां सर्वेषां वद विक्रमान् ॥ ५ ॥

ye bhūtā ye bhaviṣyāś ca
bhavanty adyatanāś ca ye
teṣāṁ naḥ puṇya-kīrtīnāṁ
sarveṣāṁ vada vikramān

ye一……的全部 / bhūtāḥ一已经显现 / ye一……的全部 / bhaviṣyāḥ一今后将显现 / ca一也 / bhavanti一存在着 / adyatanāḥ一现在 / ca一也 / ye一……的全部 / teṣām一他们全体的 / naḥ一向我们 / puṇya-kīrtīnām一都是虔诚和著名的人 / sarveṣām一他们全体的 / vada一请解释 / vikramān一有关能量

译文　请告诉我们出生在外瓦斯瓦塔·玛努王朝的所有这些著名君王的能力，包括那些已经过世的、目前在世的，以及今后有可能出现的。

第6节

श्रीसूत उवाच
एवं परीक्षिता राज्ञा सदसि ब्रह्मवादिनाम् ।
पृष्टः प्रोवाच भगवाञ्छुकः परमधर्मवित् ॥ ६ ॥

śrī-sūta uvāca
evaṁ parīkṣitā rājñā
sadasi brahma-vādinām
pṛṣṭaḥ provāca bhagavāñ
chukaḥ parama-dharma-vit

śrī-sūtaḥ uvāca－圣苏塔·哥斯瓦米说 / evam－以这种方式 / parīkṣitā－由帕瑞克西特王 / rājñā－被君王 / sadasi－在集会中 / brahma-vādinām－精通韦达知识的全体伟大圣人的 / pṛṣṭaḥ－被要求 / provāca－回答 / bhagavān－最强有力的 / śukaḥ－舒卡·哥斯瓦米 / parama-dharma-vit－最精通宗教原则的博学学者

译文　苏塔·哥斯瓦米说：帕瑞克西特王当着精通韦达知识的全体博学学者的面，这样向最精通宗教原则的舒卡戴瓦·哥斯瓦米提出请求，舒卡戴瓦·哥斯瓦米于是开始讲述。

第7节

श्रीशुक उवाच
श्रूयतां मानवो वंशः प्राचुर्येण परन्तप ।
न शक्यते विस्तरतो वक्तुं वर्षशतैरपि ॥ ७ ॥

śrī-śuka uvāca
śrūyatāṁ mānavo vaṁśaḥ
prācuryeṇa parantapa

na śakyate vistarato
vaktuṁ varṣa-śatair api

śrī-śukaḥ uvāca—圣舒卡戴瓦·哥斯瓦米说 / śrūyatām—请听我说 / mānavaḥ vaṁśaḥ—玛努的王朝 / prācuryeṇa—尽可能详细地 / parantapa—征服敌人的君王啊 / na—不 / śakyate—人能够 / vistarataḥ—非常广泛地 / vaktum—述说 / varṣa-śataiḥ api—哪怕他用几百年的时间这么做

译文 舒卡戴瓦·哥斯瓦米继续道：啊！君王，征服敌人的人！现在听我讲述有关玛努王朝的详情。尽管哪怕用上好几百年都没人能说尽它的一切，但我会尽可能地给予解释 。

第8节

परावरेषां भूतानामात्मा यः पुरुषः परः ।
स एवासीदिदं विश्वं कल्पान्तेऽन्यन्न किञ्चन ॥८॥

parāvareṣāṁ bhūtānām
ātmā yaḥ puruṣaḥ paraḥ
sa evāsīd idaṁ viśvaṁ
kalpānte 'nyan na kiñcana

para-avareṣām—在高等或低等生命状态中的众生的 / bhūtānām—得到物质躯体的那些(受制约的灵魂)的 / ātmā—超灵 / yaḥ—……的人 / puruṣaḥ—至尊人 / paraḥ—超然的 / saḥ—祂 / eva—事实上 / āsīt—曾经存在的 / idam—这个 / viśvam—宇宙 / kalpa-ante—在一千个年代循环结束时 / anyat—其他的 / na—不 / kiñcana—所有的一切

译文 超然的至尊人——处在各种高等或低等生命状态中的众生的超灵，存在于年代循环结束时；当这个展示了的宇宙和其他一切都不存在时，只有祂依然存在。

要旨　舒卡戴瓦·哥斯瓦米通过说整个世界被洪水淹没时只有至尊人格首神存在，以此为开始从正确的角度描述玛努的王朝。舒卡戴瓦·哥斯瓦米现在将要讲述至尊主是如何一个接一个地创造其他事物的。

第9节

तस्य नाभेः समभवत्पद्मकोषो हिरण्मयः ।
तस्मिञ्जज्ञे महाराज स्वयम्भूश्चतुराननः ॥९॥

tasya nābheḥ samabhavat
padma-koṣo hiraṇmayaḥ
tasmiñ jajñe mahārāja
svayambhūś catur-ānanaḥ

tasya—祂(至尊人格首神)的 / nābheḥ—从肚脐 / samabhavat—产出 / padma-koṣaḥ—一朵莲花 / hiraṇmayaḥ—被称为金色的(黑冉玛亚) / tasmin—在那朵金色的莲花上 / jajñe—显现 / mahārāja—君王啊 / svayambhūḥ—没有母亲而出生的自我展示之人 / catuḥ-ānanaḥ—有四个头

译文　帕瑞克西特王啊！从至尊人格首神的肚脐长出一朵金色的莲花，有四个面孔的主布茹阿玛就诞生其上。

第10节

मरीचिर्मनसस्तस्य जज्ञे तस्यापि कश्यपः ।
दाक्षायण्यां ततोऽदित्यां विवस्वानभवत्सुतः ॥१०॥

marīcir manasas tasya
jajñe tasyāpi kaśyapaḥ
dākṣāyaṇyāṁ tato 'dityāṁ
vivasvān abhavat sutaḥ

marīciḥ－名叫玛瑞祺的伟大、圣洁的人 / manasaḥ tasya－从主布茹阿玛的心念 / jajñe－出生 / tasya api－从玛瑞祺 / kaśyapaḥ－喀夏帕(出生) / dākṣāyaṇyām－在达克沙王女儿体内 / tataḥ－那之后 / adityām－在阿迪缇体内 / vivasvān－维瓦斯万 / abhavat－出生 / sutaḥ－一个儿子

译文 从主布茹阿玛的心念，玛瑞祺诞生了。玛瑞祺与达克沙王的女儿生了喀夏帕。喀夏帕与阿迪缇生了维瓦斯万。

第11—12节

ततो मनुः श्राद्धदेवः संज्ञायामास भारत ।
श्रद्धायां जनयामास दश पुत्रान् स आत्मवान् ॥११॥
इक्ष्वाकुनृगशर्यातिदिष्टधृष्टकरूषकान् ।
नरिष्यन्तं पृषध्रं च नभगं च कविं विभुः ॥१२॥

tato manuḥ śrāddhadevaḥ
saṁjñāyām āsa bhārata
śraddhāyāṁ janayām āsa
daśa putrān sa ātmavān

ikṣvāku-nṛga-śaryāti-
diṣṭa-dhṛṣṭa-karūṣakān
nariṣyantaṁ pṛṣadhraṁ ca
nabhagaṁ ca kaviṁ vibhuḥ

tataḥ－从维瓦斯万 / manuḥ śrāddhadevaḥ－名叫刷达戴瓦的玛努 / saṁjñāyām－在桑格雅(维瓦斯万的妻子)体内 / āsa－被生出 / bhārata－巴茹阿特王朝最优秀的人啊 / śraddhāyām－在刷妲(刷达戴瓦的妻子)体内 / janayām āsa－生下 / daśa－十个 / putrān－儿子 / saḥ－那位刷达戴瓦 / ātmavān－征服了他的感官 / ikṣvāku-nṛga-śaryā-ti-diṣṭa-dhṛṣṭa-karūṣakān－名叫依克施瓦库、尼日嘎、沙尔亚提、迪

施塔、兑施塔和卡茹沙喀 / nariṣyantam－纳瑞香塔 / pṛṣadhram ca－和普瑞沙铎 / nabhagam ca－和纳巴嘎 / kavim－卡维 / vibhuḥ－伟大的

译文　君王啊！巴茹阿特王朝最优秀的人，维瓦斯万与桑格雅生了刷达戴瓦·玛努。刷达戴瓦·玛努控制住自己的感官，与他妻子刷妲生了十个儿子，他们分别名叫：依克施瓦库、尼日嘎、沙尔亚提、迪施塔、兑施塔、卡茹沙喀、纳瑞香塔、普瑞沙铎、纳巴嘎和卡维。

第 13 节

अप्रजस्य मनोः पूर्वं वसिष्ठो भगवान् किल ।
मित्रावरुणयोरिष्टिं प्रजार्थमकरोद्विभुः ॥१३॥

aprajasya manoḥ pūrvaṁ
vasiṣṭho bhagavān kila
mitrā-varuṇayor iṣṭiṁ
prajārtham akarod vibhuḥ

aprajasya－没儿子的他的 / manoḥ－玛努的 / pūrvam－从前 / vasiṣṭhaḥ－伟大的圣洁之人瓦希施塔 / bhagavān－强大的 / kila－事实上 / mitrā-varuṇayoḥ－名叫弥陀和瓦茹纳的半神人 / iṣṭim－一场祭祀 / prajā-artham－为了得到儿子 / akarot－执行 / vibhuḥ－伟大的人

译文　玛努一开始没儿子。为了让他得到一个儿子，因为具有灵性的知识而极其强大的大圣人瓦希施塔，举行了一场可以使弥陀和瓦茹纳满意的祭祀。

第 14 节

तत्र श्रद्धा मनोः पत्नी होतारं समयाचत ।
दुहित्रर्थमुपागम्य प्रणिपत्य पयोव्रता ॥१४॥

tatra śraddhā manoḥ patnī
hotāraṁ samayācata
duhitrartham upāgamya
praṇipatya payovratā

tatra一在那场祭祀中 / śraddhā一刷妲 / manoḥ一玛努的 / patnī一妻子 / hotāram一对主持祭祀的祭司 / samayācata一适当的乞求 / duhitṛ-artham一为一个女儿 / upāgamya一靠近 / praṇipatya一致敬 / payaḥ-vratā一遵守只喝牛奶之誓言的人

译文 在那场祭祀中，玛努的妻子——一直在遵守只靠喝牛奶维生的刷妲，接近正供奉祭祀的祭司，向他致敬并乞求有个女儿。

第 15 节

प्रेषितोऽध्वर्युणा होता व्यचरत्तत्समाहितः ।
गृहीते हविषि वाचा वषट्कारं गृणन्द्विजः ॥१५॥

preṣito 'dhvaryuṇā hotā
vyacarat tat samāhitaḥ
gṛhīte haviṣi vācā
vaṣaṭ-kāraṁ gṛṇan dvijaḥ

preṣitaḥ一被告知要做祭祀 / adhvaryuṇā一由主祭师 / hotā一负责供奉祭品的祭司 / vyacarat一执行 / tat一那(祭祀) / samāhitaḥ一很专注地 / gṛhīte haviṣi一在拿起纯净酥油要做首次供奉时 / vācā一通过吟诵曼陀 / vaṣaṭ-kāram一以vaṣaṭ为开始的曼陀 / gṛṇan一吟诵 / dvijaḥ一那位布茹阿玛纳

译文 负责祭品的人在被主祭师告知“现在供奉祭品”时，拿起纯净酥油来供奉。接着，他想起玛努妻子的要求，于是边吟诵梵文vaṣaṭ，边完成献祭。

第 16 节

होतुस्तद्व्यभिचारेण कन्येला नाम साभवत् ।
तां विलोक्य मनुः प्राह नातितुष्टमना गुरुम् ॥१६॥

hotus tad-vyabhicāreṇa
kanyelā nāma sābhavat
tāṁ vilokya manuḥ prāha
nātituṣṭamanā gurum

hotuh—祭司的 / tat—祭祀的 / vyabhicāreṇa—因为那违反 / kanyā——一个女儿 / ilā—伊拉 / nāma—名叫 / sā—那女儿 / abhavat—诞生 / tām—向她 / vilokya—看到 / manuḥ—玛努 / prāha—说 / na—不 / atituṣṭamanāḥ—很满意 / gurum—对他的灵性导师

译文　玛努举行这祭祀是为了得到儿子，但由于祭司应玛努之妻的要求改变目标，结果得到一个名叫伊拉的女儿。玛努不是很满意，于是对他灵性导师瓦希施塔说了如下一番话。

要旨　玛努因为没有后代，所以很高兴孩子的出生，尽管那是个女儿，还是给她起名伊拉。但后来，他对看到是女儿而不是儿子感到不很满意。他在没有后代的情况下，无疑很高兴伊拉的诞生，但那高兴是短暂的。

第 17 节

भगवन् किमिदं जातं कर्म वो ब्रह्मवादिनाम् ।
विपर्ययमहो कष्टं मैवं स्याद् ब्रह्मविक्रिया ॥१७॥

bhagavan kim idaṁ jātaṁ
karma vo brahma-vādinām
viparyayam aho kaṣṭaṁ
maivaṁ syād brahma-vikriyā

bhagavan－大人啊！ / kim idam－这是什么 / jātam－产出的 / karma－功利性活动 / vaḥ－你们全体的 / brahma-vādinām－你们这些擅长吟诵韦达赞歌的 / viparyayam－偏差 / aho－唉 / kaṣṭam－痛苦的 / mā evam syāt－因此那不该是 / brahma-vikriyā－这韦达赞歌的相反的作用

译文 大人啊！既然你们全体都精通吟诵、吟唱韦达赞歌，怎么会得到事与愿违的结果呢？ 这是让人悲伤的事件。韦达赞歌不该有这种颠倒的结果。

要旨 这个年代禁止举行祭祀(yajña)，因为没人能正确地吟诵韦达赞歌(Vedic mantra)。在举行祭祀中，如果正确地吟诵韦达赞歌，就必然成功地得到想要的结果。因此，由于仅仅靠吟诵、吟唱哈瑞·奎师那(Hare Kṛṣṇa)这首伟大的赞歌就带来那么多有益的结果，这首赞歌被称为伟大的赞歌(mahā-mantra)，意思是：比所有其他韦达赞歌都强有力的伟大赞歌。正如圣柴坦亚·玛哈帕布(Caitanya Mahāprabhu)在祂的“八条训诫(Śikṣāṣṭaka)”第一条中所解释的：

ceto-darpaṇa-mārjanaṁ bhava-mahā-dāvāgni-nirvāpaṇaṁ
śreyaḥ-kairava-candrikā-vitaraṇaṁ vidyā-vadhū-jīvanam
ānandāmbudhi-vardhanaṁ prati-padaṁ pūrṇāmṛtāsvādanaṁ
sarvātma-snapanaṁ paraṁ vijayate śrī-kṛṣṇa-saṅkīrtanam

“荣耀归于集体歌唱主奎师那圣名的运动。这运动清除心中经年堆积的灰尘，从而熄灭受制约生命的火焰——生死轮回的火焰。这集体歌唱神的圣名运动传播月亮恩泽的光芒，是对全人类最好的祝福。它是一切超然知识的生命。它扩展了超然极乐的海洋，让我们能充分品尝我们一直渴望的甘露”。

所以，让我们在这个年代举行的最好的祭祀是集体歌唱神的圣名祭祀(saṅkīrtana-yajña)。《圣典博伽瓦谭》第11篇第5章的第32

节诗说，有智慧的人通过集体吟唱哈瑞·奎师那这个伟大的赞歌，善用这最非凡的祭祀(yajñaiḥ saṅkīrtana-prāyair yajanti hi sumedhasaḥ)。当许多人在一起吟唱哈瑞·奎师那赞歌时，梵文称这种吟唱为桑克依尔坦(saṅkīrtana)；举行这种祭祀的结果是：天空将出现雨云(yajñād bhavati parjanyaḥ)。在干旱的时候，人们可以靠哈瑞·奎师那祭祀这一简单的方法解决雨水不足的问题，从而收获粮食。事实上，这方法能解救整个人类社会。最近，欧洲和美国发生干旱，人们为此而受苦，但如果人们认真对待这场奎师那意识运动，如果停止从事罪恶活动，吟诵、吟唱哈瑞·奎师那这首伟大的赞歌，他们所有的问题就都会迎刃而解。其他种类的祭祀程序存在着困难，因为现在既没有能完美地吟诵韦达赞歌的博学学者，也没有可能得到举行祭祀的原材料。由于人类社会为贫穷所困扰，人们又没有韦达知识和吟诵韦达赞歌的力量，哈瑞·奎师那这首伟大的赞歌就是唯一的托庇。人们应该有足够的智慧吟诵、吟唱它。这个喀历年代中有智慧的人，就会举行集体歌唱奎师那圣名的祭祀(yajñaiḥ saṅkīrtana-prāyair yajanti hi sumedhasaḥ)。头脑迟钝的人既无法明白这吟诵、吟唱，也无法去实践它。

第 18 节

यूयं ब्रह्मविदो युक्तास्तपसा दग्धकिल्बिषाः ।
कुतः सङ्कल्पवैषम्यमनृतं विबुधेष्विव ॥१८॥

yūyaṁ brahma-vido yuktās
tapasā dagdha-kilbiṣāḥ
kutaḥ saṅkalpa-vaiṣamyam
anṛtaṁ vibudheṣv iva

yūyam－你们全体的 / brahma-vidaḥ－对绝对真理的彻底觉悟 / yuktāḥ－自我控制和完全平衡的 / tapasā－凭苦行和苦修 / dagdha-kilbiṣāḥ—一切种类的物质污染都被烧毁 / kutaḥ—那怎么会 / saṅkalpa-vaiṣamyam—与决定不相符 / anṛtam—虚假的承诺、说明 / vibudheṣu—在半神人的社会中 / iva—或者

译文 你们都是自我控制、内心平衡且具有绝对真理知识的人。你们因为苦修而完全清除了一切污染。你们的话语就像半神人说出的话一样，言出必行，从不受阻碍。既然这样，你们怎么没达到目标？

要旨 从许多韦达文献中我们得知，半神人所给予的祝福或诅咒从不落空。靠苦修、控制感官和内心，以及获得有关绝对真理的全部知识，可以使人清除所有的物质污染。那时，一个人的话语和祝福，就像半神人的一样，从不落空。

第 19 节

निशम्य तद्वचस्तस्य भगवान् प्रपितामहः ।
होतुर्व्यतिक्रमं ज्ञात्वा बभाषे रविनन्दनम् ॥१९॥

niśamya tad vacas tasya
bhagavān prapitāmahaḥ
hotur vyatikramaṁ jñātvā
babhāṣe ravi-nandanam

niśamya—聆听后 / tat vacaḥ—那些话语 / tasya—他(玛努)的 / bhagavān—最强有力的 / prapitāmahaḥ—曾祖父瓦希施塔 / hotuḥ vyatikramam—负责供奉祭品的祭司出的差错 / jñātvā—明白 / babhāṣe—说 / ravi-nandanam—对太阳神的儿子外瓦斯瓦塔 · 玛努

译文 最强有力的曾祖父瓦希施塔，听了玛努的这番话后，了解到是祭司出的差错，于是对太阳神的儿子说了如下一番话。

第 20 节

एतत्सङ्कल्पवैषम्यं होतुस्ते व्यभिचारतः ।
तथापि साधयिष्ये ते सुप्रजास्त्वं स्वतेजसा ॥२०॥

etat saṅkalpa-vaiṣamyaṁ
hotus te vyabhicārataḥ
tathāpi sādhayiṣye te
suprajāstvaṁ sva-tejasā

etat一这 / saṅkalpa-vaiṣamyam一与目标不一致 / hotuḥ一祭司的 / te一你的 / vyabhicārataḥ一偏离了规定的目标 / tathā api一仍然 / sādhayiṣye一我将执行 / te一为你 / su-prajāstvam一一个十分优秀的儿子 / sva-tejasā一用我自己非凡的能力

译文　(他说：)之所以得出这一不符合目标的结果，是因为你的祭司偏离了原本的目标。然而，我将凭我个人的非凡能力，给你一个好儿子。

第 21 节

एवं व्यवसितो राजन् भगवान् स महायशाः ।
अस्तौषीदादिपुरुषमिलायाः पुंस्त्वकाम्यया ॥२१॥

evaṁ vyavasito rājan
bhagavān sa mahā-yaśāḥ
astauṣīd ādi-puruṣam
ilāyāḥ puṁstva-kāmyayā

evam一如此 / vyavasitaḥ一决定 / rājan一帕瑞克西特王啊 / bhagavān一最强有力的 / saḥ一瓦希施塔 / mahā-yaśāḥ一十分著名 / astauṣīt一献上祈祷 / ādi-puruṣam一向至尊人——主维施努 / ilāyāḥ一伊拉的 / puṁstva-kāmyayā一为了转变为男性

译文 舒卡戴瓦·哥斯瓦米说：帕瑞克西特王啊！最著名且强有力的瓦希施塔这样决定后，便向至尊人维施努祈祷，希望将伊拉转为男性。

第 22 节

तस्मै कामवरं तुष्टो भगवान् हरिरीश्वरः ।
ददाविलाभवत्तेन सुद्युम्नः पुरुषर्षभः ॥२२॥

tasmai kāma-varaṁ tuṣṭo
  bhagavān harir īśvaraḥ
dadāv ilābhavat tena
  sudyumnaḥ puruṣarṣabhaḥ

tasmai—对他(瓦希施塔) / kāma-varam—想要的祝福 / tuṣṭaḥ—被取悦 / bhagavān—至尊人物 / hariḥ īśvaraḥ—至尊控制者——至尊主 / dadau—给予 / ilā—女孩伊拉 / abhavat—变成 / tena—由于这祝福 / sudyumnaḥ—名叫苏丢么纳 / puruṣa-ṛṣabhaḥ——个优秀的男人

译文 至尊人格首神——至尊控制者，对瓦希施塔感到满意，于是将他想要的祝福赐予他。这样，伊拉就转变为一个杰出的男人，名叫苏丢么纳。

第 23—24 节

स एकदा महाराज विचरन्मृगयां वने ।
वृतः कतिपयामात्यैरश्वमारुह्य सैन्धवम् ॥२३॥
प्रगृह्य रुचिरं चापं शरांश्च परमाद्भुतान् ।
दंशितोऽनुमृगं वीरो जगाम दिशमुत्तराम् ॥२४॥

sa ekadā mahārāja
  vicaran mṛgayāṁ vane
vṛtaḥ katipayāmātyair
  aśvam āruhya saindhavam

pragṛhya ruciraṁ cāpaṁ
śarāṁś ca paramādbhutān
daṁśito 'numṛgaṁ vīro
jagāma diśam uttarām

saḥ—苏丢么纳 / ekadā—从前 / mahārāja—帕瑞克西特王啊 / vicaran—旅行 / mṛgayām—为打猎 / vane—在森林中 / vṛtaḥ—陪伴 / katipaya—几个 / amātyaiḥ—由大臣和同伴 / aśvam—在一匹马上 / āruhya—骑着 / saindhavam—在辛杜帕戴沙出生的马 / pragṛhya—手中拿着 / ruciram—美丽的 / cāpam—弓 / śarān ca—和箭 / parama-adbhutān—十分神奇、不寻常 / daṁśitaḥ—穿着盔甲 / anumṛgam—在动物背后 / vīraḥ—英雄 / jagāma—朝……去 / diśam uttarām—北方

译文　帕瑞克西特王啊！一天，那位英雄苏丢么纳由几位大臣和同伴伴随，骑着一匹从辛杜帕戴沙牵来的马，到森林里去打猎。他穿着盔甲，用弓箭武装自己，看上去十分俊美。在追逐、猎杀动物的过程中，他到了森林的北部。

第 25 节

सुकुमारवनं मेरोरधस्तात्प्रविवेश ह ।
यत्रास्ते भगवाञ्छर्वो रममाणः सहोमया ॥२५॥

sukumāra-vanaṁ meror
adhastāt praviveśa ha
yatrāste bhagavāñ charvo
ramamāṇaḥ sahomayā

sukumāra-vanam—名叫苏库玛尔的森林 / meroḥ adhastāt—在梅茹山脚下 / praviveśa ha—他进入 / yatra—在那里 / āste—是 / bhagavān—最强大的(半神人) / śarvaḥ—主希瓦 / ramamāṇaḥ—享乐 / saha umayā—与他妻子乌玛

译文 在北方，梅茹山的山脚下，有一片名叫苏库玛尔的森林，主希瓦总是与乌玛在那里享乐。苏丢么纳进了那片森林。

第 26 节

तस्मिन् प्रविष्ट एवासौ सुद्युम्नः परवीरहा ।
अपश्यत्स्त्रियमात्मानमश्वं च वडवां नृप ॥२६॥

tasmin praviṣṭa evāsau
sudyumnaḥ para-vīra-hā
apaśyat striyam ātmānam
aśvaṁ ca vaḍavāṁ nṛpa

tasmin－那森林中 / praviṣṭaḥ－进入了 / eva－事实上 / asau－他 / sudyumnaḥ－苏丢么纳王子 / para-vīra-hā－能轻易制服敌人的人 / apaśyat－发现 / striyam－女性 / ātmānam－他自己 / aśvam ca－和他的马匹 / vaḍavām－一匹母马 / nṛpa－帕瑞克西特王啊

译文 帕瑞克西特王啊！擅长征服敌人的苏丢么纳一旦进入那片森林，就看到自己转变为一个女人，他的马也转变为一匹母马。

第 27 节

तथा तदनुगाः सर्वे आत्मलिङ्गविपर्ययम् ।
दृष्ट्वा विमनसोऽभूवन् वीक्षमाणाः परस्परम् ॥२७॥

tathā tad-anugāḥ sarve
ātma-liṅga-viparyayam
dṛṣṭvā vimanaso 'bhūvan
vīkṣamāṇāḥ parasparam

tathā－同样地 / tat-anugāḥ－苏丢么纳的同伴们 / sarve－他们全体 / ātma-liṅga-viparyayam－他们的性别都颠倒了 / dṛṣṭvā－看 / vimanasaḥ—惊惶失措 / abhūvan—他们成为 / vīkṣamāṇāḥ—仔细检查 / parasparam—互相

译文 当他的随从们看到自己的身体也发生变化，性别颠倒过来时，他们都感惊惶失措，惊诧地互相对望着。

第 28 节

श्रीराजोवाच
कथमेवं गुणो देशः केन वा भगवन् कृतः ।
प्रश्नमेनं समाचक्ष्व परं कौतूहलं हि नः ॥२८॥

śrī-rājovāca
katham evaṁ guṇo deśaḥ
kena vā bhagavan kṛtaḥ
praśnam enaṁ samācakṣva
paraṁ kautūhalaṁ hi naḥ

śrī-rājā uvāca—帕瑞克西特王说 / katham—如何 / evam—这 / guṇaḥ—特性 / deśaḥ—区域 / kena—为什么 / vā—或者 / bhagavan—最强有力的人啊 / kṛtaḥ—发生这样的事 / praśnam—问题 / enam—这 / samācakṣva—请告诉 / param—十分 / kautūhalam—渴望 / hi—事实上 / naḥ—我们

译文 帕瑞克西特王说：最强有力的布茹阿玛纳啊！这地方怎么会有如此神奇的力量？是谁使它如此有影响力？请回答这问题，我们十分渴望了解这一点。

第 29 节

श्रीशुक उवाच
एकदा गिरिशं द्रष्टुमृषयस्तत्र सुव्रताः ।
दिशो वितिमिराभासाः कुर्वन्तः समुपागमन् ॥२९॥

śrī-śuka uvāca
ekadā giriśaṁ draṣṭum
ṛṣayas tatra suvratāḥ
diśo vitimirābhāsāḥ
kurvantaḥ samupāgaman

śrī-śukaḥ uvāca—圣舒卡戴瓦·哥斯瓦米说 / ekadā—有一次 / giriśam—主希瓦 / draṣṭum—看 / ṛṣayaḥ—很圣洁的人 / tatra—在那森林中 / su-vratāḥ—在灵性力量中提升 / diśaḥ—所有的方向 / vitimira-ābhāsāḥ—驱散了一切黑暗 / kurvantaḥ—这样做 / samupāgaman—到达

译文 舒卡戴瓦·哥斯瓦米回答道：严格遵守灵性规定且自身发散的光芒驱散四面八方一切黑暗的伟大圣洁之人们，有一次到那座森林中去看望主希瓦。

第30节

तान् विलोक्याम्बिका देवी विवासा व्रीडिता भृशम् ।
भर्तुरङ्कात्समुत्थाय नीवीमाश्वथ पर्यधात् ॥३०॥

tān vilokyāmbikā devī
vivāsā vrīḍitā bhṛśam
bhartur aṅkāt samutthāya
nīvīm āśv atha paryadhāt

tān—全体圣洁之人 / vilokya—看到他们 / ambikā—杜尔嘎母亲 / devī—女神 / vivāsā—由于她是裸体的 / vrīḍitā—羞愧 / bhṛśam—极度 / bhartuḥ—她丈夫的 / aṅkāt—从膝盖 / samutthāya—起身 / nīvīm—乳房 / āśu atha—快速地 / paryadhāt—用衣服遮盖

译文 赤裸着身体的女神安碧卡，看到大圣人时感到很难为情。她立刻从她丈夫的大腿上起身，试图用衣服遮盖自己的乳房。

第 31 节

ऋषयोऽपि तयोर्वीक्ष्य प्रसङ्गं रममाणयोः ।
निवृत्ताः प्रययुस्तस्मान्नरनारायणाश्रमम् ॥३१॥

ṛṣayo 'pi tayor vīkṣya
prasaṅgaṁ ramamāṇayoḥ
nivṛttāḥ prayayus tasmān
nara-nārāyaṇāśramam

ṛṣayaḥ—全体伟大的圣洁之人 / api—也 / tayoḥ—他们两人的 / vīkṣya—看到 / prasaṅgam—在性交 / ramamāṇayoḥ—那样享受的人 / nivṛttāḥ—停止不前 / prayayuḥ—立刻离开 / tasmāt—从那地方 / nara-nārāyaṇa-āśramam—到纳茹阿·纳茹阿亚纳的灵修所

译文　看到主希瓦和帕尔娃缇正在交媾，所有伟大、圣洁的人都立刻停步不前，启程前往纳茹阿·纳茹阿亚纳的灵修所。

第 32 节

तदिदं भगवानाह प्रियायाः प्रियकाम्यया ।
स्थानं यः प्रविशेदेतत्स वै योषिद्भवेदिति ॥३२॥

tad idaṁ bhagavān āha
priyāyāḥ priya-kāmyayā
sthānaṁ yaḥ praviśed etat
sa vai yoṣid bhaved iti

tat—由于 / idam—这 / bhagavān—主希瓦 / āha—说 / priyāyāḥ—他心爱的妻子 / priya-kāmyayā—为使……高兴 / sthānam—地方 / yaḥ—任何人 / praviśet—将进入 / etat—这里 / saḥ—那人 / vai—事实上 / yoṣit—女性 / bhavet—将变成 / iti—如此

译文　因此，只是为了取悦自己的妻子，主希瓦说道：“从今往后，任何进入这地方的男性都将立刻变成女性！”

第33节

तत ऊर्ध्वं वनं तद्वै पुरुषा वर्जयन्ति हि ।
सा चानुचरसंयुक्ता विचचार वनाद्वनम् ॥३३॥

tata ūrdhvaṁ vanaṁ tad vai
purusā varjayanti hi
sā cānucara-saṁyuktā
vicacāra vanād vanam

tataḥ ūrdhvam－从那时起 / vanam－森林 / tat－那 / vai－尤其是 / puruṣāḥ－男性 / varjayanti－不进入 / hi－事实上 / sā－有着女性形体的苏丢么纳 / ca－也 / anucara-saṁyuktā－由他的同伴陪伴着 / vicacāra－行走 / vanāt vanam－在森林中从一个地方到另一个地方

译文 从那时起，再也没有男性进入过那座森林。但现在，苏丢么纳王被转变为女性，与他的同伴们一起在不同的森林中游荡。

要旨 《博伽梵歌》(Bhagavad-gītā)第2章的第22节诗说：

vāsāṁsi jīrṇāni yathā vihāya
navāni gṛhṇāti naro 'parāṇi
tathā sarīrāṇi vihāya jīrṇāny
anyāni saṁyāti navāni dehī

“正如人们脱下旧服换新装，灵魂放弃老而无用的物质躯体，接受新的物质躯体。”

躯体就像衣服，这里给予了证实。苏丢么纳和他的同伴们曾经都是男性，也就是：他们的灵魂被男性衣服包裹着。但现在，他们变成了女性，这意味着他们的外衣换了。然而，灵魂保持不变。据说靠现代医疗技术，可以将男性变成女性，女性转为男性。但躯体与灵魂无关。躯体在今生或来世可以改变。因此，谁了解有关灵魂的知识，以及灵魂是如何从一个躯体转入另一个躯体的，谁就不会太关心只不过是一件衣服的躯体。有知识的人用平等的眼光看待一切众生(paṇḍitāḥ sama-darśinaḥ)。他们看的是作为至尊主不可缺少的一部分的灵魂，因此是有学问的人(sama-darśi)。

第 34 节

अथ तामाश्रमाभ्याशे चरन्तीं प्रमदोत्तमाम् ।
स्त्रीभिः परिवृतां वीक्ष्य चकमे भगवान् बुधः ॥३४॥

atha tām āśramābhyāśe
carantīṁ pramadottamām
strībhiḥ parivṛtāṁ vīkṣya
cakame bhagavān budhaḥ

atha—就这样 / tām—她 / āśrama-abhyāśe—在他的住所附近 / carantīm—徘徊 / pramadā-uttamām—使人产生性冲动的最美的女人 / strībhiḥ—由其他女人 / parivṛtām—围绕着 / vīkṣya—看到她 / cakame—想要有性行为 / bhagavān—最强有力的 / budhaḥ—月亮的儿子布达和被称为布达(水星)的星球的主管神明

译文 苏丢么纳被转变为使人产生性冲动的最美的女人，由其他女人围绕着。月亮神的儿子布达，看到这位美女在他的住所附近徘徊时，立刻想要享受她。

第 35 节

सापि तं चकमे सुभ्रूः सोमराजसुतं पतिम् ।
स तस्यां जनयामास पुरूरवसमात्मजम् ॥३५॥

sāpi taṁ cakame subhrūḥ
somarāja-sutaṁ patim
sa tasyāṁ janayām āsa
purūravasam ātmajam

sā—转变为女人的苏丢么纳 / api—也 / tam—向他(布达) / cakame—想要过性生活 / su-bhrūḥ—十分美丽的 / somarāja-sutam—向月亮之王的儿子 / patim—作为她丈夫 / saḥ—他(布达) / tasyām—在她体内 / janayām āsa—生了 / purūravasam—名叫普茹尔瓦 / ātma-jam—一个儿子

译文 这位美女也想接受月亮之王的儿子布达当自己的丈夫。于是，布达与她产了名叫普茹尔瓦的儿子。

第 36 节

एवं स्त्रीत्वमनुप्राप्तः सुद्युम्नो मानवो नृपः ।
सस्मार स कुलाचार्यं वसिष्ठमिति शुश्रुम ॥३६॥

evaṁ strītvam anuprāptaḥ
sudyumno mānavo nṛpaḥ
sasmāra sa kulācāryaṁ
vasiṣṭham iti śuśruma

evam—就这样 / strītvam—女性 / anuprāptaḥ—那样得到了 / sudyumnaḥ—名叫苏丢么纳的男人 / mānavaḥ—玛努的儿子 / nṛpaḥ—君王 / sasmāra—记忆 / saḥ—他 / kula-ācāryam—家庭灵性导师 / vasiṣṭham—最强有力的瓦希施塔 / iti śuśruma—我听说(从可靠的来源)

译文 我从可靠的源头那里听说，这样成为女人的玛努之子苏丢么纳王，想起了他的家庭灵性导师瓦希施塔。

第 37 节

स तस्य तां दशां दृष्ट्वा कृपया भृशपीडितः ।
सुद्युम्नस्याशयन् पुंस्त्वमुपाधावत शङ्करम् ॥३७॥

sa tasya tāṁ daśāṁ dṛṣṭvā
kṛpayā bhṛśa-pīḍitaḥ
sudyumnasyāśayan puṁstvam
upādhāvata śaṅkaram

saḥ—他——瓦希施塔 / tasya—苏丢么纳的 / tām—那 / daśām—情况 / dṛṣṭvā—看到 / kṛpayā—出于仁慈 / bhṛśa-pīḍitaḥ—因为非常难过 / sudyumnasya—苏丢么纳的 / āśayan—想要 / puṁstvam—男性 / upādhāvata—开始崇拜 / śaṅkaram—主希瓦

译文　看到苏丢么纳可怜的境况，瓦希施塔十分难过。为了让苏丢么纳恢复成男性，他开始崇拜主商卡尔(希瓦)。

第 38—39 节

तुष्टस्तस्मै स भगवानृषये प्रियमावहन् ।
स्वां च वाचमृतां कुर्वन्निदमाह विशाम्पते ॥३८॥
मासं पुमान् स भविता मासं स्त्री तव गोत्रजः ।
इत्थं व्यवस्थया कामं सुद्युम्नोऽवतु मेदिनीम् ॥३९॥

tuṣṭas tasmai sa bhagavān
ṛṣaye priyam āvahan
svāṁ ca vācam ṛtāṁ kurvann
idam āha viśāmpate

māsaṁ pumān sa bhavitā
māsaṁ strī tava gotrajaḥ
itthaṁ vyavasthayā kāmaṁ
sudyumno 'vatu medinīm

tuṣṭaḥ—被取悦 / tasmai—向瓦希施塔 / saḥ—他(主希瓦) / bhaga-vān—最强有力的 / ṛṣaye—向伟大的圣人 / priyam āvahan—就只为了取悦他 / svām ca—他自己 / vācam—言语 / ṛtām—真实的 / kurvan—和保持 / idam—这 / āha—说 / viśāmpate—帕瑞克西特王啊 / mā-sam——一个月 / pumān—男性 / saḥ—苏丢么纳 / bhavitā—将变成 / māsam—另一个月 / strī—女性 / tava—你的 / gotra-jaḥ—出生在你的传承中的门徒 / ittham—这样 / vyavasthayā—被解决 / kāmam—按照愿望 / sudyumnaḥ—苏丢么纳王 / avatu—可以统治 / medinīm—世界

译文 帕瑞克西特王啊！主希瓦对瓦希施塔感到满意，因此为了既满足他又保持自己对帕尔娃缇的承诺，主希瓦对那位圣洁之人说："你的门徒苏丢么纳可以一个月当女人，下一个月当男人。这样他就能按自己的意愿统治世界了。"

要旨 梵文"出生在你的传承中的门徒(gotrajaḥ)"一词十分重要。布茹阿玛纳(Brāhmaṇa)在两个传承中一般都以灵性导师的身份行事，其中一个是他们的师徒传承，一个是他们的精子传下的家族。两个传承中的成员都同属于一个灵性导师的传承(gotra)。在韦达体系中我们有时发现，有的布茹阿玛纳、查锤亚(kṣa-triya)，甚至外夏(vaiśya)，都来自同一些圣人(ṛṣi)的师徒传承。因为传承就是一个，门徒和由精液生出的家人没有区别。印度社会中至今仍流行同样的体系，尤其在婚姻方面，要先看传承。这里的"出生在你的传承中的门徒(gotrajaḥ)"一词，是指那些出生在同一个传承中的人，无论他们是门徒还是家庭成员。

第 40 节

आचार्यानुग्रहात्कामं लब्ध्वा पुंस्त्वं व्यवस्थया ।
पालयामास जगतीं नाभ्यनन्दन् स्म तं प्रजाः ॥४०॥

ācāryānugrahāt kāmaṁ
labdhvā puṁstvaṁ vyavasthayā
pālayām āsa jagatīṁ
nābhyanandan sma taṁ prajāḥ

ācārya-anugrahāt—凭借灵性导师的仁慈 / kāmam—想要的 / labdhvā—得到了 / puṁstvam—男性 / vyavasthayā—由主希瓦的这种解决方法 / pālayām āsa—他统治 / jagatīm—整个世界 / na abhyanandan sma—对……不满 / tam—对君王 / prajāḥ—国民

译文 就这样，苏丢么纳在他灵性导师的帮助下，按照主希瓦的话语，每隔一个月就按自己的意愿恢复男性特征，以统治王国，尽管国民们对此并不满意。

要旨 国民们了解到君王每隔一个月就变成女性，所以无法履行他作君王的职责。他们因此而不是很满意。

第41节

तस्योत्कलो गयो राजन् विमलश्च त्रयः सुताः ।
दक्षिणापथराजानो बभूवुर्धर्मवत्सलाः ॥४१॥

tasyotkalo gayo rājan
vimalaś ca trayaḥ sutāḥ
dakṣiṇā-patha-rājāno
babhūvur dharma-vatsalāḥ

tasya—苏丢么纳的 / utkalaḥ—名叫乌特卡拉 / gayaḥ—名叫嘎亚 / rājan—帕瑞克西特王啊 / vimalaḥ ca—和维玛拉 / trayaḥ—三个 / sutāḥ—儿子们 / dakṣiṇā-patha—世界南部的 / rājānaḥ—君王 / babhū-vuḥ—他们成为 / dharma-vatsalāḥ—十分虔诚

译文 君王啊！苏丢么纳有三个十分虔诚的儿子，分别名叫乌特卡拉、嘎亚和维玛拉。他们当了世界南部的君王。

第42节

ततः परिणते काले प्रतिष्ठानपतिः प्रभुः ।
पुरूरवस उत्सृज्य गां पुत्राय गतो वनम् ॥४२॥

tataḥ pariṇate kāle
pratiṣṭhāna-patiḥ prabhuḥ
purūravasa utsṛjya
gāṁ putrāya gato vanam

tataḥ—那之后 / pariṇate kāle—在适当的时候 / pratiṣṭhāna-patiḥ—王国的主人 / prabhuḥ—十分强大的 / purūravase—对菩茹尔瓦 / utsṛ-jya—递交 / gām—世界 / putrāya—给他儿子 / gataḥ—离开 / vanam—到森林

译文 世界君王苏丢么纳进入老年后，便在时机成熟时将整个王国传给他儿子菩茹尔瓦，自己则进入森林。

要旨 按照韦达体系，处在社会四阶层(varṇa)和灵性四阶段(āśrama)中的人，必须在年龄到五十岁时离开家庭生活(pañcāśad ūrdhvaṁ vanaṁ vrajet)。苏丢么纳遵守社会四阶层和灵性四阶段制度的原则，离开王国去森林完成他的灵修生活。

到此为止，结束了巴克提韦丹塔对《圣典博伽瓦谭》第9篇第1章——“苏丢么纳王变成女人”所作的阐释。

第二章

玛努之子的王朝

这第二章描述了玛努(Manu)那些以卡茹沙(Karūṣa)为首的儿子们的王朝。

苏丢玛纳(Sudyumna)进入退出家庭生活阶段后，离开家去了森林，外瓦斯瓦塔·玛努(Vaivasvata Manu)想要再有儿子，于是崇拜至尊人格首神，结果生了伊克施瓦库王(Mahārāja Ikṣvāku)等十个儿子；他们都很像他们的父亲。这些儿子中有一个名叫普瑞沙铎(Pṛṣadhra)，负责执行在晚上手持宝刀保护乳牛的责任。他按照自己灵性导师的命令，这样整夜站岗。一次，在漆黑的夜晚，一只老虎从牛棚抓了一头乳牛，普瑞沙铎觉察此事后，就拿着宝刀去追赶老虎。不幸的是，当他最终接近老虎时，他无法在黑暗中分清乳牛和老虎，结果杀死了乳牛。为此，他的灵性导师诅咒他投生到一个庶铎(śūdra)家中，但他练神秘瑜伽，并在练奉爱瑜伽的过程中崇拜至尊人格首神。随后，他自愿进入熊熊烈火中，以此方式放弃他的物质躯体，回归家园，回到首神身边。

玛努最小的儿子卡维(Kavi)，从小就是至尊人格首神的优秀奉献者。有一派名叫卡茹沙的查锤亚(kṣatriya)，来自玛努的另一个儿子卡茹沙(Karūṣa)。玛努还有一个儿子名叫兑施塔(Dhṛṣṭa)，另一派查锤亚就来自他。然而，这一派查锤亚虽然都由同一位具有查锤亚品质的人生出，但却转变为布茹阿玛纳(brāhmaṇa)。从玛努的另一个儿子尼日嘎(Nṛga)，传下子子孙孙苏玛提(Sumati)、布塔玖提(Bhūtajyoti)和瓦苏(Vasu)，接着是帕提卡(Pratīka)，帕提卡又生下欧嘎万(Oghavān)。由玛努的另一个儿子纳瑞香塔(Nariṣyanta)传下的子孙后代是祺陀森纳(Citrasena)、瑞克沙(Ṛkṣa)、弥德万(Mīḍh-vān)、菩尔纳(Pūrṇa)、因铎森纳(Indrasena)、维提厚陀(Vītihotra)、萨提亚刷瓦(Satyaśravā)、乌茹刷瓦(Uruśravā)、戴瓦达塔(Devadatta)和阿格尼维夏(Agniveśya)。从查锤亚阿格尼维夏，产生了名叫阿格尼维夏纳的著名的布茹阿玛纳王朝。玛努的另一个儿子迪施塔(Diṣṭa)，生下儿子纳巴嘎(Nābhāga)，由他传宗接代而有的子子孙孙是巴兰达纳(Bhalandana)、瓦特萨普瑞提(Vatsaprīti)、帕么舒(Prā-ṁśu)、帕玛提(Pramati)、卡尼陀(Khanitra)、查克舒沙(Cākṣuṣa)、维韦么沙提(Viviṁśati)、冉巴(Rambha)、卡尼内陀(Khanīnetra)、卡冉达玛(Karandhama)、阿维克希特(Avīkṣit)、玛茹塔(Marutta)、达玛(Dama)、茹阿吉亚瓦尔丹(Rājyavardhana)、苏兑提(Sudhṛti)、纳茹阿(Nara)、凯瓦拉(Kevala)、敦杜曼(Dhundhumān)、维嘎万(Vegavān)、布达(Budha)和特瑞纳宾杜(Tṛṇabindu)。就这样，这个王朝中子孙众多。特瑞纳宾杜有一个名叫伊腊薇拉(Ilavilā)的女儿，她生下库维尔(Kuvera)。特瑞纳宾杜还有三个儿子，分别名叫维沙拉(Viśāla)、顺亚班杜(Śūnyabandhu)和敦茹阿凯图(Dhūmraketu)。维沙拉的儿子是黑玛禅铎(Hemacandra)，黑玛禅铎的儿子名叫敦茹阿克沙(Dhūmrākṣa)，敦茹阿克沙生下萨么亚玛(Saṁyama)。萨么亚玛有戴瓦佳(Devaja)和克瑞沙施瓦(Kṛśāśva)两个儿子。克瑞沙施瓦的儿子索玛达塔(Somadatta)举行了一场马祭，靠这样崇拜至尊人格首神维施努，达到回归家园，回到首神的最高完美境界。

第1节

श्रीशुक उवाच
एवं गतेऽथ सुद्युम्ने मनुर्वैवस्वतः सुते ।
पुत्रकामस्तपस्तेपे यमुनायां शतं समाः ॥१॥

śrī-śuka uvāca
evaṁ gate 'tha sudyumne
manur vaivasvataḥ sute

putra-kāmas tapas tepe
yamunāyāṁ śataṁ samāḥ

śrī-śukaḥ uvāca—圣舒卡戴瓦·哥斯瓦米说 / evam—因此 / gate—进入退出家庭生活阶段 / atha—那之后 / sudyumne—当苏丢么纳……时 / manuḥ vaivasvataḥ—被称为刷达戴瓦的外瓦斯瓦塔·玛努 / sute—他的儿子 / putra-kāmaḥ—想要得到儿子 / tapaḥ tepe—从事艰巨的苦行 / yamunāyām—雅沐娜河岸边 / śatam samāḥ—达一百年之久

译文　舒卡戴瓦·哥斯瓦米说：外瓦斯瓦塔·玛努(刷达戴瓦)的儿子苏丢么纳退出家庭生活去森林后，外瓦斯瓦塔·玛努想要有更多的儿子，于是在雅沐娜河岸从事了一百年的艰巨苦行。

第2节

ततोऽयजन्मनुर्देवमपत्यार्थं हरिं प्रभुम् ।
इक्ष्वाकुपूर्वजान् पुत्रान्लेभे स्वसदृशान्दश ॥२॥

tato 'yajan manur devam
apatyārthaṁ hariṁ prabhum
ikṣvāku-pūrvajān putrān
lebhe sva-sadṛśān daśa

tataḥ—那之后 / ayajat—崇拜 / manuḥ—外瓦斯瓦塔·玛努 / devam—向至尊人格首神 / apatya-artham—怀着想要得个儿子的愿望 / harim—向至尊人格首神哈尔依 / prabhum—至尊主 / ikṣvāku-pūrva-jān—其中依克施瓦库最年长 / putrān—儿子们 / lebhe—得到 / sva-sadṛśān—就像他本人一样 / daśa—十个

译文　那时，名叫刷达戴瓦的玛努怀着想要儿子的愿望崇拜至尊主——人格首神——半神人的主人。他以此方式得到十个与他一模一样的儿子，其中依克施瓦库是长子。

第 3 节

पृषध्रस्तु मनोः पुत्रो गोपालो गुरुणा कृतः ।
पालयामास गा यत्तो रात्र्यां वीरासनव्रतः ॥ ३ ॥

pṛṣadhras tu manoḥ putro
go-pālo guruṇā kṛtaḥ
pālayām āsa gā yatto
rātryāṁ vīrāsana-vrataḥ

pṛṣadhraḥ tu－他们中的普瑞沙铎 / manoḥ－玛努的 / putraḥ－儿子 / go-pālaḥ－放牛 / guruṇā－被他灵性导师的训示 / kṛtaḥ－被安排 / pālayām āsa－他保护 / gāḥ－乳牛 / yattaḥ－如此安排 / rātryām－夜晚 / vīrāsana-vrataḥ－发誓持宝刀站立(vīrāsana)

译文 在这些儿子中，普瑞沙铎遵照他灵性导师的命令致力于保护乳牛。他彻夜不眠，手持宝刀站岗，保护乳牛。

要旨 普瑞沙铎因为发誓手持宝刀彻夜站立(vīrāsana)，以保护乳牛，因此没有传宗接代。我们从普瑞沙铎所发的这个誓言中可以了解，保护乳牛有多么重要。过去，查锤亚的某个儿子会发誓保护乳牛不受凶猛野兽的攻击，甚至夜晚还要站岗。那时，哪有人会想到要将乳牛送去屠宰场啊？这是罪大恶极的！

第 4 节

एकदा प्राविशद्गोष्ठं शार्दूलो निशि वर्षति ।
शयाना गाव उत्थाय भीतास्ता बभ्रमुर्व्रजे ॥ ४ ॥

ekadā prāviśad goṣṭhaṁ
śārdūlo niśi varṣati
śayānā gāva utthāya
bhītās tā babhramur vraje

ekadā－从前 / prāviśat－进入 / goṣṭham－牛棚 / śārdūlaḥ－一只

老虎 / niśi－夜晚 / varṣati－在下雨时 / śayānāḥ－躺下 / gāvaḥ－乳牛 / utthāya－起身 / bhītāḥ－害怕 / tāḥ－它们全体 / babhramuḥ－四下逃散 / vraje－在围起的牛棚中

译文 一天晚上，天上下着雨，一只老虎进入牛棚。看到老虎，所有卧倒在地的乳牛都害怕地起身，并在牛棚中四处奔逃。

第 5－6 节

एकां जग्राह बलवान् सा चुक्रोश भयातुरा ।
तस्यास्तु क्रन्दितं श्रुत्वा पृषध्रोऽनुससार ह ॥ ५ ॥
खड्गमादाय तरसा प्रलीनोडुगणे निशि ।
अजानन्नच्छिनोद्बभ्रोः शिरः शार्दूलशङ्कया ॥ ६ ॥

ekāṁ jagrāha balavān
sā cukrośa bhayāturā
tasyās tu kranditaṁ śrutvā
pṛṣadhro 'nusasāra ha

khaḍgam ādāya tarasā
pralīnoḍu-gaṇe niśi
ajānann acchinod babhroḥ
śiraḥ śārdūla-śaṅkayā

ekām－一头乳牛 / jagrāha－抓住 / balavān－强健的老虎 / sā－那头乳牛 / cukrośa－开始哭叫 / bhaya-āturā－痛苦和害怕地 / tasyāḥ－她的 / tu－但是 / kranditam－叫喊 / śrutvā－听到 / pṛṣadhraḥ－普瑞沙铎 / anusasāra ha－跟随 / khaḍgam－宝刀 / ādāya－拿着 / tarasā－十分快速地 / pralīna-uḍu-gaṇe－在星星都被云朵遮蔽时 / niśi－夜晚 / ajānan－不知道 / acchinot－砍下 / babhroḥ－乳牛的 / śiraḥ－头 / śārdūla-śaṅkayā－误将它视为是老虎的头

译文 当那头很强健的老虎捉住一头乳牛时，那乳牛痛苦、恐惧地放声大叫起来，普瑞沙铎听到叫声，立刻顺着声音发出的方向挥刀猛砍，但由于云层遮住了星星，他误将乳牛当老虎，错误地砍下了乳牛的头。

第 7 节

व्याघ्रोऽपि वृक्णश्रवणो निस्त्रिंशाग्राहतस्ततः ।
निश्चक्राम भृशं भीतो रक्तं पथि समुत्सृजन् ॥ ७ ॥

vyāghro 'pi vṛkṇa-śravaṇo
nistriṁśāgrāhatas tataḥ
niścakrāma bhṛśaṁ bhīto
raktaṁ pathi samutsṛjan

vyāghraḥ—老虎 / api—也 / vṛkṇa-śravaṇaḥ—它的耳朵被削下 / nistriṁśa-agra-āhataḥ—因为被刀尖削下 / tataḥ—那之后 / niścakrāma—逃跑(从那地方) / bhṛśam—非常 / bhītaḥ—因为害怕 / raktam—鲜血 / pathi—在路上 / samutsṛjan—流出

译文 那老虎因为耳朵被刀锋削下，所以十分害怕，从那地方仓皇逃走，流出的鲜血滴落在街道上。

第 8 节

मन्यमानो हतं व्याघ्रं पृषध्रः परवीरहा ।
अद्राक्षीत्स्वहतां बभ्रुं व्युष्टायां निशि दुःखितः ॥ ८ ॥

manyamāno hataṁ vyāghraṁ
pṛṣadhraḥ para-vīra-hā
adrākṣīt sva-hatāṁ babhruṁ
vyuṣṭāyāṁ niśi duḥkhitaḥ

manyamānaḥ—以为 / hatam—被杀死 / vyāghram—老虎 / pṛṣadhraḥ—玛努的儿子普瑞沙铎 / para-vīra-hā—虽然完全有能力惩罚敌

人 / adrākṣīt—看到 / sva-hatām—被他所杀 / babhrum—乳牛 / vyuṣṭā-yām niśi—当夜晚过后(早晨) / duḥkhitaḥ—变得非常不快乐

译文　清晨到来时，当完全有能力征服敌人的普瑞沙铎看到，原来他以为在夜晚杀死了老虎，但实际上杀死的却是一头乳牛时，他感到很难过。

第 9 节

तं शशाप कुलाचार्यः कृतागसमकामतः ।
न क्षत्रबन्धुः शूद्रस्त्वं कर्मणा भवितामुना ॥ ९ ॥

taṁ śaśāpa kulācāryaḥ
kṛtāgasam akāmataḥ
na kṣatra-bandhuḥ śūdras tvaṁ
karmaṇā bhavitāmunā

tam—他(普瑞沙铎) / śaśāpa—诅咒 / kula-ācāryaḥ—家庭祭司瓦希施塔 / kṛta-āgasam—因为杀死一头乳牛的重罪 / akāmataḥ—尽管他是无意地 / na—不 / kṣatra-bandhuḥ—查锤亚家的成员 / śūdraḥ tvam—你的举止像庶铎 / karmaṇā—所以因你的功利性活动的结果 / bhavi-tā—你应该成为庶铎 / amunā—因为杀死乳牛

译文　尽管普瑞沙铎是在不知情的情况下犯了罪，但他家的祭司瓦希施塔还是诅咒他说："杀死乳牛使你来生不会成为一名查锤亚；相反，你将投生当一个庶铎。"

要旨　看起来瓦希施塔并没有清除愚昧属性(tamo-guṇa)。作为家庭祭司或普瑞沙铎的灵性导师，瓦希施塔不该对普瑞沙铎所犯的错误给予那么严厉的惩罚，诅咒他变成庶铎。家庭祭司的责任不是诅咒门徒，而是应该让门徒做一些赎罪的事，减轻他的罪过。然而，瓦希施塔所做的却恰恰相反。正因为如此，圣维施瓦纳特·查夸瓦尔提·塔库尔(Viśvanātha Cakravartī Ṭhākura)说：瓦希施塔并非很有智慧(durmati)。

第 10 节

एवं शप्तस्तु गुरुणा प्रत्यगृह्णात्कृताञ्जलिः ।
अधारयद् व्रतं वीर ऊर्ध्वरेता मुनिप्रियम् ॥१०॥

evaṁ śaptas tu guruṇā
pratyagṛhṇāt kṛtāñjaliḥ
adhārayad vrataṁ vīra
ūrdhva-retā muni-priyam

evam－就这样 / śaptaḥ－被诅咒 / tu－但是 / guruṇā－被他的灵性导师 / pratyagṛhṇāt－他(普瑞沙铎)接受 / kṛta-añjaliḥ－双手合十地 / adhārayat－发誓 / vratam－贞守生的誓言 / vīraḥ－那英雄 / ūrdhva-retāḥ－控制他的感官 / muni-priyam－伟大的圣人认可的

译文 英雄普瑞沙铎这样被他的灵性导师诅咒时，双手合十接受了诅咒。接着，他控制住自己的感官，发下要终身独身禁欲的誓言，这誓言得到大圣人们的认可。

第 11—13 节

वासुदेवे भगवति सर्वात्मनि परेऽमले ।
एकान्तित्वं गतो भक्त्या सर्वभूतसुहृत्समः ॥११॥

विमुक्तसङ्गः शान्तात्मा संयताक्षोऽपरिग्रहः ।
यदृच्छयोपपन्नेन कल्पयन् वृत्तिमात्मनः ॥१२॥

आत्मन्यात्मानमाधाय ज्ञानतृप्तः समाहितः ।
विचचार महीमेतां जडान्धबधिराकृतिः ॥१३॥

vāsudeve bhagavati
sarvātmani pare 'male

ekāntitvaṁ gato bhaktyā
sarva-bhūta-suhṛt samaḥ

vimukta-saṅgaḥ śāntātmā
saṁyatākṣo 'parigrahaḥ
yad-ṛcchayopapannena
kalpayan vṛttim ātmanaḥ

ātmany ātmānam ādhāya
jñāna-tṛptaḥ samāhitaḥ
vicacāra mahīm etāṁ
jaḍāndha-badhirākṛtiḥ

vāsudeve—向至尊人格首神 / bhagavati—向至尊主 / sarva-ātmani—向至尊灵魂 / pare—向超然存在 / amale—向没有物质污染的至尊人 / ekāntitvam—一心一意地做奉爱服务 / gataḥ—处在那种状态中 / bhaktyā—因纯洁的奉爱之情 / sarva-bhūta-suhṛt samaḥ—因为是奉献者而友好、平等地对待众生 / vimukta-saṅgaḥ—没有物质污染 / śānta-ātmā—平静的心态 / saṁyata—自我控制 / akṣaḥ—……的感官 / aparigrahaḥ—没从任何人那里接受布施 / yat-ṛcchayā—凭至尊主的恩典 / upapannena—靠能找到的身体所需的一切 / kalpayan—以此方式安排 / vṛttim—身体所需 / ātmanaḥ—为了灵魂的利益 / ātmani—在心中 / ātmānam—至尊灵魂——人格首神 / ādhāya—总是保持 / jñāna-tṛptaḥ—完全满足于超然的知识 / samāhitaḥ—总是在全神贯注地出神状态中 / vicacāra—到处旅行 / mahīm—大地 / etām—这 / jaḍa—哑巴 / andha—瞎子 / badhira—聋子 / ākṛtiḥ—看似

译文 那之后，普瑞沙铎因卸下所有的责任而受益，变得心中平静，稳定地控制住他所有的感官。他因为不受物质情况的影响，平等对待众生，并满足于凭借至尊主的恩典能得到的维持生命的一切，所以可以全神贯注于至尊人格首神华苏戴瓦——免于物质污染的超然的超灵。普瑞沙铎就这样完全满足于沉浸在纯粹的知识中，总是让自己的心专注于至

尊人格首神，达到为至尊主做奉爱服务的目标，并开始在全世界旅行，不受物质活动的影响，就仿佛自己是聋子、哑巴和瞎子。

第 14 节

एवं वृत्तो वनं गत्वा दृष्ट्वा दावाग्निमुत्थितम् ।
तेनोपयुक्तकरणो ब्रह्म प्राप परं मुनिः ॥१४॥

evaṁ vṛtto vanaṁ gatvā
dṛṣṭvā dāvāgnim utthitam
tenopayukta-karaṇo
brahma prāpa paraṁ muniḥ

evam vṛttaḥ－处在这种生命阶层 / vanam－到森林 / gatvā－去后 / dṛṣṭvā－当他看到 / dāva-agnim－森林大火 / utthitam－存在于那里 / tena－由那(火) / upayukta-karaṇaḥ－通过燃烧使所有的感官 / brahma－超然存在 / prāpa－他达到 / param－最终的目标 / muniḥ－作为一个伟大的圣洁之人

译文　就这样，普瑞沙铎成为伟大的圣人，当他进入森林，看到一片熊熊燃烧的森林大火，便利用这个机会进入火中，烧掉自己的物质躯体，以此方式到达超然的灵性世界。

要旨　《博伽梵歌》(Bhagavad-gītā)第4章的第9节诗记载，至尊主说：

janma karma ca me divyam
evaṁ yo vetti tattvataḥ
tyaktvā dehaṁ punar janma
naiti mām eti so 'rjuna

“阿尔诸纳啊！谁能了解我显现和活动的超然本质，谁就在离开躯体后到达我永恒的住所，不再投生于这个物质世界。”普瑞沙铎因为他过去的活动而被诅咒在来生投生为一个庶铎，但因为过圣洁的生活，尤其是始终全神贯注地想着至尊人格首神，结果成为一名纯粹的奉献者。这使他在火中放弃躯体后，立刻到达灵性世界，而这正是《博伽梵歌》中所谈到的，是做奉爱服务的结果(mām eti)。靠冥想至尊人格首神所从事的奉爱服务是如此强大有力，尽管普瑞沙铎受到诅咒，但却避开了变成一个庶铎的可怕结局，而是返回家园，回到首神身边。正如《布茹阿玛·萨密塔》(Brahma-saṁhitā)第5章的第54节诗说明：

yas tv indra-gopam athavendram aho sva-karma-
bandhānurūpa-phala-bhājanam ātanoti
karmāṇi nirdahati kintu ca bhakti-bhājāṁ
govindam ādi-puruṣaṁ tam ahaṁ bhajāmi

致力于做奉爱服务的人，不受其过去物质活动结果的影响。否则，众生，无论是最小的细菌，还是高到天帝因铎，都是业报法律控制的对象。总是致力于为至尊主服务的纯粹奉献者，不受这些法律的控制。

第 15 节

कविः कनीयान् विषयेषु निःस्पृहो
विसृज्य राज्यं सह बन्धुभिर्वनम् ।
निवेश्य चित्ते पुरुषं स्वरोचिषं
विवेश कैशोरवयाः परं गतः ॥१५॥

kaviḥ kanīyān viṣayeṣu niḥspṛho
visṛjya rājyaṁ saha bandhubhir vanam
niveśya citte puruṣaṁ sva-rociṣaṁ
viveśa kaiśora-vayāḥ paraṁ gataḥ

kaviḥ－名叫卡维的另一个儿子／kanīyān－最小的／viṣayeṣu－在物质享乐中／niḥspṛhaḥ－因为不依恋／visṛjya－放弃后／rājyam－他

父亲的财产——王国 / saha bandhubhiḥ－由朋友陪伴 / vanam－森林 / niveśya－始终保持 / citte－在内心深处 / puruṣam－至尊人 / sva-rociṣam－自放光明 / viveśa－进入 / kaiśora-vayāḥ－一个不完全在青少年期的年轻人 / param－超然的世界 / gataḥ－进入

译文 玛努最小的儿子卡维，因为不愿意接受物质享乐，在成长发育到青少年期之前就离弃了王国。他由朋友们陪伴着进入森林，在内心深处总是想着自放光芒的至尊人格首神，以此方式达到了完美。

第16节

करूषान्मानवादासन् कारूषाः क्षत्रजातयः ।
उत्तरापथगोप्तारो ब्रह्मण्या धर्मवत्सलाः ॥१६॥

karūṣān mānavād āsan
kārūṣāḥ kṣatra-jātayaḥ
uttarā-patha-goptāro
brahmaṇyā dharma-vatsalāḥ

karūṣāt－从卡茹沙 / mānavāt－从玛努的儿子 / āsan－曾有 / kārūṣāḥ－被称为卡茹沙们 / kṣatra-jātayaḥ－一支查锤亚 / uttarā－北部 / patha－方向的 / goptāraḥ－君王们 / brahmaṇyāḥ－以保护布茹阿玛纳文化著称 / dharma-vatsalāḥ－极其虔诚

译文 从玛努的另一个儿子卡茹沙，传下了卡茹沙王朝——查锤亚的一个家族。卡茹沙·查锤亚们是统治北方的君王。他们以布茹阿玛纳文化的保护者闻名于世，都是坚定的笃信宗教人士。

第17节

धृष्टाद्धार्ष्टमभूत्क्षत्रं ब्रह्मभूयं गतं क्षितौ ।
नृगस्य वंशः सुमतिर्भूतज्योतिस्ततो वसुः ॥१७॥

dhṛṣṭād dhārṣṭam abhūt kṣatraṁ
brahma-bhūyaṁ gataṁ kṣitau
nṛgasya vaṁśaḥ sumatir
bhūtajyotis tato vasuḥ

dhṛṣṭāt—从玛努的另一个儿子兑施塔 / dhārṣṭam—名叫达尔施塔的阶级 / abhūt—产出 / kṣatram—属于查锤亚群体 / brahma-bhūyam—布茹阿玛纳的地位 / gatam—得到 / kṣitau—在这世上 / nṛgasya—玛努的另一个儿子尼日嘎的 / vaṁśaḥ—王朝 / sumatiḥ—名叫苏玛提的 / bhūtajyotiḥ—名叫布塔玖提的 / tataḥ—那之后 / vasuḥ—名叫瓦苏

译文　从玛努的名叫兑施塔的儿子，传下名叫达尔施塔的查锤亚阶层，其中的成员都得到这世上的布茹阿玛纳的地位。此外，玛努名叫尼日嘎的儿子生下苏玛提，苏玛提生了布塔玖提，布塔玖提的儿子是瓦苏。

要旨　这节诗中说：达尔施塔们(Dhārṣṭas)虽然属于查锤亚阶层，但却能将自己转变为布茹阿玛纳(kṣatraṁ brahma-bhūyaṁ gataṁ kṣitau)。就有关这一点，可以从《圣典博伽瓦谭》第7篇第11章的第35节诗记载的纳茹阿达(Nārada)的说明得到证明：

yasya yal lakṣaṇaṁ proktaṁ
puṁso varṇābhivyañjakam
yad anyatrāpi dṛśyeta
tat tenaiva vinirdiśet

"如果有人展现出上述布茹阿玛纳、查锤亚、外夏和庶铎的特征，哪怕他出现在与他展现的特征不符的阶层，也应该按照他所展现的阶层特征接受他。"如果在一个阶层中的人展现出另一个阶层的品质，就应该按照展现的特征承认他们，而不是按照他们的出身。出身一点都不重要，所有的韦达文献强调的都是人的品质。

第 18 节

वसोः प्रतीकस्तत्पुत्र ओघवानोघवत्पिता ।
कन्या चौघवती नाम सुदर्शन उवाह ताम् ॥१८॥

vasoḥ pratīkas tat-putra
oghavān oghavat-pitā
kanyā caughavatī nāma
sudarśana uvāha tām

vasoḥ—瓦苏的 / pratīkaḥ—名叫帕提卡 / tat-putraḥ—他的儿子 / oghavān—名叫欧嘎万 / oghavat-pitā—是欧嘎万的父亲的 / kanyā—他女儿 / ca—也 / oghavatī—欧嘎娃缇 / nāma—名叫 / sudarśanaḥ—苏达尔珊 / uvāha—娶妻 / tām—那女儿(欧嘎娃缇)

译文 瓦苏生了帕提卡，帕提卡的儿子是欧嘎万。欧嘎万的儿子也叫欧嘎万，他的女儿则叫欧嘎娃缇。苏达尔珊娶了他那个女儿。

第 19 节

चित्रसेनो नरिष्यन्तादृक्षस्तस्य सुतोऽभवत् ।
तस्य मीढ्वांस्ततः पूर्ण इन्द्रसेनस्तु तत्सुतः ॥१९॥

citraseno nariṣyantād
ṛkṣas tasya suto ’bhavat
tasya mīḍhvāṁs tataḥ pūrṇa
indrasenas tu tat-sutaḥ

citrasenaḥ—名叫祺陀森纳 / nariṣyantāt—从玛努的另一个儿子纳瑞香塔 / ṛkṣaḥ—瑞克沙 / tasya—祺陀森纳的 / sutaḥ—儿子 / abha-vat—成为 / tasya—他(瑞克沙)的 / mīḍhvān—弥德万 / tataḥ—从他(弥德万) / pūrṇaḥ—菩尔纳 / indrasenaḥ—因铎森纳 / tu—但是 / tat-sutaḥ—他(菩尔纳)的儿子

译文 纳瑞香塔的儿子名叫祺陀森纳，祺陀森纳生了瑞克沙。瑞克沙的儿子是弥德万，弥德万生了菩尔纳，而菩尔纳生下因铎森纳。

第 20 节

वीतिहोत्रस्त्विन्द्रसेनात्तस्य सत्यश्रवा अभूत् ।
उरुश्रवाः सुतस्तस्य देवदत्तस्ततोऽभवत् ॥२०॥

vītihotras tv indrasenāt
tasya satyaśravā abhūt
uruśravāḥ sutas tasya
devadattas tato 'bhavat

vītihotraḥ—维提厚陀 / tu—但是 / indrasenāt—从因铎森纳 / tasya—维提厚陀的 / satyaśravāḥ—名叫萨提亚刷瓦 / abhūt—曾有 / uruśravāḥ—乌茹刷瓦 / sutaḥ—是……的儿子 / tasya—他(萨提亚刷瓦)的 / devadattaḥ—戴瓦达塔 / tataḥ—从乌茹刷瓦 / abhavat—曾有

译文 因铎森纳生下维提厚陀，维提厚陀生了萨提亚刷瓦，萨提亚刷瓦的儿子名叫乌茹刷瓦，而乌茹刷瓦生下戴瓦达塔。

第 21 节

ततोऽग्निवेश्यो भगवानग्निः स्वयमभूत्सुतः ।
कानीन इति विख्यातो जातूकर्ण्यो महानृषिः ॥२१॥

tato 'gniveśyo bhagavān
agniḥ svayam abhūt sutaḥ
kānīna iti vikhyāto
jātūkarṇyo mahān ṛṣiḥ

tataḥ—从戴瓦达塔 / agniveśyaḥ—名叫阿格尼维夏的儿子 / bhagavān—最强有力的 / agniḥ—火神 / svayam—亲自地 / abhūt—成

为 / sutaḥ－儿子 / kānīnaḥ－卡尼纳 / iti－如此 / vikhyātaḥ－著名的 / jātūkarṇyaḥ－佳图卡尔尼亚 / mahān ṛṣiḥ－伟大圣洁的人

译文　戴瓦达塔的儿子名叫阿格尼维夏，他就是火神阿格尼本人。这个作为圣人闻名于世的儿子，以卡尼纳和佳图卡尔尼亚著称。

要旨　阿格尼维夏(Agniveśya)又叫卡尼纳(Kānīna)和佳图卡尔尼亚(Jātūkarṇya)。

第22节

ततो ब्रह्मकुलं जातमाग्निवेश्यायनं नृप ।
नरिष्यन्तान्वयः प्रोक्तो दिष्टवंशमतः शृणु ॥२२॥

tato brahma-kulaṁ jātam
āgniveśyāyanaṁ nṛpa
nariṣyantānvayaḥ prokto
diṣṭa-vaṁśam ataḥ śṛṇu

tataḥ－从阿格尼维夏 / brahma-kulam－一个布茹阿玛纳的家族 / jātam－产出 / āgniveśyāyanam－名叫阿格尼维夏亚纳 / nṛpa－帕瑞克西特王啊 / nariṣyanta－纳瑞香塔的 / anvayaḥ－后代 / proktaḥ－被解释了 / diṣṭa-vaṁśam－迪施塔的王朝 / ataḥ－此后 / śṛṇu－聆听

译文　君王啊！阿格尼维夏传下名叫阿格尼维夏亚纳的布茹阿玛纳王朝。到此为止，我已经讲述了纳瑞香塔的后代，我现在要讲述迪施塔的后代。请听我说。

第23－24节

नाभागो दिष्टपुत्रोऽन्यः कर्मणा वैश्यतां गतः ।
भलन्दनः सुतस्तस्य वत्सप्रीतिर्भलन्दनात् ॥२३॥
वत्सप्रीतेः सुतः प्रांशुस्तत्सुतं प्रमतिं विदुः ।
खनित्रः प्रमतेस्तस्माच्चाक्षुषोऽथ विविंशतिः ॥२४॥

nābhāgo diṣṭa-putro 'nyaḥ
　karmaṇā vaiśyatāṁ gataḥ
bhalandanaḥ sutas tasya
　vatsaprītir bhalandanāt

vatsaprīteḥ sutaḥ prāṁśus
　tat-sutaṁ pramatiṁ viduḥ
khanitraḥ pramates tasmāc
　cākṣuṣo 'tha viviṁśatiḥ

nābhāgaḥ—由名叫纳巴嘎 / diṣṭa-putraḥ—迪施塔的儿子 / anyaḥ—另一个 / karmaṇā—为职业 / vaiśyatām—外夏阶层 / gataḥ—获得 / bhalandanaḥ—名叫巴兰达纳 / sutaḥ—儿子 / tasya—他(纳巴嘎)的 / vatsaprītiḥ—名叫瓦特萨普瑞提 / bhalandanāt—从巴兰达纳 / vatsaprīteḥ—从瓦特萨普瑞提 / sutaḥ—儿子 / prāṁśuḥ—名叫帕么舒 / tat-sutam—他(帕么舒)的儿子 / pramatim—名叫帕玛提 / viduḥ—你应该明白 / khanitraḥ—名叫卡尼陀 / pramateḥ—从帕玛提 / tasmāt—从他(卡尼陀) / cākṣuṣaḥ—名叫查克舒沙 / atha—这样(从查克舒沙) / viviṁśatiḥ—名叫维韦么沙提的儿子

译文　迪施塔有个名叫纳巴嘎的儿子。这位纳巴嘎不同于后面将谈到的纳巴嘎，他从事的职业使他成为一名外夏。纳巴嘎的儿子名叫巴兰达纳，巴兰达纳的儿子是瓦特萨普瑞提，而瓦特萨普瑞提生了帕么舒。帕么舒的儿子是帕玛提，帕玛提生下卡尼陀，卡尼陀的儿子名叫查克舒沙，查克舒沙的儿子则是维韦么沙提。

要旨　在玛努生的儿子中，有一个成为查锤亚，一个成为布茹阿玛纳，还有一个成为外夏(vaiśya)。这证明了《圣典博伽瓦谭》第7篇第11章的第35节诗记载的纳茹阿达·牟尼的话，即：按照表现出的特征确认一个人所属的阶层(yasya yal lakṣaṇaṁ proktaṁ puṁso varṇābhivyañjakam)。人应该始终牢记，不该按照人的出身判定一个人是布茹阿玛纳、查锤亚，还是外夏。布茹阿玛纳也许会转变为查锤亚，查锤亚也可以转变为布茹阿玛纳。同样，布茹阿玛纳或查锤亚，也许会转变为外夏，而外夏也可以转变为布茹阿玛纳或查锤亚。对此，《博伽梵歌》中证实说：根据物质自然三种属性和与它们有关的不同活动，我把人类社会划分为四个阶层(cātur-varṇyaṁ mayā sṛṣṭaṁ guṇa-karma-vibhāgaśaḥ)。一个人是布茹阿玛纳、查锤亚还是外夏从不取决于出身，而取决于个人品质。人类社会极需要布茹阿玛纳。为此，我们努力透过奎师那意识运动培训一些布茹阿玛纳，以指导人类社会。如今因为缺乏布茹阿玛纳，人类社会失去了头脑。由于现在几乎所有的人都是庶铎，没人能指导社会成员走上使人达到生命完美境界的正确路途。

第 25 节

विविंशतेः सुतो रम्भः खनीनेत्रोऽस्य धार्मिकः ।
करन्धमो महाराज तस्यासीदात्मजो नृप ॥२५॥

viviṁśateḥ suto rambhaḥ
khanīnetro 'sya dhārmikaḥ
karandhamo mahārāja
tasyāsīd ātmajo nṛpa

viviṁśateḥ－从维韦么沙提 / sutaḥ－儿子 / rambhaḥ－名叫冉巴 / khanīnetraḥ－名叫卡尼内陀 / asya－冉巴的 / dhārmikaḥ－十分虔诚 / karandhamaḥ－名叫卡冉达玛 / mahārāja－君王啊 / tasya－他(卡尼内陀)的 / āsīt－是 / ātmajaḥ－儿子 / nṛpa－君王啊

译文 维韦么沙提生了名叫冉巴的儿子，冉巴的儿子是伟大而虔诚的卡尼内陀王。君王啊！卡尼内陀王的儿子是卡冉达玛王。

第26节

तस्यावीक्षित्सुतो यस्य मरुत्तश्चक्रवर्त्यभूत् ।
संवर्तोऽयाजयद्यं वै महायोग्यङ्गिरःसुतः ॥२६॥

国际奎师那意识协会创办人、一代宗师
圣恩 A.C.巴克提韦丹塔·斯瓦米·帕布帕德

杜尔瓦萨·牟尼严厉斥责安巴瑞施王时，整个脸因狂怒而涨得通红。他从头上拔下一撮头发，制造了一个类似毁灭大火般的恶魔，用以惩罚安巴瑞施王。（见第 119 页）

杜尔瓦萨·牟尼无论逃到哪里，都立刻看到燃烧着无法忍受的烈火的苏达尔珊飞轮正紧跟着他。（见第 123 页）

在温达文，尽管主奎师那本人就是圆满的，但祂想要祂的奉献者以牧牛姑娘等身份与祂合交流，以增加祂超然的极乐。这些奉献者是祂最珍爱的奉献者。（见第 133 页）

安巴瑞施王对燃烧着的飞轮说：啊！苏达尔珊飞轮，宇宙的保护者！为我们整个王朝的利益着想，请对这可怜的布茹阿玛纳仁慈。（见第 145—146 页）

优秀的昂舒曼看到，在他叔叔们的骨灰堆间，主卡皮拉就坐在丢失的祭祀用马匹旁。昂舒曼恭敬地向祂顶礼，双手合十、专心致志地向祂献上祈祷。（见第 242 页）

应巴给茹阿塔王的请求，主希瓦专注地用自己的头承接恒河，因为恒河之水从主维施努的脚趾流出，是纯净的。（见第263页）

在悉塔女神的选夫大会上，当着这世上英雄们的面，主茹阿玛禅铎折断了主希瓦的弓。（见第 305 页）

主茹阿玛禅铎手持祂战无不胜的弓箭，由妻子悉塔女神和弟弟拉珂施曼陪伴，在森林中度过十四年的岁月。（见第 306—307 页）

主茹阿玛禅铎忠诚的猴军，将巨石扔进海洋。这些巨石靠至尊主的能量浮在水面上，形成一座直达兰卡的浮桥。（见第 317 页）

主帕茹阿舒茹阿玛所到之处，敌人纷纷倒下；他们的腿、手臂和肩膀被砍断，他们的战车驾驭者被杀死，他们的大象和马匹坐骑统统被毁灭。（见第 482 页）

莎尔蜜施塔无意间将黛瓦雅妮的衣服穿在自己身上，这使黛瓦雅妮很生气，愤怒地说：噢，看看这侍女莎尔蜜施塔的行为吧！（见第 538—539 页）

舒夸查尔亚听他女儿说雅亚提对她不忠诚时极度愤怒，对君王说：“你这不忠诚的傻瓜，竟乱追女人！你犯了大错，因此我诅咒你被老年和病弱缠身并毁容。”（见第556页）

崇高的冉提戴瓦在断食四十八天后，得到一些水和用牛奶、酥油做的食物，但自己却没有吃，而是分给了几个乞讨者。（见第 635 页）

主奎师那向子宫中的孩子保证他不会受错觉能量的影响。那孩子于是出来，但马上离开家，成为四处周游的大圣人舒卡戴瓦·哥斯瓦米。（见第651页）

为检验杜尔瓦萨·牟尼赐予的神秘力量的效力，虔诚的琨缇呼唤太阳神。太阳神立刻出现　在她面前，使她感到十分惊讶。（见第 735 页）

tasyāvīkṣit suto yasya
　marutaś cakravarty abhūt
saṁvarto 'yājayad yaṁ vai
　mahā-yogy aṅgiraḥ-sutaḥ

tasya—他(卡冉达玛)的 / avīkṣit—名叫阿维克希特 / sutaḥ—儿子 / yasya—(阿维克希特)的 / maruttaḥ—(儿子)名叫玛茹塔 / cakra-vartī—帝王 / abhūt—成为 / saṁvartaḥ—桑瓦尔塔 / ayājayat—致力于举行祭祀 / yam—向(玛茹塔) / vai—事实上 / mahā-yogī—优秀的神秘主义者 / aṅgiraḥ-sutaḥ—安给茹阿的儿子

译文　卡冉达玛生子阿维克希特，阿维克希特的儿子是世界帝王玛茹塔。安给茹阿的儿子——非凡的神秘主义者桑瓦尔塔，安排玛茹塔举行一场祭祀。

第 27 节

मरुत्तस्य यथा यज्ञो न तथान्योऽस्ति कश्चन ।
सर्वं हिरण्मयं त्वासीद्यत्किञ्चिच्चास्य शोभनम् ॥२७॥

maruttasya yathā yajño
　na tathānyo 'sti kaścana
sarvaṁ hiraṇmayaṁ tv āsīd
　yat kiñcic cāsya śobhanam

maruttasya—玛茹塔的 / yathā—正如 / yajñaḥ—祭祀的举行 / na—不 / tathā—像那 / anyaḥ—任何其他的 / asti—有 / kaścana—任何事物 / sarvam—一切 / hiraṇ-mayam—金制的 / tu—事实上 / āsīt—有 / yat kiñcit—他有的一切 / ca—和 / asya—玛茹塔的 / śobhanam—极其壮美

译文　玛茹塔王的祭祀设备华美异常，一切都是金制的。事实上，他举行的这场祭祀举世无双、无与伦比。

第 28 节

अमाद्यदिन्द्रः सोमेन दक्षिणाभिर्द्विजातयः ।
मरुतः परिवेष्टारो विश्वेदेवाः सभासदः ॥२८॥

amādyad indraḥ somena
dakṣiṇābhir dvijātayaḥ
marutaḥ pariveṣṭāro
viśvedevāḥ sabhā-sadaḥ

amādyat—醉了 / indraḥ—天帝因铎 / somena—通过喝饮令人陶醉的月露 / dakṣiṇābhiḥ—通过收到足够的捐款 / dvijātayaḥ—布茹阿玛纳群体 / marutaḥ—各种气 / pariveṣṭāraḥ—供奉食物 / viśvedevāḥ—宇宙半神人 / sabhā-sadaḥ—与会成员

译文 在那场祭祀中，因铎王因为喝饮大量的月露而迷醉；布茹阿玛纳因为得到丰富的馈赠而感到称心如意。控制风的各位半神人为那场祭祀提供食粮，维施瓦戴瓦们也参加了集会。

要旨 玛茹塔举行的祭祀使每一个人，尤其是布茹阿玛纳和查锤亚都很满意。在祭祀中，布茹阿玛纳对作为祭司接受捐献感兴趣，查锤亚对喝酒感兴趣。因此，他们都对给予他们的安排感到满意。

第 29 节

मरुत्तस्य दमः पुत्रस्तस्यासीद्राज्यवर्धनः ।
सुधृतिस्तत्सुतो जज्ञे सौधृतेयो नरः सुतः ॥२९॥

maruttasya damaḥ putras
tasyāsīd rājyavardhanaḥ
sudhṛtis tat-suto jajñe
saudhṛteyo naraḥ sutaḥ

maruttasya－玛茹塔的 / damaḥ－(名叫)达玛 / putraḥ－儿子 / tasya－他(达玛)的 / āsīt－有 / rājya-vardhanaḥ－名叫茹阿吉亚瓦尔丹——能够扩展王国的人 / sudhṛtiḥ－被称为苏兑提 / tat-sutaḥ－他(茹阿吉亚瓦尔丹)的儿子 / jajñe－出生 / saudhṛteyaḥ－从苏兑提 / naraḥ－名叫纳茹阿 / sutaḥ－儿子

译文　玛茹塔的儿子是达玛，达玛的儿子名叫茹阿吉亚瓦尔丹，茹阿吉亚瓦尔丹生子苏兑提，苏兑提的儿子是纳茹阿。

第 30 节

तत्सुतः केवलस्तस्माद् धुन्धुमान् वेगवांस्ततः ।
बुधस्तस्याभवद्यस्य तृणबिन्दुर्महीपतिः ॥३०॥

tat-sutaḥ kevalas tasmād
dhundhumān vegavāṁs tataḥ
budhas tasyābhavad yasya
tṛṇabindur mahīpatiḥ

tat-sutaḥ－他(纳茹阿)的儿子 / kevalaḥ－名叫凯瓦拉 / tasmāt－从他(凯瓦拉) / dhundhumān－生的名叫敦杜曼的儿子 / vegavān－名叫维嘎万 / tataḥ－从他(敦杜曼) / budhaḥ－名叫布达 / tasya－他(维嘎万)的 / abhavat－有 / yasya－(布达)的 / tṛṇabinduḥ－名叫特瑞纳宾杜的儿子 / mahīpatiḥ－君王

译文　纳茹阿的儿子名叫凯瓦拉，凯瓦拉的儿子是敦杜曼，敦杜曼生了维嘎万。维嘎万的儿子是布达，布达之子名叫特瑞纳宾杜，特瑞纳宾杜成为这个地球的君王。

第 31 节

तं भेजेऽलम्बुषा देवी भजनीयगुणालयम् ।
वराप्सरा यतः पुत्राः कन्या चेलविलाभवत् ॥३१॥

tam̐ bheje 'lambuṣā devī
bhajanīya-guṇālayam
varāpsarā yataḥ putrāḥ
kanyā celavilābhavat

tam—他(特瑞纳宾杜) / bheje—接受为丈夫 / alambuṣā—少女阿琅布莎 / devī—女神 / bhajanīya—值得接受 / guṇa-ālayam—所有好品质的宝库 / vara-apsarāḥ—最优秀的天堂舞女 / yataḥ—从(特瑞纳宾杜) / putrāḥ——些儿子 / kanyā——个女儿 / ca—和 / ilavilā—名叫伊腊薇拉 / abhavat—出生

译文 最杰出的天堂舞女——素质极高的少女阿琅布莎，接受具有同等素质的特瑞纳宾杜当丈夫。她生育了几个儿子和一个名叫伊腊薇拉的女儿。

第32节

यस्यामुत्पादयामास विश्रवा धनदं सुतम् ।
प्रादाय विद्यां परमामृषिर्योगेश्वरः पितुः ॥३२॥

yasyām utpādayām āsa
viśravā dhanadam̐ sutam
prādāya vidyām̐ paramām
ṛṣir yogeśvaraḥ pituḥ

yasyām—在(伊腊薇拉)体内 / utpādayām āsa—生出 / viśravāḥ—维刷瓦 / dhana-dam—库维尔——给钱的人 / sutam—对一个儿子 / prādāya—接受后 / vidyām—绝对的知识 / paramām—至高无上的 / ṛṣiḥ—伟大的圣洁之人 / yoga-īśvaraḥ—神秘瑜伽的主人 / pituḥ—从他父亲

译文 神秘瑜伽的导师——大圣人维刷瓦，从他父亲那里得到纯粹的知识后，与伊腊薇拉生了闻名于世的儿子库维尔——金钱的赐予者。

第 33 节

विशालः शून्यबन्धुश्च धूम्रकेतुश्च तत्सुताः ।
विशालो वंशकृद्राजा वैशालीं निर्ममे पुरीम् ॥३३॥

viśālaḥ śūnyabandhuś ca
dhūmraketuś ca tat-sutāḥ
viśālo vaṁśa-kṛd rājā
vaiśālīṁ nirmame purīm

viśālaḥ－名叫维沙拉 / śūnyabandhuḥ－名叫顺亚班杜 / ca－也 / dhūmraketuḥ－名叫敦茹阿凯图 / ca－也 / tat-sutāḥ－特瑞纳宾杜的儿子们 / viśālaḥ－维沙拉王 / vaṁśa-kṛt－创建一个王朝 / rājā－君王 / vaiśālīm－名叫外沙丽的 / nirmame－兴建 / purīm－一个宫殿

译文　特瑞纳宾杜有三个儿子，分别名叫维沙拉、顺亚班杜和敦茹阿凯图。在这三人中，维沙拉创建了一个王朝，兴建起一座名叫外沙丽的宫殿。

第 34 节

हेमचन्द्रः सुतस्तस्य धूम्राक्षस्तस्य चात्मजः ।
तत्पुत्रात्संयमादासीत्कृशाश्वः सहदेवजः ॥३४॥

hemacandraḥ sutas tasya
dhūmrākṣas tasya cātmajaḥ
tat-putrāt saṁyamād āsīt
kṛśāśvaḥ saha-devajaḥ

hemacandraḥ－名叫黑玛禅铎 / sutaḥ－儿子 / tasya－他(维沙拉)的 / dhūmrākṣaḥ－名叫敦茹阿克沙 / tasya－他(黑玛禅铎)的 / ca－也 / ātmajaḥ－儿子 / tat-putrāt－从他(敦茹阿克沙)的儿子 / saṁyamāt－从名叫萨么亚玛的他 / āsīt－曾有 / kṛśāśvaḥ－克瑞沙施瓦 / saha－与……一起 / devajaḥ－戴瓦佳

译文 维沙拉的儿子是黑玛禅铎，他的儿子名叫敦茹阿克沙，敦茹阿克沙生下萨么亚玛，萨么亚玛有戴瓦佳和克瑞沙施瓦两个儿子。

第35—36节

कृशाश्वात्सोमदत्तोऽभूद्योऽश्वमेधैरिडस्पतिम् ।
इष्ट्वा पुरुषमापाग्र्यां गतिं योगेश्वराश्रिताम् ॥३५॥
सौमदत्तिस्तु सुमतिस्तत्पुत्रो जनमेजयः ।
एते वैशालभूपालास्तृणबिन्दोर्यशोधराः ॥३६॥

kṛśāśvāt somadatto 'bhūd
yo 'śvamedhair iḍaspatim
iṣṭvā puruṣam āpāgryāṁ
gatiṁ yogeśvarāśritām

saumadattis tu sumatis
tat-putro janamejayaḥ
ete vaiśāla-bhūpālās
tṛṇabindor yaśodharāḥ

kṛśāśvāt—从克瑞沙施瓦 / somadattaḥ—名叫索玛达塔的儿子 / abhūt—曾有 / yaḥ—……的他(索玛达塔) / aśvamedhaiḥ—通过举行马祭 / iḍaspatim—向主维施努 / iṣṭvā—崇拜后 / puruṣam—主维施努 / āpa—获得 / agryām—全体成员中最优秀的 / gatim—目标 / yoge-śvara-āśritām—伟大的神秘瑜伽师占用的地方 / saumadattiḥ—索玛达塔的儿子 / tu—但是 / sumatiḥ—名叫苏玛提的儿子 / tat-putraḥ—他(苏玛提)的儿子 / janamejayaḥ—起名 / ete—他们全体 / vaiśāla-bhūpā-lāḥ—外沙拉王朝中的君王们 / tṛṇabindoḥ yaśaḥ-dharāḥ—维持特瑞纳宾杜王的声望

译文 克瑞沙施瓦的儿子是索玛达塔，索玛达塔举行过马祭，以此取悦了至尊人格首神维施努。靠崇拜至尊主，他在伟大的神秘瑜伽师死后升上的星球中得到最崇高的职位和一个住所。索玛达塔的儿子是苏玛提，苏玛提的儿子名叫佳纳梅佳亚。所有这些出现在维沙拉王朝中的君王，都正确地维护着特瑞纳宾杜王的威名。

到此为止，结束了巴克提韦丹塔对《圣典博伽瓦谭》第9篇第2章——“玛努之子的王朝”所作的阐释。

第三章

苏刊雅和恰瓦纳·牟尼的婚姻

这一章描述玛努(Manu)的另一个儿子沙尔亚提(Śaryāti)的王朝，也讲述了有关苏刊雅(Sukanyā)和瑞瓦提(Revatī)。

精通韦达知识的沙尔亚提，就安给茹阿(Aṅgirasa)的后代在举行祭祀的第二天该如何执行宗教仪式给予教导。一天，沙尔亚提携带他名叫苏刊雅的女儿去恰瓦纳·牟尼(Cyavana Muni)的灵修所。在那里，苏刊雅看到一个蚯蚓洞中有两个闪闪放光的发光体，于是便去刺那两个闪亮的发光体。她一旦这么做，鲜血便开始从那洞中渗出。结果，沙尔亚提王和他的随行人员都遭受不能大小便的痛苦。当君王询问为什么事情会突然变成这样时，他发现是苏刊雅导致了这一不幸。接着，大家一起向恰瓦纳·牟尼祈祷，只希望按照他的愿望满足他。最后，精通韦达知识的沙尔亚提，将他的女儿献给了当时已经老态龙钟的恰瓦纳·牟尼。

当天堂医师阿施维尼·库玛尔(Aśvinī-kumāra)有一天来看望恰瓦纳·牟尼时，牟尼要求他们让他恢复青春。这两位医师带着恰瓦纳·牟尼进入一个湖中，在其中沐浴，重获风华正茂的青春。这之后，苏刊雅无法辨认出她的丈夫，于是请求阿施维尼·库玛尔的帮助。他们对她的贞洁感到很满意，因此再次将她介绍给她的丈夫。恰瓦纳·牟尼后来安排沙尔亚提王举行月露祭祀(soma-yajña)，给予阿施维尼·库玛尔喝月露(soma-rasa)的特权。天帝因铎对此十分生气，但却无法伤害沙尔亚提。从那以后，阿施维尼·库玛尔两位医师，能够分享到月露。

沙尔瓦提后来有了乌塔纳巴黑(Uttānabarhi)、阿纳尔塔(Ānarta)和布瑞什纳(Bhūriṣeṇa)三个儿子。阿纳尔塔有个名叫瑞瓦塔(Revata)的儿子。瑞瓦塔有一百个儿子，其中长子卡库德弥(Kakudmī)。卡库德弥得到主布茹阿玛的忠告，将他美丽的女儿瑞娃缇(Revatī)献给属于维施努范畴(viṣṇu-tattva)的巴拉戴瓦(Baladeva)。这样做了之后，卡库德弥退出家庭生活，进入巴达瑞卡灵修地的森林，在那里苦修。

第 1 节

श्रीशुक उवाच
शर्यातिर्मानवो राजा ब्रह्मिष्ठः सम्बभूव ह ।
यो वा अङ्गिरसां सत्रे द्वितीयमहरूचिवान् ॥१॥

śrī-śuka uvāca
śaryātir mānavo rājā
brahmiṣṭhaḥ sambabhūva ha
yo vā aṅgirasāṁ satre
dvitīyam ahar ūcivān

śrī-śukaḥ uvāca—圣舒卡戴瓦·哥斯瓦米说 / śaryātiḥ—名叫沙尔亚提的君王 / mānavaḥ—玛努的儿子 / rājā—统治者 / brahmiṣṭhaḥ—精通韦达知识 / sambabhūva ha—因此他变成 / yaḥ—……的人 / vā—或者 / aṅgirasām—安给茹阿·牟尼的后代的 / satre—在祭祀场所中 / dvitīyam ahaḥ—第二天举行的盛大祭祀 / ūcivān—讲述了

译文 圣舒卡戴瓦·哥斯瓦米继续道：君王啊！玛努的另一个儿子沙尔亚提，是位精通韦达知识的统治者。他就有关安给茹阿的后代举行祭祀的第二天所该执行的宗教仪式给予教导。

第 2 节

सुकन्या नाम तस्यासीत्कन्या कमललोचना ।
तया सार्धं वनगतो ह्यगमच्च्यवनाश्रमम् ॥२॥

sukanyā nāma tasyāsīt
kanyā kamala-locanā
tayā sārdhaṁ vana-gato
hy agamac cyavanāśramam

sukanyā—苏刊雅 / nāma—名叫 / tasya—他(沙尔亚提)的 / āsīt—有 / kanyā—一个女儿 / kamala-locanā—莲花般的眼睛 / tayā sārdham—与她 / vana-gataḥ—进入森林 / hi—事实上 / agamat—他去 / cyavana-āśramam—到恰瓦纳·牟尼居住的地方

译文 沙尔亚提有个长着莲花般美丽眼睛的女儿苏刊雅。一天，他带她到森林中去看恰瓦纳·牟尼的灵修所。

第 3 节

सा सखीभिः परिवृता विचिन्वन्त्यङ्घ्रिपान् वने ।
वल्मीकरन्ध्रे ददृशे खद्योते इव ज्योतिषी ॥३॥

sā sakhībhiḥ parivṛtā
vicinvanty aṅghripān vane
valmīka-randhre dadṛśe
khadyote iva jyotiṣī

sā—那个苏刊雅 / sakhībhiḥ—由她的朋友 / parivṛtā—围绕着 / vicinvantī—采集 / aṅghripān—树上的水果和鲜花 / vane—在森林中 / valmīka-randhre—一个蚯蚓洞中 / dadṛśe—观察到 / khadyote—两个发光体 / iva—如同 / jyotiṣī—两个闪亮的东西

译文 苏刊雅由她的朋友们簇拥着，在森林中采集树上的各种果实时，看到在一蚯蚓洞中有两个如发光体般发出耀眼光芒的东西。

第 4 节

ते दैवचोदिता बाला ज्योतिषी कण्टकेन वै ।
अविध्यन्मुग्धभावेन सुस्रावासृक्ततो बहिः ॥ ४ ॥

te daiva-coditā bālā
jyotiṣī kaṇṭakena vai
avidhyan mugdha-bhāvena
susrāvāsṛk tato bahiḥ

te一那两个 / daiva-coditā一仿佛天意驱使 / bālā一那年轻的女儿 / jyotiṣī一蚯蚓洞中的两个萤火虫 / kaṇṭakena一用一根刺 / vai一事实上 / avidhyat一刺穿 / mugdha-bhāvena一好似没有知识 / susrāva一出来 / asṛk一鲜血 / tataḥ一从那里 / bahiḥ一外面

译文 仿佛是天意驱使，那少女竟然无知地用一根刺去刺那两个萤火虫。当它们被刺时，鲜血开始从中渗出。

第 5 节

शकृन्मूत्रनिरोधोऽभूत्सैनिकानां च तत्क्षणात् ।
राजर्षिस्तमुपालक्ष्य पुरुषान् विस्मितोऽब्रवीत् ॥ ५ ॥

śakṛn-mūtra-nirodho 'bhūt
sainikānāṁ ca tat-kṣaṇāt
rājarṣis tam upālakṣya
puruṣān vismito 'bravīt

śakṛt一粪便的 / mūtra一和尿液的 / nirodhaḥ一阻塞 / abhūt一因此变得 / sainikānām一全体士兵的 / ca一和 / tat-kṣaṇāt一立刻 / rājarṣiḥ一君王 / tam upālakṣya一看到发生的事 / puruṣān一对他的人 / vismitaḥ一惊讶地 / abravīt一开始说

译文 随即，沙尔亚提的全体士兵的大小便通路立刻被堵塞住。察觉到这一点的沙尔亚提，惊讶地对他的随从说了如下一番话。

第 6 节

अप्यभद्रं न युष्माभिर्भार्गवस्य विचेष्टितम् ।
व्यक्तं केनापि नस्तस्य कृतमाश्रमदूषणम् ॥ ६ ॥

apy abhadraṁ na yuṣmābhir
bhārgavasya viceṣṭitam
vyaktaṁ kenāpi nas tasya
kṛtam āśrama-dūṣaṇam

api—唉 / abhadram—某种有害的 / naḥ—我们中 / yuṣmābhiḥ—被我们 / bhārgavasya—恰瓦纳·牟尼的 / viceṣṭitam—企图 / vyaktam—现在清楚了 / kena api—被某人 / naḥ—我们中的 / tasya—他(恰瓦纳·牟尼)的 / kṛtam—被完成 / āśrama-dūṣaṇam—这灵修所的污染

译文 真是太奇怪了，我们中的一个人对布瑞古的儿子恰瓦纳·牟尼做了不对的事。看来无疑是我们中的某个人污染了这灵修所。

第 7 节

सुकन्या प्राह पितरं भीता किञ्चित्कृतं मया ।
द्वे ज्योतिषी अजानन्त्या निर्भिन्ने कण्टकेन वै ॥ ७ ॥

sukanyā prāha pitaraṁ
bhītā kiñcit kṛtaṁ mayā
dve jyotiṣī ajānantyā
nirbhinne kaṇṭakena vai

sukanyā—少女苏刊雅 / prāha—说 / pitaram—对她父亲 / bhītā—因为害怕 / kiñcit—某事 / kṛtam—做的 / mayā—由我 / dve—两个 / jyotiṣī—发光的物体 / ajānantyā—由于无知 / nirbhinne—被刺穿 / kaṇṭakena—用一根刺 / vai—事实上

译文 少女苏刊雅十分害怕地对她父亲说：是我做了错事，我无知地用一根刺去刺这两个发光体。

第 8 节

दुहितुस्तद्वचः श्रुत्वा शर्यातिर्जातसाध्वसः ।
मुनिं प्रसादयामास वल्मीकान्तर्हितं शनैः ॥८॥

duhitus tad vacaḥ śrutvā
śaryātir jāta-sādhvasaḥ
munim prasādayām āsa
valmīkāntarhitam śanaiḥ

duhituḥ—他女儿的 / tat vacaḥ—那说明 / śrutvā—听了后 / śaryātiḥ—沙尔亚提王 / jāta-sādhvasaḥ—变得害怕 / munim—向恰瓦纳·牟尼 / prasādayām āsa—试图抚慰 / valmīka-antarhitam—坐在蚯蚓洞中的人 / śanaiḥ—逐渐地

译文 沙尔亚提王听他女儿说明情况后十分害怕。他尝试以各种方式抚慰恰瓦纳·牟尼，因为坐在那蚯蚓洞中的正是恰瓦纳·牟尼。

第 9 节

तदभिप्रायमाज्ञाय प्रादाद् दुहितरं मुनेः ।
कृच्छ्रान्मुक्तस्तमामन्त्र्य पुरं प्रायात्समाहितः ॥९॥

tad-abhiprāyam ājñāya
prādād duhitaram muneḥ
kṛcchrān muktas tam āmantrya
puram prāyāt samāhitaḥ

tat—恰瓦纳·牟尼的 / abhiprāyam—目的 / ājñāya—明白 / prādāt—交给 / duhitaram—他女儿 / muneḥ—给恰瓦纳·牟尼 / kṛcchrāt—非常困难地 / muktaḥ—释放 / tam—牟尼 / āmantrya—征得允许 / puram—到他自己的住所 / prāyāt—离开 / samāhitaḥ—很善于思考的

译文　沙尔亚提王很善于思考，因此明白恰瓦纳·牟尼的心意，于是将自己的女儿送给了圣人。他这样费尽心力地摆脱危险后，征得恰瓦纳·牟尼的允许，启程返家。

要旨　君王听了他女儿的说明后，无疑会对大圣人恰瓦纳·牟尼说，他女儿是在无知的情况下犯了这样的错误。但牟尼却问君王他的这个女儿是否结婚了。这使君王明白大圣人恰瓦纳·牟尼的意图(tad-abhiprāyam ājñāya)，于是立刻将他的女儿送给牟尼，逃脱了被诅咒的险境。那之后，君王征得大圣人的许可，启程返家。

第 10 节

सुकन्या च्यवनं प्राप्य पतिं परमकोपनम् ।
प्रीणयामास चित्तज्ञा अप्रमत्तानुवृत्तिभिः ॥१०॥

sukanyā cyavanaṁ prāpya
patiṁ parama-kopanam
prīṇayām āsa citta-jñā
apramattānuvṛttibhiḥ

sukanyā—苏刊雅 / cyavanam—大圣人恰瓦纳·牟尼 / prāpya—得到后 / patim—作为她的丈夫 / parama-kopanam—总是很生气的人 / prīṇayām āsa—她使他感到满意 / citta-jñā—明白她丈夫的想法 / apra-mattā anuvṛttibhiḥ—靠毫无困惑地做服务

译文　恰瓦纳·牟尼的脾气很火爆，但苏刊雅自从嫁给他后，就一直小心翼翼地按他的心情与他打交道。她了解恰瓦纳·牟尼的想法后，就毫无困惑地侍奉他。

要旨　这是夫妻间关系中的表现。像恰瓦纳·牟尼那样的非凡人物总是要站在支配的地位上。这样的人无法服从任何人。因此，恰瓦纳·牟尼的脾气非常暴躁。他的妻子苏刊亚能了解他的心态，所以按照这种情况对待他。任何一个妻子如果想要跟自己的丈夫愉快相处，都必须努力了解丈夫的脾气，尽力取悦他。这是一个女人的胜利。即使在主奎师那与祂的各个王后打交道时，我们看到，王后们虽然是大君王的女儿，但在主奎师那面前却像女仆一样行事。无论一个女人有多优秀，她在丈夫面前都必须使自己像个女仆，也就是说，她必须准备执行丈夫的命令，在任何情况下都取悦他。那她的生活就成功了。当妻子变得像丈夫一样易怒时，他们夫妻的家庭生活必然受到打扰，或者最终完全破裂。在现代社会中，妻子从不服从，所以家庭生活仅仅因为一点小事就破裂，妻子或丈夫都有可能利用离婚的法律。然而，韦达法律中根本没有离婚法律这回事，女人必须受到训练服从丈夫的意愿。西方人争论说，这是奴役妻子的心态。但事实并非如此。对丈夫百依百顺是女人能征服自己丈夫的心的战术，无论丈夫多么易怒或刻毒都可以获得成功。在这个事件中，我们清楚地看到：尽管恰瓦纳·牟尼已经老到可以当苏刊雅的祖父，而且脾气十分暴躁，但君王美丽的女儿苏刊雅服从她年老的丈夫，努力在各方面使他满意。正因为如此，她是个诚实、贞节的妻子。

第 11 节

कस्यचित्त्वथ कालस्य नासत्यावाश्रमागतौ ।
तौ पूजयित्वा प्रोवाच वयो मे दत्तमीश्वरौ ॥११॥

kasyacit tv atha kālasya
nāsatyāv āśramāgatau
tau pūjayitvā provāca
vayo me dattam īśvarau

kasyacit－一些(时间)后 / tu－但是 / atha－就这样 / kālasya－时间过去了 / nāsatyau－阿施维尼·库玛尔两兄弟 / āśrama－恰瓦纳·牟尼的那个地方 / āgatau－抵达 / tau－向那两位 / pūjayitvā－致以恭敬的顶

礼 / provāca－说 / vayaḥ－青春 / me－给我 / dattam－请给予 / īśvarau－因为你们两人能够做到

译文 那之后过了一段时间，天堂医师阿施维尼·库玛尔两兄弟，有一天碰巧来到恰瓦纳·牟尼的灵修所。恰瓦纳·牟尼恭敬地向他们致敬后，要求他们赐予他年轻的生命，因为这是他们能做到的。

要旨 像阿施维尼·库玛尔那样的天堂医师，甚至可以让一个人返老还童。事实上，只要尸体的结构尚且完好，伟大的瑜伽师(yogī)甚至可以用他们的神秘力量，使人起死回生。就有关这一点，我们已经谈论过巴利王(Bali Mahārāja)的士兵们，以及舒夸查尔亚(Śukrācārya)给予他们的治疗。现代医学科学还没有找到使人起死回生或返老还童的方法，但我们从这些诗文中可以了解，人如果学习韦达知识，就能够给予这样的治疗。阿施维尼·库玛尔像丹万塔瑞(Dhanvantari)一样精通《阿尤尔·韦达》(Āyur-veda)。在每一个物质科系中都有可以达到的完美境界，而要达到那完美的境界，人必须查阅韦达文献。最高的完美境界是成为至尊主的奉献者。要达到这一完美境界，人必须查阅《圣典博伽瓦谭》。它被视为是韦达知识如愿树上成熟的果实(nigama-kalpa-taror galitaṁ phalam)。

第 12 节

ग्रहं ग्रहीष्ये सोमस्य यज्ञे वामप्यसोमपोः ।
क्रियतां मे वयोरूपं प्रमदानां यदीप्सितम् ॥१२॥

grahaṁ grahīṣye somasya
　yajñe vām apy asoma-poḥ
kriyatam me vayo-rūpaṁ
　pramadānāṁ yad īpsitam

graham——满罐 / grahīṣye—我将给予 / somasya—月露的 / yajñe—在祭祀中 / vām—你们两人的 / api—虽然 / asoma-poḥ—没有资格喝月露的你们两人 / kriyatām—就执行 / me—我的 / vayaḥ—青春 / rūpam—年轻男人的俊美 / pramadānām—女人的 / yat—是…… / īpsitam—值得拥有的

译文 恰瓦纳·牟尼说：尽管你们没有资格喝祭祀中供奉的月露，但我向你们保证，我会给你们一整罐的月露。请安排让我具有美貌和青春，因为那能吸引年轻的女人。

第13节

बाढमित्यूचतुर्विप्रमभिनन्द्य भिषक्तमौ ।
निमज्जतां भवानस्मिन् ह्रदे सिद्धविनिर्मिते ॥१३॥

bāḍham ity ūcatur vipram
abhinandya bhiṣaktamau
nimajjatāṁ bhavān asmin
hrade siddha-vinirmite

bāḍham—是的，我们会去做 / iti—如此 / ūcatuḥ—他们两人回答，接受恰瓦纳·牟尼的提议 / vipram—向布茹阿玛纳(恰瓦纳·牟尼) / abhinandya—祝贺他 / bhiṣak-tamau—两个非凡的医生阿施维尼·库玛尔 / nimajjatām—就潜入 / bhavān—你本人 / asmin—在这之中 / hrade—湖水 / siddha-vinirmite—尤其是为了各种完美的……

译文 非凡的医师阿施维尼·库玛尔兄弟，很高兴接受恰瓦纳·牟尼的提议，因此对这位布茹阿玛纳说：“就潜入这个成功生活的湖中吧。”(在这个湖中沐浴的人就会实现自己的愿望。)

第 14 节

इत्युक्तो जरया ग्रस्तदेहो धमनिसन्ततः ।
ह्रदं प्रवेशितोऽश्विभ्यां वलीपलितविग्रहः ॥१४॥

ity ukto jarayā grasta-
deho dhamani-santataḥ
hradaṁ praveśito 'śvibhyāṁ
valī-palita-vigrahaḥ

iti uktaḥ—这样被说 / jarayā—被老年和病弱 / grasta-dehaḥ—躯体是如此病弱 / dhamani-santataḥ—全身青筋暴露的 / hradam—湖水 / praveśitaḥ—进入 / aśvibhyām—依靠阿施维尼·库玛尔的帮助 / valī-pa-lita-vigrahaḥ—有着松弛皮肤和白色毛发的身体的人

译文　说完这话，阿施维尼·库玛尔就抓起又老又瞎、白发苍苍且全身青筋暴露的恰瓦纳·牟尼，三人一起进入那个湖。

要旨　恰瓦纳·牟尼那么老，甚至无法独自进入那湖水中。因此，阿施维尼·库玛尔必须抓住他的身体，三人一起进入那湖中。

第 15 节

पुरुषास्त्रय उत्तस्थुरपीव्या वनिताप्रियाः ।
पद्मस्रजः कुण्डलिनस्तुल्यरूपाः सुवाससः ॥१५॥

puruṣās traya uttasthur
apīvyā vanitā-priyāḥ
padma-srajaḥ kuṇḍalinas
tulya-rūpāḥ suvāsasaḥ

puruṣāḥ—人们 / trayaḥ—三个 / uttasthuḥ—(从湖中)升起 / apī-vyāḥ—极其美丽 / vanitā-priyāḥ—作为一个很吸引女人的男人 / padma-srajaḥ—用莲花花环作装饰 / kuṇḍalinaḥ—用耳环 / tulya-rūpāḥ—他们有着同样的身体特征 / su-vāsasaḥ—打扮得很漂亮

译文 那之后，三个人都外形俊美地从湖中浮现出来。他们穿着漂亮，用耳环和莲花花环作装饰。他们俊美的程度不分上下。

第 16 节

तान्निरीक्ष्य वरारोहा सरूपान् सूर्यवर्चसः ।
अजानती पतिं साध्वी अश्विनौ शरणं ययौ ॥१६॥

tān nirīkṣya varārohā
sarūpān sūrya-varcasaḥ
ajānatī patiṁ sādhvī
aśvinau śaraṇaṁ yayau

tān—向他们 / nirīkṣya—观察后 / vara-ārohā—那位美丽的苏刊雅 / sa-rūpān—他们都同样的俊美 / sūrya-varcasaḥ—有着阳光般的身体光芒 / ajānatī—不知道 / patim—她丈夫 / sādhvī—那贞节的女人 / aśvinau—向阿施维尼·库玛尔 / śaraṇam—庇护 / yayau—取得

译文 贞洁且貌似天仙的苏刊雅，无法辨识出谁是她丈夫，谁是阿施维尼·库玛尔，因为他们都同样的俊美。她在辨不清谁是自己真正的丈夫的情况下，请求阿施维尼·库玛尔的帮助。

要旨 苏刊雅可以选择他们中的任何一位当她的丈夫，因为没人能对他们作出区分。然而，她因为十分贞节，所以托庇于阿施维尼·库玛尔，请他们告诉她谁是她真正的丈夫。贞节的女人永远都不会接受其他人当自己的丈夫，哪怕有人与自己的丈夫同样英俊和有资格。

第 17 节

दर्शयित्वा पतिं तस्यै पातिव्रत्येन तोषितौ ।
ऋषिमामन्त्र्य ययतुर्विमानेन त्रिविष्टपम् ॥१७॥

darśayitvā patiṁ tasyai
pāti-vratyena toṣitau
ṛṣim āmantrya yayatur
vimānena triviṣṭapam

darśayitvā—指出后 / patim—她丈夫 / tasyai—给苏刊雅 / pāti-vratyena—由于她对丈夫的坚定的信心 / toṣitau—对她感到十分满意 / ṛṣim—向恰瓦纳·牟尼 / āmantrya—征得他的许可 / yayatuḥ—他们离去 / vimānena—乘坐他们自己的飞机 / triviṣṭapam—到天堂星球

译文　阿施维尼·库玛尔很高兴看到苏刊雅的贞洁和忠诚，便指给她看她的丈夫恰瓦纳·牟尼，并在向恰瓦纳·牟尼告辞后，返回他们所在的天堂星球。

第 18 节

यक्ष्यमाणोऽथ शर्यातिश्च्यवनस्याश्रमं गतः ।
ददर्श दुहितुः पार्श्वे पुरुषं सूर्यवर्चसम् ॥१८॥

yakṣyamāṇo 'tha śaryātiś
cyavanasyāśramaṁ gataḥ
dadarśa duhituḥ pārśve
puruṣaṁ sūrya-varcasam

yakṣyamāṇaḥ—想要举行一场祭祀 / atha—因此 / śaryātiḥ—沙尔亚提王 / cyavanasya—恰瓦纳·牟尼的 / āśramam—到……的住所 / gataḥ—去 / dadarśa—他看到 / duhituḥ—他女儿的 / pārśve—在旁边 / puruṣam—一个男人 / sūrya-varcasam—俊美且如太阳般发光

译文 那之后，沙尔亚提王想要举行一场祭祀，于是去到恰瓦纳·牟尼的住所。在那里，他看到女儿身边站着一位十分俊美的年轻男人，那男人如太阳般明亮。

第 19 节

राजा दुहितरं प्राह कृतपादाभिवन्दनाम् ।
आशिषश्चाप्रयुञ्जानो नातिप्रीतिमना इव ॥१९॥

rājā duhitaraṁ prāha
kṛta-pādābhivandanām
āśiṣaś cāprayuñjāno
nātiprīti-manā iva

rājā—(沙尔亚提)王 / duhitaram—对女儿 / prāha—说 / kṛta-pāda-abhivandanām—向她父亲致敬后 / āśiṣaḥ—祝福她 / ca—和 / aprayuñjānaḥ—没有给女儿 / na—不 / atiprīti-manāḥ—很高兴 / iva—像那样

译文 君王接受他女儿的致敬后，没有祝福她，而是很不高兴地对她说了如下一番话。

第 20 节

चिकीर्षितं ते किमिदं पतिस्त्वया
प्रलम्भितो लोकनमस्कृतो मुनिः ।
यत्त्वं जराग्रस्तमसत्यसम्मतं
विहाय जारं भजसेऽमुमध्वगम् ॥२०॥

cikīrṣitaṁ te kim idaṁ patis tvayā
pralambhito loka-namaskṛto muniḥ
yat tvaṁ jarā-grastam asaty asammataṁ
vihāya jāraṁ bhajase 'mum adhvagam

cikīrṣitam—你想要做的…… / te—你的 / kim idam—这是什么 / patiḥ—你丈夫 / tvayā—被你 / pralambhitaḥ—被欺骗 / loka-namaskṛtaḥ—受到所有人尊敬的人 / muniḥ—伟大的圣人 / yat—因为 / tvam—你 / jarā-grastam—非常老和病弱的 / asati—不贞节的女儿啊 / asammatam—不是很有吸引力 / vihāya—放弃 / jāram—情夫 / bhaja-se—你接受了 / amum—这个男人 / adhvagam—像是街上的乞丐

译文 不贞节的女儿啊！你这是想做什么？你欺骗了人人敬仰，最值得你尊敬的丈夫！我明白，你因为他年老、残疾，所以不吸引人，就离开他，把这个看上去像是街上乞丐一样的年轻人当你的丈夫。

要旨 这是对韦达文化价值的说明。按照当时的情况，苏刊雅被送给一个老态龙钟、跟她不般配的人当妻子。恰瓦纳・牟尼年老病弱，当然配不上沙尔亚提王美丽的女儿。尽管如此，她父亲还是期望她对丈夫忠诚。当他突然看到这个女儿接受了其他人时，即使那个男人年轻、英俊，他还是立刻训斥她是“不贞节的女儿(asatī)”；因为他以为女儿在丈夫还在世的时候接受了另一个男人。按照韦达文化，即使一个年轻的女人嫁给了一个年老的丈夫，她也必须尊敬地侍奉丈夫。这是贞洁。并不能因为她不喜欢她的丈夫，就可以离弃她丈夫，去接受另一个人。这违反韦达文化。按照韦达文化，一个女人必须接受她父母给她的丈夫，保持贞节，对丈夫忠诚。因此，沙尔亚提王看到苏刊雅身边有个年轻男人时感到很震惊。

第 21 节

कथं मतिस्तेऽवगतान्यथा सतां
कुलप्रसूते कुलदूषणं त्विदम् ।
बिभर्षि जारं यदपत्रपा कुलं
पितुश्च भर्तुश्च नयस्यधस्तमः ॥२१॥

kathaṁ matis te 'vagatānyathā satāṁ
kula-prasūte kula-dūṣaṇaṁ tv idam
bibharṣi jāraṁ yad apatrapā kulaṁ
pituś ca bhartuś ca nayasy adhas tamaḥ

katham－如何 / matiḥ te－你的意识 / avagatā－堕落 / anyathā－否则 / satām－最可敬的 / kula-prasūte－出生在家中的我的女儿啊 / kula-dūṣaṇam－给家人丢脸的人 / tu－但是 / idam－这 / bibharṣi－你供养着 / jāram－一个情夫 / yat－就好像 / apatrapā－不感到羞耻 / kulam－王朝 / pituḥ－你父亲的 / ca－和 / bhartuḥ－你丈夫的 / ca－和 / nayasi－你使……坠落 / adhaḥ tamaḥ－坠入黑暗或地狱

译文 我的女儿啊！你出生在令人尊敬的家庭中，怎么意识竟沦落到这种地步？你怎么竟然这么恬不知耻地供养一个情夫？你这么做将使你父亲和丈夫的王朝都坠入地狱。

要旨 韦达文化中明确指出，在丈夫还在世的情况下接受情夫或第二个丈夫的女人，必须对她父亲家和丈夫家的地位的下降负责任。就有关这一点，布茹阿玛纳(brāhmaṇas)、查锤亚(kṣatriyas)和外夏(vaiśyas)等值得尊敬的家庭，直到今天仍在严格遵守韦达文化的规定，只有庶铎(śūdras)在这方面堕落了。对布茹阿玛纳、查锤亚或外夏阶层中的女人来说，在自己所嫁的丈夫还在世的情况下，接受另一个丈夫或男朋友(情夫)，或者提出离婚，是不能被韦达文化所接受的。正因为如此，沙尔亚提王在不知道恰瓦纳·牟尼已转变之真相的情况下，对女儿的作为感到惊讶。

第22节

एवं ब्रुवाणं पितरं स्मयमाना शुचिस्मिता ।
उवाच तात जामाता तवैष भृगुनन्दनः ॥२२॥

evaṁ bruvāṇaṁ pitaraṁ
smayamānā śuci-smitā
uvāca tāta jāmātā
tavaiṣa bhṛgu-nandanaḥ

evam—以这种方式 / bruvāṇam—讲话并训斥她的人 / pitaram—对她父亲 / smayamānā—微笑(因为她是贞节的) / śuci-smitā—笑着 / uvāca—回答 / tāta—我亲爱的父亲啊 / jāmātā—女婿 / tava—你的 / eṣaḥ—这年轻人 / bhṛgu-nandanaḥ—是恰瓦纳·牟尼(不是别人)

译文 为自己的贞洁而倍感自豪的苏刊雅，微笑着听他父亲的训斥。她微笑着告诉他说："我亲爱的父亲，我身边的这个年轻男人就是你的女婿——诞生在布瑞古家族中的大圣人恰瓦纳。"

要旨 尽管父亲由于以为女儿接受了另一个丈夫而训斥女儿，但女儿知道自己完全是诚实和贞节的，因此而微笑。当她解释她丈夫恰瓦纳·牟尼现在被转变为年轻人时，她对自己的贞节感到很自豪，所以微笑着对她父亲说话。

第23节

शशंस पित्रे तत्सर्वं वयोरूपाभिलम्भनम् ।
विस्मितः परमप्रीतस्तनयां परिषस्वजे ॥२३॥

śaśaṁsa pitre tat sarvaṁ
vayo-rūpābhilambhanam
vismitaḥ parama-prītas
tanayāṁ pariṣasvaje

śaśaṁsa—她讲述 / pitre—对她父亲 / tat—那 / sarvam—一切 / vayaḥ—年龄改变的 / rūpa—和俊美的 / abhilambhanam—如何(由她丈夫)达成 / vismitaḥ—感到惊讶 / parama-prītaḥ—极其高兴 / tanayām—向他女儿 / pariṣasvaje—高兴地拥抱

译文　接着，苏刊雅解释她丈夫是如何得到年轻人的俊美身躯的。君王听到这事件时十分惊讶，最后高兴万分地拥抱了他心爱的女儿。

第 24 节

सोमेन याजयन् वीरं ग्रहं सोमस्य चाग्रहीत् ।
असोमपोरप्यश्विनोश्च्यवनः स्वेन तेजसा ॥२४॥

somena yājayan vīraṁ
grahaṁ somasya cāgrahīt
asoma-por apy aśvinoś
cyavanaḥ svena tejasā

somena—用月露 / yājayan—导致举行祭祀 / vīram—君王(沙尔亚提) / graham—整罐 / somasya—月露的 / ca—也 / agrahīt—送给 / aso-ma-poḥ—不被允许喝月露的人 / api—虽然 / aśvinoḥ—阿施维尼·库玛尔的 / cyavanaḥ—恰瓦纳·牟尼 / svena—他自己 / tejasā—靠非凡的能力

译文　恰瓦纳·牟尼凭他本人的非凡能力帮助沙尔亚提王举行月亮祭祀。牟尼将一整罐的月露供奉给阿施维尼·库玛尔，尽管他们本没有资格喝月露。

第 25 节

हन्तुं तमाददे वज्रं सद्यो मन्युरमर्षितः ।
सवज्रं स्तम्भयामास भुजमिन्द्रस्य भार्गवः ॥२५॥

hantuṁ tam ādade vajraṁ
sadyo manyur amarṣitaḥ
savajraṁ stambhayām āsa
bhujam indrasya bhārgavaḥ

hantum—杀死 / tam—他(恰瓦纳) / ādade—因铎拿起 / vajram—他的霹雳 / sadyaḥ—立刻 / manyuḥ—因为十分愤怒而不加思索地 /

amarṣitaḥ—被严重打扰 / sa-vajram—用霹雳 / stambhayām āsa—瘫痪 / bhujam—手臂 / indrasya—因铎的 / bhārgavaḥ—布瑞古的后代恰瓦纳·牟尼

译文 天帝因铎十分不安和愤怒，想要杀死恰瓦纳·牟尼，于是迅速拿起他的霹雳。但恰瓦纳·牟尼凭他的力量使因铎拿着霹雳的手臂瘫痪，动弹不得。

第 26 节

अन्वजानंस्ततः सर्वे ग्रहं सोमस्य चाश्विनोः ।
भिषजाविति यत्पूर्वं सोमाहुत्या बहिष्कृतौ ॥२६॥

anvajānaṁs tataḥ sarve
grahaṁ somasya cāśvinoḥ
bhiṣajāv iti yat pūrvaṁ
somāhutyā bahiṣ-kṛtau

anvajānan—争取他们的许可 / tataḥ—那之后 / sarve—全体半神人 / graham—一满罐 / somasya—月露的 / ca—也 / aśvinoḥ—阿施维尼·库玛尔的 / bhiṣajau—虽然只是医生 / iti—如此 / yat—因为 / pūrvam—由于这 / soma-āhutyā—分享一份月露 / bahiḥ-kṛtau—不被允许或被拒绝的人

译文 阿施维尼·库玛尔虽然只不过是医师，所以不被允许喝祭祀中供奉的月露，但半神人这时同意让他们今后也分享月露。

第 27 节

उत्तानबर्हिरानर्तो भूरिषेण इति त्रयः ।
शर्यातेरभवन् पुत्रा आनर्ताद्रेवतोऽभवत् ॥२७॥

uttānabarhir ānarto
bhūriṣeṇa iti trayaḥ

śaryāter abhavan putrā
ānartād revato 'bhavat

uttānabarhiḥ－乌塔纳巴黑 / ānartaḥ－阿纳尔塔 / bhūriṣeṇaḥ－布瑞什纳 / iti－如此 / trayaḥ－三个 / śaryāteḥ－沙尔亚提王的 / abhavan－被生下 / putrāḥ－儿子们 / ānartāt－从阿纳尔塔 / revataḥ－瑞瓦塔 / abhavat－出生

译文 沙尔亚提王生了三个儿子，分别名叫乌塔纳巴黑、阿纳尔塔和布瑞什纳。阿纳尔塔的儿子是瑞瓦塔。

第28节

सोऽन्तःसमुद्रे नगरीं विनिर्माय कुशस्थलीम् ।
आस्थितोऽभुङ्क्त विषयानानर्तादीनरिन्दम ।
तस्य पुत्रशतं जज्ञे ककुद्मिज्येष्ठमुत्तमम् ॥२८॥

so 'ntaḥ-samudre nagarīṁ
vinirmāya kuśasthalīm
āsthito 'bhuṅkta viṣayān
ānartādīn arindama
tasya putra-śataṁ jajñe
kakudmi-jyeṣṭham uttamam

saḥ－瑞瓦塔 / antaḥ-samudre－在海洋深处 / nagarīm－一个城镇 / vinirmāya－建筑后 / kuśasthalīm－名叫库沙斯塔利 / āsthitaḥ－生活在那里 / abhuṅkta－享受物质快乐 / viṣayān－王国 / ānarta-ādīn－阿纳尔塔和其他人 / arim-dama－征服敌人的帕瑞克西特王啊 / tasya－他的 / putra-śatam－一百个儿子 / jajñe－出生 / kakudmi-jyeṣṭham－卡库德弥是其中的长子 / uttamam－最强大和富有的

译文 帕瑞克西特王，征服敌人的人啊！这个瑞瓦塔在海洋深处建造了一个名叫库沙斯塔利的王国。他住在那里，统治着阿纳尔塔等一类辽阔的大地。他有一百个十分优秀的儿子，其中长子是卡库德弥。

第29节

ककुद्मी रेवतीं कन्यां स्वामादाय विभुं गतः ।
पुत्र्या वरं परिप्रष्टुं ब्रह्मलोकमपावृतम् ॥२९॥

kakudmī revatīṁ kanyāṁ
svām ādāya vibhuṁ gataḥ
putryā varaṁ paripraṣṭuṁ
brahmalokam apāvṛtam

kakudmī—卡库德弥王 / revatīm—名叫瑞瓦提 / kanyām—卡库特弥的女儿 / svām—他自己 / ādāya—带 / vibhum—主布茹阿玛面前 / gataḥ—他去 / putryāḥ—他女儿的 / varam——个丈夫 / paripraṣṭum—询问有关 / brahmalokam—布茹阿玛星球 / apāvṛtam—超越三种属性

译文 卡库德弥带着自己的女儿瑞娃缇到超越物质自然三种属性的、超然的布茹阿玛星球，去找主布茹阿玛，询问有关她的丈夫一事。

要旨 看起来，主布茹阿玛的星球也是超然的，超越物质自然三种属性(apāvṛtam)。

第30节

आवर्तमाने गान्धर्वे स्थितोऽलब्धक्षणः क्षणम् ।
तदन्त आद्यमानम्य स्वाभिप्रायं न्यवेदयत् ॥३०॥

āvartamāne gāndharve
sthito 'labdha-kṣaṇaḥ kṣaṇam
tad-anta ādyam ānamya
svābhiprāyaṁ nyavedayat

āvartamāne—因为正忙着 / gāndharve—正听歌仙们唱歌 / sthitaḥ—处在 / alabdha-kṣaṇaḥ—没时间谈话 / kṣaṇam—甚至一刻钟 / tat-ante—当它结束时 / ādyam—向宇宙中的第一位导师(主布茹阿玛) / ānamya—致敬后 / sva-abhiprāyam—他自己的愿望 / nyavedayat—卡库德弥表达

译文 卡库德弥到那星球时，主布茹阿玛正在听音乐仙演奏的音乐，没时间跟他谈话。卡库德弥只好等候；等音乐演奏结束时，他向主布茹阿玛致敬，表达自己长年来的愿望。

第 31 节

तच्छ्रुत्वा भगवान् ब्रह्मा प्रहस्य तमुवाच ह ।
अहो राजन्निरुद्धास्ते कालेन हृदि ये कृताः ॥३१॥

tac chrutvā bhagavān brahmā
prahasya tam uvāca ha
aho rājan niruddhās te
kālena hṛdi ye kṛtāḥ

tat—那 / śrutvā—聆听 / bhagavān—最强大的 / brahmā—主布茹阿玛 / prahasya—大笑后 / tam—向卡库德弥王 / uvāca ha—说 / aho—唉 / rājan—君王啊 / niruddhāḥ—都离开了 / te—他们全部 / kā-lena—经过一定的时间 / hṛdi—在内心深处 / ye—他们全体 / kṛtāḥ—被选择接受为是你女婿的人

译文 最强有力的主布茹阿玛听了卡库德弥的话后，大笑着对他说：君王啊！你在心中决定的任何一个当你女婿的人选，都早已过世了。

第 32 节

तत्पुत्रपौत्रनप्तृणां गोत्राणि च न शृण्महे ।
कालोऽभियातस्त्रिणवचतुर्युगविकल्पितः ॥३२॥

tat putra-pautra-naptṝṇāṁ
gotrāṇi ca na śṛṇmahe
kālo 'bhiyātas tri-ṇava-
catur-yuga-vikalpitaḥ

tat—那里 / putra—儿子们的 / pautra—孙子们的 / naptṝṇām—和后代的 / gotrāṇi—家族 / ca—也 / na—不 / śṛṇmahe—我们确实听到 / kālaḥ—时间 / abhiyātaḥ—过去 / tri—三个 / nava—九个 / catur-yuga—四个年代(萨提亚、特瑞塔、杜瓦帕尔和喀历) / vikalpitaḥ—如此估算

译文　二十七次四个年代的循环已经过去了。那些你原本选定的人早已去世，他们的儿子、孙子和其他后代也如此。你甚至听不到他们的名字了。

要旨　在主布茹阿玛的一个白天里，包括有十四位玛努或一千个四个年代循环。布茹阿玛告诉卡库德弥王，已经有二十七个由萨提亚(Satya)、特瑞塔(Tretā)、杜瓦帕尔(Dvāpara)和喀历(Kali)年代构成的四年代循环过去了。在那些年代循环中出生的所有君王和其他伟大的人物，人们现在甚至已经忘了他们的名字。这就是时间以过去、现在和将来的方式流逝时所起的作用。

第 33 节

तद्गच्छ देवदेवांशो बलदेवो महाबलः ।
कन्यारत्नमिदं राजन्नररत्नाय देहि भोः ॥३३॥

tad gaccha deva-devāṁśo
baladevo mahā-balaḥ
kanyā-ratnam idaṁ rājan
nara-ratnāya dehi bhoḥ

tat—因此 / gaccha—你去 / deva-deva-aṁśaḥ—是主维施努的完整扩展的 / baladevaḥ—名叫巴拉戴瓦 / mahā-balaḥ—最强大的 / kanyāratnam一你美丽的女儿 / idam一这 / rājan一君王啊 / nara-ratnāya一向始终朝气蓬勃的至尊人格首神 / dehi一就给予祂(布施) / bhoḥ一君王啊

译文 君王啊！离开这里，把你的女儿献给现在还在地球上的主巴拉茹阿玛。祂最强大有力。事实上，祂是至尊人格首神，祂的完整扩展是主维施努。你女儿适合献给祂。

第 34 节

भुवो भारावताराय भगवान् भूतभावनः ।
अवतीर्णो निजांशेन पुण्यश्रवणकीर्तनः ॥३४॥

bhuvo bhārāvatārāya
bhagavān bhūta-bhāvanaḥ
avatīrṇo nijāṁśena
puṇya-śravaṇa-kīrtanaḥ

bhuvaḥ一世界的 / bhāra-avatārāya一减少负担 / bhagavān一至尊人格首神 / bhūta-bhāvanaḥ一永远是众生的祝愿者 / avatīrṇaḥ一祂现在降临 / nija-aṁśena一带著作为祂所属部分的全体随行人员和所有用品 / puṇya-śravaṇa-kīrtanaḥ一通过聆听和吟诵、吟唱崇拜祂，这样做使人得到净化

译文 主巴拉茹阿玛是至尊人格首神。聆听和歌唱有关祂的一切的人得到净化。由于祂永远是众生的祝愿者，祂与祂所有的随行人员和用品一起降临，净化整个世界，减轻世界的负担。

第 35 节

इत्यादिष्टोऽभिवन्द्याजं नृपः स्वपुरमागतः ।
त्यक्तं पुण्यजनत्रासाद् भ्रातृभिर्दिक्ष्ववस्थितैः ॥३५॥

ity ādiṣṭo 'bhivandyājaṁ
nṛpaḥ sva-puram āgataḥ
tyaktaṁ puṇya-jana-trāsād
bhrātṛbhir dikṣv avasthitaiḥ

iti—如此 / ādiṣṭaḥ—被主布茹阿玛命令 / abhivandya—献上敬礼后 / ajam—向主布茹阿玛 / nṛpaḥ—君王 / sva-puram—向他自己的住所 / āgataḥ—返回 / tyaktam—是空的 / puṇya-jana—高等生物的 / trāsāt—因为害怕 / bhrātṛbhiḥ—通过他的兄弟 / dikṣu—在不同的方向内 / avasthitaiḥ—居住在……的人

译文　卡库德弥接受主布茹阿玛的指令后，向他致敬，随后返回自己的住所。那时，他看到他的住所变得空空荡荡，被他的兄弟们和其他亲属遗弃了。他们因为害怕夜叉等高等生物体而散居各处。

第 36 节

सुतां दत्त्वानवद्याङ्गीं बलाय बलशालिने ।
बदर्याख्यं गतो राजा तप्तुं नारायणाश्रमम् ॥३६॥

sutāṁ dattvānavadyāṅgīṁ
balāya bala-śāline
badary-ākhyaṁ gato rājā
taptuṁ nārāyaṇāśramam

sutām—他女儿 / dattvā—给予后 / anavadya-aṅgīm—有一个完美的躯体 / balāya—向主巴拉戴瓦 / bala-śāline—向最强大的 / badarī-ākhyam—名叫巴德瑞卡的灵修之地 / gataḥ—他去 / rājā—君王 / taptum—苦修 / nārāyaṇa-āśramam—到纳茹阿·纳茹阿亚纳的地方

译文　那之后，君王将他最美丽的女儿献给最强大的巴拉戴瓦，自己随即退出世俗生活，到巴德瑞卡灵修地去取悦纳茹阿·纳茹阿亚纳。

到此为止，结束了巴克提韦丹塔对《圣典博伽瓦谭》第9篇第3章——“苏刊雅和恰瓦纳·牟尼的婚姻”所作的阐释。

第四章

杜尔瓦萨·牟尼冒犯安巴瑞施王

这一章讲述的是拿巴嘎(Nabhaga)王、他儿子纳巴嘎(Nābhāga)及安巴瑞施王(Mahārāja Ambarīṣa)的历史。

玛努(Manu)的一个儿子拿巴嘎有个名叫纳巴嘎的儿子，他在灵性导师开设的学校里住了很多年。纳巴嘎不在家期间，他的哥哥们擅自将父亲的财产瓜分掉，并没有考虑要分给他一部分王国。当纳巴嘎返回家中时，他的哥哥们将他们的父亲推给他，作为他所得到的部分。当纳巴嘎去找他父亲，告诉父亲哥哥们做的交易时，他父亲告诉他这是欺骗，同时建议他去祭祀场找他的生计，并让他在那里吟诵两首赞歌(mantra)。纳巴嘎按他父亲的命令去做；结果，安给茹阿(Aṅgirā)和其他伟大的圣人将在那场祭祀中收集的金钱都给了他。为了考验纳巴嘎，主希瓦向纳巴嘎挑战说，那些钱财都归他所有。主希瓦对纳巴嘎的作为感到满意后，便将所有的钱财都给了纳巴嘎。

纳巴嘎生了安巴瑞施——最强有力和著名的奉献者。安巴瑞施王是整个世界的帝王，但却认为自己拥有的财富是短暂的。事实上，由于知道这种物质财富致使人坠入受制约的生活，他根本不依恋这种财富。他将自己的感官和心用于侍奉至尊主。这种称为可行的弃绝(yukta-vairāgya)程序，很适合用于崇拜至尊人格首神。由于安巴瑞施王作为帝王而无限富有，他将这巨大的财富用来做奉爱服务。所以，他虽然富有，却不依恋他的妻子、孩子或王国，而是一直不断地用他的感官和心为至尊主做服务。正因为如此，他甚至从不渴望解脱，更不用说享受物质财富了。

一次，安巴瑞施王正在温达文(Vṛndāvana)崇拜至尊人格首神，遵守德瓦达西(Dvādaśī)誓言。在艾卡达西(Ekādaśī)的第二天——德瓦达西，就在他即将结束他的艾卡达西断食时，杰出的神秘瑜伽师杜尔瓦萨(Durvāsā)来他家作客。安巴瑞施王尊敬地迎接杜尔瓦萨·牟尼，杜尔瓦萨·牟尼在接受君王请他吃饭的邀请后，在中午时分去雅沐娜(Yamunā)河沐浴。由于处在全神贯注的冥想状态中，他没有很快返回。安巴瑞施王看到过了中止断食的时间，便按照博学的布茹阿玛纳(brāhmaṇa)顾问们的建议喝了一点水，以执行中止断食的做法。杜尔瓦萨·牟尼透过他的神秘力量能明白所发生的事，于是十分生气，一旦返回便开始斥责安巴瑞施王。可他并没有就此满足，最后竟然用他的头发创造出一个如同死亡之火般的恶魔。然而，至尊人格首神总是保护祂的奉献者；祂为保护安巴瑞施王而发出祂的飞轮苏达尔珊·查夸(Sudarśa-na cakra)。那飞轮立刻击败了火一般的恶魔，接着去追赶十分忌妒安巴瑞施王的杜尔瓦萨。杜尔瓦萨逃到布茹阿玛星球(Brahmaloka)、希瓦星球(Śivaloka)及所有其他的高等星球，但无法保护自己免遭苏达尔珊飞轮的惩罚。杜尔瓦萨最后去到灵性世界投靠主纳茹阿亚纳(Nārāyaṇa)，但主纳茹阿亚纳无法原谅冒犯外士纳瓦(Vaiṣṇava)的人。犯下这种罪行的人要获得宽恕，必须去找他冒犯的那位外士纳瓦请求原谅，否则没有其他得到宽恕的方法。为此，主纳茹阿亚纳建议杜尔瓦萨回去找安巴瑞施王，请求他的原谅。

第 1 节

श्रीशुक उवाच
नाभागो नभगापत्यं यं ततं भ्रातरः कविम् ।
यविष्ठं व्यभजन्दायं ब्रह्मचारिणमागतम् ॥ १ ॥

śrī-śuka uvāca
nābhāgo nabhagāpatyaṁ
yaṁ tataṁ bhrātaraḥ kavim

yaviṣṭhaṁ vyabhajan dāyaṁ
brahmacāriṇam āgatam

śrī-śukaḥ uvāca—圣舒卡戴瓦·哥斯瓦米说 / nābhāgaḥ—纳巴嘎 / nabhaga-apatyam—是拿巴嘎王的儿子 / yam—对……人 / tatam—父亲 / bhrātaraḥ—哥哥们 / kavim—博学的 / yaviṣṭham—最年轻的 / vyabhajan—分配 / dāyam—财产 / brahmacāriṇam—发誓永远过贞守生的生活(naiṣṭhika) / āgatam—返回

译文 舒卡戴瓦·哥斯瓦米说：拿巴嘎的儿子名叫纳巴嘎，他在他灵性导师的地方住了很长一段时间。这使他的兄弟们以为他不打算当居士，也不会返家了。结果，他们彼此之间分配了他们父亲的财产，没有给他留下一份。当纳巴嘎从他灵性导师的地方返回家时，他们把父亲给了他，作为他的一份。

要旨 贞守生(brahmacārī)有两种：一种可以返回家中结婚，成为居士；而另一种则发誓永远当贞守生(bṛhad-vrata)。发誓永远当贞守生的人，不会从灵性导师的住地返回家中，而是住在那里，以后直接进入弃绝阶层(sannyāsa)。由于纳巴嘎没有从他灵性导师的住地返家，他的哥哥们就认为他发誓永远当贞守生了。因此，他们没有把他们父亲的财产分给他一份，而是在他返回家时，将他们的父亲给他作为他继承的一份财产。

第2节

भ्रातरोऽभाङ्क्त किं मह्यं भजाम पितरं तव ।
त्वां ममार्यास्तताभाङ्क्षुर्मा पुत्रक तदादृथाः ॥२॥

bhrātaro 'bhāṅkta kiṁ mahyaṁ
bhajāma pitaraṁ tava
tvāṁ mamāryās tatābhāṅkṣur
mā putraka tad ādṛthāḥ

bhrātaraḥ－我的哥哥们啊 / abhāṅkta－你们给我的那份父亲的财产 / kim－什么 / mahyam－给予我 / bhajāma－我们分配 / pitaram－父亲本人 / tava－作为你的一份 / tvām－你 / mama－给我 / āryāḥ－我的哥哥们 / tata－我的父亲啊 / abhāṅkṣuḥ－给予一份 / mā－不 / putraka－我亲爱的儿子啊 / tat－对这个说明 / ādṛthāḥ－给予任何重视

译文　纳巴嘎询问道："我亲爱的兄弟们，你们给我的那份我们父亲的财产是什么？"他的哥哥们回答他说："我们将父亲留给你了。"但当纳巴嘎去找他父亲问说"亲爱的父亲，我的哥哥们将你作为我该得的那份财产给了我"时，父亲回答道："我亲爱的儿子，不要相信他们的谎言。我不是你的财产。"

第 3 节

इमे अङ्गिरसः सत्रमासतेऽद्य सुमेधसः ।
षष्ठं षष्ठमुपेत्याहः कवे मुह्यन्ति कर्मणि ॥ ३ ॥

ime aṅgirasaḥ satram
āsate 'dya sumedhasaḥ
ṣaṣṭhaṁ ṣaṣṭham upetyāhaḥ
kave muhyanti karmaṇi

ime－所有这些 / aṅgirasaḥ－安给茹阿家族的后代 / satram－祭祀 / āsate－正举行 / adya－今天 / sumedhasaḥ－十分有智慧的 / ṣaṣṭham－第六个 / ṣaṣṭham－第六个 / upetya－到达后 / ahaḥ－天 / kave－最优秀的博学之人啊 / muhyanti－变得迷惑 / karmaṇi－在从事功利性活动时

译文　纳巴嘎的父亲说："安给茹阿的全体后代现在正准备举行一场盛大的祭祀，但他们虽然很有才智，可却会在举行祭祀过程中的每一个第六天就迷惑一次，在履行自己的日常责任时犯错。”

要旨 纳巴嘎内心十分单纯，因此当他去找父亲时，他父亲十分同情这个儿子，建议他去找安给茹阿(Aṅgirā)的后代，善用他们在举行祭祀中犯的错误，作为他谋生的方法。

第4—5节

तांस्त्वं शंसय सूक्ते द्वे वैश्वदेवे महात्मनः ।
ते स्वर्यन्तो धनं सत्रपरिशेषितमात्मनः ॥ ४ ॥

दास्यन्ति तेऽथ तानर्च्छ तथा स कृतवान् यथा ।
तस्मै दत्त्वा ययुः स्वर्गं ते सत्रपरिशेषणम् ॥ ५ ॥

tāṁs tvaṁ śaṁsaya sūkte dve
vaiśvadeve mahātmanaḥ
te svar yanto dhanaṁ satra-
pariśeṣitam ātmanaḥ

dāsyanti te 'tha tān arccha
tathā sa kṛtavān yathā
tasmai dattvā yayuḥ svargaṁ
te satra-pariśeṣaṇam

tān一对他们全体 / tvam一你自己 / śaṁsaya一叙述 / sūkte一韦达赞歌 / dve一两首 / vaiśvadeve一与至尊人格首神外士瓦戴瓦有关 / mahātmanaḥ一对所有那些伟大的灵魂 / te一他们 / svaḥ yantaḥ一在去他们在天堂星球中各自的目的地时 / dhanam一钱财 / satra-pariśeṣi-tam一留到祭祀结束时的…… / ātmanaḥ一他们自己的财产 / dāsyanti一将送给 / te一向你 / atha一因此 / tān一对他们 / arccha一去那里 / tathā一就那样(按照他父亲的命令) / saḥ一他(纳巴嘎) / kṛtavān一执行 / yathā一按他父亲的忠告 / tasmai一向他 / dattvā一给予后 / yayuḥ一去 / svargam一到天堂星球 / te一他们全体 / satra-pariśeṣaṇam－祭祀用剩下的东西

译文 纳嘎巴的父亲继续道："去找那些伟大的灵魂，叙述有关外施瓦戴瓦的二首韦达赞歌。当大圣人们完成祭祀并到天堂星球去时，他们就会把从祭祀收到的、剩下的钱都给你。因此，立刻去那里。"就这样，纳嘎巴完全按他父亲的忠告去做，安给茹阿家族的大圣人将他们所有的钱财都给了他，自己随后去到天堂星球。

第 6 节

तं कश्चित्स्वीकरिष्यन्तं पुरुषः कृष्णदर्शनः ।
उवाचोत्तरतोऽभ्येत्य ममेदं वास्तुकं वसु ॥ ६ ॥

taṁ kaścit svīkariṣyantaṁ
puruṣaḥ kṛṣṇa-darśanaḥ
uvācottarato 'bhyetya
mamedaṁ vāstukaṁ vasu

tam－对纳巴嘎 / kaścit－某人 / svīkariṣyantam－在接受大圣人给予的财富时 / puruṣaḥ－一个人 / kṛṣṇa-darśanaḥ－看上去黑色的 / uvāca－说 / uttarataḥ－从北方 / abhyetya－来 / mama－我的 / idam－这些 / vāstukam－祭祀的剩余物 / vasu－所有的财富

译文 那之后，当纳巴嘎正在接受钱财时，一个黑肤色的人从北方来到他面前说："这祭祀场上的钱财都归我所有。"

第 7 节

ममेदमृषिभिर्दत्तमिति तर्हि स्म मानवः ।
स्यान्नौ ते पितरि प्रश्नः पृष्टवान् पितरं यथा ॥ ७ ॥

mamedam ṛṣibhir dattam
iti tarhi sma mānavaḥ
syān nau te pitari praśnaḥ
pṛṣṭavān pitaraṁ yathā

mama－我的 / idam－所有这些 / ṛṣibhiḥ－由伟大的圣洁之人 / dattam－被送给 / iti－如此 / tarhi－因此 / sma－事实上 / mānavaḥ－纳巴嘎 / syāt－就这样 / nau－我们自己的 / te－你的 / pitari－向父亲 / praśnaḥ－一个问题 / pṛṣṭavān－他还询问 / pitaram－从他父亲 / yathā－按照……的要求

译文　纳嘎巴说："这些钱财都属于我。伟大的圣洁之人将它们传给了我。"纳巴嘎这样说时，那黑皮肤的人回答道："让我们去找你父亲，请他解决我们的纷争。"纳巴嘎就按他说的去询问自己的父亲。

第8节

यज्ञवास्तुगतं सर्वमुच्छिष्टमृषयः क्वचित् ।
चक्रुर्हि भागं रुद्राय स देवः सर्वमर्हति ॥ ८ ॥

yajña-vāstu-gataṁ sarvam
ucchiṣṭam ṛṣayaḥ kvacit
cakrur hi bhāgaṁ rudrāya
sa devaḥ sarvam arhati

yajña-vāstu-gatam－属于祭祀场的东西 / sarvam－一切 / ucchiṣṭam－剩余 / ṛṣayaḥ－伟大的圣人们 / kvacit－有时，在达克沙祭祀中 / cakruḥ－这样做过 / hi－事实上 / bhāgam－分配物 / rudrāya－向主希瓦 / saḥ－那 / devaḥ－半神人 / sarvam－一切 / arhati－应得

译文　纳巴嘎的父亲说：伟大的圣人们在达克沙的祭祀场内所献祭的一切，都供奉给主希瓦。因此，毫无疑问，祭祀场内的一切都属于主希瓦。

第9节

नाभागस्तं प्रणम्याह तवेश किल वास्तुकम् ।
इत्याह मे पिता ब्रह्मञ्छिरसा त्वां प्रसादये ॥ ९ ॥

nābhāgas taṁ praṇamyāha
taveśa kila vāstukam
ity āha me pitā brahmañ
chirasā tvāṁ prasādaye

nābhāgaḥ—纳巴嘎 / tam—向他(主希瓦) / praṇamya—献上敬礼 / āha—说 / tava—你的 / īśa—主人啊 / kila—无疑地 / vāstukam—在祭祀场中的一切 / iti—如此 / āha—说 / me—我的 / pitā—父亲 / brahman—布茹阿玛纳啊 / śirasā—低下我的头 / tvām—向你 / prasādaye—我乞求你的仁慈

译文 于是，纳巴嘎向主希瓦顶礼后说：值得崇拜的大人啊！这祭祀场中的一切都是您的。这是我父亲的声明。现在，我恭恭敬敬地顶拜您，乞求您的仁慈。

第 10 节

यत्ते पितावदद्धर्मं त्वं च सत्यं प्रभाषसे ।
ददामि ते मन्त्रदृशो ज्ञानं ब्रह्म सनातनम् ॥१०॥

yat te pitāvadad dharmaṁ
tvaṁ ca satyaṁ prabhāṣase
dadāmi te mantra-dṛśo
jñānaṁ brahma sanātanam

yat—无论什么 / te—你的 / pitā—父亲 / avadat—解释了 / dharmam—真相 / tvam ca—你也 / satyam—真相 / prabhāṣase—说 / dadāmi—我将给予 / te—向你 / mantra-dṛśaḥ—理解赞歌科学的人 / jñānam—知识 / brahma—超然的 / sanātanam—永恒的

译文 主希瓦说：你父亲说的一切都是事实，你也说同样的事实。因此，了解韦达赞歌的我，将给你解释超然的知识。

第 11 节

गृहाण द्रविणं दत्तं मत्सत्रपरिशेषितम् ।
इत्युक्त्वान्तर्हितो रुद्रो भगवान्धर्मवत्सलः ॥११॥

gṛhāṇa draviṇaṁ dattaṁ
mat-satra-pariśeṣitam
ity uktvāntarhito rudro
bhagavān dharma-vatsalaḥ

gṛhāṇa—现在请拿 / draviṇam—所有的财富 / dattam—被给予(由我给你) / mat-satra-pariśeṣitam—代表我举行祭祀所剩下的东西 / iti uktvā—这样说完后 / antarhitaḥ—消失了 / rudraḥ—主希瓦 / bhagavān—最强有力的半神人 / dharma-vatsalaḥ—宗教原则的遵守者

译文 主希瓦说："现在你可以拿走祭祀留下的一切财物，因为我把它们给你了。"说完这话，最遵守宗教原则的主希瓦就从那地方消失了。

第 12 节

य एतत्संस्मरेत्प्रातः सायं च सुसमाहितः ।
कविर्भवति मन्त्रज्ञो गतिं चैव तथात्मनः ॥१२॥

ya etat saṁsmaret prātaḥ
sāyaṁ ca susamāhitaḥ
kavir bhavati mantra-jño
gatiṁ caiva tathātmanaḥ

yaḥ—任何……的人 / etat—有关这事件 / saṁsmaret—回忆 / prātaḥ—在早上 / sāyam ca—和在晚上 / susamāhitaḥ—极其专注地 / kaviḥ—博学的 / bhavati—变得 / mantra-jñaḥ—清楚了解所有的韦达赞歌 / gatim—目的地 / ca—也 / eva—事实上 / tathā ātmanaḥ 像那觉悟了自我的灵魂

译文 人如果早上和晚上专注地聆听、吟诵或回忆这段叙述，就必将变得博学、精通理解韦达赞歌，善于觉悟自我。

第 13 节

नाभागादम्बरीषोऽभून्महाभागवतः कृती ।
नास्पृशद् ब्रह्मशापोऽपि यं न प्रतिहतः क्वचित् ॥१३॥

nābhāgād ambarīṣo 'bhūn
mahā-bhāgavataḥ kṛtī
nāspṛśad brahma-śāpo 'pi
yaṁ na pratihataḥ kvacit

nābhāgāt—从纳巴嘎 / ambarīṣaḥ—安巴瑞施王 / abhūt—出生 / mahā-bhāgavataḥ—最崇高的奉献者 / kṛtī—非常著名 / na aspṛśat—不能触碰 / brahma-śāpaḥ api—即使是布茹阿玛纳的诅咒 / yam—……的(安巴瑞施王) / na—两者都不 / pratihataḥ—失败了 / kvacit—任何时候

译文 经由纳巴嘎，安巴瑞施诞生了。安巴瑞施王是位崇高的奉献者，以他的非凡功绩闻名于世。尽管他受到一位说出的话永不落空的布茹阿玛纳的诅咒，但那诅咒却触碰不到他。

第 14 节

श्रीराजोवाच
भगवञ्छ्रोतुमिच्छामि राजर्षेस्तस्य धीमतः ।
न प्राभूद्यत्र निर्मुक्तो ब्रह्मदण्डो दुरत्ययः ॥१४॥

śrī-rājovāca
bhagavañ chrotum icchāmi
rājarṣes tasya dhīmataḥ
na prābhūd yatra nirmukto
brahma-daṇḍo duratyayaḥ

śrī-rājā uvāca—帕瑞克西特王询问 / bhagavan—伟大的布茹阿玛纳啊 / śrotum icchāmi—我想要聆听(从你) / rājarṣeḥ—伟大的安巴瑞施王的 / tasya—他的 / dhīmataḥ—是如此伟大、清醒的人物 / na—不 / prābhūt—能行事 / yatra—对(安巴瑞施王) / nirmuktaḥ—被释放 / brahma-daṇḍaḥ—布茹阿玛纳的诅咒 / duratyayaḥ—不能克服的……

译文 帕瑞克西特王询问道：非凡的人物啊，安巴瑞施王的品德无疑最崇高、最值得称颂。我希望聆听有关他的事迹。布茹阿玛纳的诅咒是无法抵消的，但却对他不起作用，真是太令人惊讶了！

第 15—16 节

श्रीशुक उवाच
अम्बरीषो महाभागः सप्तद्वीपवतीं महीम् ।
अव्ययां च श्रियं लब्ध्वा विभवं चातुलं भुवि ॥१५॥

मेनेऽतिदुर्लभं पुंसां सर्वं तत्स्वप्नसंस्तुतम् ।
विद्वान् विभवनिर्वाणं तमो विशति यत्पुमान् ॥१६॥

śrī-śuka uvāca
ambarīṣo mahā-bhāgaḥ
sapta-dvīpavatīṁ mahīm
avyayāṁ ca śriyaṁ labdhvā
vibhavaṁ cātulaṁ bhuvi

mene 'tidurlabhaṁ puṁsāṁ
sarvaṁ tat svapna-saṁstutam
vidvān vibhava-nirvāṇaṁ
tamo viśati yat pumān

śrī-śukaḥ uvāca—圣舒卡戴瓦·哥斯瓦米说 / ambarīṣaḥ—安巴瑞施王 / mahā-bhāgaḥ—极其幸运的君王 / sapta-dvīpavatīm—由七个岛

屿构成 / mahīm—整个世界 / avyayām ca—和用之不竭的 / śriyam—美丽 / labdhvā—达到后 / vibhavam ca—和财富 / atulam—无限的 / bhuvi—在这个地球 / mene—他决定 / ati-durlabham—很难得到的 / puṁsām—许多人的 / sarvam—(他得到了)一切 / tat—……的那个 / svapna-saṁstutam—恰似梦中的想象 / vidvān—完全了解 / vibhava-nirvāṇam—那财富的毁灭 / tamaḥ—愚昧 / viśati—坠入 / yat—因为…… / pumān——个人

译文 舒卡戴瓦·哥斯瓦米说：最幸运的人物安巴瑞施王，得到统治包括七个岛屿在内的全世界的地位，得到取之不尽用之不竭的财富和地球上无限的繁荣。尽管这地位很难获得，但安巴瑞施王却根本不在乎它，因为他很清楚这类财富都是物质的。正如梦中的想象，这类财富最终将被毁灭。君王知道，任何非奉献者如果得到这类财富，就会越来越深地陷入物质自然的愚昧属性中。

要旨 对奉献者来说，物质财富毫无意义；但对非奉献者来说，物质财富是增加捆绑的根源。这原因是：奉献者知道物质的一切都是短暂的，但非奉献者却将短暂的所谓快乐视为是一切，从而遗忘了觉悟自我的路途。因此，对非奉献者来说，物质财富是灵性进步的障碍。

第 17 节

वासुदेवे भगवति तद्भक्तेषु च साधुषु ।
प्राप्तो भावं परं विश्वं येनेदं लोष्ट्रवत्स्मृतम् ॥१७॥

vāsudeve bhagavati
tad-bhakteṣu ca sādhuṣu
prāpto bhāvaṁ paraṁ viśvaṁ
yenedaṁ loṣṭravat smṛtam

vāsudeve—向无所不在的至尊人物 / bhagavati—向至尊人格首神 / tat-bhakteṣu—向祂的奉献者 / ca—也 / sādhuṣu—向圣洁之人 / prāptaḥ—获得……的人 / bhāvam—敬畏和奉爱之情 / param—超然的 / viśvam—整个物质宇宙 / yena—被(灵性意识) / idam—这 / loṣṭra-vat—如一块石头般微不足道 / smṛtam—被(这样的奉献者)接受

译文　安巴茹施王是至尊人格首神华苏戴瓦及作为祂奉献者的伟大圣洁之人的优秀奉献者。这种奉爱之情使他认为整个宇宙都不过如一块石头般微不足道。

第 18—20 节

स वै मनः कृष्णपदारविन्दयो-
　वर्चांसि वैकुण्ठगुणानुवर्णने ।
करौ हरेर्मन्दिरमार्जनादिषु
　श्रुतिं चकाराच्युतसत्कथोदये ॥१८॥

मुकुन्दलिङ्गालयदर्शने दृशौ
　तद्भृत्यगात्रस्पर्शेऽङ्गसङ्गमम् ।
घ्राणं च तत्पादसरोजसौरभे
　श्रीमत्तुलस्या रसनां तदर्पिते ॥१९॥

पादौ हरेः क्षेत्रपदानुसर्पणे
　शिरो हृषीकेशपदाभिवन्दने ।
कामं च दास्ये न तु कामकाम्यया
　यथोत्तमश्लोकजनाश्रया रतिः ॥२०॥

sa vai manaḥ kṛṣṇa-padāravindayor
　vacāṁsi vaikuṇṭha-guṇānuvarṇane
karau harer mandira-mārjanādiṣu
　śrutiṁ cakārācyuta-sat-kathodaye

mukunda-liṅgālaya-darśane dṛśau
tad-bhṛtya-gātra-sparśe 'ṅga-saṅgamam
ghrāṇaṁ ca tat-pāda-saroja-saurabhe
śrīmat-tulasyā rasanāṁ tad-arpite

pādau hareḥ kṣetra-padānusarpaṇe
śiro hṛṣīkeśa-padābhivandane
kāmaṁ ca dāsye na tu kāma-kāmyayā
yathottamaśloka-janāśrayā ratiḥ

saḥ—他(安巴瑞施王) / vai—事实上 / manaḥ—他的心 / kṛṣṇa-pa-da-aravindayoḥ—(专注)于主奎师那的莲花足 / vacāṁsi—他的话语 / vaikuṇṭha-guṇa-anuvarṇane—描述奎师那的荣耀 / karau—他的双手 / hareḥ mandira-mārjana-ādiṣu—在打扫至尊人格首神哈尔依庙宇等活动中 / śrutim—他的耳朵 / cakāra—从事 / acyuta—有关从不坠落的奎师那的 / sat-kathā-udaye—从事于聆听超然的叙述 / mukunda-liṅga-ālaya-darśane—从事于观看神像、庙宇和穆昆达的圣地 / dṛśau—他的两只眼睛 / tat-bhṛtya—奎师那的仆人们的 / gātra-sparśe—接触身体 / aṅga-saṅgamam—接触他的身体 / ghrāṇam ca—和他的嗅觉感官 / tatpāda—祂的莲花足 / saroja—莲花的 / saurabhe—从事于(嗅闻)方向 / śrīmat-tulasyāḥ—图拉西叶的 / rasanām—他的舌头 / tat-arpite—品尝供奉给至尊主的帕萨达 / pādau—他的两条腿 / hareḥ—人格首神的 / kṣetra—神庙或温达文及杜瓦尔卡等圣地 / pada-anusarpaṇe—走向那些地方 / śiraḥ—头 / hṛṣīkeśa—感官的主人奎师那的 / pada-abhi-vandane—从事于向莲花足献上顶礼 / kāmam ca—和他的愿望 / dāsye—致力于以仆人的身份忙碌 / na—不 / tu—事实上 / kāma-kāmyayā—与感官享乐的欲望 / yathā—作为 / uttamaśloka-jana-āśrayā——个人如果托庇于向帕拉德王那样的奉献者 / ratiḥ—依恋

译文 安巴瑞施王总是用他的心智冥想奎师那的莲花足；用他的话语讲述至尊主的荣耀；用他的手清扫至尊主的庙宇；用他的耳朵聆听奎师那亲自说的话，或者是描述有关

奎师那的话语。他用他的眼睛看奎师那的神像、奎师那的庙宇，以及玛图茹阿和温达文等奎师那的圣地；用他的触碰感官去接触至尊主奉献者的身体；用他的鼻子闻给至尊主供奉过的图拉西的芳香；用他的舌头品尝给至尊主供奉过的食物的滋味。他用他的腿行走到圣地和至尊主的庙宇，用他的头向至尊主顶礼，他所有的愿望是一天二十四小时地侍奉至尊主。事实上，安巴瑞施王从不想进行感官享乐。他用他所有的感官为至尊主做各种与祂有关的奉爱服务。这种做法增强对至尊主的依恋，彻底清除一切物质欲望。

要旨　《博伽梵歌》(Bhagavad-gītā)第7章的第1节诗记载，至尊主建议说：普瑞塔的儿子啊！你要全神贯注于我，完全意识到我(mayy āsakta-manāḥ pārtha yogaṁ yuñjan mad-āśrayaḥ)。这说明人必须在奉献者的指导或至尊人格首神的直接指导下做奉爱服务。然而，没有灵性导师的指导，人不可能训练自己。因此，按照圣茹帕·哥斯瓦米(Rūpa Gosvāmī)的教导，奉献者首先该做的是，接受一个能训练他用各种感官为至尊主做超然爱心服务的真正的灵性导师。《博伽梵歌》第7章的第1节诗中记载，至尊主还说：现在听我讲……就能透过这样练瑜伽彻底了解我，摆脱疑惑(asaṁśayaṁ samagraṁ māṁ yathā jñāsyasi tac chṛṇu)。换句话说，人如果想要完全了解至尊人格首神，就必须以安巴瑞施王为榜样，按照奎师那给予的指示做。经典中说：奉爱(bhakti)的意思是，用感官为感官的主人——被称为慧希凯施(Hṛṣīkeśa)或阿秋塔(Acyuta)的奎师那服务(hṛṣīkeṇa hṛṣīkeśa-sevanaṁ bhaktir ucyate)。这些诗文中都用了慧希凯施(Hṛṣīkeśa)或阿秋塔(Acyuta)这些梵文词：聆听对从不坠落的奎师那的超然叙述(acyuta-sat-kathodaye)；向感官的主人奎师那的莲花足献上顶礼(hṛṣīkeśa-padābhivandane)。《博伽梵歌》中也用了阿秋塔和慧希凯施这些梵文词。《博伽梵歌》是奎师那直接说的话，是有关奎师那的话题(kṛṣṇa-kathā)；《圣典博伽瓦谭》(Śrīmad-Bhāgavatam)中描述的一切都与奎师那有关，所以也是有关奎师那的话题(kṛṣṇa-kathā)。

第 21 节

एवं सदा कर्मकलापमात्मनः
परेऽधियज्ञे भगवत्यधोक्षजे ।
सर्वात्मभावं विदधन्महीमिमां
तन्निष्ठविप्राभिहितः शशास ह ॥२१॥

evaṁ sadā karma-kalāpam ātmanaḥ
pare 'dhiyajñe bhagavaty adhokṣaje
sarvātma-bhāvaṁ vidadhan mahīm imāṁ
tan-niṣṭha-viprābhihitaḥ śaśāsa ha

evam一如此(过奉爱性的生活) / sadā一总是 / karma-kalāpam一作为查锺亚君王的规定职责 / ātmanaḥ一(国家首脑)他本人的、亲自地 / pare一向至高无上的超然存在 / adhiyajñe一向至尊拥有者、至尊享受者 / bhagavati一向至尊人格首神 / adhokṣaje一向超越物质感官知觉的他 / sarva-ātma-bhāvam一所有种类的奉爱服务 / vidadhat一执行、献上 / mahīm一地球星球 / imām一这 / tat-niṣṭha一是至尊主忠诚的奉献者的人 / vipra一被这样的布茹阿玛纳 / abhihitaḥ一经指导 / śaśāsa一统治 / ha一在过去

译文 在履行当君王的规定职责时，安巴瑞施王总是将他作为君王从事的活动，献给一切的享受者且超越物质感官知觉的至尊人格首神奎师那。他从那些是至尊主忠诚的奉献者的布茹阿玛纳那里接受忠告，以此方式毫无困难地统治着地球星球。

要旨 《博伽梵歌》第5章的第29节诗中说明：

bhoktāraṁ yajña-tapasāṁ
sarva-loka-maheśvaram

suhṛdaṁ sarva-bhūtānāṁ
jñātvā māṁ śāntim ṛcchati

“完全意识到我的人知道我是一切祭祀和苦行的最终受益者，是一切星球和半神人的至尊主，是众生的恩人和祝愿者，因此获得平静，不再受物质痛苦的折磨。”人们都很渴望在这个物质世界里过和平、繁荣的生活，至尊人格首神本人在《博伽梵歌》的这节诗中给予的和平公式是：每一个人都该了解至尊人格首神奎师那是一切星球的拥有者，因此是政治、社会、文化、宗教和经济等领域中的一切活动的享受者。至尊主透过《博伽梵歌》给予了完美的建议；而作为理想的执政首脑和外士纳瓦，安巴瑞施王统治整个世界，听取外士纳瓦·布茹阿玛纳顾问的忠告。启示经典(śāstra)的训谕是：尽管一个布茹阿玛纳也许很精通布茹阿玛纳的职责及韦达知识，但他除非是外士纳瓦，否则无法作为灵性导师(guru)给予忠告。

ṣaṭ-karma-nipuṇo vipro
mantra-tantra-viśāradaḥ
avaiṣṇavo gurur na syād
vaiṣṇavaḥ śva-paco guruḥ

“博学多识、精通全部韦达知识的布茹阿玛纳(婆罗门)，如果不是精通奎师那意识科学的专家或外士纳瓦(Vaiṣṇava)，就不配当灵性导师。然而，一个出身低贱的人，只要是外士纳瓦，具有奎师那意识，就能成为灵性导师。”

因此，正如这节诗中“从那些是至尊主忠诚的奉献者的布茹阿玛纳那里接受忠告(tan-niṣṭha-viprābhihitaḥ)”一句表明的，安巴瑞施王听取是至尊主纯粹奉献者的布茹阿玛纳给予的忠告，因为只不过是博学学者或精通举行祭祀仪式的普通布茹阿玛纳，没有能力给予忠告。

如今有立法院的成员被授权为国家的利益而制定法律，但按照这里对安巴瑞施王的王国的描述，国家或世界该由那些请奉献者布茹阿玛纳当顾问的国家首脑统治。这样的顾问或立法委员既不该是职业政客，也不该由愚昧大众来选举。相反，他们应该由君王指定。当君王——国家行政首脑是奉献者，而他也按照奉献者布茹阿玛纳的指导统治国家时，全体国民就会过上和平与繁荣的生活。当君王和他的顾问都是完美的奉献者时，国内不可能有不对的事情发生。所有的国民都该成为至尊主的奉献者，那时，美好的品质就自然会在他们身上展现出来。《圣典博伽瓦谭》第5篇第18章的第12节诗说：

yasyāsti bhaktir bhagavaty akiñcanā
sarvair guṇais tatra samāsate surāḥ
harāv abhaktasya kuto mahad-guṇā
manorathenāsati dhāvato bahiḥ

“培养出对至尊人格首神华苏戴瓦纯粹奉爱之心的人，身上将展示出全体半神人所具有的宗教、知识和弃绝等崇高品质。相反，不做奉爱服务却从事物质活动的人，不具备好品质。哪怕他精于练神秘瑜伽，或者努力诚实地维护他的家庭、供养他的亲属，他都必然会受他主观臆测的驱使，忙于侍奉至尊主的外在能量。这种人怎么可能有什么好品质？”在具有奎师那意识的君王领导下的国民将成为奉献者，那时就不需要每天都制定新的法律，以改革国内的生活方式了。如果国民受到成为奉献者的训练，他们就会自然变得平静和诚实，如果他们再受到听取奉献者建议的奉献者君王的领导，国家就不是在物质世界中，而是在灵性世界里。世上所有的国家都该按照这里的描述，追随安巴瑞施王管理或统治的典范。

第22节

ईजेऽश्वमेधैरधियज्ञमीश्वरं
महाविभूत्योपचिताङ्गदक्षिणैः ।
ततैर्वसिष्ठासितगौतमादिभि-
र्धन्वन्यभिस्रोतमसौ सरस्वतीम् ॥२२॥

īje 'śvamedhair adhiyajñam īśvaraṁ
mahā-vibhūtyopacitāṅga-dakṣiṇaiḥ
tatair vasiṣṭhāsita-gautamādibhir
dhanvany abhisrotam asau sarasvatīm

īje－崇拜 / aśvamedhaiḥ－通过举行马祭 / adhiyajñam－使一切祭祀的主人满意 / īśvaram－至尊人格首神 / mahā-vibhūtyā－用巨大的财富 / upacita-aṅga-dakṣiṇaiḥ－用所有规定的用品和给予布茹阿玛纳的捐款 / tataiḥ－执行 / vasiṣṭha-asita-gautama-ādibhiḥ－由瓦希施塔、阿西塔和高塔玛这样的布茹阿玛纳 / dhanvani－在沙漠中 / abhisrotam－被河水淹没 / asau－安巴瑞施王 / sarasvatīm－在萨茹阿斯瓦缇河岸边

译文 在萨茹阿斯瓦缇河流经的沙漠地带，安巴瑞施王举行马祭等盛大的祭祀，以此取悦一切祭祀的主人——至尊人格首神。举行这样的祭祀花费大量的钱财，选用合适的用品，并付给布茹阿玛纳酬劳，而那些布茹阿玛纳则由瓦希施塔、阿西塔和高塔玛等非凡的人物监督指导。他们代表君王举行祭祀。

要旨 人在举行韦达经(Vedas)中规定的祭祀仪式时，需要精通祭司的布茹阿玛纳(yājñika-brāhmaṇa)。但在喀历年代中，这种布茹阿玛纳严重缺乏。因此，启示经典(śāstra)中推荐喀历年代中的祭祀是“集体歌唱神的圣名祭祀(yajñaiḥ saṅkīrtana-prāyair yajanti hi sumedhasaḥ)”。在这个喀历年代中，与其把钱没有必要地花费在

举行因缺乏有资格的布茹阿玛纳而不可能举行的祭祀上，有智慧的人会举行“集体歌唱神的圣名祭祀(saṅkīrtana-yajña)”。没有正确地举行使至尊人格首神满意的祭祀，就会有雨水缺乏的问题(yajñād bhavati parjanyaḥ)。因此，举行祭祀是关键。不举行祭祀就会缺乏雨水，干旱则导致粮食歉收，结果将是饥荒。所以，君王的职责是举行马祭(aśvamedha-yajña)等不同种类的祭祀，以确保粮食的生产。众生的躯体靠五谷滋养(annād bhavanti bhūtāni)。没有粮食，人和动物就会挨饿。为了国家的利益需要举行祭祀，要让人民大众有丰足的粮食可吃。应该给布茹阿玛纳和主持祭祀的祭司付足够的酬金，以酬谢他们所做的服务。梵文称这酬金是“达克薪(dakṣiṇā)”。作为国家首脑，安巴瑞施王借助瓦希施塔(Vasiṣṭha)、高塔玛(Gautama)和阿西塔(Asita)等伟大人物的帮助，举行了所有这些祭祀。但他自己则如前所述致力于奉爱服务(sa vai manaḥ kṛṣṇa-padāravindayoḥ)。君王或国家首脑必须确保事情在正确的指导下顺利进行；必须像安巴瑞施王一样是理想的奉献者。君王的职责是：要确保粮食生产，哪怕在沙漠国家中都不例外，更不要说其他地方了。

第23节

यस्य क्रतुषु गीर्वाणैः सदस्या ऋत्विजो जनाः ।
तुल्यरूपाश्चानिमिषा व्यदृश्यन्त सुवाससः ॥२३॥

yasya kratuṣu gīrvāṇaiḥ
sadasyā ṛtvijo janāḥ
tulya-rūpāś cānimiṣā
vyadṛśyanta suvāsasaḥ

yasya—……的(安巴瑞施王) / kratuṣu—在(他举行的)祭祀中 / gīrvāṇaiḥ—与半神人们 / sadasyāḥ—执行祭祀的成员 / ṛtvijaḥ—祭司们 / janāḥ—和其他有经验的人 / tulya-rūpāḥ—显得就像 / ca—和 /

animiṣāḥ—像半神人一样不眨眼 / vyadṛśyanta—被看到 / su-vāsasaḥ—穿着贵重的华服

译文 在安巴瑞施王安排的祭祀中，到场的成员和祭司(尤其是 hotā, udgātā, brahmā 和 adhvaryu)，都穿着华丽，看上去恰似半神人。他们目不转睛地监督祭祀的正确执行。

第 24 节

स्वर्गो न प्रार्थितो यस्य मनुजैरमरप्रियः ।
शृण्वद्भिरुपगायद्भिरुत्तमश्लोकचेष्टितम् ॥२४॥

svargo na prārthito yasya
manujair amara-priyaḥ
śṛṇvadbhir upagāyadbhir
uttamaśloka-ceṣṭitam

svargaḥ—在天堂星球中的生活 / na—不 / prārthitaḥ—渴望达到的一个目标 / yasya—……的(安巴瑞施王) / manujaiḥ—由国民 / amara-priyaḥ—就连半神人都十分珍视的 / śṛṇvadbhiḥ—习惯于聆听的人 / upagāyadbhiḥ—和习惯于吟诵、吟唱 / uttamaśloka—至尊人格首神的 / ceṣṭitam—有关……的光荣活动

译文 安巴瑞施王统治下的国民习惯于吟诵、吟唱和聆听有关人格首神的光荣活动，因此从不渴求被升上就连半神人都十分珍视的天堂星球。

要旨 受到训练吟诵(吟唱)和聆听至尊主的圣名、威望、品质、形象和随行人员及用品等的纯粹奉献者，对升上半神人极其喜爱的天堂星球从不感兴趣。《圣典博伽瓦谭》第6篇第17章的第28节诗说：

nārāyaṇa-parāḥ sarve
na kutaścana bibhyati

svargāpavarga-narakeṣv
api tulyārtha-darśinaḥ

“奉献者全神贯注地为至尊人格首神纳茹阿亚纳做奉爱服务，从不害怕生活中发生的任何情况。对他们来说，天堂星球、解脱和地狱星球都一样，因为这样的奉献者只关心为至尊主服务。”奉献者总是处在灵性世界中，所以并不渴望什么。奉献者之所以被说成是“无欲的(akāma)”，是因为他除了为至尊人格首神做超然的爱心服务，不想要别的。安巴瑞施王因为是至尊主最崇高的奉献者，所以训练他的国民甚至不对包括天堂快乐的物质事物感兴趣。

第25节

संवर्धयन्ति यत्कामाः स्वाराज्यपरिभाविताः ।
दुर्लभा नापि सिद्धानां मुकुन्दं हृदि पश्यतः ॥२५॥

saṁvardhayanti yat kāmāḥ
svārājya-paribhāvitāḥ
durlabhā nāpi siddhānāṁ
mukundaṁ hṛdi paśyataḥ

saṁvardhayanti—增加快乐 / yat—因为 / kāmāḥ—这样的志向 / svā-rājya—处在他自己为至尊主做服务的原本状态中 / paribhāvitāḥ—充满了这样的抱负 / durlabhāḥ—很难得到 / na—不 / api—也 / siddhānām—非凡的神秘主义者的 / mukundam—至尊人格首神奎师那 / hṛdi—在内心深处 / paśyataḥ—总是习惯于看到祂的人

译文 为至尊人格首神服务而沉浸在超然快乐的人，甚至对非凡的神秘力量都没兴趣，因为这种神通并不能增加总在内心深处想着奎师那的奉献者所感受的超然极乐。

要旨 纯粹奉献者不仅对升上天堂星系不感兴趣，而且甚至对瑜伽神通不感兴趣。真正的完美境界是做奉爱服务。从融入不具人格特征的梵或八种瑜伽神通(aṇimā, laghimā, prāpti等)所得到的快乐，并不能使奉献者感到快乐。正如圣帕博达南达·萨茹阿斯瓦提(Prabodhānanda Sarasvatī)说明的：

kaivalyaṁ narakāyate tridaśa-pūr ākāśa-puṣpāyate
　durdāntendriya-kāla-sarpa-paṭalī protkhāta-daṁṣṭrāyate
viśvaṁ pūrṇa-sukhāyate vidhi-mahendrādiś ca kīṭāyate
　yat kāruṇya-kaṭākṣa-vaibhavavatāṁ taṁ gauram eva stumaḥ

奉献者凭借主柴坦亚的仁慈达到为至尊主做超然的爱心服务的状态时，会认为不具人格特征的梵并不比地狱强，会将天堂星球中的物质快乐视为是鬼火一样的东西。奉献者将神秘力量的完美境界比作是没有牙的毒蛇。神秘瑜伽师特别注意要控制感官，但奉献者因为用感官为至尊主服务(hṛṣīkeṇa hṛṣīkeśa-sevanaṁ bhaktir ucyate)，所以就不需要为控制感官而额外努力了。对那些从事物质活动的人来说，控制感官是必须的，但奉献者因为将感官都用于为至尊主服务，所以它们已经得到了控制。《博伽梵歌》第2章的第59节诗中说：通过体验高品味的快乐来放弃这种享乐(paraṁ dṛṣṭvā nivartate)。奉献者的感官不受物质享乐的吸引。而且，即使物质世界里充满痛苦，奉献者还是将这物质世界视为是灵性的，因为一切都被用于为至尊主服务了。灵性世界和物质世界之间的区别是：服务的心态。在不依恋任何事物的同时又接受与奎师那有关的一切时，就正确地超越了拥有的概念(nirbandhaḥ kṛṣṇa-sam-bandhe yuktaṁ vairāgyam ucyate)。当一个人没有为至尊人格首神服务的心态时，他所从事的活动就是物质的。

prāpañci-katayā buddhyā
　hari-sambandhi-vastunaḥ
mumukṣubhiḥ parityāgo
　vairāgyaṁ phalgu kathyate

不为至尊主做服务的活动是物质活动，应该停止从事这样的活动。在兴建高楼大厦和兴建神的庙宇的活动中，也许都有同样的热忱，但努力是不同的，因为一个是物质性的，另一个则是灵性的。不该将灵性活动与物质活动相混淆，也不该停止从事灵性活动。与至尊人格首神哈尔依(Hari)没关系的一切，都是物质的。考虑这一切的奉献者始终从事灵性活动，因此不再受物质活动的吸引(paraṁ dṛṣṭvā nivartate)。

第 26 节

स इत्थं भक्तियोगेन तपोयुक्तेन पार्थिवः ।
स्वधर्मेण हरिं प्रीणन् सर्वान् कामान् शनैर्जहौ ॥२६॥

sa itthaṁ bhakti-yogena
tapo-yuktena pārthivaḥ
sva-dharmeṇa hariṁ prīṇan
sarvān kāmān śanair jahau

saḥ—他(安巴瑞施王) / ittham—以这种方式 / bhakti-yogena—通过为至尊主做超然的爱心服务 / tapaḥ-yuktena—同时是最佳的苦行程序的 / pārthivaḥ—君王 / sva-dharmeṇa—凭他从事的自我该从事的活动 / harim—对至尊主 / prīṇan—满意的 / sarvān—所有种类的 / kāmān—物质欲望 / śanaiḥ—逐渐地 / jahau—放弃

译文 这个星球上的君王——安巴瑞施王，就这样为至尊主做奉爱服务，并为此而严格苦修。他总是靠从事灵魂本该从事的活动取悦至尊人格首神，逐渐放弃了所有的物质欲望。

要旨 在实际做奉爱服务的过程中，需要经历的艰苦的苦行有许多种。例如：在庙中崇拜神像无疑是很吃力的活动。人必须为神像打扮，清扫庙宇，从恒河及雅沐娜河中带水回庙，一直不断地按例行程序工作，一天很多次地举行供奉酥油灯的仪式(ārati)，为神像准备一流的食物，以及准备衣服等(śrī-vigrahārādhana-nitya-nānā śṛṅgāra-tan-mandira-mārjanādau)。人必须这样一直不断地忙于各种活动，而繁重的体力劳动无疑是苦行。同样，传播知识、准备文献、向无神论者宣讲及挨家挨户地派发文献，当然都是苦行(tapo-yuktena)。这样的苦行是必要的(tapo divyaṁ putrakā)。我们该为达到做奉爱服务的神圣状态而苦行。这样的活动使人心得到净化(yena sattvaṁ śuddhyet)。在奉爱服务中经历这些苦行，使人净化自己的物质存在(kāmān śanair jahau)。事实上，这样的苦行使人达到做奉爱服务的原本状态。这使人能够清除物质欲望，而人一旦没有了物质欲望，就不再重复受生老病死的痛苦了。

第 27 节

गृहेषु दारेषु सुतेषु बन्धुषु
द्विपोत्तमस्यन्दनवाजिवस्तुषु ।
अक्षय्यरत्नाभरणाम्बरादि-
ष्वनन्तकोशेष्वकरोदसन्मतिम् ॥२७॥

gṛheṣu dāreṣu suteṣu bandhuṣu
dvipottama-syandana-vāji-vastuṣu
akṣayya-ratnābharaṇāmbarādiṣv
ananta-kośeṣv akarod asan-matim

gṛheṣu－在家中 / dāreṣu－在妻子们身上 / suteṣu－在孩子们身上 / bandhuṣu－在朋友们身上 / dvipa-uttama－在最有力的大象身上 / syandana－在漂亮的战车上 / vāji－在一流的马匹上 / vastuṣu－在所有这类事物上 / akṣayya－价值从不减少的 / ratna－在珍宝上 / ābharaṇa－在装饰品上 / ambara-ādiṣu－在这些衣服和首饰上 / ananta-kośeṣu－在取之不尽用之不竭的宝库上 / akarot－接受 / asat-matim－不依恋

译文 安巴瑞施王不再依恋居士事务、妻子、孩子、朋友和亲戚，不再喜爱最强有力的大象、漂亮的战车、二轮马车、马匹和无数的珍宝，也不再留恋装饰品、衣物和取之不尽用之不竭的国库。他不再依恋这一切，将它们视为是短暂和物质的。

要旨 在不依恋任何事物的同时又接受与奎师那有关的一切，就正确地超越了拥有的概念(anāsaktasya viṣayān yathārham upayuñjataḥ)。物质财富只有在能够用来做奉爱服务时才可以接受。人应该善意地为奎师那做服务(ānukūlyena kṛṣṇānuśīlanam)。人应该接受有利于做奉爱服务的事物，拒绝不利于奉爱服务的事物(anāsaktasya viṣayān yathārham upayuñjataḥ)。传播知识需要许多被视为是物质的东西。奉献者不该依恋房子、妻子、孩子、朋友和汽车等一类的物质事物。例如：安巴瑞施王拥有所有这一切，但却不依恋他们。这就是练奉爱瑜伽的效果。《圣典博伽瓦谭》第11篇第2章的第42节诗中说：托庇于至尊人格首神的人同时会发生三种转变，即：培养起奉爱之情，会对至尊主有直接的体验，而且不再依恋其他事物(bhaktiḥ pareśānubhavo viraktir anyatra ca)。在奉爱服务中取得进步的人，不为感官享乐而依恋物质事物，但却为传播至尊主的荣耀而毫不执著地接受这类事物。在不依恋任何事物的同时又接受与奎师那有关的一切时，就正确地超越了拥有的概念(anāsaktasya viṣayān yathārham upayuñjataḥ)。能为奎师那服务的一切都可以加以善用。

第28节

तस्मा अदाद्धरिश्चक्रं प्रत्यनीकभयावहम् ।
एकान्तभक्तिभावेन प्रीतो भक्ताभिरक्षणम् ॥२८॥

tasmā adād dhariś cakraṁ
pratyanīka-bhayāvaham

ekānta-bhakti-bhāvena
prīto bhaktābhirakṣaṇam

tasmai—向他(安巴瑞施王) / adāt—给予 / hariḥ—至尊人格首神 / cakram—祂的飞轮 / pratyanīka-bhaya-āvaham—至尊主那令祂和祂奉献者的敌人魂飞魄散的飞轮 / ekānta-bhakti-bhāvena—因为他做纯粹的奉爱服务 / prītaḥ—至尊主感到那么满意 / bhakta-abhirakṣa-ṇam—为保护祂的奉献者

译文　至尊人格首神被安巴瑞施王所做的纯粹奉爱服务所取悦，将自己的飞轮赐给君王。那飞轮始终保护奉献者免遭敌人的攻击，为奉献者化解灾祸，令敌人闻风丧胆。

要旨　总是忙于为至尊主做奉爱服务的奉献者，也许不善于保护自己，但因为全心全意地依靠至尊人格首神的莲花足，所以必然得到至尊主的保护。《圣典博伽瓦谭》第7篇第9章的第43节诗记载，帕拉德王说：

naivodvije para duratyaya-vaitaraṇyās
tvad-vīrya-gāyana-mahāmṛta-magna-cittaḥ

“伟大人物中最伟大的人啊！我根本不惧怕物质存在，因为我无论在哪里都全神贯注地想着您的荣耀和活动。”奉献者始终沉浸在为至尊主做服务的超然极乐的海洋中，因此根本不害怕物质世界里的任何厄运。至尊主也承诺说：“阿尔诸纳啊！你勇敢的宣布，我的奉献者永不毁灭(kaunteya pratijānīhi na me bhaktaḥ praṇaśyati)。”(《博伽梵歌》9.31)主奎师那的飞轮苏达尔珊·查夸(Sudarśana cakra)，始终准备保护祂的奉献者。这飞轮使非奉献者极度恐惧(pratyanīka-bhayāvaham)。所以，尽管安巴瑞施王全心全意地做奉爱服务，但他的王国从不怕遭厄运。

第 29 节

आरिराधयिषुः कृष्णं महिष्या तुल्यशीलया ।
युक्तः सांवत्सरं वीरो दधार द्वादशीव्रतम् ॥२९॥

ārirādhayiṣuḥ kṛṣṇaṁ
mahiṣyā tulya-śīlayā
yuktaḥ sāṁvatsaraṁ vīro
dadhāra dvādaśī-vratam

ārirādhayiṣuḥ—渴望崇拜 / kṛṣṇam—至尊主奎师那 / mahiṣyā—与他的王后 / tulya-śīlayā—与安巴瑞施王具有同等品质的人 / yuktaḥ—一起 / sāṁvatsaram—用一年 / vīraḥ—君王 / dadhāra—接受 / dvādaśī-vratam—遵守艾卡达西和德瓦达西的誓言

译文 为崇拜主奎师那，安巴瑞施王与他那具有同样资格的王后一起，用一年的时间遵守艾卡达西和德瓦达西誓言。

要旨 遵守艾卡达西誓言(ekādaśī-vrata)和德瓦达西誓言(dvādaśī-vrata)的意义在于，取悦至尊人格首神。那些有志于增强奎师那意识的人，必须有规律地遵守艾卡达西誓言。安巴瑞施王的王后与安巴瑞施王一样有资格，因此安巴瑞施王才有可能安排他的生活，处理居士事务。就有关这一点，梵文“与安巴瑞施王有同等品质的人(tulya-śīlayā)”一句很重要。妻子除非像丈夫一样有资格，否则居士生活就很难继续。查纳克雅 · 潘迪特(Cāṇakya Paṇḍita)忠告说：遇到夫妻俩没有同样资格的情况，人就该立刻放弃居士生活，进入退出家庭生活阶段(vānaprastha)或当托钵僧(sannyāsī)：

mātā yasya gṛhe nāsti
bhāryā cāpriya-vādinī
araṇyaṁ tena gantavyaṁ
yathāraṇyaṁ tathā gṛham

家中如果没有母亲，或者妻子不与丈夫和睦相处，那么人就应该立刻去森林。因为人生的目的只是为了取得灵性进步，当妻子的必须帮助丈夫的努力。否则，人就没有必要过居士生活。

第 30 节

व्रतान्ते कार्तिके मासि त्रिरात्रं समुपोषितः ।
स्नातः कदाचित्कालिन्द्यां हरिं मधुवनेऽर्चयत् ॥३०॥

vratānte kārtike māsi
tri-rātraṁ samupoṣitaḥ
snātaḥ kadācit kālindyāṁ
hariṁ madhuvane 'rcayat

vrata-ante—在遵守誓言结束时 / kārtike—在卡尔提卡月(十月至十一月)中 / māsi—在那个月 / tri-rātram—用三个晚上 / samupoṣitaḥ—在完全断食后 / snātaḥ—在沐浴后 / kadācit—从前 / kālindyām—在雅沐娜河岸边 / harim—向至尊人格首神 / madhuvane—在温达文地区名叫玛杜万的地方 / arcayat—崇拜至尊主

译文　在卡尔提卡月中，安巴瑞施王于遵守了一年的誓言后断食三天三夜，并在雅沐娜河中沐浴，接着到玛杜万森林中崇拜至尊人格首神哈尔依。

第 31—32 节

महाभिषेकविधिना सर्वोपस्करसम्पदा ।
अभिषिच्याम्बराकल्पैर्गन्धमाल्यार्हणादिभिः ॥३१॥

तद्गतान्तरभावेन पूजयामास केशवम् ।
ब्राह्मणांश्च महाभागान् सिद्धार्थानपि भक्तितः ॥३२॥

mahābhiṣeka-vidhinā
sarvopaskara-sampadā

abhiṣicyāmbarākalpair
gandha-mālyārhaṇādibhiḥ

tad-gatāntara-bhāvena
pūjayām āsa keśavam
brāhmaṇāṁś ca mahā-bhāgān
siddhārthān api bhaktitaḥ

mahā-abhiṣeka-vidhinā－按照为神像沐浴的规定原则 / sarva-upaskara-sampadā－用崇拜神像的一切用品 / abhiṣicya－沐浴后 / ambara-ākalpaiḥ－用优质、漂亮的衣服和装饰品 / gandha-mālya－用芬芳的鲜花花环 / arhaṇa-ādibhiḥ－并用其他崇拜神像的用品 / tat-gata-antara-bhāvena－他的心沉浸在奉爱服务中 / pūjayām āsa－他崇拜 / keśavam－对奎师那 / brāhmaṇān ca－和布茹阿玛纳 / mahā-bhāgān－极其幸运的人 / siddha-arthān－自我满足而不等待任何崇拜 / api－甚至 / bhaktitaḥ－怀着巨大的奉爱之情

译文 安巴瑞施王按照规定原则为主奎师那的神像举行沐浴仪式，然后亲自为神像穿上优质的衣服，戴上首饰、鲜花花环，装备上崇拜至尊主的其他用品。他满怀奉爱之情专注地崇拜奎师那，以及全体没有物质欲望且万分幸运的布茹阿玛纳。

第 33－35 节

गवां रुक्मविषाणीनां रूप्याङ्घ्रीणां सुवाससाम् ।
पयःशीलवयोरूपवत्सोपस्करसम्पदाम् ॥३३॥

प्राहिणोत्साधुविप्रेभ्यो गृहेषु न्यर्बुदानि षट् ।
भोजयित्वा द्विजानग्रे स्वाद्वन्नं गुणवत्तमम् ॥३४॥

लब्धकामैरनुज्ञातः पारणायोपचक्रमे ।
तस्य तर्ह्यतिथिः साक्षाद् दुर्वासा भगवानभूत् ॥३५॥

gavāṁ rukma-viṣāṇīnāṁ
rūpyāṅghrīṇāṁ suvāsasām
payaḥśīla-vayo-rūpa-
vatsopaskara-sampadām

prāhiṇot sādhu-viprebhyo
gṛheṣu nyarbudāni ṣaṭ
bhojayitvā dvijān agre
svādv annaṁ guṇavattamam

labdha-kāmair anujñātaḥ
pāraṇāyopacakrame
tasya tarhy atithiḥ sākṣād
durvāsā bhagavān abhūt

gavām—乳牛 / rukma-viṣāṇīnām—牛角包金的 / rūpya-aṅghrī-ṇām—牛蹄包银的 / su-vāsasām—用织物打扮得十分漂亮 / payaḥ-śīla—奶囊充满奶水 / vayaḥ—年轻的 / rūpa—美丽的 / vatsa-upaskara-sampadām—与漂亮的牛犊们 / prāhiṇot—给予布施 / sādhu-vipre-bhyaḥ—向布茹阿玛纳和圣洁之人 / gṛheṣu—(到)他房子里(的人) / nyarbudāni——亿 / ṣaṭ—六倍 / bhojayitvā—喂他们 / dvijān agre—首先给布茹阿玛纳 / svādu annam—十分精致的食物 / guṇavat-tamam—极其美味的 / labdha-kāmaiḥ—由心满意足的布茹阿玛纳 / anujñā-taḥ—凭他们的许可 / pāraṇāya—为完成德瓦达西 / upacakrame—正要执行最后的仪式 / tasya—他(安巴瑞施)的 / tarhi—立刻 / atithiḥ—不速之客 / sākṣāt—直接地 / durvāsāḥ—非凡的神秘瑜伽师杜尔瓦萨 / bhagavān—十分强有力的 / abhūt—作为客人出现在现场

译文 那之后，安巴瑞施王照顾到他家来的全体宾客，尤其是布茹阿玛纳。他布施了六亿头乳牛。那些乳牛的牛角上都镀着金子、牛蹄上包着银子，用装饰品打扮得漂漂亮亮，奶囊中都充盈着奶水。它们年轻、美丽、性情温和，都有它们的牛犊陪伴在身边。布施了这些乳牛后，君王首先用丰盛的美食招待布茹阿玛纳。等他们都感到心满意足后，他在征得他们的允许后准备通过中断断食完成遵守艾卡达西的誓言。但就在这时，非凡、有力的神秘瑜伽师杜尔瓦萨·牟尼，作为不请自到的宾客出现在现场。

第 36 节

तमानर्चातिथिं भूपः प्रत्युत्थानासनार्हणैः ।
ययाचेऽभ्यवहाराय पादमूलमुपागतः ॥३६॥

tam ānarcātithiṁ bhūpaḥ
pratyutthānāsanārhaṇaiḥ
yayāce 'bhyavahārāya
pāda-mūlam upāgataḥ

tam—向他(杜尔瓦萨) / ānarca—崇拜 / atithim—虽然是不请自到的客人 / bhūpaḥ—(安巴瑞施)王 / pratyutthāna—通过起身 / āsana—通过让座 / arhaṇaiḥ—并用崇拜的用品 / yayāce—请求 / abhyavahārāya—为进食 / pāda-mūlam—在他的脚边 / upāgataḥ—坐下

译文 安巴瑞施王起身迎接杜尔瓦萨·牟尼后，给他让座，向他献上崇拜用品。接着，君王坐在牟尼的脚旁，请这位大圣人进食。

第 37 节

प्रतिनन्द्य स तां याञ्चां कर्तुमावश्यकं गतः ।
निममज्ज बृहद्ध्यायन् कालिन्दीसलिले शुभे ॥३७॥

pratinandya sa tāṁ yācñāṁ
kartum āvaśyakaṁ gataḥ
nimamajja bṛhad dhyāyan
kālindī-salile śubhe

pratinandya—高兴地接受 / saḥ—杜尔瓦萨·牟尼 / tām—那 / yācñām—请求 / kartum—执行 / āvaśyakam—必要的仪式 / gataḥ—

去 / nimamajja—将他的身体没入水中 / bṛhat—至尊梵 / dhyāyan—冥想…… / kālindī—雅沐娜的 / salile—水中 / śubhe—非常吉祥的

译文 杜尔瓦萨·牟尼高兴地接受安巴瑞施王的请求，但为了执行规定的仪式而先去了雅沐娜河。他在那里潜入吉祥的雅沐娜河水中，冥想不具人格特征的梵。

第38节

मुहूर्तार्धावशिष्टायां द्वादश्यां पारणं प्रति ।
चिन्तयामास धर्मज्ञो द्विजैस्तद्धर्मसङ्कटे ॥३८॥

muhūrtārdhāvaśiṣṭāyāṁ
dvādaśyāṁ pāraṇaṁ prati
cintayām āsa dharma-jño
dvijais tad-dharma-saṅkaṭe

muhūrta-ardha-avaśiṣṭāyām—只剩下片刻的一半 / dvādaśyām—德瓦达西日时 / pāraṇam—中断断食 / prati—遵守 / cintayām āsa—开始考虑 / dharma-jñaḥ—了解宗教原则的人 / dvijaiḥ—由布茹阿玛纳 / tat-dharma—有关那条宗教原则 / saṅkaṭe—在这种危险的处境中

译文 就在这段时间内，德瓦达西那天中剩下的唯一一个该停止断食的时刻到了，因此必须马上中断断食。在这危险的情况下，君王与博学的布茹阿玛纳商议。

第39—40节

ब्राह्मणातिक्रमे दोषो द्वादश्यां यदपारणे ।
यत्कृत्वा साधु मे भूयादधर्मो वा न मां स्पृशेत् ॥३९॥

अम्भसा केवलेनाथ करिष्ये व्रतपारणम् ।
आहुरब्भक्षणं विप्रा ह्यशितं नाशितं च तत् ॥४०॥

brāhmaṇātikrame doṣo
dvādaśyāṁ yad apāraṇe
yat kṛtvā sādhu me bhūyād
adharmo vā na māṁ spṛśet

ambhasā kevalenātha
kariṣye vrata-pāraṇam
āhur ab-bhakṣaṇaṁ viprā
hy aśitaṁ nāśitaṁ ca tat

brāhmaṇa-atikrame—违反尊敬布茹阿玛纳的规定 / doṣaḥ—存在着缺陷 / dvādaśyām—在德瓦达西日 / yat—由于 / apāraṇe—在适当的时间不中断断食的话 / yat kṛtvā—在做那件事后 / sādhu—吉祥的事 / me—对我 / bhūyāt—也许如此变得 / adharmaḥ—什么是非宗教 / vā—或者 / na—不 / mām—对我 / spṛśet—可以触碰 / ambhasā—用水 / kevalena—只有 / atha—因此 / kariṣye—我应该执行 / vrata-pāraṇam—完成誓言 / āhuḥ—说 / ap-bhakṣaṇam—喝水 / viprāḥ—布茹阿玛纳啊 / hi—事实上 / aśitam—吃 / na aśitam ca—也没吃 / tat—这样做

译文 君王说："违背尊敬布茹阿玛纳该有的行为规定，无疑是对布茹阿玛纳的严重冒犯。但另一方面，如果人不在德瓦达西的恰当时刻停止断食，就会在遵守誓言的过程中有瑕疵。因此，布茹阿玛纳啊！如果你们认为喝水是吉祥的做法，并不属于反宗教，我就会通过喝水中断断食。"就这样，在与布茹阿玛纳商议后，君王决定这么做，因为按照布茹阿玛纳的看法，喝水被视为是既进食又没有进食。

要旨 当安巴瑞施王在进退两难的情况下，就有关他是应该中断断食还是应该等杜尔瓦萨·牟尼的问题询问茹阿玛纳顾问时，他们看起来不能给他一个究竟该如何做的明确答复。然而，外士纳瓦(Vaiṣṇava)是最有智慧的人。因此，安巴瑞施王当着布茹阿玛纳的面，自己决定他将喝点水，因为这将确保断食被中断，同时也没有违反接待布茹阿玛纳的规定。韦达经(Vedas)中明确指示说：喝水被视为是进食但又没有进食(apo 'śnāti tan naivāśitaṁ naivānaśitam)。我们有时在现实生活中看到，某些为达到政治目的的政治领袖在断食时(satyāgraha)还是喝水。安巴瑞施王考虑到喝水不算进食，所以决定只喝水。

第 41 节

इत्यपः प्राश्य राजर्षिश्चिन्तयन्मनसाच्युतम् ।
प्रत्यचष्ट कुरुश्रेष्ठ द्विजागमनमेव सः ॥४१॥

ity apaḥ prāśya rājarṣiś
cintayan manasācyutam
pratyacaṣṭa kuru-śreṣṭha
dvijāgamanam eva saḥ

iti—如此 / apaḥ—水 / prāśya—喝下后 / rājarṣiḥ—伟大的君王安巴瑞施 / cintayan—冥想于 / manasā—用心 / acyutam—至尊人格首神 / pratyacaṣṭa—开始等待 / kuru-śreṣṭha—库茹王朝最优秀的君王啊 / dvija-āgamanam—伟大的神秘主义布茹阿玛纳杜尔瓦萨·牟尼的返回 / eva—事实上 / saḥ—君王

译文 库茹王朝最优秀的人啊！安巴瑞施王喝了一些水之后，就在自己的心中冥想至尊人格首神，等待杰出的神秘瑜伽师杜尔瓦萨·牟尼归来。

第 42 节

दुर्वासा यमुनाकूलात्कृतावश्यक आगतः ।
राज्ञाभिनन्दितस्तस्य बुबुधे चेष्टितं धिया ॥४२॥

durvāsā yamunā-kūlāt
kṛtāvaśyaka āgataḥ
rājñābhinanditas tasya
bubudhe ceṣṭitaṁ dhiyā

durvāsāḥ－伟大的圣人 / yamunā-kūlāt－从雅沐娜河岸 / kṛta－执行了 / āvaśyakaḥ－执行了规定仪式的他 / āgataḥ－返回 / rājñā－由君王 / abhinanditaḥ－被很好地接待 / tasya－他的 / bubudhe－能明白 / ceṣṭitam－从事 / dhiyā－透过智力

译文 杜尔瓦萨执行了中午该执行的规定仪式后，返回雅沐娜河畔。君王友善地迎接他，向他致以所有的敬意，但杜尔瓦萨·牟尼透过他的神秘力量能明白，安巴瑞施王在没经他允许的情况下已经喝过水了。

第 43 节

मन्युना प्रचलद्गात्रो भ्रुकुटीकुटिलाननः ।
बुभुक्षितश्च सुतरां कृताञ्जलिमभाषत ॥४३॥

manyunā pracalad-gātro
bhru-kuṭī-kuṭilānanaḥ
bubhukṣitaś ca sutarāṁ
kṛtāñjalim abhāṣata

manyunā－受到狂怒的刺激 / pracalat-gātraḥ－他的身体颤抖 / bhru-kuṭī－由眉毛 / kuṭila－皱起 / ānanaḥ－面庞 / bubhukṣitaḥ ca－以及同时感到的饥饿 / sutarām－十分 / kṛta-añjalim－对双手合十站着的安巴瑞施王 / abhāṣata－他说

译文 还饿着肚子的杜尔瓦萨·牟尼，浑身颤抖、面孔扭曲、眉头紧皱，愤怒地对双手合十站在他面前的安巴瑞施王说了如下一番话。

第 44 节

अहो अस्य नृशंसस्य श्रियोन्मत्तस्य पश्यत ।
धर्मव्यतिक्रमं विष्णोरभक्तस्येशमानिनः ॥४४॥

aho asya nṛ-śaṁsasya
śriyonmattasya paśyata
dharma-vyatikramaṁ viṣṇor
abhaktasyeśa-māninaḥ

aho—哼 / asya—这个人的 / nṛ-śaṁsasya—如此冷酷的人 / śriyā unmattasya—因为极其富有而骄傲 / paśyata—大家看看吧 / dharma-vyatikramam—对宗教规定原则的违反 / viṣṇoḥ abhaktasya—不是主维施努奉献者的人 / īśa-māninaḥ—认为自己是独立于一切的至尊主

译文 哼，看看这个冷酷之人的行为！他不是主维施努的奉献者。由于对他有的物质财富和地位感到骄傲，他以为自己就是神。看看他是怎么违反宗教法的吧！

要旨 圣维施瓦纳特·查夸瓦尔提·塔库尔，将这节诗记载的杜尔瓦萨·牟尼所说的话的意思，作了完全相反的解释。杜尔瓦萨·牟尼用梵文nṛ-śaṁsasya一句说明君王是个冷酷的人，但维施瓦纳特·查夸瓦尔提·塔库尔将这句梵文解释为是“君王的品德受到所有当地人的赞扬”。他说梵文nṛ的意思是“被所有的当地人”，而śaṁsasya的意思是“品德受到赞扬的他(安巴瑞施)的”。同样，很富有的人会因为自己的钱财而变得疯狂，所以被说成是“因为极其富有而骄傲”，但维施瓦纳特·查夸瓦尔提·塔库尔解释这些梵文词的意思是：尽管安巴瑞施王是如此富有的君王，但却不疯狂地追逐金钱，因为他已经超越了因物质财富而疯狂的状态。此外，梵文īśa-māninaḥ被解释为：他是那么尊敬至尊人格首神，因此绝不违反艾卡达西的誓言(ekādaśī-pāraṇa)，尽管想到杜尔瓦萨·牟尼，最终也只是喝了一点水。维施瓦纳特·查夸瓦尔提·塔库尔，就这样支持安巴瑞施王和他从事的一切活动。

第 45 节

यो मामतिथिमायातमातिथ्येन निमन्त्र्य च ।
अदत्त्वा भुक्तवांस्तस्य सद्यस्ते दर्शये फलम् ॥४५॥

yo mām atithim āyātam
ātithyena nimantrya ca
adattvā bhuktavāṁs tasya
sadyas te darśaye phalam

yaḥ—这个……的男人 / mām—对我 / atithim—作为不请自到的客人的人 / āyātam—来到这里 / ātithyena—对客人的接待 / nimantrya—邀请我后 / ca—也 / adattvā—不给(食物) / bhuktavān—他自己吃了 / tasya—他的 / sadyaḥ—立刻 / te—你的 / darśaye—我应该展示 / phalam—结果

译文 安巴瑞施王，你要求我这客人进食，但在没有给我提供食物前，你自己却先吃了。因为你的不端行为，我要给你些颜色看。作为惩戒！

要旨 所谓的神秘瑜伽师无法战胜奉献者。杜尔瓦萨·牟尼想要惩戒安巴瑞施王的企图失败，将证明这一点。《圣典博伽瓦谭》第5篇第18章的第12节诗中说：不做奉爱服务却从事物质活动的人，不具备好品质(harāv abhaktasya kuto mahad-guṇāḥ)。无论是多了不起的神秘主义者、哲学家或功利性活动者，只要他不是至尊主纯粹的奉献者，就没有好品质。正如杜尔瓦萨和安巴瑞施王之间发生的对抗事件将表明，只有奉献者才能在所有的情况下都获得胜利。

第 46 节

एवं ब्रुवाण उत्कृत्य जटां रोषप्रदीपितः ।
तया स निर्ममे तस्मै कृत्यां कालानलोपमाम् ॥४६॥

evaṁ bruvāṇa utkṛtya
jaṭāṁ roṣa-pradīpitaḥ
tayā sa nirmame tasmai
kṛtyāṁ kālānalopamām

evam—如此 / bruvāṇaḥ—说(杜尔瓦萨·牟尼) / utkṛtya—拔出 / jaṭām——撮头发 / roṣa-pradīpitaḥ—因为他狂怒而发红 / tayā—用他那撮头发 / saḥ—杜尔瓦萨·牟尼 / nirmame—制造 / tasmai—以惩罚安巴瑞施王 / kṛtyām——个恶魔 / kāla-anala-upamām—看上去就像熊熊燃烧的毁灭之火

译文 杜尔瓦萨·牟尼这样说着，整个脸因狂怒而涨得通红。他从头上拔下一撮头发，制造了一个类似毁灭大火般的恶魔，用以惩罚安巴瑞施王。

第 47 节

तामापतन्तीं ज्वलतीमसिहस्तां पदा भुवम् ।
वेपयन्तीं समुद्वीक्ष्य न चचाल पदान्नृपः ॥४७॥

tām āpatantīṁ jvalatīm
asi-hastāṁ padā bhuvam
vepayantīṁ samudvīkṣya
na cacāla padān nṛpaḥ

tām—那(恶魔) / āpatantīm—冲过去攻击他 / jvalatīm—如烈火般燃烧 / asi-hastām—手中持有一根三叉戟 / padā—用他的脚步 / bhuvam—地球表面 / vepayantīm—导致颤抖 / samudvīkṣya—清楚地看他 / na—不 / cacāla—移动 / padāt—从他的地方 / nṛpaḥ—君王

译文 那燃烧着的生物体手持一根三叉戟向安巴瑞施王走来，每一步都令大地震颤不已。但君王看到他时根本不受打扰，身体稳如泰山、纹丝不动。

要旨 《圣典博伽瓦谭》第6篇第17章的第28节诗说：奉献者全神贯注地为至尊人格首神纳茹阿亚纳做奉爱服务，从不害怕生活中发生的任何情况(nārāyaṇa-parāḥ sarve na kutaścana bibhyati)。纳茹阿亚纳纯粹的奉献者，从不惧怕物质的危险。就这方面有很多实际的例子，例如：奉献者帕拉德王(Prahlāda Mahārāja)虽然还只是个五岁的幼童，就受到他父亲的折磨，但却一点都不害怕。因此，以安巴瑞施王和帕拉德王为榜样，奉献者应该学习忍受这世上所有的困境。奉献者经常受到非奉献者的折磨，但纯粹奉献者完全依靠至尊人格首神的仁慈，从不受那些充满敌意的活动的干扰。

第48节

प्राग्दिष्टं भृत्यरक्षायां पुरुषेण महात्मना ।
ददाह कृत्यां तां चक्रं क्रुद्धाहिमिव पावकः ॥४८॥

prāg diṣṭaṁ bhṛtya-rakṣāyāṁ
puruṣeṇa mahātmanā
dadāha kṛtyāṁ tāṁ cakraṁ
kruddhāhim iva pāvakaḥ

prāk diṣṭam—就像以前安排的 / bhṛtya-rakṣāyām—为保护他的仆人 / puruṣeṇa—由至尊人 / mahā-ātmanā—由超灵 / dadāha—烧成灰烬 / kṛtyām—那被创造的恶魔 / tām—他 / cakram—飞轮 / kruddha—愤怒 / ahim—一条蛇 / iva—如同 / pāvakaḥ—火

译文 恰似森林之火瞬间将一条愤怒的毒蛇烧成灰烬，至尊人格首神的飞轮苏达尔珊·查夸，执行至尊主先前下达过的命令，立刻保护祂的奉献者，将那被制造出的恶魔烧成了灰烬。

要旨 作为纯粹的奉献者，安巴瑞施王虽然处在那么危险的状况中，但却不仅稳如泰山，而且不请求至尊人格首神保护他。

他的理解不变，他毫无疑问只是在内心深处想着至尊人格首神。奉献者从不惧怕自己会面对的死亡，因为他始终冥想至尊人格首神，把这当做自己的责任，而从不是为谋取任何物质利益。至尊主知道如何保护自己的奉献者。正如梵文“就像以前安排的(prāg diṣṭam)”短句所表明的，至尊主知道一切。因此，在事情发生前，祂已经安排祂的飞轮去保护安巴瑞施王了。这种保护甚至从奉献者一开始做奉爱服务就提供了。《博伽梵歌》第9章的第31节诗中记载，至尊主说：“琨缇的儿子啊！你勇敢地宣布，我的奉献者永不毁灭(kaunteya pratijānīhi na me bhaktaḥ praṇaśyati)。”人只要开始做奉爱服务，就立刻受到至尊人格首神的保护。对此，至尊主在《博伽梵歌》第18章的第66节诗中也证实说：“我将把你从所有的恶报中解救出来。不必害怕(ahaṁ tvāṁ sarva-pāpebhyo mokṣayiṣyāmi)！”保护立刻开始。至尊主是如此仁慈和亲切，祂给奉献者以适当的指导和所有的保护，使奉献者能够很平静、稳固地增强奎师那意识，不受外界的打扰。一条蛇也许很愤怒，准备咬人，但在面对森林大火的时候，凶猛的毒蛇却无能为力。与奉献者为敌的人虽然也许很强大，但在奉爱服务的熊熊大火面前只不过像一条愤怒的蛇一样。

第 49 节

तदभिद्रवदुद्वीक्ष्य स्वप्रयासं च निष्फलम् ।
दुर्वासा दुद्रुवे भीतो दिक्षु प्राणपरीप्सया ॥४९॥

tad-abhidravad udvīkṣya
sva-prayāsaṁ ca niṣphalam
durvāsā dudruve bhīto
dikṣu prāṇa-parīpsayā

tat—那飞轮的 / abhidravat—向他飞去 / udvīkṣya—看到后 / sva-prayāsam—他自己试图 / ca—和 / niṣphalam—失败了 / durvāsāḥ—杜

尔瓦萨·牟尼 / dudruve—开始跑 / bhītaḥ—充满恐惧 / dikṣu—在每一个方向 / prāṇa-parīpsayā—怀着要救自己一命的愿望

译文 杜尔瓦萨·牟尼看到自己的企图失败，而那个苏达尔珊飞轮正朝自己飞来，不禁胆战心惊，为救自己一命而四处奔逃。

第50节

तमन्वधावद्भगवद्रथाङ्गं
दावाग्निरुद्धूतशिखो यथाहिम् ।
तथानुषक्तं मुनिरीक्षमाणो
गुहां विविक्षुः प्रससार मेरोः ॥५०॥

tam anvadhāvad bhagavad-rathāṅgaṁ
dāvāgnir uddhūta-śikho yathāhim
tathānuṣaktaṁ munir īkṣamāṇo
guhāṁ vivikṣuḥ prasasāra meroḥ

tam—向杜尔瓦萨 / anvadhāvat—开始跟随 / bhagavat-ratha-aṅgam—从至尊主战车的车轮出现的飞轮 / dāva-agniḥ—恰似森林大火 / uddhūta—熊熊燃烧 / śikhaḥ—有火焰 / yathā ahim—就像它在跟随一条蛇 / tathā—以同样的方式 / anuṣaktam—好似碰到杜尔瓦萨·牟尼的背部 / muniḥ—圣人 / īkṣamāṇaḥ—看到这 / guhām——个山洞 / vivikṣuḥ—想要进入 / prasasāra—开始飞速移动 / meroḥ—梅茹山的

译文 仿佛森林大火熊熊燃烧的火舌追捕一条蛇，至尊人格首神的飞轮开始追赶杜尔瓦萨·牟尼。杜尔瓦萨·牟尼看到那飞轮几乎就要碰到自己的背部了，于是飞速逃窜，想要进入苏梅茹山的一个山洞。

第 51 节

दिशो नभः क्ष्मां विवरान् समुद्रान्
लोकान् सपालांस्त्रिदिवं गतः सः ।
यतो यतो धावति तत्र तत्र
सुदर्शनं दुष्प्रसहं ददर्श ॥५१॥

diśo nabhaḥ kṣmāṁ vivarān samudrān
lokān sapālāṁs tridivaṁ gataḥ saḥ
yato yato dhāvati tatra tatra
sudarśanaṁ duṣprasahaṁ dadarśa

diśaḥ—所有的方向 / nabhaḥ—在空中 / kṣmām—在地球表面 / vivarān—在洞中 / samudrān—在海洋中 / lokān—所有的地方 / sa-pālān—以及它们的统治者 / tridivam—天堂星球 / gataḥ—去 / saḥ—杜尔瓦萨·牟尼 / yataḥ yataḥ—无论哪里 / dhāvati—他去 / tatra tatra—所到之处 / sudarśanam—至尊主的飞轮 / duṣprasaham—极度恐惧 / dadarśa—杜尔瓦萨·牟尼看到

译文　为了保命，杜尔瓦萨·牟尼四处躲避，空中、地上、山洞里、汪洋深处、三界中甚至天堂内各个星球的不同统治者那里，但无论他逃到哪里，都立刻看到燃烧着无法忍受的烈火的苏达尔珊飞轮正紧跟着他。

第 52 节

अलब्धनाथः स सदा कुतश्चित्
सन्त्रस्तचित्तोऽरणमेषमाणः ।
देवं विरिञ्चं समगाद्विधात-
स्त्राह्यात्मयोनेऽजिततेजसो माम् ॥५२॥

alabdha-nāthaḥ sa sadā kutaścit
santrasta-citto 'raṇam eṣamāṇaḥ

devaṁ viriñcaṁ samagād vidhātas
trāhy ātma-yone 'jita-tejaso mām

alabdha-nāthaḥ—没有得到保护者的庇护 / saḥ—杜尔瓦萨·牟尼 / sadā—总是 / kutaścit—某地 / santrasta-cittaḥ—怀着恐惧的心 / araṇam—能够给予保护的人 / eṣamāṇaḥ—寻找 / devam—最后找到半神人的主管 / viriñcam—主布茹阿玛 / samagāt—接近 / vidhātaḥ—我的主人啊 / trāhi—请保护 / ātma-yone—主布茹阿玛啊 / ajita-tejasaḥ—由至尊人格首神阿吉塔释放出的火 / mām—向我

译文 杜尔瓦萨·牟尼内心惊恐万分地到处寻求庇护，当他发现根本找不到时，最终只好去找主布茹阿玛说："啊，我的主人，主布茹阿玛！至尊人格首神发出的这个燃烧的苏达尔珊飞轮在追我，请保护我免遭攻击。"

第 53—54 节

श्रीब्रह्मोवाच
स्थानं मदीयं सहविश्वमेतत्
क्रीडावसाने द्विपरार्धसंज्ञे ।
भ्रूभङ्गमात्रेण हि सन्दिधक्षोः
कालात्मनो यस्य तिरोभविष्यति ॥५३॥

अहं भवो दक्षभृगुप्रधानाः
प्रजेशभूतेशसुरेशमुख्याः ।
सर्वे वयं यन्नियमं प्रपन्ना
मूर्ध्न्यार्पितं लोकहितं वहामः ॥५४॥

śrī-brahmovāca
sthānaṁ madīyaṁ saha-viśvam etat
krīḍāvasāne dvi-parārdha-saṁjñe
bhrū-bhaṅga-mātreṇa hi sandidhakṣoḥ
kālātmano yasya tirobhaviṣyati

aham bhavo dakṣa-bhṛgu-pradhānāḥ
prajeśa-bhūteśa-sureśa-mukhyāḥ
sarve vayaṁ yan-niyamaṁ prapannā
mūrdhnyārpitaṁ loka-hitaṁ vahāmaḥ

śrī-brahmā uvāca—主布茹阿玛说 / sthānam—我所在的地方 / madīyam—我的住所布茹阿玛星球 / saha—与……一道 / viśvam—整个宇宙 / etat—这 / krīḍā-avasāne—在至尊人格首神从事娱乐活动的时间结束时 / dvi-parārdha-saṁjñe—我的寿命结束时 / bhrū-bhaṅga-mātreṇa—仅仅通过轻扬眉毛 / hi—事实上 / sandidhakṣoḥ—至尊人格首神的，当祂想要烧毁全宇宙时 / kāla-ātmanaḥ—从毁灭的 / yasya—……的人 / tirobhaviṣyati—将征服 / aham—我 / bhavaḥ—主希瓦 / dakṣa—生物体祖先达克沙 / bhṛgu—伟大的圣人布瑞古 / pradhānāḥ—和其他以他们为首的 / prajā-īśa—生物体的控制者们 / bhūta-īśa—生物的控制者们 / sura-īśa—半神人的控制者们 / mukhyāḥ—以他们为首 / sarve—他们全体 / vayam—我们也 / yat-niya-mam—……的规范原则 / prapannāḥ—到要投靠 / mūrdhnyā arpitam—低下我们的头 / loka-hitam—为众生的利益 / vahāmaḥ—执行统治众生的命令

译文　主布茹阿玛说：在我的寿命结束之际，至尊主的娱乐活动终结之时，主维施努眉头微微一皱，就毁灭了整个宇宙，包括我们住的地方。我、主希瓦，及其以达克沙和布瑞古为首的非凡的圣人等人物，还有生物体、人类社会和半神人的各级统治者——我们全体，都要投靠那位至尊人格首神——主维施努，向祂顶礼，为众生的利益执行祂的命令。

要旨　《博伽梵歌》第10章的第34节诗说：至尊人格首神以死亡或时间的最高控制者接近我们时，就会拿走所有的一切(mṛtyuḥ sarva-haraś)。换句话说，财富和名望等我们拥有的一切，都由至尊主为达到某种目的而给予我们。皈依祂的灵魂的责任是：执

行至尊者的命令。没人可以不尊重祂。在这种情况下，顾忌到至尊主发出的苏达尔珊飞轮的强大力量，主布茹阿玛拒绝保护杜尔瓦萨·牟尼。

第 55 节

प्रत्याख्यातो विरिञ्चेन विष्णुचक्रोपतापितः ।
दुर्वासाः शरणं यातः शर्वं कैलासवासिनम् ॥५५॥

pratyākhyāto viriñcena
viṣṇu-cakropatāpitaḥ
durvāsāḥ śaraṇaṁ yātaḥ
śarvaṁ kailāsa-vāsinam

pratyākhyātaḥ—被拒绝 / viriñcena—被主布茹阿玛 / viṣṇu-cakra-upatāpitaḥ—被主维施努的飞轮燃烧的火焰烤焦 / durvāsāḥ—名叫杜尔瓦萨的大神秘主义者 / śaraṇam—寻求庇护 / yātaḥ—去 / śarvam—向主希瓦 / kailāsa-vāsinam—名叫凯拉斯的住地

译文 被苏达尔珊飞轮的熊熊烈火吓破了胆的杜尔瓦萨，这样遭到主布茹阿玛的拒绝后，便试图托庇于主希瓦。主希瓦始终住在他自己的星球凯拉斯。

第 56 节

श्रीशङ्कर उवाच
वयं न तात प्रभवाम भूम्नि
यस्मिन् परेऽन्येऽप्यजजीवकोशाः ।
भवन्ति काले न भवन्ति हीदृशाः
सहस्रशो यत्र वयं भ्रमामः ॥५६॥

śrī-śaṅkara uvāca
vayaṁ na tāta prabhavāma bhūmni
yasmin pare 'nye 'py aja-jīva-kośāḥ

bhavanti kāle na bhavanti hīdṛśāḥ
sahasraśo yatra vayaṁ bhramāmaḥ

śrī-śaṅkaraḥ uvāca—主希瓦说 / vayam—我们 / na—不 / tāta—我亲爱的孩子啊 / prabhavāmaḥ—足够能 / bhūmni—对伟大的至尊人格首神 / yasmin—……的人 / pare—在超然存在中 / anye—其他人 / api—甚至 / aja—主布茹阿玛 / jīva—生物 / kośāḥ—众多宇宙 / bhavanti—能变成 / kāle—在适当的时候 / na—不 / bhavanti—能成为 / hi—事实上 / īdṛśāḥ—如同这 / sahasraśaḥ—千百万 / yatra—在那里 / vayam—我们全体 / bhramāmaḥ—轮转

译文 主希瓦说：我亲爱的孩子，我、主布茹阿玛和其他半神人——我们这些因怀有"我们很伟大"的错误想法而在这宇宙中轮回的人物，根本无法与至尊人格首神的力量竞争。至尊主的一个简单的指示，就决定了数不胜数的宇宙和其间无数居民的存在与毁灭。

要旨 物质世界中有无数的宇宙，有无数的主布茹阿玛、主希瓦和其他半神人。他们都在人格首神的最高指挥下于物质世界中轮转，因此没人能比至尊主更有力量。主希瓦也拒绝保护杜尔瓦萨，因为他自己本人也在至尊人格首神发出的苏达尔珊飞轮的光芒笼罩下。

第57—59节

अहं सनत्कुमारश्च नारदो भगवानजः ।
कपिलोऽपान्तरतमो देवलो धर्म आसुरिः ॥५७॥

मरीचिप्रमुखाश्चान्ये सिद्धेशाः पारदर्शनाः ।
विदाम न वयं सर्वे यन्मायां माययावृताः ॥५८॥

तस्य विश्वेश्वरस्येदं शस्त्रं दुर्विषहं हि नः ।
तमेवं शरणं याहि हरिस्ते शं विधास्यति ॥५९॥

ahaṁ sanat-kumārāś ca
nārado bhagavān ajaḥ
kapilo 'pāntaratamo
devalo dharma āsuriḥ

marīci-pramukhāś cānye
siddheśāḥ pāra-darśanāḥ
vidāma na vayaṁ sarve
yan-māyāṁ māyayāvṛtāḥ

tasya viśveśvarasyedaṁ
śastraṁ durviṣahaṁ hi naḥ
tam evaṁ śaraṇaṁ yāhi
haris te śaṁ vidhāsyati

aham一我 / sanat-kumārāḥ ca一和库玛尔四兄弟(萨纳卡、萨纳坦、萨纳特·库玛尔和萨南达) / nāradaḥ一天堂圣人纳茹阿达 / bha-gavān ajaḥ一宇宙最高的生物体——主布茹阿玛 / kapilaḥ一黛瓦瑚缇的儿子 / apāntaratamaḥ一维亚萨戴瓦 / devalaḥ一伟大的圣人戴瓦拉 / dharmaḥ一阎罗王 / āsuriḥ一伟大的圣人阿苏瑞 / marīci一伟大的圣人玛瑞祺 / pramukhāḥ一以……为首 / ca一也 / anye一其他人 / siddha-īśāḥ一所有精通他们的知识的人 / pāra-darśanāḥ一他们看到了一切知识的顶峰 / vidāmaḥ一可以了解 / na一不 / vayam一我们全体 / sarve一全部地 / yat-māyām一错觉能量……的 / māyayā一透过那错觉能量 / āvṛtāḥ一被遮住 / tasya一祂的 / viśva-īśvarasya一宇宙的至尊主的 / idam一这 / śastram一武器(飞轮) / durviṣaham一甚至无法忍受 / hi一事实上 / naḥ一我们的 / tam一向祂 / evam一因此 / śaraṇam yāhi一去取得庇护 / hariḥ一至尊人格首神 / te一为你 / śam一吉祥 / vidhāsyati一无疑将做

译文 我(主希瓦)、萨纳特·库玛尔、纳茹阿达、最令人崇敬的主布茹阿玛、卡皮拉(黛瓦瑚缇的儿子)、维亚萨戴瓦(阿潘塔茹阿塔玛)、戴瓦拉、阎罗王、阿苏瑞、玛瑞祺及以他为首的圣人们，还有许多其他达到完美境界的人，都知

道过去、现在和未来。尽管如此，由于我们被至尊主的错觉能量所覆盖，我们无法理解那错觉能量有多强大。你应该只去找至尊人格首神救你，因为就连我们都无法忍受这个苏达尔珊飞轮。去找主维施努。祂无疑会仁慈地赐予你一切好运。

第 60 节

ततो निराशो दुर्वासाः पदं भगवतो ययौ ।
वैकुण्ठाख्यं यदध्यास्ते श्रीनिवासः श्रिया सह ॥६०॥

tato nirāśo durvāsāḥ
padaṁ bhagavato yayau
vaikuṇṭhākhyaṁ yad adhyāste
śrīnivāsaḥ śriyā saha

tataḥ—那之后 / nirāśaḥ—失望的 / durvāsāḥ—伟大的神秘主义者杜尔瓦萨 / padam—到……的地方 / bhagavataḥ—至尊人格首神维施努的 / yayau—去 / vaikuṇṭha-ākhyam—名叫外琨塔的地方 / yat—在那里 / adhyāste—永远居住 / śrīnivāsaḥ—主维施努 / śriyā—与幸运女神 / saha—与……一道

译文　那之后，在甚至无法得到主希瓦保护的情况下，沮丧的杜尔瓦萨·牟尼去到外琨塔圣地。至尊人格首神纳茹阿亚纳和祂的伴侣幸运女神就住在那里。

第 61 节

सन्दह्यमानोऽजितशस्त्रवह्निना
तत्पादमूले पतितः सवेपथुः ।
आहाच्युतानन्त सदीप्सित प्रभो
कृतागसं मावहि विश्वभावन ॥६१॥

sandahyamāno 'jita-śastra-vahninā
tat-pāda-mūle patitaḥ savepathuḥ

āhācyutānanta sad-īpsita prabho
kṛtāgasaṁ māvahi viśva-bhāvana

sandahyamānaḥ－被热烧灼 / ajita-śastra-vahninā－被至尊人格首神的武器的熊熊烈火 / tat-pāda-mūle－在祂的莲花足旁 / patitaḥ－扑倒 / sa-vepathuḥ－身体颤抖地 / āha－说 / acyuta－我的至尊主啊，永不犯错的人啊 / ananta－具有无限非凡力量的您啊 / sat-īpsita－圣洁之人想要得到的至尊主啊 / prabho－至尊者啊 / kṛta-āgasam－最大的冒犯者 / mā－对我 / avahi－给予保护 / viśva-bhāvana－整个宇宙的祝愿者啊

译文 已经被苏达尔珊飞轮的灼热烤焦了的大神秘瑜伽师杜尔瓦萨·牟尼，扑倒在纳茹阿亚纳的莲花足旁。他浑身颤抖着说：啊，绝对可靠、不受限制的至尊主！整个宇宙的保护者！您是全体奉献者唯一心仪的对象。我是大罪人。我的至尊主啊，请保护我。

第 62 节

अजानता ते परमानुभावं
कृतं मयाघं भवतः प्रियाणाम् ।
विधेहि तस्यापचितिं विधात-
र्मुच्येत यन्नाम्न्युदिते नारकोऽपि ॥६२॥

ajānatā te paramānubhāvaṁ
kṛtaṁ mayāghaṁ bhavataḥ priyāṇām
vidhehi tasyāpacitiṁ vidhātar
mucyeta yan-nāmny udite nārako 'pi

ajānatā－没有知识 / te－您圣上的 / parama-anubhāvam－不可思议的非凡能力 / kṛtam－犯下了 / mayā－由我 / agham－严重的冒犯 / bhavataḥ－您圣上的 / priyāṇām－奉献者的莲花足旁 / vidhehi－现在请做需要做的 / tasya－这种冒犯的 / apacitim－抵消 / vidhātaḥ－至尊控

制者啊 / mucyeta－能得救的 / yat－……的人 / nāmni－当名字 / udite－被唤醒 / nārakaḥ api－哪怕是该去地狱的人

译文　啊，我的主、至尊控制者！在不了解您无穷无尽的能力的情况下，我冒犯了您最爱的奉献者。恳请您拯救我免于这一冒犯的恶报。您什么都能做，因为哪怕一个人该下地狱，您都可以仅仅靠在他心中唤醒他对您圣上之圣名的记忆拯救他。

第 63 节

श्रीभगवानुवाच
अहं भक्तपराधीनो ह्यस्वतन्त्र इव द्विज ।
साधुभिर्ग्रस्तहृदयो भक्तैर्भक्तजनप्रियः ॥६३॥

śrī-bhagavān uvāca
ahaṁ bhakta-parādhīno
hy asvatantra iva dvija
sādhubhir grasta-hṛdayo
bhaktair bhakta-jana-priyaḥ

śrī-bhagavān uvāca－至尊人格首神说 / aham－我 / bhakta-parādhī-naḥ－是依靠我的奉献者的意愿 / hi－事实上 / asvatantraḥ－不是独立的 / iva－完全就像这样 / dvija－布茹阿玛纳啊 / sādhubhiḥ－由根本没有物质欲望的纯粹奉献者 / grasta-hṛdayaḥ－我的心被控制 / bhaktaiḥ－由于他们是奉献者 / bhakta-jana-priyaḥ－我不仅依靠我的奉献者，还依靠我的奉献者的奉献者(我极其珍爱我奉献者的奉献者)

译文　至尊人格首神对布茹阿玛纳说：我完全受我的奉献者的控制。事实上，我根本不是独立的。由于我的奉献者毫无物质欲望，我只坐在他们的内心深处。不要说我的奉献者了，就连那些是我奉献者的奉献者的人，我都很爱他们。

要旨 这个宇宙中所有强有力的人物，包括主布茹阿玛和主希瓦，都完全受至尊人格首神的控制，但至尊人格首神完全受祂奉献者的控制。这是为什么？因为奉献者的心中没有物质欲望(anyābhilāṣitā-śūnya)。他唯一的愿望是总想着至尊人格首神，以及如何更好地侍奉祂。奉献者的这项超然品质，使至尊主格外喜爱他们；其实不仅是奉献者，还有奉献者的奉献者。圣纳柔塔玛达斯·塔库尔(Narottama dāsa Ṭhākura)说：没有成为奉献者的奉献者之人，无法摆脱物质束缚(chāḍiyā vaiṣṇava-sevā nistāra pāyeche kebā)。因此，柴坦亚·玛哈帕布(Caitanya Mahāprabhu)将自己定位于“那位维系着温达文牧牛姑娘生命的至尊主的仆人的仆人的仆人(gopī-bhartuḥ pada-kamalayor dāsa-dāsānudāsaḥ)”。就这样，祂教导我们不要直接成为奎师那的仆人，而要当奎师那的仆人的仆人。布茹阿玛、纳茹阿达(Nārada)、维亚萨戴瓦(Vyāsadeva)和舒卡戴瓦·哥斯瓦米(Śukadeva Gosvāmī)等奉献者，都是奎师那直接的仆人，像六位哥斯瓦米(Gosvāmī)那样成为纳茹阿达、维亚萨戴瓦和舒卡戴瓦的仆人的人，其奉爱之情更加强烈。正因为如此，圣维施瓦纳特·查夸瓦尔提·塔库尔说：人如果很真诚地侍奉灵性导师，奎师那无疑就会对这样一位奉献者表示善意(yasya prasādād bhagavatprasādaḥ)。遵守一位奉献者的教导，比遵守至尊人格首神的教导还要有价值。

第64节

नाहमात्मानमाशासे मद्भक्तैः साधुभिर्विना ।
श्रियं चात्यन्तिकीं ब्रह्मन् येषां गतिरहं परा ॥६४॥

nāham ātmānam āśāse
mad-bhaktaiḥ sādhubhir vinā
śriyaṁ cātyantikīṁ brahman
yeṣāṁ gatir ahaṁ parā

na－不 / aham－我 / ātmānam－超然的极乐 / āśāse－愿望 / mat-bhaktaiḥ－与我的奉献者 / sādhubhiḥ－与圣洁之人 / vinā－没有他们 / śriyam－我所有的六种财富 / ca－也 / ātyantikīm－至高无上的 / brahman－布茹阿玛纳啊 / yeṣām－……的 / gatiḥ－目标 / aham－我是 / parā－最终的

译文　最杰出的布茹阿玛纳啊！如果没有那些把我当做唯一目标的圣洁之人，我就不想享受我超然的极乐和我至尊无限的财富。

要旨　至尊人格首神是自给自足的，但为了享受祂超然的极乐，祂需要祂奉献者们的合作。例如在温达文(Vṛndāvana)，尽管主奎师那本人就是圆满的，但祂想要祂的奉献者以牧牛童和牧牛姑娘(gopī)的身份与祂合作交流，以增加祂超然的极乐。这类能增强至尊人格首神的快乐力量的纯粹奉献者，无疑最让祂珍爱。至尊人格首神不仅是享受祂奉献者的陪伴，而且由于祂是无限的，祂想要无限地增加祂的奉献者的数量。为此，祂降临物质世界，劝导非奉献者和造反的生物回归家园，回到首神身边。祂之所以要求他们皈依祂，是因为无限的祂想要无限地增加祂的奉献者的数量。奎师那意识运动就是在努力增加至尊主的纯粹奉献者在全世界的数量。毫无疑问，帮助这项努力，以使至尊人格首神满意的奉献者，就会间接地成为控制至尊主的人。至尊主虽然完全拥有六种财富，但没有祂的奉献者，祂不会感到超然的极乐。就有关这方面的例子是：一个富人如果家中没有儿子，就不会感到快乐。事实上，有钱人有时会收养一个儿子，以使自己的快乐更完整。纯粹奉献者了解超然极乐的科学，因此总是致力于增强至尊主的超然极乐。

第 65 节

ये दारागारपुत्राप्तप्राणान् वित्तमिमं परम् ।
हित्वा मां शरणं याताः कथं तांस्त्यक्तुमुत्सहे ॥६५॥

ye dārāgāra-putrāpta-
prāṇān vittam imaṁ param
hitvā māṁ śaraṇaṁ yātāḥ
kathaṁ tāṁs tyaktum utsahe

ye－我的那些……的奉献者 / dāra－妻子 / agāra－房子 / putra－孩子 / āpta－亲人、社会 / prāṇān－甚至生命 / vittam－钱财 / imam－所有这些 / param－提升到天堂星球或与梵合一 / hitvā－放弃(所有这些雄心和用品) / mām－向我 / śaraṇam－庇护 / yātāḥ－获取 / katham－如何 / tān－这样的人 / tyaktum－放弃他们 / utsahe－我能那么热情的(不可能的)

译文 既然纯粹的奉献者仅仅是为了侍奉我，就放弃他们的家庭生活、妻子、孩子、亲戚、财产，甚至他们的生命，根本没有要在今生或来世改善他们的物质处境的想法，我怎么可能会放弃他们呢?

要旨 至尊人格首神受到梵文“我的主啊！您是乳牛和布茹阿玛纳(婆罗门)的祝福者(brahmaṇya-devāya go-brāhmaṇa-hitāya ca)”一句的崇拜。因此，祂是布茹阿玛纳的祝愿者。杜尔瓦萨 · 牟尼无疑是一位十分优秀的布茹阿玛纳，但因为是非奉献者，所以无法献出一切做奉爱服务。事实上，大神秘瑜伽师们都有自私的动机。证明是：杜尔瓦萨 · 牟尼造出一个恶魔要杀安巴瑞施王，君王稳如泰山地留在他的地方向至尊人格首神祈祷，完全只依靠祂；相反，当杜尔瓦萨 · 牟尼被至尊主出于至尊意愿发出的苏达尔珊飞轮追赶时，牟尼如此心神不安，在全世界逃窜，试图托庇于宇宙中的每一个角落。最后，因为害怕失去生命，他去找主布茹阿玛和主希瓦，最终去找至尊人格首神。他对自己的躯体是如此重视，竟然想要消灭一个外士纳瓦的身体。因此，他没有优良的智慧；一个没有智慧的人怎么可能得到至尊人格首神的拯救呢？至尊主无疑会用所有的方法保护为侍奉祂而放弃一切的奉献者。

这节诗中的另一个重点是：执著于家庭、妻子、孩子、友谊、社会和爱(dārāgāra-putrāpta)，并不能使人得到至尊人格首神的恩宠。为物质享乐而依恋家庭的人，无法成为纯粹的奉献者。有时纯粹的奉献者也会受到妻子、孩子和家庭的吸引，但同时又想要尽自己最大的努力侍奉至尊主。对这样的奉献者，至尊主作出特殊的安排，拿走这种奉献者所错误依恋的对象，从而使他不再依恋妻子、家庭、孩子和朋友等。这是给予奉献者的特殊仁慈，以使他能够回归家园，回到首神身边。

第 66 节

मयि निर्बद्धहृदयाः साधवः समदर्शनाः ।
वशे कुर्वन्ति मां भक्त्या सत्स्त्रियः सत्पतिं यथा ॥६६॥

mayi nirbaddha-hṛdayāḥ
sādhavaḥ sama-darśanāḥ
vaśe kurvanti māṁ bhaktyā
sat-striyaḥ sat-patiṁ yathā

mayi－向我 / nirbaddha-hṛdayāḥ－在内心深处坚定地依恋 / sādhavaḥ－纯粹奉献者 / sama-darśanāḥ－平等对待众生的人 / vaśe－控制下 / kurvanti－他们使得 / mām－向我 / bhaktyā－透过奉爱服务 / sat-striyaḥ－贞洁的女人 / sat-patim－向和善的丈夫 / yathā－正如

译文 正如贞洁的妻子靠服务将她们温和的丈夫置于控制之下，平等对待众生且内心深深依恋着我的纯粹奉献者，将我置于他们的控制下。

要旨 这节诗中的“平等对待众生的人(sama-darśanāḥ)”一句十分重要。正如《博伽梵歌》第18章的第54节诗证实，纯粹奉献者实际上是平等对待众生：“这样处在超然境界中的人，立即觉悟至尊梵，变得充满喜悦。他永不悲伤，不想再得到什么。他平等对待众生(brahma-bhūtaḥ prasannātmā na śocati na kāṅkṣati/ samaḥ sarveṣu bhūteṣu)。”当人成为纯粹的奉献者时，就能做到四海之内皆兄弟了(paṇḍitāḥ sama-darśinaḥ)。纯粹的奉献者才真正有学问，因为他知道自己原本的状态，知道至尊人格首神的地位，也知道生物与至尊主之间的关系。这使他充满灵性知识，自然获得解脱(brahma-bhūtaḥ)。所以，他能够从灵性的角度看所有的生物。他能够了解众生的快乐和痛苦。他明白对他来说是快乐的，对其他生物也是快乐的；对他来说是痛苦的，对其他生物也是痛苦的。正因为如此，他同情众生。正如《圣典博伽瓦谭》第7篇第9章的第43节诗记载，帕拉德王(Prahlāda Mahārāja)说：

śoce tato vimukha-cetasa indriyārtha-
māyā-sukhāya bharam udvahato vimūḍhān

“我唯一关心的是那些为获得物质快乐和维系他们的家庭、社会及国家而制定精密计划的蠢人和无赖。我只是出于爱而关心他们。”人们之所以承受物质痛苦，是因为他们不依恋至尊人格首神。为此，纯粹奉献者首要考虑的是，提升愚昧大众的意识至奎师那意识。

第 67 节

मत्सेवया प्रतीतं ते सालोक्यादिचतुष्टयम् ।
नेच्छन्ति सेवया पूर्णाः कुतोऽन्यत्कालविप्लुतम् ॥६७॥

mat-sevayā pratītaṁ te
sālokyādi-catuṣṭayam

necchanti sevayā pūrṇāḥ
kuto 'nyat kāla-viplutam

mat-sevayā—通过全心全意地致力于为我做超然的爱心服务 / pratītam—自然而然达到 / te—这样的纯粹奉献者完全心满意足 / sālokya-ādi-catuṣṭayam—四种不同类型的解脱(与至尊主住在同一个星球上，有与至尊主同样的形象，与至尊主交往和拥有与至尊主一样的财富) / na—不 / icchanti—愿望 / sevayā—仅仅靠奉爱服务 / pūrṇāḥ—十分完整 / kutaḥ—更何况 / anyat—其他事物 / kāla-viplutam—在适当的时候就结束的……

译文 总是满足于为我做爱心服务的我的奉献者们，虽然靠做服务自然就得到四种解脱(与至尊主住在同一个星球上，有与至尊主同样的形象，与至尊主交往和拥有与至尊主一样的财富)，但他们甚至对这些解脱都不感兴趣，还用说升上高等星系后得到的短暂快乐吗？

要旨 圣彼尔瓦蒙嘎拉·塔库尔(Bilvamaṅgala Ṭhākura)这样评价解脱的价值说：

muktiḥ svayaṁ mukulitāñjaliḥ sevate 'smān
dharmārtha-kāma-gatayaḥ samaya-pratīkṣāḥ

彼尔瓦蒙嘎拉·塔库尔认识到：人如果发展出自然就想为至尊人格首神做奉爱服务的情感，解脱(mukti)就会双手合十地站在他面前，为他提供所有种类的服务。换句话说，奉献者已经解脱了。他不需要去向往不同种类的解脱。纯粹的奉献者哪怕不想解脱，都自然会得到它。

第 68 节

साधवो हृदयं मह्यं साधूनां हृदयं त्वहम् ।
मदन्यत्ते न जानन्ति नाहं तेभ्यो मनागपि ॥६८॥

sādhavo hṛdayaṁ mahyaṁ
sādhūnāṁ hṛdayaṁ tv aham
mad-anyat te na jānanti
nāhaṁ tebhyo manāg api

sādhavaḥ－纯粹的奉献者 / hṛdayam－在内心深处 / mahyam－我的 / sādhūnām－还有纯粹奉献者的 / hṛdayam－在内心深处 / tu－事实上 / aham－我是 / mat-anyat－除了我之外其他的一切 / te－他们 / na－不 / jānanti－知道 / na－不 / aham－我 / tebhyaḥ－比他们 / manāk api－哪怕是一点点

译文 纯粹的奉献者总在我心中，我也总在纯粹奉献者的心中。我的奉献者除了我不知道其他人，我除了他们不认识任何人。

要旨 应该了解：杜尔瓦萨·牟尼既然想要惩罚安巴瑞施王，就是要刺痛至尊人格首神的心，因为至尊主说："纯粹奉献者永远在我内心深处(sādhavo hṛdayaṁ mahyam)。"至尊主的感情就像那些当父亲的人的感情一样，当孩子痛苦时，父亲也感受到痛苦。所以，冒犯奉献者的莲花足是很严重的。柴坦亚·玛哈帕布强调人千万不要冒犯奉献者的莲花足。这样的冒犯被比喻为是疯狂的大象，因为当疯狂的大象进入花园时，就会摧毁整个花园。因此，人应该格外小心不冒犯纯粹奉献者的莲花足。安巴瑞施王实际上一点都没有过错，杜尔瓦萨·牟尼毫无必要地找借口惩罚他。安巴瑞施王希望完成遵守艾卡达西的誓言(ekādaśī-pāraṇa)，认为那是为取悦至尊人格首神所做的一部分奉爱服务，并为此而喝了一点点水。然而，杜尔瓦萨·牟尼虽然是了不起的神秘主义布茹阿玛纳，但却分不清是非。那就是纯粹奉献者和所谓的了解韦达知识的博学学者之间的区别。正如《博伽梵歌》第10章的第11节诗记载，至尊主本人证实说，奉献者因为始终在至尊主的心中，所以无疑可以直接得到至尊主所有的指导：

teṣām evānukampārtham
aham ajñānajaṁ tamaḥ
nāśayāmy ātma-bhāvastho
jñāna-dīpena bhāsvatā

“居住在他们心中的我，为向他们表示特殊的仁慈，便以知识的明灯驱散来自愚昧的黑暗。”奉献者只做至尊人格首神允许做的事。正如经典中说：就连最博学或有经验的人，都无法了解纯粹奉献者外士纳瓦的活动(vaiṣṇavera kriyā mudrā vijñeha nā bujhaya)。因此，没人应该批评纯粹的外士纳瓦奉献者。外士纳瓦知道自己做的事；由于他总是得到至尊人格首神的指导，他所做的一切都绝对正确。

第 69 节

उपायं कथयिष्यामि तव विप्र शृणुष्व तत् ।
अयं ह्यात्माभिचारस्ते यतस्तं याहि मा चिरम् ।
साधुषु प्रहितं तेजः प्रहर्तुः कुरुतेऽशिवम् ॥६९॥

upāyaṁ kathayiṣyāmi
tava vipra śṛṇuṣva tat
ayaṁ hy ātmābhicāras te
yatas taṁ yāhi mā ciram
sādhuṣu prahitaṁ tejaḥ
prahartuḥ kurute 'śivam

upāyam－在这种危险处境中的保护措施 / kathayiṣyāmi－我将对你说 / tava－拯救你脱离这险境的 / vipra－布茹阿玛纳啊 / śṛṇuṣva－请听我说 / tat－我说的一切 / ayam－你所采取的行动 / hi－事实上 / ātma-abhicāraḥ－忌妒自我(你的心成为你的敌人) / te－为你 / yataḥ－因为……人 / tam－对他(安巴瑞施王) / yāhi－立刻去 / mā ciram－不要等待片刻 / sādhuṣu－向奉献者们 / prahitam－恳求 / tejaḥ－力量 / prahartuḥ－执行者的 / kurute－做 / aśivam－不吉祥

译文 布茹阿玛纳啊！就你的保护问题，让我现在来给你个忠告。请听我说。冒犯安巴瑞施王使你做出对自己心怀恶意的举动。因此，你该立刻毫不迟疑地去找他。一个人所谓的才能被用于反对奉献者时，必然就会伤害到自己，所以受伤害的是施与者，而不是被施与者。

要旨 外士纳瓦永远是非奉献者的忌妒对象，哪怕那非奉献者是奉献者的父亲也不例外。举个具体的例子来说，黑冉亚卡希普(Hiraṇyakaśipu)对帕拉德王心怀恶意，但对奉献者的这种恶意真正伤害的是黑冉亚卡希普本人，而不是帕拉德王(Prahlāda Mahārāja)。至尊人格首神很重视黑冉亚卡希普为反对他儿子帕拉德王所采取的每一个举动，因此当黑冉亚卡希普即将杀死帕拉德王时，至尊主亲自显现，杀死了黑冉亚卡希普。为外士纳瓦所做的服务逐渐积累，就成为当奉献者的资产。同样，直接与奉献者作对的有害行为，也逐渐成为导致做这种事情的人最后堕落的原因。哪怕是像杜尔瓦萨那样优秀的布茹阿玛纳和神秘瑜伽师，都因为冒犯纯粹的奉献者安巴瑞施的莲花足，而将自己置于最危险的境地。

第70节

तपो विद्या च विप्राणां निःश्रेयसकरे उभे ।
ते एव दुर्विनीतस्य कल्पेते कर्तुरन्यथा ॥७०॥

tapo vidyā ca viprāṇāṁ
niḥśreyasa-kare ubhe
te eva durvinītasya
kalpete kartur anyathā

tapaḥ—苦行 / vidyā—知识 / ca—也 / viprāṇām—布茹阿玛纳的 / niḥśreyasa—对升迁无疑十分吉祥的 / kare—是原因 / ubhe—它们两者 / te—这样的苦行和知识 / eva—事实上 / durvinītasya—当这样一个人是暴发户时 / kalpete—成为 / kartuḥ—从事者的 / anyathā—恰恰相反

译文　对一个布茹阿玛纳来说，苦行和学问无疑是吉祥的，但当一个不仁之人得到它们时，这样的苦行和学问就是最危险的。

要旨　据说宝石是很有价值的，但当它在一条蛇的头上时，即使很有价值，也变得很危险。同样，当持物质主义观点的非奉献者在学问和苦行方面取得巨大的成功时，那成就对整个人类社会都是危险的。例如：所谓博学的科学家，发明威胁整个人类社会的原子武器。因此经典中说：头顶珠宝的蛇与没有戴这种珠宝的蛇一样危险(maṇinā bhūṣitaḥ sarpaḥ kim asau na bhayaṅkaraḥ)。杜尔瓦萨·牟尼是一位有神秘力量的博学的布茹阿玛纳，但由于他不是绅士，他不知道该如何正确地运用他的力量。他因此极其危险。至尊人格首神从不喜欢为实现个人图谋而运用自己的神秘力量的危险人物。所以，在自然法律的控制下，这种对力量的误用最终不是对社会造成危险，而是对误用它的人本身造成危险。

第71节

ब्रह्मंस्तद्गच्छ भद्रं ते नाभागतनयं नृपम् ।
क्षमापय महाभागं ततः शान्तिर्भविष्यति ॥७१॥

brahmaṁs tad gaccha bhadraṁ te
nābhāga-tanayaṁ nṛpam
kṣamāpaya mahā-bhāgaṁ
tataḥ śāntir bhaviṣyati

brahman—布茹阿玛纳啊／tat—因此／gaccha—你去／bhadram—绝对吉祥／te—向你／nābhāga-tanayam—向纳嘎巴王的儿子／nṛpam—(安巴瑞施)君王／kṣamāpaya—请努力抚慰他／mahā-bhāgam—伟大的人物——纯粹奉献者／tataḥ—那之后／śāntiḥ—平静／bhaviṣyati—将有

译文 最杰出的布茹阿玛纳啊！因此，你该立刻去找纳巴嘎的儿子安巴瑞施王。我祝愿你有所有的好运。如果你能令安巴瑞施王满意，你就会得到平静与和平。

要旨 就有关这一点，玛德瓦·牟尼(Madhva Muni)引述《嘎茹达往世书》(Garuḍa Purāṇa)：

brahmādi-bhakti-koṭy-aṁśād
 aṁśo naivāmbarīṣake
naivanyasya cakrasyāpi
 tathāpi harir īśvaraḥ

tātkālikopaceyatvāt
 teṣāṁ yaśasa ādirāṭ
brahmādayaś ca tat-kīrtiṁ
 vyañjayām āsur uttamām

mohanāya ca daityānāṁ
 brahmāde nindanāya ca
anyārthaṁ ca svayaṁ viṣṇur
 brahmādyāś ca nirāśiṣaḥ

mānuṣeṣūttamātvāc ca
 teṣāṁ bhaktyādibhir guṇaiḥ
brahmāder viṣṇv-adhīnatva-
 jñāpanāya ca kevalam

durvāsāś ca svayaṁ rudras
 tathāpy anyāyām uktavān
tasyāpy anugrahārthāya
 darpa-nāśārtham eva ca

这段有关安巴瑞施王和杜尔瓦萨·牟尼的叙述所要传达的教训是：全体半神人，包括主布茹阿玛和主希瓦在内，都受主维施努的控制。因此，当外士纳瓦被冒犯时，冒犯者受到至尊主的惩罚。没人能保护这样一个人，就连主布茹阿玛或主希瓦也不能。

到此为止，结束了巴克提韦丹塔对《圣典博伽瓦谭》第9篇第4章——“杜尔瓦萨·牟尼冒犯安巴瑞施王”所作的阐释。

第五章

杜尔瓦萨·牟尼保住性命

在这一章中我们看到，安巴瑞施王(Mahārāja Ambarīṣa)向苏达尔珊飞轮(Sudarśana cakra)献上祈祷，苏达尔珊飞轮转而向杜尔瓦萨·牟尼(Durvāsā Muni)施展仁慈。

杜尔瓦萨·牟尼听从至尊人格首神维施努的命令，立刻去找安巴瑞施王，扑倒在他的莲花足旁。这使本性谦恭、温和的安巴瑞施王感到很难为情，于是为救杜尔瓦萨·牟尼而向苏达尔珊飞轮祈祷。这苏达尔珊飞轮是什么？苏达尔珊飞轮是至尊人格首神用以创造物质世界的扫视(sa aikṣata, sa asṛjata)。这是韦达文献的说明。苏达尔珊飞轮是创造的源头、至尊主的最爱，有着千万的轮辐。这苏达尔珊飞轮是所有其他武器之非凡能力的毁灭者，是黑暗的消灭者，也是奉爱服务之非凡能力的展示者。不仅如此，他还是建立宗教原则的工具，是非宗教活动的灭绝者。没有他的仁慈，宇宙不可能展示。正因为如此，苏达尔珊飞轮是至尊人格首神使用的工具。安巴瑞施王这样祈求苏达尔珊飞轮赐予仁慈，受到抚慰的苏达尔珊飞轮感到满意，不再进一步追杀杜尔瓦萨·牟尼。杜尔瓦萨·牟尼因此得到苏达尔珊飞轮的仁慈。这事件使杜尔瓦萨·牟尼受到教训，放弃了认为外士纳瓦只不过是普通人(vaiṣṇave jāti-buddhi)的龌龊观念。安巴瑞施王属于查锤亚阶层，杜尔瓦萨·牟尼因此就认为他比布茹阿玛纳低级，想要运用布茹阿玛纳力量伤害他。透过这一事件，所有的人都应该学习如何断绝想要伤害外士纳瓦的负面想法。这事件之后，安巴瑞施王用丰盛的美味食物招待杜尔瓦萨·牟尼进食。接着，在原地站了一年之久且没有吃任何东西的君王自己，也进食帕萨达(prasāda)。安巴瑞施王后来将自己的财产分给他的儿子们，自己则去到玛纳萨湖(Mānasa-sarovara)岸边从事奉爱性的冥想。

第 1 节

श्रीशुक उवाच
एवं भगवतादिष्टो दुर्वासाश्चक्रतापितः ।
अम्बरीषमुपावृत्य तत्पादौ दुःखितोऽग्रहीत् ॥ १ ॥

śrī-śuka uvāca
evaṁ bhagavatādiṣṭo
durvāsāś cakra-tāpitaḥ
ambarīṣam upāvṛtya
tat-pādau duḥkhito 'grahīt

śrī-śukaḥ uvāca—圣舒卡戴瓦·哥斯瓦米说 / evam—就这样 / bhagavatā ādiṣṭaḥ—被至尊人格首神命令 / durvāsāḥ—名叫杜尔瓦萨的优秀的神秘瑜伽师 / cakra-tāpitaḥ—因苏达尔珊飞轮而感到极度痛苦 / ambarīṣam—向安巴瑞施王 / upāvṛtya—接近 / tat-pādau—在他·的莲花足旁 / duḥkhitaḥ—极其难过 / agrahīt—他抓住

译文 舒卡戴瓦·哥斯瓦米说：主维施努这样忠告杜尔瓦萨·牟尼后，因苏达尔珊飞轮而感到极度痛苦的杜尔瓦萨·牟尼，立刻去找安巴瑞施王，十分难过地扑倒在地，紧紧抓住君王的莲花足。

第 2 节

तस्य सोद्यममावीक्ष्य पादस्पर्शविलज्जितः ।
अस्तावीत्तद्धरेरस्त्रं कृपया पीडितो भृशम् ॥ २ ॥

tasya sodyamam āvīkṣya
pāda-sparśa-vilajjitaḥ
astāvīt tad dharer astraṁ
kṛpayā pīḍito bhṛśam

tasya—杜尔瓦萨的 / saḥ—他——安巴瑞施王 / udyamam—努力 / āvīkṣya—看到后 / pāda-sparśa-vilajjitaḥ—因为杜尔瓦萨触碰他的莲花足而感到难为情 / astāvīt—献上祈祷 / tat—对那 / hareḥ astram—至尊人格首神的武器 / kṛpayā—仁慈地 / pīḍitaḥ—难过 / bhṛśam—十分

译文　杜尔瓦萨·牟尼触碰到安巴瑞施王的莲花足时，安巴瑞施王感到十分难为情。当他看到杜尔瓦萨试图向他祈祷时，怜悯之心令他更是难过。于是，他立即向至尊人格首神的非凡武器献上祈祷。

第3节

अम्बरीष उवाच
त्वमग्निर्भगवान् सूर्यस्त्वं सोमो ज्योतिषां पतिः ।
त्वमापस्त्वं क्षितिर्व्योम वायुर्मात्रेन्द्रियाणि च ॥ ३ ॥

ambarīṣa uvāca
tvam agnir bhagavān sūryas
tvaṁ somo jyotiṣāṁ patiḥ
tvam āpas tvaṁ kṣitir vyoma
vāyur mātrendriyāṇi ca

ambarīṣaḥ—安巴瑞施王 / uvāca—说 / tvam—您(是) / agniḥ—火 / bhagavān—最强大的 / sūryaḥ—太阳 / tvam—您(是) / somaḥ—月亮 / jyotiṣām—所有发光体的 / patiḥ—主人 / tvam—您(是) / āpaḥ—水 / tvam—您(是) / kṣitiḥ—大地 / vyoma—天空 / vāyuḥ—气体 / mātra—感官的对象 / indriyāṇi—以及感官 / ca—也

译文　安巴瑞施王说：苏达尔珊飞轮啊！您是火，是最强大有力的太阳！您是月亮，是所有发光体的主人！您是水、土和空间，您是气、是五种感官对象(声音、触碰对象、形象、滋味和气味)，也是感官。

第 4 节

सुदर्शन नमस्तुभ्यं सहस्राराच्युतप्रिय ।
सर्वास्त्रघातिन् विप्राय स्वस्ति भूया इडस्पते ॥ ४ ॥

sudarśana namas tubhyaṁ
sahasrārācyuta-priya
sarvāstra-ghātin viprāya
svasti bhūyā iḍaspate

sudarśana－至尊人格首神最初的视力啊 / namaḥ－恭敬的敬礼 / tubhyam－向你 / sahasra-ara－有千万轮辐的您啊 / acyuta-priya－至尊人格首神阿秋塔的最爱啊 / sarva-astra-ghātin－所有武器的摧毁者啊 / viprāya－向这位布茹阿玛纳 / svasti－十分吉祥 / bhūyāḥ－就成为 / iḍaspate－物质世界的主人啊

译文 啊，至尊人格首神阿秋塔的最爱，您有千万根轮辐！啊！物质世界的主人，所有武器的摧毁者，人格首神最初的视力！我恭敬地向您致敬。请保护这位布茹阿玛纳，对他仁慈！

第 5 节

त्वं धर्मस्त्वमृतं सत्यं त्वं यज्ञोऽखिलयज्ञभुक् ।
त्वं लोकपालः सर्वात्मा त्वं तेजः पौरुषं परम् ॥ ५ ॥

tvaṁ dharmas tvam ṛtaṁ satyaṁ
tvaṁ yajño 'khila-yajña-bhuk
tvaṁ loka-pālaḥ sarvātmā
tvaṁ tejaḥ pauruṣaṁ param

tvam－您 / dharmaḥ－宗教 / tvam－您 / ṛtam－鼓励的声明 / satyam－最高的真理 / tvam－您 / yajñaḥ－祭祀 / akhila－宇宙的 / yajña-bhuk－祭祀结果的享受者 / tvam－您 / loka-pālaḥ－各种星球的维系者 / sarva-ātmā－遍及 / tvam－您 / tejaḥ－非凡能力 / pauruṣam－至尊人格首神的 / param－超然的

译文 苏达尔珊飞轮啊！您是宗教，是真理，是鼓舞人心的声明，是祭祀，是祭祀结果的享受者。您是整个宇宙的维系者，是至尊人格首神手中最超然的非凡能力；是至尊主最初的视力，因此被称为苏达尔珊。天地万物都由您的活动创造，因此您无所不在。

要旨 梵文“苏达尔珊(sudarśana)”一词的意思是“吉祥的视力”。从韦达教导中我们了解，这物质世界是由至尊人格首神的瞥视创造的(sa aikṣata, sa asṛjata)。至尊人格首神瞥视物质能量总体(mahat-tattva)，而当它受到刺激时，一切就进入存在。有的西方哲学家认为，创造的最初原因是一团物质的爆炸。人如果将这团物质想成物质能量总体，就能明白这团物质被至尊主的瞥视所刺激，因此至尊主的瞥视是物质创造的最初原因。

第6节

नमः सुनाभाखिलधर्मसेतवे
ह्यधर्मशीलासुरधूमकेतवे ।
त्रैलोक्यगोपाय विशुद्धवर्चसे
मनोजवायाद्भुतकर्मणे गृणे ॥ ६ ॥

namaḥ sunābhākhila-dharma-setave
hy adharma-śīlāsura-dhūma-ketave
trailokya-gopāya viśuddha-varcase
mano-javāyādbhuta-karmaṇe gṛṇe

namaḥ—向您恭敬地致以所有的敬礼 / su-nābha—有吉祥轮毂的您 / akhila-dharma-setave—轮辐被视为是整个宇宙之桥梁的 / hi—事实上 / adharma-śīla—反宗教的人 / asura—为恶魔 / dhūma-ketave—如同火或不吉祥的彗星的您 / trailokya—三个物质世界的 / gopāya—维系者 / viśuddha—超然的 / varcase—光芒……的 / manaḥ-javāya—如

心念般快 / adbhuta－神奇的 / karmaṇe－如此活跃 / gṛṇe－我只是表述

译文 啊，苏达尔珊！您有一个十分吉祥的轮毂，因此是一切宗教的支持者。对反宗教的恶魔来说，您恰似不吉祥的彗星。事实上，您是三个世界的维系者，充满超然的光辉。您比心念的速度还快，您能创造奇迹。我只能边发出"纳玛哈(namaḥ)"一词，边向您致以所有的敬意。

要旨 至尊主的飞轮之所以叫苏达尔珊，是因为他不区分"高等"或"低等"罪犯——恶魔。杜尔瓦萨·牟尼无疑是位强有力的布茹阿玛纳，但他与纯粹奉献者安巴瑞施王作对，他的活动就不比恶魔强。正如启示经典(śāstras)中说：梵文dharma是指至尊人格首神给予的命令或法律(dharmaṁ tu sākṣād bhagavat-praṇītam)。真正的dharma是投靠至尊人格首神(sarva-dharmān parityajya mām ekaṁ śaraṇaṁ vraja)。因此，真正的dharma的意思是为至尊主做奉爱服务(bhakti)。苏达尔珊飞轮在此被称为达尔玛的保护者(dhar-ma-setave)。安巴瑞施王是真正虔诚的人；为保护他，苏达尔珊飞轮甚至准备惩罚杜尔瓦萨·牟尼这样严格的布茹阿玛纳，因为杜尔瓦萨·牟尼所做的事使他像个恶魔。有些恶魔甚至以布茹阿玛纳的面目出现。因此，苏达尔珊飞轮不区分布茹阿玛纳恶魔和庶铎(śūdra)恶魔。反对至尊人格首神和祂的奉献者的人，都被称为恶魔。在启示经典中，我们看到记载着许多行事如同恶魔并被说成是恶魔的布茹阿玛纳和查锤亚(kṣatriya)。按照启示经典的定论，必须按照人表现出的品性去了解他。如果一个人的生身父亲是布茹阿玛纳，但自己表现出邪恶的品性，那就应该将他视为是恶魔。苏达尔珊飞轮关心的始终是要消灭恶魔。为此，他被描述为是"对反宗教的恶魔来说，您恰似不吉祥的彗星(adharma-śīlāsura-dhūma-ketave)"。不是奉献者的人，被称为"反宗教的(adhar-ma-śīla)"。对所有这类恶魔来说，苏达尔珊飞轮恰似一颗彗星。

第7节

त्वत्तेजसा धर्ममयेन संहृतं
　तमः प्रकाशश्च दृशो महात्मनाम् ।
दुरत्ययस्ते महिमा गिरां पते
　त्वद्रूपमेतत्सदसत्परावरम् ॥ ७ ॥

tvat-tejasā dharma-mayena saṁhṛtaṁ
　tamaḥ prakāśaś ca dṛśo mahātmanām
duratyayas te mahimā girāṁ pate
　tvad-rūpam etat sad-asat parāvaram

tvat-tejasā—被您的光芒 / dharma-mayena—充满了宗教原则的 / saṁhṛtam—驱散 / tamaḥ—黑暗 / prakāśaḥ ca—还照亮 / dṛśaḥ—所有方向的 / mahā-ātmanām—伟大、博学的人物的 / duratyayaḥ—不能克服的 / te—您的 / mahimā—荣耀 / girām pate—说话能力的主人啊 / tvat-rūpam—您的展示 / etat—这 / sat-asat—展示和不展示 / para-ava-ram—高等和低等

译文　控制说话能力的主人啊！您饱含宗教原则的光芒驱散世界的黑暗，使博学之人和伟大灵魂的知识得以展现。事实上，没人能胜过您的光辉，因为一切事物，无论是展示还是未展示的，粗糙还是精微的，高等还是低等的，都只不过是您透过自己的光芒所展现的形象。

要旨　没有光亮，就无法看，尤其在这个物质世界里更是如此。这个世界里的光明来自至尊人格首神最初的视力——苏达尔珊的光芒。太阳、月亮和火的光都来自苏达尔珊。同样，知识之光也来自苏达尔珊，因为人可以借由苏达尔珊的光芒对不同的事物及高低贵贱等加以区分。普通人将杜尔瓦萨·牟尼那样强有力的瑜伽师，视为是神奇和高级的，但苏达尔珊飞轮追踪这个人使

我们能够看清他真正的身份，了解他对待奉献者的方式使他变得有多么低下。

第 8 节

यदा विसृष्टस्त्वमनञ्जनेन वै
बलं प्रविष्टोऽजित दैत्यदानवम् ।
बाहूदरोर्वङ्घ्रिशिरोधराणि
वृश्चन्नजस्रं प्रधने विराजसे ॥ ८ ॥

yadā visṛṣṭas tvam anañjanena vai
balaṁ praviṣṭo 'jita daitya-dānavam
bāhūdarorv-aṅghri-śirodharāṇi
vṛścann ajasraṁ pradhane virājase

yadā—当……时 / visṛṣṭaḥ—派遣 / tvam—您圣上本人 / anañjanena—被超然的至尊人格首神 / vai—事实上 / balam—士兵们 / praviṣṭaḥ—进入……之间 / ajita—永不疲倦和不可战胜的人 / daitya-dānavam—恶魔戴提亚和达纳瓦的 / bāhu—手臂 / udara—肚腹 / ūru—大腿 / aṅghri—小腿 / śiraḥ-dharāṇi—脖子 / vṛścan—分割 / ajasram—不断地 / pradhane—在战场上 / virājase—您留在

译文 永不疲倦者啊！当至尊人格首神派您进入戴提亚和达纳瓦的士兵群中时，您在战场上不停地斩断他们的臂膀、肚腹、大腿、小腿和头颅。

第 9 节

स त्वं जगत्त्राण खलप्रहाणये
निरूपितः सर्वसहो गदाभृता ।
विप्रस्य चास्मत्कुलदैवहेतवे
विधेहि भद्रं तदनुग्रहो हि नः ॥ ९ ॥

sa tvaṁ jagat-trāṇa khala-prahāṇaye
nirūpitaḥ sarva-saho gadā-bhṛtā
viprasya cāsmat-kula-daiva-hetave
vidhehi bhadraṁ tad anugraho hi naḥ

saḥ—那人 / tvam—您本人 / jagat-trāṇa—整个宇宙的保护者 / khala-prahāṇaye—在杀戮心怀恶意的敌人时 / nirūpitaḥ—致力于 / sar-va-sahaḥ—绝对强大的 / gadā-bhṛtā—由至尊人格首神 / viprasya—这位布茹阿玛纳的 / ca—也 / asmat—我们 / kula-daiva-hetave—为了王朝的好运 / vidhehi—请做 / bhadram—绝对好 / tat—那 / anugrahaḥ—恩惠 / hi—事实上 / naḥ—我们

译文　宇宙的保护者啊！您作为至尊人格首神绝对强大的武器，被祂用来杀戮心怀恶意的敌人。为了我们整个王朝的利益，请赐予这可怜的布茹阿玛纳以恩惠。这无疑对我们大家都有好处。

第 10 节

यद्यस्ति दत्तमिष्टं वा स्वधर्मो वा स्वनुष्ठितः ।
कुलं नो विप्रदैवं चेद् द्विजो भवतु विज्वरः ॥१०॥

yady asti dattam iṣṭaṁ vā
sva-dharmo vā svanuṣṭhitaḥ
kulaṁ no vipra-daivaṁ ced
dvijo bhavatu vijvaraḥ

yadi—如果 / asti—有 / dattam—布施 / iṣṭam—神像崇拜 / vā—或者 / sva-dharmaḥ—职责 / vā—否则 / su-anuṣṭhitaḥ—完美地举行 / kulam—王朝 / naḥ—我们 / vipra-daivam—受到布茹阿玛纳优待的 / cet—如果这样 / dvijaḥ—这位布茹阿玛纳 / bhavatu—也许变得 / vij-varaḥ—没有烧灼(被苏达尔珊飞轮)

译文 如果我们家给合适的人布施，如果我们举行了宗教典礼和祭祀，如果我们正确地履行了我们的规定职责，如果我们得到博学的布茹阿玛纳的指引，我愿以这一切作交换，换取这位布茹阿玛纳不再受苏达尔珊飞轮对他的烧灼。

第 11 节

यदि नो भगवान् प्रीत एकः सर्वगुणाश्रयः ।
सर्वभूतात्मभावेन द्विजो भवतु विज्वरः ॥११॥

yadi no bhagavān prīta
ekaḥ sarva-guṇāśrayaḥ
sarva-bhūtātma-bhāvena
dvijo bhavatu vijvaraḥ

yadi—如果 / naḥ—向我们 / bhagavān—至尊人格首神 / prītaḥ—满意 / ekaḥ—不再重复 / sarva-guṇa-āśrayaḥ——切超然品质的宝库 / sarva-bhūta-ātma-bhāvena—通过对众生的仁慈态度 / dvijaḥ—这位布茹阿玛纳 / bhavatu—变得 / vijvaraḥ—免于所有的烧灼

译文 至尊人格首神独一无二，是一切超然品质的源泉、众生的生命之魂；如果祂对我们满意，我们乞愿这位布茹阿玛纳——杜尔瓦萨·牟尼，不再遭受被烧灼的痛苦。

第 12 节

श्रीशुक उवाच
इति संस्तुवतो राज्ञो विष्णुचक्रं सुदर्शनम् ।
अशाम्यत्सर्वतो विप्रं प्रदहद्राजयाच्ञया ॥१२॥

śrī-śuka uvāca
iti saṁstuvato rājño
viṣṇu-cakraṁ sudarśanam
aśāmyat sarvato vipraṁ
pradahad rāja-yācñayā

śrī-śukaḥ uvāca—圣舒卡戴瓦·哥斯瓦米说 / iti—如此 / saṁstu-vataḥ—被祈祷 / rājñaḥ—由君王 / viṣṇu-cakram—主维施努的飞轮武器 / sudarśanam—名叫苏达尔珊飞轮的 / aśāmyat—变得不再受打扰 / sarvataḥ—在每一个方面 / vipram—向布茹阿玛纳 / pradahat—导致烧焦 / rāja—君王的 / yācñayā—通过祈求

译文　舒卡戴瓦·哥斯瓦米继续道：当君王向苏达尔珊飞轮和主维施努献上祈祷时，苏达尔珊飞轮因为他的祈祷而平静下来，停止烧灼名叫杜尔瓦萨·牟尼的布茹阿玛纳。

第13节

स मुक्तोऽस्त्राग्नितापेन दुर्वासाः स्वस्तिमांस्ततः ।
प्रशशंस तमुर्वीशं युञ्जानः परमाशिषः ॥१३॥

sa mukto 'strāgni-tāpena
durvāsāḥ svastimāṁs tataḥ
praśaśaṁsa tam urvīśaṁ
yuñjānaḥ paramāśiṣaḥ

saḥ—他——杜尔瓦萨·牟尼 / muktaḥ—被解放 / astra-agni-tāpe-na—从苏达尔珊飞轮之火的灼热 / durvāsāḥ—伟大的神秘瑜伽师杜尔瓦萨 / svastimān—完全满足，摆脱烧灼 / tataḥ—那时 / praśaṁ-sa—献上赞美 / tam—向他 / urvī-īśam—君王 / yuñjānaḥ—举行 / para-ma-āśiṣaḥ—最高的祝福

译文　具有非凡力量的神秘瑜伽师杜尔瓦萨·牟尼，不再受苏达尔珊飞轮之火的烧灼后感到实实在在的满足。他为此而赞扬安巴瑞施王的品格，给予他最高的祝福。

第 14 节

दुर्वासा उवाच
अहो अनन्तदासानां महत्त्वं दृष्टमद्य मे ।
कृतागसोऽपि यद्राजन्मङ्गलानि समीहसे ॥१४॥

durvāsā uvāca
aho ananta-dāsānāṁ
mahattvaṁ dṛṣṭam adya me
kṛtāgaso 'pi yad rājan
maṅgalāni samīhase

durvāsāḥ uvāca—杜尔瓦萨·牟尼说 / aho—唉 / ananta-dāsānām—至尊人格首神的仆人的 / mahattvam—伟大 / dṛṣṭam—看 / adya—今天 / me—由我 / kṛta-āgasaḥ api—虽然我是一个冒犯者 / yat—仍然 / rājan—君王啊 / maṅgalāni—好运 / samīhase—你为……祈祷

译文 杜尔瓦萨·牟尼说：我亲爱的君王，我今天体会到至尊人格首神奉献者的崇高、伟大，因为尽管我冒犯了您，但您却祈祷让我有好运。

第 15 节

दुष्करः को नु साधूनां दुस्त्यजो वा महात्मनाम् ।
यैः सङ्गृहीतो भगवान् सात्वतामृषभो हरिः ॥१५॥

duṣkaraḥ ko nu sādhūnāṁ
dustyajo vā mahātmanām
yaiḥ saṅgṛhīto bhagavān
sātvatām ṛṣabho hariḥ

duṣkaraḥ—困难做 / kaḥ—什么 / nu—事实上 / sādhūnām—奉献者的 / dustyajaḥ—不可能放弃 / vā—或者 / mahā-ātmanām—伟大人物的 / yaiḥ—被……的人 / saṅgṛhītaḥ—(借由奉爱服务)获得 / bhagavān—至尊人格首神 / sātvatām—纯粹奉献者的 / ṛṣabhaḥ—领导 / hariḥ—至尊主

译文　对得到作为纯粹奉献者主人的至尊人格首神的人来说，有什么是不可能完成的？又有什么是不可能放弃的？

第 16 节

यन्नामश्रुतिमात्रेण पुमान् भवति निर्मलः ।
तस्य तीर्थपदः किं वा दासानामवशिष्यते ॥१६॥

yan-nāma-śruti-mātreṇa
pumān bhavati nirmalaḥ
tasya tīrtha-padaḥ kiṁ vā
dāsānām avaśiṣyate

yat-nāma一至尊主的圣名 / śruti-mātreṇa一仅仅靠聆听 / pumān一一个人 / bhavati一变得 / nirmalaḥ一净化 / tasya一祂的 / tīrtha-padaḥ一莲花足旁是圣地的至尊主 / kim vā一什么 / dāsānām一被仆人 / avaśiṣyate一缺乏

译文　对至尊主的仆人来说，有什么是不可能的？仅仅聆听至尊主的圣名就能使人得到净化。

第 17 节

राजन्ननुगृहीतोऽहं त्वयातिकरुणात्मना ।
मदघं पृष्ठतः कृत्वा प्राणा यन्मेऽभिरक्षिताः ॥१७॥

rājann anugṛhīto 'haṁ
tvayātikaruṇātmanā
mad-aghaṁ pṛṣṭhataḥ kṛtvā
prāṇā yan me 'bhirakṣitāḥ

rājan一君王啊 / anugṛhītaḥ一十分受优待 / aham一我(是) / tvayā一被你 / ati-karuṇa-ātmanā一由于你极其仁慈 / mat-agham一我冒犯 / pṛṣṭhataḥ一对着背 / kṛtva一这样做 / praṇaḥ一生命 / yat一那 / me一我的 / abhirakṣitāḥ一拯救

译文 君王啊！你宽恕我对你的冒犯，救了我一命。你是如此仁慈，因此我深深地感激你。

第 18 节

राजा तमकृताहारः प्रत्यागमनकाङ्क्षया ।
चरणावुपसङ्गृह्य प्रसाद्य समभोजयत् ॥१८॥

rājā tam akṛtāhāraḥ
pratyāgamana-kāṅkṣayā
caraṇāv upasaṅgṛhya
prasādya samabhojayat

rājā—君王 / tam—向他——杜尔瓦萨·牟尼 / akṛta-āhāraḥ—不进食的人 / pratyāgamana—返回 / kāṅkṣayā—想要 / caraṇau—双足 / upasaṅgṛhya—接近 / prasādya—在各方面都感到满意 / samabhojayat—用丰盛的美食款待

译文 君王在等待杜尔瓦萨·牟尼返回时并没有进食，所以君王这时扑倒在他的莲花足下，恭恭敬敬地取悦他，同时用丰盛的美食款待他。

第 19 节

सोऽशित्वादृतमानीतमातिथ्यं सार्वकामिकम् ।
तृप्तात्मा नृपतिं प्राह भुज्यतामिति सादरम् ॥१९॥

so 'śitvādṛtam ānītam
ātithyaṁ sārva-kāmikam
tṛptātmā nṛpatiṁ prāha
bhujyatām iti sādaram

saḥ—他(杜尔瓦萨) / aśitvā—大量地吃后 / ādṛtam—怀着极大的尊敬 / ānītam—接受 / ātithyam—奉上各种不同的食物 / sārva-kāmikam—满足所有种类的品味 / tṛpta-ātmā—如此被充分满足 / nṛpatim一向君王 / prāha一说 / bhujyatām一我亲爱的君王，你也吃 / iti一就这样 / sa-ādaram一怀着巨大的敬意

译文　就这样，君王虔敬地招待杜尔瓦萨·牟尼，而牟尼在进食了各种美味食物后感到心满意足，不禁满怀深情地要求君王也进食说："请进餐。"

第 20 节

प्रीतोऽस्म्यनुगृहीतोऽस्मि तव भागवतस्य वै ।
दर्शनस्पर्शनालापैरातिथ्येनात्ममेधसा ॥२०॥

prīto 'smy anugṛhīto 'smi
tava bhāgavatasya vai
darśana-sparśanālāpair
ātithyenātma-medhasā

prītaḥ一很满意 / asmi一我是 / anugṛhītaḥ一十分受优待的 / asmi一我是 / tava一你的 / bhāgavatasya一由于你是纯粹的奉献者 / vai一事实上 / darśana一靠看到你 / sparśana一和触碰你的莲花足 / ālāpaiḥ一靠跟你交谈 / ātithyena一通过你的殷勤招待 / ātma-medha-sā一透过我自己的智力

译文　杜尔瓦萨·牟尼说：亲爱的君王，我对你很满意。我最初以为你不过是个普通人并接受了你的殷勤招待，但后来我用自己的智慧能明白，你是至尊主最崇高的奉献者。因此，仅仅靠看你，触碰你的双足和与你交谈，我感到很高兴，甚至感激你。

要旨　经典中说：就连很有智慧的人都无法了解纯粹的外士纳瓦奉献者的活动(vaiṣṇavera kriyā mudrā vijñeha nā bujhaya)。因此，杜尔瓦萨·牟尼虽然是杰出的神秘瑜伽师，但竟然误解安巴瑞施王是个普通人并要惩罚他。这是对外士纳瓦的错误认识。然而，

苏达尔珊飞轮对杜尔瓦萨·牟尼的追杀使其智力得以发展。为此，这节诗中用“透过我自己的智力(ātma-medhasā)”一句表明，他个人的体验使他了解到安巴瑞施王这位外士纳瓦有多么非凡。杜尔瓦萨·牟尼在被苏达尔珊飞轮追赶时，想要托庇于主布茹阿玛(Brahmā)和主希瓦(Śiva)；他甚至能够到灵性世界去面见人格首神，与祂交谈，但却无法得到拯救，以免遭苏达尔珊飞轮的攻击。所以，他能够通过自己的体验了解外士纳瓦的影响。杜尔瓦萨·牟尼无疑是位优秀的瑜伽师、博学的布茹阿玛纳，但尽管是真正的瑜伽师，却无法了解一个外士纳瓦的影响力。正因为如此，经典中说：就连最有学问的人，都无法了解外士纳瓦的价值。总是有所谓的知识思辨者(jñānī)和神秘瑜伽师(yogī)在研究外士纳瓦品格时误解外士纳瓦。事实上，人们可以透过看一个外士纳瓦从事的不可思议的活动，了解至尊人格首神有多恩宠他的方式来了解他。

第21节

कर्मावदातमेतत्ते गायन्ति स्वःस्त्रियो मुहुः ।
कीर्तिं परमपुण्यां च कीर्तयिष्यति भूरियम् ॥२१॥

karmāvadātam etat te
gāyanti svaḥ-striyo muhuḥ
kīrtiṁ parama-puṇyāṁ ca
kīrtayiṣyati bhūr iyam

karma—活动 / avadātam—无瑕的 / etat—所有这 / te—你 / gāyanti—将唱 / svaḥ-striyaḥ—天堂来的女人 / muhuḥ—总是 / kīrtim—荣耀 / parama-puṇyām—高度光荣和虔诚的 / ca—也 / kīrtayiṣyati—将持续不断地吟唱 / bhūḥ—整个世界 / iyam—这

译文 天堂星球所有神圣的仙女，都将一刻不停地吟唱有关你无瑕的品格，这世上的人也将一直歌唱你的荣耀。

第22节

श्रीशुक उवाच
एवं सङ्कीर्त्य राजानं दुर्वासाः परितोषितः ।
ययौ विहायसामन्त्र्य ब्रह्मलोकमहैतुकम् ॥२२॥

śrī-śuka uvāca
evaṁ saṅkīrtya rājānaṁ
durvāsāḥ paritoṣitaḥ
yayau vihāyasāmantrya
brahmalokam ahaitukam

śrī-śukaḥ uvāca—圣舒卡戴瓦·哥斯瓦米说 / evam—如此 / saṅkīrtya—赞美 / rājānam—君王 / durvāsāḥ—伟大的神秘瑜伽师杜尔瓦萨·牟尼 / paritoṣitaḥ—在所有的方面都感到满足 / yayau—离开那地方 / vihāyasā—透过太空通道 / āmantrya—得到允许 / brahmalokam—向这个宇宙最高的星球 / ahaitukam—没有枯燥的哲学思辨的地方

译文　圣舒卡戴瓦·哥斯瓦米继续说：非凡的神秘瑜伽师杜尔瓦萨，这样感到全面的满足后，向君王告辞离开，一直不断地赞美君王。他经天上的航线去到布茹阿玛星球，那里没有不可知论者和枯燥乏味的心智思辨者。

要旨　杜尔瓦萨·牟尼虽然经由外太空通道返回布茹阿玛星球(Brahmaloka)，但却不需要飞机的帮助，因为神秘瑜伽师能在不借助任何机器的情况下使自己从一个星球转到另一个星球去。宇宙中有一个名叫希达的星球(Siddhaloka)，那里的居民因为天生具有所有的瑜伽神通，所以可以到任何星球去。因此，优秀的神秘瑜伽师杜尔瓦萨·牟尼，能够经由太空通道到任何星球去，甚至去布茹阿玛星球。在布茹阿玛星球中，人人都是觉悟了自我的灵魂，所以没必要经由哲学思辨得到绝对真理的结论。杜尔瓦萨·牟尼去布茹阿玛星球的目的显然是，对布茹阿玛星球的居民述说奉献者有多么强大有力，奉献者如何能胜过这个物质世界里的每一个生物体。所谓的知识思辨者和瑜伽师比不上奉献者。

第23节

संवत्सरोऽत्यगात्तावद्यावता नागतो गतः ।
मुनिस्तद्दर्शनाकाङ्क्षो राजाब्भक्षो बभूव ह ॥२३॥

samvatsaro 'tyagāt tāvad
yāvatā nāgato gataḥ
munis tad-darśanākāṅkṣo
rājāb-bhakṣo babhūva ha

saṁvatsaraḥ一一整年 / atyagāt一过去 / tāvat一只要 / yāvatā一那么长 / na一不 / āgataḥ一返回 / gataḥ一离开了那地方的杜尔瓦沙·牟尼 / muniḥ一伟大的圣人 / tat-darśana-ākāṅkṣaḥ一想再次看到他 / rājā一君王 / ap-bhakṣaḥ一只喝水 / babhūva一保持 / ha一事实上

译文 杜尔瓦萨·牟尼离开安巴瑞施王逃跑后，在他整整有一年的时间没返回之前，君王曾一直断食，只以喝水的方式维持自己的生命。

第24节

गतेऽथ दुर्वाससि सोऽम्बरीषो
द्विजोपयोगातिपवित्रमाहरत् ।
ऋषेर्विमोक्षं व्यसनं च वीक्ष्य
मेने स्ववीर्यं च परानुभावम् ॥२४॥

gate 'tha durvāsasi so 'mbarīṣo
dvijopayogātipavitram āharat
ṛṣer vimokṣaṁ vyasanaṁ ca vīkṣya
mene sva-vīryaṁ ca parānubhāvam

gate－在他返回后立即 / atha－接着 / durvāsasi－伟大的神秘瑜伽师杜尔瓦萨·牟尼 / saḥ－他——君王 / ambarīṣaḥ－安巴瑞施王 / dvija-upayoga－最适合一个纯洁的布茹阿玛纳的 / ati-pavitram－十分纯净的食物 / āharat－给他吃，自己也吃 / ṛṣeḥ－伟大的圣人的 / vi-mokṣam－免除 / vyasanam－从被苏达尔珊飞轮烧灼的巨大危险 / ca－和 / vīkṣya－看到 / mene－考虑 / sva-vīryam－有关他自己的力量 / ca－也 / para-anubhāvam－因为他对至尊主的纯粹奉爱之情

译文　一年后，当杜尔瓦萨·牟尼返回时，安巴瑞施王以各种纯净的美食盛宴款待他后，自己也进食了。君王看到杜尔瓦萨·布茹阿玛纳不再有被烧灼的巨大危险时能够明白，凭借至尊主的恩典，他本人也强大有力，但他不贪天功为己有，因为一切都是由至尊主完成的。

要旨　像安巴瑞施王那样的奉献者，必然总是在忙于从事各种奉爱活动。当然，这个物质世界充满了人必然会遇到的危险，但奉献者因为完全依靠至尊人格首神，所以从不受打扰。安巴瑞施王的例子就是生动的典范。他是整个世界的帝王，需要履行许多责任；在履行责任的过程中，会遇到杜尔瓦萨·牟尼那样的人制造的许多麻烦。但君王忍受一切，耐心地完全依靠至尊主的仁慈。然而，至尊主处在每一个生物体的心中(sarvasya cāhaṁ hṛdi sanniviṣṭaḥ)，照祂的愿望安排一切。所以，安巴瑞施王虽然面对许多困境和干扰，但至尊主仁慈待他，将事情安排得那么好，以致使杜尔瓦萨·牟尼和安巴瑞施王最终竟然成为极好的朋友，以奉爱瑜伽(bhakti-yoga)为基础真诚合作。毕竟，杜尔瓦萨·牟尼虽然自己是杰出的神秘瑜伽师，但却对奉爱瑜伽的力量坚信不移。正如《博伽梵歌》第6章的第47节诗记载，主奎师那声明：

yoginām api sarveṣāṁ
mad-gatenāntarātmanā

śraddhāvān bhajate yo māṁ
sa me yuktatamo mataḥ

“在所有的瑜伽师中，谁信心坚定地总在内心想着我，为我做超然的爱心服务，谁就通过瑜伽与我最紧密地连在一起，就是最高级的瑜伽师。这就是我的看法。”

第25节

एवं विधानेकगुणः स राजा
परात्मनि ब्रह्मणि वासुदेवे ।
क्रियाकलापैः समुवाह भक्तिं
ययाविरिञ्च्यान्निरयांश्चकार ॥२५॥

evaṁ vidhāneka-guṇaḥ sa rājā
parātmani brahmaṇi vāsudeve
kriyā-kalāpaiḥ samuvāha bhaktiṁ
yayāviriñcyān nirayāṁś cakāra

evam－就这样 / vidhā-aneka-guṇaḥ－天生具有优秀品质的 / saḥ－他——安巴瑞施王 / rājā－君王 / para-ātmani－向超灵 / brahmaṇi－向梵 / vāsudeve－向至尊人格首神奎师那——华苏戴瓦 / kriyā-kalāpaiḥ－通过具体的活动 / samuvāha－执行 / bhaktim－奉爱服务 / yayā－透过这样的活动 / āviriñcyān－从最高的星球开始 / nirayān－下到地狱星球 / cakāra－他感受到所有的地方都是危险的

译文 就这样，天生具有各种超然品质的安巴瑞施王，靠做奉爱服务，完全了解梵、超灵和至尊人格首神，从而完美地做着奉爱服务。由于他对至尊主所怀有的奉爱之情，他认为这个物质世界里最高的星球都不比地狱强。

要旨 像安巴瑞施王那样崇高、纯洁的奉献者，对梵(Brahman)、超灵(Paramātmā)和至尊人格首神(Bhagavān)有十分清楚的认识。换句话说，华苏戴瓦(奎师那)的奉献者，完全了解绝对真理的其他特征。绝对真理被认识到有三个特征，即：梵、超灵和至尊人格首神(brahmeti paramātmeti bhagavān iti śabdyate)。至尊人格首神华苏戴瓦的奉献者了解一切(vāsudevaḥ sarvam iti)，因为华苏戴瓦——奎师那，包括了超灵和梵的特征。人不必透过瑜伽体系去认识超灵，因为始终想着华苏戴瓦的奉献者是最高级的瑜伽师(yo-ginām api sarveṣām)。至于知识思辨，如果这样做的人是华苏戴瓦的完美的奉献者，那他就是最伟大的灵魂(vāsudevaḥ sarvam iti sa mahātmā sudurlabhaḥ)。伟大的灵魂(mahātmā)是指具有对绝对真理完整知识的人。所以，作为人格首神的奉献者，安巴瑞施王清楚地了解超灵、梵、错觉能量(māyā)、物质世界、灵性世界，以及在各个地方事情是如何运作的。他了解一切。《蒙达卡奥义书》第1章的第3节诗(Muṇḍaka Upaniṣad)中说：人只要了解了绝对真理，就了解了所有的一切(yasmin vijñāte sarvam evaṁ vijñātaṁ bhavati)。奉献者因为了解华苏戴瓦，所以了解华苏戴瓦创造中的一切(vāsudevaḥ sarvam iti sa mahātmā sudurlabhaḥ)。这样的奉献者根本不重视这个物质世界里哪怕是最高水准的快乐。《圣典博伽瓦谭》第6篇第17章的第28节诗中说：

nārāyaṇa-parāḥ sarve
  na kutaścana bibhyati
svargāpavarga-narakeṣv
  api tulyārtha-darśinaḥ

“奉献者全神贯注地为至尊人格首神纳茹阿亚纳做奉爱服务，从不害怕生活中发生的任何情况。对他们来说，天堂星球、解脱和地狱星球都一样，因为这样的奉献者只关心为至尊主做服务。”奉献者因为专注于做奉爱服务，所以根本不重视物质世界里的任何地位和状态。为此，圣帕博达南达·萨茹阿斯瓦提(Pra-bodhānanda Sarasvatī)这样写道：

kaivalyaṁ narakāyate tridaśa-pūr ākāśa-puṣpāyate
durdāntendriya-kāla-sarpa-paṭalī protkhāta-daṁṣṭrāyate
viśvaṁ pūrṇa-sukhāyate vidhi-mahendrādiś ca kīṭāyate
yat-kāruṇya-katākṣa-vaibhava-vatāṁ taṁ gauram eva stumaḥ

（《柴坦亚·昌铎姆瑞塔》Caitanya-candrāmṛta 5）

对通过为柴坦亚·玛哈帕布(Caitanya Mahāprabhu)那样伟大的人物做奉爱服务而成为纯粹奉献者的人来说，融入梵光(kaivalya)显得不比下地狱强。至于天堂星球，对奉献者来说，它们恰似千变万化的幻景或鬼火。谈到瑜伽神通，奉献者根本不在乎这类神通，因为他们自然而然就达到了瑜伽神通的目的。当人透过柴坦亚·玛哈帕布的教导成为奉献者时，这一切都成为可能。

第 26 节

श्रीशुक उवाच
अथाम्बरीषस्तनयेषु राज्यं
समानशीलेषु विसृज्य धीरः ।
वनं विवेशात्मनि वासुदेवे
मनो दधद् ध्वस्तगुणप्रवाहः ॥२६॥

śrī-śuka uvāca
athāmbarīṣas tanayeṣu rājyaṁ
samāna-śīleṣu visṛjya dhīraḥ
vanaṁ viveśātmani vāsudeve
mano dadhad dhvasta-guṇa-pravāhaḥ

śrī-śukaḥ uvāca—圣舒卡戴瓦·哥斯瓦米 / atha—就这样 / ambarīṣaḥ—安巴瑞施王 / tanayeṣu—向他儿子 / rājyam—王国 / samāna-śīleṣu—与他父亲一样有资格的人 / visṛjya—划分 / dhīraḥ—最有学问的人——安巴瑞施王 / vanam—到森林里 / viveśa—进入 / ātmani—向至尊主 / vāsudeve—被称为华苏戴瓦的主奎师那 / manaḥ—心 / dadhat—集中 / dhvasta—征服 / guṇa-pravāhaḥ—物质自然属性的浪涛

译文　圣舒卡戴瓦·哥斯瓦米继续道：处在奉爱生活崇高状态中的安巴瑞施王，不再想生活在物质环境里，于是退出家庭生活。他将自己的财产分给他那些与他一样有资格的儿子们，自己则进入退出家庭生活阶段，到森林中去，将自己的心完全集中在至尊主华苏戴瓦身上。

要旨　作为纯粹的奉献者，安巴瑞施王在生命的任何状况下都是解脱的。圣茹帕·哥斯瓦米(Rūpa Gosvāmī)声明，奉献者永远是解脱的：

īhā yasya harer dāsye
karmaṇā manasā girā
nikhilāsv apy avasthāsu
jīvan-muktaḥ sa ucyate

在《奉爱服务的纯粹甘露之洋》(Bhakti-rasāmṛta-sindhu)的这节诗文中，圣茹帕·哥斯瓦米教导说：如果一个人除了为至尊主服务外没有别的愿望，那他在生命的任何状况下都是解脱的。安巴瑞施王在任何状况下无疑都是解脱的，但作为一个理想的君王，他还是进入退出家庭生活阶段(vānaprastha)。放弃家庭责任并全神贯注于华苏戴瓦的莲花足是必要的。为此，安巴瑞施王将王国分给他的儿子们，自己则退出了家庭生活。

第 27 节

इत्येतत्पुण्यमाख्यानमम्बरीषस्य भूपते ।
सङ्कीर्तयन्ननुध्यायन् भक्तो भगवतो भवेत् ॥२७॥

ity etat puṇyam ākhyānam
ambarīṣasya bhūpate
saṅkīrtayann anudhyāyan
bhakto bhagavato bhavet

iti一如此 / etat一这 / puṇyam ākhyānam一历史上最虔诚的活动 / ambarīṣasya一安巴瑞施王的 / bhūpate一君王(帕瑞克西特王) / saṅkīrtayan－靠吟唱、复述 / anudhyāyan－或者靠冥想 / bhaktaḥ－一个奉献者 / bhagavataḥ－至尊人格首神的 / bhavet－人可以变得

译文 谁吟诵这段叙述或甚至是想着这段有关安巴瑞施王的叙述，谁无疑就会成为至尊主纯粹的奉献者。

要旨 圣维施瓦纳特·查夸瓦尔提·塔库尔(Viśvanātha Cakra-vartī Ṭhākura)在此举了一个很好的例子。当人很渴望赚越来越多的钱时，即使他成了百万富翁或千万富豪，他也不会感到满足，而是想要不择手段地赚更多的钱。奉献者在做奉爱服务时具有同样的心态。他从不会满足地想“这已经是我做奉爱服务的极限了”。他越致力于为至尊主服务，就越想要做更多的服务。这是奉献者的状态。安巴瑞施王在过家庭生活时，因为用他的心和感官全心全意地做奉爱服务(sa vai manaḥ kṛṣṇa-padāravindayor vacāṁsi vaikuṇṭha-guṇānuvarṇane)，所以无疑已经是纯粹的奉献者，而且在所有的方面都做得很完美。安巴瑞施王用他所有的感官做奉爱服务，因此自我感到真正的满足(sarvopādhi-vinirmuktaṁ tat-paratvena nirmalam/ hṛṣīkeṇa hṛṣīkeśa-sevanaṁ bhaktir ucyate)。然而，正如商人哪怕是有了万贯家财，仍努力赚得更多，安巴瑞施王虽然已经用他所有的感官在做奉爱服务，但还是离开他的家，去到森林，使自己全神贯注于奎师那的莲花足。努力越来越多地做奉爱服务的心态，使人处在最崇高的状态中。想要赚更多钱的商人因为处在功利性活动的层面，所以变得越来越受束缚和捆绑。相反，奉献者越来越解脱。

第 28 节

अम्बरीषस्य चरितं ये शृण्वन्ति महात्मनः ।
मुक्तिं प्रयान्ति ते सर्वे भक्त्या विष्णोः प्रसादतः ॥२८॥

ambarīṣasya caritaṁ
ye śṛṇvanti mahātmanaḥ
muktiṁ prayānti te sarve
bhaktyā viṣṇoḥ prasādataḥ

ambarīṣasya－安巴瑞施王的 / caritam－好品质 / ye－……的人 / śṛṇvanti－聆听 / mahā-ātmanaḥ－伟大的人物——优秀奉献者的 / muktim－解脱 / prayānti－他们必然获得 / te－这样的人 / sarve－他们全体 / bhaktyā－仅仅通过奉爱服务 / viṣṇoḥ－主维施努的 / prasādataḥ－凭借仁慈

译文　凭借至尊主的恩典，那些聆听伟大的奉献者安巴瑞施王的人，都必然获得解脱，或很快成为奉献者。

到此为止，结束了巴克提韦丹塔对《圣典博伽瓦谭》第9篇第5章——“杜尔瓦萨·牟尼保住性命”所作的阐释。

第六章
骚巴瑞·牟尼的堕落

舒卡戴瓦·哥斯瓦米(Śukadeva Gosvāmī)在描述了安巴瑞施(Mahārāja Ambarīṣa)王的后代后，描述从舍沙德(Śaśāda)王到曼达塔(Māndhātā)王之间的历代君王。他还讲述了杰出的圣人骚巴瑞(Saubhari)如何娶了曼达塔的女儿们。

安巴瑞施王有三个儿子，他们分别名叫维茹帕(Virūpa)、凯图曼(Ketumān)和商布(Śambhu)。维茹帕的儿子是普瑞沙达施瓦(Pṛṣadaśva)，普瑞沙达施瓦的儿子名叫茹阿提塔茹阿(Rathītara)。茹阿提塔茹阿没有儿子，但当他请求大圣人安给茹阿(Aṅgirā)的帮助时，圣人使他妻子怀了几个儿子。当那些儿子出生时，他们就是安给茹阿和茹阿提塔茹阿的后代了。

玛努(Manu)的儿子是依克施瓦库(Ikṣvāku)，依克施瓦库有一百个儿子，其中维库克希(Vikukṣi)、尼弥(Nimi)和丹达卡(Daṇḍakā)最年长。依克施瓦库王的儿子们成为世界各地的君王，其中的一个儿子维库克希(Vikukṣi)因为违反了祭祀的规定，所以被赶出王国。凭借瓦希施塔(Vasiṣtha)的仁慈和神秘瑜伽的力量，依克施瓦库王在放弃他的物质躯体后得到解脱。依克施瓦库王离世时，他的儿子维库克希返回并接管了王国。他举行各种祭祀，以此方式取悦了至尊人格首神。维库克希后来以舍沙德闻名于世。

维库克希的儿子为了半神人而与恶魔作战，并因为他提供的珍贵服务而以普冉佳亚(Purañjaya)、因铎瓦哈(Indravāha)和喀库特斯塔(Kakutstha)等称呼闻名于世。普冉佳亚的儿子名叫阿内纳(Anenā)，阿内纳的儿子是普瑞图(Pṛthu)，普瑞图的儿子叫维施瓦甘迪(Viśvagandhi)。维施瓦甘迪的儿子是昌铎(Candra)，昌铎的儿子名叫尤瓦纳施瓦(Yuvanāśva)。尤瓦纳施瓦生子刷瓦斯塔(Śrāvasta),他兴建了刷瓦斯提城(Śrāvastī Purī)。刷瓦斯塔的儿子是毕尔哈达施瓦(Bṛhadaśva)。毕尔哈达施瓦的儿子库瓦拉亚施瓦(Kuvalayāśva)杀死名叫敦杜(Dhundhu)的恶魔,因此以敦杜玛茹阿(Dhundhumāra)——“杀死敦杜的人”闻名于世。敦杜玛茹阿生了数千的儿子,但除了德瑞达施瓦(Dṛḍhāśva)、卡皮拉施瓦(Kapilāśva)和巴铎施瓦(Bhadrāśva),其他儿子都被敦杜喷出的火烧成了灰烬。德瑞达施瓦生子哈尔亚施瓦(Haryaśva),哈尔亚施瓦的儿子是尼昆巴(Nikumbha)。尼昆巴生了巴胡拉施瓦(Bahulāśva),巴胡拉施瓦的儿子名叫奎沙施瓦(Bahulāśva)。奎沙施瓦的儿子是塞纳吉特(Senajit),而塞纳吉特的儿子名叫尤瓦纳施瓦(Yuvanāśva)。

尤瓦纳施瓦娶了一百个妻子,但却没有儿子,因此进入森林。在森林中,圣人们为他举行了一场因铎祭祀(Indra-yajña)。但是有一天,君王在森林中很口渴,于是喝了为举行祭祀用的水。结果过一段时间后,一个儿子从他的右腹部降生。那个十分俊美的儿子哭喊着喝母乳,天帝因铎让那孩子吸吮他的食指。那儿子于是被称为曼达塔(Māndhātā)。在适当的时候,尤瓦纳施瓦靠苦修达到了完美。

那之后,曼达塔成为世界帝王并统治由七大岛屿构成的地球。盗贼和恶棍都十分惧怕这位强有力的君王,所以君王又被称为特茹阿萨达修(Trasaddasyu),意思是“恶棍和盗贼十分恐惧的人”。曼达塔使他妻子宾杜玛缇(Bindumatī)怀孕生了菩茹库特萨(Purukutsa)、安巴瑞施(Ambarīṣa)和穆楚昆达(Mucukunda)三个儿子。这三个儿子有五十个姐妹,她们全都成为伟大的圣人骚巴瑞(Saubhari)的妻子。

就有关这件事,舒卡戴瓦·哥斯瓦米讲述了骚巴瑞·牟尼的历史。他因为受到鱼儿交尾情景的刺激,从练瑜伽的状态中堕落,娶曼达塔所有的女儿为妻,以享受性愉悦。后来,骚巴瑞·牟尼感到十分后悔，于是进入退出家庭生活阶段，从事十分艰巨的苦行，从而达到完美。就有关这一点，舒卡戴瓦·哥斯瓦米描述骚巴瑞·牟尼的妻子们是如何也达到完美的。

第 1 节

श्रीशुक उवाच
विरूपः केतुमाञ्छम्भुरम्बरीषसुतास्त्रयः ।
विरूपात्पृषदश्वोऽभूत्तत्पुत्रस्तु रथीतरः ॥१॥

śrī-śuka uvāca
virūpaḥ ketumāñ chambhur
ambarīṣa-sutās trayaḥ
virūpāt pṛṣadaśvo 'bhūt
tat-putras tu rathītaraḥ

śrī-śukaḥ uvāca—圣舒卡戴瓦·哥斯瓦米说 / virūpaḥ—名叫维茹帕 / ketumān—名叫凯图曼 / śambhuḥ—名叫商布 / ambarīṣa—安巴瑞施王的 / sutāḥ trayaḥ—三个儿子 / virūpāt—从维茹帕 / pṛṣadaśvaḥ—名叫普瑞沙达施瓦的 / abhūt—有 / tat-putraḥ—他的儿子 / tu—和 / rathītaraḥ—名叫茹阿提塔茹阿的

译文 舒卡戴瓦·哥斯瓦米说：帕瑞克西特王啊，安巴瑞施有三个儿子，分别名叫维茹帕、凯图曼和商布。维茹帕生了个名叫普瑞沙达施瓦的儿子，普瑞沙达施瓦的儿子名叫茹阿提塔茹阿。

第 2 节

रथीतरस्याप्रजस्य भार्यायां तन्तवेऽर्थितः ।
अङ्गिरा जनयामास ब्रह्मवर्चस्विनः सुतान् ॥२॥

rathītarasyāprajasya
bhāryāyāṁ tantave 'rthitaḥ

aṅgirā janayām āsa
brahma-varcasvinaḥ sutān

rathītarasya—茹阿提塔茹阿的 / aprajasya—没儿子的人 / bhāryāyām—向他妻子 / tantave—为增添子女 / arthitaḥ—被要求 / aṅgirāḥ—伟大的圣人安给茹阿 / janayām āsa—导致出生 / brahma-varcasvinaḥ—有布茹阿玛纳品质的 / sutān—儿子们

译文 茹阿提塔茹阿没有儿子，他为此求助于大圣人安给茹阿为他生儿子。应他的要求，安给茹阿与他妻子茹阿提塔茹阿生了好几个儿子。所有这些儿子都生来具有布茹阿玛纳的非凡能力。

要旨 在韦达时代，等级较低的人有时会请等级较高的人来使自己的妻子受孕，以便生更优质的孩子。在这样的情况下，女人被比喻为一块农田。拥有农田的人也许会请另一个人来耕种粮食，但由于粮食是从地里生出的，他们被视为拥有农地的人的财产。同样，一个女人有时被允许由不是自己丈夫的人授孕，但她生下的儿子成为她丈夫的儿子。这样的儿子被称为是“妻子生的他人的儿子(kṣetra jāta)”。茹阿提塔茹阿没有儿子，所以就用了这个方法。

第3节

एते क्षेत्रप्रसूता वै पुनस्त्वाङ्गिरसाः स्मृताः ।
रथीतराणां प्रवराः क्षेत्रोपेता द्विजातयः ॥ ३ ॥

ete kṣetra-prasūtā vai
punas tv āṅgirasāḥ smṛtāḥ
rathītarāṇāṁ pravarāḥ
kṣetropetā dvi-jātayaḥ

ete—安给茹阿生的儿子 / kṣetra-prasūtāḥ—成为茹阿提塔茹阿的

孩子和属于他的家庭(因为他们由他妻子生出) / vai一事实上 / punaḥ一再次 / tu一但是 / āṅgirasāḥ一安给茹阿王朝的 / smṛtāḥ一他们被称为 / rathītarāṇām一茹阿提塔茹阿的全体儿子的 / pravarāḥ一领袖 / kṣetra-upetāḥ一因为在那田地(kṣetra)降生 / dvi-jātayaḥ一被称为布茹阿玛纳(作为布茹阿玛纳和查锺亚血统混合的人)

译文　所有这些儿子由茹阿提塔茹阿的妻子生下后，都以茹阿提塔茹阿的后裔闻名于世，但由于他们都经由安给茹阿的精液生出，所以也以安给茹阿的后代见称。在茹阿提塔茹阿的后代中，这些儿子最卓越，他们的出身使他们被视为是布茹阿玛纳。

要旨　圣维施瓦纳特·查夸瓦尔提·塔库尔(Viśvanātha Cakravartī Ṭhākura)解释梵文dvi jātayaḥ的意思是"混合阶层"，以表明是布茹阿玛纳(brāhmaṇa)和查锺亚(kṣatriya)的混合体。

第4节

क्षुवतस्तु मनोर्जज्ञे इक्ष्वाकुर्घ्राणतः सुतः ।
तस्य पुत्रशतज्येष्ठा विकुक्षिनिमिदण्डकाः ॥ ४ ॥

kṣuvatas tu manor jajñe
　ikṣvākur ghrāṇataḥ sutaḥ
tasya putra-śata-jyeṣṭhā
　vikukṣi-nimi-daṇḍakāḥ

kṣuvataḥ一在打喷嚏时 / tu一但是 / manoḥ一玛努的 / jajñe一诞生 / ikṣvākuḥ一名叫依克施瓦库 / ghrāṇataḥ一从鼻孔 / sutaḥ一儿子 / tasya一依克施瓦库的 / putra-śata一一百个儿子 / jyeṣṭhāḥ一显著的 / vikukṣi一名叫维库克希的 / nimi一名叫尼弥 / daṇḍakāḥ一名叫丹达卡

译文 玛努的儿子是依克施瓦库。当玛努打喷嚏时，依克施瓦库从他的鼻孔被喷出。依克施瓦库王有一百个儿子，其中维库克希、尼弥和丹达卡最杰出。

要旨 按照施瑞达尔·斯瓦米(Śrīdhara Svāmī)的说法，尽管《圣典博伽瓦谭》(Bhāgavatam)第9篇第1章的第11—12节诗介绍，依克施瓦库是玛努与他的妻子刷妲(Śraddhā)生的十个儿子中的一个，但这只是概括性的介绍。这里特别解释说，依克施瓦库是玛努打喷嚏生的。

第5节

तेषां पुरस्तादभवन्नार्यावर्ते नृपा नृप ।
पञ्चविंशतिः पश्चाच्च त्रयो मध्येऽपरेऽन्यतः ॥५॥

teṣāṁ purastād abhavann
āryāvarte nṛpā nṛpa
pañca-viṁśatiḥ paścāc ca
trayo madhye 'pare 'nyataḥ

teṣām－在所有那些儿子中 / purastāt－在东边 / abhavan－他们成为 / āryāvarte－在喜马拉雅山和温迪亚山脉间阿尔亚瓦尔塔的地方 / nṛpāḥ－君王们 / nṛpa－君王(帕瑞克西特)啊 / pañca-viṁśatiḥ－二十五 / paścāt－在西边 / ca－也 / trayaḥ－他们三人 / madhye－在(东边和西边)中间 / apare－其他的 / anyataḥ－在另一些地方

译文 在一百个儿子中，有二十五个成为位于喜马拉雅山脉和温迪亚山脉之间的阿尔亚瓦尔塔西部的君王。另外二十五个儿子成为阿尔亚瓦尔塔东部的君王，三个主要的儿子成为中部的君王。他其他的儿子成为其他各地的君王。

第6节

स एकदाष्टकाश्राद्धे इक्ष्वाकुः सुतमादिशत् ।
मांसमानीयतां मेध्यं विकुक्षे गच्छ मा चिरम् ॥६॥

sa ekadāṣṭakā-śrāddhe
　ikṣvākuḥ sutam ādiśat
māṁsam ānīyatāṁ medhyaṁ
　vikukṣe gaccha mā ciram

saḥ—那君王(依克施瓦库王) / ekadā—从前 / aṣṭakā-śrāddhe—在一月、二月和三月间向祖先供奉时 / ikṣvākuḥ—依克施瓦库 / sutam—对他儿子 / ādiśat—命令 / māṁsam—肉 / ānīyatām—带到那里 / medh-yam—纯净的(靠打猎得到的) / vikukṣe—维库克希啊 / gaccha—立刻去 / mā ciram—不要拖延

译文　在一月、二月和三月期间对祖先的供奉被称为阿斯塔卡·刷达。刷达仪式在一个月内黑月的那十四天中举行。一次，当依克施瓦库王要在这仪式中献上供奉时，他命令他的儿子维库克希立刻去森林带回纯净的鲜肉。

第 7 节

तथेति स वनं गत्वा मृगान् हत्वा क्रियार्हणान् ।
श्रान्तो बुभुक्षितो वीरः शशं चाददपस्मृतिः ॥ ७ ॥

tatheti sa vanaṁ gatvā
　mṛgān hatvā kriyārhaṇān
śrānto bubhukṣito vīraḥ
　śaśaṁ cādad apasmṛtiḥ

tathā—根据方向 / iti—如此 / saḥ—维库克希 / vanam—到森林 / gatvā—去 / mṛgān—许多动物 / hatvā—杀戮 / kriyā-arhaṇān—适合在刷达祭祀中供奉 / śrāntaḥ—当他疲倦时 / bubhukṣitaḥ—和饥饿 / vīraḥ—英雄 / śaśam——只兔子 / ca—也 / ādat—他吃了 / apas-mṛtiḥ—忘记(那肉本该在刷达仪式中供奉)

译文　那之后，依克施瓦库的儿子维库克希去森林猎杀许多适合作祭品的动物。然而，他在感到饥饿和疲劳时忘记规矩，吃了一只他猎杀的兔子。

要旨 很明显，查锤亚之所以在森林中杀动物，是因为动物的肉适合在特定类型的祭祀(yajña)中供奉。向祖先供奉祭品的仪式被称为刷达(śrāddha)，也是一种祭祀。在这种祭祀中，靠在森林中打猎得到的肉是可以供奉的。然而，在如今这个喀历年代(Kali-yuga)中，这种供奉受到禁止。圣柴坦亚·玛哈帕布(Caitanya Mahāprabhu)引述《布茹阿玛·外瓦尔塔往世书》(Brahma-vaivarta Purāṇa)：

aśvamedhaṁ gavālambhaṁ
sannyāsaṁ pala-paitṛkam
devareṇa sutotpattiṁ
kalau pañca vivarjayet

“在这个喀历年代中，有五种活动受到禁止：在祭祀中献祭马匹，在祭祀中献祭乳牛，当托钵僧，给祖先供奉肉，以及与自己的兄弟之妻生孩子。”梵文pala-paitṛkam一句是指，向祖先供奉肉。以前的年代允许这样做，但这个年代禁止这种做法。在这个喀历年代中，许多人都很会打猎，但大多数人都是庶铎而不是查锤亚。然而，按照韦达训谕：只有查锤亚被允许打猎；庶铎得到的允许是，在卡莉女神或同类半神人的神像前供奉山羊或其他不重要的动物后，可以吃肉。一般来说，吃肉不是完全被禁止的，有一类人被允许可以根据各种情况和训谕吃肉。至于吃牛肉，所有的人都受到严格的禁止。因此，《博伽梵歌》中记载，奎师那亲口说要保护乳牛(go-rakṣyam)。食肉者被允许按照他们的状态和启示经典的指导吃肉，但绝不许吃牛肉。乳牛必须得到所有的保护。

第8节

शेषं निवेदयामास पित्रे तेन च तद्गुरुः ।
चोदितः प्रोक्षणायाह दुष्टमेतदकर्मकम् ॥८॥

śeṣaṁ nivedayām āsa
　pitre tena ca tad-guruḥ
coditaḥ prokṣaṇāyāha
　duṣṭam etad akarmakam

śeṣam—残余的 / nivedayām āsa—他献上 / pitre—向他父亲 / tena—由他 / ca—也 / tat-guruḥ—他们的祭司或灵性导师 / coditaḥ—被要求 / prokṣaṇāya—为净化 / āha—说 / duṣṭam—被污染的 / etat—这块肉 / akarmakam—不适合用于在刷达中供奉

译文　维库克希将剩下的鲜肉献给依克施瓦库，依克施瓦库将肉递给瓦希施塔去净化。但瓦希施塔立刻明白维库克希已经吃了一部分肉，因此说那些肉不适合用于刷达仪式。

要旨　准备在祭祀中供奉的祭品，在供奉给神明之前，任何人都不得品尝。我们的庙里严格执行这一规定。食物除非给神像供奉过，否则人不能从厨房拿食物吃。如果某样东西在给神像供奉前就已经有人进食过，那么准备的食物就被污染，不能供奉了。崇拜神像的人必须清楚地了解这一点，以免在崇拜神像的过程中犯错误，冒犯神像。

第9节

ज्ञात्वा पुत्रस्य तत्कर्म गुरुणाभिहितं नृपः ।
देशान्निःसारयामास सुतं त्यक्तविधिं रुषा ॥ ९ ॥

jñātvā putrasya tat karma
　guruṇābhihitaṁ nṛpaḥ
deśān niḥsārayām āsa
　sutaṁ tyakta-vidhiṁ ruṣā

jñātvā—知道 / putrasya—他儿子的 / tat—那 / karma—行动 / guruṇā—被灵性导师(瓦希施塔) / abhihitam—告知 / nṛpaḥ—君王(依克

施瓦库)/deśāt一从国家/niḥsārayām āsa一赶走/sutam一他儿子/tyakta-vidhim一因为他违反了规范原则/ruṣā一出于愤怒

译文 当瓦希施塔这样告诉依克施瓦库王时，依克施瓦库立刻明白他儿子维库克希做了什么，于是变得非常愤怒。他命令维库克希立刻离开这个国家，因为他违反了规定原则。

第10节

स तु विप्रेण संवादं ज्ञापकेन समाचरन् ।
त्यक्त्वा कलेवरं योगी स तेनावाप यत्परम् ॥१०॥

sa tu vipreṇa saṁvādaṁ
jñāpakena samācaran
tyaktvā kalevaraṁ yogī
sa tenāvāpa yat param

saḥ一依克施瓦库王/tu一事实上/vipreṇa一与布茹阿玛纳(瓦希施塔)/saṁvādam一讨论/jñāpakena一与通告者/samācaran一相应地做/tyaktvā一放弃/kalevaram一这躯体/yogī一作为一个处在弃绝阶层的奉爱瑜伽师/saḥ一君王/tena一被这种教导/avāpa一获得/yat一那……的状态/param一至尊者

译文 在得到伟大而又博学的布茹阿玛纳·瓦希施塔的教导，聆听他讲述有关绝对真理之后，依克施瓦库王变得弃绝。他遵照瑜伽师该遵守的原则，在放弃物质躯体后无疑达到了最高的完美境界。

第11节

पितर्युपरतेऽभ्येत्य विकुक्षिः पृथिवीमिमाम् ।
शासदीजे हरिं यज्ञैः शशाद इति विश्रुतः ॥११॥

pitary uparate 'bhyetya
vikukṣiḥ pṛthivīm imām
śāsad īje hariṁ yajñaiḥ
śaśāda iti viśrutaḥ

pitari—当他的父亲……时 / uparate—离世 / abhyetya—回来 / vikukṣiḥ—名叫维库克希的儿子 / pṛthivīm—地球星球 / imām—这 / śāsat—统治 / īje—崇拜 / harim—至尊人格首神 / yajñaiḥ—通过举行各种祭祀 / śaśa-adaḥ—舍沙德(吃兔子的人) / iti—如此 / viśrutaḥ—著名的

译文 维库克希在父亲离世后返回他的国家，当上君王，统治地球星球并举行各种祭祀以取悦至尊人格首神。维库克希后来以舍沙德闻名于世。

第12节

पुरञ्जयस्तस्य सुत इन्द्रवाह इतीरितः ।
ककुत्स्थ इति चाप्युक्तः शृणु नामानि कर्मभिः ॥१२॥

purañjayas tasya suta
indravāha itīritaḥ
kakutstha iti cāpy uktaḥ
śṛṇu nāmāni karmabhiḥ

puram-jayaḥ—普冉佳亚(征服住地的人) / tasya—他的(维库克希的) / sutaḥ—儿子 / indra-vāhaḥ—因铎瓦哈(坐骑是因铎的人) / iti—如此 / īritaḥ—名叫 / kakutsthaḥ—喀库特斯塔(在公牛背部的隆峰上) / iti—如此 / ca—也 / api—事实上 / uktaḥ—名叫 / śṛṇu—请听 / nāmāni—所有的名字 / karmabhiḥ—按照一个人的活动

译文 舍沙德的儿子是普冉佳亚，他的另一个名字是因铎瓦哈，有时也叫喀库特斯塔。请听我讲解他是如何因为不同的活动而得到各种名字的。

第 13 节

कृतान्त आसीत्समरो देवानां सह दानवैः ।
पार्ष्णिग्राहो वृतो वीरो देवैर्दैत्यपराजितैः ॥१३॥

kṛtānta āsīt samaro
devānāṁ saha dānavaiḥ
pārṣṇigrāho vṛto vīro
devair daitya-parājitaiḥ

kṛta-antaḥ—毁灭性的战争 / āsīt—有 / samaraḥ——场战斗 / devānām—半神人的 / saha—与……一起 / dānavaiḥ—恶魔们 / pārṣṇigrāhaḥ——个十分好的助手 / vṛtaḥ—公认的 / vīraḥ——个英雄 / de-vaiḥ—由半神人们 / daitya—由恶魔们 / parājitaiḥ—被征服的人

译文　从前，在半神人和恶魔之间发生了一场毁灭性大战。被打败的半神人接受普冉佳亚当他们的助手，结果战胜了恶魔。为此，这位英雄被称为普冉佳亚，意思是“攻克恶魔住地的人”。

第 14 节

वचनाद्देवदेवस्य विष्णोर्विश्वात्मनः प्रभोः ।
वाहनत्वे वृतस्तस्य बभूवेन्द्रो महावृषः ॥१४॥

vacanād deva-devasya
viṣṇor viśvātmanaḥ prabhoḥ
vāhanatve vṛtas tasya
babhūvendro mahā-vṛṣaḥ

vacanāt—被命令或被话语 / deva-devasya—全体半神人的至尊主的 / viṣṇoḥ—主维施努 / viśva-ātmanaḥ—整个创造的超灵 / prabhoḥ—至尊主——控制者 / vāhanatve—由于成为坐骑 / vṛtaḥ—忙于 / ta-sya—为普冉佳亚服务 / babhūva—他变得 / indraḥ—天堂君王 / mahā-vṛṣaḥ—非凡的公牛

译文　普冉佳亚同意杀死所有的恶魔，但条件是因铎要当他的坐骑。因铎因为骄傲而不接受这一提议，但后来在至尊主维施努的命令下，因铎还是接受，变成普冉佳亚的一头非凡的公牛坐骑。

第 15—16 节

स सन्नद्धो धनुर्दिव्यमादाय विशिखाञ्छितान् ।
स्तूयमानस्तमारुह्य युयुत्सुः ककुदि स्थितः ॥१५॥

तेजसाप्यायितो विष्णोः पुरुषस्य महात्मनः ।
प्रतीच्यां दिशि दैत्यानां न्यरुणत्त्रिदशैः पुरम् ॥१६॥

sa sannaddho dhanur divyam
　ādāya viśikhāñ chitān
stūyamānas tam āruhya
　yuyutsuḥ kakudi sthitaḥ

tejasāpyāyito viṣṇoḥ
　puruṣasya mahātmanaḥ
pratīcyāṁ diśi daityānāṁ
　nyaruṇat tridaśaiḥ puram

saḥ－他——普冉佳亚 / sannaddhaḥ－全副武装 / dhanuḥ divyam－一流的或超然的弓 / ādāya－拿取 / viśikhān－箭 / śitān－十分尖锐的 / stūyamānaḥ－受到高度赞扬 / tam－他(公牛) / āruhya－骑上 / yuyutsuḥ－准备战斗 / kakudi－在公牛背的隆峰上 / sthitaḥ－处在 / tejasā－借由……的力量 / āpyāyitaḥ－受到优待 / viṣṇoḥ－主维施努的 / puruṣasya－至尊人 / mahā-ātmanaḥ－超灵 / pratīcyām－在西方 / diśi－方向 / daityānām－恶魔的 / nyaruṇat－俘获 / tridaśaiḥ－由半神人围绕着 / puram－住所

译文　普冉佳亚在盔甲的严密保护下，怀着要战斗的意愿，拿起一张超然的弓和十分尖锐的利箭，在半神人高度的赞扬声中，登上公牛的背(因铎)，坐在它背部的隆峰上。为此，他被称为喀库特斯塔。被超灵和至尊人——主维施努赋予了力量的普冉佳亚，坐在非凡的公牛背上，因此被称为因铎瓦哈。他由半神人簇拥着，攻击恶魔在西面的住所。

第 17 节

तैस्तस्य चाभूत्प्रधनं तुमुलं लोमहर्षणम् ।
यमाय भल्लैरनयद्दैत्यानभिययुर्मृधे ॥१७॥

tais tasya cābhūt pradhanaṁ
tumulaṁ loma-harṣaṇam
yamāya bhallair anayad
daityān abhiyayur mṛdhe

taiḥ－与恶魔们 / tasya－他—— 普冉佳亚的 / ca－也 / abhūt－有 / pradhanam－一场战斗 / tumulam－十分凶猛 / loma-harṣaṇam－听到使人毛发直竖 / yamāya－阎罗王的住所 / bhallaiḥ－被箭 / ana-yat－送 / daityān－恶魔们 / abhiyayuḥ－朝他来的人 / mṛdhe－在那场战斗中

译文 恶魔和半神人之间展开了激烈的战斗。事实上，战斗是那么激烈，人一旦听到对它的描述就会感到毛骨悚然。有足够胆量冲到普冉佳亚面前的恶魔，都被他用利箭立刻送去见了阎罗王。

第 18 节

तस्येषुपाताभिमुखं युगान्ताग्निमिवोल्बणम् ।
विसृज्य दुद्रुवुर्दैत्या हन्यमानाः स्वमालयम् ॥१८॥

tasyeṣu-pātābhimukhaṁ
yugāntāgnim ivolbaṇam
visṛjya dudruvur daityā
hanyamānāḥ svam ālayam

tasya—他的(普冉佳亚的) / iṣu-pāta—抛掷弓箭 / abhimukham—在……的面前 / yuga-anta—在千年循环结束时 / agnim—火焰 / iva—恰似 / ulbaṇam—凶猛的 / visṛjya—停止攻击 / dudruvuḥ—跑开 / daityāḥ—所有的恶魔 / hanyamānāḥ—被(普冉佳亚)所杀 / svam—自己的 / ālayam—到……的住所

译文 因铎瓦哈的利箭恰似一千个年代循环结束时毁灭烈焰般地燃烧着，剩下的恶魔为拯救自己免遭那利箭的攻击，都快速逃回他们各自的家园。

第 19 节

जित्वा परं धनं सर्वं सस्त्रीकं वज्रपाणये ।
प्रत्ययच्छत्स राजर्षिरिति नामभिराहृतः ॥१९॥

jitvā paraṁ dhanaṁ sarvaṁ
sastrīkaṁ vajra-pāṇaye
pratyayacchat sa rājarṣir
iti nāmabhir āhṛtaḥ

jitvā—征服 / param—敌人 / dhanam—钱财 / sarvam——切 / sastrīkam—与他们的妻子 / vajra-pāṇaye—对手持霹雳的因铎 / pratyaya-cchat—返回和拯救 / saḥ—那 / rāja-ṛṣiḥ—圣洁的君王(普冉佳亚) / iti—如此 / nāmabhiḥ—名叫 / āhṛtaḥ—被称为

译文 征服敌人后，圣洁的君王普冉佳亚将包括敌人的财产和妻子在内的一切，都给了手持霹雳的因铎。为此，他以普冉佳亚闻名于世。就这样，普冉佳亚因为他从事的各种活动而以不同的名字著称。

第 20 节

पुरञ्जयस्य पुत्रोऽभूदनेनास्तत्सुतः पृथुः ।
विश्वगन्धिस्ततश्चन्द्रो युवनाश्वस्तु तत्सुतः ॥२०॥

purañjayasya putro 'bhūd
anenās tat-sutaḥ pṛthuḥ
viśvagandhis tataś candro
yuvanāśvas tu tat-sutaḥ

purañjayasya—普冉佳亚的 / putraḥ—儿子 / abhūt—出生 / anenāḥ—名叫阿内纳 / tat-sutaḥ—他儿子 / pṛthuḥ—名叫普瑞图的 / viśvagandhiḥ—名叫维施瓦甘迪的 / tataḥ—他儿子 / candraḥ—起名昌铎 / yuvanāśvaḥ—名叫尤瓦纳施瓦的 / tu—事实上 / tat-sutaḥ—他儿子

译文 普冉佳亚的儿子名叫阿内纳，阿内纳的儿子是普瑞图，普瑞图的儿子叫维施瓦甘迪。维施瓦甘迪的儿子是昌铎，昌铎的儿子名叫尤瓦纳施瓦。

第 21 节

श्रावस्तस्तत्सुतो येन श्रावस्ती निर्ममे पुरी ।
बृहदश्वस्तु श्रावस्तिस्ततः कुवलयाश्वकः ॥२१॥

śrāvastas tat-suto yena
śrāvastī nirmame purī
bṛhadaśvas tu śrāvastis
tataḥ kuvalayāśvakaḥ

śrāvastaḥ—名叫刷瓦斯塔 / tat-sutaḥ—尤瓦纳施瓦的儿子 / yena—被谁 / śrāvastī—名叫刷瓦斯提的 / nirmame—被建设 / purī—非凡的小镇 / bṛhadaśvaḥ—毕尔哈达施瓦 / tu—然而 / śrāvastiḥ—由刷瓦斯塔生下 / tataḥ—从他 / kuvalayāśvakaḥ—名叫库瓦拉亚施瓦的

译文 尤瓦纳施瓦的儿子是兴建了名叫刷瓦斯提城的刷瓦斯塔。刷瓦斯塔的儿子是毕尔哈达施瓦，毕尔哈达施瓦的儿子名叫库瓦拉亚施瓦。整个王朝就这样扩大着。

第 22 节

यः प्रियार्थमुतङ्कस्य धुन्धुनामासुरं बली ।
सुतानामेकविंशत्या सहस्रैरहनद् वृतः ॥२२॥

yaḥ priyārtham utaṅkasya
　dhundhu-nāmāsuraṁ balī
sutānām eka-viṁśatyā
　sahasrair ahanad vṛtaḥ

yaḥ－……的他 / priya-artham－为满足 / utaṅkasya－伟大的圣人乌坦卡的 / dhundhu-nāma－名叫敦杜的 / asuram－一个恶魔 / balī－十分强大(库瓦拉亚施瓦) / sutānām－儿子们的 / eka-viṁśatyā－被二十一 / sahasraiḥ－数千 / ahanat－杀死 / vṛtaḥ－围绕

译文　为取悦圣人乌坦卡，非凡强大的库瓦拉亚施瓦杀死名叫敦杜的恶魔。他在他两万一千个儿子的协助下完成这一任务。

第 23－24 节

धुन्धुमार इति ख्यातस्तत्सुतास्ते च जज्वलुः ।
धुन्धोर्मुखाग्निना सर्वे त्रय एवावशेषिताः ॥२३॥

दृढाश्वः कपिलाश्वश्च भद्राश्व इति भारत ।
दृढाश्वपुत्रो हर्यश्वो निकुम्भस्तत्सुतः स्मृतः ॥२४॥

dhundhumāra iti khyātas
　tat-sutās te ca jajvaluḥ
dhundhor mukhāgninā sarve
　traya evāvaśeṣitāḥ

dṛḍhāśvaḥ kapilāśvaś ca
　bhadrāśva iti bhārata
dṛḍhāśva-putro haryaśvo
　nikumbhas tat-sutaḥ smṛtaḥ

dhundhu-mārah—杀死敦杜的人 / iti—如此 / khyātah—著名的 / tat-sutāḥ—他的儿子们 / te—他们全体 / ca—也 / jajvaluḥ—烧毁 / dhundhoḥ—敦杜的 / mukha-agninā—被从嘴里喷出的火 / sarve—他们全体 / trayaḥ—三 / eva—只有 / avaśeṣitāḥ—仍活着 / dṛḍhāśvaḥ—德瑞达施瓦 / kapilāśvaḥ—卡皮拉施瓦 / ca—和 / bhadrāśvaḥ—巴铎施瓦 / iti—如此 / bhārata—帕瑞克西特王啊 / dṛḍhāśva-putraḥ—德瑞达施瓦的儿子 / haryaśvaḥ—名叫哈尔亚施瓦 / nikumbhaḥ—尼昆巴 / tat-sutaḥ—他的儿子 / smṛtaḥ—著称

译文 帕瑞克西特王啊！为此，库瓦拉亚施瓦以敦杜玛茹阿(杀死敦杜的人)闻名于世。然而，除了三个儿子之外，他所有其他的儿子都被敦杜从嘴里喷射出的火焰烧成了灰烬。剩下的这三个儿子分别名叫德瑞达施瓦、卡皮拉施瓦和巴铎施瓦。德瑞达施瓦生了个儿子名叫哈尔亚施瓦，哈尔亚施瓦的儿子以尼昆巴著称。

第25节

बहुलाश्वो निकुम्भस्य कृशाश्वोऽथास्य सेनजित् ।
युवनाश्वोऽभवत्तस्य सोऽनपत्यो वनं गतः ॥२५॥

bahulāśvo nikumbhasya
kṛśāśvo 'thāsya senajit
yuvanāśvo 'bhavat tasya
so 'napatyo vanaṁ gataḥ

bahulāśvaḥ—名叫巴胡拉施瓦的 / nikumbhasya—尼昆巴的 / kṛśāśvaḥ—名叫奎沙施瓦的 / atha—那之后 / asya—奎沙施瓦的 / senajit—塞纳吉特 / yuvanāśvaḥ—名叫尤瓦纳施瓦的 / abhavat—出生 / ta-sya—塞纳吉特的 / saḥ—他 / anapatyaḥ—没有儿子 / vanam gataḥ—作为退出家庭生活的人到森林

译文　尼昆巴的儿子是巴胡拉施瓦，巴胡拉施瓦的儿子名叫奎沙施瓦，奎沙施瓦的儿子是塞纳吉特，而塞纳吉特的儿子名叫尤瓦纳施瓦。尤瓦纳施瓦没有儿子，为此他退出家庭生活，去到森林。

第 26 节

भार्याशतेन निर्विण्ण ऋषयोऽस्य कृपालवः ।
इष्टिं स्म वर्तयां चक्रुरैन्द्रीं ते सुसमाहिताः ॥२६॥

bhāryā-śatena nirviṇṇa
ṛṣayo 'sya kṛpālavaḥ
iṣṭiṁ sma vartayāṁ cakrur
aindrīṁ te susamāhitāḥ

bhāryā-śatena－与一百个妻子 / nirviṇṇaḥ－十分阴郁 / ṛṣayaḥ－圣人(在森林中) / asya－对他 / kṛpālavaḥ－非常仁慈 / iṣṭim－仪式典礼 / sma－在过去 / vartayām cakruḥ－开始执行 / aindrīm－名叫因铎的祭祀 / te－他们全体 / su-samāhitāḥ－小心翼翼地

译文　尽管尤瓦纳施瓦带他一百个妻子去了森林，但她们都十分阴郁。然而，森林中的圣人都对君王十分仁慈，开始极其谨慎、专注地举行一场献给因铎的祭祀，以使君王能有个儿子。

要旨　人可以跟自己的妻子一起进入退出家庭生活阶段，但退出家庭生活阶段意味着完全退出居士生活。尤瓦纳施瓦王虽然退出了家庭生活，但与他的妻子们总是为没有儿子而感到难过。

第 27 节

राजा तद्यज्ञसदनं प्रविष्टो निशि तर्षितः ।
दृष्ट्वा शयानान् विप्रांस्तान् पपौ मन्त्रजलं स्वयम् ॥२७॥

rājā tad-yajña-sadanaṁ
praviṣṭo niśi tarṣitaḥ
dṛṣṭvā śayānān viprāṁs tān
papau mantra-jalaṁ svayam

rājā—君王(尤瓦纳施瓦) / tat-yajña-sadanam—祭祀场所 / praviṣṭaḥ—进入 / niśi—夜晚 / tarṣitaḥ—因为口渴 / dṛṣṭvā—看到 / śayānān—躺下 / viprān—所有的布茹阿玛纳 / tān—他们全体 / papau—喝 / mantra-jalam—用曼陀净化的水 / svayam—亲自

译文 一天晚上，君王进入祭祀场，当他看到所有的布茹阿玛纳都躺着休息，就自己喝了原本是要给他妻子喝的神圣化了的水。

要旨 由布茹阿玛纳按照韦达仪式规定所举行的祭祀如此有力量，以致通过吟诵韦达赞歌神圣化了的水，都能带给人想要的结果。在这个实例中，布茹阿玛纳们将水神圣化，以便君王的妻子能在祭祀中喝下它，但天意使然，君王自己在半夜去到那里，因为口渴而喝下那水。

第28节

उत्थितास्ते निशम्याथ व्युदकं कलशं प्रभो ।
पप्रच्छुः कस्य कर्मेदं पीतं पुंसवनं जलम् ॥२८॥

utthitās te niśamyātha
vyudakaṁ kalaśaṁ prabho
papracchuḥ kasya karmedaṁ
pītaṁ puṁsavanaṁ jalam

utthitāḥ—醒了之后 / te—他们全体 / niśamya—看到 / atha—那之后 / vyudakam—空了 / kalaśam—水罐 / prabho—帕瑞克西特王啊 / papracchuḥ—询问 / kasya—……的 / karma—行为 / idam—这 / pītam—喝 / puṁsavanam—导致一个孩子的出生的 / jalam—水

译文 布茹阿玛纳起床看到水罐是空的时，便询问是谁喝了那罐让人能生孩子的水。

第 29 节

राज्ञा पीतं विदित्वा वै ईश्वरप्रहितेन ते ।
ईश्वराय नमश्चक्रुरहो दैवबलं बलम् ॥२९॥

rājñā pītaṁ viditvā vai
īśvara-prahitena te
īśvarāya namaś cakrur
aho daiva-balaṁ balam

rājñā—被君王 / pītam—喝下 / viditvā—了解这一点 / vai—事实上 / īśvara-prahitena—受到天意的激励 / te—他们全体 / īśvarāya—向至尊人格首神——至尊控制者 / namaḥ cakruḥ—献上恭敬的敬礼 / aho—唉 / daiva-balam—天意的力量 / balam—是真正的力量

译文 当布茹阿玛纳了解到是君王在至尊控制者的启发下喝了那罐水时，他们都大声惊叫“唉呀！天意的力量实在强大。没人能对抗至尊者的力量。”为此，他们恭敬地向至尊主顶礼。

第 30 节

ततः काल उपावृत्ते कुक्षिं निर्भिद्य दक्षिणम् ।
युवनाश्वस्य तनयश्चक्रवर्ती जजान ह ॥३०॥

tataḥ kāla upāvṛtte
kukṣiṁ nirbhidya dakṣiṇam
yuvanāśvasya tanayaś
cakravartī jajāna ha

tataḥ—那之后 / kāle—时间 / upāvṛtte—成熟 / kukṣim—肚腹的下部 / nirbhidya—刺穿 / dakṣiṇam—右边 / yuvanāśvasya—尤瓦纳施

瓦王的 / tanayaḥ－一个儿子 / cakravartī－有一个君王该有的全部的美好表征 / jajāna－产生 / ha－在过去

译文 那之后，时间一到，一个天生具有作为强大君王该有的一切美好特征的儿子，从尤瓦纳施瓦君王的右下腹诞生了。

第 31 节

कं धास्यति कुमारोऽयं स्तन्ये रोरूयते भृशम् ।
मां धाता वत्स मा रोदीरितीन्द्रो देशिनीमदात् ॥३१॥

kaṁ dhāsyati kumāro 'yaṁ
stanye rorūyate bhṛśam
māṁ dhātā vatsa mā rodīr
itīndro deśinīm adāt

kam－由……的人 / dhāsyati－会有人来喂他奶、照顾他吗 / kumāraḥ－孩子 / ayam－这 / stanye－为喝母乳 / rorūyate－哭叫 / bhṛśam－如此大声 / mām dhātā－喝我吧 / vatsa－我亲爱的孩子 / mā rodīḥ－不要哭叫 / iti－如此 / indraḥ－因铎王 / deśinīm－食指 / adāt－给他吸吮

译文 那婴儿为喝奶而如此大声地哭叫，致使全体布茹阿玛纳都感到很痛苦。他们说："谁将照顾这婴儿啊？"那时，在祭祀中受到崇拜的因铎前来安慰那婴儿道："别哭。"接着，因铎将自己的食指放进婴儿的嘴里说："你可以吸吮我。"

第 32 节

न ममार पिता तस्य विप्रदेवप्रसादतः ।
युवनाश्वोऽथ तत्रैव तपसा सिद्धिमन्वगात् ॥३२॥

na mamāra pitā tasya
vipra-deva-prasādataḥ
yuvanāśvo 'tha tatraiva
tapasā siddhim anvagāt

na一不 / mamāra一死亡 / pitā一父亲 / tasya一婴儿的 / vipra-deva-prasādataḥ一由于布茹阿玛纳的仁慈和祝福 / yuvanāśvaḥ一尤瓦纳施瓦王 / atha一那之后 / tatra eva一就在那地方 / tapasā一靠苦修 / siddhim一完美 / anvagāt一达到

译文　婴儿的父亲尤瓦纳施瓦因为得到布茹阿玛纳的祝福，所以没有成为死亡的受害者。这事件之后，他严格苦修，在当地达到完美的境界。

第33—34节

त्रसद्दस्युरितीन्द्रोऽङ्ग विदधे नाम यस्य वै ।
यस्मात्त्रसन्ति ह्युद्विग्ना दस्यवो रावणादयः ॥३३॥

यौवनाश्वोऽथ मान्धाता चक्रवर्त्यवनीं प्रभुः ।
सप्तद्वीपवतीमेकः शशासाच्युततेजसा ॥३४॥

trasaddasyur itīndro 'ṅga
vidadhe nāma yasya vai
yasmāt trasanti hy udvignā
dasyavo rāvaṇādayaḥ

yauvanāśvo 'tha māndhātā
cakravarty avanīṁ prabhuḥ
sapta-dvīpavatīm ekaḥ
śaśāsācyuta-tejasā

trasat-dasyuḥ一名叫特茹阿萨达修(使盗贼和恶棍胆战心惊的人) / iti　如此 / indraḥ一天堂君王 / aṅga一我亲爱的君王 / vidadhe一给予 / nāma一名字 / yasya一……的人 / vai一事实上 / yasmāt一

从……的人 / trasanti－感到恐惧 / hi－事实上 / udvignāḥ－焦虑的原因 / dasyavaḥ－盗贼和恶棍 / rāvaṇa-ādayaḥ－以茹阿瓦纳那种大食人魔为首的 / yauvanāśvaḥ－尤瓦纳施瓦的儿子 / atha－如此 / māndhātā－名叫曼达塔 / cakravartī－世界帝王 / avanīm－这地球表面 / prabhuḥ－主人 / sapta-dvīpa-vatīm－由七个岛屿构成 / ekaḥ－独自一人 / śaśāsa－统治 / acyuta-tejasā－因为得到至尊人格首神的支持而强大有力

译文 尤瓦纳施瓦的儿子曼达塔，令茹阿瓦纳和其他使人焦虑的盗贼及恶棍胆战心惊。帕瑞克西特王啊！由于他们怕他，他又被天帝因铎称为特茹阿萨达修，并以此名闻名于世。凭借至尊人格首神的仁慈，尤瓦纳施瓦的儿子是如此强大，当他成为统治包括七个岛屿在内的整个世界的帝王时，他是独一无二的统治者。

第35－36节

ईजे च यज्ञं क्रतुभिरात्मविद्भूरिदक्षिणैः ।
सर्वदेवमयं देवं सर्वात्मकमतीन्द्रियम् ॥३५॥

द्रव्यं मन्त्रो विधिर्यज्ञो यजमानस्तथर्त्विजः ।
धर्मो देशश्च कालश्च सर्वमेतद्यदात्मकम् ॥३६॥

īje ca yajñaṁ kratubhir
ātma-vid bhūri-dakṣiṇaiḥ
sarva-devamayaṁ devaṁ
sarvātmakam atīndriyam

dravyaṁ mantro vidhir yajño
yajamānas tathartvijaḥ
dharmo deśaś ca kālaś ca
sarvam etad yad ātmakam

īje—他崇拜 / ca—也 / yajñam—祭祀之主 / kratubhiḥ—通过举行盛大的仪式 / ātma-vit—因觉悟自我而完全意识到 / bhūri-dakṣiṇaiḥ—通过给布茹阿玛纳大量的捐献 / sarva-deva-mayam—由全体半神人组成 / devam—至尊主 / sarva-ātmakam—众生的超灵 / ati-indriyam—超然地处在 / dravyam—材料 / mantraḥ—吟诵、吟唱韦达赞歌 / vi-dhiḥ—规定原则 / yajñaḥ—崇拜 / yajamānaḥ—举行者 / tathā—与……一起 / ṛtvijaḥ—祭司们 / dharmaḥ—宗教原则 / deśaḥ—国家 / ca—和 / kālaḥ—时间 / ca—也 / sarvam—一切 / etat—所有这些 / yat—那是……的 / ātmakam—有利于觉悟自我

译文 至尊人格首神无异于盛大祭祀的各个吉祥方面，这些方面包括：祭祀材料、吟诵韦达赞歌、规定原则、举行者、祭司、祭祀的结果、祭祀场和祭祀的时间。曼达塔了解觉悟自我的原则，崇拜超然处之的至尊灵魂——包含了全体半神人的至尊人格首神主维施努。他还大量地向布茹阿玛纳布施，举行崇拜至尊主的祭祀。

第 37 节

यावत्सूर्य उदेति स्म यावच्च प्रतितिष्ठति ।
तत्सर्वं यौवनाश्वस्य मान्धातुः क्षेत्रमुच्यते ॥३७॥

yāvat sūrya udeti sma
yāvac ca pratitiṣṭhati
tat sarvaṁ yauvanāśvasya
māndhātuḥ kṣetram ucyate

yāvat—只要 / sūryaḥ—太阳 / udeti—升起在地平线上 / sma—过去 / yāvat—只要 / ca—也 / pratitiṣṭhati—停留 / tat—上述谈到的所有那些事 / sarvam—一切 / yauvanāśvasya—尤瓦纳施瓦的儿子的 / māndhātuḥ—称为曼达塔 / kṣetram—位置 / ucyate—被说成是

译文 所有的地方，从太阳灿烂升起的地平线到太阳落下的地方，都是尤瓦纳施瓦的儿子——著名的曼达塔的领地。

第 38 节

शशबिन्दोर्दुहितरि बिन्दुमत्यामधान्नृपः ।
पुरुकुत्समम्बरीषं मुचुकुन्दं च योगिनम् ।
तेषां स्वसारः पञ्चाशत्सौभरिं वव्रिरे पतिम् ॥३८॥

śaśabindor duhitari
bindumatyām adhān nṛpaḥ
purukutsam ambarīṣaṁ
mucukundaṁ ca yoginam
teṣāṁ svasāraḥ pañcāśat
saubhariṁ vavrire patim

śaśabindoḥ一被称为沙刹宾杜的君王的 / duhitari一向女儿 / bindumatyām一名叫宾杜玛缇的人 / adhāt一生了 / nṛpaḥ一(曼达塔)王 / purukutsam一菩茹库特萨 / ambarīṣam一安巴瑞施 / mucukundam一穆楚昆达 / ca一和 / yoginam一高级神秘主义者 / teṣām一他们的 / svasāraḥ一姐妹 / pañcāśat一五十个 / saubharim一向伟大的圣人骚巴瑞 / vavrire一接受 / patim一作为丈夫

译文 曼达塔与沙刹宾杜的女儿宾杜玛缇生了三个儿子。这些儿子分别是：菩茹库特萨、安巴瑞施和非凡的神秘瑜伽师穆楚昆达。这三个兄弟有五十个姐妹，她们都接受伟大的圣人骚巴瑞当她们的丈夫。

第 39—40 节

यमुनान्तर्जले मग्नस्तप्यमानः परं तपः ।
निर्वृतिं मीनराजस्य दृष्ट्वा मैथुनधर्मिणः ॥३९॥

जातस्पृहो नृपं विप्रः कन्यामेकामयाचत ।
सोऽप्याह गृह्यतां ब्रह्मन् कामं कन्या स्वयंवरे ॥४०॥

yamunāntar-jale magnas
　tapyamānaḥ paraṁ tapaḥ
nirvṛtiṁ mīna-rājasya
　dṛṣṭvā maithuna-dharmiṇaḥ

jāta-spṛho nṛpaṁ vipraḥ
　kanyām ekām ayācata
so 'py āha gṛhyatāṁ brahman
　kāmaṁ kanyā svayaṁvare

yamunā-antaḥ-jale－在雅沐娜河的深水中 / magnaḥ－完全没入 / tapyamānaḥ－进行苦修 / param－不寻常的 / tapaḥ－苦行 / nirvṛtim－愉悦 / mīna-rājasya－一条大鱼的 / dṛṣṭvā－看到 / maithuna-dharmiṇaḥ－在交尾 / jāta-spṛhaḥ－变得想要过性生活 / nṛpam－向君王(曼达塔) / vipraḥ－布茹阿玛纳(骚巴瑞圣人) / kanyām ekām－一个女儿 / ayācata－乞讨 / saḥ－他——君王 / api－也 / āha－说 / gṛhyatām－你可以带 / brahman－布茹阿玛纳啊 / kāmam－按照她的意愿 / kanyā－女儿 / svayaṁvare－个人的选择

译文　骚巴瑞圣人正致力于在雅沐娜河的深水中苦行时，看到一对鱼在交尾。这使他感受到性生活的乐趣，于是在这种欲望的引诱下去找曼达塔王，请求君王将自己的一个女儿给予他。君王回应他的请求说："布茹阿玛纳啊！我所有的女儿都有权自己找丈夫。"

要旨　这是圣人骚巴瑞(Saubhari Ṛṣi)故事的开始。按照维施瓦纳特·查夸瓦尔提·塔库尔的说法，曼达塔是玛图茹阿(Mathurā)的君王，骚巴瑞圣人在雅沐娜河的深水中苦修。圣人感到性冲动时，从水中出来，去找曼达塔王，请求君王把一个女儿给他当妻子。

第 41—42 节

स विचिन्त्याप्रियं स्त्रीणां जरठोऽहमसन्मतः ।
वलीपलित एजत्क इत्यहं प्रत्युदाहृतः ॥४१॥

साधयिष्ये तथात्मानं सुरस्त्रीणामभीप्सितम् ।
किं पुनर्मनुजेन्द्राणामिति व्यवसितः प्रभुः ॥४२॥

sa vicintyāpriyaṁ strīṇāṁ
jaraṭho 'ham asan-mataḥ
valī-palita ejat-ka
ity ahaṁ pratyudāhṛtaḥ

sādhayiṣye tathātmānaṁ
sura-strīṇām abhīpsitam
kiṁ punar manujendrāṇām
iti vyavasitaḥ prabhuḥ

saḥ－他——骚巴瑞·牟尼／vicintya－自己心想／apriyam－不被喜欢／strīṇām－被女人／jaraṭhaḥ－因为老年而体弱／aham－我／asat-mataḥ－不被她们渴望／valī－有皱纹的／palitaḥ－灰发／ejat-kaḥ－及总是在晃动的头／iti－就这样／aham－我／pratyudāhṛtaḥ－(被她们)拒绝／sādhayiṣye－我将这样行事／tathā－如同／ātmānam－我的躯体／sura-strīṇām－对天堂星球的仙女们／abhīpsitam－值得向往的／kim－更不要说／punaḥ－更／manuja-indrāṇām－尘世君王的女儿的／iti－就这样／vyavasitaḥ－下定决心／prabhuḥ－十分强有力的神秘瑜伽师骚巴瑞

译文 骚巴瑞·牟尼心想：我现在因为年老而体弱无力。我的头发已经灰白，皮肤松弛下来，头总在摇晃。除此之外，我是一个瑜伽师。因此女人不会喜欢我。既然君王以这种方式拒绝我的请求，我应该将我的身体改变为就连天堂女子都想要的样子，更不要说尘世君王的女儿了。

第 43 节

मुनिः प्रवेशितः क्षत्रा कन्यान्तःपुरमृद्धिमत् ।
वृतः स राजकन्याभिरेकं पञ्चाशता वरः ॥४३॥

munih praveśitah kṣatrā
　kanyāntaḥpuram ṛddhimat
vṛtaḥ sa rāja-kanyābhir
　ekaṁ pañcāśatā varaḥ

muniḥ－骚巴瑞・牟尼 / praveśitaḥ－公认的 / kṣatrā－被宫廷内侍 / kanyā-antaḥpuram－进入公主们住的后院 / ṛddhi-mat－在所有的方面都极其富有的 / vṛtaḥ－接受 / saḥ－他 / rāja-kanyābhiḥ－被所有的公主 / ekam－他独自一人 / pañcāśatā－被所有的五十个 / varaḥ－丈夫

译文　之后，当骚巴瑞・牟尼把自己变成一个外貌相当年轻、俊美的人时，宫廷内侍将他带到公主们居住的豪华内宅。尽管他只是一个人而已，但五十位公主当时全都想要他当自己的丈夫。

第 44 节

तासां कलिरभूद्भूयांस्तदर्थेऽपोह्य सौहृदम् ।
ममानुरूपो नायं व इति तद्गतचेतसाम् ॥४४॥

tāsāṁ kalir abhūd bhūyāṁs
　tad-arthe 'pohya sauhṛdam
mamānurūpo nāyaṁ va
　iti tad-gata-cetasām

tāsām－全体公主的 / kaliḥ－争吵不休 / abhūt－发生 / bhūyān－十分 / tat-arthe－为了骚巴瑞・牟尼 / apohya－放弃 / sauhṛdam－良好的关系 / mama－我的 / anurūpaḥ－合适的人 / na－不 / ayam－这 / vaḥ－你的 / iti－就这样 / tat-gata-cetasām－被他所吸引

译文 那之后，公主们受骚巴瑞·牟尼的吸引，不顾她们的姐妹情，彼此之间争吵不休，每个人都辩论说："这个男人只适合我，不适合你。"就这样产生了很大的争执。

第45—46节

स बह्वृचस्ताभिरपारणीय-
तपःश्रियानर्घ्यपरिच्छदेषु ।
गृहेषु नानोपवनामलाम्भः-
सरःसु सौगन्धिककाननेषु ॥४५॥

महार्हशय्यासनवस्त्रभूषण-
स्नानानुलेपाभ्यवहारमाल्यकैः ।
स्वलङ्कृतस्त्रीपुरुषेषु नित्यदा
रेमेऽनुगायद्द्विजभृङ्गवन्दिषु ॥४६॥

sa bahv-ṛcas tābhir apāraṇīya-
tapaḥ-śriyānarghya-paricchadeṣu
gṛheṣu nānopavanāmalāmbhaḥ-
saraḥsu saugandhika-kānaneṣu

mahārha-śayyāsana-vastra-bhūṣaṇa-
snānānulepābhyavahāra-mālyakaiḥ
svalaṅkṛta-strī-puruṣeṣu nityadā
reme 'nugāyad-dvija-bhṛṅga-vandiṣu

saḥ—他——骚巴瑞·牟尼 / bahu-ṛcaḥ—十分擅长用韦达赞歌 / tābhiḥ—与他的妻子们 / apāraṇīya—无限的 / tapaḥ—苦修的结果 / śriyā—被财富 / anarghya—享受的设施 / paricchadeṣu—备有各种衣服 / gṛheṣu—在住宅的房间里 / nānā—各种各样的 / upavana—公园 / amala—清洁的 / ambhaḥ—水 / saraḥsu—在湖中 / saugandhika—很香 / kānaneṣu—在花园中 / mahā-arha—十分贵重的 / śayyā—寝具 / āsana—坐的地方 / vastra—衣服 / bhūṣaṇa—装饰品 / snāna—沐

浴的地方 / anulepa－檀香 / abhyavahāra－美味的食物 / mālyakaiḥ－还有花环 / su-alaṅkṛta－恰到好处地打扮好和装饰 / strī－女人 / puruṣeṣu－还有男人 / nityadā－一直不断地 / reme－享受 / anugāyat－随着……的歌唱 / dvija－鸟儿 / bhṛṅga－大黄蜂 / vandiṣu－和职业歌手

译文 骚巴瑞·牟尼擅长完美地吟诵曼陀，他长期从事艰巨苦行的结果，使他有了一个豪华的住宅，其中有各种衣物、装饰品、穿着得体的男女仆人、各种点缀着清澈湖水和花园的公园。花园中有各种芬芳的鲜花、啁叫着的小鸟和发出嗡嗡声的蜜蜂，周围是职业歌手。骚巴瑞·牟尼的家中有充足的贵重睡床、坐椅、装饰品、沐浴设施，以及各种檀香乳、鲜花花环和美食。牟尼就这样在各种用品丰足的环境中与他众多的妻子忙着过家庭生活。

要旨 骚巴瑞圣人是伟大的瑜伽师(yogī)。瑜伽的完美境界使人得到八种物质财富，即：变得如一颗原子般小(aṇimā)、比一根羽毛还轻(laghimā)、比最重的东西还重(mahimā)，能随心所欲地隔空取物(prāpti)，拥有心想事成的力量(prākāmya)，只凭意愿就造出神奇的东西或毁灭东西(īśitva)，可以控制所有的物质元素(vaśitva)，以及可以使自己变形，甚至变出异想天开的形象(kāmāvasāyitā)。骚巴瑞·牟尼借由他得到的瑜伽神通从事优越的物质享乐。梵文bahv-ṛca的意思是“善于吟诵曼陀”。正如物质财富可以用普通的物质方法得到，也可以透过吟诵、吟唱曼陀这一精微的方法得到。靠吟诵、吟唱曼陀，骚巴瑞·牟尼得到物质财富，但这并非人生的完美。正如我们将要看到的，骚巴瑞·牟尼后来对物质财富感到十分不满，因此离开一切，重新进入森林，过退出家庭的生活，并获得最后的成功。那些不知道“灵性生活价值(ātma-tattva-vit)”的人，可以用外在的物质财富去满足自己，但了解灵性生活价值的人不渴望得到物质财富。这是我们可以从骚巴瑞·牟尼的生活与活动得到的经验教训。

第 47 节

यद्गार्हस्थ्यं तु संवीक्ष्य सप्तद्वीपवतीपतिः ।
विस्मितः स्तम्भमजहात्सार्वभौमश्रियान्वितम् ॥४७॥

yad-gārhasthyaṁ tu saṁvīkṣya
sapta-dvīpavatī-patiḥ
vismitaḥ stambham ajahāt
sārvabhauma-śriyānvitam

yat一……的他 / gārhasthyam一家庭生活——居士生活 / tu一但是 / saṁvīkṣya一观察到 / sapta-dvīpa-vatī-patiḥ一曼达塔作为由七个岛屿构成的整个世界的君王 / vismitaḥ一感到震惊 / stambham一因为有名望的地位而骄傲 / ajahāt一他放弃 / sārva-bhauma一整个世界的帝王 / śriyā-anvitam一受到祝福具有所有种类的财富

译文 统治由七个岛屿组成的整个世界的曼达塔王，看到骚巴瑞·牟尼家中的富裕时惊讶万分，因而去除了当世界帝王所产生的骄傲。

要旨 每个人都对自己的地位和状态感到自豪，但这节诗文中描述的是整个世界的帝王感到震惊的体验，他感到自己在物质快乐的所有细节上都被骚巴瑞·牟尼的富有所战胜。

第 48 节

एवं गृहेष्वभिरतो विषयान् विविधैः सुखैः ।
सेवमानो न चातुष्यदाज्यस्तोकैरिवानलः ॥४८॥

evaṁ gṛheṣv abhirato
viṣayān vividhaiḥ sukhaiḥ

sevamāno na cātuṣyad
　ājya-stokair ivānalaḥ

evam－就这样 / gṛheṣu－在居士事务中 / abhirataḥ－总是忙于 / viṣayān－物质的设施 / vividhaiḥ－与各种各样的 / sukhaiḥ－愉快 / sevamānaḥ－享受 / na－不 / ca－还是 / atuṣyat－满足他 / ājya-stokaiḥ－被几滴脂肪油 / iva－如同 / analaḥ－一堆火

译文　骚巴瑞·牟尼就这样享受物质世界里的各种享乐，但却丝毫没有满足感，恰似一直不断地往熊熊燃烧的火上滴脂肪油，大火就永不会熄灭一样。

要旨　物质欲望恰似熊熊燃烧的烈火。如果用脂肪油一滴一滴不断地滴在火上，火焰就会越来越大，永远都不会熄灭。因此，试图靠迎合人的物质要求满足物质欲望，永远都不会成功。在现代文明中，每一个人都在忙着赚钱，这是一直不断地往物质之火上滴油的另一种方法。西方国家达到了物质文明的顶峰，但人们还是不满意。真正的满足只存在于奎师那意识中。对此，《博伽梵歌》第5章的第29节诗证实，奎师那说：

bhoktāraṁ yajña-tapasāṁ
　sarva-loka-maheśvaram
suhṛdaṁ sarva-bhūtānāṁ
　jñātvā māṁ śāntim ṛcchati

“完全意识到我的人知道我是一切祭祀和苦行的最终受益者，是一切星球和半神人的至尊主，是众生的恩人和祝愿者，因此获得平静，不再受物质痛苦的折磨。”所以，人必须培养奎师那意识，通过正确地遵守规范原则增强奎师那意识。那将使人过上永恒、平静和充满知识的极乐生活。

第 49 节

स कदाचिदुपासीन आत्मापह्नवमात्मनः ।
ददर्श बह्वृचाचार्यो मीनसङ्गसमुत्थितम् ॥४९॥

sa kadācid upāsīna
ātmāpahnavam ātmanaḥ
dadarśa bahv-ṛcācāryo
mīna-saṅga-samutthitam

saḥ－他——骚巴瑞·牟尼／kadācit－一天／upāsīnaḥ－坐下／ātma-apahnavam－使自己从苦修的层面堕落／ātmanaḥ－自己导致／dadarśa－看到／bahu-ṛca-ācāryaḥ－擅长吟诵曼陀的骚巴瑞·牟尼／mīna-saṅga－鱼的交尾／samutthitam－导致这事件

译文 那之后有一天，擅长吟诵曼陀的骚巴瑞·牟尼坐在一个僻静处时，想到自己堕落的原因竟然是：看到正在交尾的鱼而受到了影响！

要旨 维施瓦纳特·查夸瓦尔提·塔库尔评论说：骚巴瑞·牟尼之所以从他的苦修状态中堕落，是因为冒犯了外士纳瓦(vaiṣ-ṇava-aparādha)。这段历史是：当嘎茹达想要吃鱼时，骚巴瑞·牟尼没有必要地将鱼置于他的保护之下。由于他阻止了嘎茹达吃鱼的计划，无疑严重地冒犯了嘎茹达这位外士纳瓦(Vaiṣṇava)。这次对外士纳瓦莲花足的冒犯，使骚巴瑞·牟尼从他崇高的神秘瑜伽苦修状态中堕落。所以，人不该阻碍外士纳瓦的活动。从骚巴瑞·牟尼的事件中，我们必须要记取这一经验教训。

第 50 节

अहो इमं पश्यत मे विनाशं
तपस्विनः सच्चरितव्रतस्य ।

अन्तर्जले वारिचरप्रसङ्गात्
प्रच्यावितं ब्रह्म चिरं धृतं यत् ॥५०॥

aho imaṁ paśyata me vināśaṁ
tapasvinaḥ sac-carita-vratasya
antarjale vāri-cara-prasaṅgāt
pracyāvitaṁ brahma ciraṁ dhṛtaṁ yat

aho—唉 / imam—这 / paśyata—只是看到 / me—我的 / vināśam—堕落 / tapasvinaḥ—本是在苦修的如此优秀的神秘瑜伽师 / sat-carita—十分良好的品格的，遵守一切需要遵守的规范原则 / vratasya—发誓严格遵守誓言的人的 / antaḥ-jale—在深水中 / vāri-cara-prasaṅgāt—由于水生物的风流韵事 / pracyāvitam—坠落 / brahma—从觉悟梵的活动或苦修 / ciram—长时间的 / dhṛtam—执行 / yat—……的

译文 唉！就在苦修之际，甚至是在深水中，在遵守圣洁之人遵守的一切规范原则之时，我竟然只是因为受到正在交尾的鱼的影响，就丧失了自己长期苦修的结果。大家都该记取这教训。

第 51 节

सङ्गं त्यजेत मिथुनव्रतीनां मुमुक्षुः
सर्वात्मना न विसृजेद्बहिरिन्द्रियाणि ।
एकश्चरन् रहसि चित्तमनन्त ईशे
युञ्जीत तद्व्रतिषु साधुषु चेत्प्रसङ्गः ॥५१॥

saṅgaṁ tyajeta mithuna-vratīnāṁ mumukṣuḥ
sarvātmanā na visṛjed bahir-indriyāṇi
ekaś caran rahasi cittam ananta īśe
yuñjīta tad-vratiṣu sādhuṣu cet prasaṅgaḥ

saṅgam—交往 / tyajeta—必须放弃 / mithuna-vratīnām—合法或非法地忙于性事的人的 / mumukṣuḥ—想要解脱的人 / sarva-ātmanā—

在所有的方面 / na－不 / visṛjet－使用 / bahiḥ-indriyāṇi－外在的感官 / ekaḥ－独自 / caran－移动 / rahasi－在一个僻静的地方 / cittam－心 / anante īśe－专注于无限的至尊人格首神的莲花足 / yuñjīta－人可以使自己 / tat-vratiṣu－与具有同样品格的人(从物质束缚中解脱) / sādhuṣu－这样圣洁的人 / cet－如果 / prasaṅgaḥ－人想要交往

译文 想要摆脱物质束缚的人，必须停止与那些对性生活感兴趣的人交往，不该用自己的感官从事外在活动(即：用于看、听、谈话和走路等)。人应该总是留在一个僻静处，全神贯注于无限的至尊人格首神的莲花足；如若想要有联谊，就该与志趣相同的人联谊。

要旨 骚巴瑞·牟尼用他透过亲身体验得到的结论教导我们：有志于跨越物质汪洋到彼岸去的人，必须停止与那些对性生活和积累金钱感兴趣的人交往。对此，圣柴坦亚·玛哈帕布也忠告说：

niṣkiñcanasya bhagavad-bhajanonmukasya
pāraṁ paraṁ jigamiṣor bhava-sāgarasya
sandarśanaṁ viṣayiṇām atha yoṣitāṁ ca
hā hanta hanta viṣa-bhakṣaṇato 'py asādhu

(《升起的明月——圣柴坦亚》Caitanya—candrodaya-nāṭaka 8.27)

"唉，对一个真诚想要跨越物质汪洋并致力于不怀物质动机为至尊主做超然爱心服务的人来说，看到忙于感官享乐的物质主义者和有着同样兴趣的女人就感到恶心，相比之下倒宁愿去喝毒药。"

想要彻底摆脱物质束缚的人，可以让自己为至尊主做超然的爱心服务。他必须停止与物质主义者或对性生活有兴趣的人(viṣayī)交往联谊。所有的物质主义者都对性生活有兴趣。因此，给崇高的圣洁之人的坦率忠告是：避免与具有物质主义倾向的人联谊。圣纳柔塔玛·达斯·塔库尔(Narottama dāsa Ṭhākura)也建议：要致力于为前辈灵性导师服务；若想要与人联谊，就必须与奉献者联谊(tāṅdera caraṇa sevi bhakta-sane vāsa)。奎师那意识运动开设许多中心的目的，就是为了培养奉献者，以便人们靠与这样一个中心里的成员交往联谊，自然而然不再对物质事物感兴趣。尽管这是一个雄心勃勃的计划，但事实证明，凭借圣柴坦亚·玛哈帕布的仁慈，这种联谊十分有效。通过与奎师那意识运动中的成员逐渐交往，仅仅靠进食帕萨达、参加吟唱哈瑞·奎师那赞歌(Hare Kṛṣṇa mantra)的活动，普通人就获得很大程度的提升。骚巴瑞·牟尼对甚至在深水底部都有不良的联谊感到后悔。由于看到鱼儿在交尾时受到不良的影响，他堕落了。除非有良好的联谊，否则即使在与世隔绝的地方都不安全。

第 52 节

एकस्तपस्व्यहमथाम्भसि मत्स्यसङ्गात्
पञ्चाशदासमुत पञ्चसहस्रसर्गः ।
नान्तं व्रजाम्युभयकृत्यमनोरथानां
मायागुणैर्हृतमतिर्विषयेऽर्थभावः ॥५२॥

ekas tapasvy aham athāmbhasi matsya-saṅgāt
pañcāśad āsam uta pañca-sahasra-sargaḥ
nāntaṁ vrajāmy ubhaya-kṛtya-manorathānāṁ
māyā-guṇair hṛta-matir viṣaye 'rtha-bhāvaḥ

ekaḥ－独自一人 / tapasvī－伟大的圣人 / aham－我 / atha－如此 / ambhasi－在深水中 / matsya-saṅgāt－因为与鱼儿交往 / pañcāśat－五十个 / āsam－得到妻子 / uta－且更不用说使她们每个人怀了一百个儿子 / pañca-sahasra-sargaḥ－生了五千个 / na antam－没有结

束 / vrajāmi－我可以找到 / ubhaya-kṛtya－今生和来世的责任 / mano-rathānām－心智杜撰 / māyā-guṇaiḥ－我可以受到物质自然属性的影响 / hṛta－失去 / matiḥ viṣaye－极受物质事物的吸引 / artha-bhāvaḥ－自我利益的问题

译文　我一开始独自一人，致力于神秘瑜伽的苦修。但后来因为与正在交尾的鱼接触，我产生了结婚的欲望。这使我成为有五十个妻子的丈夫；我跟她们每个人生了一百个儿子，我的家庭就这样扩大到有五千个成员。在物质自然属性的影响下，我堕落并以为自己能在物质生活中得到快乐。感官享乐的物质欲望是无止境的，今生和来世都不会有尽头。

第 53 节

एवं वसन् गृहे कालं विरक्तो न्यासमास्थितः ।
वनं जगामानुययुस्तत्पत्न्यः पतिदेवताः ॥५३॥

evaṁ vasan gṛhe kālaṁ
virakto nyāsam āsthitaḥ
vanaṁ jagāmānuyayus
tat-patnyaḥ pati-devatāḥ

evam－就这样 / vasan－生活 / gṛhe－在家 / kālam－过日子 / viraktaḥ－变得不再依恋 / nyāsam－在人生的弃绝阶段 / āsthitaḥ－变得处在 / vanam－在森林中 / jagāma－他去 / anuyayuḥ－由……跟随 / tat-patnyaḥ－他所有的妻子 / pati-devatāḥ－因为她们唯一崇拜的对象是她们的丈夫

译文　他这样过了一段忙于家庭事务的家庭生活后，变得不再依恋物质享乐。为断绝物质联谊，他退出家庭生活到森林去。他那些忠实的妻子跟随他，因为除了自己的丈夫外，她们没有别的庇护。

第 54 节

तत्र तप्त्वा तपस्तीक्ष्णमात्मदर्शनमात्मवान् ।
सहैवाग्निभिरात्मानं युयोज परमात्मनि ॥५४॥

tatra taptvā tapas tīkṣṇam
ātma-darśanam ātmavān
sahaivāgnibhir ātmānaṁ
yuyoja paramātmani

tatra—在森林中 / taptvā—从事苦修 / tapaḥ—苦修的规范原则 / tīkṣṇam—十分艰巨的 / ātma-darśanam—帮助觉悟自我的 / ātmavān—完全认识自我的 / saha—与……一起 / eva—无疑地 / agnibhiḥ—火焰 / ātmānam—个人的自我 / yuyoja—他致力于 / parama-ātmani—与至尊灵魂交往

译文 相当了解自我的骚巴瑞·牟尼，到森林去从事艰巨的苦行。就这样，在死亡之际的火焰中，他最终使自我致力于为至尊人格首神服务。

要旨 在死亡时，火焰烧毁粗糙的躯体，如果人这时再也没有要进行物质享乐的欲望，那么精微的躯体也会完结，这样就只剩下纯净的灵魂。对此，《博伽梵歌》证实说：离开这个躯体后再也不投生(tyaktvā dehaṁ punar janma naiti)。人如果摆脱粗糙和精微的物质躯体的束缚，只剩下纯净的灵魂，就会返回家园，回到首神身边，致力于为至尊主服务。他回归家园，回到首神身边(tyaktvā dehaṁ punar janma naiti mām eti)。由此看来，骚巴瑞·牟尼达到了完美的境界。

第 55 节

ताः स्वपत्युर्महाराज निरीक्ष्याध्यात्मिकीं गतिम् ।
अन्वीयुस्तत्प्रभावेण अग्निं शान्तमिवार्चिषः ॥५५॥

tāḥ sva-patyur mahārāja
nirīkṣyādhyātmikīṁ gatim
anvīyus tat-prabhāveṇa
agniṁ śāntam ivārciṣaḥ

tāḥ—骚巴瑞所有的妻子 / sva-patyuḥ—与她们的丈夫 / mahārāja—帕瑞克西特王啊 / nirīkṣya—观察 / adhyātmikīm—灵性的 / gatim—进步 / anvīyuḥ—跟随 / tat-prabhāveṇa—被她们的丈夫的影响力(她们虽然不够资格，但借由她们丈夫的影响力也能去灵性世界) / agnim—火 / śāntam—完全融入 / iva—如同 / arciṣaḥ—火焰

译文 帕瑞克西特王啊！仿佛大火熄灭时火焰也随之止熄，骚巴瑞·牟尼的妻子靠细心观察她们的丈夫如何取得灵性进步，也能够借由他的灵性力量进入灵性世界。

要旨 正如《博伽梵歌》第9章的第32节诗说：即使是妇女、外夏、庶铎或出身低贱的人，也能到达至高无上的目的地(striyo vaiśyās tathā śūdrās te 'pi yānti parāṁ gatim)。在遵守灵性原则方面，女人被认为不是很有力量，但如果她足够幸运能得到在灵性上很进步的丈夫，如果始终为他服务，那么她也可以得到与丈夫同样的利益。这节诗文明确地说，骚巴瑞·牟尼的妻子凭借她们丈夫的影响力，也进入了灵性世界。她们虽然不具资格，但因为忠诚地跟随她们的丈夫，所以也与他一起进入了灵性世界。因此，女人应该忠诚地侍奉自己的丈夫，如果丈夫在灵性上是进步的，那么她就会自然而然得到进入灵性世界的良机。

到此为止，结束了巴克提韦丹塔对《圣典博伽瓦谭》第9篇第6章——“骚巴瑞·牟尼的堕落”所作的阐释。

第七章
曼达塔王的后裔

这一章讲述了曼达塔(Māndhātā)王的后裔，以及与之有关联的菩茹库特萨(Purukutsa)和哈瑞施禅铎(Hariścandra)的历史。

曼达塔最突出的儿子是安巴瑞施(Ambarīṣa)，安巴瑞施的儿子名叫姚瓦纳施瓦(Yauvanāśva)，而姚瓦纳施瓦的儿子是哈瑞塔(Hārīta)。这三个人物在曼达塔王朝中最杰出。曼达塔的另一个儿子菩茹库特萨娶巨蛇(sarpa-gaṇa)的姐妹娜尔玛妲(Narmadā)为妻。菩茹库特萨的儿子是特茹阿萨达修(Trasaddasyu)，特茹阿萨达修的儿子名叫阿纳冉亚(Anaraṇya)。阿纳冉亚的儿子是哈尔亚施瓦(Haryaśva)，哈尔亚施瓦的儿子名叫帕茹纳(Prāruṇa)，帕茹纳的儿子是特瑞班达纳(Tribandhana)。特瑞班达纳的儿子既叫萨提亚瓦塔(Satyavrata)，又被称为特瑞商库(Triśaṅku)。当特瑞商库绑架一位布茹阿玛纳的女儿时，他父亲因为他的这一罪恶行径，诅咒他变成一个比庶铎(śūdra)还低下的吃狗肉的人(caṇḍāla)。后来，凭借维施瓦弥陀(Viśvāmitra)的影响力，他被带到天堂星球，但半神人的影响力使他重新向下坠落。然而，维施瓦弥陀的影响力阻止他继续坠落。特瑞商库的儿子是哈瑞施禅铎(Hariścandra)。哈瑞施禅铎一次举行了一场茹阿佳苏亚祭祀(Rājasūya-yajña)，但维施瓦弥陀巧妙地将哈瑞施禅铎的全部财产作为捐献出的酬劳，并以各种方式责备他。这使维施瓦弥陀和瓦希施塔之间产生了争执。

哈瑞施禅铎没有儿子，于是听从纳茹阿达(Nārada)的忠告崇拜瓦茹纳，以此得到一个名叫柔黑塔(Rohita)的儿子。哈瑞施禅铎承诺将用柔黑塔举行一场瓦茹纳祭祀(Varuṇa-yajña)。瓦茹纳不断提醒哈瑞施禅铎有关这场祭祀，但君王因为深爱自己的儿子而找各种理由不献祭他。随着时间的流逝，这个儿子逐渐长大了。少年为了保住自己的性命，手持弓箭进入森林。那期间，哈瑞施禅铎在家承受瓦茹纳的攻击所导致的身体水肿之痛苦。柔黑塔听到他父亲正遭受痛苦的消息时，想要返回父亲的首都，但天帝因铎(Indra)阻止他这么做。他遵从因铎的指示在森林中住了六年后返回自己的家。柔黑塔买下阿吉嘎尔塔(Ajīgarta)的第二个儿子舒纳瑟帕(Śunaḥśepha)，把他献给自己的父亲当作祭祀用动物。就这样，祭祀终于举行了，瓦茹纳和其他半神人都得到抚慰，哈瑞施禅铎的疾病也随之消除。在这场祭祀中，维施瓦弥陀是献祭的祭司(hotā)，佳玛达格尼担当负责吟唱《亚诸尔·韦达》中的曼陀的祭司(adhvaryu)，瓦希施塔是首要的布茹阿玛纳祭司(brahmā)，圣人阿雅夏(Ayāsya)则是负责吟诵《萨玛·韦达》中赞歌的祭司(udgātā)。天帝因铎对祭祀感到很满意，送给哈瑞施禅铎一辆金制战车，维施瓦弥陀则传授哈瑞施禅铎超然的知识。就这样，舒卡戴瓦·哥斯瓦米(Śukadeva Gosvāmī)描述了哈瑞施禅铎达到完美的方式。

第 1 节

श्रीशुक उवाच
मान्धातुः पुत्रप्रवरो योऽम्बरीषः प्रकीर्तितः ।
पितामहेन प्रवृतो यौवनाश्वस्तु तत्सुतः ।
हारीतस्तस्य पुत्रोऽभून्मान्धातृप्रवरा इमे ॥१॥

śrī-śuka uvāca
māndhātuḥ putra-pravaro
yo 'mbarīṣaḥ prakīrtitaḥ
pitāmahena pravṛto
yauvanāśvas tu tat-sutaḥ
hārītas tasya putro 'bhūn
māndhātṛ-pravarā ime

śrī-śukaḥ uvāca－圣舒卡戴瓦 · 哥斯瓦米说 / māndhātuḥ－曼达塔的 / putra-pravaraḥ－著名的儿子 / yaḥ－……的人 / ambarīṣaḥ－名叫安巴瑞施 / prakīrtitaḥ－著名的 / pitāmahena－被他的祖父尤瓦纳施瓦 / pravṛtah－接受 / yauvanāśvaḥ－名叫姚瓦纳施瓦 / tu－和 / tatsutaḥ－安巴瑞施的儿子 / hārītaḥ－名叫哈瑞塔 / tasya－姚瓦纳施瓦的 / putraḥ－儿子 / abhūt－成为 / māndhātṛ－在曼达塔的王朝中 / pravarāḥ－最突出的 / ime－他们全体

译文　舒卡戴瓦 · 哥斯瓦米说：曼达塔王最杰出的儿子是著名的安巴瑞施。安巴瑞施被他的祖父尤瓦纳施瓦认作儿子。安巴瑞施的儿子名叫姚瓦纳施瓦，姚瓦纳施瓦的儿子是哈瑞塔。在曼达塔王朝中，安巴瑞施、哈瑞塔和姚瓦纳施瓦十分突出。

第 2 节

नर्मदा भ्रातृभिर्दत्ता पुरुकुत्साय योरगैः ।
तया रसातलं नीतो भुजगेन्द्रप्रयुक्तया ॥२॥

narmadā bhrātṛbhir dattā
purukutsāya yoragaiḥ
tayā rasātalaṁ nīto
bhujagendra-prayuktayā

narmadā－名叫娜尔玛妲 / bhrātṛbhiḥ－被她兄弟 / dattā－被给予 / purukutsāya－向菩茹库特萨 / yā－……的她 / uragaiḥ－被蛇 (sarpa-gaṇa) / tayā－被她 / rasātalam－到宇宙低层区域 / nītaḥ－被带到 / bhujaga-indra-prayuktayā－由蛇王瓦苏奎安排

译文　娜尔玛妲的蛇兄弟将娜尔玛妲送给菩茹库特萨。她听从瓦苏奎的派遣，带菩茹库特萨到宇宙低层区域去。

要旨　在讲述曼达塔的儿子菩茹库特萨的后裔之前，舒卡戴瓦·哥斯瓦米先讲述菩茹库特萨娶了娜尔玛妲，娜尔玛妲将他带到宇宙低层区域。

第3节

गन्धर्वानवधीत्तत्र वध्यान् वै विष्णुशक्तिधृक् ।
नागाल्लब्धवरः सर्पादभयं स्मरतामिदम् ॥ ३ ॥

gandharvān avadhīt tatra
vadhyān vai viṣṇu-śakti-dhṛk
nāgāl labdha-varaḥ sarpād
abhayaṁ smaratām idam

gandharvān－歌仙星球的居民 / avadhīt－他杀死 / tatra－那里（宇宙低层区域）/ vadhyān－应该被杀的人 / vai－事实上 / viṣṇu-śakti-dhṛk－被主维施努授权 / nāgāt－从巨蛇纳嘎 / labdha-varaḥ－接收到一个祝福 / sarpāt－从巨蛇 / abhayam－保证 / smaratām－记着……的那些的 / idam－这事件

译文 在宇宙低层区域内的茹阿萨塔拉中，菩茹库特萨经主维施努授权，能杀死那些该被杀死的歌仙和音乐仙。为此，巨蛇们祝福菩茹库特萨，能记住他被娜尔玛妲带到宇宙低层区域这段历史的人，将不会受到蛇的攻击。

第4节

त्रसद्दस्युः पौरुकुत्सो योऽनरण्यस्य देहकृत् ।
हर्यश्वस्तत्सुतस्तस्मात्प्रारुणोऽथ त्रिबन्धनः ॥ ४ ॥

trasaddasyuḥ paurukutso
yo 'naraṇyasya deha-kṛt
haryaśvas tat-sutas tasmāt
prāruṇo 'tha tribandhanaḥ

trasaddasyuḥ－名叫特茹阿萨达修 / paurukutsaḥ－菩茹库特萨的

儿子 / yaḥ—……的人 / anaraṇyasya—阿纳冉亚的 / deha-kṛt—父亲 / haryaśvaḥ—名叫哈尔亚施瓦 / tat-sutaḥ—阿纳冉亚的儿子 / tasmāt—从他(哈尔亚施瓦) / prāruṇaḥ—名叫帕茹纳 / atha—接着从帕茹纳 / tribandhanaḥ—他儿子——特瑞班达纳

译文 菩茹库特萨的儿子是特茹阿萨达修，特茹阿萨达修是阿纳冉亚的父亲。阿纳冉亚的儿子名叫哈尔亚施瓦，也就是帕茹纳的父亲。帕茹纳生子特瑞班达纳。

第5—6节

तस्य सत्यव्रतः पुत्रस्त्रिशङ्कुरिति विश्रुतः ।
प्राप्तश्चाण्डालतां शापाद्गुरोः कौशिकतेजसा ॥ ५ ॥

सशरीरो गतः स्वर्गमद्यापि दिवि दृश्यते ।
पातितोऽवाक्शिरा देवैस्तेनैव स्तम्भितो बलात् ॥ ६ ॥

tasya satyavrataḥ putras
triśaṅkur iti viśrutaḥ
prāptaś cāṇḍālatāṁ śāpād
guroḥ kauśika-tejasā

saśarīro gataḥ svargam
adyāpi divi dṛśyate
pātito 'vāk-śirā devais
tenaiva stambhito balāt

tasya—特瑞班达纳的 / satyavrataḥ—名叫萨提亚瓦塔 / putraḥ—儿子 / triśaṅkuḥ—名叫特瑞商库 / iti—如此 / viśrutaḥ—著名的 / prāptaḥ—获得了 / cāṇḍālatām—比庶铎低的吃狗肉者的品质 / śāpāt—从……的诅咒 / guroḥ—他父亲的 / kauśika-tejasā—借由考希卡(维施瓦弥陀)的非凡能力 / saśarīraḥ—在这个躯体中时 / gataḥ—去 / svargam—到天堂星球 / adya api—直到今天 / divi—在大空中 / dṛśyate—能够看到 / pātitaḥ—堕落 / avāk-śirāḥ—他的头垂下 / devaiḥ—被半神

人的非凡能力 / tena—被维施瓦弥陀 / eva—事实上 / stambhitaḥ—专注于 / balāt—凭更高的力量

译文 特瑞班达纳的儿子是萨提亚瓦塔。萨提亚瓦塔以特瑞商库闻名于世。这是因为他在一个布茹阿玛纳的女儿成婚时绑架了她，他的父亲为此而诅咒他变成一个比庶铎还低下的吃狗肉者。那之后，凭借维施瓦弥陀的影响力，他以他当时有的物质之躯去了高等星系——天堂星系。半神人运用他们非凡的能力使他坠落回来，但维施瓦弥陀的力量使他没有完全掉下；甚至直到今日，还可以看到他正头朝下悬在空中。

第 7 节

त्रैशङ्कवो हरिश्चन्द्रो विश्वामित्रवसिष्ठयोः ।
यन्निमित्तमभूद्युद्धं पक्षिणोर्बहुवार्षिकम् ॥ ७ ॥

traiśaṅkavo hariścandro
viśvāmitra-vasiṣṭhayoḥ
yan-nimittam abhūd yuddhaṁ
pakṣiṇor bahu-vārṣikam

traiśaṅkavaḥ—特瑞商库的儿子 / hariścandraḥ—名叫哈瑞施禅铎 / viśvāmitra-vasiṣṭhayoḥ—维施瓦弥陀和瓦希施塔之间 / yat-nimit-tam—因为哈瑞施昌铎 / abhūt—有 / yuddham——场大战 / pakṣi-ṇoḥ—两者都变成飞鸟 / bahu-vārṣikam—经过许多年

译文 特瑞商库的儿子是哈瑞施禅铎。因为哈瑞施禅铎的关系，维施瓦弥陀和瓦希施塔之间发生争执，并且彼此争斗了好几年，结果被转变为飞鸟。

要旨 维施瓦弥陀(Viśvāmitra)和瓦希施塔(Vasiṣṭha)之间总是彼此怀有敌意。维施瓦弥陀以前曾是个查锤亚，但靠艰巨的苦修成了布茹阿玛纳，但瓦希施塔就是不同意接受他。为此，两人之间总是争吵不休。后来，瓦希施塔因为维施瓦弥陀的宽恕品质接受了他。一次，哈瑞施禅铎举行一场祭祀，维施瓦弥陀在其中担当祭祀，但维施瓦弥陀后来对哈瑞施禅铎愤怒，拿走了他拥有的一切，声称它们是酬谢祭司的酬金(dakṣiṇā)。可是，瓦希施塔对此很不喜欢，于是与维施瓦弥陀争斗了起来。争斗变得如此激烈，以致双方互相诅咒对方。他们中的一人说："愿你成为一只鸟儿。"另一个就说："愿你成为一只鸭子。"于是，他们两人都变成飞禽，并继续与哈瑞施禅铎争斗了好几年。我们可以看到，像骚巴瑞那样杰出的神秘瑜伽师都成了感官享乐的受害者，瓦希施塔和维施瓦弥陀如此伟大的圣人都会变成飞禽。这就是物质世界。在物质世界中，从最高等的星球到最低等的星球，都是有生死轮回的痛苦之地(ābrahma-bhuvanāl lokāḥ punar āvartino 'rjuna)。在这个物质世界或说这个宇宙中，无论一个人有多崇高的物质品质，也必然受生老病死的痛苦(janma-mṛtyu jarā-vyādhi)。因此，奎师那说，这个物质世界只不过是个痛苦之地(duḥkhālayam aśāśvatam)。《圣典博伽瓦谭》中说：这个物质世界里步步危机(padaṁ padaṁ yad vipadām)。所以，由于奎师那意识运动给人类提供仅仅靠吟诵、吟唱哈瑞·奎师那曼陀就能离开这个物质世界的机会，所以这个运动是对人类社会最大的祝福。

第8节

सोऽनपत्यो विषण्णात्मा नारदस्योपदेशतः ।
वरुणं शरणं यातः पुत्रो मे जायतां प्रभो ॥ ८ ॥

so 'napatyo viṣaṇṇātmā
　nāradasyopadeśataḥ
varuṇaṁ śaraṇaṁ yātaḥ
　putro me jāyatāṁ prabho

saḥ－那位哈瑞施禅铎 / anapatyaḥ－因为没有儿子 / viṣaṇṇa-ātmā－所以非常难过 / nāradasya－纳茹阿达的 / upadeśataḥ－因为……的忠告 / varuṇam－向水神瓦茹纳 / śaraṇam yātaḥ－托庇于 / putraḥ－一个儿子 / me－我的 / jāyatām－愿……降生 / prabho－我的主人啊

译文 哈瑞施禅铎没有儿子，因而变得极度阴郁。为此，他有一次听从纳茹阿达的忠告，寻求水神瓦茹纳的庇护并对他说："我的主人，我没有儿子。您是否能仁慈地赐给我一个？"

第9节

यदि वीरो महाराज तेनैव त्वां यजे इति ।
तथेति वरुणेनास्य पुत्रो जातस्तु रोहितः ॥९॥

yadi vīro mahārāja
tenaiva tvāṁ yaje iti
tatheti varuṇenāsya
putro jātas tu rohitaḥ

yadi－如果 / vīraḥ－有个儿子 / mahārāja－帕瑞克西特王啊 / tena eva－即使由那个儿子 / tvām－向你 / yaje－我将献上祭祀 / iti－如此 / tathā－如你所愿 / iti－如此接受了 / varuṇena－由瓦茹纳 / asya－哈瑞施禅铎王的 / putraḥ－一个儿子 / jātaḥ－出生 / tu－确实 / rohitaḥ－名叫柔黑塔

译文 帕瑞克西特王啊！哈瑞施禅铎乞求瓦茹纳说："我的君主，如果我生了儿子，我就会为取悦您而用那儿子举行一场祭祀。"当哈瑞施禅铎说了这句话时，瓦茹纳回答道："那就这样吧。"由于瓦茹纳的祝福，哈瑞施禅铎得到一个名叫柔黑塔的儿子。

第 10 节

जातः सुतो ह्यनेनाङ्ग मां यजस्वेति सोऽब्रवीत् ।
यदा पशुर्निर्दशः स्यादथ मेध्यो भवेदिति ॥१०॥

jātaḥ suto hy anenāṅga
māṁ yajasveti so 'bravīt
yadā paśur nirdaśaḥ syād
atha medhyo bhaved iti

jātaḥ—诞生 / sutaḥ—一个儿子 / hi—确实 / anena—由这儿子 / aṅga—哈瑞施禅铎啊 / mām—向我 / yajasva—献上祭祀 / iti—如此 / saḥ—他——瓦茹纳 / abravīt—说 / yadā—当……时 / paśuḥ—一个动物 / nirdaśaḥ—过了十天 / syāt—应该变得 / atha—那时 / medhyaḥ—适合在祭祀中供奉 / bhavet—变得 / iti—如此(哈瑞施禅铎说)

译文 那以后，当孩子降生时，瓦茹纳来找哈瑞施禅铎说："你现在有了个儿子，你可以用这儿子向我献上祭祀了。"对此，哈瑞施禅铎回答道："等一个动物降生十天后，那动物就适合用来献祭了。"

第 11 节

निर्दशे च स आगत्य यजस्वेत्याह सोऽब्रवीत् ।
दन्ताः पशोर्यज्ञायेरन्नथ मेध्यो भवेदिति ॥११॥

nirdaśe ca sa āgatya
yajasvety āha so 'bravīt
dantāḥ paśor yaj jāyerann
atha medhyo bhaved iti

nirdaśe—十天后 / ca—也 / saḥ—他——瓦茹纳 / āgatya—来到那里 / yajasva—现在献祭 / iti—如此 / āha—说 / saḥ—他——哈瑞施禅铎 / abravīt—回答 / dantāḥ—牙齿 / paśoḥ—动物的 / yat—当……时 /

jāyeran－出现了 / atha－那时 / medhyaḥ－适合被献祭 / bha-vet－将变得 / iti－如此

译文 十天后，瓦茹纳再次来对哈瑞施禅铎说："现在你可以举行祭祀了。"哈瑞施禅铎回答说："等那动物长出牙齿后，他就纯净到可用于献祭的程度了。"

第 12 节

दन्ता जाता यजस्वेति स प्रत्याहाथ सोऽब्रवीत् ।
यदा पतन्त्यस्य दन्ता अथ मेध्यो भवेदिति ॥१२॥

dantā jātā yajasveti
sa pratyāhātha so 'bravīt
yadā patanty asya dantā
atha medhyo bhaved iti

dantāḥ－牙齿 / jātāḥ－长出了 / yajasva－现在祭祀 / iti－于是 / saḥ－他——瓦茹纳 / pratyāha－说 / atha－因此 / saḥ－他——哈瑞施禅铎 / abravīt－回答 / yadā－当……时 / patanti－掉落 / asya－他 / dantāḥ－牙齿 / atha－那时 / medhyaḥ－适合献祭 / bhavet－将变得 / iti－如此

译文 等那动物的牙齿长出后，瓦茹纳来对哈瑞施禅铎说："现在那动物长出牙齿了，你可以举行祭祀了。"哈瑞施禅铎回答道："当他的牙都掉光时，他就适合用来献祭了。"

第 13 节

पशोर्निपतिता दन्ता यजस्वेत्याह सोऽब्रवीत् ।
यदा पशोः पुनर्दन्ता जायन्तेऽथ पशुः शुचिः ॥१३॥

paśor nipatitā dantā
yajasvety āha so 'bravīt

yadā paśoḥ punar dantā
　jāyante 'tha paśuḥ śuciḥ

paśoḥ－动物的 / nipatitāḥ－掉落了 / dantāḥ－牙齿 / yajasva－现在献祭他 / iti－如此 / āha－说(瓦茹纳) / saḥ－他——哈瑞施禅铎 / abravīt－回答 / yadā－当……时 / paśoḥ－动物的 / punaḥ－在此 / dantāḥ－牙齿 / jāyante－长出 / atha－那时 / paśuḥ－动物 / śuciḥ－就净化到适合献祭了

译文　等那动物的牙都掉光时，瓦茹纳回来对哈瑞施禅铎说："现在那动物的牙都掉光了，你可以举行祭祀了。"但哈瑞施禅铎回答道："当那动物再次长出牙齿后，他就纯净到可用于献祭了。"

第 14 节

पुनर्जाता यजस्वेति स प्रत्याहाथ सोऽब्रवीत् ।
सान्नाहिको यदा राजन् राजन्योऽथ पशुः शुचिः ॥१४॥

punar jātā yajasveti
　sa pratyāhātha so 'bravīt
sānnāhiko yadā rājan
　rājanyo 'tha paśuḥ śuciḥ

punaḥ－再次 / jātāḥ－长出 / yajasva－现在你献上祭祀 / iti－如此 / saḥ－他——瓦茹纳 / pratyāha－回答 / atha－那之后 / saḥ－他——哈瑞施禅铎 / abravīt－说 / sānnāhikaḥ－能够用盾牌武装他自己 / yadā－当……时 / rājan－瓦茹纳王啊 / rājanyaḥ－查锤亚 / atha－那时 / paśuḥ－献祭的动物 / śuciḥ－变得净化

译文　当那动物又长出牙齿时，瓦茹纳来找哈瑞施禅铎说："现在你可以举行那场祭祀了。"但哈瑞施禅铎那时却说："君王啊！当那被用来献祭的动物变成一名查锤亚，并能够在与敌人作战的过程中保护自己时，他就被净化了。"

第 15 节

इति पुत्रानुरागेण स्नेहयन्त्रितचेतसा ।
कालं वञ्चयता तं तमुक्तो देवस्तमैक्षत ॥१५॥

iti putrānurāgeṇa
sneha-yantrita-cetasā
kālaṁ vañcayatā taṁ tam
ukto devas tam aikṣata

iti－就这样 / putra-anurāgeṇa－因为对那儿子的深情 / sneha-yantrita-cetasā－他的心被这样的深情所控制 / kālam－时间 / vañcayatā－欺骗 / tam－向他 / tam－那 / uktaḥ－说 / devaḥ－半神人瓦茹纳 / tam－向他——哈瑞施禅铎 / aikṣata－等待他实现诺言

译文 哈瑞施禅铎无疑很依恋他儿子。出于这种情感，他要求半神人瓦茹纳等待。瓦茹纳于是一等再等，等待那祭祀时刻的到来。

第 16 节

रोहितस्तदभिज्ञाय पितुः कर्म चिकीर्षितम् ।
प्राणप्रेप्सुर्धनुष्पाणिररण्यं प्रत्यपद्यत ॥१६॥

rohitas tad abhijñāya
pituḥ karma cikīrṣitam
prāṇa-prepsur dhanuṣ-pāṇir
araṇyaṁ pratyapadyata

rohitaḥ－哈瑞施禅铎的儿子 / tat－这事实 / abhijñāya－完全明白 / pituḥ－他父亲的 / karma－行动 / cikīrṣitam－他具体做的…… / prāṇa-prepsuḥ－希望救他的命 / dhanuḥ-pāṇiḥ－拿起他的弓箭 / araṇyam－到森林 / pratyapadyata－离开

译文 柔黑塔能明白自己的父亲打算将他当动物在祭祀

中奉献。因此，为了救自己的命，他用弓箭武装自己并去了森林。

第 17 节

पितरं वरुणग्रस्तं श्रुत्वा जातमहोदरम् ।
रोहितो ग्राममेयाय तमिन्द्रः प्रत्यषेधत ॥१७॥

pitaraṁ varuṇa-grastaṁ
śrutvā jāta-mahodaram
rohito grāmam eyāya
tam indraḥ pratyaṣedhata

pitaram—有关他父亲 / varuṇa-grastam—被瓦茹纳用水肿攻击 / śrutvā—听到后 / jāta—增大了 / mahā-udaram—腹部胀大 / rohitaḥ—他儿子柔黑塔 / grāmam eyāya—想要返回首都 / tam—向他(柔黑塔) / indraḥ—因铎王 / pratyaṣedhata—禁止他去那里

译文　当柔黑塔听说他父亲因为受到瓦茹纳的攻击而全身水肿，尤其肚子胀得很大时，他就想要返回原本所在的首都，但天帝因铎禁止他这样做。

第 18 节

भूमेः पर्यटनं पुण्यं तीर्थक्षेत्रनिषेवणैः ।
रोहितायादिशच्छक्रः सोऽप्यरण्येऽवसत्समाम् ॥१८॥

bhūmeḥ paryaṭanaṁ puṇyaṁ
tīrtha-kṣetra-niṣevaṇaiḥ
rohitāyādiśac chakraḥ
so ’py araṇye ’vasat samām

bhūmeḥ—地球表面的 / paryaṭanam—旅行 / puṇyam—圣地 / tīrtha-kṣetra—朝圣之地 / niṣevaṇaiḥ—靠服务或穿梭于这些圣地 / rohitāya—向柔黑塔 / ādiśat—命令 / śakraḥ—因铎王 / saḥ—他——柔黑

塔 / api－也 / araṇye－在森林中 / avasat－居住 / samām－一年的时间

译文 天帝因铎劝柔黑塔到不同的圣地去朝圣，因为这样的活动才是真正虔诚的活动。柔黑塔听从指示在森林中住了一年。

第 19 节

एवं द्वितीये तृतीये चतुर्थे पञ्चमे तथा ।
अभ्येत्याभ्येत्य स्थविरो विप्रो भूत्वाह वृत्रहा ॥१९॥

evaṁ dvitīye tṛtīye
caturthe pañcame tathā
abhyetyābhyetya sthaviro
vipro bhūtvāha vṛtra-hā

evam－就这样 / dvitīye－在第二年 / tṛtīye－在第三年 / caturthe－在第四年 / pañcame－在第五年 / tathā－以及 / abhyetya－来到他面前 / abhyetya－再次来到他面前 / sthaviraḥ－一个十分老的人 / vipraḥ－一位布茹阿玛纳 / bhūtvā－变得如此 / āha－说 / vṛtra-hā－因铎

译文 就这样，在第二年、第三年、第四年和第五年的年尾，每当柔黑塔想要返回他的首都时，天帝因铎都扮作一位老布茹阿玛纳去找他，重复前一年说过的话，禁止他返回。

第 20 节

षष्ठं संवत्सरं तत्र चरित्वा रोहितः पुरीम् ।
उपव्रजन्नजीगर्तादक्रीणान्मध्यमं सुतम् ।
शुनःशेफं पशुं पित्रे प्रदाय समवन्दत ॥२०॥

ṣaṣṭhaṁ saṁvatsaraṁ tatra

caritvā rohitaḥ purīm
upavrajann ajīgartād
akrīṇān madhyamaṁ sutam
śunaḥśephaṁ paśuṁ pitre
pradāya samavandata

ṣaṣṭham－第六个 / saṁvatsaram－年 / tatra－在森林中 / caritvā－游荡 / rohitaḥ－哈瑞施禅铎的儿子 / purīm－在他的首都内 / upavrajan－去到那里 / ajīgartāt－从阿吉嘎尔塔 / akrīṇāt－买下 / madhyamam－第二个 / sutam－儿子 / śunaḥśepham－名叫舒纳瑟帕 / paśum－用于充当祭祀动物 / pitre－向他父亲 / pradāya－献上 / samavandata－恭敬地向他顶礼

译文　那之后，在第六年内，柔黑塔结束在森林中的游荡，返回他父亲的首都。他买下阿吉嘎尔塔的第二个儿子舒纳瑟帕，将舒纳瑟帕献给他父亲哈瑞施禅铎充当献祭的动物，并恭敬地向哈瑞施禅铎献上顶礼。

要旨　看起来在那个年代，可以买一个人来达到自己想要达到的任何目的。哈瑞施禅铎需要一个人充当祭祀中要献祭的动物，以实现他对瓦茹纳的承诺。于是为了达到这一目的，一个人就从另一个人那里被买了下来。千百万年前，就存在着动物祭祀和奴隶交易。事实上，他们从无法追溯的时候起就已存在。

第 21 节

ततः पुरुषमेधेन हरिश्चन्द्रो महायशाः ।
मुक्तोदरोऽयजद्देवान् वरुणादीन्महत्कथः ॥२१॥

tataḥ puruṣa-medhena
hariścandro mahā-yaśāḥ
muktodaro 'yajad devān
varuṇādīn mahat-kathaḥ

tataḥ—那之后 / puruṣa-medhena—通过在祭祀中献祭一个人 / hariścandraḥ—哈瑞施禅铎王 / mahā-yaśāḥ—十分著名的 / mukta-udaraḥ—变得不再水肿 / ayajat—献上祭祀 / devān—向半神人们 / varuṇa-ādīn—以瓦茹纳和其他人为首 / mahat-kathaḥ—像其他崇高的人物一样在历史上留名

译文 接着，历史著名人物之一——哈瑞施禅铎王，举行一场盛大的献祭人的祭祀，取悦了所有的半神人。瓦茹纳给他造成的水肿，也因而得以消除。

第22节

विश्वामित्रोऽभवत्तस्मिन् होता चाध्वर्युरात्मवान् ।
जमदग्निरभूद् ब्रह्मा वसिष्ठोऽयास्यः सामगः ॥२२॥

viśvāmitro 'bhavat tasmin
hotā cādhvaryur ātmavān
jamadagnir abhūd brahmā
vasiṣṭho 'yāsyaḥ sāma-gaḥ

viśvāmitraḥ—伟大的圣人和神秘主义者维施瓦弥陀 / abhavat—成为 / tasmin—在那盛大的祭祀中 / hotā—供奉祭品的主祭司 / ca—也 / adhvaryuḥ—吟诵《亚诸尔 · 韦达》中的赞歌并主持仪式典礼的人 / ātmavān—完全觉悟了自我 / jamadagniḥ—佳玛达格尼 / abhūt—成为 / brahmā—作为首要的布茹阿玛纳行事 / vasiṣṭhaḥ—伟大的圣人 / ayāsyaḥ—另一位伟大的圣人 / sāma-gaḥ—作为《萨玛 · 韦达》中赞歌的吟诵者做事

译文 在那场盛大的人祭中，维施瓦弥陀是献上祭品的主祭司，完美地觉悟了自我的佳玛达格尼负责吟唱《亚诸尔 · 韦达》中的曼陀，瓦希施塔是首要的布茹阿玛纳祭司，圣人阿雅夏吟诵《萨玛 · 韦达》中的赞歌。

第 23 节

तस्मै तुष्टो ददाविन्द्रः शातकौम्भमयं रथम् ।
शुनःशेफस्य माहात्म्यमुपरिष्टात्प्रचक्ष्यते ॥२३॥

tasmai tuṣṭo dadāv indraḥ
śātakaumbhamayaṁ ratham
śunaḥśephasya māhātmyam
upariṣṭāt pracakṣyate

tasmai－对他——哈瑞施禅铎王 / tuṣṭaḥ－因为十分高兴 / dadau－赠送 / indraḥ－天堂君王 / śātakaumbha-mayam－金制的 / ratham－一辆战车 / śunaḥśephasya－有关舒纳瑟帕 / māhātmyam－荣耀 / upariṣṭāt－在描述维施瓦弥陀的儿子的过程中 / pracakṣyate－将讲述

译文　因铎王对哈瑞施禅铎感到很满意，因此送他一辆金制战车作为礼物。在描述维施瓦弥陀的儿子时，将讲述舒纳瑟帕的荣耀。

第 24 节

सत्यं सारं धृतिं दृष्ट्वा सभार्यस्य च भूपतेः ।
विश्वामित्रो भृशं प्रीतो ददावविहतां गतिम् ॥२४॥

satyaṁ sāraṁ dhṛtiṁ dṛṣṭvā
sabhāryasya ca bhūpateḥ
viśvāmitro bhṛśaṁ prīto
dadāv avihatāṁ gatim

satyam－诚实 / sāram－坚定 / dhṛtim－宽容、忍耐 / dṛṣṭvā－通过看 / sa-bhāryasya－与他妻子 / ca－和 / bhūpateḥ－哈瑞施禅铎王的 / viśvāmitraḥ－伟大的圣人维施瓦弥陀 / bhṛśam－非常 / prītaḥ－满意 / dadau－给他 / avihatām gatim－不朽的知识

译文 大圣人维施瓦弥陀看到哈瑞施禅铎王与他的妻子都很诚实、宽容和关心事物的本质，因此传授他们永恒的知识，以便他们实现当人的使命。

第25—26节

मनः पृथिव्यां तामद्भिस्तेजसापोऽनिलेन तत् ।
खे वायुं धारयंस्तच्च भूतादौ तं महात्मनि ॥२५॥

तस्मिञ्ज्ञानकलां ध्यात्वा तयाज्ञानं विनिर्दहन् ।
हित्वा तां स्वेन भावेन निर्वाणसुखसंविदा ।
अनिर्देश्याप्रतर्क्येण तस्थौ विध्वस्तबन्धनः ॥२६॥

manaḥ pṛthivyāṁ tām adbhis
tejasāpo 'nilena tat
khe vāyuṁ dhārayaṁs tac ca
bhūtādau taṁ mahātmani

tasmiñ jñāna-kalāṁ dhyātvā
tayājñānaṁ vinirdahan
hitvā tāṁ svena bhāvena
nirvāṇa-sukha-saṁvidā
anirdeśyāpratarkyeṇa
tasthau vidhvasta-bandhanaḥ

manaḥ—内心(充满了吃、睡、交配和防卫的物质欲望) / pṛthivyām—在土中 / tām—那 / adbhiḥ—与水 / tejasā—及与火 / apaḥ—水 / anilena—在火中 / tat—那 / khe—在空中 / vāyum—空气 / dhārayan—混合 / tat—那 / ca—也 / bhūta-ādau—在最初的物质存在假我中 / tam—那(假我) / mahā-ātmani—在物质能量总体(mahat-tattva)中 / tasmin—在物质能量总体中 / jñāna-kalām—灵性知识和它的各个分支 / dhyātvā—通过冥想 / tayā—靠这程序 / ajñānam—愚昧 / vinirdahan—被消除 / hitvā—放弃 / tām—物质雄心 / svena—靠自我觉悟 / bhāvena—怀着奉爱之情 / nirvāṇa-sukha-saṁvidā—凭超然的极乐结束物质

存在 / anirdeśya－察觉不出的 / apratarkyeṇa－不可思议的 / tasthau－剩下 / vidhvasta－完全免于 / bandhanaḥ－物质束缚

译文　哈瑞施禅铎王先通过将自己那充满物质享乐欲望的内心与土元素合并来净化它。接着，他将土元素与水元素合并，将水元素融入火元素，将火元素并入气，再将气融入空间。那之后，他将空间融入总体物质能量，将总体物质能量与灵性知识合并。这灵性知识是：认识到自我是至尊主的一部分。当觉悟了自我的灵性灵魂致力于为至尊主服务时，他便恢复永恒的精微及不可思议的状态。他这样稳定地处在灵性知识的层面上后，便彻底摆脱了物质束缚。

到此为止，结束了巴克提韦丹塔对《圣典博伽瓦谭》第9篇第7章——“曼达塔王的后裔”所作的阐释。

第八章

萨嘎茹阿之子遇见主卡皮拉戴瓦

这一章描述了柔黑塔的后代。在柔黑塔的王朝中有位名叫萨嘎茹阿的君王，这里描述了他与卡皮拉戴瓦(Kapiladeva)有关及其儿子遭毁灭的历史。

柔黑塔的儿子名叫哈瑞塔(Harita)，哈瑞塔的儿子是昌帕(Campa)，昌帕建造了一座名叫昌帕城(Campāpurī)的城镇。昌帕的儿子是苏戴瓦(Sudeva)，苏戴瓦的儿子名叫维佳亚(Vijaya)，维佳亚的儿子是巴茹卡(Bharuka)，巴茹卡的儿子名叫维日卡(Vṛka)。维日卡的儿子巴胡卡受到他敌人的严重侵害，为此与妻子们一起离开家去了森林。当他死在那里时，他的一个妻子想要遵守萨缇(satī)的原则，随丈夫去死。但就在她即将死去时，一位名叫奥尔瓦(Aurva)的圣人发现她怀孕了，于是阻止她这样做。巴胡卡的其他妻子给她的食物中下毒，但她的儿子还是带着毒药降生了。为此，那个儿子被称为萨嘎茹阿(Sagara)。梵文“萨(sa)”的意思是“与……一起”，“嘎茹阿(gara)”的意思是“毒药”。萨嘎茹阿王遵照大圣人奥尔瓦的指示，对许多野蛮人的部落进行改革，其中包括亚瓦纳(Yavanas)、沙卡(Śakas)、亥哈亚(Haihayas)和巴尔巴茹阿(Barbaras)等部落。君王没有杀它们，而是改造它们。接着，阿嘎茹阿王再次遵从奥尔瓦的训示，举行马祭(aśvamedha sacrifice)，但天帝因铎偷走了举行这种祭祀所需要用的马匹。萨嘎茹阿王有苏玛缇(Sumati)和凯希妮(Keśinī)两位妻子。苏玛缇的儿子们在搜寻马匹的过程中，广泛地挖掘地表，挖了一条后来形成萨嘎茹阿海洋的沟渠。他们一路搜寻，最后来到伟大的人物卡皮拉戴瓦的所在地，以为是祂偷走了马匹。他们怀着这种错误的想法攻击卡皮拉，结果全部被烧成灰烬。

萨嘎茹阿王的第二位妻子凯希妮生子阿萨曼佳萨(Asamañja-sa)，阿萨曼佳萨的儿子昂舒曼(Aṁśumān)后来继续搜寻那匹祭祀用的马，并拯救了他的叔父们。接近卡皮拉戴瓦的昂舒曼，看到祭祀用马匹和一堆灰烬。昂舒曼向卡皮拉献上祈祷，卡皮拉戴瓦对他的祈祷感到满意，将马匹还给他。然而，昂舒曼在得回马匹后，依然站在卡皮拉戴瓦面前，卡皮拉戴瓦能明白昂舒曼为拯救他的叔父在祈祷，于是给予指示说，恒河水可以拯救他们。那之后，昂舒曼恭敬地向卡皮拉戴瓦致以顶礼并绕拜祂，随即牵着祭祀用马匹离开了那地方。萨嘎茹阿王完成他的祭祀，将王国交给昂舒曼后，按照奥尔瓦建议的方式得到了拯救。

第1节

श्रीशुक उवाच
हरितो रोहितसुतश्चम्पस्तस्माद्विनिर्मिता ।
चम्पापुरी सुदेवोऽतो विजयो यस्य चात्मजः ॥१॥

śrī-śuka uvāca
harito rohita-sutaś
campas tasmād vinirmitā
campāpurī sudevo 'to
vijayo yasya cātmajaḥ

śrī-śukaḥ uvāca—圣舒卡戴瓦·哥斯瓦米说 / haritaḥ—君王名叫哈瑞塔 / rohita-sutaḥ—柔黑塔王的儿子 / campaḥ—名叫昌帕 / tasmāt—从哈瑞塔 / vinirmitā—被建造 / campā-purī—名叫昌帕的城镇 / sudevaḥ—名叫苏戴瓦 / ataḥ—那之后(从昌帕) / vijayaḥ—名叫维佳亚 / yasya—(苏戴瓦)的 / ca—也 / ātma-jaḥ—儿子

译文　舒卡戴瓦·哥斯瓦米继续说：柔黑塔的儿子名叫哈瑞塔，哈瑞塔的儿子是昌帕，他建造了昌帕城。昌帕的儿子是苏戴瓦，苏戴瓦的儿子名叫维佳亚。

第2节

भरुकस्तत्सुतस्तस्माद् वृकस्तस्यापि बाहुकः ।
सोऽरिभिर्हृतभू राजा सभार्यो वनमाविशत् ॥ २ ॥

bharukas tat-sutas tasmād
vṛkas tasyāpi bāhukaḥ
so 'ribhir hṛta-bhū rājā
sabhāryo vanam āviśat

bharukaḥ—名叫巴茹卡 / tat-sutaḥ—维佳亚的儿子 / tasmāt—从他(巴茹卡) / vṛkaḥ—名叫维日卡 / tasya—他的 / api—也 / bāhukaḥ—名叫巴胡卡 / saḥ—他——君王 / aribhiḥ—被他的敌人们 / hṛta-bhūḥ—他的土地被夺走 / rājā—君王(巴胡卡) / sa-bhāryaḥ—与他妻子 / vanam—森林 / āviśat—进入

译文　维佳亚的儿子是巴茹卡，巴茹卡的儿子名叫维日卡，维日卡生子巴胡卡。巴胡卡王的敌人夺走了他拥有的一切，君王因此带着妻子们进入森林。

第3节

वृद्धं तं पञ्चतां प्राप्तं महिष्यनुमरिष्यती ।
और्वेण जानतात्मानं प्रजावन्तं निवारिता ॥ ३ ॥

vṛddhaṁ taṁ pañcatāṁ prāptaṁ
mahiṣy anumariṣyatī
aurveṇa jānatātmānaṁ
prajāvantaṁ nivāritā

vṛddham—当他老了时 / tam—他 / pañcatām—死亡 / prāptam—达到……的人 / mahiṣī—王后 / anumariṣyatī—想要与他同死并成为

萨缇的人 / aurveṇa－被大圣人奥尔瓦 / jānatā－明白那 / ātmānam－王后的身体 / prajā-vantam－子宫内怀了个儿子 / nivāritā－被禁止

译文 巴胡卡寿终正寝时，他的一个妻子想要执行萨缇仪式，随他赴死。但那时，奥尔瓦·牟尼了解她已怀有身孕，因此阻止她去死。

第4节

आज्ञायास्यै सपत्नीभिर्गरो दत्तोऽन्धसा सह ।
सह तेनैव सञ्जातः सगराख्यो महायशाः ।
सगरश्चक्रवर्त्यासीत्सागरो यत्सुतैः कृतः ॥४॥

ājñāyāsyai sapatnībhir
garo datto 'ndhasā saha
saha tenaiva sañjātaḥ
sagarākhyo mahā-yaśāḥ
sagaraś cakravarty āsīt
sāgaro yat-sutaiḥ kṛtaḥ

ājñāya－知道(这) / asyai－向那位怀孕的王后 / sapatnībhiḥ－由巴胡卡的其他妻子 / garaḥ－下毒 / dattaḥ－被给予 / andhasā saha－与她的食物一起 / saha tena－与那毒药一起 / eva－也 / sañjātaḥ－诞生 / sagara-ākhyaḥ－名叫萨嘎茹阿 / mahā-yaśāḥ－名声很大 / saga-raḥ－萨嘎茹阿王 / cakravartī－帝王 / āsīt－成为 / sāgaraḥ－名叫甘嘎萨嘎茹阿的地方 / yat-sutaiḥ－被……的儿子们 / kṛtaḥ－被挖掘

译文 巴胡卡的其他妻子知道她怀孕时，便一起密谋在她的食物中下毒，但毒药却不起作用。相反，那儿子带着毒药降生了。为此，他以萨嘎茹阿——带毒降生的人著称。萨嘎茹阿后来当上帝王。名叫甘嘎萨嘎茹阿的地方就是由他的儿子们挖掘的。

第5—6节

यस्तालजङ्घान् यवनाञ्छकान् हैहयबर्बरान् ।
नावधीद्गुरुवाक्येन चक्रे विकृतवेषिणः ॥५॥

मुण्डाञ्छ्मश्रुधरान् कांश्चिन्मुक्तकेशार्धमुण्डितान् ।
अनन्तर्वाससः कांश्चिदबहिर्वाससोऽपरान् ॥६॥

yas tālajaṅghān yavanāñ
chakān haihaya-barbarān
nāvadhīd guru-vākyena
cakre vikṛta-veṣiṇaḥ

muṇḍāñ chmaśru-dharān kāṁścin
mukta-keśārdha-muṇḍitān
anantar-vāsasaḥ kāṁścid
abahir-vāsaso 'parān

yaḥ—……的萨嘎茹阿王 / tālajaṅghān—名叫塔拉坚嘎的野蛮部落 / yavanān—反对韦达文明的人 / śakān—另一种无神论者 / haihaya—不文明的 / barbarān—和巴尔巴茹阿 / na—不 / avadhīt—杀 / guru-vākyena—按照他灵性导师的命令 / cakre—使他们 / vikṛta-veṣiṇaḥ—穿得很不雅观 / muṇḍān—剃干净 / śmaśru-dharān—留小胡子 / kāṁścit—他们有些人 / mukta-keśa—头发蓬乱 / ardha-muṇḍitān—剃一半头 / anantaḥ-vāsasaḥ—没有内衣 / kāṁścit—他们有些人 / abahiḥ-vāsasaḥ—没有外衣 / aparān—其他人

译文　萨嘎茹阿王遵照他灵性导师奥尔瓦的命令，没有杀塔拉坚嘎、亚瓦纳、沙卡、亥哈亚和巴尔巴茹阿等野蛮人，而是让他们中的一些人穿着难看的衣服，一些人剃头并刮干净脸但允许留小胡子，一些人披头散发，一些人留阴阳头，一些人不穿内衣，一些人不穿外衣。就这样，萨嘎茹阿王没有杀他们，而是让不同部落的人有不同的装扮。

第 7 节

सोऽश्वमेधैरयजत सर्ववेदसुरात्मकम् ।
और्वोपदिष्टयोगेन हरिमात्मानमीश्वरम् ।
तस्योत्सृष्टं पशुं यज्ञे जहाराश्वं पुरन्दरः ॥ ७ ॥

so 'śvamedhair ayajata
sarva-veda-surātmakam
aurvopadiṣṭa-yogena
harim ātmānam īśvaram
tasyotsṛṣṭaṁ paśuṁ yajñe
jahārāśvaṁ purandaraḥ

saḥ一他——萨嘎茹阿王 / aśvamedhaiḥ一通过举行马祭 / ayaja-ta一崇拜 / sarva-veda一所有韦达知识的 / sura一以及所有博学圣人的 / ātmakam一超灵 / aurva-upadiṣṭa-yogena一通过练奥尔瓦建议的神秘瑜伽 / harim一向至尊人格首神 / ātmānam一向超灵 / īśvaram一向至尊控制者 / tasya一他(萨嘎茹阿王)的 / utsṛṣṭam一专为供奉用的…… / paśum一祭祀动物 / yajñe一在那场祭祀中 / jahāra一偷了 / aśvam一马匹 / purandaraḥ一天帝因铎

译文 按照大圣人奥尔瓦的指示，萨嘎茹阿王准备举行马祭，以此取悦作为至尊控制者、全体博学学者的超灵、一切韦达知识的知悉者和至尊人格首神的至尊主。但是，天帝因铎却偷走了要在祭祀中献祭的马匹。

第 8 节

सुमत्यास्तनया दृप्ताः पितुरादेशकारिणः ।
हयमन्वेषमाणास्ते समन्तान्न्यखनन्महीम् ॥ ८ ॥

sumatyās tanayā dṛptāḥ
pitur ādeśa-kāriṇaḥ
hayam anveṣamāṇās te
samantān nyakhanan mahīm

sumatyāḥ tanayāḥ－苏玛缇王后生的儿子们 / dṛptāḥ－对自己的本领和影响力感到十分骄傲 / pituḥ－他们的父亲(萨嘎茹阿王)的 / ādeśa-kāriṇaḥ－按照命令 / hayam－(被因铎偷走的)马匹 / anveṣamāṇāḥ－在找寻过程中 / te－他们全体 / samantāt－到处 / nyakhanan－挖掘 / mahīm－土地

译文　(萨嘎茹阿王有苏玛缇和凯希妮两位妻子)苏玛缇的儿子对他们的高超本领和影响力十分自豪，听从他们父亲的命令去寻找丢失的马匹。在寻找的过程中，他们大面积地深挖土地。

第 9－10 节

प्रागुदीच्यां दिशि हयं ददृशुः कपिलान्तिके ।
एष वाजिहरश्चौर आस्ते मीलितलोचनः ॥ ९ ॥

हन्यतां हन्यतां पाप इति षष्टिसहस्रिणः ।
उदायुधा अभिययुरुन्मिमेष तदा मुनिः ॥१०॥

prāg-udīcyāṁ diśi hayaṁ
dadṛśuḥ kapilāntike
eṣa vāji-haraś caura
āste mīlita-locanaḥ

hanyatāṁ hanyatāṁ pāpa
iti ṣaṣṭi-sahasriṇaḥ
udāyudhā abhiyayur
unmimeṣa tadā muniḥ

prāk-udīcyām－在东北 / diśi－方向 / hayam－马匹 / dadṛśuḥ－他们看到 / kapila-antike－卡皮拉住所附近 / eṣaḥ－这里是 / vāji-haraḥ－偷马贼 / cauraḥ－盗贼 / āste－存在 / mīlita-locanaḥ－闭着眼睛 / hanyatām hanyatām－杀了他，杀了他 / pāpaḥ－罪大恶极的人 / iti－就这样 / ṣaṣṭi-sahasriṇaḥ－萨嘎茹阿的六万个儿子 / udāyudhāḥ－

举起他们各自的武器 / abhiyayuḥ—他们靠近 / unmimeṣa—睁开祂的眼睛 / tadā—那时 / muniḥ—卡皮拉·牟尼

译文 那之后，他们在东北方向看到马匹就在卡皮拉·牟尼的灵修所附近。他们说："这是那个偷马的人，他闭着眼睛坐在那里。他无疑十分罪恶。杀了他！杀了他！"萨嘎茹阿的六万个儿子这样一起喊叫着，挥舞着他们的武器。当他们接近圣人时，圣人睁开了祂的双眼。

第 11 节

स्वशरीराग्निना तावन्महेन्द्रहृतचेतसः ।
महद्व्यतिक्रमहता भस्मसादभवन् क्षणात् ॥११॥

sva-śarīrāgninā tāvan
mahendra-hṛta-cetasaḥ
mahad-vyatikrama-hatā
bhasmasād abhavan kṣaṇāt

sva-śarīra-agninā—被从他们自己体内发出的火 / tāvat—立刻 / mahendra—被天帝因铎耍的诡计 / hṛta-cetasaḥ—他们的理智被带走 / mahat—伟大的人物 / vyatikrama-hatāḥ—被污辱人的错误击败 / bhasmasāt—化为灰烬 / abhavan—变成 / kṣaṇāt—立刻

译文 在天帝因铎的影响下，萨嘎茹阿的儿子们失去理智，无礼对待一位伟大的人物。结果，火焰从他们自身燃起，将他们瞬间烧成了灰烬。

要旨 物质躯体由土、水、火、气和空间构成。体内已经有火，而我们的实际体验是，这火的热度有时增加，有时减少。萨嘎茹阿王的儿子们体内的火变得如此热，以致将他们全体烧成了灰烬。火元素的热度之所以增加，是因为他们对伟大的人物不礼貌。这样的不端行为被说成是，污辱伟大的人物(mahad-vyatikrama)。由于污辱一位伟大的人物，他们被自己体内的火杀死

第 12 节

न साधुवादो मुनिकोपभर्जिता
　नृपेन्द्रपुत्रा इति सत्त्वधामनि ।
कथं तमो रोषमयं विभाव्यते
　जगत्पवित्रात्मनि खे रजो भुवः ॥१२॥

na sādhu-vādo muni-kopa-bharjitā
　nṛpendra-putrā iti sattva-dhāmani
kathaṁ tamo roṣamayaṁ vibhāvyate
　jagat-pavitrātmani khe rajo bhuvaḥ

na－不 / sādhu-vādaḥ－博学之人的意见 / muni-kopa－被卡皮拉·牟尼的愤怒 / bharjitāḥ－被烧成灰烬 / nṛpendra-putrāḥ－萨嘎茹阿王全部的儿子 / iti－如此 / sattva-dhāmani－处在善良属性层面上的卡皮拉 / katham－如何 / tamaḥ－愚昧属性 / roṣa-mayam－以愤怒的形式展现 / vibhāvyate－能表现出 / jagat-pavitra-ātmani－在身体可以净化整个世界的祂之中 / khe－在空中 / rajaḥ－尘土 / bhuvaḥ－土的

译文　有人提出萨嘎茹阿王的儿子，是被卡皮拉·牟尼眼里放射出的火焰烧成灰烬的。然而，伟大的博学之人不赞同这一说明，因为卡皮拉·牟尼的身体由纯粹善良属性构成，所以不可能以愤怒的方式展示出愚昧属性，正如纯净的天空不可能被地上的灰尘污染。

第 13 节

यस्येरिता साङ्ख्यमयी दृढेह नौ-
　र्यया मुमुक्षुस्तरते दुरत्ययम् ।

भवार्णवं मृत्युपथं विपश्चितः
परात्मभूतस्य कथं पृथङ्मतिः ॥१३॥

yasyeritā sāṅkhyamayī dṛḍheha naur
yayā mumukṣus tarate duratyayam
bhavārṇavaṁ mṛtyu-pathaṁ vipaścitaḥ
parātma-bhūtasya kathaṁ pṛthaṅ-matiḥ

yasya—被……人 / īritā—被解释了 / sāṅkhya-mayī—以分析物质世界的哲学形式(数论哲学) / dṛḍhā—十分坚固(从这个物质世界拯救人们) / iha—在这个物质世界中 / nauḥ——条船 / yayā—用…… / mumukṣuḥ——个想要获得解脱的人 / tarate—能跨越 / duratyayam—很难以跨越 / bhava-arṇavam—无知之洋 / mṛtyu-patham—重复生死的物质生活 / vipaścitaḥ—博学之人的 / parātma-bhūtasya—被提升到超然层面的人 / katham—如何 / pṛthak-matiḥ—分辨(敌友)的判断力

译文 卡皮拉·牟尼在这个物质世界里发表了数论哲学，它是一条用以跨越无知之洋的坚固船只。事实上，渴望跨越物质世界之洋的人，可以托庇于这门哲学。在这样一位非凡博学、处在超然的崇高层面上的人心中，怎么可能有任何敌友之分?

要旨 被提升到超然状态中的人(brahma-bhūta)，始终十分喜悦(prasannātmā)。他不受物质世界中辨别好坏这一错误做法的影响。因此，这样一位崇高的人平等对待众生，不分辨是敌是友(sa-maḥ sarveṣu bhūteṣu)。由于他处在绝对的层面上，不受物质污染，他被称为处在超然层面上的人(parātma-bhūta或brahma-bhūta)。所以，卡皮拉·牟尼一点都没对萨嘎茹阿王的儿子们生气。他们是被他们自己体内的热烧成灰烬的。

第 14 节

योऽसमञ्जस इत्युक्तः स केशिन्या नृपात्मजः ।
तस्य पुत्रोंऽशुमान्नाम पितामहहिते रतः ॥१४॥

yo 'samañjasa ity uktaḥ
sa keśinyā nṛpātmajaḥ
tasya putro 'ṁśumān nāma
pitāmaha-hite rataḥ

yaḥ—萨嘎茹阿王的其中一个儿子 / asamañjasaḥ—名叫阿萨曼佳萨 / iti—如此 / uktaḥ—著称 / saḥ—他 / keśinyāḥ—在萨嘎茹阿王的另一个妻子凯希妮体内 / nṛpa-ātmajaḥ—君王的儿子 / tasya—他(阿萨曼佳萨)的 / putraḥ—儿子 / aṁśumān nāma—名叫昂舒曼 / pitāmaha-hite—孝敬他祖父萨嘎茹阿王 / rataḥ—总是致力于

译文　萨嘎茹阿王的儿子中有一个名叫阿萨曼佳萨，由君王的第二位妻子凯希妮所生。阿萨曼佳萨的儿子是昂舒曼，他总是致力于为他的祖父萨嘎茹阿的利益而工作。

第 15—16 节

असमञ्जस आत्मानं दर्शयन्नसमञ्जसम् ।
जातिस्मरः पुरा सङ्गाद्योगी योगाद्विचालितः ॥१५॥

आचरन् गर्हितं लोके ज्ञातीनां कर्म विप्रियम् ।
सरय्वां क्रीडतो बालान् प्रास्यदुद्वेजयञ्जनम् ॥१६॥

asamañjasa ātmānaṁ
darśayann asamañjasam
jāti-smaraḥ purā saṅgād
yogī yogād vicālitaḥ

ācaran garhitaṁ loke
jñātīnāṁ karma vipriyam
sarayvāṁ krīḍato bālān
prāsyad udvejayañ janam

asamañjasaḥ－萨嘎茹阿王的儿子 / ātmānam－亲自 / darśayan－展现 / asamañjasam－十分打扰 / jāti-smaraḥ－能记住他的前世 / purā－以前 / saṅgāt－因为不良联谊 / yogī－尽管他曾是伟大的神秘瑜伽师 / yogāt－从练神秘瑜伽的路途 / vicālitaḥ－坠落 / ācaran－行为 / garhitam－十分恶劣 / loke－在社会中 / jñātīnām－他亲人的 / karma－活动 / vipriyam－反感 / sarayvām－在萨茹阿尤河水中 / krīḍataḥ－正在玩耍时 / bālān－所有的男孩 / prāsyat－会扔开 / udvejayan－制造麻烦 / janam－大众

译文 阿萨曼佳萨前世曾是一位优秀的神秘瑜伽师，但因为不良联谊而从他崇高的地位上坠落。这一生，他出生在一个君王家中，能记起自己的前世。尽管如此，他却装出自己是恶棍的样子，做些在大众眼里是令人讨厌并让亲属反感的事。他曾去打扰在萨茹阿尤河中游戏的男孩们，将他们扔进深水中。

第 17 节

एवं वृत्तः परित्यक्तः पित्रा स्नेहमपोह्य वै ।
योगैश्वर्येण बालांस्तान्दर्शयित्वा ततो ययौ ॥१७॥

evaṁ vṛttaḥ parityaktaḥ
pitrā sneham apohya vai
yogaiśvaryeṇa bālāṁs tān
darśayitvā tato yayau

evam vṛttaḥ－如此从事(令人憎恶的活动) / parityaktaḥ－被谴责 / pitrā－被他父亲 / sneham－感情 / apohya－放弃 / vai－事实上 / yoga-aiśvaryeṇa－用神秘力量 / bālān tān－所有那些(被扔进水中杀死的)男孩 / darśayitvā－再次给他们所有人的父母看后 / tataḥ yayau－他离开那地方

译文　阿萨曼佳萨从事这类令人讨厌的活动使他父亲不再爱他并驱逐他。于是，阿萨曼佳萨展示他的神秘力量，使男孩们复活，让君王和孩子们的父母看。做完这件事，阿萨曼佳萨离开了阿尤迪亚。

要旨　阿萨曼佳萨是一个因为具有神秘力量，所以没忘记自己前世意识的人(jāti-smara)。他可以使人死而复活。毫无疑问，他通过展示让死去的孩子们复活的神奇活动，引起君王和普通百姓的注意。接着，他立刻离开了那地方。

第 18 节

अयोध्यावासिनः सर्वे बालकान् पुनरागतान् ।
दृष्ट्वा विसिस्मिरे राजन् राजा चाप्यन्वतप्यत ॥१८॥

ayodhyā-vāsinaḥ sarve
bālakān punar āgatān
dṛṣṭvā visismire rājan
rājā cāpy anvatapyata

ayodhyā-vāsinaḥ－阿尤迪亚的居民们 / sarve－他们全体 / bālakān－他们的儿子 / punaḥ－再次 / āgatān－复活了 / dṛṣṭvā－看到这以后 / visismire－惊呆了 / rājan－帕瑞克西特王啊 / rājā－萨嘎茹阿王 / ca－也 / api－事实上 / anvatapyata－很悲伤(他儿子的离去)

译文　帕瑞克西特王啊！阿尤迪亚的全体居民看到他们的男孩又复活时都惊呆了，萨嘎茹阿王为他儿子的离去而悲伤不已。

第 19 节

अंशुमांश्चोदितो राज्ञा तुरगान्वेषणे ययौ ।
पितृव्यखातानुपथं भस्मान्ति ददृशे हयम् ॥१९॥

aṁśumāṁś codito rājñā
turagānveṣaṇe yayau
pitṛvya-khātānupathaṁ
bhasmānti dadṛśe hayam

aṁśumān—阿萨曼佳萨的儿子 / coditaḥ—被命令 / rājñā—由君王 / turaga—那匹马 / anveṣaṇe—寻找 / yayau—出去 / pitṛvya-khāta—他父亲的兄弟走过的 / anupatham—顺着那条路 / bhasma-anti—在骨灰堆附近 / dadṛśe—他看到 / hayam—那匹马

译文 接着，萨嘎茹阿王命令孙子昂舒曼去寻找献祭用的那匹马。昂舒曼沿着他叔父们走过的路途寻找，逐渐来到成堆的灰烬旁，发现那匹马就在附近。

第20节

तत्रासीनं मुनिं वीक्ष्य कपिलाख्यमधोक्षजम् ।
अस्तौत्समाहितमनाः प्राञ्जलिः प्रणतो महान् ॥२०॥

tatrāsīnaṁ muniṁ vīkṣya
kapilākhyam adhokṣajam
astaut samāhita-manāḥ
prāñjaliḥ praṇato mahān

tatra—那里 / āsīnam—坐着 / munim—伟大的圣人 / vīkṣya—看到 / kapila-ākhyam—名叫卡皮拉·牟尼 / adhokṣajam—维施努的化身 / astaut—献上祈祷 / samāhita-manāḥ—十分专注地 / prāñjaliḥ—双手合十地 / praṇataḥ—扑倒在地献上顶礼 / mahān—伟大的人物昂舒曼

译文 优秀的昂舒曼看到是主维施努化身的那位圣洁之人卡皮拉，就坐在马的旁边。昂舒曼恭敬地向祂顶礼，双手合十、专心致志地向祂献上祈祷。

第 21 节

अंशुमानुवाच
न पश्यति त्वां परमात्मनोऽजनो
न बुध्यतेऽद्यापि समाधियुक्तिभिः ।
कुतोऽपरे तस्य मनःशरीरधी-
विसर्गसृष्टा वयमप्रकाशाः ॥२१॥

aṁśumān uvāca
na paśyati tvāṁ param ātmano 'jano
na budhyate 'dyapi samādhi-yuktibhiḥ
kuto 'pare tasya manaḥ-śarīra-dhī-
visarga-sṛṣṭā vayam aprakāśāḥ

aṁśumān uvāca一昂舒曼说 / na一不 / paśyati一可以看到 / tvām一您圣上 / param一超然的 / ātmanaḥ一我们生物的 / ajanaḥ一主布茹阿玛 / na一不 / budhyate一可以明白 / adya api一即使今天 / samādhi一靠冥想 / yuktibhiḥ一或者靠心智推测 / kutaḥ一如何 / apare一其他人 / tasya一他的 / manaḥ-śarīra-dhī一认为身心就是自我的人 / visarga-sṛṣṭāḥ一物质世界里被创造的生物体 / vayam一我们 / aprakāśāḥ一没有超然的知识

译文　昂舒曼说：我的至尊主，就连主布茹阿玛直到今日都无法了解您的地位，那远远超出他的冥想或心智思辨的范畴。因此还用说像我们这些由布茹阿玛创造的半神人、动物、人类、飞禽和走兽等外形各异的其他生物体吗？我们完全处在愚昧无知的状态中。所以，我们怎么可能了解作为超然存在的您呢？

要旨　icchā-dveṣa-sammutthena
dvandva-mohena bhārata
sarva-bhūtāni sammohaṁ
sarge yānti parantapa

“啊！巴茹阿特的后裔，征服敌人的人！众生都出生在假象中，被由欲望和憎恨产生的相对性所迷惑。”(《博伽梵歌》7.27)物质世界里的众生都受物质自然三种属性的影响。就连主布茹阿玛都处在善良属性的影响下。同样，半神人一般都受激情属性的影响，人类和动物等比半神人低的生物体都受愚昧属性或善良、激情及愚昧属性混合的影响。因此，昂舒曼想要解释，他那些被烧成灰烬的叔叔们因为受物质自然的控制，所以无法了解主卡皮拉戴瓦(Kapiladeva)。他祈祷说：“由于您甚至超越主布茹阿玛的直接和间接的智力，除非我们被您圣上所启发，否则我们根本不可能了解您。”

athāpi te deva padāmbuja-dvaya-
prasāda-leśānugṛhīta eva hi
jānāti tattvaṁ bhagavan-mahimno
na cānya eko 'pi ciraṁ vicinvan

“我的至尊主，人哪怕得到您莲花足仁慈的一丝恩赐，都能明白您本人的伟大。但那些试图靠推测了解至尊人格首神的人，无法了解您，哪怕一直不断地研究韦达经许多年也不能。”(《圣典博伽瓦谭》10.14.29)至尊主——至尊人格首神，能被得到至尊主恩典的人所了解；其他人无法了解祂。

第22节

ये देहभाजस्त्रिगुणप्रधाना
गुणान् विपश्यन्त्युत वा तमश्च ।
यन्मायया मोहितचेतसस्त्वां
विदुः स्वसंस्थं न बहिःप्रकाशाः ॥२२॥

ye deha-bhājas tri-guṇa-pradhānā
guṇān vipaśyanty uta vā tamaś ca
yan-māyayā mohita-cetasas tvāṁ
viduḥ sva-saṁsthaṁ na bahiḥ-prakāśāḥ

ye－那些……的人 / deha-bhājaḥ－接受了物质躯体 / tri-guṇa-pradhānāḥ－受物质自然三种属性的影响 / guṇān－物质自然三种属性的展示 / vipaśyanti－可以只看到 / uta－听说 / vā－或者 / tamaḥ－愚昧属性 / ca－和 / yat-māyayā－被……的错觉能量 / mohita－被迷惑 / cetasaḥ－……的内心深处 / tvām－您圣上 / viduḥ－知道 / sva-saṁs-tham－处在自己的体内 / na－不 / bahiḥ-prakāśāḥ－那些只能看到外在能量的产品的人

译文　我的至尊主，您处在每一个生物体的心中，但被物质躯体包裹的生物因为受表现为物质自然三种属性的外在能量的影响，所以看不到您。他们的智慧被善良属性、激情属性和愚昧属性所覆盖，只能看到物质自然三种属性的作用与反作用。愚昧属性的作用与反作用使生物体醒来或沉睡；他们只能看到物质自然的运作，但看不到您圣上。

要旨　人除非处在为至尊主做超然的爱心服务的状态中，否则无法了解至尊人格首神。至尊主处在每一个生物体的心中。然而，由于受制约的灵魂受物质自然的影响，他们只能看到物质自然的作用及反作用，但看不到至尊人格首神。所以，人必须从外在和内在净化自己。

apavitraḥ pavitro vā
　sarvāvasthāṁ gato 'pi vā
yaḥ smaret puṇḍarīkākṣaṁ
　sa bāhyābhyantaraḥ śuciḥ

“为保持我们外在的清洁，我们应该一天三次沐浴；为保持我们内在的清洁，我们必须通过吟诵、吟唱哈瑞·奎师那曼陀清扫我们的内心。奎师那意识运动的成员必须始终遵守这一原则(bāhyābhyan-taraḥ śuciḥ)。这样做将使人终有一天面对面地看到至尊人格首神。”

第 23 节

तं त्वां अहं ज्ञानघनं स्वभाव-
प्रध्वस्तमायागुणभेदमोहैः ।
सनन्दनाद्यैर्मुनिभिर्विभाव्यं
कथं विमूढः परिभावयामि ॥२३॥

taṁ tvāṁ ahaṁ jñāna-ghanaṁ svabhāva-
pradhvasta-māyā-guṇa-bheda-mohaiḥ
sanandanādyair munibhir vibhāvyaṁ
kathaṁ vimūḍhaḥ paribhāvayāmi

tam—那人物 / tvām—向您 / aham—我 / jñāna-ghanam—您本人就是知识的展现 / svabhāva—凭灵性本性 / pradhvasta—免于污染 / māyā-guṇa—由物质自然三种属性导致 / bheda-mohaiḥ—通过由差异造成的困惑 / sanandana-ādyaiḥ—透过库玛尔四兄弟(萨纳特·库玛尔、萨纳卡、萨南丹和萨纳坦)那样的人物 / munibhiḥ—透过这样伟大的圣人们 / vibhāvyam—值得崇拜的 / katham—如何 / vimūḍhaḥ—受到物质自然的愚弄 / paribhāvayāmi—我能想起您吗

译文 我的至尊主啊！只有像库玛尔四兄弟(萨纳特、萨纳卡、萨南丹和萨纳坦)那样不受物质自然三种属性影响的圣人，才能全神贯注地想着您——知识的化身。但像我这样的愚昧之人怎能想到您呢？

要旨 梵文“凭灵性本性(svabhāva)”一词是指，人自己的灵性本性或原本的状态。生物处在这种原本的状态中时，就不受物质自然属性的影响。《博伽梵歌》第14章的第26节诗说：他一旦不受物质自然属性的影响，就立刻到达梵的层面上(sa guṇān samatītyaitān brahma-bhūyāya kalpate)。有关这方面的典范是库玛尔四兄弟(Kumāras)和纳茹阿达(Nārada)。这样的权威人士能凭本性了解至尊人格首神的地位。但没有免于物质自然影响的受制约的灵

魂，无法觉悟到至尊者。为此，《博伽梵歌》第2章的第45节诗记载，奎师那忠告阿尔诸纳：人必须超越物质自然三种属性的影响(traiguṇya-viṣayā vedā nistraiguṇyo bhavārjuna)。受物质自然三种属性影响的人，无法了解至尊人格首神。

第 24 节

प्रशान्त मायागुणकर्मलिङ्ग-
मनामरूपं सदसद्विमुक्तम् ।
ज्ञानोपदेशाय गृहीतदेहं
नमामहे त्वां पुरुषं पुराणम् ॥२४॥

praśānta māyā-guṇa-karma-liṅgam
anāma-rūpaṁ sad-asad-vimuktam
jñānopadeśāya gṛhīta-dehaṁ
namāmahe tvāṁ puruṣaṁ purāṇam

praśānta－完全平静的人啊 / māyā-guṇa－物质自然属性 / karma-liṅgam－以功利性活动为表现 / anāma-rūpam－没有物质名字或形象的人 / sat-asat-vimuktam－超越物质自然属性的展示和不展示 / jñāna-upadeśāya－为传播超然的知识(如《博伽梵歌》) / gṛhīta-deham－呈现出一个像物质躯体的形象 / namāmahe－我致以我恭敬的顶礼 / tvām－向您 / puruṣam－至尊人 / purāṇam－最初的

译文　完全平静的至尊主啊！尽管物质自然、功利性活动和随之而有的物质名称及形象，都是您创造的，但您却不受它们的影响。所以，您的超然名字不同于物质名称，您的形象不同于物质形象。您现出一个类似物质躯体的形象，只是为了教导我们(像《博伽梵歌》那样的)超然知识，但事实上，您是存在中至高无上的第一人。为此，我向您致以恭敬的顶礼。

要旨 圣雅沐纳阿查尔亚(Yāmunācārya)吟诵他在《赞歌之宝石》《Stotra-ratna》中写的第43节诗说：

bhavantam evānucaran nirantaraḥ
praśānta-niḥśeṣa-manorathāntaraḥ
kadāham aikāntika-nitya-kiṅkaraḥ
praharṣayiṣyāmi sanātha-jīvitam

“靠一直不断地侍奉您，人免除物质欲望，得到彻底净化。我何时才能作为您永恒的仆人为您忙碌，为有这样一位合适的主人而始终感到喜悦啊？”

总是在心智层面上活动的人，必然坠落从事物质活动(manorathenāsati dhāvato bahiḥ)。然而，至尊人格首神和祂的纯粹奉献者完全免于物质污染。正因为如此，至尊主被描述为“完全平静、不受物质存在打扰的(praśānta)”。至尊主没有物质的名字或形象；只有蠢人才以为至尊主的名字和形象是物质的(avajānanti māṁ mūḍhā mānuṣīṁ tanum āśritam)。至尊主本身是最初的人。尽管如此，那些知识贫乏的人却以为祂没有形象。至尊主没有物质的形象，但却有祂超然的形象(sac-cid-ānanda-vigraha)。

第 25 节

त्वन्मायारचिते लोके वस्तुबुद्ध्या गृहादिषु ।
भ्रमन्ति कामलोभेर्ष्यामोहविभ्रान्तचेतसः ॥२५॥

tvan-māyā-racite loke
vastu-buddhyā gṛhādiṣu
bhramanti kāma-lobherṣyā-
moha-vibhrānta-cetasaḥ

tvat-māyā—透过您的物质能量 / racite—被制造的 / loke—在这个世界里 / vastu-buddhyā—接受为是事实 / gṛha-ādiṣu—在家庭中，等等 / bhramanti—游荡 / kāma—被物质享乐的欲望 / lobha—被贪

婪 / īrṣyā 一被忌妒 / moha 一和被错觉 / vibhrānta 一被迷惑 / cetasaḥ 一……人的内心深处

译文 我的至尊主啊！那些内心被贪图物质享乐的欲望、贪婪、忌妒和错觉的影响所迷惑的人，只对您的错觉能量在这个世界里制造的虚假的家庭和家庭生活感兴趣。他们因为依恋家庭生活、妻子和孩子而永远在这个物质世界里游荡。

第 26 节

अद्य नः सर्वभूतात्मन् कामकर्मेन्द्रियाशयः ।
मोहपाशो दृढश्छिन्नो भगवंस्तव दर्शनात् ॥२६॥

adya naḥ sarva-bhūtātman
kāma-karmendriyāśayaḥ
moha-pāśo dṛḍhaś chinno
bhagavaṁs tava darśanāt

adya 一今天 / naḥ 一我们 / sarva-bhūta-ātman 一是超灵的您啊 / kāma-karma-indriya-āśayaḥ 一在贪图物质享乐的欲望和功利性活动的影响下 / moha-pāśaḥ 一这错觉的硬结 / dṛḍhaḥ 一十分牢固的 / chinnaḥ 一砍断 / bhagavan 一我的至尊主啊 / tava darśanāt 一仅仅靠看您

译文 啊，众生的超灵！人格首神！仅仅因为看到您，我现在已去除了所有贪图物质享乐的欲望，而这些欲望是导致无法超越的错觉和被捆绑在这物质世界里的根源。

第 27 节

श्रीशुक उवाच
इत्थं गीतानुभावस्तं भगवान् कपिलो मुनिः ।
अंशुमन्तमुवाचेदमनुग्राह्य धिया नृप ॥२७॥

śrī-śuka uvāca
itthaṁ gītānubhāvas taṁ
bhagavān kapilo muniḥ
aṁśumantam uvācedam
anugrāhya dhiyā nṛpa

śrī-śukaḥ uvāca—圣舒卡戴瓦·哥斯瓦米说 / ittham—就这样 / gīta-anubhāvaḥ—荣耀被描述的人 / tam—向祂 / bhagavān—人格首神 / kapilaḥ—名叫卡皮拉·牟尼 / muniḥ—伟大的圣人 / aṁśumantam—对昂舒曼 / uvāca—说 / idam—这 / anugrāhya—十分仁慈 / dhiyā—与知识之途径 / nṛpa—帕瑞克西特王啊

译文　帕瑞克西特王啊！当昂舒曼这样赞美至尊主时，维施努的强大化身——伟大的圣人卡皮拉，对他十分仁慈，为他指点知识之途。

第 28 节

श्रीभगवानुवाच
अश्वोऽयं नीयतां वत्स पितामहपशुस्तव ।
इमे च पितरो दग्धा गङ्गाम्भोऽर्हन्ति नेतरत् ॥२८॥

śrī-bhagavān uvāca
aśvo 'yaṁ nīyatāṁ vatsa
pitāmaha-paśus tava
ime ca pitaro dagdhā
gaṅgāmbho 'rhanti netarat

śrī-bhagavān uvāca—伟大的人物卡皮拉·牟尼说 / aśvaḥ—马匹 / ayam—这 / nīyatām—牵 / vatsa—我的孩子啊 / pitāmaha—你祖父的 / paśuḥ—这动物 / tava—你的 / ime—所有这些 / ca—也 / pitaraḥ—祖先们的身体 / dagdhāḥ—烧成灰烬 / gaṅgā-ambhaḥ—恒河水 / arhanti—能被拯救 / na—不 / itarat—任何其他方法

译文 人格首神说：我亲爱的昂舒曼，这是你祖父寻找的祭祀用动物。请牵走它。至于你那些被烧成灰烬的叔父们，只有恒河之水才能拯救他们，别无他法。

第 29 节

तं परिक्रम्य शिरसा प्रसाद्य हयमानयत् ।
सगरस्तेन पशुना यज्ञशेषं समापयत् ॥२९॥

tam̐ parikramya śirasā
prasadya hayam ānayat
sagaras tena paśunā
yajña-śeṣam̐ samāpayat

tam—那位伟大的圣人 / parikramya—绕拜后 / śirasā—用他的头(顶礼) / prasādya—使祂十分满意 / hayam—那匹马 / ānayat—带回 / sagaraḥ—萨嘎茹阿王 / tena—用那 / paśunā—动物 / yajña-śeṣam—祭祀最后的仪式典礼 / samāpayat—执行

译文 那之后，昂舒曼绕拜了卡皮拉·牟尼，恭敬地向祂致以顶礼。这样完全取悦祂后，昂舒曼带回祭祀用马匹，萨嘎茹阿用这匹马举行剩下的一部分祭祀仪式。

第 30 节

राज्यमंशुमते न्यस्य निःस्पृहो मुक्तबन्धनः ।
और्वोपदिष्टमार्गेण लेभे गतिमनुत्तमाम् ॥३०॥

rājyam am̐śumate nyasya
niḥspṛho mukta-bandhanaḥ
aurvopadiṣṭa-mārgeṇa
lebhe gatim anuttamām

rājyam—他的王国 / am̐śumate—向昂舒曼 / nyasya—递交后 / niḥspṛhaḥ—没有进一步的物质欲望 / mukta-bandhanaḥ—完全免于物

质束缚 / aurva-upadiṣṭa－得到大圣人奥尔瓦的教导 / mārgeṇa－靠遵循那条路 / lebhe－达到 / gatim－目的地 / anuttamām－至高无上的

译文 萨嘎茹阿王将王国的统治权移交给昂舒曼，以此摆脱所有的物质焦虑和束缚后，按照奥尔瓦·牟尼教导的方法做，达到至高无上的目的地。

到此为止，结束了巴克提韦丹塔对《圣典博伽瓦谭》第9篇第8章——“萨嘎茹阿之子遇见主卡皮拉戴瓦”所作的阐释。

第九章
昂舒曼的王朝

这一章不仅讲述了昂舒曼(Aṁśumān)王朝直到卡特万嘎(Khaṭvāṅga)王朝的历史，也讲述了巴给茹阿塔(Bhagīratha)是如何将恒河水带到这地球上的。

昂舒曼王的儿子是迪利帕(Dilīpa)，他试图将恒河水带到这个地球上，但到死都没有成功。迪利帕的儿子巴给茹阿塔决心将恒河带到地球并为此目的而严格苦修。恒河母亲对他的苦行十分满意，因此显现在他面前，要给他一个祝福。巴给茹阿塔于是要求他拯救自己的祖先。恒河母亲虽然同意降临地球，但提出两个条件：第一，她需要有个适合的男性可以控制她的浪涛；第二，尽管所有的罪恶之人都可以靠在恒河中沐浴洗净恶报，但她本人不愿意保留所有这些恶报。这是两个要巴给茹阿塔深思熟虑的主题内容。巴给茹阿塔回答恒河母亲说：“人格首神主希瓦(Śiva)将完全能控制您河水的浪涛，当纯洁的奉献者在您的河水中沐浴时，由罪恶之人留下的罪恶反应就会被抵消。”巴给茹阿塔接着从事苦行，以取悦主希瓦。主希瓦被称为阿舒头沙(Āśutoṣa)，因为他本性很容易感到满意。主希瓦同意巴给茹阿塔的提议，愿意抑制恒河水的冲力。这样，仅仅靠恒河水的触碰，巴给茹阿塔的祖先就得到了拯救，被允许去到天堂星球。

巴给茹阿塔的儿子是施茹塔(Śruta)，施茹塔的儿子叫纳巴(Nābha)，纳巴生子欣杜兑帕(Sindhudvīpa)。欣杜兑帕的儿子是阿尤塔尤(Ayutāyu)，阿尤塔尤的儿子名叫日图帕尔纳(Ṛtūparṇa)，他是纳拉(Nala)的朋友。日图帕尔纳教会纳拉赌博的技巧，并向他学习驯马和养马(aśva-vidyā)的技术。日图帕尔纳的儿子名叫萨尔瓦卡玛

(Sarvakāma)，萨尔瓦卡玛的儿子是苏达萨(Sudāsa)，苏达萨生子骚达萨(Saudāsa)。骚达萨的妻子名叫妲玛央缇(Damayantī)或玛妲央缇(Madayantī)，骚达萨又被称为卡勒玛沙帕达(Kalmāṣapāda)。骚达萨因为在从事功利性活动时有些缺陷而被瓦希施塔(Vasiṣṭha)诅咒变成食人魔(Rākṣasa)。他在森林中行走时看到一个布茹阿玛纳(Brāhmaṇa)正与妻子过性生活；由于他变成了食人魔，他想要吞吃那个布茹阿玛纳。尽管布茹阿玛纳的妻子以多种方式恳求骚达萨，但他还是吞吃了那个布茹阿玛纳，布茹阿玛纳的妻子于是诅咒他说："你一旦过性生活就会死。"因此，十二年后，尽管骚达萨从瓦希施塔·牟尼的诅咒中脱身，但他还是没有儿子。那时，经骚达萨的同意，瓦希施塔使骚达萨的妻子玛妲央缇怀孕。由于玛妲央缇怀孕了好几年却还是无法将孩子生下，瓦希施塔便用一块石头击打她的肚子，结果使孩子降生。这个儿子名叫阿施玛卡(Aśmaka)。

阿施玛卡的儿子是巴利卡(Bālika)。他因为被许多女人所围绕而免受帕茹阿舒茹阿玛(Paraśurāma)的诅咒，所以又被称为纳瑞卡瓦查(Nārīkavaca)。当整个世界缺乏查锤亚(kṣatriya)时，他成为许多查锤亚的最初的父亲。为此，他有时也被称为穆拉卡(Mūlaka)。巴利卡生下达沙茹阿塔(Daśaratha)，达沙茹阿塔生子艾达维迪(Aiḍaviḍi)，维达维迪的儿子名叫维施瓦萨哈(Viśvasaha)。维施瓦萨哈的儿子是卡特万嘎王(Mahārāja Khaṭvāṅga)。卡特万嘎王和半神人一起与恶魔作战并获得胜利，半神人因此想要给他一个祝福。但当君王询问他还能活多久并了解到自己只能活几秒钟时，他立刻离开天堂星球，乘飞机返回自己的住所。他能明白这个物质世界里的一切都微不足道，因此全心致力于崇拜至尊人格首神哈尔依(Hari)。

第 1 节

श्रीशुक उवाच
अंशुमांश्च तपस्तेपे गङ्गानयनकाम्यया ।
कालं महान्तं नाशक्नोत्ततः कालेन संस्थितः ॥ १ ॥

śrī-śuka uvāca
aṁśumāṁś ca tapas tepe
gaṅgānayana-kāmyayā
kālaṁ mahāntaṁ nāśaknot
tataḥ kālena saṁsthitaḥ

śrī-śukaḥ uvāca—圣舒卡戴瓦·哥斯瓦米说 / aṁśumān—昂舒曼王 / ca—也 / tapaḥ tepe—从事苦修 / gaṅgā—恒河 / ānayana-kāmya-yā—怀着要把恒河带到这个物质世界来拯救他祖先的愿望 / kālam—时间 / mahāntam—很长一段时间 / na—不 / aśaknot—成功 / tataḥ—那之后 / kālena—在适当的时候 / saṁsthitaḥ—死亡

译文　舒卡戴瓦·哥斯瓦米继续道：昂舒曼王像他的祖父一样，从事了很长时间的苦行。尽管如此，他还是无法将恒河带到这地球。那之后，在适当的时候，他死了。

第 2 节

दिलीपस्तत्सुतस्तद्वदशक्तः कालमेयिवान् ।
भगीरथस्तस्य सुतस्तेपे स सुमहत्तपः ॥ २ ॥

dilīpas tat-sutas tadvad
aśaktaḥ kālam eyivān
bhagīrathas tasya sutas
tepe sa sumahat tapaḥ

dilīpaḥ—名叫迪利帕 / tat-sutaḥ—昂舒曼的儿子 / tat-vat—像他父亲一样 / aśaktaḥ—无法将恒河带到物质世界 / kālam eyivān—成为时

间和死亡的受害者 / bhagīrathaḥ tasya sutaḥ－他儿子巴给茹阿塔 / tepe－苦修 / saḥ－他 / su-mahat－十分伟大 / tapaḥ－苦修

译文 像昂舒曼本人一样，他的儿子迪利帕无法将恒河带到地球，时间一到，他也成为死亡的受害者。接着，迪利帕的儿子巴给茹阿塔从事十分艰巨的苦行，以期将恒河带到这个地球上来。

第 3 节

दर्शयामास तं देवी प्रसन्ना वरदास्मि ते ।
इत्युक्तः स्वमभिप्रायं शशंसावनतो नृपः ॥ ३ ॥

darśayām āsa taṁ devī
prasannā varadāsmi te
ity uktaḥ svam abhiprāyaṁ
śaśaṁsāvanato nṛpaḥ

darśayām āsa－显现 / tam－向他——巴给茹阿塔王 / devī－恒河母亲 / prasannā－因为十分满意 / varadā asmi－我将给予我的祝福 / te－向你 / iti uktaḥ－如此被说 / svam－他自己的 / abhiprāyam－愿望 / śaśaṁsa－解释 / avanataḥ－十分恭敬地顶礼 / nṛpaḥ－君王(巴给茹阿塔)

译文 那之后，恒河母亲显现在巴给茹阿塔王面前说：“我对你的苦修十分满意，现在要按你的愿望给你祝福。”听恒河母亲——恒河女神这样说，君王向她顶礼并解释自己的愿望。

要旨 君王的愿望是拯救他那些因为不尊敬卡皮拉·牟尼而被烧成灰烬的祖先。

第 4 节

कोऽपि धारयिता वेगं पतन्त्या मे महीतले ।
अन्यथा भूतलं भित्त्वा नृप यास्ये रसातलम् ॥ ४ ॥

ko 'pi dhārayitā vegaṁ
patantyā me mahī-tale
anyathā bhū-talaṁ bhittvā
nṛpa yāsye rasātalam

kaḥ—谁 / api—事实上 / dhārayitā—能承受的人 / vegam—流水的力量 / patantyāḥ—在降落时 / me—我的 / mahī-tale—向这地球 / anyathā—否则 / bhū-talam—地球表面 / bhittvā—刺穿 / nṛpa—君王啊 / yāsye—我将下去 / rasātalam—到宇宙的较低区域——帕塔拉

译文　恒河母亲回答道：当我从空中落到地球表面时，流水无疑有强大的冲力。谁将承受那力量？如果没人承受我，我将穿透地球表面，下到茹阿萨塔拉——宇宙的帕塔拉区域。

第 5 节

किं चाहं न भुवं यास्ये नरा मय्यामृजन्त्यघम् ।
मृजामि तदघं क्वाहं राजंस्तत्र विचिन्त्यताम् ॥ ५ ॥

kiṁ cāhaṁ na bhuvaṁ yāsye
narā mayy āmṛjanty agham
mṛjāmi tad aghaṁ kvāhaṁ
rājaṁs tatra vicintyatām

kim ca—也 / aham—我 / na—不 / bhuvam—到地球星球 / yāsye—将去 / narāḥ—人民大众 / mayi—在我之中——我的水中 / āmṛjanti—清洗 / agham—他们罪恶活动的报应 / mṛjāmi—我将洗 / tat—那 / agham—罪恶报应的累积 / kva—向谁 / aham—我 / rājan—君王啊 / tatra—就这事实 / vicintyatām—请仔细考虑并作决定

译文 君王啊！我不想下到地球星球，因为那里的大众将在我的水中沐浴，清除他们的罪行导致的报应。当所有这些恶报在我之中积累起来时，我该怎么去除它们呢？你必须十分谨慎地思考这问题。

要旨 至尊人格首神说：

sarva-dharmān parityajya
māṁ ekaṁ śaraṇaṁ vraja
ahaṁ tvāṁ sarva-pāpebhyo
mokṣayiṣyāmi mā śucaḥ

“抛弃一切种类的宗教，只向我皈依。我将把你从所有的恶报中解救出来。不必害怕！”(《博伽梵歌》18.66)至尊人格首神如同太阳一样纯净(pavitra)，不受任何世俗传染病的影响，可以接受任何人的恶报，抵消它们，使它们无效。《圣典博伽瓦谭》第10篇第33章的第29节诗中说：强有力的人不受任何罪恶活动的影响(tejīyasāṁ na doṣāya vahneḥ sama-bhujo yathā)。但我们在此看到，恒河母亲害怕承担那些在她水中沐浴的大众所留下的罪恶重负。这表明，除了至尊人格首神，没人能抵消自己或他人罪恶活动的反应。灵性导师在接收一个门徒后，必须对那门徒过去从事的罪恶活动负责；有时负担过重，就必得因为门徒的罪恶活动而受所有的或部分的苦。因此，所有的门徒必须十分谨慎，不要在启迪后再去从事罪恶活动。可怜的灵性导师非常仁慈地接收一个门徒，并为那门徒从事过的罪恶活动而承担部分的痛苦；但对自己的仆人十分仁慈的奎师那，会为致力于传播祂荣耀的仆人消除那些恶报的影响。就连恒河母亲都害怕大众的恶报，担心她将如何抵消这些恶报所造成的重负。

第 6 节

श्रीभगीरथ उवाच
साधवो न्यासिनः शान्ता ब्रह्मिष्ठा लोकपावनाः ।
हरन्त्यघं तेऽङ्गसङ्गात्तेष्वास्ते ह्यघभिद्धरिः ॥ ६ ॥

śrī-bhagīratha uvāca
sādhavo nyāsinaḥ śāntā
brahmiṣṭhā loka-pāvanāḥ
haranty aghaṁ te 'ṅga-saṅgāt
teṣv āste hy agha-bhid dhariḥ

śrī-bhagīrathaḥ uvāca－巴给茹阿塔说 / sādhavaḥ－圣洁之人 / nyāsinaḥ－弃绝者 / śāntāḥ－平静、不受物质干扰 / brahmiṣṭhāḥ－善于遵守韦达经典中的规范原则 / loka-pāvanāḥ－致力于将整个世界从堕落的状态中拯救出来的人 / haranti－将去除 / agham－罪恶生活的报应 / te－你(恒河母亲)的 / aṅga-saṅgāt－通过在恒河水中沐浴 / te-ṣu－他们自己之中 / āste－有 / hi－事实上 / agha-bhit－能征服一切罪恶活动的至尊人物 / hariḥ－至尊主

译文　巴给茹阿塔说：那些因为做奉爱服务而变得圣洁并因此弃绝，没有物质欲望的人，那些是纯洁奉献者，精于遵守韦达经中谈到的规范原则的人，永远光荣、行为纯洁，所以能够拯救全体堕落的灵魂。当这种纯粹奉献者在您的水中沐浴时，就会抵消水中累积起的其他人的恶报，因为这样的奉献者始终将能清除一切恶报的至尊人格首神留在自己的内心深处。

要旨　任何人都可以到恒河母亲的河水中沐浴。因此，不仅罪恶之人将到恒河水中沐浴，在哈尔德瓦尔(Hardwar)等恒河流经的圣地，圣人们和奉献者也将在恒河水中沐浴。奉献者和处在弃绝阶层的圣洁之人甚至可以拯救恒河。《圣典博伽瓦谭》第1篇第

13章的第10节诗中说：优秀的奉献者始终把人格首神安置在自己心中，因此把所到之处都转化为圣地(tīrthī-kurvanti tīrthāni svāntaḥ-sthena gadābhṛtā)。由于圣洁的奉献者总把至尊主留在心中，他们能彻底清除圣地中所有的罪恶反应。所以，大众必须始终尊敬地向圣洁之人致敬。经典中的命令是，人一旦看到外士纳瓦(Vaiṣṇava)，或甚至是进入弃绝阶层的人(sannyāsī)，都该立刻向这样的圣洁之人致敬。人如果看到他们忘记向他们致敬，当天就必须断食。这是韦达训示。人必须格外小心不要冒犯奉献者或圣洁之人的莲花足。

赎罪(prāyaścitta)有许多方式，但都不足以清除人的恶报。然而，正如经典就阿佳弥勒(Ajāmila)的历史所作的说明，仅仅靠做奉爱服务，就能清除一个人的恶报：

kecit kevalayā bhaktyā
vāsudeva-parāyaṇāḥ
aghaṁ dhunvanti kārtsnyena
nīhāram iva bhāskaraḥ

“只有愿意全心全意地为奎师那做纯粹奉爱服务的罕见之人，才能根除罪恶活动的杂草，使它们没可能重新生长。只有做奉爱服务才能做到这一点，正如太阳的光芒可以立刻驱散雾气一样。”(《圣典博伽瓦谭》6.1.15)。人如果在奉献者的保护下真诚地为奉献者做服务，无疑就能靠奉爱瑜伽(bhakti-yoga)的程序消除所有的恶报。

第7节

धारयिष्यति ते वेगं रुद्रस्त्वात्मा शरीरिणाम् ।
यस्मिन्नोतमिदं प्रोतं विश्वं शाटीव तन्तुषु ॥ ७ ॥

dhārayiṣyati te vegaṁ
rudras tv ātmā śarīriṇām
yasminn otam idaṁ protaṁ

viśvaṁ śāṭīva tantuṣu

dhārayiṣyati—将支撑 / te—你的 / vegam—水流的力量 / rudraḥ—主希瓦 / tu—事实上 / ātmā—超灵 / śarīriṇām—全体有物质躯体的灵魂的 / yasmin—在……人之中 / otam—处在它的经度中 / idam—这整个宇宙 / protam—纬度 / viśvam—整个宇宙 / śāṭī——块布 / iva—正如 / tantuṣu—在线上

译文 恰似一匹用纵横交织的线织出的布，这个有纬度和经度的整个宇宙完全由至尊人格首神的各种力量控制着。主希瓦是至尊主的化身，因此代表处在被物质躯体包裹的灵魂体内的超灵。他能用他的头支撑您强大的水流。

要旨 主希瓦将用他的头承接恒河水。主希瓦是至尊人格首神的一个化身，以各种力量支撑着整个宇宙。《布茹阿玛·萨密塔》(Brahma-saṁhitā)第5章的第45节诗描述主希瓦说：

kṣīraṁ yathā dadhi vikāra-viśeṣa-yogāt
sañjāyate na hi tataḥ pṛthag asti hetoḥ
yaḥ śambhutām api tathā samupaiti kāryād
govindam ādi-puruṣaṁ tam ahaṁ bhajāmi

“牛奶与乳酸菌混合就会转化为酸奶(优酪乳)；但其实，酸奶的结构与牛奶一样。同样，至尊人格首神哥文达，为处理物质事务这一特殊目的而呈现主希瓦的形象。我向主哥文达的莲花足致以顶礼。”正如酸奶既是牛奶又不是牛奶，主希瓦是处在那种状态的至尊人格首神。为维系物质世界，至尊主扩展出三个化身，即：布茹阿玛(Brahmā)、维施努(Viṣṇu)和玛黑施瓦尔(Maheśvara，主希瓦)。主希瓦是维施努的一个愚昧属性化身。物质世界主要受愚昧属性的控制。因此，主希瓦在此被比喻为是整个宇宙的经度和纬度，恰似一块织布上纵横交错的线一样。

第 8 节

इत्युक्त्वा स नृपो देवं तपसातोषयच्छिवम् ।
कालेनाल्पीयसा राजंस्तस्येशश्चाश्वतुष्यत ॥ ८ ॥

ity uktvā sa nṛpo devaṁ
tapasātoṣayac chivam
kālenālpīyasā rājaṁs
tasyeśaś cāśv atuṣyata

iti uktvā—说完这 / saḥ—他 / nṛpaḥ—君王(巴给茹阿塔) / devam—向主希瓦 / tapasā—靠苦修 / atoṣayat—取悦了 / śivam—主希瓦——绝对吉祥者 / kālena—由时间 / alpīyasā—不很长的…… / rājan—君王啊 / tasya—向他(巴给茹阿塔) / īśaḥ—主希瓦 / ca—事实上 / āśu—非常快 / atuṣyata—变得满意

译文　说完这番话，巴给茹阿塔靠苦行取悦主希瓦。帕瑞克西特王啊！主希瓦很快就对巴给茹阿塔感到满意了。

要旨　梵文“很快变得满意(āśv atuṣyata)”是指主希瓦很快就被满足了。正因为如此，主希瓦的另一个名字是阿舒头沙(Āśutoṣa)。物质主义者之所以依恋主希瓦，是因为主希瓦很快就会给任何人以祝福，不在乎了解他的奉献者得到祝福后是快乐还是受苦。物质主义者虽然知道物质快乐只不过是痛苦的另一面，但还是想要它，而为了能快速得到它，他们去崇拜主希瓦。我们发现，物质主义者一般是许多半神人，尤其是主希瓦和杜尔嘎(Durgā)母亲的信奉者。他们几乎不知道什么是灵性的快乐，所以并不真想要它。但人如果真正想要得到灵性的快乐，就必须按照主维施努本人的要求托庇于祂：

sarva-dharmān parityajya
mām ekaṁ śaraṇaṁ vraja

ahaṁ tvāṁ sarva-pāpebhyo
mokṣayiṣyāmi mā śucaḥ

“抛弃一切种类的宗教，只向我皈依。我将把你从所有的恶报中解救出来。不必害怕！”(《博伽梵歌》18.66)

第 9 节

तथेति राज्ञाभिहितं सर्वलोकहितः शिवः ।
दधारावहितो गङ्गां पादपूतजलां हरेः ॥९॥

tatheti rājñābhihitaṁ
sarva-loka-hitaḥ śivaḥ
dadhārāvahito gaṅgāṁ
pāda-pūta-jalāṁ hareḥ

tathā－就这样吧 / iti－如此 / rājñā abhihitam－被(巴给茹阿塔)王说 / sarva-loka-hitaḥ－对众生来说永远吉祥的人格首神 / śivaḥ－主希瓦 / dadhāra－承接 / avahitaḥ－用巨大的专注力 / gaṅgām－恒河 / pāda-pūta-jalām hareḥ－因为从至尊人格首神维施努的脚趾流出而超然纯净的……水

译文　当巴给茹阿塔王去找主希瓦，请求他支撑恒河强有力的水流时，主希瓦接受提议说：“就这样吧！”接着，他专注地用自己的头承接恒河，因为恒河之水从主维施努的脚趾流出，是纯净的。

第 10 节

भगीरथः स राजर्षिर्निन्ये भुवनपावनीम् ।
यत्र स्वपितॄणां देहा भस्मीभूताः स्म शेरते ॥१०॥

bhagīrathaḥ sa rājarṣir
ninye bhuvana pāvanīm
yatra sva-pitṝṇāṁ dehā
bhasmībhūtāḥ sma śerate

bhagīrathaḥ－巴给茹阿塔王 / saḥ－他 / rāja-ṛṣiḥ－伟大、圣洁的君王 / ninye－带来 / bhuvana-pāvanīm－能拯救全宇宙的恒河母亲 / yatra－在那……的地方 / sva-pitṝṇām－他祖先的 / dehāḥ－躯体 / bhasmībhūtāḥ－被烧成灰烬 / sma śerate－横卧着

译文 伟大、圣洁的巴给茹阿塔王，将能够拯救所有堕落灵魂的恒河，带到他祖先的身体被烧成灰烬的地方。

第 11 节

रथेन वायुवेगेन प्रयान्तमनुधावती ।
देशान् पुनन्ती निर्दग्धानासिञ्चत्सगरात्मजान् ॥११॥

rathena vāyu-vegena
prayāntam anudhāvatī
deśān punantī nirdagdhān
āsiñcat sagarātmajān

rathena－在一辆战车上 / vāyu-vegena－用心念的速度驾驶 / prayāntam－走在前面的巴给茹阿塔王 / anudhāvatī－在后面跑 / deśān－所有的国家 / punantī－使圣洁 / nirdagdhān－被烧成灰烬的人 / āsiñ-cat－洒在上面 / sagara-ātmajān－萨嘎茹阿的儿子们

译文 巴给茹阿塔驾驭一辆快捷的战车，行驶在恒河母亲的前面。恒河母亲跟着他净化了许多国家，直到抵达巴给茹阿塔祖先的灰烬所在地。就这样，萨嘎茹阿之子的骨灰被洒上了恒河水。

第 12 节

यज्जलस्पर्शमात्रेण ब्रह्मदण्डहता अपि ।
सगरात्मजा दिवं जग्मुः केवलं देहभस्मभिः ॥१२॥

yaj-jala-sparśa-mātreṇa
brahma-daṇḍa-hatā api

sagarātmajā divaṁ jagmuḥ
kevalaṁ deha-bhasmabhiḥ

yat-jala—……的水 / sparśa-mātreṇa—仅仅靠触碰 / brahma-daṇḍa-hatāḥ—那些因为冒犯自我(brahma)而被判罪 / api—虽然 / sagara-ātmajāḥ—萨嘎茹阿的儿子 / divam—到天堂星球 / jagmuḥ—去了 / kevalam—只是 / deha-bhasmabhiḥ—透过他们那被烧成灰烬的躯体

译文　由于萨嘎茹阿王的儿子们冒犯了一位伟大的人物，他们身体的热度剧增，结果被烧成灰烬。但仅仅靠洒上恒河水，他们全体都变得有资格到天堂星球去；因此，还用说那些用恒河母亲的水崇拜她的人吗？

要旨　用恒河水就可以崇拜恒河母亲：奉献者从恒河中取一点水，然后将它供奉回恒河。当奉献者从恒河中取水时，恒河母亲并没有失去什么，当奉献者将那水供奉回恒河时，恒河母亲也没有增加什么，但恒河的崇拜者这样做就得到了利益。同样，至尊主的奉献者怀着巨大的奉爱之情向至尊主供奉本属于至尊主的一片叶、一朵花、一个水果或一点水(patraṁ puṣpaṁ phalaṁ toyam)，所以没有什么弃绝或接受的问题。人必须善用奉爱瑜伽的程序，因为按照这个程序做的人不损失什么，相反得到至尊人的恩惠。

第 13 节

भस्मीभूताङ्गसङ्गेन स्वर्याताः सगरात्मजाः ।
किं पुनः श्रद्धया देवीं सेवन्ते ये धृतव्रताः ॥१३॥

bhasmībhūtāṅga-saṅgena
svar yātāḥ sagarātmajāḥ
kiṁ punaḥ śraddhayā devīṁ
sevante ye dhṛta-vratāḥ

bhasmībhūta-aṅga－被烧成灰烬的躯体 / saṅgena－通过触碰到恒河水 / svaḥ yātāḥ－去到天堂星球 / sagara-ātmajāḥ－萨嘎茹阿的儿子们 / kim－更不要说 / punaḥ－再次 / śraddhayā－怀着信心和奉爱之情 / devīm－向恒河母亲 / sevante－崇拜 / ye－那些……的人 / dhṛta-vratāḥ－坚定地发誓

译文 仅仅靠恒河水触碰他们的骨灰，萨嘎茹阿王的儿子就被升上天堂星球。所以，还用说下决心发誓忠诚地崇拜恒河母亲的奉献者吗？人们只能想象这样的奉献者所能得到的利益。

第 14 节

न ह्येतत्परमाश्चर्यं स्वर्धुन्या यदिहोदितम् ।
अनन्तचरणाम्भोजप्रसूताया भवच्छिदः ॥१४॥

na hy etat param āścaryaṁ
svardhunyā yad ihoditam
ananta-caraṇāmbhoja-
prasūtāyā bhava-cchidaḥ

na－不 / hi－事实上 / etat－这 / param－最终的 / āścaryam－神奇的事物 / svardhunyāḥ－恒河水的 / yat－……的 / iha－在此 / uditam－被描述 / ananta－至尊主的 / caraṇa-ambhoja－从莲花足 / prasūtāyāḥ－产生……的 / bhava-chidaḥ－能使……摆脱物质束缚的

译文 恒河母亲从至尊人格首神阿南塔戴瓦的莲花脚趾流出，因此能解放受物质捆绑的人。所以，在此对她的描述并不令人惊讶。

要旨 人们实际看到，以在恒河中沐浴的方式有规律地崇拜恒河母亲的人，保持良好的健康，并逐渐成为至尊主的奉献者。这是在恒河水中沐浴的效果。所有的韦达经典都推荐要在恒河中沐浴，这么做的人无疑将彻底清除一切恶报。有关这方面的实例是，萨嘎茹阿王的儿子仅仅因为他们的骨灰触碰到恒河水，就去了天堂星球。

第 15 节

सन्निवेश्य मनो यस्मिञ्छ्रद्धया मुनयोऽमलाः ।
त्रैगुण्यं दुस्त्यजं हित्वा सद्यो यातास्तदात्मताम् ॥१५॥

sanniveśya mano yasmiñ
　chraddhayā munayo 'malāḥ
traiguṇyaṁ dustyajaṁ hitvā
　sadyo yātās tad-ātmatām

sanniveśya—全神贯注地 / manaḥ—内心 / yasmin—向……人 / śraddhayā—怀着信心和奉爱之情 / munayaḥ—伟大、圣洁的人 / amalāḥ—免于一切罪恶的污染 / traiguṇyam—物质自然三种属性 / dustyajam—很难放弃 / hitvā—他们却能放弃 / sadyaḥ—立刻 / yātāḥ—获得 / tat-ātmatām—至尊者的灵性品质

译文　毫无贪图物质享乐欲望的伟大圣人，用他们的心全神贯注地侍奉至尊主。这样的人毫无困难地摆脱物质束缚，从而超然处之，获得至尊主的灵性品质。这是至尊人格首神的荣耀。

第 16—17 节

श्रुतो भगीरथाज्जज्ञे तस्य नाभोऽपरोऽभवत् ।
सिन्धुद्वीपस्ततस्तस्मादयुतायुस्ततोऽभवत् ॥१६॥

ऋतूपर्णो नलसखो योऽश्वविद्यामयान्नलात् ।
दत्त्वाक्षहृदयं चास्मै सर्वकामस्तु तत्सुतम् ॥१७॥

śruto bhagīrathāj jajñe
　tasya nābho 'paro 'bhavat

sindhudvīpas tatas tasmād
ayutāyus tato 'bhavat

ṛtūparṇo nala-sakho
yo 'śva-vidyām ayān nalāt
dattvākṣa-hṛdayaṁ cāsmai
sarvakāmas tu tat-sutam

śrutaḥ—名叫施茹塔的儿子 / bhagīrathāt—从巴给茹阿 / jajñe—诞生 / tasya—施茹塔的 / nābhaḥ—名叫纳巴 / aparaḥ—不同于前面描述过的纳巴 / abhavat—出生 / sindhudvīpaḥ—名叫欣杜兑帕 / tataḥ—从纳巴 / tasmāt—从欣杜兑帕 / ayutāyuḥ—名叫阿尤塔尤的儿子 / tataḥ—那之后 / abhavat—出生 / ṛtūparṇaḥ—名叫日图帕尔纳的儿子 / nala-sakhaḥ—是纳拉朋友的人 / yaḥ—……的人 / aśva-vidyām—训练马匹的艺术 / ayāt—获得 / nalāt—从纳拉 / dattvā—作交换后 / akṣa-hṛdayam—赌博的奥秘 / ca—和 / asmai—向纳拉 / sarvakāmaḥ—名叫萨尔瓦卡玛 / tu—事实上 / tat-sutam—他(日图帕尔纳)的儿子

译文 巴给茹阿塔有个名叫施茹塔的儿子，施茹塔的儿子是纳巴。这个儿子不同于先前所描述的那个纳巴。这个纳巴有个名叫欣杜兑帕的儿子，阿尤塔尤来自欣杜兑帕，而日图帕尔纳由阿尤塔尤所生。日图帕尔纳成为纳拉王的朋友，他传授纳拉王有关赌博的技巧，纳拉王则教日图帕尔纳训练和照顾马匹的艺术。日图帕尔纳的儿子是萨尔瓦卡玛。

要旨 赌博也是一门艺术。查锤亚得到允许，可以在赌博这门艺术中展现自己的才华。凭借奎师那的恩典，潘达瓦五兄弟因为不精通赌博技艺而因赌博失去了王国、妻子、家庭和住宅等一切。换句话说，奉献者也许不精通物质主义者的活动。为此，启示经典(śāstra)中忠告，物质主义者的活动一点都不适合生物体，尤其是奉献者。所以，奉献者应该满足于吃至尊主给予的帕萨达(prasāda)。奉献者不从事赌博、吸食麻醉品、食肉和非法性行为等罪恶活动，以此保持纯洁。

第 18 节

ततः सुदासस्तत्पुत्रो दमयन्तीपतिर्नृपः ।
आहुर्मित्रसहं यं वै कल्माषाङ्घ्रिमुत क्वचित् ।
वसिष्ठशापाद्रक्षोऽभूदनपत्यः स्वकर्मणा ॥१८॥

tataḥ sudāsas tat-putro
damayantī-patir nṛpaḥ
āhur mitrasahaṁ yaṁ vai
kalmāṣāṅghrim uta kvacit
vasiṣṭha-śāpād rakṣo 'bhūd
anapatyaḥ sva-karmaṇā

tataḥ—从萨尔瓦卡玛 / sudāsaḥ—苏达萨被生下 / tat-putraḥ—苏达萨的儿子 / damayantī-patiḥ—妲玛央缇的丈夫 / nṛpaḥ—他成为君王 / āhuḥ—据说 / mitrasaham—弥陀萨哈 / yam vai—也 / kalmāṣāṅghrim—被卡勒玛沙帕达 / uta—被称为 / kvacit—有时 / vasiṣṭha-śāpāt—被瓦希施塔诅咒 / rakṣaḥ—一个食肉者 / abhūt—变成 / anapatyaḥ—没有儿子 / sva-karmaṇā—因他自己的罪恶行为

译文 萨尔瓦卡玛有个名叫苏达萨的儿子，苏达萨的儿子是骚达萨。骚达萨是妲玛央缇的丈夫。他有时被称为弥陀萨哈或卡勒玛沙帕达。弥陀萨哈因为自己所犯的错误而没有儿子，并且被瓦希施塔诅咒变成食人魔。

第 19 节

श्रीराजोवाच
किं निमित्तो गुरोः शापः सौदासस्य महात्मनः ।
एतद्वेदितुमिच्छामः कथ्यतां न रहो यदि ॥१९॥

śrī-rājovāca
kiṁ nimitto guroḥ śāpaḥ
saudāsasya mahātmanaḥ
etad veditum icchāmaḥ
kathyatāṁ na raho yadi

śrī-rājā uvāca—帕瑞克西特王说 / kim nimittaḥ—为何 / guroḥ—灵性导师的 / śāpaḥ—诅咒 / saudāsasya—骚达萨的 / mahā-ātmanaḥ—伟大灵魂的 / etat—这 / veditum—了解 / icchāmaḥ—我希望 / kathyatām—请告诉我 / na—不 / rahaḥ—机密的 / yadi—如果

译文 帕瑞克西特王说：舒卡戴瓦·哥斯瓦米啊，骚达萨的灵性导师瓦希施塔为何诅咒那位伟大的灵魂？我期望了解这一点。如果那不是机密的内容，请为我说明。

第20—21节

श्रीशुक उवाच
सौदासो मृगयां किञ्चिच्चरन् रक्षो जघान ह ।
मुमोच भ्रातरं सोऽथ गतः प्रतिचिकीर्षया ॥२०॥

सञ्चिन्तयन्नघं राज्ञः सूदरूपधरो गृहे ।
गुरवे भोक्तुकामाय पक्त्वा निन्ये नरामिषम् ॥२१॥

śrī-śuka uvāca
saudāso mṛgayāṁ kiñcic
caran rakṣo jaghāna ha
mumoca bhrātaraṁ so 'tha
gataḥ praticikīrṣayā

sañcintayann aghaṁ rājñaḥ
sūda-rūpa-dharo gṛhe
gurave bhoktu-kāmāya
paktvā ninye narāmiṣam

śrī-śukaḥ uvāca—圣舒卡戴瓦·哥斯瓦米说 / saudāsaḥ—骚达萨王 / mṛgayām—在打猎时 / kiñcit—曾经 / caran—游荡 / rakṣaḥ—一个食人魔 / jaghāna—杀死 / ha—在过去 / mumoca—释放了 / bhrātaram—那个食人魔的兄弟 / saḥ—那兄弟 / atha—那之后 / gataḥ—去了 / praticikīrṣayā—为报仇 / sañcintayan—他想要 / agham—做出一些

伤害 / rājñaḥ－君王的 / sūda-rūpa-dharaḥ－装扮成一个厨师 / gṛhe－在房子里 / gurave－向君王的灵性导师 / bhoktu-kāmāya－到那里吃晚餐的人 / paktvā－烹煮后 / ninye－给他 / nara-āmiṣam－人肉

译文　舒卡戴瓦·哥斯瓦米说：一次，骚达萨到森林打猎，在那里杀了个食人魔，但却原谅并释放了食人魔的兄弟。然而，那兄弟决定报仇。为要伤害君王，他去当了君王家中的厨师。一天，君王的灵性导师瓦希施塔·牟尼受邀去吃晚餐，那食人魔厨师给他奉上人肉。

第22节

परिवेक्ष्यमाणं भगवान् विलोक्याभक्ष्यमञ्जसा ।
राजानमशपत्क्रुद्धो रक्षो ह्येवं भविष्यसि ॥२२॥

pariveksyamāṇaṁ bhagavān
vilokyābhakṣyam añjasā
rājānam aśapat kruddho
rakṣo hy evaṁ bhaviṣyasi

pariveksyamāṇam－在检查食物时 / bhagavān－最强有力的 / vilokya－当他看到时 / abhakṣyam－不适合吃的 / añjasā－用他的神秘力量轻易地 / rājānam－对君王 / aśapat－诅咒 / kruddhaḥ－因为十分愤怒 / rakṣaḥ－一个食人魔 / hi－事实上 / evam－就这样 / bhaviṣyasi－你将变成

译文　瓦希施塔·牟尼在检查给他的食物时，用神秘力量了解到那食物是人肉，并不适合吃。他对此十分生气，立刻诅咒骚达萨变成食人魔。

第23－24节

रक्षःकृतं तद्विदित्वा चक्रे द्वादशवार्षिकम् ।
सोऽप्यपोऽञ्जलिमादाय गुरुं शप्तुं समुद्यतः ॥२३॥

वारितो मदयन्त्यापो रुशतीः पादयोर्जहौ ।
दिशः खमवनीं सर्वं पश्यञ्जीवमयं नृपः ॥२४॥

rakṣaḥ-kṛtaṁ tad viditvā
cakre dvādaśa-vārṣikam
so 'py apo-'ñjalim ādāya
guruṁ śaptuṁ samudyataḥ

vārito madayantyāpo
ruśatīḥ pādayor jahau
diśaḥ kham avanīṁ sarvaṁ
paśyañ jīvamayaṁ nṛpaḥ

rakṣaḥ-kṛtam－由食人魔做的 / tat－那人肉 / viditvā－明白后 / cakre－(瓦希施塔)做了 / dvādaśa-vārṣikam－十二年的赎罪苦行 / saḥ－那位骚达萨 / api－也 / apaḥ-añjalim－一捧水 / ādāya－取 / gurum－他的灵性导师瓦希施塔 / śaptum－诅咒 / samudyataḥ－正准备 / vāritaḥ－被阻止 / madayantyā－他妻子玛妲央缇 / apaḥ－水 / ruśatīḥ－因吟诵曼陀而有害的 / pādayoḥ jahau－丢在他脚上 / diśaḥ－所有的方向 / kham－在空中 / avanīm－在世界表面 / sarvam－到处 / paśyan－看到 / jīva-mayam－满是生物体 / nṛpaḥ－君王

译文 当瓦希施塔明白到人肉并非由君王准备，而是由食人魔奉上时，他为此决定苦修十二年，以清除自己诅咒无辜君王的恶报。在此期间，骚达萨王手捧水吟诵曼陀，准备诅咒瓦希施塔，但他妻子玛妲央缇阻止他这样做。君王于是四下张望，看要将那有诅咒力量的水扔向何方，但看到天空和地球表面到处充满了生物体，只好把水扔到自己的脚上。

第 25 节

राक्षसं भावमापन्नः पादे कल्माषतां गतः ।
व्यवायकाले ददृशे वनौकोदम्पती द्विजौ ॥२५॥

rākṣasaṁ bhāvam āpannaḥ
pāde kalmāṣatāṁ gataḥ
vyavāya-kāle dadṛśe
vanauko-dampatī dvijau

rākṣasam—食人魔 / bhāvam—倾向 / āpannaḥ—得到了 / pāde—在脚上 / kalmāṣatām——块黑斑 / gataḥ—得到 / vyavāya-kāle—在交媾时 / dadṛśe—他看到 / vana-okaḥ—居住在森林中 / dam-patī——对夫妻 / dvijau—是布茹阿玛纳的人

译文 骚达萨就这样有了食人魔的倾向，脚上长出一块黑斑，并为此被称为卡勒玛沙帕达。一天，卡勒玛沙帕达王看到一对布茹阿玛纳夫妻在森林中交媾。

第 26—27 节

क्षुधार्तो जगृहे विप्रं तत्पत्न्याहाकृतार्थवत् ।
न भवान् राक्षसः साक्षादिक्ष्वाकूणां महारथः ॥२६॥

मदयन्त्याः पतिर्वीर नाधर्मं कर्तुमर्हसि ।
देहि मेऽपत्यकामाया अकृतार्थं पतिं द्विजम् ॥२७॥

kṣudhārto jagṛhe vipraṁ
tat-patny āhākṛtārthavat
na bhavān rākṣasaḥ sākṣād
ikṣvākūṇāṁ mahā-rathaḥ

madayantyāḥ patir vīra
nādharmaṁ kartum arhasi
dehi me 'patya-kāmāyā
akṛtārthaṁ patiṁ dvijam

kṣudhā-ārtaḥ—饥饿难耐 / jagṛhe—抓住 / vipram—那位布茹阿玛纳 / tat-patnī—他妻子 / āha—说 / akṛta-artha-vat—因为不满足，可怜而又饥饿的 / na—不 / bhavān—你本人 / rākṣasaḥ—食人魔 / sākṣāt—

事实上 / ikṣvākūṇām—在依克施瓦库王的后代中 / mahā-rathaḥ—伟大的战将 / madayantyāḥ—玛妲央缇 / patiḥ—丈夫 / vīra—英雄啊 / na—不 / adharmam—违反宗教的行为 / kartum—做 / arhasi—你该得 / dehi—请解救 / me—我的 / apatya-kāmāyāḥ—想要得个儿子 / akṛta-artham—愿望还没实现的…… / patim—丈夫 / dvijam—是布茹阿玛纳的人

译文 因为受到食人魔倾向的影响且饥饿难耐，骚达萨王抓住那个布茹阿玛纳。布茹阿玛纳的妻子——那可怜的女人，对君王说：英雄啊！你其实不是食人魔，而是依克施瓦库王的后代之一。事实上，你是伟大的战将、玛妲央缇的丈夫。你不该做这种违反宗教的事。我想有个儿子，所以请把我丈夫还给我，他还没让我怀孕呢。

第28节

देहोऽयं मानुषो राजन् पुरुषस्याखिलार्थदः ।
तस्मादस्य वधो वीर सर्वार्थवध उच्यते ॥२८॥

deho 'yaṁ mānuṣo rājan
puruṣasyākhilārthadaḥ
tasmād asya vadho vīra
sarvārtha-vadha ucyate

dehaḥ—躯体 / ayam—这 / mānuṣaḥ—人类的 / rājan—君王啊 / puruṣasya—生物体的 / akhila—全部的 / artha-daḥ—利益 / tasmāt—因此 / asya—我丈夫的躯体 / vadhaḥ—杀死 / vīra—英雄啊 / sarva-artha-vadhaḥ—扼杀所有有利的机会 / ucyate—据说

译文 啊，君王！英雄！这个人体是为使生物得到完整的利益而设的。如果你不合时宜地杀死这躯体，你就会扼杀人生的一切利益。

要旨　圣纳柔塔玛·达斯·塔库尔(Narottama dāsa Ṭhākura)歌唱道：

hari hari viphale janama goṅāinu
manuṣya-janama pāiyā,　rādhā-kṛṣṇa nā bhajiyā,
jāniyā śuniyā viṣa khāinu

人体之所以极其珍贵，是因为这躯体能使其中的生物明白奎师那的教导，达到生物最高的目的地。生物在这个物质世界里要实现“回归家园、回到首神身边”这一使命。生物在物质世界里向往快乐，但却不知道最终的目的地，结果便一个接一个地更换躯体。然而，生物得到人体时，就能实现笃信宗教(dharma)、发展经济(artha)、感官享乐(kāma)和解脱(mokṣa)的目的；如果他再进一步正确地遵守规范原则，就能取得更大的进步，在解脱后为茹阿妲(Rādhā)和奎师那(Kṛṣṇa)服务。成功的人生是：停止生死轮回；回归家园，回到首神身边(mām eti)，侍奉茹阿妲和奎师那。因此，得到人体是为了完成生命的进步过程。在整个人类社会中，杀人被看成是很严重的罪。然而，有成千上万的动物在屠宰场里被宰杀，却没人在乎，但哪怕有一个人被杀，就被看作是很严重的事。为什么会这样呢？因为人体在生物完成生命的使命过程中，担负着极其重要的任务。

第29节

एष हि ब्राह्मणो विद्वांस्तपःशीलगुणान्वितः ।
आरिराधयिषुर्ब्रह्म महापुरुषसंज्ञितम् ।
सर्वभूतात्मभावेन भूतेष्वन्तर्हितं गुणैः ॥२९॥

eṣa hi brāhmaṇo vidvāṁs
tapaḥ-śīla-guṇānvitaḥ
ārirādhayiṣur brahma
mahā-puruṣa-saṁjñitam

sarva-bhūtātma-bhāvena
bhūteṣv antarhitaṁ guṇaiḥ

eṣaḥ一这 / hi一事实上 / brāhmaṇaḥ一有资格的布茹阿玛纳 / vid-vān一精通韦达知识 / tapaḥ一苦修 / śīla一良好的行为 / guṇa-anvitaḥ一天生具有所有的好品质 / ārirādhayiṣuḥ一想要致力于崇拜 / brahma一至尊梵 / mahā-puruṣa一至尊人奎师那 / saṁjñitam一被称为 / sarva-bhūta一众生的 / ātma-bhāvena一作为超灵 / bhūteṣu一在每一个生物体中 / antarhitam一在内心深处 / guṇaiḥ一借由品质

译文 这是一位博学、具有崇高资格的布茹阿玛纳。他致力于苦修，热切地渴望崇拜至尊主——住在众生心中的超灵。

要旨 那位布茹阿玛纳的妻子不认为自己的丈夫是那种因为出生在布茹阿玛纳家庭中而被称为布茹阿玛纳的所谓布茹阿玛纳。相反，他是真正具有布茹阿玛纳特征的有资格的布茹阿玛纳。《圣典博伽瓦谭》第7篇第11章的第35节诗中说：如果有人展现出上述布茹阿玛纳、查锤亚、外夏和庶铎的特征，哪怕他出现在与他展现的特征不符的阶层，也应该按照他所展现的阶层特征接受他(yasya yal lakṣaṇaṁ proktam)。启示经典中谈到布茹阿玛纳的特征说：

śamo damas tapaḥ śaucaṁ
kṣāntir ārjavam eva ca
jñānaṁ vijñānam āstikyaṁ
brahma-karma svabhāvajam

“布茹阿玛纳本性平静、自制、苦行、纯洁、宽容、诚实、有学问、明智、虔诚，他们以这种本性从事活动。”(《博伽梵歌》18.42)布茹阿玛纳不仅必须要具备资格，而且还必须从事布茹阿玛纳该从事的活动。仅仅具有资格还不够，布茹阿玛纳应该履行布茹阿玛纳该履行的责任。布茹阿玛纳的责任是了解至尊梵奎师那(paraṁ brahma paraṁ dhāma pavitraṁ paramaṁ bhavān)。由于这个布茹阿玛纳是真正有资格的，而且在从事布茹阿玛纳的活动(brahma-karma)，杀死他将犯下滔天罪行。为此，那位布茹阿玛纳的妻子请求不要杀死他。

第 30 节

सोऽयं ब्रह्मर्षिवर्यस्ते राजर्षिप्रवराद्विभो ।
कथमर्हति धर्मज्ञ वधं पितुरिवात्मजः ॥३०॥

so 'yaṁ brahmarṣi-varyas te
rājarṣi-pravarād vibho
katham arhati dharma-jña
vadhaṁ pitur ivātmajaḥ

saḥ—那位布茹阿玛纳 / ayam—这 / brahma-ṛṣi-varyaḥ—不仅是布茹阿玛纳，而且是最优秀的圣人(布茹阿玛纳圣人) / te—也从你 / rāja-ṛṣi-pravarāt—是最杰出的圣君(rājarṣi)的人 / vibho—国家的主人啊 / katham—如何 / arhati—他应得 / dharma-jña—精通宗教原则的你啊 / vadham—杀死 / pituḥ—从父亲 / iva—如同 / ātmajaḥ—儿子

译文　我的君主，你十分清楚宗教原则。正如儿子永远都不该被父亲所杀；这是位该受到君王保护的布茹阿玛纳，永远都不该被杀死。他怎么该被你这样的圣君所杀呢？

要旨　梵文“圣君(rājarṣi)”是指行为如同圣人(ṛṣi)一样的君王。这样的君王因为被视为是至尊主的代表，所以还被称为纳茹阿戴瓦(naradeva)。由于他的责任是统治王国，维护布茹阿玛纳文化，他永远都不会想杀布茹阿玛纳。通常，布茹阿玛纳、女人、孩子、老人或乳牛永远不该被认为是可以受到惩罚的。正因为如此，那位布茹阿玛纳的妻子请求君王控制自己，不要从事这种罪恶活动。

第31节

तस्य साधोरपापस्य भ्रूणस्य ब्रह्मवादिनः ।
कथं वधं यथा बभ्रोर्मन्यते सन्मतो भवान् ॥३१॥

tasya sādhor apāpasya
bhrūṇasya brahma-vādinaḥ
kathaṁ vadhaṁ yathā babhror
manyate san-mato bhavān

tasya－他的 / sādhoḥ－伟大、圣洁的人的 / apāpasya－没有罪恶生活的人的 / bhrūṇasya－胎儿的 / brahma-vādinaḥ－精通韦达知识的人的 / katham－怎么 / vadham－杀死 / yathā－如同 / babhroḥ－一头乳牛的 / manyate－你在想 / sat-mataḥ－在高等人的圈中受到赞扬 / bhavān－你本人

译文 你在博学之人中十分著名并受到崇拜。你怎么敢杀死这位圣洁、无罪且精通韦达知识的布茹阿玛纳呢？杀死他就如同毁灭子宫中的胎儿或杀死一头乳牛。

要旨 正如梵文词典《阿玛茹阿 · 寇沙》(Amara-kośa)中说明，bhrūṇo 'rbhake bāla-garbhe一句中的bhrūṇa一词是指乳牛或胎儿。按照韦达文化，杀死在子宫中的胎儿，其罪如同杀死一头乳牛或一位布茹阿玛纳。在胎儿体内的生物处在尚未发育的阶段。现代所谓的“生命由化学元素组合而成”的科学理论荒谬绝伦；科学家无法制造出生物，哪怕是那些产自蛋卵的都不能。科学家能设计出一种“类似蛋卵的化学环境并从中创造出生命”的想法荒诞不经。他们的“化学组合具有生命”的理论也许能被人接受，但这些无赖们却制造不出这样一个组合。这节诗文谈到“杀死一个胎儿(bhrūṇasya vadham)”。这是韦达文化对现代文明的一个挑战。以为“生物是物质组合之产物”的粗俗的无神论概念愚昧至极。

第 32 节

यद्ययं क्रियते भक्ष्यस्तर्हि मां खाद पूर्वतः ।
न जीविष्ये विना येन क्षणं च मृतकं यथा ॥३२॥

yady ayaṁ kriyate bhakṣyas
tarhi māṁ khāda pūrvataḥ
na jīviṣye vinā yena
kṣaṇaṁ ca mṛtakaṁ yathā

yadi—如果 / ayam—这位布茹阿玛纳 / kriyate—被接受 / bhakṣyaḥ—作为食物 / tarhi—那么 / mām—我 / khāda—吃 / pūrvataḥ—那之前 / na—不 / jīviṣye—我将活 / vinā—没有 / yena—……人(我丈夫) / kṣaṇam ca—哪怕是片刻 / mṛtakam—一具死尸 / yathā—如同

译文　没有我丈夫，我片刻都活不下去。你若要吃掉我丈夫，不如先吃掉我，因为没有我丈夫，我就像死尸一样。

要旨　韦达文化中有一种名叫萨缇(satī)或萨哈·玛茹阿纳(saha-maraṇa)的习俗，即：女人随她丈夫赴死。这一做法是：如果丈夫死去，妻子就会自愿进入燃烧她丈夫尸体的火堆中被烧死。在这节诗中，那位布茹阿玛纳的妻子表达了这一文化的内涵。没有丈夫的女人恰似一具死尸，因此按照韦达文化，姑娘必须出嫁。这是当父亲之人要履行的责任。一个姑娘也许作为布施给出去，丈夫也许不只有一个妻子，但姑娘必须出嫁。这是韦达文化。女人应该始终都有依靠：孩童时依靠父亲，年轻时依靠丈夫，老年时依靠长子。按照《玛努法典》(Manu-saṁhitā)，女性永远都不是独立的。女人独立意味着痛苦的生活。在这个年代中，许多女子都不结婚，误以为自己是自由的，但她们的生活痛苦不幸。这里记载的是一个女人感到没有丈夫，自己只不过是一具死尸的实例。

第33节

एवं करुणभाषिण्या विलपन्त्या अनाथवत् ।
व्याघ्रः पशुमिवाखादत्सौदासः शापमोहितः ॥३३॥

evaṁ karuṇa-bhāṣiṇyā
vilapantyā anāthavat
vyāghraḥ paśum ivākhādat
saudāsaḥ śāpa-mohitaḥ

evam—就这样 / karuṇa-bhāṣiṇyāḥ—在那位布茹阿玛纳的妻子十分可怜地说着话时 / vilapantyāḥ—极其悲伤 / anātha-vat—恰似一个没有保护人的女人 / vyāghraḥ——只老虎 / paśum—捕食动物 / iva—如同 / akhādat—吃光 / saudāsaḥ—骚达萨王 / śāpa—被诅咒 / mohitaḥ—因为被迷惑

译文 受瓦希施塔诅咒的影响，骚达萨王还是狼吞虎咽地将那个布茹阿玛纳吞吃了，就好像一只老虎吃掉它的猎物一样。尽管那位布茹阿玛纳的妻子苦苦哀求，骚达萨却对她的悲伤无动于衷。

要旨 这是命运的一个实例。命运使然，骚达萨王被瓦希施塔诅咒后，尽管很有资格，但却不受控制地变成了一个如老虎般的食人魔(Rākṣasa)。《圣典博伽瓦谭》第1篇第5章的第18节诗说：产自感官享乐的快乐会在一定的时候自动到来，就像我们虽然都不希望受苦，但却不可避免地会受苦一样(tal labhyate duḥkhavad anyataḥ sukham)。命运可以将人置于痛苦的境地，也可以将人置于快乐的处境中。命运强大无比，但人如果上升到奎师那意识的层面上，就能改变自己的命运。《布茹阿玛·萨密塔》第5章的第54节诗中说，至尊人格首神使奉献者过去从事的虔诚或不虔诚活动所造成的结果失效(karmāṇi nirdahati kintu ca bhakti-bhājām)。

第 34 节

ब्राह्मणी वीक्ष्य दिधिषुं पुरुषादेन भक्षितम् ।
शोचन्त्यात्मानमुर्वीशमशपत्कुपिता सती ॥३४॥

brāhmaṇī vīkṣya didhiṣuṁ
puruṣādena bhakṣitam
śocanty ātmānam urvīśam
aśapat kupitā satī

brāhmaṇī—那位布茹阿玛纳的妻子 / vīkṣya—看到后 / didhiṣum—即将授予孩子的种子的她丈夫 / puruṣa-adena—被食人魔 / bhakṣitam—吃掉了 / śocantī—悲痛欲绝 / ātmānam—为她的身体或她本人 / urvīśam—对君王 / aśapat—诅咒 / kupitā—出于愤怒 / satī—那贞节的女人

译文　当布茹阿玛纳忠贞的妻子眼看自己那即将射精的丈夫被这食人魔吃掉时，她悲痛欲绝，于是愤怒地诅咒君王。

第 35 节

यस्मान्मे भक्षितः पाप कामार्तायाः पतिस्त्वया ।
तवापि मृत्युराधानादकृतप्रज्ञ दर्शितः ॥३५॥

yasmān me bhakṣitaḥ pāpa
kāmārtāyāḥ patis tvayā
tavāpi mṛtyur ādhānād
akṛta-prajña darśitaḥ

yasmāt—因为 / me—我的 / bhakṣitaḥ—被吃掉 / pāpa—罪恶者啊 / kāma-ārtāyāḥ—受性欲影响的女人的 / patiḥ—丈夫 / tvayā—被你 / tava—你的 / api—也 / mṛtyuḥ—死亡 / ādhānāt—当你试图在你妻子体内射精时 / akṛta-prajña—愚蠢的混账啊 / darśitaḥ—这诅咒降于你

译文　愚蠢、罪恶的混账啊！由于你在我过性生活并想要得到一个孩子的种子时吃掉了我丈夫，我也要看到你在试图向你妻子体内射精时死去。换句话说，当你试图与你妻子性交时，你就会死！

第 36 节

एवं मित्रसहं शप्त्वा पतिलोकपरायणा ।
तदस्थीनि समिद्धेऽग्नौ प्रास्य भर्तुर्गतिं गता ॥३६॥

evaṁ mitrasahaṁ śaptvā
pati-loka-parāyaṇā
tad-asthīni samiddhe ’gnau
prāsya bhartur gatiṁ gatā

evam－就这样 / mitrasaham－骚达萨王 / śaptvā－诅咒后 / pati-loka-parāyaṇā－因为想要与她丈夫同去 / tat-asthīni－她丈夫的骨头 / samiddhe agnau－在燃烧的火中 / prāsya－放置后 / bhartuḥ－她丈夫的 / gatim－到目的地 / gatā－她也去

译文　就这样，那位布茹阿玛纳的妻子诅咒了又被称为弥陀萨哈的骚达萨王。接着，因为想要与自己的丈夫同去，她点燃了她丈夫的骨头，将自己投入火中，与丈夫一起去了同样的目的地。

第 37 节

विशापो द्वादशाब्दान्ते मैथुनाय समुद्यतः ।
विज्ञाप्य ब्राह्मणीशापं महिष्या स निवारितः ॥३७॥

viśāpo dvādaśābdānte
maithunāya samudyataḥ
vijñāpya brāhmaṇī-śāpaṁ
mahiṣyā sa nivāritaḥ

viśāpaḥ－从诅咒获得释放 / dvādaśa-abda-ante－十二年后 / maithunāya－为与他妻子过性生活 / samudyataḥ－当骚达萨准备 / vijñāpya－提醒他有关 / brāhmaṇī-śāpam－那位女布茹阿玛纳给予的诅咒 / mahiṣyā－由王后 / saḥ－他(君王) / nivāritaḥ　阻止

译文　十二年后，当骚达萨王从瓦希施塔的诅咒获得释放时，他想要与他的妻子过性生活。但王后提醒他有关那位女布茹阿玛纳的诅咒，阻止他过性生活。

第 38 节

अत ऊर्ध्वं स तत्याज स्त्रीसुखं कर्मणाप्रजाः ।
वसिष्ठस्तदनुज्ञातो मदयन्त्यां प्रजामधात् ॥३८॥

ata ūrdhvaṁ sa tatyāja
　strī-sukhaṁ karmaṇāprajāḥ
vasiṣṭhas tad-anujñāto
　madayantyāṁ prajām adhāt

ataḥ－就这样 / ūrdhvam－在不久的将来 / saḥ－他——君王 / tatyāja－放弃了 / strī-sukham－性生活的快乐 / karmaṇā－命运使然 / aprajāḥ－一直没有儿子 / vasiṣṭhaḥ－伟大、圣洁的瓦希施塔 / tat-anujñātaḥ－经君王的同意生了个儿子 / madayantyām－在骚达萨王之妻玛妲央缇体内 / prajām－一个孩子 / adhāt－生了

译文　这样被告知后，君王放弃了性生活的享乐，命运使然没有儿子。后来，经君王同意，大圣人瓦希施塔使玛妲央缇怀了个孩子。

第 39 节

सा वै सप्त समा गर्भमबिभ्रन्न व्यजायत ।
जघ्नेऽश्मनोदरं तस्याः सोऽश्मकस्तेन कथ्यते ॥३९॥

sā vai sapta samā garbham
abibhran na vyajāyata
jaghne 'śmanodaraṁ tasyāḥ
so 'śmakas tena kathyate

sā－她——王后玛妲央缇 / vai－事实上 / sapta－七 / samāḥ－年 / garbham－子宫中的孩子 / abibhrat－一直怀着 / na－不 / vyajā-yata－分娩 / jaghne－击打 / aśmanā－用一块石头 / udaram－腹部 / tasyāḥ－她的 / saḥ－一个儿子 / aśmakaḥ－名叫阿施玛卡 / tena－由于 / kathyate－被称为

译文 玛妲央缇怀这孩子七年的时间也没能生下他。于是，瓦希施塔用一块石头击打她的肚子，才使孩子生下来。为此，那孩子被称为阿施玛卡——一块石头生的孩子。

第 40 节

अश्मकाद्बालिको जज्ञे यः स्त्रीभिः परिरक्षितः ।
नारीकवच इत्युक्तो निःक्षत्रे मूलकोऽभवत् ॥४०॥

aśmakād bāliko jajñe
yaḥ strībhiḥ parirakṣitaḥ
nārī-kavaca ity ukto
niḥkṣatre mūlako 'bhavat

aśmakāt－从那名叫阿施玛卡的儿子 / bālikaḥ－名叫巴利卡的儿子 / jajñe－被生下 / yaḥ－这孩子巴利卡 / strībhiḥ－由女人 / parirakṣitaḥ－被保护 / nārī-kavacaḥ－有一个女人的保护圈 / iti uktaḥ－如此被称为 / niḥkṣatre－在没有查锤亚(所有的查锤亚都被帕茹阿舒茹阿玛征服)时 / mūlakaḥ－穆拉卡——查锤亚的祖先 / abhavat－他成为

译文 阿施玛卡生了巴利卡。巴利卡因为由女人围绕着，结果免遭帕茹阿舒茹阿玛愤怒的攻击。为此，他又被称为被女人保护的人——纳瑞卡瓦查。当帕茹阿舒茹阿玛击败所有的查锤亚时，巴利卡成为生育许多查锤亚的人。因此，他被称为穆拉卡——查锤亚王朝的祖先。

第 41 节

ततो दशरथस्तस्मात्पुत्र ऐडविडिस्ततः ।
राजा विश्वसहो यस्य खट्वाङ्गश्चक्रवर्त्यभूत् ॥४१॥

tato daśarathas tasmāt
putra aiḍaviḍis tataḥ
rājā viśvasaho yasya
khaṭvāṅgaś cakravarty abhūt

tataḥ－从巴利卡 / daśarathaḥ－名叫达沙茹阿塔的儿子 / tasmāt－从他 / putraḥ－一个儿子 / aiḍaviḍiḥ－名叫艾达维迪 / tataḥ－从他 / rājā viśvasahaḥ－著名的维施瓦萨哈王出生 / yasya－……人的 / khaṭvāṅgaḥ－名叫卡特万嘎的君王 / cakravartī－帝王 / abhūt－成为

译文　巴利卡生了名叫达沙茹阿塔的儿子，达沙茹阿塔的儿子是艾达维迪，艾达维迪是维施瓦萨哈王的父亲。维施瓦萨哈王的儿子是著名的卡特万嘎王。

第 42 节

यो देवैरर्थितो दैत्यानवधीद्युधि दुर्जयः ।
मुहूर्तमायुर्ज्ञात्वैत्य स्वपुरं सन्दधे मनः ॥४२॥

yo devair arthito daityān
avadhīd yudhi durjayaḥ
muhūrtam āyur jñātvaitya
sva-puraṁ sandadhe manaḥ

yaḥ－……的卡特万嘎王 / devaiḥ－由半神人 / arthitaḥ－被要求 / daityān－恶魔们 / avadhīt－杀死 / yudhi－在一场战斗中 / durjayaḥ－非常激烈的 / muhūrtam－只是片刻 / āyuḥ－寿命 / jñātvā－知道 / etya－接近 / sva-puram－他自己的住所 / sandadhe－专注于 / manaḥ－内心

译文 卡特万嘎王在任何战斗中都战无不胜、所向披靡。他应半神人的请求与他们并肩作战，打击恶魔，最后取得了胜利。半神人对他十分满意，想要给他祝福。君王向他们询问自己的寿命有多长，结果被告知只剩片刻的时间。他于是立刻离开天堂，回到自己的住所，在那里全神贯注地想着至尊主的莲花足。

要旨 卡特万嘎王做奉爱服务的实例极具启发性。卡特万嘎王致力于为至尊主做奉爱服务只有片刻的时间，但却荣获提升回到首神身边。因此毫无疑问(asaṁśaya)，人如果从人生的一开始练习做奉爱服务，就必将回归家园，回到首神身边。《博伽梵歌》中梵文“毫无疑问(asaṁśaya)”一词形容奉献者，其中记载了至尊主本人所给予的如下教导：

mayy āsakta-manāḥ pārtha
yogaṁ yuñjan mad-āśrayaḥ
asaṁśayaṁ samagraṁ māṁ
yathā jñāsyasi tac chṛṇu

“普瑞塔的儿子啊！现在听我讲，你只要全神贯注于我，完全意识到我，就能通过这样练瑜伽彻底了解我，摆脱疑惑。”(《博伽梵歌》7.1)

至尊主还教导说：

janma karma ca me divyam
evaṁ yo vetti tattvataḥ
tyaktvā dehaṁ punar janma
naiti mām eti so 'rjuna

“阿尔诸纳啊！谁能了解我显现和活动的超然本质，谁就在离开躯体后到达我永恒的住所，不再投生于这个物质世界。”（《博伽梵歌》4.9)

因此，从人生的一开始就该练奉爱瑜伽(bhakti-yoga)，以增强对奎师那的依恋。人如果每天在庙里看神像，崇拜神像，吟诵、吟唱人格首神的圣名，尽可能多地传播至尊主的光荣活动，就会增强对奎师那的依恋(āsakti)。人的心一旦依恋奎师那(mayy āsakta-manāḥ)，人就能实现出生为人的使命。人如果错过这良机，就不知道自己会去哪里，将要在生死轮回中留多久，何时才能再得到人体及回归家园、回到首神身边的机会了。正因为如此，最有智慧的人善用自己生命的分分秒秒，为至尊主做爱心服务。

第 43 节

न मे ब्रह्मकुलात्प्राणाः कुलदैवान्न चात्मजाः ।
न श्रियो न मही राज्यं न दाराश्चातिवल्लभाः ॥४३॥

na me brahma-kulāt prāṇāḥ
kula-daivān na cātmajāḥ
na śriyo na mahī rājyaṁ
na dārāś cātivallabhāḥ

na—不／me—我的／brahma-kulāt—比布茹阿玛纳群体／prāṇāḥ—生活／kula-daivāt—比值得我家庭崇拜的人物／na—不／ca—也／ātmajāḥ—儿子们和女儿们／na—也不／śriyaḥ—财富／na—也不／mahī—土地／rājyam—王国／na—也不／dārāḥ—妻子／ca—也／ati-vallabhāḥ—非常亲

译文　卡特万嘎王心想：就连我的生命都不如布茹阿玛纳文化和受到我家人崇拜的布茹阿玛纳本人更让我珍视，更何况我的王国、土地、妻子、孩子和财产呢？没有什么比布茹阿玛纳更让我珍视的了。

要旨 卡特万嘎王因为支持布茹阿玛纳文化，所以想要全心全意地投靠至尊人格首神，善用那片刻的时间。如下这篇祈祷文是用来崇拜至尊主的：

namo brāhmaṇya-devāya
go brāhmaṇa-hitāya ca
jagad-dhitāya kṛṣṇāya
govindāya namo namaḥ

“我恭敬地向至尊绝对真理奎师那顶礼，祂是乳牛、布茹阿玛纳及一切生物体的祝愿者。我向哥文达虔敬地顶礼，祂是使所有感官满足的泉源。”奎师那的奉献者很依恋布茹阿玛纳文化。事实上，了解奎师那是谁，以及祂想要什么的专家，才是真正的布茹阿玛纳(brahma jānātīti brāhmaṇaḥ)。奎师那是至尊梵(Parabrahman)，因此所有具有奎师那意识的人——奎师那的奉献者，都是崇高的布茹阿玛纳。卡特万嘎王将奎师那的奉献者视为是真正的布茹阿玛纳、人类社会真正的光明。想要增进奎师那意识和灵性理解的人，必须十分重视布茹阿玛纳文化，必须了解奎师那(kṛṣṇāya govindāya)。那样，他的生命就会成功。

第 44 节

न बाल्येऽपि मतिर्मह्यमधर्मे रमते क्वचित् ।
नापश्यमुत्तमश्लोकादन्यत्किञ्चन वस्त्वहम् ॥४४॥

na bālye 'pi matir mahyam
adharme ramate kvacit
nāpaśyam uttamaślokād
anyat kiñcana vastv aham

na—不 / bālye—在孩童时期 / api—事实上 / matiḥ—吸引 / mahyam—我的 / adharme—在非宗教原则中 / ramate—享受 / kvacit—任

何时候 / na—也不 / apaśyam—我看到 / uttamaślokāt—被人格首神 / anyat—其他任何事 / kiñcana—任何事 / vastu—实体 / aham—我

译文　我从不受微不足道的事物或非宗教原则的吸引，哪怕是在孩童时代也不例外。我没发现有任何人、事、物，比至尊人格首神更真实。

要旨　卡特万嘎王为我们树立了有奎师那意识之人的榜样。有奎师那意识的人认为世上没有什么比至尊人格首神更重要，而且也不认为这个物质世界里存在着与至尊主没关系的人事物。正如《永恒的柴坦亚经》(Caitanya-caritāmṛta)中篇第8章的第274节诗说：

sthāvara-jaṅgama dekhe, nā dekhe tāra mūrti
sarvatra haya nija iṣṭa-deva-sphūrti

"高级奉献者(mahā-bhāgavata)无疑在各处都看到动与不动的一切，但他看到的并不是他们的外形，相反看到的都是至尊主展示的形象。"奉献者虽然身在这个物质世界，但却与它没联系。他因为这物质世界与至尊人格首神有关才接受它(nirbandhaḥ kṛṣṇa-sambandhe)。奉献者也许在忙着赚钱，但却用那钱兴建宏大的庙宇并确立对至尊人格首神的崇拜，以这些方式宣传奎师那意识运动。因此，卡特万嘎王不是物质主义者。物质主义者总是依恋自己的妻子、孩子、家庭、财产和许多其他可用于感官享乐的事物，但正如上面说明的，卡特万嘎王不依恋这些人事物，也不可能去想没有至尊主的旨意而存在的事物。一切都与至尊人格首神有关(īśāvāsyam idaṁ sarvam)。当然，这种意识不是普通人会有的，但如果人走在奉爱服务路途上，正确地按《奉爱的甘露》中的教导做，就可以受到训练发展这种意识，获得完美的了解。对有奎师那意识的人来说，与奎师那无关的事物不可能是美味或令人愉快的。

第45节

देवैः कामवरो दत्तो मह्यं त्रिभुवनेश्वरैः ।
न वृणे तमहं कामं भूतभावनभावनः ॥४५॥

devaiḥ kāma-varo datto
mahyaṁ tri-bhuvaneśvaraiḥ
na vṛṇe tam ahaṁ kāmaṁ
bhūtabhāvana-bhāvanaḥ

devaiḥ－由半神人／kāma-varaḥ－得到可实现一切愿望的祝福／dattaḥ－被给予／mahyam－向我／tri-bhuvana-īśvaraiḥ－被半神人——三个世界的保护者(可以在这个物质世界随心所欲地做事)／na vṛṇe－不接受／tam－那／aham－我／kāmam－这个物质世界里值得要的一切／bhūtabhāvana-bhāvanaḥ－全神贯注于至尊人格首神(因此对物质的一切都不感兴趣)

译文 半神人、三个世界的主管们，想按照我的愿望给我祝福。但我不想要他们的祝福，不想得到物质的一切，因为我更关心创造了这物质世界中一切的至尊人格首神。

要旨 奉献者总是超然处之。看过至尊人格首神的人，对物质感官享乐不再感兴趣(paraṁ dṛṣṭvā nivartate)。就连杜茹瓦王(Dhruva Mahārāja)去森林寻找物质利益时，都在亲眼看到至尊人格首神后就拒绝接受物质利益，最后成为崇高的奉献者。他说："我亲爱的至尊主，无论您给我什么或不给我什么，我都感到心满意足。我没有什么要向您要求的，因为为您服务使我心满意足(svāmin kṛtārtho 'smi varaṁ na yāce)。"不想对人格首神有任何要求，无论是物质的还是灵性的：这是纯粹奉献者的心态。正因为如此，我们奎师那意识运动被称为是"与仅仅想奎师那就满足了的人联谊的运动(kṛṣṇa-bhāvanāmṛta-saṅgha)"。全神贯注地想奎师那既不需要花钱，也不麻烦。奎师那说："用心总想着我，崇拜我，向我致敬(man-manā bhava mad-bhakto mad-yājī māṁ namaskuru)。”(《博伽梵歌》9.34)任何人都可以做到始终想着奎师那(kṛṣṇa-bhāvanāmṛ-ta),这既没有困难也没有障碍。全神贯注地想着奎师那的人,不想要向奎师那求取物质利益。相反,这样的人祈祷奎师那祝福自己能在全世界传播祂的荣耀。“我只想一世复一世无求地为您做奉爱服务(mama janmani janmanīśvare bhavatād bhaktir ahaitukī tva-yi)。”有奎师那意识的人甚至不想要停止他的生死轮回。他只祈祷:“我愿按您的意愿投生,我唯一祈求的是,我可以为您做奉爱服务。”

第46节

ये विक्षिप्तेन्द्रियधियो देवास्ते स्वहृदि स्थितम् ।
न विन्दन्ति प्रियं शश्वदात्मानं किमुतापरे ॥४६॥

ye vikṣiptendriya-dhiyo
devās te sva-hṛdi sthitam
na vindanti priyaṁ śaśvad
ātmānaṁ kim utāpare

ye—……的人物 / vikṣipta-indriya-dhiyaḥ—……的感官、心和智力总是因为物质情况受到刺激 / devāḥ—像半神人 / te—这样的人 / sva-hṛdi—在内心深处 / sthitam—处在 / na—不 / vindanti—知道 / priyam—最亲爱的人格首神 / śaśvat—不断地、永恒地 / ātmānam—至尊人格首神 / kim uta—更不要说…… / apare—其他人(像人类那样)

译文 尽管半神人因为生活在高等星系中有更多的优势,但他们的心、感官和智慧受到物质情况的刺激。因此,就连地位这样高的人都无法了解永恒处在众生心中的至尊人格首神,更何况有较少优势的人类等其他生物体呢?

要旨 事实是：至尊人格首神永远处在每一个生物体的心中(īśvaraḥ sarva-bhūtānāṁ hṛd-deśe 'rjuna tiṣṭhati)。但我们在这个物质世界里必然会有的焦虑，使我们无法了解至尊主，尽管祂离我们那么近。对那些总是受物质处境刺激的人来说，瑜伽程序就是为他们而设计的，以使他们将注意力专注于心中的至尊人格首神(dhyānā-vasthita-tad-gatena manasā paśyanti yaṁ yoginaḥ)。在物质处境中，内心和感官总是受到刺激，靠端坐(āsana)、集中注意力(dhāraṇā)和冥想(dhyāna)，人必然可以使内心平静下来，使其专注于至尊人格首神。换句话说，瑜伽程序是觉悟神的物质努力，但奉爱服务(bhakti)是可以认识祂的灵性程序。卡特万嘎王接受灵性路途，所以不再对物质的一切感兴趣。《博伽梵歌》第18章的第55节诗记载，奎师那说："只有做奉爱服务，才能如实地了解我(bhaktyā mām abhijānāt)。"人只要做奉爱服务，就可以了解至尊梵奎师那——至尊人格首神。至尊主从没有说，人可以靠练神秘瑜伽或哲学思辨了解祂。奉爱服务超越所有这些物质性的努力。奉爱服务纯洁无瑕，甚至不受知识思辨(jñāna)和虔诚活动的污染(anyābhilāṣitā-śū-nyaṁ jñāna-karmādy-anāvṛtam)。

第47节

अथेशमायारचितेषु सङ्गं
गुणेषु गन्धर्वपुरोपमेषु ।
रूढं प्रकृत्यात्मनि विश्वकर्तु-
र्भावेन हित्वा तमहं प्रपद्ये ॥४७॥

atheśa-māyā-raciteṣu saṅgaṁ
guṇeṣu gandharva-puropameṣu
rūḍhaṁ prakṛtyātmani viśva-kartur
bhāvena hitvā tam ahaṁ prapadye

atha－因此 / īśa-māyā－被至尊人格首神的外在能量 / raciteṣu－在展示的事物中 / saṅgam－依恋 / guṇeṣu－在物质自然的属性中 / gandharva-pura-upameṣu－被比喻为是空中楼阁或海市蜃楼(gandharva-pura) / rūdham－非常强大 / prakṛtyā－被物质自然 / ātmani－向超灵 / viśva-kartuḥ－整个宇宙的创造者的 / bhāvena－被奉爱服务 / hit-vā－放弃 / tam－向他(至尊主) / aham－我 / prapadye－投靠

译文　所以，我该立刻停止对至尊人格首神外在能量创造的事物的依恋。我该致力于想着至尊主，以此方式投靠祂。这个由至尊主的外在能量创造的物质世界，恰似空中楼阁。每一个受制约的灵魂都自然受物质事物的吸引并依恋它们，但人必须停止这种依恋，皈依至尊人格首神。

要旨　人在乘坐飞机飞越山脉时，有时可以看到空中有一座含有城镇和宫殿的城市；人在大森林中也有可能看到同样的东西。这称为空中楼阁(gandharva-pura)。这整个世界就恰似千变万化的幻景，每一个处在物质状态中的人都受它的吸引。但卡特万嘎王因为具有高度的奎师那意识，所以对这些事物不感兴趣。奉献者即使表面看来是在从事物质活动，但实际上却很清楚自己的状态。人如果将所有的物质事物都用于为至尊主做爱心服务，就处在正确的弃绝状态中(nirbandhaḥ kṛṣṇa-sambandhe yuktaṁ vairāgyam ucyate)。在这个物质世界里，不该将任何事物用作自己的感官享乐。应该为侍奉至尊主而接受一切。这是灵性世界的心态。卡特万嘎王忠告人们要放弃物质依恋，投靠至尊人格首神。这使人获得生命的成功。这是包括弃绝和知识(vairāgya-vidyā)在内的纯粹的奉爱瑜伽(bhakti-yoga)。

vairāgya-vidyā-nija-bhakti-yoga-
śikṣārtham ekaḥ puruṣaḥ purāṇaḥ
śrī-kṛṣṇa-caitanya-śarīra-dhārī
kṛpāmbudhir yas tam ahaṁ prapadye

“让我投靠现在显现为圣主柴坦亚·玛哈帕布的人格首神。祂是充满仁慈的汪洋，祂降临教导我们超越物质、变得博学并为祂本人做奉爱服务。”（《升起的明月——圣柴坦亚》Caitanya-candrodaya-nāṭaka 6.74)圣奎师那·柴坦亚·玛哈帕布开展这“弃绝和知识(vairāgya-vidyā)”的运动。这运动使人摆脱物质存在，怀着爱心做奉爱服务。倡导做奉爱服务的奎师那意识运动，是消除我们在这个物质世界里错误地追求名望的唯一方法。

第 48 节

इति व्यवसितो बुद्ध्या नारायणगृहीतया ।
हित्वान्यभावमज्ञानं ततः स्वं भावमास्थितः ॥४८॥

iti vyavasito buddhyā
nārāyaṇa-gṛhītayā
hitvānya-bhāvam ajñānaṁ
tataḥ svaṁ bhāvam āsthitaḥ

iti—如此 / vyavasitaḥ—坚定地决定了 / buddhyā—凭正确的智慧 / nārāyaṇa-gṛhītayā—完全被至尊人格首神纳茹阿亚纳的仁慈控制 / hitvā—放弃 / anya-bhāvam—不是奎师那意识的意识状态 / ajñānam—不过是不变的愚昧和黑暗 / tataḥ—那之后 / svam—他作为奎师那的永恒仆人的原本状态 / bhāvam—奉爱服务 / āsthitaḥ—处在

译文 就这样，卡特万嘎王通过用他的高等智慧为至尊主服务，不再错误地与充满愚昧的躯体认同。他在自己原本的仆人状态中，全心致力于为至尊主服务。

要旨 当人的意识转变为纯粹的奎师那意识时，就没人有权利再控制他了。处在奎师那意识状态中的人，不再受愚昧的黑暗控制，而是处在他原本的状态中。生物永恒是至尊主的仆人(jīvera 'svarūpa' haya-kṛṣṇera 'nitya-dāsa')，当他以此身份在所有的方面为至尊主服务时，他就享受到完美的生活。

第 49 节

यत्तद् ब्रह्म परं सूक्ष्ममशून्यं शून्यकल्पितम् ।
भगवान् वासुदेवेति यं गृणन्ति हि सात्वताः ॥४९॥

yat tad brahma paraṁ sūkṣmam
　aśūnyaṁ śūnya-kalpitam
bhagavān vāsudeveti
　yaṁ gṛṇanti hi sātvatāḥ

yat－……的那个 / tat－如此 / brahma param－至尊梵——至尊人格首神奎师那 / sūkṣmam－灵性的、超越一切物质概念的 / aśūnyam－不是不具人格特征或空的 / śūnya-kalpitam－由智力欠佳的人想象为是空的 / bhagavān－至尊人格首神 / vāsudeva－奎师那 / iti－如此 / yam－……的人 / gṛṇanti－歌唱有关 / hi－事实上 / sātvatāḥ－纯粹的奉献者

译文　对于将至尊主视为是不具人格特征或空无的没智慧的人来说，至尊人格首神华苏戴瓦——奎师那极难了解。因此，只有纯粹的奉献者才了解至尊主并歌颂祂。

要旨　正如《圣典博伽瓦谭》第1篇第2章的第11节诗说：

vadanti tat tattva-vidas
　tattvaṁ yaj jñānam advayam
brahmeti paramātmeti
　bhagavān iti śabdyate

“博学的超然主义者了解绝对真理，把这没有相对性的实体称为梵、超灵或人格首神。”绝对真理从三个方面被认识到，即：梵(Brahman)、超灵(Paramātmā)和至尊人格首神(Bhagavān)。至尊人格首神是一切的源头。梵是至尊人格首神的部分代表，而超灵华苏戴瓦(Vāsudeva)无所不在，在每一个生物体的心中。尽管对

梵和超灵的觉悟也是对至尊人格首神的高等觉悟。然而，当人了解至尊人格首神时(vāsudevaḥ sarvam iti)，当人认识到华苏戴瓦既是超灵也是不具人格特征的梵时，他就具有了完美的知识。因此，阿尔诸纳描述奎师那是至尊人格首神、终极的住所，至纯至粹者、绝对真理(paraṁ brahma paraṁ dhāma pavitraṁ paramaṁ bhavān)。梵文paraṁ brahma是指，不具人格特征的梵及无所不在的超灵的源头和所在地。当奎师那说，离开这躯体后再也不投生于这个物质世界(tyaktvā dehaṁ punar janma naiti mām eti)时，是指完美的奉献者在获得完美的觉悟后返回家园，回到首神身边。卡特万嘎王接受至尊人格首神的保护，并因为全心全意的投靠而达到完美的境界。

到此为止，结束了巴克提韦丹塔对《圣典博伽瓦谭》第9篇第9章——“昂舒曼的王朝”所作的阐释。

第十章

至尊主茹阿玛禅铎的娱乐活动

这一章描述的是主茹阿玛禅铎(Rāmacandra)显现在卡特万嘎王(Mahārāja Khaṭvāṅga)的王朝，以及祂杀死茹阿瓦纳(Rāvaṇa)，返回祂王国的首都阿尤迪亚(Ayodhyā)的事迹。

卡特万嘎王的儿子是迪尔嘎巴胡(Dīrghabāhu)，迪尔嘎巴胡是茹阿古(Raghu)的父亲。茹阿古的儿子是阿佳(Aja)，阿佳的儿子名叫达沙茹阿特(Daśaratha)，达沙茹阿特的儿子就是主茹阿玛禅铎(Rāmacandra)——至尊人格首神。当至尊主以主茹阿玛禅铎、拉珂施曼(Lakṣmaṇa)、巴茹阿特(Bharata)和沙特茹格纳(Śatrughna)——祂全部的四个一组扩展降临这个世界时，像瓦勒弥克依(Vālmīki)那样真正了解绝对真理的伟大圣人，描述了祂超然的娱乐活动。圣舒卡戴瓦·哥斯瓦米于是只简略地概述这些娱乐活动。

主茹阿玛禅铎与维施瓦弥陀(Viśvāmitra)去杀死玛瑞查(Mārīca)等食人魔(Rākṣasa)。接着，至尊主在弄断名叫哈茹阿达努(Haradhanu)的结实强大的弓后，娶悉塔(Sītā)为妻，也削弱了帕茹阿舒茹阿玛(Paraśurāma)的自豪感。祂服从祂父亲的命令，由拉珂施曼(Lakṣmaṇa)和悉塔陪伴进入森林。在那里，祂削掉舒尔帕娜卡(Śūrpaṇakhā)的鼻子，杀死以卡茹阿(Khara)和杜莎娜(Dūṣaṇa)为首的茹阿瓦纳的助手们。茹阿瓦纳绑架悉塔女神，是这个恶魔不幸的开端。当玛瑞查以一头金鹿的形象出现时，主茹阿玛禅铎为取悦悉塔女神而追捕那头鹿，茹阿瓦纳就趁至尊主不在的这段时间绑架了悉塔。悉塔女神被绑架后，主茹阿玛禅铎在拉珂施曼的陪伴下走遍森林寻找她。在寻找的过程中，祂们遇见佳塔尤(Jaṭāyu)。接着，至尊主杀死恶魔卡班达(Kabandha)和司令官瓦利(Vāli)，与苏贵瓦

(Sugrīva)建立起友谊。在调遣猴子的军事力量后，至尊主与他们一起去到海边，等待海神萨沐铎(Samudra)的到来。萨沐铎迟迟不到，茹阿玛禅铎——萨沐铎的主人愤怒起来。苏沐铎飞速赶来见至尊主，向祂皈依，表示要尽全力帮助祂。至尊主随后建起一座桥，在维毕珊(Vibhīṣaṇa)提供的建议的帮助下，向茹阿瓦纳的首都兰卡(Laṅkā)发起进攻。

在那之前，至尊主永恒的仆人哈努曼(Hanumān)曾点燃过兰卡；现在，在拉珂施曼的帮助下，主茹阿玛禅铎的军队杀死了所有食人魔的士兵。主茹阿玛禅铎随即亲手杀死了茹阿瓦纳。茹阿瓦纳的妻子曼窦妲蕊等为茹阿瓦纳的死而哀哭，维毕珊按照主茹阿玛禅铎的命令为所有死去的家人举行葬礼。主茹阿玛禅铎接着将兰卡的统治权交给维毕珊，并赐予他长寿。至尊主从无忧(Aśo-ka)森林救出悉塔女神，用一架鲜花飞机将她带回祂的首都阿尤迪亚，在那里受到祂弟弟巴茹阿特的欢迎。主茹阿玛禅铎进入阿尤迪亚时，巴茹阿特带来祂的木屐；维毕珊和苏贵瓦各持一把拂尘和扇子；哈努曼举着一顶华盖；沙特茹格纳携带至尊主的弓和两个箭筒；悉塔女神手捧一个装满圣地之水的水罐；安嘎达(Aṅgada)手持一把宝刀；熊王湛巴万(Jāmbavān)携带一个盾牌。主茹阿玛禅铎由拉珂施曼和悉塔女神陪伴，与自己的亲属相见，大圣人瓦希施塔使祂登上王位。这一章以简短地描述主茹阿玛禅铎统治阿尤迪亚作结束。

第 1 节

श्रीशुक उवाच
खट्वाङ्गाद्दीर्घबाहुश्च रघुस्तस्मात्पृथुश्रवाः ।
अजस्ततो महाराजस्तस्माद्दशरथोऽभवत् ॥ १ ॥

śrī-śuka uvāca
khaṭvāṅgād dīrghabāhuś ca
raghus tasmāt pṛthu-śravāḥ

ajas tato mahā-rājas
　tasmād daśaratho 'bhavat

śrī-śukaḥ uvāca－圣舒卡戴瓦·哥斯瓦米说 / khaṭvāṅgāt－从卡特万嘎王 / dīrghabāhuḥ－名叫迪尔嘎巴胡的儿子 / ca－和 / raghuḥ tasmāt－他生了茹阿古 / pṛthu-śravāḥ－圣洁和著名的 / ajaḥ－名叫阿佳的儿子 / tataḥ－从他 / mahā-rājaḥ－名叫达沙茹阿特的伟大君王 / tasmāt－从阿佳 / daśarathaḥ－名叫达沙茹阿特 / abhavat－诞生

译文　舒卡戴瓦·哥斯瓦米说：卡特万嘎王的儿子是迪尔嘎巴胡，迪尔嘎巴胡的儿子是著名的茹阿古王。茹阿古王生了阿佳，阿佳是伟大的人物达沙茹阿特的父亲。

第2节

तस्यापि भगवानेष साक्षाद् ब्रह्ममयो हरिः ।
अंशांशेन चतुर्धागात्पुत्रत्वं प्रार्थितः सुरैः ।
रामलक्ष्मणभरतशत्रुघ्ना इति संज्ञया ॥ २ ॥

tasyāpi bhagavān eṣa
　sākṣād brahmamayo hariḥ
aṁśāṁśena caturdhāgāt
　putratvaṁ prārthitaḥ suraiḥ
rāma-lakṣmaṇa-bharata-
　śatrughnā iti saṁjñayā

tasya－他——达沙茹阿特王 / api－也 / bhagavān－至尊人格首神 / eṣaḥ－他们全体 / sākṣāt－直接地 / brahma-mayaḥ－至尊梵——绝对真理 / hariḥ－至尊人格首神 / aṁśa-aṁśena－由一个完整扩展的扩展 / caturdhā－由四个扩展 / agāt－接受 / putratvam－儿子的身份 / prārthitaḥ－接受祈祷 / suraiḥ－由半神人 / rāma－主茹阿玛禅铎 / lakṣmaṇa－主拉珂施曼 / bharata－主巴茹阿特 / śatrughnāḥ－和主沙特茹格纳 / iti－如此 / saṁjñayā－以不同的名字

译文 应半神人的祈求，至尊人格首神——绝对真理本人，直接与祂的扩展和扩展的扩展显现。祂们的圣名分别是，茹阿玛、拉珂施曼、巴茹阿特和沙特茹格纳。这些著名的化身就这样以达沙茹阿特王的四个儿子的身份出现。

要旨 主茹阿玛禅铎与祂的弟弟拉珂施曼、巴茹阿特和沙特茹格纳，都属于维施努范畴(viṣṇu-tattva)，不属于个体灵魂范畴(jīva-tattva)。至尊人格首神扩展出众多的形象(advaitam acyutam anādim ananta-rūpam)。尽管祂们都一样，但维施努范畴中还是有许多形象和化身。正如《布茹阿玛·萨密塔》(Brahma-saṁhitā)第5章的第39节诗证实：至尊主以茹阿玛、拉珂施曼、巴茹阿特和沙特茹格纳等许多形象存在，这些形象可以存在于祂创造的任何部分(rāmā-di-mūrtiṣu kalā-niyamena tiṣṭhan)。所有这些形象都作为个体的人格首神永恒不变地存在着，祂们恰似许多蜡烛，都同样强大有力。都属于维施努范畴并同样强大有力的主茹阿玛禅铎、拉珂施曼、巴茹阿特和沙特茹格纳，为回应半神人的祈祷而成为达沙茹阿特王的儿子。

第3节

तस्यानुचरितं राजन्नृषिभिस्तत्त्वदर्शिभिः ।
श्रुतं हि वर्णितं भूरि त्वया सीतापतेर्मुहुः ॥ ३ ॥

tasyānucaritaṁ rājann
ṛṣibhis tattva-darśibhiḥ
śrutaṁ hi varṇitaṁ bhūri
tvayā sītā-pater muhuḥ

tasya—祂(至尊人格首神茹阿玛禅铎和祂的兄弟们)的 / anucaritam—超然的活动 / rājan—君王(帕瑞克西特王)啊 / ṛṣibhiḥ—由伟大的圣人或圣洁之人 / tattva-darśibhiḥ—由知道绝对真理的人们 / śrutam—都被听到 / hi—事实上 / varṇitam—在他们如此被生动地描述

时 / bhūri－许多 / tvayā－由你 / sītā-pateḥ－悉塔女神的丈夫——主茹阿玛禅铎的 / muhuḥ－频繁地

译文　帕瑞克西特王啊！看清真相的伟大、圣洁之人，都描述主茹阿玛禅铎的超然活动。由于你已多次聆听过有关悉塔女神的丈夫——主茹阿玛禅铎的一切，我就只简略地描述这些活动。请注意听。

要旨　现代食肉魔(Rākṣasa)仅仅因为他们有博士头衔，就摆出受过高等教育的姿态，试图证明主茹阿玛禅铎不是至尊人格首神，而只不过是个普通人罢了。但那些有学问且灵性进步的人，永远都不会接受这种说法；他们将接受那些完全了解绝对真理的人(tattva-darśī)，对主茹阿玛禅铎和其活动的描述。《博伽梵歌》第4章的第34节诗记载，至尊人格首神忠告说：

tad viddhi praṇipātena
paripraśnena sevayā
upadekṣyanti te jñānaṁ
jñāninas tattva-darśinaḥ

"为理解真理而向一位灵性导师皈依，以服从的态度向他请教，为他服务。觉悟了自我的灵魂看到了真理，因此可以把知识传授给你。"人除非完全了解绝对真理的知识(tattva-darśī)，否则无法描述至尊人格首神的活动。所以，尽管有许多所谓描述主茹阿玛禅铎活动史的《茹阿玛亚纳》(Rāmāyaṇa)，但其中有些并没有真正的权威性。有时，人们根据自己的想象、推测或内心情感，描述主茹阿玛禅铎的活动。但我们其实不该认为主茹阿玛禅铎和祂的特征是想象出的。在描述主茹阿玛禅铎的历史时，舒卡戴瓦·哥斯瓦米告诉帕瑞克西特王说："你已经聆听了有关主茹阿玛禅铎的活动。"因此很显然，在五千年前就已经有许多描述主茹阿玛禅铎活动的历史(Rāmāyaṇa)，现在也还有许多。然而，我们必须只选择那些完全了解绝对真理的人(jñāninas tattva-darśinaḥ)所写的著作，而不是那些只因为有所谓的博士头衔就声称自己有知识的学者写的书。舒卡戴瓦·哥斯瓦米对此提出警告说，应该聆听看清真相的大圣人说的话(ṛṣibhis tattva-darśibhiḥ)。尽管瓦勒弥克依编纂的《茹阿玛亚纳》是一部巨著，但舒卡戴瓦·哥斯瓦米在此用几节诗总结了同样的活动。

第4节

गुर्वर्थे त्यक्तराज्यो व्यचरदनुवनं पद्मपद्भ्यां प्रियायाः
पाणिस्पर्शाक्षमाभ्यां मृजितपथरुजो यो हरीन्द्रानुजाभ्याम् ।
वैरूप्याच्छूर्पणख्याः प्रियविरहरुषारोपितभ्रूविजृम्भ-
त्रस्ताब्धिर्बद्धसेतुः खलदवदहनः कोसलेन्द्रोऽवतान्नः ॥ ४ ॥

gurv-arthe tyakta-rājyo vyacarad anuvanaṁ padma-padbhyāṁ priyāyāḥ
pāṇi-sparśākṣamābhyāṁ mṛjita-patha-rujo yo harīndrānujābhyām
vairūpyāc chūrpaṇakhyāḥ priya-viraha-ruṣāropita-bhrū-vijṛmbha-
trastābdhir baddha-setuḥ khala-dava-dahanaḥ kosalendro 'vatān naḥ

guru-arthe—为了保持祂父亲的承诺 / tyakta-rājyaḥ—放弃君王的职位 / vyacarat—漫游 / anuvanam—从一片森林到另一片森林 / padma-padbhyām—用祂的两只莲花足 / priyāyāḥ—与祂心爱的妻子——悉塔女神 / pāṇi-sparśa-akṣamābhyām—那么娇嫩，甚至无法忍受悉塔手掌的触碰的…… / mṛjita-patha-rujaḥ—行走导致的疲劳被消除 / yaḥ—……的至尊主 / harīndra-anujābhyām—由猴王、哈努曼和祂弟弟拉珂施曼陪伴 / vairūpyāt—因为被毁容 / śūrpaṇakhyāḥ—名叫舒尔帕娜卡的女食人魔 / priya-viraha—与祂十分珍爱的妻子分离而感到难过 / ruṣā āropita-bhrū-vijṛmbha—靠愤怒地挑动祂的眉毛 / trasta—恐惧 / abdhiḥ—海洋 / baddha-setuḥ—在海洋上架起一座桥梁的人 / khala-dava-dahanaḥ—如同吞噬森林大火般杀死茹阿瓦纳等忌妒之人的人 / kosala-indraḥ—阿尤迪亚的君王 / avatāt—请保护 / naḥ—我们

译文　为使祂父亲的诺言不落空，主茹阿玛禅铎立刻放弃君王的地位，在祂妻子——悉塔的陪伴下，用祂的莲花足从一片森林走到另一片森林。祂的莲花足那么娇嫩，甚至无法承受悉塔手掌的触碰。陪伴至尊主的还有猴王哈努曼(或另一个猴子苏贵瓦)及祂自己的弟弟主拉珂施曼，他们两人都帮助祂减轻在森林中旅行的疲劳。由于削掉舒尔帕娜卡的鼻子和耳朵，令她毁容，至尊主被迫与悉塔女神分开。祂为此义愤填膺，挑动双眉，使海洋惊慌失措，于是允许祂建造一座用以跨洋过海的桥梁。随后，至尊主进入茹阿瓦纳的王国去杀他，恰似大火吞没一片森林。愿那位至尊主茹阿玛禅铎给我们所有的保护。

第 5 节

विश्वामित्राध्वरे येन मारीचाद्या निशाचराः ।
पश्यतो लक्ष्मणस्यैव हता नैर्ऋतपुङ्गवाः ॥ ५ ॥

viśvāmitrādhvare yena
māricādyā niśā-carāḥ
paśyato lakṣmaṇasyaiva
hatā nairṛta-puṅgavāḥ

viśvāmitra-adhvare－在大圣人维施瓦弥陀的祭祀场中 / yena－被(主茹阿玛禅铎) / mārīca-ādyāḥ－以玛瑞查为首的 / niśā-carāḥ－在愚昧的黑夜中游荡的野蛮人 / paśyataḥ lakṣmaṇasya－被拉珂施曼看到 / eva－事实上 / hatāḥ－被杀死 / nairṛta-puṅgavāḥ－食人魔的大头领们

译文　在维施瓦弥陀举行祭祀的现场，主茹阿玛禅铎——阿尤迪亚的君王，杀死许多恶魔、食人魔和在愚昧属性控制的黑夜中游荡的野蛮人。愿在拉珂施曼面前杀死这些恶魔的主茹阿玛禅铎，能仁慈地保护我们。

第6—7节

योे लोकवीरसमितौ धनुरैशमुग्रं
सीतास्वयंवरगृहे त्रिशतोपनीतम् ।
आदाय बालगजलील इवेक्षुयष्टिं
सज्ज्यीकृतं नृप विकृष्य बभञ्ज मध्ये ॥ ६ ॥

जित्वानुरूपगुणशीलवयोऽङ्गरूपां
सीताभिधां श्रियमुरस्यभिलब्धमानाम् ।
मार्गे व्रजन् भृगुपतेर्व्यनयत्प्ररूढं
दर्पं महीमकृत यस्त्रिरराजबीजाम् ॥ ७ ॥

yo loka-vīra-samitau dhanur aiśam ugraṁ
sītā-svayaṁvara-gṛhe triśatopanītam
ādāya bāla-gaja-līla ivekṣu-yaṣṭiṁ
sajjyī-kṛtaṁ nṛpa vikṛṣya babhañja madhye

jitvānurūpa-guṇa-śīla-vayo 'ṅga-rūpāṁ
sītābhidhāṁ śriyam urasy abhilabdhamānām
mārge vrajan bhṛgupater vyanayat prarūḍhaṁ
darpaṁ mahīm akṛta yas trir arāja-bījām

yaḥ—……的主茹阿玛禅铎 / loka-vīra-samitau—在这世上的许多英雄中 / dhanuḥ—那弓 / aiśam—主希瓦的 / ugram—十分凶猛的 / sītā-svayaṁvara-gṛhe—在悉塔女神站着挑选她丈夫的大厅内 / triśata-upanītam—由三百人抬起的弓 / ādāya—拿起(那弓) / bāla-gaja-līlaḥ—如幼象在甘蔗林中行事般 / iva—如同那 / ikṣu-yaṣṭim—一根甘蔗 / sajjyī-kṛtam—扣紧弓弦 / nṛpa—君王啊 / vikṛṣya—靠折弯 / babhañ-ja—弄断它 / madhye—在中间 / jitvā—赢得 / anurūpa—正适合祂的地位和俊美 / guṇa—品质 / śīla—举止 / vayaḥ—年龄 / aṅga—身体 / rūpām—美丽 / sītā-abhidhām—名叫悉塔的少女 / śriyam—幸运女神 / urasi—在胸膛上 / abhilabdhamānām—以前得到过她 / mārge—在路上 / vrajan—走路时 / bhṛgupateḥ—布瑞古帕提的 / vyanayat—毁

灭 / prarūḍham一根深蒂固 / darpam一自豪 / mahīm一地球 / akṛta一结束 / yaḥ一……的人 / triḥ一三乘以七次 / arāja一没有一个王朝 / bījām一种子

译文　君王啊！主茹阿玛禅铎的娱乐活动精彩非凡，仿佛一头幼象从事的活动。在悉塔女神的选夫大会上，当着这世上英雄们的面，祂折断了主希瓦的弓。这张弓是那么沉重，需要有三百个大汉才能抬起它。但主茹阿玛禅铎弯弓上弦，竟然使它从中间断裂，就像一头幼象折断一根甘蔗枝。至尊主以此赢得悉塔的心。悉塔女神具有的形象、美丽、举止、年龄和本性，有着与至尊主同样超然的品质。事实上，她是始终靠在至尊主胸膛上的幸运女神。在众多竞争者聚集的大会上赢得悉塔后返家途中，主茹阿玛禅铎遇见帕茹阿舒茹阿玛。帕茹阿舒茹阿玛虽然对自己二十一次清除地球的王室阶层十分自豪，但却被显现为王室一员查锤亚的至尊主打败。

第 8 节

यः सत्यपाशपरिवीतपितुर्निदेशं
स्त्रैणस्य चापि शिरसा जगृहे सभार्यः ।
राज्यं श्रियं प्रणयिनः सुहृदो निवासं
त्यक्त्वा ययौ वनमसूनिव मुक्तसङ्गः ॥८॥

yaḥ satya-pāśa-parivīta-pitur nideśaṁ
straiṇasya cāpi śirasā jagṛhe sabhāryaḥ
rājyaṁ śriyaṁ praṇayinaḥ suhṛdo nivāsaṁ
tyaktvā yayau vanam asūn iva mukta-saṅgaḥ

yaḥ一……的主茹阿玛禅铎 / satya-pāśa-parivīta-pituḥ一祂那被对妻子的承诺捆绑的父亲的 / nideśam一命令 / straiṇasya一十分依恋妻子的父亲的 / ca一也 / api一事实上 / śirasā一在祂头上 / jagṛhe一接

受 / sa-bhāryaḥ—与祂妻子 / rājyam—王国 / śriyam—财富 / praṇayinaḥ—亲人们 / suhṛdaḥ—朋友们 / nivāsam—住所 / tyaktvā—放弃 / yayau—去 / vanam—到森林 / asūn—生活 / iva—如同 / mukta-saṅgaḥ——个解脱的灵魂

译文 为执行父亲在受制于给妻子的一个承诺的情况下发出的命令，主茹阿玛禅铎离开祂的王国、财富、朋友、祝愿者和国民等一切，如同放弃自己生命的解脱灵魂般，与悉塔一同去了森林。

要旨 达沙茹阿特王有三位妻子，其中一位名叫凯珂伊的妻子对他的侍奉使他很满意，他因此要给她一个祝福。然而，凯珂伊说：她将在必要的时候向你要求祝福。在即将举行给茹阿玛禅铎王子加冕的典礼时，凯珂伊要求她丈夫立她儿子巴茹阿特为王，送茹阿玛禅铎到森林去。达沙茹阿特王被他的承诺所捆绑，听从他心爱的妻子的话，命令茹阿玛禅铎去森林。至尊主作为孝顺的儿子，立刻接受了那命令。祂毫不犹豫地离开一切，恰似解脱的灵魂或伟大的瑜伽师(yogī)，在不受物质吸引的情况下放弃自己的生命一样。

第9节

रक्षःस्वसुर्व्यकृत रूपमशुद्धबुद्धे-
स्तस्याः खरत्रिशिरदूषणमुख्यबन्धून् ।
जघ्ने चतुर्दशसहस्रमपारणीय-
कोदण्डपाणिरटमान उवास कृच्छ्रम् ॥ ९ ॥

rakṣaḥ-svasur vyakṛta rūpam aśuddha-buddhes
tasyāḥ khara-triśira-dūṣaṇa-mukhya-bandhūn
jaghne caturdaśa-sahasram apāraṇīya-
kodaṇḍa-pāṇir aṭamāna uvāsa kṛcchram

rakṣaḥ-svasuḥ一食人魔(茹阿瓦纳)的妹妹舒尔帕娜卡的 / vya-kṛta一(主茹阿玛)使毁容 / rūpam一形象 / aśuddha-buddheḥ一因她的智力被色欲污染 / tasyāḥ一她的 / khara-triśira-dūṣaṇa-mukhya-ban-dhūn一以卡茹阿、特瑞希尔及杜莎娜为首的许多朋友 / jaghne一祂(主茹阿玛禅铎)杀死 / caturdaśa-sahasram一一万四千个 / apāraṇīya一无敌的 / kodaṇḍa一弓和箭 / pāṇiḥ一在祂手中 / aṭamānaḥ一在森林中漫游 / uvāsa一住在那里 / kṛcchram一十分艰难地

译文 在度过艰苦生活的森林中旅行期间，手持无敌弓箭的主茹阿玛禅铎削去茹阿瓦纳妹妹的鼻子和耳朵，使被色欲污染的她容颜尽毁。祂还杀了以卡茹阿、特瑞希尔及杜莎娜为首的一万四千个她的朋友。

第 10 节

सीताकथाश्रवणदीपितहृच्छयेन
सृष्टं विलोक्य नृपते दशकन्धरेण ।
जघ्नेऽद्भुतैणवपुषाश्रमतोऽपकृष्टो
मारीचमाशु विशिखेन यथा कमुग्रः ॥१०॥

sītā-kathā-śravaṇa-dīpita-hṛc-chayena
sṛṣṭaṁ vilokya nṛpate daśa-kandhareṇa
jaghne 'dbhutaiṇa-vapuṣāśramato 'pakṛṣṭo
mārīcam āśu viśikhena yathā kam ugraḥ

sītā-kathā一有关悉塔女神的 / śravaṇa一通过聆听 / dīpita一刺激 / hṛt-śayena一茹阿瓦纳心中的色欲 / sṛṣṭam一制造 / vilokya一看到 / nṛpate一帕瑞克西特王啊 / daśa-kandhareṇa一被有十个头的茹阿瓦纳 / jaghne一至尊主杀死 / adbhuta-eṇa-vapuṣā一被一头金色的鹿 / āśramataḥ一从祂的住所 / apakṛṣṭaḥ一引到一定的距离 / mārīcam一变形为一头金色小鹿形象的恶魔玛瑞查 / āśu一立即 / viśikhena一用尖锐的箭 / yathā一如同 / kam一达克沙 / ugraḥ一主希瓦

译文 帕瑞克西特王啊！肩上长着十个头的茹阿瓦纳，听说悉塔美丽、动人的容貌后，内心受色欲刺激，前去绑架她。茹阿瓦纳派玛瑞查变形为一头金色的鹿，到主茹阿玛禅铎的住所去引开祂。主茹阿玛禅铎看到那头神奇的鹿时，离开住所去追赶他，最终用尖锐的箭射杀他，就像主希瓦杀死达克沙。

第11节

रक्षोऽधमेन वृकवद्विपिनेऽसमक्षं
वैदेहराजदुहितर्यपयापितायाम् ।
भ्रात्रा वने कृपणवत्प्रियया वियुक्तः
स्त्रीसङ्गिनां गतिमिति प्रथयंश्चचार ॥११॥

rakṣo-'dhamena vṛkavad vipine 'samakṣaṁ
vaideha-rāja-duhitary apayāpitāyām
bhrātrā vane kṛpaṇavat priyayā viyuktaḥ
strī-saṅgināṁ gatim iti prathayaṁś cacāra

rakṣaḥ-adhamena－被最邪恶的食人魔茹阿瓦纳 / vṛka-vat－像老虎一样 / vipine－在森林中 / asamakṣam－无保护的 / vaideha-rāja-duhitari－被处在这种情况下的悉塔女神——维戴哈国王的女儿 / apayāpitāyām－被绑架 / bhrātrā－与祂弟弟 / vane－在森林中 / kṛpaṇa-vat－恰似一个很忧伤的人 / priyayā－被祂珍爱的妻子 / viyuktaḥ－分离 / strī-saṅginām－受女人吸引或依恋女人之人的 / gatim－目的地 / iti－如此 / prathayan－给予示范 / cacāra－游荡

译文 如同老虎趁牧羊人不在便叼走没人保护的绵羊，趁茹阿玛禅铎进入森林且拉珂施曼也不在，最恶劣的食人魔茹阿瓦纳绑架了悉塔女神——维戴哈国王的女儿。那之后，主茹阿玛禅铎与祂弟弟拉珂施曼在森林中徘徊，就仿佛因为与妻子分离而感到十分痛苦。就这样，祂以个人的例子给世人展示，依恋女人之人的状态。

要旨　这节诗文中说："祂以个人的例子给世人展示，依恋女人之人的状态(strī-saṅgināṁ gatim iti)。"按照道德训示，人在旅行时不该带自己的妻子(gṛhe nārīṁ vivarjayet)。以前的人在旅行时通常不用交通工具，所以在离家旅行时，尤其是在像主茹阿玛禅铎被祂父亲下令放逐的那种情况下，人应该尽可能地不带自己的妻子旅行。正如至尊人格首神以个人的情况为例表明的，无论是在森林中还是家中，人如果依恋女人，这种依恋就会造成麻烦。

当然，这是"依恋女人之人(strī-saṅgī)"的物质情况，但主茹阿玛禅铎的情况是灵性的，因为祂不属于这个物质世界。纳茹阿亚纳超越物质创造(nārāyaṇaḥ paro 'vyaktāt)。祂是物质世界的创造者，因此不受物质世界的束缚。主茹阿玛禅铎与悉塔的分离，从灵性的角度被理解为是"在分离状态下的情侣之爱(vipralambha)"，是至尊人格首神的超然快乐能量(hladini-sakti)的一个活动，属于灵性世界中夫妻之爱的甜蜜情感(śṛṅgāra-rasa)。在灵性世界中，至尊人格首神有所有种类的爱的交流，表现出的情感特征分别被称为超然的极乐(sāttvika)、持久的(sañcārī)、悲伤(vilāpa)、昏倒(mūrcchā)和超然的疯狂(unmāda)。但主茹阿玛禅铎与悉塔分离时，所有这些灵性的征象都得以展示。至尊主既不是不具人格特征的，也并非虚弱无力。相反，祂具有充满知识和极乐的永恒形象(sac-cid-ānanda-vigraha)。所以，祂有灵性极乐的一切表现。感受与自己心爱的人分离也是一种极乐的表现。正如圣斯瓦茹帕·达摩达尔·哥斯瓦米(Svarūpa Dāmodara Gosvāmī)所解释的：茹阿妲(Rādhā)和奎师那(Kṛṣṇa)之间的爱的交流，是至尊主喜悦能量的展示。至尊主是一切喜悦的最初源头及宝库。为此，主茹阿玛禅铎展示了灵性和物质的真相。物质的真相是：那些依恋女人的人受苦。但灵性的真相是：至尊主感受到与祂的快乐能量分离时，祂的灵性极乐更增强了。对此，《博伽梵歌》第9章的第11节诗解释说：

avajānanti māṁ mūḍhā
mānuṣīṁ tanum āśritam
paraṁ bhāvam ajānanto
mama bhūta-maheśvaram

“当我以人的形象降临时，愚蠢的人轻视我。他们不知道我作为万事万物的至尊主所具有的超然性。”不知道至尊人格首神的灵性力量的人以为，至尊主只不过是个普通人而已。但至尊主的心、智力和感官，永远不受物质处境的影响。这一事实在《斯康达往世书》(Skanda Purāṇa)中有进一步的解释，玛德瓦查尔亚(Madhvācārya)引述如下：

nitya-pūrṇa-sukha-jñāna-
svarūpo 'sau yato vibhuḥ
ato 'sya rāma ity ākhyā
tasya duḥkhaṁ kuto 'ṇv api

tathāpi loka-śikṣārtham
aduḥkho duḥkha-vartivat
antarhitāṁ loka-dṛṣṭyā
sītām āsīt smarann iva

jñāpanārthaṁ punar nitya-
sambandhaḥ svātmanaḥ śriyāḥ
ayodhyāyā vinirgacchan
sarva-lokasya ceśvaraḥ
pratyakṣaṁ tu śriyā sārdhaṁ
jagāmānādir avyayaḥ

nakṣatra-māsa-gaṇitaṁ
trayodaśa-sahasrakam
brahmaloka-samaṁ cakre
samastaṁ kṣiti-maṇḍalam

rāmo rāmo rāma iti
sarveṣām abhavat tadā
sarvoramamayo loko
yadā rāmas tv apālayat

事实上，茹阿瓦纳根本无法夺走悉塔。茹阿瓦纳带走的悉塔形体是悉塔女神的错觉代表——玛亚·悉塔(maya-sītā)。当悉塔在火中受到检验时，这个玛亚·悉塔被烧掉，真正的悉塔从火中出来。

这例子使我们进一步了解：一个女人在物质世界里无论有多么强有力，都必须得到保护，因为她一旦不受保护，就会受茹阿瓦纳那样的食人魔的剥削。这节诗文中的“被处在这种情况下的悉塔女神——维戴哈国王的女儿(vaideha-rāja-duhitari)”一句表明，在悉塔女神嫁给主茹阿玛禅铎之前，她受到她父亲——维戴哈国的君王的保护。她结婚后受到她丈夫的保护。因此结论是：女人始终都该受到保护。按照韦达文化的规定：女人没有独立(asama-kṣam)的时候，因为女人无法独自保护自己。

第 12 节

दग्ध्वात्मकृत्यहतकृत्यमहन् कबन्धं
सख्यं विधाय कपिभिर्दयितागतिं तैः ।
बुद्ध्वाथ वालिनि हते प्लवगेन्द्रसैन्यै-
र्वेलामगात्स मनुजोऽजभवार्चिताङ्घ्रिः ॥१२॥

dagdhvātma-kṛtya-hata-kṛtyam ahan kabandhaṁ
sakhyaṁ vidhāya kapibhir dayitā-gatiṁ taiḥ
buddhvātha vālini hate plavagendra-sainyair
velām agāt sa manujo 'ja-bhavārcitāṅghriḥ

dagdhvā—被燃烧 / ātma-kṛtya-hata-kṛtyam—举行了为至尊主而牺牲的佳塔尤的葬礼后 / ahan—杀死 / kabandham—恶魔卡班达 / sakhyam—友谊 / vidhāya—创建后 / kapibhiḥ—与猴子首领们一起 / dayitā-gatim—营救悉塔的安排 / taiḥ—由他们 / buddhvā—知道 / atha—那之后 / vālini hate—当瓦利被杀后 / plavaga-indra-sainyaiḥ—有猴子士兵的帮助 / velām—到海边 / agāt—去 / saḥ—祂——主茹阿玛禅铎 /

manu-jaḥ－显得像是个人类 / aja－被主布茹阿玛 / bhava－及被主希瓦 / arcita-aṅghriḥ－其莲花足受到崇拜

译文 莲花足受到主布茹阿玛和主希瓦崇拜的主茹阿玛禅铎，以人的形象显现，为遭到茹阿瓦纳杀害的佳塔尤举行了葬礼。接着，至尊主杀死恶魔卡班达；与猴子的首领交朋友后杀死瓦利。在安排营救悉塔女神的事宜后，祂前往海边。

要旨 茹阿瓦纳绑架悉塔时，在路上受到巨鸟佳塔尤(Jaṭāyu)的阻拦。但强大的茹阿瓦纳在激战中打败佳塔尤，砍掉牠的翅膀。茹阿玛禅铎在寻找悉塔的路途上，发现就快要死去的佳塔尤，佳塔尤告诉祂，悉塔是被茹阿瓦纳劫走的。佳塔尤死后，主茹阿玛禅铎通过举行火葬仪式，履行了儿子该履行的责任。祂后来与猴子交朋友，以拯救悉塔女神。

第 13 节

यद्रोषविभ्रमविवृत्तकटाक्षपात-
सम्भ्रान्तनक्रमकरो भयगीर्णघोषः ।
सिन्धुः शिरस्यर्हणं परिगृह्य रूपी
पादारविन्दमुपगम्य बभाष एतत् ॥१३॥

yad-roṣa-vibhrama-vivṛtta-kaṭākṣa-pāta-
sambhrānta-nakra-makaro bhaya-gīrṇa-ghoṣaḥ
sindhuḥ śirasy arhaṇaṁ parigṛhya rūpī
pādāravindam upagamya babhāṣa etat

yat-roṣa－其愤怒 / vibhrama－由……引起 / vivṛtta－转为 / kaṭākṣa-pāta－被瞥视 / sambhrānta－刺激 / nakra－鳄鱼 / makaraḥ－和鲨鱼 / bhaya-gīrṇa-ghoṣaḥ－恐惧使其不敢大声喧哗而是保持沉默 / sindhuḥ－海洋 / śirasi－在他头上 / arhaṇam－崇拜至尊主的所有用

品 / parigṛhya－携带着 / rūpī－变形为 / pāda-aravindam－至尊主的莲花足 / upagamya－抵达 / babhāṣa－说 / etat－如下一番话

译文　抵达海边后，主茹阿玛禅铎断食三天，等待海神前来。当海神不来时，至尊主展示祂愤怒的娱乐活动，仅仅凭祂的扫视，海洋中所有的水生物，包括鳄鱼、鲨鱼，都惊恐万分。海神于是惊恐地来找主茹阿玛禅铎，带着所有的用品来崇拜祂。海神扑倒在至尊主的莲花足旁，说了如下一番话。

第 14 节

न त्वां वयं जडधियो नु विदाम भूमन्
　कूटस्थमादिपुरुषं जगतामधीशम् ।
यत्सत्त्वतः सुरगणा रजसः प्रजेशा
　मन्योश्च भूतपतयः स भवान् गुणेशः ॥१४॥

na tvāṁ vayaṁ jaḍa-dhiyo nu vidāma bhūman
　kūṭa-stham ādi-puruṣaṁ jagatām adhīśam
yat-sattvataḥ sura-gaṇā rajasaḥ prajeśā
　manyoś ca bhūta-patayaḥ sa bhavān guṇeśaḥ

na－不 / tvām－您圣上 / vayam－我们 / jaḍa-dhiyaḥ－迟钝的心智 / nu－事实上 / vidāmaḥ－能知道 / bhūman－至尊者啊 / kūṭa-stham－在内心深处 / ādi-puruṣam－第一位人格首神 / jagatām－宇宙的 / adhīśam－至尊主人 / yat－在您的指导下坚定做事 / sattvataḥ－受善良属性的控制 / sura-gaṇāḥ－这样的半神人 / rajasaḥ－受制于激情属性 / prajā-īśāḥ－生物体祖先 / manyoḥ－受制于愚昧属性 / ca－和 / bhūta-patayaḥ－鬼魂的统治者 / saḥ－这样一个人物 / bhavān－您圣上 / guṇa-īśaḥ－物质自然三种属性的主人

译文　（海神祈祷说：）无所不在的至尊人啊！我们心智迟钝，不了解您是谁。但现在我们明白了，您是至尊人、整个宇宙的主人、存在中永恒不变的第一位人格首神。半神人深受善良属性的影响、生物体祖先受激情属性的影响，而鬼魂的君主受愚昧属性的影响，但您是所有这些属性的主人。

要旨 梵文“迟钝的心智(jaḍa-dhiyaḥ)”一句是指，如同动物般的智力。有这种智力的人无法了解至尊人格首神。动物不挨打就无法了解人的意愿。同样道理，心智迟钝的人无法了解至尊人格首神，直到受物质自然属性的严厉惩罚时才开始了解祂。一首印度诗歌说：

duḥkha se saba hari bhaje
sukha se bhaje koī
sukha se agar hari bhaje
duḥkha kāthāṅ se haya

“人在痛苦时去教堂或庙宇崇拜至尊神，可一旦富有就忘了祂。”因此，至尊主有必要透过物质自然惩罚人类社会，因为没有这种惩罚，人就因为心智迟钝而忘记至尊主的至高地位。

第 15 节

कामं प्रयाहि जहि विश्रवसोऽवमेहं
त्रैलोक्यरावणमवाप्नुहि वीर पत्नीम् ।
बध्नीहि सेतुमिह ते यशसो वितत्यै
गायन्ति दिग्विजयिनो यमुपेत्य भूपाः ॥१५॥

kāmaṁ prayāhi jahi viśravaso 'vamehaṁ
trailokya-rāvaṇam avāpnuhi vīra patnīm
badhnīhi setum iha te yaśaso vitatyai
gāyanti dig-vijayino yam upetya bhūpāḥ

kāmam－如您所愿 / prayāhi－您可以穿过我的水 / jahi－就征服 / viśravasaḥ－维刷瓦·牟尼的 / avameham－如尿液般污染 / trailokya－对三个世界 / rāvaṇam－名叫茹阿瓦纳——使人哭泣的人 / avāpnuhi－重获 / vīra－大英雄啊 / patnīm－您妻子 / badhnīhi－就建造 / setum－一座桥 / iha－这里(在这水上) / te－您圣上的 / yaśasaḥ－名望 / vitatyai－以扩大 / gāyanti－将赞扬 / dik-vijayinaḥ－征服了四面八方的大英雄 / yam－……的(桥) / upetya－即将到来 / bhupāḥ－伟大的君王们

译文　我的至尊主，您可以随心所欲地用我的水。事实上，您可以跨越它，去到茹阿瓦纳的驻地，他是三个世界烦恼不安与哭泣的罪魁祸首。他是维刷瓦的儿子，但却被视为尿液般令人厌恶。请去杀死他，从而带回您的妻子悉塔女神。伟大的英雄啊！尽管我的水没有对您去兰卡造成障碍，但还是请在它之上造一座桥，以此传扬您的超然美名。看到您圣上这一神奇非凡的作为，所有伟大的英雄和君王都将颂扬您。

要旨　俗话说：儿子和尿液都由生殖器这同一个源头发出。当儿子是奉献者或伟大、博学的人时，为生儿子而射精就是成功的，但如果儿子不具资格，没有给家庭增光，那他就不比尿液强。这节诗中将茹阿瓦纳比作尿液，是因为他给三个世界制造麻烦。为此，海神希望主茹阿玛禅铎杀死他。

全能是至尊人格首神茹阿玛禅铎的一个特点。至尊主做事时完全可以无视物质的阻碍或不便，但为了证明祂是至尊人格首神，而并非靠宣传或大众投票选举成为首神，祂在汪洋上建起了一座神奇的桥。如今时髦的做法是，将根本没有非凡作为的人树立为神。一点点魔术就可以迷惑一个愚蠢之人，将变魔术者视为是神。之所以这样，是因为人们不了解神有多么强大。然而，主茹阿玛禅铎通过使石头漂浮在水上，在汪洋上建起一座桥，证明了神具有的非凡、神奇的力量。为何有人会在没做普通人永远都做不到的事以展示其非凡力量的情况下，就被接受为是神呢？我们之所以承认主茹阿玛禅铎是至尊人格首神，是因为祂建起了这座桥；我们之所以接受主奎师那是至尊人格首神，是因为祂在只有七岁时举起了哥瓦尔丹山(Govardhana)。神在祂从事的各种活动中展示祂特殊的特征，所以我们不该将无赖接受为是神或神的化身。对此，《博伽梵歌》第4章的第9节诗记载，至尊主本人说：

janma karma ca me divyam
evaṁ yo vetti tattvataḥ
tyaktvā dehaṁ punar janma
naiti mām eti so 'rjuna

“阿尔诸纳啊！谁能了解我显现和活动的超然本质，谁就在离开躯体后到达我永恒的住所，不再投生于这个物质世界。”至尊主的活动并不普通；它们全部是超然、神奇的，任何其他生物体都无法从事。所有的启示经典(śāstra)都谈到至尊主活动的特征，人了解那些活动后就可以如实地接受至尊主。

第 16 节

बद्ध्वोदधौ रघुपतिर्विविधाद्रिकूटैः
सेतुं कपीन्द्रकरकम्पितभूरुहाङ्गैः ।
सुग्रीवनीलहनुमत्प्रमुखैरनीकै-
र्लङ्कां विभीषणदृशाविशदग्रदग्धाम् ॥१६॥

baddhvodadhau raghu-patir vividhādri-kūṭaiḥ
setuṁ kapīndra-kara-kampita-bhūruhāṅgaiḥ
sugrīva-nīla-hanumat-pramukhair anīkair
laṅkāṁ vibhīṣaṇa-dṛśāviśad agra-dagdhām

baddhvā一建造后 / udadhau一在海洋的水中 / raghu-patiḥ一主茹阿玛禅铎 / vividha一各种各样的 / adri-kūṭaiḥ一用巨大山脉的山峰 / setum一一座桥 / kapi-indra一强有力的猴子们的 / kara-kampita一用巨

大的手移动 / bhūruha-aṅgaiḥ－与树木和植物一起 / sugrīva－苏贵瓦 / nīla－尼拉 / hanumat－哈努曼 / pramukhaiḥ－由……领导 / anīkaiḥ－与这样的士兵一道 / laṅkām－茹阿瓦纳的王国兰卡 / vibhīṣaṇa-dṛśā－由茹阿瓦纳的兄弟维毕珊指引 / āviśat－进入 / agra-dagdhām－以前被(猴子战士哈努曼)点燃的

译文　舒卡戴瓦·哥斯瓦米说：巨大的猴子们用手撼动山顶上的树木和其他植物，等他们将山峰扔进海洋建起一座桥梁后，主茹阿玛禅铎前往兰卡，去营救被茹阿瓦纳囚禁的悉塔女神。在茹阿瓦纳的弟弟维毕珊的指引和帮助下，至尊主与苏贵瓦、尼拉和哈努曼率领的猴军，进入茹阿瓦纳的王国兰卡，哈努曼之前曾点燃它。

要旨　猴子士兵将覆盖着树木和植物的高山的山峰扔进海里，至尊主的至尊意愿使它们漂浮起来。凭至尊主的至尊意愿，许多巨大的星球像棉絮一样飘浮在外太空中。如果可以做到这一点，山峰为什么就不能浮在水面上？这是至尊人格首神全能的展示。祂能按祂的意愿做任何事，因为祂不受物质自然的控制，相反物质自然受祂控制。物质自然(prakṛti)在祂的指挥下活动(mayādhyakṣeṇa prakṛtiḥ sūyate sacarācaram)。《布茹阿玛·萨密塔》(Brahma-saṁhitā)第5章的第52节诗也给予同样的信息说：

yasyājñayā bhramati sambhṛta-kāla-cakro
govindam ādi-puruṣaṁ tam ahaṁ bhajāmi

就物质自然是如何活动的，《布茹阿玛·萨密塔》描述说：太阳按至尊人格首神的愿望运行。所以，对主茹阿玛禅铎来说，在猴子士兵的协助下建一座海上浮桥一点都不神奇；只有从“使主茹阿玛禅铎的英名永留青史”的角度看，那活动才是神奇的。

第 17 节

सा वानरेन्द्रबलरुद्धविहारकोष्ठ-
श्रीद्वारगोपुरसदोवलभीविटङ्का ।
निर्भज्यमानधिषणध्वजहेमकुम्भ-
शृङ्गाटका गजकुलैर्ह्रदिनीव घूर्णा ॥१७॥

sā vānarendra-bala-ruddha-vihāra-koṣṭha-
śrī-dvāra-gopura-sado-valabhī-viṭaṅkā
nirbhajyamāna-dhiṣaṇa-dhvaja-hema-kumbha-
śṛṅgāṭakā gaja-kulair hradinīva ghūrṇā

sā—名叫兰卡的地方 / vānara-indra—猴子大将们的 / bala—用力量 / ruddha—围堵 / vihāra—娱乐所 / koṣṭha—粮仓 / śrī—国库 / dvā-ra—宫殿大门 / gopura—城市大门 / sadaḥ—大会堂 / valabhī—巨大宫殿的正面 / viṭaṅkā—鸽子房 / nirbhajyamāna—在被拆除的过程中 / dhiṣaṇa—平台 / dhvaja—旗帜 / hema-kumbha—圆屋顶上的金制水罐 / śṛṅgāṭakā—和十字路口 / gaja-kulaiḥ—被一群群的大象 / hradinī—一条河 / iva—如同 / ghūrṇā—被刺激

译文 进入兰卡后，猴子士兵由苏贵瓦、尼拉和哈努曼等统帅率领，占领了所有的娱乐所、粮仓、国库、宫殿大门、城门、大会堂、宫殿正面，甚至鸽子栖息的房子。当城市中的十字路口、平台、旗帜和大厦穹隆上的金制水罐全都被摧毁后，整个兰卡城看起来恰似被一群大象践踏过的一条河。

第 18 节

रक्षःपतिस्तदवलोक्य निकुम्भकुम्भ-
धूम्राक्षदुर्मुखसुरान्तकनरान्तकादीन् ।
पुत्रं प्रहस्तमतिकायविकम्पनादीन्
सर्वानुगान् समहिनोदथ कुम्भकर्णम् ॥१८॥

rakṣaḥ-patis tad avalokya nikumbha-kumbha-
dhūmrākṣa-durmukha-surāntaka-narāntakādīn
putraṁ prahastam atikāya-vikampanādīn
sarvānugān samahinod atha kumbhakarṇam

rakṣaḥ-patiḥ－食人魔的主人(茹阿瓦纳) / tat－这样的混乱 / avalokya－看到后 / nikumbha－尼昆巴 / kumbha－昆巴 / dhūmrākṣa－杜么茹阿克沙 / durmukha－杜尔穆卡 / surāntaka－苏冉塔卡 / narānta-ka－纳冉塔卡 / ādīn－他们全体一起 / putram－他儿子因铎吉特 / prahastam－帕哈斯塔 / atikāya－阿提卡亚 / vikampana－维康帕纳 / adīn－他们全体一起 / sarva-anugān－茹阿瓦纳的全体追随者 / sama-hinot－命令(与敌人作战) / atha－最后 / kumbhakarṇam－最重要的兄弟昆巴卡尔纳

译文 食人魔的主人茹阿瓦纳看到猴军制造的混乱时，招来尼昆巴、昆巴、杜么茹阿克沙、杜尔穆卡、苏冉塔卡、纳冉塔卡等食人魔，以及自己的儿子因铎吉特。之后，他又唤来帕哈斯塔、阿提卡亚、维康帕纳，最终是昆巴卡尔纳。接着，他煽动所有这些追随者与敌军作战。

第 19 节

तां यातुधानपृतनामसिशूलचाप-
प्रासर्ष्टिशक्तिशरतोमरखड्गदुर्गाम् ।
सुग्रीवलक्ष्मणमरुत्सुतगन्धमाद-
नीलाङ्गदर्क्षपनसादिभिरन्वितोऽगात् ॥१९॥

tāṁ yātudhāna-pṛtanām asi-śūla-cāpa-
prāsarṣṭi-śaktiśara-tomara-khaḍga-durgām
sugrīva-lakṣmaṇa-marutsuta-gandhamāda-
nīlāṅgadarkṣa-panasādibhir anvito 'gāt

tām－他们全体 / yātudhāna-pṛtanām－食人魔的士兵 / asi－用刀剑 / śūla－用长矛 / cāpa－用弓 / prāsa-ṛṣṭi－带刺的导弹和日施提武

器 / śakti-śara—能量箭 / tomara—矛 / khaḍga—用一种类型的刀剑 / durgām—所有无敌的 / sugrīva—由名叫苏贵瓦的猴子 / lakṣmaṇa—由主茹阿玛禅铎的弟弟 / marut-suta—由哈努曼 / gandhamāda—由另一个猴子甘达玛达 / nīla—由名叫尼拉的猴子 / aṅgada—安嘎达 / ṛkṣa—瑞克沙 / panasa—帕纳萨 / ādibhiḥ—和由其他战士 / anvitaḥ—被围绕(主茹阿玛禅铎) / agāt—来到前面(为作战)

译文 主茹阿玛禅铎由弟弟拉珂施曼，以及猴王苏贵瓦、哈努曼、甘达玛达、尼拉、安嘎达、熊王湛巴万和帕纳萨等簇拥着，攻打用刀剑、长矛、弓、带刺的导弹、日施提矛、能量箭、卡德嘎剑和头玛茹阿矛等无敌武器全副武装的食人魔士兵。

第 20 节

तेऽनीकपा रघुपतेरभिपत्य सर्वे
द्वन्द्वं वरूथमिभपत्तिरथाश्वयोधैः ।
जघ्नुर्द्रुमैर्गिरिगदेषुभिरङ्गदाद्याः
सीताभिमर्षहतमङ्गलरावणेशान् ॥२०॥

te 'nīkapā raghupater abhipatya sarve
dvandvaṁ varūtham ibha-patti-rathāśva-yodhaiḥ
jaghnur drumair giri-gadeṣubhir aṅgadādyāḥ
sītābhimarṣa-hata-maṅgala-rāvaṇeśān

te—他们全体 / anīka-pāḥ—士兵的指挥官们 / raghupateḥ—圣主茹阿玛禅铎的 / abhipatya—追捕敌人 / sarve—他们全体 / dvandvam—作战 / varūtham—茹阿瓦纳的士兵的 / ibha—被大象 / patti—被步兵 / ratha—被战车 / aśva—被马匹 / yodhaiḥ—被这样的斗士 / jaghnuḥ—杀死他们 / drumaiḥ—通过投掷大树 / giri—用高山的山峰 / gadā—用大头棒 / iṣubhiḥ—用箭 / aṅgada-ādyāḥ—由安嘎达和其他人领导的主茹阿玛禅铎的全体士兵 / sītā—悉塔女神的 / abhimarṣa—被愤怒 / hata—被谴责 / maṅgala—其幸运 / rāvaṇa-īśān—茹阿瓦纳的追随者和下属

译文　安嘎达与茹阿玛禅铎的其他指挥官，面对敌人的大象、步兵、马匹和战车，向敌军猛力投掷大树、山峰、大头棒和箭等。就这样，茹阿瓦纳因悉塔女神的愤怒而失去一切好运，他的战士被主茹阿玛禅铎的战士消灭殆尽。

要旨　主茹阿玛禅铎在森林中招募的士兵都是猴子，并没有茹阿瓦纳的士兵拥有的适当的武器装备。茹阿瓦纳的士兵装备有现代战争武器，而猴子们只能靠扔石头、山峰和树木打仗。当时只有主茹阿玛禅铎和拉珂施曼在射箭。但由于茹阿瓦纳的士兵受到悉塔女神的诅咒，猴子们仅仅靠扔石头和树木就能杀死他们。世上有两种力量：从超然存在获得的力量(daiva)，和个体靠自己的智力及本领所组织起的力量(puruṣākāra)。超然的力量永远高于物质主义者的力量。人必须依靠至尊主的仁慈，在甚至没有现代武器装备的情况下与敌人作战。为此，奎师那教导阿尔诸纳说："想着我并作战(mām anusmara yudhya ca)。"我们应该尽我们最大的能力与敌人作战，但必须依靠至尊人格首神的仁慈才能获得胜利。

第 21 节

रक्षःपतिः स्वबलनष्टिमवेक्ष्य रुष्ट
आरुह्य यानकमथाभिससार रामम् ।
स्वःस्यन्दने द्युमति मातलिनोपनीते
विभ्राजमानमहनन्निशितैः क्षुरप्रैः ॥२१॥

rakṣaḥ-patiḥ sva-bala-naṣṭim avekṣya ruṣṭa
āruhya yānakam athābhisasāra rāmam
svaḥ-syandane dyumati mātalinopanīte
vibhrājamānam ahanan niśitaiḥ kṣurapraiḥ

rakṣaḥ-patiḥ－食人魔的首领茹阿瓦纳 / sva-bala-naṣṭim－他的士兵的毁灭 / avekṣya－看到后 / ruṣṭaḥ－变得十分愤怒 / āruhya－乘坐 / yānakam－他那用鲜花装饰的漂亮飞机 / atha－那之后 / abhisasāra－向……出发 / rāmam－主茹阿玛禅铎 / svaḥ-syandane－在因铎的天堂战车中 / dyumati－善良的 / mātalinā－由因铎的战车驾驭者玛塔利 / upanīte－被带着 / vibhrājamānam－光芒万丈的主茹阿玛禅铎 / ahanat－茹阿瓦纳攻击他 / niśitaiḥ－十分尖锐的 / kṣurapraiḥ－用箭

译文 那之后，食人魔王茹阿瓦纳看到自己的士兵损失惨重，不由得狂怒发飙。他登上他那架用鲜花装饰的飞机，向坐在由因铎的战车御者玛塔利驾驭的闪亮战车上的主茹阿玛禅铎冲去。接着，茹阿瓦纳向主茹阿玛禅铎发射利箭。

第22节

रामस्तमाह पुरुषादपुरीष यन्नः
कान्तासमक्षमसतापहृता श्ववत्ते ।
त्यक्तत्रपस्य फलमद्य जुगुप्सितस्य
यच्छामि काल इव कर्तुरलङ्घ्यवीर्यः ॥२२॥

rāmas tam āha puruṣāda-purīṣa yan naḥ
kāntāsamakṣam asatāpahṛtā śvavat te
tyakta-trapasya phalam adya jugupsitasya
yacchāmi kāla iva kartur alaṅghya-vīryaḥ

rāmaḥ－主茹阿玛禅铎 / tam－向他——茹阿瓦纳 / āha－说 / puruṣa-ada-purīṣa－你是食人魔的粪便 / yat－因为 / naḥ－我的 / kāntā－妻子 / asamakṣam－因为我不在而无力照顾自己的 / asatā－被你——罪大恶极的 / apahṛtā－被绑架 / śva-vat－如同趁主人不在就从厨房偷食物的一条狗 / te－你的 / tyakta-trapasya－由于你恬不知耻 / phalam adya－我今天将给你结果 / jugupsitasya－最令人憎恶的

你的 / yacchāmi－我将惩罚你 / kālaḥ iva－如同死亡 / kartuḥ－从事一切罪恶活动的你的 / alaṅghya-vīryaḥ－但我因为全能而行动永不失败

译文　主茹阿玛禅铎对茹阿瓦纳说：你是最令人厌恶的食人魔。事实上，你如同他们的粪便。你就像狗一样，因为狗趁主人不在时从厨房偷取食物，你趁我不在时绑架我妻子悉塔女神。所以，我要像阎罗王惩罚恶人那样惩罚你。你是最令人憎恶、罪大恶极和最不要脸的。因此，今天，我——行动永不失败的人，就要惩罚你。

要旨　没人能胜过超然存在的力量(na ca daivāt paraṁ balam)。茹阿瓦纳是如此罪大恶极且不知廉耻，以致根本不知道绑架茹阿玛禅铎的快乐力量悉塔女神所要承担的后果是什么。食人魔(Rākṣasa)就是这样没有资格。他们说这个世界不真实，无根基，没有主宰的神(asatyam apratiṣṭhaṁ te jagad āhur anīśvaram)。食人魔不知道至尊主是创造的统治者。他们以为一切的发生都是偶然的，世界不存在统治者、控制者或君王。正因为如此，食人魔才无法无天、随心所欲地行事，甚至到了绑架幸运女神的地步。茹阿瓦纳的政策对物质主义者来说是极其危险的；事实上，它导致了物质文明的毁灭。尽管如此，由于食人魔都是无神论者，胆敢做最令人憎恶的事，他们必定受到惩罚。宗教由至尊主的命令构成，执行这些命令的人才是宗教人士。不执行至尊主命令的人是反宗教之人，会受到惩罚。

第 23 节

एवं क्षिपन्धनुषि सन्धितमुत्ससर्ज
बाणं स वज्रमिव तद्धृदयं बिभेद ।
सोऽसृग्वमन्दशमुखैर्न्यपतद्विमानाद्
धाहेति जल्पति जने सुकृतीव रिक्तः ॥२३॥

evaṁ kṣipan dhanuṣi sandhitam utsasarja
bāṇaṁ sa vajram iva tad-dhṛdayaṁ bibheda
so 'sṛg vaman daśa-mukhair nyapatad vimānād
dhāheti jalpati jane sukṛtīva riktaḥ

evam—就这样 / kṣipan—斥责(茹阿瓦纳) / dhanuṣi—在弓上 / sandhitam—固定一根箭 / utsasarja—发射(向他) / bāṇam—箭 / saḥ—那箭 / vajram iva—如同霹雳 / tat-hṛdayam—茹阿瓦纳的心脏 / bibheda—刺穿 / saḥ—他——茹阿瓦纳 / asṛk—鲜血 / vaman—吐出 / daśa-mukhaiḥ—透过十张嘴巴 / nyapatat—掉下 / vimānāt—从他的飞机 / hāhā—唉，发生了什么 / iti—如此 / jalpati—吼叫 / jane—当所有在场的人 / sukṛtī iva—像个虔诚之人 / riktaḥ—当他的虔诚活动的结果都用完时

译文　这样训斥茹阿瓦纳后，主茹阿玛禅铎将一支箭稳稳地搭在祂的弓上，瞄准茹阿瓦纳向他射去，那支箭如霹雳般刺穿了茹阿瓦纳的胸膛。看到这情形，茹阿瓦纳的随从们大声叫喊道："唉！唉！发生了什么事啊？发生了什么事啊？"与此同时，茹阿瓦纳的十个头口吐鲜血，本人从他的飞机上坠落下来，恰似虔诚之人耗尽他的功德时从天堂星球坠落到地球。

要旨　《博伽梵歌》第9章的第21节诗中说：在耗尽自己虔诚活动的结果后，那些在天堂星球中享受的生物，就会回到这个地球上来(kṣīṇe puṇye martya-lokaṁ viśanti)。这个物质世界里的功利性活动使人做事无论虔诚或不虔诚，都必须按照不同的情况留在这个物质世界中，因为虔诚或不虔诚的活动都无法使人摆脱错觉能量玛亚(māyā)的钳制，无法停止生死轮回。茹阿瓦纳以某种方式使自己提升到当一个巨大王国的君王并拥有所有物质财富的高贵状态，但因为从事绑架悉塔女神的罪恶活动而使自己所有虔诚活动的结果都毁于一旦。人如果冒犯崇高人物，尤其是至尊人格

首神，就必然成为最令人憎恶的人，失去虔诚活动的结果；必然像茹阿瓦纳和其他恶魔一样从高贵的状态坠落。正因为如此，经典忠告人们超越虔诚与不虔诚的活动，保持在没有各种物质称号的纯净状态中(sarvopādhi-vinirmuktaṁ tat-paratvena nirmalam)。人稳定地处在做奉爱服务的状态中时，就超越了物质层面。物质层面上有高低贵贱之分，但超越物质层面的人始终稳处在灵性的状态中(sa guṇān samatītyaitān brahma-bhūyāya kalpate)。茹阿瓦纳或像他一样的人，也许在这个物质世界中很强大有力、很富有，但他们的处境并不安全，因为他们毕竟受他们的业报的束缚(karmaṇā daiva-ne-treṇa)。我们不该忘记，我们完全受自然法律的制约。

prakṛteḥ kriyamāṇāni
　guṇaiḥ karmāṇi sarvaśaḥ
ahaṅkāra-vimūḍhātmā
　kartāham iti manyate

“灵魂受假我的迷惑，以为是自己在活动，却不知道，其实是物质自然三种属性在活动。”(《博伽梵歌》3.27)我们不该为自己拥有的崇高地位而骄傲自大，像茹阿瓦纳一样行事，以为自己不受物质自然法律的控制。

第 24 节

ततो निष्क्रम्य लङ्काया यातुधान्यः सहस्रशः ।
मन्दोदर्या समं तत्र प्ररुदन्त्य उपाद्रवन् ॥२४॥

tato niṣkramya laṅkāyā
　yātudhānyaḥ sahasraśaḥ
mandodaryā samaṁ tatra
　prarudantya upādravan

tataḥ—那之后 / niṣkramya—出来 / laṅkāyāḥ—从兰卡 / yātudha-nyaḥ—食人魔的妻子 / sahasraśaḥ—被成千上万的 / mandodaryā—以

茹阿瓦纳的妻子曼窦妲蕊为首 / samam－与……一道 / tatra－那里 / prarudantyaḥ－悲伤地痛哭着 / upādravan－靠近(她们死去的丈夫们)

译文 那之后，在战场上失去丈夫的所有女人，由茹阿瓦纳的妻子曼窦妲蕊率领从兰卡城出来。她们不停地哭泣着，走近茹阿瓦纳和其他食人魔的尸体。

第 25 节

स्वान् स्वान् बन्धून् परिष्वज्य लक्ष्मणेषुभिरर्दितान् ।
रुरुदुः सुस्वरं दीना घ्नन्त्य आत्मानमात्मना ॥२५॥

svān svān bandhūn pariṣvajya
lakṣmaṇeṣubhir arditān
ruruduḥ susvaraṁ dīnā
ghnantya ātmānam ātmanā

svān svān－她们各自的丈夫 / bandhūn－朋友们 / pariṣvajya－拥抱 / lakṣmaṇa-iṣubhiḥ－被拉珂施曼的箭 / arditān－被杀死的…… / ruruduḥ－所有的妻子都可怜地哭喊着 / su-svaram－大声地 / dīnāḥ－十分可怜 / ghnantyaḥ－捶打 / ātmānam－她们的胸 / ātmanā－被她们自己

译文 那些女人因为丈夫被拉珂施曼的箭杀死而痛苦地捶打自己的胸，拥抱着各自的丈夫，可怜地哀哭着。

第 26 节

हा हताः स्म वयं नाथ लोकरावण रावण ।
कं यायाच्छरणं लङ्का त्वद्विहीना परार्दिता ॥२६॥

hā hatāḥ sma vayaṁ nātha
loka-rāvaṇa rāvaṇa
kaṁ yāyāc charaṇaṁ laṅkā
tvad-vihīnā parārditā

hā一唉 / hatāḥ一杀死 / sma一过去 / vayam一我们大家 / nātha一保护者啊 / loka-rāvaṇa一令那么多人哭泣的丈夫啊 / rāvaṇa一茹阿瓦纳——使他人哭泣的人啊 / kam一向……人 / yāyāt一将去 / śara-ṇam一庇护 / laṅkā一兰卡国 / tvat-vihīnā一因为失去你本人 / para-ar-ditā一被敌人打败

译文 啊！我的夫君，我的主人！你给他人造成烦恼、忧虑，因此被称为茹阿瓦纳。但现在你被打败了，我们也被击败了，因为没有你，兰卡国被敌人攻克。它将找谁给予保护啊？

要旨 茹阿瓦纳的妻子曼窦妲蕊(Mandodarī)和其他妻子都很清楚茹阿瓦纳有多残酷。梵文“茹阿瓦纳(Rāvaṇa)”一词的意思是“使他人哭泣的人”。茹阿瓦纳一直不断地给他人制造痛苦，但当他罪恶到竟敢无法无天地给悉塔女神制造痛苦时，他的结局就是被主茹阿玛禅铎杀死。

第 27 节

न वै वेद महाभाग भवान् कामवशं गतः ।
तेजोऽनुभावं सीताया येन नीतो दशामिमाम् ॥२७॥

na vai veda mahā-bhāga
bhavān kāma-vaśaṁ gataḥ
tejo 'nubhāvaṁ sītāyā
yena nīto daśām imām

na一不 / vai一事实上 / veda一知道 / mahā-bhāga一十分幸运的人啊 / bhavān一你本人 / kāma-vaśam一受色欲影响 / gataḥ一变得 / tejaḥ一被影响 / anubhāvam一作为这种影响的结果 / sītāyāḥ一悉塔女神的 / yena一被…… / nītaḥ一带入 / daśām一处境 / imam一像这(毁灭)

译文 十分幸运的人啊！你受色欲的影响而无法了解悉塔女神的影响力。现在，因为她的诅咒，你沦落到被主茹阿玛禅铎杀死的地步。

要旨 不仅悉塔女神强大有力，任何以悉塔女神为榜样的女性也都可以变得与她一样强而有力。韦达文献中记载了许多这方面的历史事实。每当我们看到有对理想的贞节女士的描述时，悉塔女神都名列其中。茹阿瓦纳的妻子曼窦妲蕊也很贞节。同样，朵帕蒂(Draupadī)也是五位崇高的贞节女士中的一位。正如男人必须以布茹阿玛(Brahmā)和纳茹阿达(Nārada)等伟大人物为榜样，女人也必须像悉塔、曼窦妲蕊和朵帕蒂等理想的女士学习。靠贞节和对丈夫忠贞不渝，女人将增添超自然的力量。道德原则是：人不该对他人的妻子产生色欲，不该受色欲的影响。智者必须仰望他人的妻子，将其视为是自己的母亲(mātṛvat para-dāreṣu)。《查纳克雅诗集》(Cāṇakya-śloka)第10节诗谈到的道德训诫是：

mātṛvat para-dāreṣu
para-dravyeṣu loṣṭravat
ātmavat sarva-bhūteṣu
yaḥ paśyati sa paṇḍitaḥ

“谁视他人的妻子为自己的母亲、他人的财产如粪土，对待其他生物体如对待自己，谁就被视为是博学之人。”因此，茹阿瓦纳不仅受到主茹阿玛禅铎的惩罚，而且甚至受到他自己的妻子曼窦妲蕊的谴责。曼窦妲蕊是贞节的女人，因此知道另一位贞节女子，尤其是像悉塔女神这样一位妻子的力量。

第28节

कृतैषा विधवा लङ्का वयं च कुलनन्दन ।
देहः कृतोऽन्नं गृध्राणामात्मा नरकहेतवे ॥२८॥

kṛtaiṣā vidhavā laṅkā
vayaṁ ca kula-nandana
dehaḥ kṛto 'nnaṁ gṛdhrāṇām
ātmā naraka-hetave

kṛtā－由你制造 / eṣā－所有这 / vidhavā－没有一个保护者 / laṅ-kā－兰卡国 / vayam ca－和我们 / kula-nandana－食人魔的愉快啊 / dehaḥ－躯体 / kṛtaḥ－由你制造 / annam－食物 / gṛdhrāṇām－秃鹰的 / ātmā－和你的灵魂 / naraka-hetave－该下地狱

译文　令食人魔王朝高兴的人啊！因为你，兰卡国和我们现在没人保护了。你的作为令你的身体该被秃鹰吃，你的灵魂该下地狱。

要旨　跟随茹阿瓦纳的人受到两种方式的诅咒，即：他的身体适合被狗和秃鹰吃，他的灵魂下到地狱。正如《博伽梵歌》第16章的第19节诗记载，至尊主本人说：

tān ahaṁ dviṣataḥ krūrān
saṁsāreṣu narādhamān
kṣipāmy ajasram aśubhān
āsurīṣv eva yoniṣu

“我总是把忌妒、爱捣鬼、最下贱的人抛进物质存在的海洋，抛进各种各样邪恶的物种中。”因此，茹阿瓦纳、黑冉亚卡希普(Hiraṇyakaśipu)、康萨(Kaṁsa)和丹塔瓦夸(Dantavakra)等不敬神的无神论者，最终过的是地狱般的生活。茹阿瓦纳的妻子曼窦妲蕊之所以能明白这些，因为她是贞节的女子。她虽然为丈夫的死而悲伤，但却知道茹阿瓦纳的身体和灵魂将遭遇什么，因为人虽然无法用自己的物质之眼直接看到，但却能透过知识之眼洞察真相(paśyanti jñāna-cakṣuṣaḥ)。韦达历史中记载了许多不敬神的人结果受到自然法律制裁的实例。

第 29 节

श्रीशुक उवाच
स्वानां विभीषणश्चक्रे कोसलेन्द्रानुमोदितः ।
पितृमेधविधानेन यदुक्तं साम्परायिकम् ॥२९॥

śrī-śuka uvāca
svānāṁ vibhīṣaṇaś cakre
kosalendrānumoditaḥ
pitṛ-medha-vidhānena
yad uktaṁ sāmparāyikam

śrī-śukaḥ uvāca－圣舒卡戴瓦·哥斯瓦米说 / svānām－他自己的家庭成员的 / vibhīṣaṇaḥ－茹阿瓦纳的弟弟兼主茹阿玛禅铎的奉献者维毕珊 / cakre－执行 / kosala-indra-anumoditaḥ－被寇萨拉的君王茹阿玛禅铎认可 / pitṛ-medha-vidhānena－通过由死者的儿子或某家庭成员举行葬礼 / yat uktam－被描述的…… / sāmparāyikam－为拯救死了的人不下地狱而该履行的义务

译文 圣舒卡戴瓦·哥斯瓦米说：主茹阿玛禅铎的奉献者——茹阿瓦纳虔诚的弟弟维毕珊，得到寇萨拉的君王主茹阿玛禅铎的认可。接着，他为自己的家人举行规定的葬礼，拯救他们免下地狱。

要旨 灵魂在放弃现有的这个躯体后，迁入另一个躯体，但有时因为太罪恶而被阻止进入另一个躯体，结果成为鬼魂。为拯救有罪之人过鬼魂的生活，权威的启示经典忠告人们，务必要按规定举行被称为刷达(śrāddha)的丧葬仪式。茹阿瓦纳被主茹阿玛禅铎杀死，注定要去地狱生活，但茹阿瓦纳的弟弟维毕珊听从主茹阿玛禅铎的忠告，举行了经典规定的葬礼。因此，主茹阿玛禅铎即使到茹阿瓦纳死后都对他很仁慈。

第 30 节

ततो ददर्श भगवानशोकवनिकाश्रमे ।
क्षामां स्वविरहव्याधिं शिंशपामूलमाश्रिताम् ॥३०॥

tato dadarśa bhagavān
aśoka-vanikāśrame
kṣāmāṁ sva-viraha-vyādhiṁ
śiṁśapā-mūlam-āśritām

tataḥ—那之后 / dadarśa—看到 / bhagavān—至尊人格首神 / aśoka-vanika-āśrame—在无忧树林中的一个小屋内 / kṣāmām—十分瘦弱 / sva-viraha-vyādhim—因与主茹阿玛禅铎分离而受苦 / śiṁśapā—名叫星沙帕的树的 / mūlam—根部 / āśritām—托庇于

译文 那之后，主茹阿玛禅铎发现悉塔女神坐在无忧树林中一棵星沙帕树旁的小屋内，瘦弱不堪，因为与主茹阿玛禅铎分离而伤心难过。

第 31 节

रामः प्रियतमां भार्यां दीनां वीक्ष्यान्वकम्पत ।
आत्मसन्दर्शनाह्लादविकसन्मुखपङ्कजाम् ॥३१॥

rāmaḥ priyatamāṁ bhāryāṁ
dīnāṁ vīkṣyānvakampata
ātma-sandarśanāhlāda-
vikasan-mukha-paṅkajām

rāmaḥ—主茹阿玛禅铎 / priya-tamām—向祂最心爱的 / bhāryām—妻子 / dīnām—如此可怜地处在 / vīkṣya—看上去 / anvakampa-ta—变得十分同情 / ātma-sandarśana—当人看到自己心爱的人 / āhlā-da—喜悦生活的狂喜 / vikasat—展现 / mukha—嘴 / paṅkajām—如一朵莲花般

译文 主茹阿玛禅铎看到妻子的这种状况感到十分同情。当茹阿玛禅铎到悉塔面前时，她看到自己心爱的人欣喜万分，莲花般的嘴流露出她的喜悦。

第 32 节

आरोप्यारुरुहे यानं भ्रातृभ्यां हनुमद्युतः ।
विभीषणाय भगवान्दत्त्वा रक्षोगणेशताम् ।
लङ्कामायुश्च कल्पान्तं ययौ चीर्णव्रतः पुरीम् ॥३२॥

āropyāruruhe yānaṁ
bhrātṛbhyāṁ hanumad-yutaḥ
vibhīṣaṇāya bhagavān
dattvā rakṣo-gaṇeśatām
laṅkām āyuś ca kalpāntaṁ
yayau cīrṇa-vrataḥ purīm

āropya－保持或放置 / āruruhe－起身 / yānam－在飞机上 / bhrātṛbhyām－在祂弟弟拉珂施曼和司令苏贵瓦的陪伴下 / hanumat-yutaḥ－由哈努曼陪伴 / vibhīṣaṇāya－对茹阿瓦纳的弟弟维毕珊 / bhaga-vān－至尊主 / dattvā－委任 / rakṣaḥ-gaṇa-īśatām－统治兰卡食人魔的权利 / laṅkām－兰卡国 / āyuḥ ca－和寿命 / kalpa-antam－许许多多年，直到一千个年代循环结束 / yayau－返回家园 / cīrṇa-vrataḥ－结束住在森林中的时间 / purīm－到阿尤迪亚城

译文 至尊人格首神主茹阿玛禅铎，赐予维毕珊统治兰卡食人魔一千个年代循环之久的权利后，将悉塔女神安置在一架用鲜花装饰的飞机上，自己也随即登上飞机。至尊主在森林的居住期已满，于是在哈努曼、苏贵瓦和他弟弟拉珂施曼的陪伴下返回阿尤迪亚。

第 33 节

अवकीर्यमाणः सुकुसुमैर्लोकपालार्पितैः पथि ।
उपगीयमानचरितः शतधृत्यादिभिर्मुदा ॥३३॥

avakīryamāṇaḥ sukusumair
lokapālārpitaiḥ pathi
upagīyamāna-caritaḥ
śatadhṛty-ādibhir mudā

avakīryamāṇaḥ－满是 / su-kusumaiḥ－用芬芳、美丽的鲜花 / loka-pāla-arpitaiḥ－由王侯们献上 / pathi－在路上 / upagīyamāna-cari-taḥ－祂非凡的活动受到赞扬 / śatadhṛti-ādibhiḥ－被主布茹阿玛和其他半神人等人物 / mudā－欣喜万分地

译文　主茹阿玛禅铎返回祂的首都阿尤迪亚时，王侯们都在路上迎接祂，向祂身上抛撒美丽、芬芳的鲜花。与此同时，主布茹阿玛等伟大的人物和其他半神人，都欣喜若狂地歌颂至尊主的活动。

第 34 节

गोमूत्रयावकं श्रुत्वा भ्रातरं वल्कलाम्बरम् ।
महाकारुणिकोऽतप्यज्जटिलं स्थण्डिलेशयम् ॥३४॥

go-mūtra-yāvakaṁ śrutvā
bhrātaraṁ valkalāmbaram
mahā-kāruṇiko 'tapyaj
jaṭilaṁ sthaṇḍile-śayam

go-mūtra-yāvakam－吃用乳牛尿煮的大麦 / śrutvā－听说 / bhrāta-ram－祂弟弟巴茹阿特 / valkala-ambaram－用树皮裹身 / mahā-kāruṇi-kaḥ－最仁慈的主茹阿玛禅铎 / atapyat－十分难过 / jaṭilam－头顶成绺的头发 / sthaṇḍile-śayam－躺在库沙草垫上

译文　抵达阿尤迪亚后，主茹阿玛禅铎听说在祂离开期间，祂弟弟巴茹阿特只吃用乳牛尿煮的大麦，只用树皮遮盖身体，头顶纠结成绺的头发，睡在库沙草垫上。这使最仁慈的至尊主十分难过。

第 35—38 节

भरतः प्राप्तमाकर्ण्य पौरामात्यपुरोहितैः ।
पादुके शिरसि न्यस्य रामं प्रत्युद्यतोऽग्रजम् ॥३५॥

नन्दिग्रामात्स्वशिबिराद्गीतवादित्रनिःस्वनैः ।
ब्रह्मघोषेण च मुहुः पठद्भिर्ब्रह्मवादिभिः ॥३६॥

स्वर्णकक्षपताकाभिर्हैमैश्चित्रध्वजै रथैः ।
सदश्वै रुक्मसन्नाहैर्भटैः पुरटवर्मभिः ॥३७॥

श्रेणीभिर्वारमुख्याभिर्भृत्यैश्चैव पदानुगैः ।
पारमेष्ठ्यान्युपादाय पण्यान्युच्चावचानि च ।
पादयोर्न्यपतत्प्रेम्णा प्रक्लिन्नहृदयेक्षणः ॥३८॥

bharataḥ prāptam ākarṇya
  paurāmātya-purohitaiḥ
pāduke śirasi nyasya
  rāmaṁ pratyudyato 'grajam

nandigrāmāt sva-śibirād
  gīta-vāditra-niḥsvanaiḥ
brahma-ghoṣeṇa ca muhuḥ
  paṭhadbhir brahmavādibhiḥ

svarṇa-kakṣa-patākābhir
  haimaiś citra-dhvajai rathaiḥ
sad-aśvai rukma-sannāhair
  bhaṭaiḥ puraṭa-varmabhiḥ

śreṇībhir vāra-mukhyābhir
  bhṛtyaiś caiva padānugaiḥ
pārameṣṭhyāny upādāya
  paṇyāny uccāvacāni ca
pādayor nyapatat premṇā
  praklinna-hṛdayekṣaṇaḥ

bharataḥ—主巴茹阿特 / prāptam—回到家 / ākarṇya—听到 / paura—各类国民 / amātya—全体大臣 / purohitaiḥ—由全体祭司陪伴 / pāduke—两只木鞋 / śirasi—在头上 / nyasya—保持 / rāmam—向主茹阿玛禅铎 / pratyudyataḥ—向前去迎接 / agrajam—祂的大哥 / nandi-grāmāt—从祂名叫南迪卦玛的住所 / sva-śibirāt—从祂自己的帐篷 / gīta-vāditra—歌声及鼓和其他乐器的声音 / niḥsvanaiḥ—伴随着这类声音 / brahma-ghoṣeṇa—由吟诵、吟唱韦达赞歌的声音 / ca—和 / muhuḥ—总是 / paṭhadbhiḥ—吟诵韦达经中的赞歌 / brahma-vādi-bhiḥ—由一流的布茹阿玛纳 / svarṇa-kakṣa-patākābhiḥ—用有金色刺绣的旗帜装饰 / haimaiḥ—金色的 / citra-dhvajaiḥ—及装饰的旗帜 / rathaiḥ—及战车 / sat-aśvaiḥ—有十分俊美的马匹 / rukma—金色的 / sannāhaiḥ—及马具 / bhaṭaiḥ—由战士 / puraṭa-varmabhiḥ—披挂着金制盔甲 / śreṇībhiḥ—由这样一个行列 / vāra-mukhyābhiḥ—由穿着漂亮的美丽妓女陪伴 / bhṛtyaiḥ—由仆人们 / ca—也 / eva—事实上 / pada-anugaiḥ—由步兵 / pārameṣṭhyāni—其他适合王室级接待的用品 / upādāya—全部一起拿 / paṇyāni—贵重的宝石等 / ucca-avacāni—各种价值的 / ca—也 / pādayoḥ—在至尊主的莲花足旁 / nyapatat—扑倒 / premṇā—怀着如痴如醉的爱 / praklinna—柔软、潮湿的 / hṛdaya—内心深处 / īkṣaṇaḥ—其眼睛

译文 主巴茹阿特了解到主茹阿玛禅铎返回首都阿尤迪亚时，立刻亲自头顶主茹阿玛禅铎的木屐，从祂在南迪卦玛的帐篷出来。大臣、祭司、其他德高望重的国民，以及演奏着动听音乐的职业音乐家和大声吟唱韦达赞歌的布茹阿玛纳，都陪伴着主巴茹阿特。跟在行进队列后面的，是由佩戴着金色缰绳和马具的骏马拉着的战车。战车上插着有金色刺绣的旗帜及其他大小和图案各不相同的旗帜，承载着穿着金制盔甲的士兵、带着槟榔的仆人和许多美丽的名妓。众多的仆人步行跟在行进的行列中，手持一顶华盖，还有拂尘、各种等级的贵重珠宝，以及适合迎接君王用的其他用品。由众

人这样陪伴着，内心因狂喜而柔软、眼里满含泪水的主巴茹阿特，走近主茹阿玛禅铎，满怀巨大的心醉神迷的爱，扑倒在祂的莲花足旁。

第 39—40 节

पादुके न्यस्य पुरतः प्राञ्जलिर्बाष्पलोचनः ।
तमाश्लिष्य चिरं दोर्भ्यां स्नापयन्नेत्रजैर्जलैः ॥३९॥

रामो लक्ष्मणसीताभ्यां विप्रेभ्यो येऽर्हसत्तमाः ।
तेभ्यः स्वयं नमश्चक्रे प्रजाभिश्च नमस्कृतः ॥४०॥

pāduke nyasya purataḥ
prāñjalir bāṣpa-locanaḥ
tam āśliṣya ciraṁ dorbhyāṁ
snāpayan netrajair jalaiḥ

rāmo lakṣmaṇa-sītābhyāṁ
viprebhyo ye 'rha-sattamāḥ
tebhyaḥ svayaṁ namaścakre
prajābhiś ca namaskṛtaḥ

pāduke—两只木鞋 / nyasya—放置后 / purataḥ—在主茹阿玛禅铎面前 / prāñjaliḥ—双手合十地 / bāṣpa-locanaḥ—眼中含泪地 / tam—对祂——巴茹阿特 / āśliṣya—拥抱 / ciram—长时间地 / dorbhyām—用祂的双臂 / snāpayan—沐浴 / netra-jaiḥ—从祂的眼里出来 / jalaiḥ—用水 / rāmaḥ—主茹阿玛禅铎 / lakṣmaṇa-sītābhyām—与拉珂施曼和悉塔女神 / viprebhyaḥ—向博学的布茹阿玛纳 / ye—还有其他……的人 / arha-sattamāḥ—值得受崇拜 / tebhyaḥ—向他们 / svayam—亲自 / namaḥ-cakre—献上恭敬的致敬 / prajābhiḥ—由国民们 / ca—和 / namaḥ-kṛtaḥ—被致以敬意

译文　在向主茹阿玛禅铎献上木屐后，主巴茹阿特双手合十、眼含泪水地站着，主茹阿玛禅铎张开双臂长时间地紧紧拥抱巴茹阿特，用泉涌般的泪水为巴茹阿特沐浴。在悉塔女神和拉珂施曼的陪伴下，主茹阿玛禅铎恭敬地向博学的布茹阿玛纳、家中的长者致敬，阿尤迪亚的全体居民虔敬地向至尊主敬礼。

第 41 节

धुन्वन्त उत्तरासङ्गान् पतिं वीक्ष्य चिरागतम् ।
उत्तराः कोसला माल्यैः किरन्तो ननृतुर्मुदा ॥४१॥

dhunvanta uttarāsaṅgān
patiṁ vīkṣya cirāgatam
uttarāḥ kosalā mālyaiḥ
kiranto nanṛtur mudā

dhunvantaḥ—挥动 / uttara-āsaṅgān—裹身的上衣 / patim—至尊主 / vīkṣya—看到 / cira-āgatam—流放多年后返回 / uttarāḥ kosalāḥ—阿尤迪亚的国民 / mālyaiḥ kirantaḥ—向祂献上花环 / nanṛtuḥ—开始跳舞 / mudā—欣喜若狂地

译文　阿尤迪亚的居民看到他们的君王在长时间离开后终于返回，纷纷向祂敬献鲜花花环，挥舞上衣并欣喜若狂地起舞。

第 42—43 节

पादुके भरतोऽगृह्णाच्चामरव्यजनोत्तमे ।
विभीषणः ससुग्रीवः श्वेतच्छत्रं मरुत्सुतः ॥४२॥

धनुर्निषङ्गाञ्छत्रुघ्नः सीता तीर्थकमण्डलुम् ।
अबिभ्रदङ्गदः खड्गं हैमं चर्मर्क्षराण्नृप ॥४३॥

pāduke bharato 'gṛhṇāc
cāmara-vyajanottame
vibhīṣaṇaḥ sasugrīvaḥ
śveta-cchatraṁ marut-sutaḥ

dhanur-niṣaṅgān̄ chatrughnaḥ
sītā tīrtha-kamaṇḍalum
abibhrad aṅgadaḥ khaḍgaṁ
haimaṁ carmarkṣa-rāṇ nṛpa

pāduke—两只木鞋 / bharataḥ—主巴茹阿特 / agṛhṇāt—携带 / cāmara—拂尘 / vyajana—扇子 / uttame—十分富有 / vibhīṣaṇaḥ—茹阿瓦纳的兄弟 / sa-sugrīvaḥ—与苏贵瓦一起 / śveta-chatram—白色的华盖 / marut-sutaḥ—风神的儿子哈努曼 / dhanuḥ—弓 / niṣaṅgān—有两个箭筒 / śatrughnaḥ—主茹阿玛禅铎的弟弟之一 / sītā—悉塔女神 / tīrtha-kamaṇḍalum—盛满了圣地之水的水罐 / abibhrat—携带 / aṅgadaḥ—名叫安嘎达的猴军司令官 / khaḍgam—宝刀 / haimam—金制 / carma—盾牌 / ṛkṣa-rāṭ—熊王湛巴万 / nṛpa—君王啊

译文 君王啊！主巴茹阿特携带主茹阿玛禅铎的木屐；苏贵瓦和维毕珊分别手持一把拂尘和优质扇子；哈努曼举着一顶白色华盖；沙特茹格纳手持一张弓和两个箭筒；悉塔女神捧着装满了圣地的水罐。安嘎达佩戴一把宝刀，熊王湛巴万带着一面金盾。

第 44 节

पुष्पकस्थो नुतः स्त्रीभिः स्तूयमानश्च वन्दिभिः ।
विरेजे भगवान् राजन् ग्रहैश्चन्द्र इवोदितः ॥४४॥

puṣpaka-stho nutaḥ strībhiḥ
stūyamānaś ca vandibhiḥ
vireje bhagavān rājan
grahaiś candra ivoditaḥ

puṣpaka-sthaḥ—坐在用鲜花制成的飞机上 / nutaḥ—受崇拜 / strībhiḥ—被女人们 / stūyamānaḥ—被献上祈祷 / ca—和 / vandibhiḥ—由朗诵者们 / vireje—被美化 / bhagavān—至尊人格首神主茹阿玛禅

铎 / rājan－帕瑞克西特王啊 / grahaiḥ－在星球中 / candraḥ－月亮 / iva－如同 / uditaḥ－升起

译文 帕瑞克西特王啊！至尊主坐在祂的鲜花飞机上，由向祂祈祷的女士和歌颂祂品质的朗诵者围绕着，看似由众星捧着的明月。

第45－46节

भ्रात्राभिनन्दितः सोऽथ सोत्सवां प्राविशत्पुरीम् ।
प्रविश्य राजभवनं गुरुपत्नीः स्वमातरम् ॥४५॥

गुरून् वयस्यावरजान् पूजितः प्रत्यपूजयत् ।
वैदेही लक्ष्मणश्चैव यथावत्समुपेयतुः ॥४६॥

bhrātrābhinanditaḥ so 'tha
sotsavāṁ prāviśat purīm
praviśya rāja-bhavanaṁ
guru-patnīḥ sva-mātaram

gurūn vayasyāvarajān
pūjitaḥ pratyapūjayat
vaidehī lakṣmaṇaś caiva
yathāvat samupeyatuḥ

bhrātrā－被祂弟弟(巴茹阿特) / abhinanditaḥ－受到恰当的接待 / saḥ－祂——主茹阿玛禅铎 / atha－那之后 / sa-utsavām－在节庆中 / prāviśat－进入 / purīm－阿尤迪亚城 / praviśya－进入后 / rāja-bhavanam－王宫 / guru-patnīḥ－凯珂伊等其他养母 / sva-mātaram－祂自己的母亲(考莎莉雅) / gurūn－灵性导师们(瓦希施塔和其他人) / vayasya－向同龄的朋友们 / avara-jān－和那些比祂年轻的 / pūjitaḥ－受到他们的崇拜 / pratyapūjayat－祂回以他们敬礼 / vaidehī－悉塔女神 / lakṣmaṇaḥ－拉珂施曼 / ca eva－和 / yathā-vat－以适当的方式 / samupeyatuḥ－受到欢迎，进入宫殿

译文 在接受弟弟巴茹阿特的欢迎后，主茹阿玛禅铎进入沉浸在节日气氛中的阿尤迪亚城。祂一到宫殿，就向包括凯珂伊和达沙茹阿特其他妻子在内的所有母亲，尤其是祂自己的母亲考莎莉雅致敬。祂还向瓦希施塔等灵性导师敬礼。与祂同龄或比祂年轻的朋友都崇拜祂，祂回以他们敬礼，拉珂施曼和悉塔女神也向大家回礼。就这样，祂们都进入宫殿。

第 47 节

पुत्रान् स्वमातरस्तास्तु प्राणांस्तन्व इवोत्थिताः ।
आरोप्याङ्केऽभिषिञ्चन्त्यो बाष्पौघैर्विजहुः शुचः ॥४७॥

putrān sva-mātaras tās tu
prāṇāṁs tanva ivotthitāḥ
āropyāṅke 'bhiṣiñcantyo
bāṣpaughair vijahuḥ śucaḥ

putrān－儿子们 / sva-mātaraḥ－祂们的母亲 / tāḥ－她们——以考莎莉雅和凯珂伊为首 / tu－但是 / prāṇān－生活 / tanvaḥ－身体 / iva－如同 / utthitāḥ－复活 / āropya－保持 / aṅke－在腿上 / abhiṣiñcantyaḥ－弄湿(她们儿子的身体) / bāṣpa－用眼泪 / oghaiḥ－一直不断地倾泻 / vijahuḥ－放弃 / śucaḥ－因为与她们的儿子分离而感到悲伤

译文 茹阿玛、拉珂施曼、巴茹阿特和沙特茹格纳的母亲，看到她们的儿子都立刻起身，仿佛没有知觉的身体复苏了。母亲们让她们的儿子坐在自己的腿上，用自己的泪水为祂们沐浴，以此让长期分离造成的伤痛得到缓解。

第 48 节

जटा निर्मुच्य विधिवत्कुलवृद्धैः समं गुरुः ।
अभ्यषिञ्चद्यथैवेन्द्रं चतुःसिन्धुजलादिभिः ॥४८॥

jaṭā nirmucya vidhivat
　kula-vṛddhaiḥ samaṁ guruḥ
abhyaṣiñcad yathaivendraṁ
　catuḥ-sindhu-jalādibhiḥ

jaṭāḥ－头上成绺的头发 / nirmucya－剃光 / vidhi-vat－按照规范原则 / kula-vṛddhaiḥ－家中的长者 / samam－与……一起 / guruḥ－家庭祭司或灵性导师瓦希施塔 / abhyaṣiñcat－举行为主茹阿玛禅铎沐浴的仪式 / yathā－正如 / eva－如同 / indram－向因铎王 / catuḥ-sindhu-jala－用四个海洋中的水 / ādibhiḥ－并用其他的沐浴用品

译文　家庭祭司兼灵性导师瓦希施塔，安排为主茹阿玛禅铎剃去一头纠缠成绺的头发。接着，他在家中其他长者的合作下，举行用四海之水和其他液体为主茹阿玛禅铎沐浴的仪式，就仿佛在为天帝因铎举行仪式。

第 49 节

एवं कृतशिरःस्नानः सुवासाः स्रग्व्यलङ्कृतः ।
स्वलङ्कृतैः सुवासोभिर्भ्रातृभिर्भार्यया बभौ ॥४९॥

evaṁ kṛta-śiraḥ-snānaḥ
　suvāsāḥ sragvy-alaṅkṛtaḥ
svalaṅkṛtaiḥ suvāsobhir
　bhrātṛbhir bhāryayā babhau

evam－如此 / kṛta-śiraḥ-snānaḥ－洗头，全身沐浴 / su-vāsāḥ－被穿戴漂亮 / sragvi-alaṅkṛtaḥ－被用一个花环装饰 / su-alaṅkṛtaiḥ－装饰漂亮 / su-vāsobhiḥ－穿戴漂亮 / bhrātṛbhiḥ－与祂的弟弟们 / bhārya-yā－和与祂的妻子悉塔 / babhau－至尊主变得光芒四射

译文　主茹阿玛禅铎洗净全身、剃光头后，穿上华服，用一条花环和首饰将自己打扮得俊美非凡。祂光彩照人，穿着打扮同样靓丽的祂的妻子和弟弟们围在祂身边。

第 50 节

अग्रहीदासनं भ्रात्रा प्रणिपत्य प्रसादितः ।
प्रजाः स्वधर्मनिरता वर्णाश्रमगुणान्विताः ।
जुगोप पितृवद्रामो मेनिरे पितरं च तम् ॥५०॥

agrahīd āsanaṁ bhrātrā
praṇipatya prasāditaḥ
prajāḥ sva-dharma-niratā
varṇāśrama-guṇānvitāḥ
jugopa pitṛvad rāmo
menire pitaraṁ ca tam

agrahīt－接受 / āsanam－国家的王座 / bhrātrā－由祂弟弟(巴茹阿特) / praṇipatya－全心投靠祂后 / prasāditaḥ－被取悦 / prajāḥ－和国民 / sva-dharma-niratāḥ－全心致力于他们各自的职责 / varṇāśrama－按照社会四阶层和灵性四阶段体制 / guṇa-anvitāḥ－他们在那程序中都具备资格 / jugopa－至尊主保护他们 / pitṛ-vat－恰似父亲 / rāmaḥ－主茹阿玛禅铎 / menire－他们视为 / pitaram－恰似一位父亲 / ca－也 / tam－祂——主茹阿玛禅铎

译文 主茹阿玛禅铎对主巴茹阿特的全心投靠和归顺感到满意，于是登上王国的宝座。祂恰似父亲般照顾国民，国民们全心致力于履行他们的社会四阶层和灵性四阶段职责，将祂视为自己的父亲。

要旨 人们很喜欢茹阿玛治国(Rāma-rājya)的典范，甚至直到今天，政治家们还成立了一个名叫茹阿玛治国(Rāma-rājya)的政党，但不幸的是，他们不服从主茹阿玛的教导。俗话说：人们想要神的王国，但不想要神。然而，这样的“抱负”永远不会实现。当国民与政府之间的关系像主茹阿玛禅铎展示的与祂国民的关系一样时，优良政府才能够生存。主茹阿玛禅铎像父亲照顾自己的孩子一样统治祂的王国，国民们因为感激主茹阿玛禅铎的优秀政府，所以将至尊主视为他们的父亲。因此，国民与政府之间的关系，应该恰似父亲与儿子的关系。当家中的儿子受到良好的训练时，他们就孝顺父母。当父亲有资格时，他就会很好地照管孩子。正如这节诗文中用梵文“国民们全心致力于履行他们的社会四阶层和灵性四阶段职责(sva-dharma-niratā varṇāśrama-guṇān-vitāḥ)”一句表明的，那时的人民是优秀的国民，因为他们根据对人类社会的划分，即：布茹阿玛纳(brāhmaṇa)、查锤亚(kṣatriya)、外夏(vaiśya)和庶铎(śūdra)四阶层，以及贞守生(brahmacarya)、居士(gṛhastha)、退出家庭生活(vānaprastha)和弃绝(sannyāsa)四阶段的划分，按照教导认真履行自己所在阶层和阶段的职责。这是真正的人类文明。人们必须按照自己所在的社会阶层和灵性阶段受到训练，履行各自的职责。正如《博伽梵歌》第4章的第13节诗证实：必须按照物质自然的三种属性和与它们有关的不同活动划分社会四阶层(cātur-varṇyaṁ mayā sṛṣṭaṁ guṇa-karma-vibhāgaśaḥ)。优秀政府该遵守的首要原则是：必须建立这个社会四阶层和灵性四阶段制度(varṇāśrama)，而这制度的目的是使人能变得具有神意识。整个社会四阶层和灵性四阶段制度，是期望人们能成为至尊主的奉献者——外士纳瓦(varṇāśramācāravatā puruṣeṇa paraḥ pumān viṣṇur ārā-dhyate)。当人们将主维施努视为至尊主崇拜时，他们就变成了外士纳瓦(viṣṇur asya devatā)。因此，人们应该透过社会四阶层和灵性四阶段制度受到训练，就像在主茹阿玛禅铎统治期间一样。当时的人们都受到完整的训练，遵守社会四阶层和灵性四阶段的规定原则。

只是强制执行法律条令并不能使国民服从和守法。那不可能。全世界有那么多国家、立法机构和议会，但国民仍是无赖和盗贼。因此，好的公民不是靠强制执行法律有的；国民必须受到训练。正如有大专院校训练学生成为化学工程师、律师或各行各业的专家，必须有大专院校训练学生成为布茹阿玛纳、查锤亚、外夏、庶铎、贞守生、居士、退出家庭生活之人和弃绝者。这将提供使人成为优秀国民的先决条件(varṇāśrama-guṇān-vitāḥ)。一般说，如果君王或总统是圣君(rājarṣi)，国民与行政首脑的关系就会透明、清楚，盗贼和无赖将减少，国家内部因此便没可能分裂。然而，在喀历年代中，由于社会四阶层和灵性四阶段制度遭到忽视，人们一般都是盗贼和无赖。在民主体制中，这样的盗贼和无赖很自然地从其他盗贼和无赖那里收集金钱；正因为如此，每一个政府中都一片混乱，没人感到幸福和快乐。但这节诗文中给予了主茹阿玛禅铎统治期间的优秀政府的例子。人们如果以这个实例为榜样，全世界就会有优良的政府。

第 51 节

त्रेतायां वर्तमानायां कालः कृतसमोऽभवत् ।
रामे राजनि धर्मज्ञे सर्वभूतसुखावहे ॥५१॥

tretāyāṁ vartamānāyāṁ
kālaḥ kṛta-samo 'bhavat
rāme rājani dharma-jñe
sarva-bhūta-sukhāvahe

tretāyām—在特瑞塔年代中 / vartamānāyām—虽然处在那段时间内 / kālaḥ—那期间 / kṛta—与萨提亚年代 / samaḥ—相等的 / abhavat—变成 / rāme—因为主茹阿玛禅铎的临在 / rājani—作为统治君王 / dharma-jñe—由于祂十足的虔诚 / sarva-bhūta—众生的 / sukha-āvahe—给予十足的快乐

译文 主茹阿玛禅铎在特瑞塔年代中成为君王，但因为祂的卓越治理，那个年代就仿佛萨提亚年代。人人都很虔诚和快乐。

要旨　在萨提亚(Satya)、特瑞塔(Tretā)、杜瓦帕尔(Dvāpara)和喀历(Kali)这四个年代中，喀历年代最糟糕。但如果推行社会四阶层和灵性四阶段制度(varṇāśrama-dharma)，那么即使在喀历年代中都能创造出萨提亚年代的环境。哈瑞·奎师那运动——奎师那意识运动，就是为此目的而开创。

kaler doṣa-nidhe rājann
　asti hy eko mahān guṇaḥ
kīrtanād eva kṛṣṇasya
　mukta-saṅgaḥ paraṁ vrajet

“我亲爱的君王，尽管喀历年代充满了缺陷，但这个年代还是有一项好品质，即：仅仅靠吟诵、吟唱哈瑞·奎师那这首伟大的赞歌，就使人摆脱物质束缚，被提升到超然的王国。”(《圣典博伽瓦谭》12.3.51)这个年代里的人如果参加这场集体吟唱哈瑞·奎师那、哈瑞·茹阿玛的运动，就必将清除喀历年代的污染，变得像黄金年代——萨提亚年代中的人一样快乐。任何人在任何地方都可以轻松地参加这场哈瑞·奎师那运动；人只需要吟诵、吟唱哈瑞·奎师那这首伟大的赞歌(mahā-mantra)，遵守规范原则，停止过罪恶生活就可以了。一个人即使罪恶，无法立刻停止过罪恶的生活，但只要他怀着信心和奉爱之情吟诵、吟唱哈瑞·奎师那这首伟大的赞歌，就必将停止从事一切罪恶活动，他的人生就会成功(paraṁ vijayate śrī-kṛṣṇa-saṅkīrtanam)。这是主茹阿玛禅铎给予的祝福，祂在这个喀历年代以主高尔孙达尔(Gaurasundara)的形象显现。

第 52 节

वनानि नद्यो गिरयो वर्षाणि द्वीपसिन्धवः ।
सर्वे कामदुघा आसन् प्रजानां भरतर्षभ ॥५२॥

vanāni nadyo girayo
varṣāṇi dvīpa-sindhavaḥ
sarve kāma-dughā āsan
prajānāṁ bharatarṣabha

vanāni—森林 / nadyaḥ—河流 / girayaḥ—丘陵和山脉 / varṣāṇi—国家的各个部分或地球表面的不同区域 / dvīpa—岛屿 / sindhavaḥ—汪洋大海 / sarve—他们全部 / kāma-dughāḥ—充满了他们各自的财富 / āsan—完全像 / prajānām—众生的 / bharata-ṛṣabha—巴茹阿特王朝最优秀的人——帕瑞克西特王啊

译文 啊！帕瑞克西特王，巴茹阿特王朝最优秀的人！在主茹阿玛禅铎统治期间，森林、河流、丘陵、山脉、国家、七个岛屿和七大洋，都甘心情愿地提供众生生活所需的一切资源。

第53节

नाधिव्याधिजराग्लानिदुःखशोकभयक्लमाः ।
मृत्युश्चानिच्छतां नासीद्रामे राजन्यधोक्षजे ॥५३॥

nādhi-vyādhi-jarā-glāni-
duḥkha-śoka-bhaya-klamāḥ
mṛtyuś cānicchatāṁ nāsīd
rāme rājany adhokṣaje

na—不 / ādhi—由身心、其他生物体和大自然导致的痛苦 / vyādhi—疾病 / jarā—老年 / glāni—丧失亲友 / duḥkha—悲痛 / śoka—悲伤 / bhaya—恐惧 / klamāḥ—和疲劳 / mṛtyuḥ—死亡 / ca—也 / anic-chatām—不想要……的那些人 / na āsīt—没有 / rāme—在主茹阿玛禅铎统治期间 / rājani—因为祂是君王 / adhokṣaje—超越这个物质世界的至尊人格首神

译文 至尊人格首神——主茹阿玛禅铎当这个世界的君王时，世上根本没有身体和心理的痛苦，以及疾病、老年、

丧亲、悲伤、苦恼、恐惧和疲劳的问题，甚至不想死的人也不会遭遇死亡。

要旨　之所以有所有这些有利条件，是因为主茹阿玛禅铎当时是整个世界的君王。其实，哪怕是在这个被称为喀历的最糟糕的年代中，也可以立刻营造出同样的情况。经典中说：奎师那在这个喀历年代中以祂的圣名“哈瑞·奎师那　哈瑞·茹阿玛”的形式降临(kali-kāle nāma-rūpe kṛṣṇa-avatāra)。我们只要没有冒犯地吟诵、吟唱这个曼陀，茹阿玛和奎师那就会仍然出现在这个年代中。茹阿玛的王国无限地受欢迎和有益于人民，传播这场哈瑞·奎师那运动能立刻营造同样的情况，哪怕在这个喀历年代中也不例外。

第54节

एकपत्नीव्रतधरो राजर्षिचरितः शुचिः ।
स्वधर्मं गृहमेधीयं शिक्षयन् स्वयमाचरत् ॥५४॥

eka-patnī-vrata-dharo
　rājarṣi-caritaḥ śuciḥ
sva-dharmaṁ gṛha-medhīyaṁ
　śikṣayan svayam ācarat

eka-patnī-vrata-dharaḥ－发誓不接受第二个妻子或与任何其他女人有关系 / rāja-ṛṣi－像一位圣洁的君王 / caritaḥ－其品德 / śuciḥ－纯洁 / sva-dharmam－自己的职责 / gṛha-medhīyam－尤其是过居士生活的人 / śikṣayan－(通过个人行为)教导 / svayam－亲自 / ācarat－履行祂的职责

译文　主茹阿玛禅铎发誓除了接受一个妻子外，不与任何其他女人有接触。祂是圣洁的君王，具有所有美好的品质，丝毫没有愤怒等品质。祂教导众人，尤其是居士们，要遵守社会四阶层和灵性四阶段制度，具有端正良好的行为。祂就这样以身作则教导大众。

要旨 只娶一位妻子(eka-patnī-vrata)，是主茹阿玛禅铎树立的光荣榜样。人不该接受更多的妻子。当然，那时的社会是多妻制。就连主茹阿玛禅铎的父亲也娶了不止一个妻子。但主茹阿玛禅铎作为理想的君王，只娶了一位妻子——悉塔女神。悉塔女神被食人魔茹阿瓦纳绑架后，主茹阿玛禅铎作为至尊人格首神，可以娶成百上千的悉塔，但祂为向我们展示祂对妻子有多忠诚而与茹阿瓦纳作战，最终杀死了他。至尊主惩罚茹阿瓦纳并营救祂妻子，以此教导男人应该只娶一个妻子。主茹阿玛禅铎只接受了一位妻子，展现崇高的品质，从而树立了居士的典范。居士应该按照主茹阿玛禅铎树立的成为完美之人的榜样生活。当居士或与一个妻子及孩子们生活在一起，只要遵守社会四阶层和灵性四阶段制度的规范原则，就永远都不会受到谴责。那些按照这些原则生活的人，无论是居士、贞守生，还是退出家庭生活的人，都同样重要。

第 55 节

प्रेम्णानुवृत्त्या शीलेन प्रश्रयावनता सती ।
भिया ह्रिया च भावज्ञा भर्तुः सीताहरन्मनः ॥५५॥

premṇānuvṛttyā śīlena
praśrayāvanatā satī
bhiyā hriyā ca bhāva-jñā
bhartuḥ sītāharan manaḥ

premṇā anuvṛttyā－由于怀着爱和信心为丈夫服务／śīlena－凭借这样的好品德／praśraya-avanatā－总是十分顺从并准备满足丈夫／satī－贞节的／bhiyā－通过感到害怕／hriyā－凭羞涩／ca－也／bhāva-jñā—了解(丈夫的)心情 / bhartuḥ—她丈夫主茹阿玛禅铎的 / sītā—悉塔女神 / aharat—完全俘获了 / manaḥ—心

译文　悉塔女神十分柔顺、忠诚和贞节，随时了解她丈夫的心情。因此，凭她的美好品质、她的爱和服务，她完全赢得了她丈夫的心。

要旨　正如主茹阿玛禅铎是理想的丈夫(eka-patnī-vrata)，悉塔女神是完美的妻子。这样的组合使家庭生活十分快乐。无论伟人做什么，普通人都会跟着做(yad yad ācarati śreṣṭhas tat tad evetaro janaḥ)。如果君王、领袖、布茹阿玛纳和教师们树立我们从韦达文献中看到的榜样，整个世界就将成为天堂。事实上，这个物质世界就不再有地狱般的处境。

到此为止，结束了巴克提韦丹塔对《圣典博伽瓦谭》第9篇第10章——“至尊主茹阿玛禅铎的娱乐活动”所作的阐释。

第十一章

主茹阿玛禅铎统治世界

这一章描述的是主茹阿玛禅铎(Rāmacandra)如何与祂弟弟们住在阿尤迪亚(Ayodhyā)，举行各种祭祀。

至尊人格首神——主茹阿玛禅铎，举行崇拜祂自己的各种祭祀。在完成这些祭祀时，祂将东部、西部、北部和南部的土地分给负责献祭的祭司(hotā)、负责吟诵《亚诸尔·韦达》的祭司(adh-varyu)、负责吟诵《萨玛·韦达》的祭司(udgātā)和首要的布茹阿玛纳祭司(brahmā)，把剩下的土地给了灵性导师(ācārya)。全体布茹阿玛纳都看到并感受到，主茹阿玛禅铎对布茹阿玛纳的信心和对祂仆人的深情厚谊，于是向至尊主献上祈祷，并将祂给予他们的一切还给祂。他们认为，至尊主从他们内心深处给予他们的知识启明是最珍贵的礼物。

主茹阿玛禅铎随后开始微服出访，在首都城市中到处走，了解国民对祂的印象。一天晚上，祂偶尔听到一个男人在与他自己那位去过另一个男人家的妻子谈话。那男人在训斥他妻子时说出怀疑悉塔女神(Sītādevī)品格的话。至尊主立刻返回家中，因担心这种谣言的传播而决定表面放弃悉塔女神的陪伴。为此，祂放逐了当时正在怀孕的悉塔，让她去托庇于瓦勒弥克依·牟尼。悉塔在那里生下孪生子拉瓦(Lava)和库沙(Kuśa)。在阿尤迪亚，拉珂施曼(Lakṣmaṇa)生了安嘎达(Aṅgada)和祺陀凯图(Citraketu)两个儿子，巴茹阿特生下塔克沙(Takṣa)和菩施卡拉(Puṣkala)两个儿子，沙特茹格纳(Śatrughna)生了苏巴胡(Subāhu)和施茹塔森纳(Śrutasena)两个儿子。当巴茹阿特代表帝王——主茹阿玛禅铎出征各地时，祂与千百万的歌仙作战(Gandharva)。在战斗中杀死他们后，祂获得无数的财宝，把它们带回家中。沙特茹格纳在玛杜万森林(Madhuvana)杀死名叫拉瓦纳(Lavaṇa)的恶魔，从此建立玛图茹阿(Mathurā)首都。在此期间，悉塔女神将她的两个儿子托付给瓦勒弥克依·牟尼照管，自己随后进入大地。听到这消息后，主茹阿玛禅铎十分伤心难过，因此举行祭祀一万三千年。舒卡戴瓦·哥斯瓦米(Śuka-deva Gosvāmī)在讲述主茹阿玛禅铎隐迹的娱乐活动，并说明至尊主显现只是为了从事祂的娱乐活动后，通过阐述聆听有关主茹阿玛禅铎的活动有何结果，以及描述至尊主如何保护祂的国民，向祂兄弟表达情感，作为这一章的结束。

第 1 节

श्रीशुक उवाच
भगवानात्मनात्मानं राम उत्तमकल्पकैः ।
सर्वदेवमयं देवमीजेऽथाचार्यवान्मखैः ॥१॥

śrī-śuka uvāca
bhagavān ātmanātmānaṁ
rāma uttama-kalpakaiḥ
sarva-devamayaṁ devam
īje 'thācāryavān makhaiḥ

śrī-śukaḥ uvāca－圣舒卡戴瓦·哥斯瓦米说 / bhagavān－至尊人格首神 / ātmanā－被祂本人 / ātmānam－祂本人 / rāmaḥ－主茹阿玛禅铎 / uttama-kalpakaiḥ－用大量丰富的用品 / sarva-deva-mayam－全体半神人的心和灵魂 / devam－至尊主本人 / īje－崇拜 / atha－如此 / ācāryavān－在灵性导师的指导下 / makhaiḥ－靠举行祭祀

译文 舒卡戴瓦·哥斯瓦米说：那之后，至尊人格首神——主茹阿玛禅铎，接受了一位灵性导师，用豪华的设施举行祭祀。祂就这样自己崇拜自己，因为祂就是全体半神人的至尊主。

要旨　如果至尊人格首神阿秋塔受到崇拜，众生就都受到崇拜(sarvārhaṇam acyutejyā)。就像《圣典博伽瓦谭》(Śrīmad-Bhāgavatam)第4篇第31章的第14节诗说明：

yathā taror mūla-niṣecanena
　tṛpyanti tat-skandha-bhujopaśākhāḥ
prāṇopahārāc ca yathendriyāṇāṁ
　tathaiva sarvārhaṇam acyutejyā

“正如往树根浇水，供给树干、树枝和嫩枝等树的各部分以能量，给胃提供食物使感官和身体四肢充满活力；仅仅靠做奉爱服务崇拜至尊人格首神，作为至尊人物各部分的半神人自然就满意了。”举行祭祀(yajña)包含对至尊主的崇拜。这节诗文谈的是至尊主崇拜至尊主，因此说：至尊主受到祂本人的崇拜(bhagavān ātmanātmānam īje)。这当然并不证明使人认为自己是至尊人格首神的假象宗(Māyāvāda)哲学是正确的。个体灵魂——吉瓦(jīva)，永远不同于至尊主。尽管假象宗人士有时模仿至尊主崇拜自己，但生物(vibhinnāṁśa)永远无法成为至尊主或与至尊主合一。主奎师那五千年前显现时，作为居士每天早上冥想祂自己。同样，主茹阿玛禅铎举行祭祀，以使祂自己满意，但这并不意味着普通生物应该模仿至尊主崇拜自己(ahaṅgraha-upāsanā)。这里并没有推荐这种未经授权的崇拜。

第2节

होत्रेऽददाद्दिशं प्राचीं ब्रह्मणे दक्षिणां प्रभुः ।
अध्वर्यवे प्रतीचीं वा उत्तरां सामगाय सः ॥२॥

hotre 'dadād diśaṁ prācīṁ
　brahmaṇe dakṣiṇāṁ prabhuḥ
adhvaryave pratīcīṁ vā
　uttarāṁ sāmagāya saḥ

hotre—向负责献祭的祭司 / adadāt—给予 / diśam—方向 / prā-cīm—整个东边 / brahmaṇe—向负责监督整个祭祀场内一切运作的主祭司 / dakṣiṇām—南边 / prabhuḥ—主茹阿玛禅铎 / adhvaryave—向负责祭祀之火的祭司 / pratīcīm—整个西边 / vā—也 / uttarām—北边 / sāma-gāya—向吟唱《萨玛·韦达》中赞歌的祭司 / saḥ—祂(主茹阿玛禅铎)

译文 主茹阿玛禅铎将世界的东部给予负责献祭的祭司，南部给予首要的布茹阿玛纳祭司，西部给予负责祭祀之火的祭司，北部给予负责吟诵《萨玛·韦达》的祭司，以此方式将祂的王国布施出去。

第3节

आचार्याय ददौ शेषां यावती भूस्तदन्तरा ।
मन्यमान इदं कृत्स्नं ब्राह्मणोऽर्हति निःस्पृहः ॥ ३ ॥

ācāryāya dadau śeṣāṁ
yāvatī bhūs tad-antarā
manyamāna idaṁ kṛtsnaṁ
brāhmaṇo 'rhati niḥspṛhaḥ

ācāryāya—向灵性导师 / dadau—给予 / śeṣām—剩下的 / yāvatī—无论什么 / bhūḥ—土地 / tat-antarā—存在于东、西、北和南之间 / manyamānaḥ—思想 / idam—所有这 / kṛtsnam—完全地 / brāhmaṇaḥ—布茹阿玛纳 / arhati—配拥有 / niḥspṛhaḥ—没有欲望

译文 做完这件事后，主茹阿玛禅铎想到布茹阿玛纳没有物质欲望，所以应该拥有整个世界，于是把介于东、西、北、南部之间的土地送给了灵性导师。

第4节

इत्ययं तदलङ्कारवासोभ्यामवशेषितः ।
तथा राज्ञ्यपि वैदेही सौमङ्गल्यावशेषिता ॥ ४ ॥

ity ayaṁ tad-alaṅkāra-
　vāsobhyām avaśeṣitaḥ
tathā rājñy api vaidehī
　saumaṅgalyāvaśeṣitā

iti—就这样(把一切给予布茹阿玛纳后) / ayam—主茹阿玛禅铎 / tat—祂的 / alaṅkāra-vāsobhyām—用个人的衣服和首饰 / avaśeṣitaḥ—剩下 / tathā—以及 / rājñī—王后(悉塔女神) / api—也 / vaidehī—维戴哈王的女儿 / saumaṅgalyā—唯一的鼻环 / avaśeṣitā—剩下

译文　这样把一切都作为布施给予布茹阿玛纳后，主茹阿玛禅铎只留下个人的衣服和首饰；王后——悉塔母亲，同样也只留下自己的鼻环而已。

第5节

ते तु ब्राह्मणदेवस्य वात्सल्यं वीक्ष्य संस्तुतम् ।
प्रीताः क्लिन्नधियस्तस्मै प्रत्यर्प्येदं बभाषिरे ॥५॥

te tu brāhmaṇa-devasya
　vātsalyaṁ vīkṣya saṁstutam
prītāḥ klinna-dhiyas tasmai
　pratyarpyedaṁ babhāṣire

te—负责献祭的祭司和其他祭司 / tu—但是 / brāhmaṇa-devasya—深爱布茹阿玛纳的主茹阿玛禅铎的 / vātsalyam—父亲般的爱 / vīkṣya—看到后 / saṁstutam—用祈祷崇拜 / prītāḥ—因为十分满意 / klinna-dhiyaḥ—怀着融化的心 / tasmai—向祂(主茹阿玛禅铎) / pratyarpya—归还 / idam—这(给予他们的全部的土地) / babhāṣire—说

译文　致力于从事各种祭祀活动的全体布茹阿玛纳，就主茹阿玛禅铎对布茹阿玛纳的深情厚谊和支持感到很高兴和满意，心都融化了。他们将从祂那里接受的全部财产都还给祂，并说了如下一番话。

要旨 前一章中谈到国民(prajā)严格遵守社会四阶层和灵性四阶段制度(varṇāśrama-dharma)。布茹阿玛纳和查锤亚等都各司其职，完美地履行自己的责任。因此，当主茹阿玛禅铎将一切布施给布茹阿玛纳时，布茹阿玛纳因为具备资格，所以明智地认为，布茹阿玛纳不该拥有财产并从中获利。有关布茹阿玛纳的资格，《博伽梵歌》第18章的第42节诗给予明确的说明：

śamo damas tapaḥ śaucaṁ
kṣāntir ārjavam eva ca
jñānaṁ vijñānam āstikyaṁ
brahma-karma svabhāvajam

“布茹阿玛纳本性平静，自制，苦行，纯洁，宽容，诚实，有学问，明智，虔诚。他们以这种本性从事活动。”布茹阿玛纳不负责统治国民，也不拥有土地，这些都是查锤亚的职责。因此，布茹阿玛纳虽然没有拒绝主茹阿玛禅铎给他们的礼物，但在接受后，又将它还给君王。主茹阿玛禅铎对布茹阿玛纳的深情厚谊使他们那么高兴，他们的心都融化了。他们看主茹阿玛禅铎除了是至尊人格首神外，还完全具备一个查锤亚的资格，品德高尚非凡。查锤亚具有的一个资格是慷慨施舍。查锤亚——统治者，向国民征收税金不是为了个人的感官享乐，而是在适当的情况下给予布施。一方面，查锤亚具有统治的倾向；另一方面，他们慷慨布施(dānam īśvara-bhāvaḥ)。当尤帝士提尔王(Yudhiṣṭhira)给予布施时，他安排卡尔纳(Karṇa)负责分发施舍物。卡尔纳以达塔·卡尔纳(Dātā Karṇa)闻名于世。梵文“达塔(dātā)”一词的意思是指，慷慨给予布施的人。君王们总是在仓库里保存大量的粮食，每当有粮食缺乏的时候，他们就会布施分发谷物。查锤亚的职责是给予布施，布茹阿玛纳的职责是接受布施，但不多于维持生命所需。因此，当主茹阿玛禅铎给布茹阿玛纳那么多土地时，他们将土地还给祂，一点儿都不贪婪。

第6节

अप्रत्तं नस्त्वया किं नु भगवन् भुवनेश्वर ।
यन्नोऽन्तर्हृदयं विश्य तमो हंसि स्वरोचिषा ॥ ६ ॥

aprattaṁ nas tvayā kiṁ nu
bhagavan bhuvaneśvara
yan no 'ntar-hṛdayaṁ viśya
tamo haṁsi sva-rociṣā

aprattam—没给 / naḥ—向我们 / tvayā—由您圣上 / kim—什么 / nu—事实上 / bhagavan—至尊主啊 / bhuvana-īśvara—整个宇宙的主人 / yat—因为 / naḥ—我们的 / antaḥ-hṛdayam—在内心深处 / viśya—进入 / tamaḥ—愚昧的黑暗 / haṁsi—您摧毁 / sva-rociṣā—被您本人的光芒

译文 至尊主啊！您是整个宇宙的主人。您有什么没给予我们？您进入我们的内心深处，用您的光芒驱散我们心中愚昧的黑暗。这是最高的礼物。我们不需要物质性的布施。

要旨 当至尊人格首神给杜茹瓦王(Dhruva Mahārāja)祝福时，杜茹瓦王回答道："亲爱的至尊主啊！我已经心满意足了。我不需要任何物质的祝福。"同样，当主尼尔星哈戴瓦(Nṛsiṁha-deva)给帕拉德王(Prahlāda Mahārāja)祝福时，帕拉德王也拒绝接受，相反声明说：奉献者不该像商人一样为换取利益而给予。为得到某种物质利益而成为奉献者的人，不是纯粹的奉献者。布茹阿玛纳总是在心中得到至尊人格首神给予的启示(sarvasya cāhaṁ hṛdi sanniviṣṭo mattaḥ smṛtir jñānam apohanaṁ ca)。布茹阿玛纳和外士纳瓦因为始终得到至尊人格首神的指导，所以不贪图物质钱财。他们只拥有绝对需要的一切，但不想要一个疆土辽阔的王国。瓦玛纳戴瓦(Vāmanadeva)树立了这方面的榜样。主瓦玛纳戴瓦扮作一名贞守生去要仅仅三跨步的土地。想要为个人的感官享乐而拥有越来越多的物质财富，只不过是愚昧而已；布茹阿玛纳或外士纳瓦的心中显然没有这种愚昧。

第 7 节

नमो ब्रह्मण्यदेवाय रामायाकुण्ठमेधसे ।
उत्तमश्लोकधुर्याय न्यस्तदण्डार्पिताङ्घ्रये ॥ ७ ॥

namo brahmaṇya-devāya
rāmāyākuṇṭha-medhase
uttamaśloka-dhuryāya
nyasta-daṇḍārpitāṅghraye

namaḥ－我们恭敬地献上我们的敬意 / brahmaṇya-devāya－向将布茹阿玛纳视为是祂可崇拜的神明的至尊人格首神 / rāmāya－向主茹阿玛禅铎 / akuṇṭha-medhase－其记忆和只是永不受焦虑打扰的 / uttamaśloka-dhuryāya－最优秀的著名人物 / nyasta-daṇḍa-arpita-aṅghra-ye－其莲花足受到不受惩罚的圣人的崇拜

译文 至尊主啊！您是至尊人格首神，却将布茹阿玛纳当做值得您崇拜的神明。您的知识和记忆永不受焦虑的打扰。您是这世上所有著名人物的领袖，您的莲花足受到不该受惩罚的圣人们的崇拜。主茹阿玛禅铎啊！让我们恭恭敬敬地向您献上敬礼。

第 8 节

कदाचिल्लोकजिज्ञासुर्गूढो रात्र्यामलक्षितः ।
चरन् वाचोऽशृणोद्रामो भार्यामुद्दिश्य कस्यचित् ॥ ८ ॥

kadācil loka-jijñāsur
gūḍho rātryām alakṣitaḥ
caran vāco 'śṛṇod rāmo
bhāryām uddiśya kasyacit

kadācit－一次 / loka-jijñāsuḥ－想要知道有关公众的 / gūḍhaḥ－乔装打扮祂自己 / rātryām－晚上 / alakṣitaḥ－不被任何人发现 / caran－行走 / vācaḥ－正在说 / aśṛṇot－听到 / rāmaḥ－主茹阿玛禅铎 / bhāryām－对祂妻子 / uddiśya－指出 / kasyacit－某人的

译文 舒卡戴瓦·哥斯瓦米继续道：一天，当主茹阿玛禅铎在夜间微服出访，试图发现人们对祂的看法时，祂听到一个男人在说祂妻子悉塔女神的坏话。

第9节

नाहं बिभर्मि त्वां दुष्टामसतीं परवेश्मगाम् ।
स्त्रैणो हि बिभृयात्सीतां रामो नाहं भजे पुनः ॥ ९ ॥

nāhaṁ bibharmi tvāṁ duṣṭām
asatīṁ para-veśma-gām
straiṇo hi bibhṛyāt sītāṁ
rāmo nāhaṁ bhaje punaḥ

na－不 / aham－我 / bibharmi－能养 / tvām－你 / duṣṭām－因为你被污染了 / asatīm－不贞节 / para-veśma-gām－去到另一个男人的家并通奸的人 / straiṇaḥ－惧内的人 / hi－事实上 / bibhṛyāt－能接受 / sītām－甚至悉塔 / rāmaḥ－像主茹阿玛禅铎 / na－不 / aham－我 / bhaje－应该接受 / punaḥ－再次

译文 （那男人对他不贞节的妻子说：）你到另一个男人的家去，因此是不贞节、被玷污的。我不要再继续养你。像主茹阿玛那样惧内的丈夫也许会接受悉塔那种到另一个男人家的妻子，但我不像祂那样怕老婆，所以我不会再接受你。

第10节

इति लोकाद्बहुमुखाद् दुराराध्यादसंविदः ।
पत्या भीतेन सा त्यक्ता प्राप्ता प्राचेतसाश्रमम् ॥१०॥

iti lokād bahu-mukhād
durārādhyād asaṁvidaḥ
patyā bhītena sā tyaktā
prāptā prācetasāśramam

iti—如此 / lokāt—从人们 / bahu-mukhāt—能以各种方式谈废话 / durārādhyāt—很难阻止的事 / asaṁvidaḥ—没有完整知识的人 / patyā—被丈夫 / bhītena—因为害怕 / sā—悉塔母亲 / tyaktā—被抛弃的 / prāptā—去 / prācetasa-āśramam—到瓦勒弥克依·牟尼的灵修所

译文 舒卡戴瓦·哥斯瓦米说：那个缺乏知识且品性凶恶的男人说话荒谬。因为担心这种无赖传播谣言，主茹阿玛禅铎休了祂的妻子悉塔女神，尽管她当时正怀有身孕。为此，悉塔女神去到瓦勒弥克依·牟尼的灵修所。

第 11 节

अन्तर्वत्न्यागते काले यमौ सा सुषुवे सुतौ ।
कुशो लव इति ख्यातौ तयोश्चक्रे क्रिया मुनिः ॥११॥

antarvatny āgate kāle
yamau sā suṣuve sutau
kuśo lava iti khyātau
tayoś cakre kriyā muniḥ

antarvatnī—怀孕的妻子 / āgate—到达 / kāle—适当的时间 / yamau—孪生子 / sā—悉塔女神 / suṣuve—生下 / sutau—两个儿子 / kuśaḥ—库沙 / lavaḥ—拉瓦 / iti—如此 / khyātau—著名的 / tayoḥ—他们的 / cakre—举行 / kriyāḥ—出生仪式 / muniḥ—大圣人瓦勒弥克依

译文 到适当的时间，怀孕的悉塔母亲生下一对双胞胎，他们俩后来以拉瓦和库沙闻名于世。瓦勒弥克依·牟尼为他们举行了出生仪式。

第 12 节

अङ्गदश्चित्रकेतुश्च लक्ष्मणस्यात्मजौ स्मृतौ ।
तक्षः पुष्कल इत्यास्तां भरतस्य महीपते ॥१२॥

aṅgadaś citraketuś ca
lakṣmaṇasyātmajau smṛtau
takṣaḥ puṣkala ity āstāṁ
bharatasya mahīpate

aṅgadaḥ—安嘎达 / citraketuḥ—祺陀凯图 / ca—也 / lakṣmaṇa-sya—主拉珂施曼的 / ātmajau—二个儿了 / smṛtau—被说成是 / tak-ṣaḥ—塔克沙 / puṣkalaḥ—菩施卡拉 / iti—如此 / āstām—曾是 / bharatasya—主巴茹阿塔的 / mahīpate—帕瑞克西特王啊

译文 帕瑞克西特王啊！主拉珂施曼有两个儿子，分别名叫安嘎达和祺陀凯图；主巴茹阿特也有两个儿子，名叫塔克沙和菩施卡拉。

第 13—14 节

सुबाहुः श्रुतसेनश्च शत्रुघ्नस्य बभूवतुः ।
गन्धर्वान् कोटिशो जघ्ने भरतो विजये दिशाम् ॥१३॥

तदीयं धनमानीय सर्वं राज्ञे न्यवेदयत् ।
शत्रुघ्नश्च मधोः पुत्रं लवणं नाम राक्षसम् ।
हत्वा मधुवने चक्रे मथुरां नाम वै पुरीम् ॥१४॥

subāhuḥ śrutasenaś ca
śatrughnasya babhūvatuḥ
gandharvān koṭiśo jaghne
bharato vijaye diśām

tadīyaṁ dhanam ānīya
sarvaṁ rājñe nyavedayat
śatrughnaś ca madhoḥ putraṁ

lavaṇaṁ nāma rākṣasam
hatvā madhuvane cakre
mathurāṁ nāma vai purīm

subāhuḥ—苏巴胡 / śrutasenaḥ—施茹塔森纳 / ca—也 / śatrughnasya—主沙特茹格纳的 / babhūvatuḥ—诞生 / gandharvān—大多是冒充歌仙的人 / koṭiśaḥ—以千百万计 / jaghne—杀死 / bharataḥ—主巴茹阿特 / vijaye—在征服……时 / diśām—所有的方向 / tadīyam—歌仙的 / dhanam—财富 / ānīya—带来 / sarvam—全部的 / rājñe—向君王(主茹阿玛禅铎) / nyavedayat—供奉 / śatrughnaḥ—沙特茹格纳 / ca—和 / madhoḥ—玛杜的 / putram—儿子 / lavaṇam—拉瓦纳 / nāma—名叫 / rākṣasam——个食人魔 / hatvā—通过杀 / madhuvane—在名叫玛杜万的巨大森林中 / cakre—兴建 / mathurām—玛图茹阿 / nāma—名叫 / vai—事实上 / purīm—伟大的城镇

译文 沙特茹格纳有苏巴胡和施茹塔森纳两个儿子。主巴茹阿特去征服所有的方向时，杀死了千百万的歌仙，他们大多是冒牌货。祂夺走他们所有的财富，将其献给主茹阿玛禅铎。沙特茹格纳也杀死食人魔玛杜的儿子拉瓦纳魔，在名叫玛杜万的巨大森林中建立了被称为玛图茹阿的城镇。

第 15 节

मुनौ निक्षिप्य तनयौ सीता भर्त्रा विवासिता ।
ध्यायन्ती रामचरणौ विवरं प्रविवेश ह ॥१५॥

munau nikṣipya tanayau
sītā bhartrā vivāsitā
dhyāyantī rāma-caraṇau
vivaraṁ praviveśa ha

munau—向大圣人瓦勒弥克依 / nikṣipya—托付照管 / tanayau—拉瓦和库沙两个儿子 / sītā—悉塔母亲 / bhartrā—被她丈夫 / vivāsitā－放逐 / dhyāyantī－冥想 / rāma-caraṇau－主茹阿玛禅铎的莲花足 / vivaram－大地中 / praviveśa－她进入 / ha－事实上

译文　悉塔女神因为被丈夫抛弃，所以将她的两个儿子托付给瓦勒弥克依·牟尼照管。之后，她冥想着主茹阿玛禅铎的莲花足进入大地。

要旨　悉塔女神(Sītādevī)无法在与主茹阿玛禅铎分离的情况下生活，因此在将她的两个儿子委托给瓦勒弥克依·牟尼(Vālmīki Muni)后进入大地。

第 16 节

तच्छ्रुत्वा भगवान् रामो रुन्धन्नपि धिया शुचः ।
स्मरंस्तस्या गुणांस्तांस्तान्नाशक्नोद्रोद्धुमीश्वरः ॥१६॥

tac chrutvā bhagavān rāmo
rundhann api dhiyā śucaḥ
smaraṁs tasyā guṇāṁs tāṁs tān
nāśaknod roddhum īśvaraḥ

tat－这(悉塔女神进入大地的消息) / śrutvā－听到 / bhagavān－至尊人格首神 / rāmaḥ－主茹阿玛禅铎 / rundhan－试图拒绝 / api－虽然 / dhiyā－靠智力 / śucaḥ－难过 / smaran－回忆 / tasyāḥ－她的 / guṇān－品质 / tān tān－在不同的情况下 / na－不 / aśaknot－能够 / roddhum－抑制 / īśvaraḥ－尽管至尊控制者

译文　听到悉塔女神进入大地的消息后，至尊人格首神内心无疑十分难过。祂虽然是至尊人格首神，但每当想起悉塔女神的崇高品质，都无法抑制出于超然的爱而感到的悲伤。

要旨　我们不该认为，主茹阿玛禅铎听到悉塔女神进入大地的消息后感到悲伤是物质的。灵性世界中也有分离的情感，但这种情感被视为是灵性的极乐。即使绝对者心中也存有分离的情感，但这种情感在灵性世界中是超然极乐的。这样的情感是受快乐能量(hlādinī-śakti)影响、被爱所控制的一个征象(tasya prema-vaśya-tva-svabhāva)。在物质世界里，这种分离的情感只不过是灵性世界中分离情感的扭曲了的倒影而已。

第 17 节

स्त्रीपुंप्रसङ्ग एतादृक्सर्वत्र त्रासमावहः ।
अपीश्वराणां किमुत ग्राम्यस्य गृहचेतसः ॥१७॥

strī-puṁ-prasaṅga etādṛk
sarvatra trāsam-āvahaḥ
apīśvarāṇāṁ kim uta
grāmyasya gṛha-cetasaḥ

strī-pum-prasaṅgaḥ—丈夫与妻子或男人与女人间的吸引 / etā-dṛk—像这样 / sarvatra—到处 / trāsam-āvahaḥ—恐惧的原因 / api—甚至 / īśvarāṇām—控制者的 / kim uta—更不用说 / grāmyasya—这个物质世界的普通人 / gṛha-cetasaḥ—依恋物质主义居士生活的人

译文 全世界都一直存在着男人与女人或男性与女性间的吸引，使每一个生物体都总在担心和焦虑。这样的感觉甚至就连布茹阿玛和主希瓦那样的控制者都有，而且同样也造成他们的担心和焦虑，更不要说依恋这物质世界中的居士生活的其他人了。

要旨 正如上面解释的，当灵性世界中的爱的情感和超然极乐以扭曲的倒影形式呈现在这个物质世界中时，它们无疑就成为束缚的原因。这个物质世界里的男女一旦受到对方的吸引，就得继续受生死轮回的束缚。但在没有对生与死的恐惧的灵性世界中，这样的分离情感使人感受到超然的极乐。在绝对的真实存在中有各种情感和感受，但其性质都是超然极乐的。

第 18 节

तत ऊर्ध्वं ब्रह्मचर्यं धार्यन्नजुहोत्प्रभुः ।
त्रयोदशाब्दसाहस्रमग्निहोत्रमखण्डितम् ॥१८॥

tata ūrdhvaṁ brahmacaryaṁ
dhāryann ajuhot prabhuḥ
trayodaśābda-sāhasram
agnihotram akhaṇḍitam

tataḥ—那之后 / ūrdhvam—悉塔女神进入大地后 / brahmacar-yam—完全独身禁欲 / dhārayan—奉行 / ajuhot—举行仪式典礼和祭祀 / prabhuḥ—主茹阿玛禅铎 / trayodaśa-abda-sāhasram—长达一万四千年 / agnihotram—阿格尼厚陀祭祀 / akhaṇḍitam—没有停止

译文 悉塔女神进入大地后，主茹阿玛禅铎完全奉行独身禁欲的原则，用一万四千年的时间举行一场从不中断的阿格尼厚陀火祭。

第 19 节

स्मरतां हृदि विन्यस्य विद्धं दण्डककण्टकैः ।
स्वपादपल्लवं राम आत्मज्योतिरगात्ततः ॥१९॥

smaratāṁ hṛdi vinyasya
viddhaṁ daṇḍaka-kaṇṭakaiḥ
sva-pāda-pallavaṁ rāma
ātma-jyotir agāt tataḥ

smaratām—总是想着祂的人的 / hṛdi—在内心深处 / vinyasya—放置 / viddham—刺穿 / daṇḍaka-kaṇṭakaiḥ—(主茹阿玛禅铎住在那里时)被丹达卡冉亚森林的刺 / sva-pāda-pallavam—祂莲花足的花瓣 / rāmaḥ—主茹阿玛禅铎 / ātma-jyotiḥ—祂身体的光芒(被称为梵光) / agāt—进入 / tataḥ—超越梵光或在祂自己的外琨塔星球

译文 主茹阿玛禅铎在丹达卡冉亚森林居住时，莲花足有时会被刺刺到；祂在完成祭祀后，将这对莲花足放在那些始终想着祂的人心中。之后，祂进入自己的住所——在梵光之上的外琨塔星球。

要旨 至尊主的莲花足永远是奉献者冥想的内容。主茹阿玛禅铎在丹达卡冉亚(Daṇḍakāraṇya)森林中漫游时，祂的莲花足有时会被刺刺到。奉献者想到这一点就会昏倒。这个物质世界里的作用与反作用不会使至尊主感到痛苦或高兴，但奉献者甚至无法忍受至尊主的莲花足被一根刺刺到。这就是牧牛姑娘(gopīs)的心态；她们想到奎师那在森林中漫游时，莲花足会被小卵石和沙粒刺到。功利性活动者(karmī)、知识思辨者(jñānīs)或瑜伽师(yogī)，不明白奉献者心中的这种煎熬。甚至想到至尊主的莲花足被刺到都感到无法忍受的奉献者们，又被置于“想到至尊主的隐迹就备受煎熬”的境地，因为至尊主在结束祂在这个物质世界里的娱乐活动后返回了祂的住所。

梵文“祂身体的光芒(ātma-jyotiḥ)”一句十分重要。一元论哲学家(jñānī)十分欣赏且渴望进入梵光(brahmajyoti)，以获得解脱。但那梵光只不过是至尊主身体放射出的光芒。《布茹阿玛-萨弥塔》第5章的第40节诗说：

yasya prabhā prabhavato jagad-aṇḍa-koṭi-
koṭiṣv aśeṣa-vasudhādi-vibhūti-bhinnam
tad brahma niṣkalam anantam aśeṣa-bhūtaṁ
govindam ādi-puruṣaṁ tam ahaṁ bhajāmi

“我崇拜哥文达——原初的至尊主，祂天生具有强大的力量。祂超然形象的灿烂光芒是不具人格特征的梵，它绝对、完整、无限，在成千上万的宇宙中展现出数不胜数且具备不同财富的各种星球。”梵光是灵性世界的开始，梵光之上是外琨塔(Vaikuṇṭha)星球。换句话说，正如太阳在阳光之上，梵光在外琨塔星球之上。要进入太阳星球，人必须穿过阳光。同样道理，至尊主或祂的奉献者进入外琨塔星球时，要穿过梵光。一元论哲学家(知识思辨者)，因为认为至尊主是不具人格特征的，所以无法进入外琨塔星球，但也不能永远留在梵光中。因此，一段时间后，他们再次坠入这个物质世界。《圣典博伽瓦谭》第10篇第2章的第32节诗说：他们虽然为获得最高的地位而从事艰巨苦行，并认为自己已经解脱了，但因为忽视您的莲花足而从他们想象的优越地位上坠落(āruhya kṛcchreṇa paraṁ padaṁ tataḥ patanty adho 'nādṛta-yuṣmad-aṅ-ghrayaḥ)。外琨塔星球被梵光遮着，所以人除非是纯粹奉献者，否则无法了解那些外琨塔星球。

第20节

नेदं यशो रघुपतेः सुरयाञ्चयात्त-
लीलातनोरधिकसाम्यविमुक्तधाम्नः ।
रक्षोवधो जलधिबन्धनमस्त्रपूगैः
किं तस्य शत्रुहनने कपयः सहायाः ॥२०॥

nedaṁ yaśo raghupateḥ sura-yācñayātta-
līlā-tanor adhika-sāmya-vimukta-dhāmnaḥ
rakṣo-vadho jaladhi-bandhanam astra-pūgaiḥ
kiṁ tasya śatru-hanane kapayaḥ sahāyāḥ

na－不／idam－所有这些／yaśaḥ－声望／raghu-pateḥ－主茹阿玛禅铎的／sura-yācñayā－由半神人的祈祷／ātta-līlā-tanoḥ－其灵性身体永远在从事各种娱乐活动／adhika-sāmya-vimukta-dhāmnaḥ－没人比祂伟大或平等／rakṣaḥ-vadhaḥ－杀死食人魔(茹阿瓦纳)／jaladhi-bandhanam－在汪洋上架桥／astra-pūgaiḥ－用弓箭／kim－是否／ta-sya－祂的／śatru-hanane－在杀死敌人时／kapayaḥ－猴子／sahāyāḥ－助手们

译文 主茹阿玛禅铎应半神人的请求射箭杀死茹阿瓦纳，并在汪洋上建造一座桥梁。但这些并不算至尊人格首神主茹阿玛禅铎的真正荣耀。祂的灵性身体始终在忙着从事各种娱乐活动。没人与主茹阿玛禅铎平等或高于祂，祂根本不需要得到猴子们的帮助，就可以战胜茹阿瓦纳。

要旨 正如韦达经《水塔刷塔尔奥义书》(Śvetāśvatara Upaniṣad)第6章的第8节诗说明：

na tasya kāryaṁ karaṇaṁ ca vidyate
na tat-samaś cābhyadhikaś ca dṛśyate
parāsya śaktir vividhaiva śrūyate
svābhāvikī jñāna-bala-kriyā ca

“至尊主不需要做事，没人等同于祂或比祂伟大，因为一切都由祂的多种能量自动有条理地完成了。”至尊主不需要做事(na tasya kāryaṁ karaṇaṁ ca vidyate)，祂所做的一切都是祂的娱乐活动。至尊主没有责任被迫为什么人做事。尽管如此，祂显现，以保护祂的奉献者或消灭与祂为敌的人。当然，没人能是至尊主的敌人，因为有谁能比至尊主更强大有力呢？事实上，根本不存在有人是祂的敌人这个问题，但当至尊主想要娱乐并从中获得满足时，祂就降临这个物质世界，像人一样行事，从而为取悦祂的奉献者展示祂神奇、光荣的活动。祂的奉献者总是想要看到至尊主在各种活动中都赢得胜利，至尊主于是为让自己和他们高兴，有时就同意像人一样做事，为满足祂的奉献者而从事神奇、非凡的娱乐活动。

第21节

यस्यामलं नृपसदःसु यशोऽधुनापि
गायन्त्यघघ्नमृषयो दिगिभेन्द्रपट्टम् ।

तं नाकपालवसुपालकिरीटजुष्ट-
पादाम्बुजं रघुपतिं शरणं प्रपद्ये ॥२१॥

yasyāmalaṁ nṛpa-sadaḥsu yaśo 'dhunāpi
gāyanty agha-ghnam ṛṣayo dig-ibhendra-paṭṭam
taṁ nākapāla-vasupāla-kirīṭa-juṣṭa-
pādāmbujaṁ raghupatiṁ śaraṇaṁ prapadye

yasya—(主茹阿玛禅铎)的 / amalam—无瑕的，没有物质品质 / nṛpa-sadaḥsu—在尤帝士提尔等伟大的君王的聚会中 / yaśaḥ—著名的荣耀 / adhunā api—甚至今天 / gāyanti—赞颂 / agha-ghnam—战胜一切罪恶反应的 / ṛṣayaḥ—像玛尔康戴瓦那样伟大圣洁的人 / dik-ibha-indra-paṭṭam—恰似征服四方的大象身上披挂着的装饰织布 / tam—那 / nāka-pāla—天堂半神人的 / vasu-pāla—地球君王的 / kirīṭa—被头盔 / juṣṭa—被崇拜 / pāda-ambujam—其莲花足 / raghu-patim—向主茹阿玛禅铎 / śaraṇam—投靠 / prapadye—我致以

译文 恰似征服四面八方后凯旋而归的大象身上披挂的装饰布，主茹阿玛禅铎那清除一切恶报的无瑕美名传遍四面八方。玛尔康戴瓦等伟大圣洁的人，至今仍在尤帝士提尔等杰出帝王的聚会上歌颂祂的美德。同样，全体圣洁的君王和包括主希瓦及主布茹阿玛在内的全体半神人，都以低下他们带着头盔的高贵头颅的方式崇拜至尊主。让我向祂的莲花足致以敬礼。

第 22 节

स यैः स्पृष्टोऽभिदृष्टो वा संविष्टोऽनुगतोऽपि वा ।
कोसलास्ते ययुः स्थानं यत्र गच्छन्ति योगिनः ॥२२॥

sa yaiḥ spṛṣṭo 'bhidṛṣṭo vā
saṁviṣṭo 'nugato 'pi vā
kosalās te yayuḥ sthānaṁ
yatra gacchanti yoginaḥ

saḥ－祂——主茹阿玛禅铎 / yaiḥ－被……人 / spṛṣṭaḥ－触碰 / abhidṛṣṭaḥ－看到 / vā－或者 / saṁviṣṭaḥ－一起吃、一起躺下 / anuga-taḥ－像仆人一样跟随 / api vā－甚至 / kosalāḥ－寇萨拉的全体居民 / te－他们 / yayuḥ－离开 / sthānam－到那地方 / yatra－在那里 / gacchanti－他们去 / yoginaḥ－全体奉爱瑜伽师

译文 主茹阿玛禅铎回到自己的住所，奉爱瑜伽师都被提升到那儿。向祂献上敬礼、触碰祂的莲花足、全心将祂视为父亲般的君王、与祂如朋友般同坐或同卧，或者就只是陪伴祂，阿尤迪亚的全体居民以这些方式侍奉祂后到那里去。

要旨 《博伽梵歌》第4章的第9节诗记载，至尊主说：

janma karma ca me divyam
evaṁ yo vetti tattvataḥ
tyaktvā dehaṁ punar janma
naiti mām eti so 'rjuna

"阿尔诸纳啊！谁能了解我显现和活动的超然本质，谁就在离开躯体后到达我永恒的住所，不再投生于这个物质世界。"这节诗文的内容就是证明。阿尤迪亚的全体居民作为国民看到主茹阿玛禅铎，作为仆人侍奉过祂，作为朋友与祂对坐交谈，或在祂统治期间以某种方式在现场；他们都回归家园，回到首神身边。靠做奉爱服务变得完美的奉献者，在离开现有的躯体后进入主茹阿玛禅铎或主奎师那从事娱乐活动的那个宇宙。接着，在参加至尊主展示的娱乐活动(prakaṭa-līlā)中，受到训练以不同的关系侍奉至尊主后，奉献者最终被提升到灵性世界至高无上的住所(sanātana-dhāma)。《博伽梵歌》中也谈到这个至高无上的住所说超出这个展示和不展示的物质，还有一个永恒的、不展示的自然(paras tasmāt tu bhāvo 'nyo 'vyakto 'vyaktāt sanātanaḥ)。加入至尊主超然的娱乐活动被说成是nitya-līlā-praviṣṭa。为使人清楚主茹阿玛禅铎为何返

回，这节诗文中谈到，至尊主去了那有奉爱瑜伽师(bhakti-yogī)的地方。非人格神主义者误解《圣典博伽瓦谭》这段说明的意思是，至尊主进入祂自己的光芒，从而变得不具人格特征。但至尊主是一个人，祂的奉献者也是人。事实上，像至尊主一样，生物过去是人，现在是人，甚至在放弃现有的躯体后将来仍是人。《博伽梵歌》中也证实了这一点。

第23节

पुरुषो रामचरितं श्रवणैरुपधारयन् ।
आनृशंस्यपरो राजन् कर्मबन्धैर्विमुच्यते ॥२३॥

puruṣo rāma-caritaṁ
śravaṇair upadhārayan
ānṛśaṁsya-paro rājan
karma-bandhair vimucyate

puruṣaḥ－任何人 / rāma-caritam－关于至尊人格首神茹阿玛禅铎的活动的叙述 / śravaṇaiḥ－靠耳朵的接受 / upadhārayan－仅仅靠这聆听的程序 / ānṛśaṁsya-paraḥ－变得完全没有忌妒 / rājan－帕瑞克西特王啊 / karma-bandhaiḥ－被功利性活动的束缚 / vimucyate－人变得解脱

译文　帕瑞克西特王啊！谁聆听对主茹阿玛禅铎的娱乐活动特征的叙述，谁最终就会清除忌妒这一疾病，从而摆脱功利性活动的束缚。

要旨　在这个物质世界里，每个人都忌妒某个人。哪怕在宗教生活中有时也会看到，如果一个奉献者在灵性活动中更进步，其他奉献者就会忌妒他。这样有忌妒心的奉献者没有完全摆脱生死的束缚。人只要没有彻底清除导致生死的原因，就无法进入至高无上的住所萨纳坦·达玛(sanātana-dhāma)，无法参加至尊主永恒的娱乐活动。人之所以有忌妒心，是因为受躯体称号的影响，但解脱的奉献者与躯体无关，所以完全处在超然的层面上。奉献者从不忌妒他人，甚至与他为敌的人，因为他知道，至尊主是他至尊的保护人。他心想："所谓的敌人能做出什么伤害我的事呢？"就这样，奉献者对自己受到的保护很有信心。至尊主说：我根据每个人对我皈依的情况回应他们(ye yathā māṁ prapadyante tāṁs tathaiva bhajāmy aham)。所以，奉献者应该完全去除忌妒，尤其是对其他奉献者的忌妒。忌妒其他奉献者是对奉献者严重的冒犯(vaiṣṇava-aparādha)。一直不断地聆听和吟诵、吟唱圣名(śrava-ṇa-kīrtana)的奉献者，无疑会去除忌妒的疾病，从而变得有资格返回家园，回到首神身边。

第 24 节

श्रीराजोवाच
कथं स भगवान् रामो भ्रातॄन् वा स्वयमात्मनः ।
तस्मिन् वा तेऽन्ववर्तन्त प्रजाः पौराश्च ईश्वरे ॥२४॥

śrī-rājovāca
kathaṁ sa bhagavān rāmo
bhrātṝn vā svayam ātmanaḥ
tasmin vā te 'nvavartanta
prajāḥ paurāś ca īśvare

śrī-rājā uvāca—帕瑞克西特王询问 / katham—如何 / saḥ—祂——至尊主 / bhagavān—至尊人格首神 / rāmaḥ—主茹阿玛禅铎 / bhrātṝn—像兄弟们(拉珂施曼、巴茹阿特和沙特茹格纳) / vā—或者 / svayam—亲自地 / ātmanaḥ—祂个人的扩展 / tasmin—向至尊主 / vā—或者 / te—他们(所有的居民和兄弟) / anvavartanta—举止 / prajāḥ—全体居民 / paurāḥ—国民 / ca—和 / īśvare—向至尊主

译文　帕瑞克西特王向舒卡戴瓦·哥斯瓦米询问道：至尊主如何为人处世，如何与那些是祂本人扩展的兄弟们相处？祂的兄弟和阿尤迪亚的居民如何待祂？

第25节

श्रीबादरायणिरुवाच
अथादिशद्दिग्विजये भ्रातृंस्त्रिभुवनेश्वरः ।
आत्मानं दर्शयन् स्वानां पुरीमैक्षत सानुगः ॥२५॥

śrī-bādarāyaṇir uvāca
athādiśad dig-vijaye
bhrātṝṁs tri-bhuvaneśvaraḥ
ātmānaṁ darśayan svānāṁ
purīm aikṣata sānugaḥ

śrī-bādarāyaṇiḥ uvāca—圣舒卡戴瓦·哥斯瓦米说 / atha—此后(当至尊主在巴茹阿特的请求下接受王位时) / ādiśat—命令 / dik-vijaye—征服所有的世界 / bhrātṝn—祂的弟弟们 / tri-bhuvana-īśvaraḥ—宇宙之主 / ātmānam—祂亲自 / darśayan—接见人民 / svānām—对家人和国民 / purīm—城市 / aikṣata—监督 / sa-anugaḥ—与其他助手

译文　舒卡戴瓦·哥斯瓦米回答道：主茹阿玛禅铎在祂弟弟巴茹阿特的强烈要求下登上王座。祂命令祂弟弟出去征服整个世界，自己留在首都让全体国民和宫殿中的居民觐见祂，与其他助手一起监督、管理政府事务的运作。

要旨　至尊人格首神不允许祂的奉献者或助手们进行感官享乐。主茹阿玛禅铎的弟弟在家享受至尊人格首神亲自临在的幸福，但至尊主命令他们出去征服世界。过去的惯例是：其他君王都必须接受帝王的至高地位(这惯例至今还在某些地方流行)。如果小国的君王不接受帝王的至高地位，就会有战争，使小国的君王被迫接受帝王的最高权力，否则帝王就不可能统治世界了。主茹阿玛禅铎通过命令祂弟弟出征，向祂们表示祂的恩宠。至尊主在温达文(Vṛndāvana)的许多奉献者都发誓不离开温达文去传播奎师那意识，但至尊主说：奎师那意识应该传遍全世界，传到每一个乡村和城镇。这是主柴坦亚·玛哈帕布(Caitanya Mahāprabhu)公开的命令：

pṛthivīte āche yata nagarādi grāma
sarvatra pracāra haibe mora nāma

纯粹奉献者务必要执行至尊主的命令，而不是为满足自己的感官留在一个地方，骄傲地以为自己因为没离开温达文，而是在一个僻静的地方吟诵圣名，就此变成了伟大的奉献者。奉献者必须执行至尊人格首神的命令。柴坦亚·玛哈帕布说："无论你遇到谁，唯一要做的事就是，告诉他有关奎师那的教导或对奎师那的叙述(yāre dekha, tāre kaha 'kṛṣṇa'-upadeśa)"。所以，每一个奉献者都该通过宣讲知识传播奎师那意识，请求遇到的每一个人接受至尊人格首神的命令。至尊主说：抛弃一切种类的宗教，只向我皈依(sarva-dharmān parityajya mām ekaṁ śaraṇaṁ vraja)。这是至尊主作为至高无上的帝王讲出的命令。每一个人都该被劝导要接受这一命令，这就是胜利(dig-vijaya)。向每一个人宣讲这一生活哲学，是战士的责任——奉献者的责任。

当然，初级奉献者(kaniṣṭha-adhikārī)不传教，但至尊主也向他们表示仁慈，就像祂通过亲自留在阿尤迪亚接见人民大众以表示仁慈一样。我们不该误以为至尊主要求祂弟弟离开阿尤迪亚，是为了给国民特殊的恩赐。至尊主对每一个人都很仁慈亲切，并知道该如何按照不同的个体所具有的能力，分别向他们展示祂的恩宠。遵守至尊主命令的人是纯粹奉献者。

第 26 节

आसिक्तमार्गां गन्धोदैः करिणां मदशीकरैः ।
स्वामिनं प्राप्तमालोक्य मत्तां वा सुतरामिव ॥२६॥

āsikta-mārgāṁ gandhodaiḥ
karinām mada-śīkaraiḥ
svāminaṁ prāptam ālokya
mattāṁ vā sutarām iva

āsikta-mārgām—街道上被喷洒 / gandha-udaiḥ—用香水 / kariṇām—大象的 / mada-śīkaraiḥ—用芬芳的酒滴 / svāminam—主人或拥有者 / prāptam—在场 / ālokya—亲自看 / mattām—十分富有 / vā—或者 / sutarām—高度 / iva—仿佛

译文　在主茹阿玛禅铎统治期间，阿尤迪亚首都的街道上，到处被大象用鼻子喷洒上芳香的水和酒滴。国民看到至尊主亲自监督、管理这如此富有的城市时，都十分欣赏这辉煌的富裕。

要旨　我们只听说过“茹阿玛治国(Rāma-rājya)”的辉煌。现在，这节诗文举了一个至尊主王国之富有的例子。阿尤迪亚的街道上不仅干净，而且还让大象用它们的鼻子洒了芳香的水和酒滴。那时根本不需要洒水车，因为大象自然就有能力用它们的鼻子吸水并喷洒出去。我们可以从这个例子了解阿尤迪亚城的富裕程度：他们真正是在喷洒芳香的水！此外，国民们有机会看到至尊主本人监管国家事务。我们从祂派弟弟们去查看首都之外的国事进展，并惩罚那些不服从帝王命令的人等活动可以看出，祂不是一个昏庸的君主。这称为征服世界(dig-vijaya)。国民不但都得到过平静生活所需要的一切便利条件，自己也有资格按照社会四阶层和灵性四阶段(varṇāśrama)制度的规定，正确地履行自己的职责。正如我们从前一章中看到，国民都按照社会四阶层和灵性四阶段制度得到了训练(varṇāśrama-guṇānvitāḥ)。有些人是布茹阿玛纳(brāhmaṇa)，有些人是查锤亚(kṣatriya)，有些人是外夏(vaiśya)，另一些人是庶铎(śūdra)。没有这种科学的划分，就不可能有素质良好的国民。茹阿玛禅铎王表现出高尚的品德，完美地履行祂的职责，举行了许多祭祀，待国民如亲子；国民因为在社会四阶层和灵性四阶段制度中受到训练，所以都很恭顺，国家秩序良好。整个君主国是如此丰饶、和平，政府甚至有能力在街道上喷洒芳香的水，更不要说对其他方面的管理了。既然城市喷洒了芳香的水，我们可以想象一下它在其他方面有多富裕。因此，在主茹阿玛禅铎统治期间，国民有何理由不感到快乐呢？

第 27 节

प्रासादगोपुरसभाचैत्यदेवगृहादिषु ।
विन्यस्तहेमकलशैः पताकाभिश्च मण्डिताम् ॥२७॥

prāsāda-gopura-sabhā-
caitya-deva-gṛhādiṣu
vinyasta-hema-kalaśaiḥ
patākābhiś ca maṇḍitām

prāsāda－在宫殿中 / gopura－宫殿大门 / sabhā－大会堂 / caitya－高起的平台 / deva-gṛha－神像在其中受到崇拜的神庙 / ādiṣu－等等 / vinyasta－放置 / hema-kalaśaiḥ－用金制水罐 / patākābhiḥ－由旗帜 / ca－也 / maṇḍitām－用……点缀的

译文 宫殿、宫殿大门、大会堂、聚会场所的平台和神庙等所有这类地方，都用金制水罐作装饰，都点缀着各类旗帜。

第 28 节

पूगैः सवृन्तै रम्भाभिः पट्टिकाभिः सुवाससाम् ।
आदर्शैरंशुकैः स्रग्भिः कृतकौतुकतोरणाम् ॥२८॥

pūgaiḥ savṛntai rambhābhiḥ
paṭṭikābhiḥ suvāsasām
ādarśair aṁśukaiḥ sragbhiḥ
kṛta-kautuka-toraṇām

pūgaiḥ—用槟榔树 / sa-vṛntaiḥ—用成束的鲜花和水果 / rambhābhiḥ—用香蕉树 / paṭṭikābhiḥ—用旗帜 / su-vāsasām—用五彩缤纷的布装饰 / ādarśaiḥ—用镜子 / aṁśukaiḥ—用织布 / sragbhiḥ—用花环 / kṛta-kautuka—使吉祥 / toraṇām—拥有迎接的大门

译文　主茹阿玛禅铎所到之处，都有用香蕉树和槟榔树搭建的吉祥的欢迎牌楼，上面挂满水果和鲜花，插着各种用多彩的布制成的旗帜，点缀着织锦、镜子和花环。

第 29 节

तमुपेयुस्तत्र तत्र पौरा अर्हणपाणयः ।
आशिषो युयुजुर्देव पाहीमां प्राक्त्वयोद्धृताम् ॥२९॥

tam upeyus tatra tatra
paurā arhaṇa-pāṇayaḥ
āśiṣo yuyujur deva
pāhīmāṁ prāk tvayoddhṛtām

tam—向祂——主茹阿玛禅铎 / upeyuḥ—接近 / tatra tatra—祂所到之处 / paurāḥ—邻近地区的居民 / arhaṇa-pāṇayaḥ—携带崇拜至尊主的用品 / āśiṣaḥ—至尊主的祝福 / yuyujuḥ—下来 / deva—我的至尊主啊 / pāhi—就维系 / imām—这土地 / prāk—如同以前 / tvayā—被您 / uddhṛtām—(以您的瓦茹阿哈化身从海底)营救

译文　主茹阿玛禅铎无论到哪儿，人们都带着崇拜用品接近祂，向祂乞求祝福。他们说：“至尊主啊！您化身为野猪从海底救起地球，愿您现在维系它。我们为此祈求您的祝福。”

第 30 节

ततः प्रजा वीक्ष्य पतिं चिरागतं
दिदृक्षयोत्सृष्टगृहाः स्त्रियो नराः ।
आरुह्य हर्म्याण्यरविन्दलोचन-
मतृप्तनेत्राः कुसुमैरवाकिरन् ॥३०॥

tataḥ prajā vīkṣya patiṁ cirāgataṁ
didṛkṣayotsṛṣṭa-gṛhāḥ striyo narāḥ
āruhya harmyāṇy aravinda-locanam
atṛpta-netrāḥ kusumair avākiran

tataḥ—那之后 / prajāḥ—国民 / vīkṣya—看到 / patim—君王 / cira-āgatam—长时间后返回 / didṛkṣayā—想要看 / utsṛṣṭa-gṛhāḥ—离开他们各自的住所 / striyaḥ—女人们 / narāḥ—男人们 / āruhya—登上……的顶部 / harmyāṇi—巨大的宫殿 / aravinda-locanam—眼如莲花瓣的主茹阿玛禅铎 / atṛpta-netrāḥ—其眼睛感到不完全满足 / kusu-maiḥ—用鲜花 / avākiran—大量地撒向至尊主

译文 那之后，因为长时间没看到至尊主，男人和女人——全体国民，都十分急切地要看到祂，于是纷纷离开家，登上宫殿的屋顶。因为看主茹阿玛禅铎有着莲花眼的脸庞还不感到满足，他们向祂抛撒鲜花。

第 31—34 节

अथ प्रविष्टः स्वगृहं जुष्टं स्वैः पूर्वराजभिः ।
अनन्ताखिलकोषाढ्यमनर्घ्योरुपरिच्छदम् ॥३१॥

विद्रुमोदुम्बरद्वारैर्वैदूर्यस्तम्भपङ्क्तिभिः ।
स्थलैर्मारकतैः स्वच्छैर्भ्राजत्स्फटिकभित्तिभिः ॥३२॥

चित्रस्रग्भिः पट्टिकाभिर्वासोमणिगणांशुकैः ।
मुक्ताफलैश्चिदुल्लासैः कान्तकामोपपत्तिभिः ॥३३॥

धूपदीपैः सुरभिभिर्मण्डितं पुष्पमण्डनैः ।
स्त्रीपुम्भिः सुरसङ्काशैर्जुष्टं भूषणभूषणैः ॥३४॥

atha praviṣṭaḥ sva-gṛhaṁ
   juṣṭaṁ svaiḥ pūrva-rājabhiḥ
anantākhila-koṣāḍhyam
   anarghyoruparicchadam

vidrumodumbara-dvārair
   vaidūrya-stambha-paṅktibhiḥ
sthalair mārakataiḥ svacchair
   bhrājat-sphaṭika-bhittibhiḥ

citra-sragbhiḥ paṭṭikābhir
   vāso-maṇi-gaṇāṁśukaiḥ
muktā-phalaiś cid-ullāsaiḥ
   kānta-kāmopapattibhiḥ

dhūpa-dīpaiḥ surabhibhir
   maṇḍitaṁ puṣpa-maṇḍanaiḥ
strī-pumbhiḥ sura-saṅkāśair
   juṣṭaṁ bhūṣaṇa-bhūṣaṇaiḥ

atha－那之后／praviṣṭaḥ－祂进入／sva-gṛham－祂自己的宫殿／juṣṭam－已占用的／svaiḥ－被祂自己的家人／pūrva-rājabhiḥ－被先前的王室成员／ananta－无数的／akhila－到处／koṣa－国库／āḍhyam－富足的／anarghya－无价的／uru－高等／paricchadam－用品／vidruma－珊瑚的／udumbara-dvāraiḥ－大门两边／vaidūrya-stam-bha－有猫眼石柱／paṅktibhiḥ－在一排中／sthalaiḥ－和地板／mārakataiḥ－用绿宝石制成／svacchaiḥ－擦得清洁光亮／bhrājat－耀眼的／sphaṭika－大理石／bhittibhiḥ－地基／citra-sragbhiḥ－用各种鲜花花环／paṭṭikābhiḥ－用旗帜／vāsaḥ－衣服／maṇi-gaṇa-aṁśukaiḥ－由各种光亮的宝石／muktā-phalaiḥ－用珍珠／cit-ullāsaiḥ－增强天堂的乐趣／kānta-kāma－实现一个人的愿望／upapattibhiḥ－由这类用品／dhūpa-dīpaiḥ－用焚香和灯／surabhibhiḥ－很香／maṇḍitam－装饰／

puṣpa-maṇḍanaiḥ－由成束的各色鲜花 / strī-pumbhiḥ－由男人和女人 / sura-saṅkāśaiḥ－看上去像半神人 / juṣṭam－充满 / bhūṣaṇa-bhūṣaṇaiḥ－其身体增添他们佩戴的首饰的美

译文 接着，主茹阿玛禅铎进入祂祖先的宫殿，宫殿中有各种金银财宝和昂贵的服装。门廊两侧坐的地方用珊瑚制成，庭院周围是猫眼石柱，地面铺设着高度抛光的绿宝石，地基用大理石建造。整个宫殿到处点缀着旗帜、花环，镶嵌着珍贵的宝石，放射出天国的光辉。宫殿各处都可见到点缀的珍珠，以及点燃的酥油灯和焚香。宫殿里的男人和女人都看似半神人，用各种装饰品打扮自己，那些装饰品因为在他们身上而显得美丽。

第 35 节

तस्मिन् स भगवान् रामः स्निग्धया प्रिययेष्टया ।
रेमे स्वारामधीराणामृषभः सीतया किल ॥३५॥

tasmin sa bhagavān rāmaḥ
snigdhayā priyayeṣṭayā
reme svārāma-dhīrāṇām
ṛṣabhaḥ sītayā kila

tasmin－在如仙境般的宫殿内 / saḥ－祂 / bhagavān－至尊人格首神 / rāmaḥ－主茹阿玛禅铎 / snigdhayā－总是被她的行为取悦 / priyayā iṣṭayā－与祂最心爱的妻子一起 / reme－享受 / sva-ārāma－个人的乐趣 / dhīrāṇām－最博学之人的 / ṛṣabhaḥ－领袖 / sītayā－与悉塔母亲一道 / kila－事实上

译文 主茹阿玛禅铎——至尊人格首神——最博学的学者的领袖，与祂的快乐能量悉塔女神住在那宫殿中，享受全然的平静。

第 36 节

बुभुजे च यथाकालं कामान्धर्ममपीडयन् ।
वर्षपूगान् बहून्नृणामभिध्याताङ्घ्रिपल्लवः ॥३६॥

bubhuje ca yathā-kālaṁ
kāmān dharmam apīḍayan
varṣa-pūgān bahūn nṝṇām
abhidhyātāṅghri-pallavaḥ

bubhuje一祂享受 / ca一也 / yathā-kālam一只要需要 / kāmān一所有的享乐 / dharmam一宗教原则 / apīḍayan一没有违反 / varṣa pū-gān一多年的时间 / bahūn一许多 / nṝṇām一人民大众的 / abhidhyā-ta一被冥想 / aṅghri-pallavaḥ一祂的莲花足

译文　莲花足受到奉献者在冥想时崇拜的主茹阿玛禅铎，在不违反宗教原则的情况下，在适当的时候享受所有使人感到超然满足的设施许多年。

到此为止，结束了巴克提韦丹塔对《圣典博伽瓦谭》第9篇第11章——“主茹阿玛禅铎统治世界”所作的阐释。

第十二章
主茹阿玛禅铎之子库沙的王朝

这一章讲述的是主茹阿玛禅铎(Rāmacandra)的儿子库沙(Kuśa)的王朝。这个王朝的成员都是依克施瓦库王(Mahārāja Ikṣvāku)的儿子舍沙德(Saśāda)的传人。

按照主茹阿玛禅铎王朝的家谱顺序，至尊主的儿子库沙的子孙依次是阿缇提(Atithi)、尼沙达(Niṣadha)、纳巴(Nabha)、彭达瑞卡(Puṇḍarīka)、克瑟玛丹瓦(Kṣemadhanvā)、戴瓦尼卡(Devānīka)、阿尼哈(Anīha)、帕瑞亚陀(Pāriyātra)、巴拉斯塔拉(Balasthala)、瓦爪纳巴(Vajranābha)、萨嘎纳(Sagaṇa)和维德瑞提(Vidhṛti)。这些人物都是世界的统治者。维德瑞提生子黑冉亚纳巴(Hiraṇyanābha)，后者当了齐弥尼(Jaimini)的门徒，教导神秘瑜伽体系，雅格亚瓦勒克亚(Yājñavalkya)就曾在这一体系中得到启迪。这个王朝内的子孙接着依次是菩施帕(Puṣpa)、杜茹瓦散迪(Dhruvasandhi)、苏达尔珊(Sudarśana)、阿格尼瓦尔纳(Agnivarṇa)、希卦(Śīghra)和玛茹(Maru)。玛茹练瑜伽达到完美境界，至今仍住在卡拉帕(Kalāpa)村庄内。喀历(Kali)年代结束时，他将复兴太阳王朝。王朝中的传人接着依次是帕苏舒茹塔 (Prasuśruta)、桑迪(Sandhi)、阿玛尔珊(Amarṣaṇa)、玛哈斯万(Mahasvān)、维施瓦巴胡(Viśvabāhu)、帕瑟纳吉特(Prasenajit)、塔克沙卡(Takṣaka)和毕尔哈德巴拉(Bṛhadbala)。毕尔哈德巴拉后来被阿比曼纽(Abhimanyu)所杀。舒卡戴瓦·哥斯瓦米(Śukadeva Gosvāmī)说，这些都是过去的君王。毕尔哈德巴拉之后的传人将是毕尔哈铎纳(Bṛhadraṇa)、乌茹奎亚(Ūrukriya)、瓦特萨布瑞德(Vatsavṛddha)、帕提维尤玛(Prativyoma)、巴努(Bhānu)、迪瓦卡(Divāka)、萨哈戴瓦(Sahadeva)、毕尔哈达刷(Bṛhadaśva)、巴努曼(Bhānumān)、帕提卡刷(Pratīkāśva)、苏帕提卡(Supratīka)、玛茹戴瓦(Marudeva)、苏纳克沙陀(Sunakṣatra)、菩施卡尔(Puṣkara)、安塔瑞克沙(Antarikṣa)、苏塔帕(Sutapā)、阿弥陀吉特(Amitrajit)、毕尔哈铎佳(Bṛhadrāja)、巴尔黑(Barhi)、奎坦佳亚(Kṛtañjaya)、冉南佳亚(Raṇañjaya)、桑佳亚(Sañjaya)、沙克亚(Śākya)、舒窦达(Śuddhoda)、兰嘎拉(Lāṅgala)、帕瑟纳吉特(Prasenajit)、克舒铎卡(Kṣudraka)、冉纳卡(Raṇaka)、苏茹阿塔(Suratha)和苏弥陀(Sumitra)。他们都将逐一地成为君王。在这个喀历年代中到来的苏弥陀，将是依克施瓦库王朝中的最后一个君王。王朝在他之后将没有继承人。

第 1 节

श्रीशुक उवाच
कुशस्य चातिथिस्तस्मान्निषधस्तत्सुतो नभः ।
पुण्डरीकोऽथ तत्पुत्रः क्षेमधन्वाभवत्ततः ॥१॥

śrī-śuka uvāca
kuśasya cātithis tasmān
niṣadhas tat-suto nabhaḥ
puṇḍarīko 'tha tat-putraḥ
kṣemadhanvābhavat tataḥ

śrī-śukaḥ uvāca－圣舒卡戴瓦·哥斯瓦米说 / kuśasya－主茹阿玛禅铎的儿子库沙 / ca－也 / atithiḥ－阿缇提 / tasmāt－从他 / niṣadhaḥ－尼沙达 / tat-sutaḥ－他儿子 / nabhaḥ－纳巴 / puṇḍarīkaḥ－彭达瑞卡 / atha－那之后 / tat-putraḥ－他儿子 / kṣemadhanvā－克瑟玛丹瓦 / abhavat－成为 / tataḥ－那之后

译文 舒卡戴瓦·哥斯瓦米说：库沙是茹阿玛禅铎的儿子，库沙的儿子是阿缇提，阿缇提的儿子名叫尼沙达，尼沙达的儿子是纳巴。纳巴生了儿子彭达瑞卡，彭达瑞卡的儿子名叫克瑟玛丹瓦。

第 2 节

देवानीकस्ततोऽनीहः पारियात्रोऽथ तत्सुतः ।
ततो बलस्थलस्तस्माद्वज्रनाभोऽर्कसम्भवः ॥ २ ॥

devānīkas tato 'nīhaḥ
pāriyātro 'tha tat-sutaḥ
tato balasthalas tasmād
vajranābho 'rka-sambhavaḥ

devānīkaḥ—戴瓦尼卡 / tataḥ—从克瑟玛丹瓦 / anīhaḥ—戴瓦尼卡生了名叫阿尼哈的儿子 / pāriyātraḥ—帕瑞亚陀 / atha—那之后 / tat-sutaḥ—阿尼哈的儿子 / tataḥ—从帕瑞亚陀 / balasthalaḥ—巴拉斯塔拉 / tasmāt—从巴拉斯塔拉 / vajranābhaḥ—瓦爪纳巴 / arka-sambhavaḥ—来自太阳神

译文　克瑟玛丹瓦的儿子是戴瓦尼卡，戴瓦尼卡的儿子叫阿尼哈。阿尼哈生了儿子帕瑞亚陀，帕瑞亚陀的儿子是巴拉斯塔拉。巴拉斯塔拉的儿子名叫瓦爪纳巴，据说他来自太阳神的光芒。

第 3—4 节

सगणस्तत्सुतस्तस्माद्विधृतिश्चाभवत्सुतः ।
ततो हिरण्यनाभोऽभूद्योगाचार्यस्तु जैमिनेः ॥ ३ ॥

शिष्यः कौशल्य आध्यात्मं याज्ञवल्क्योऽध्यगाद्यतः ।
योगं महोदयमृषिर्हृदयग्रन्थिभेदकम् ॥ ४ ॥

saganas tat-sutas tasmād
vidhṛtiś cābhavat sutaḥ
tato hiraṇyanābho 'bhūd
yogācāryas tu jaimineḥ

śiṣyaḥ kauśalya ādhyātmaṁ
yājñavalkyo 'dhyagād yataḥ

yogaṁ mahodayam ṛṣir
hṛdaya-granthi-bhedakam

saganaḥ一萨嘎纳 / tat一这(瓦爪纳巴的) / sutaḥ一儿子 / tasmāt一从他 / vidhṛtiḥ一维德瑞提 / ca一也 / abhavat一被生下 / sutaḥ一他儿子 / tataḥ一从他 / hiraṇyanābhaḥ一黑冉亚纳巴 / abhūt一成为 / yoga-ācāryaḥ一瑜伽哲学的一代宗师 / tu一但是 / jaimineḥ一因为接受齐弥尼当他的灵性导师 / śiṣyaḥ一门徒 / kauśalyaḥ一考沙利亚 / ādhyātmam一灵性的 / yājñavalkyaḥ一雅格亚瓦勒克亚 / adhyagāt一学习 / yataḥ一从他(雅格亚瓦勒克亚) / yogam一神秘瑜伽 / ma-hā-udayam一高度提升的 / ṛṣiḥ一雅格亚瓦勒克亚圣人 / hṛdaya-gran-thi-bhedakam一可以解开心中物质依恋硬结的神秘瑜伽

译文 瓦爪纳巴的儿子是萨嘎纳，萨嘎纳生子维德瑞提。维德瑞提的儿子叫黑冉亚纳巴，他当了齐弥尼的门徒，成为神秘瑜伽体系中的一代宗师。伟大的圣洁之人雅格亚瓦勒克亚，向黑冉亚纳巴学习了神秘瑜伽中的高等体系阿迪亚特玛瑜伽，这门瑜伽可以解开心中物质依恋的硬结。

第5节

पुष्पो हिरण्यनाभस्य ध्रुवसन्धिस्ततोऽभवत् ।
सुदर्शनोऽथाग्निवर्णः शीघ्रस्तस्य मरुः सुतः ॥५॥

puṣpo hiraṇyanābhasya
dhruvasandhis tato 'bhavat
sudarśano 'thāgnivarṇaḥ
śīghras tasya maruḥ sutaḥ

puṣpaḥ一菩施帕 / hiraṇyanābhasya一黑冉亚纳巴的儿子 / dhruvasandhiḥ一杜茹瓦散迪 / tataḥ一从他 / abhavat一降生 / sudarśanaḥ一杜茹瓦散迪生了苏达尔珊 / atha一那之后 / agnivarṇaḥ一苏达尔珊的儿

子阿格尼瓦尔纳 / śīghraḥ—希卦 / tasya—他(阿格尼瓦尔纳) / maruḥ—玛茹 / sutaḥ—儿子

译文　黑冉亚纳巴的儿子是菩施帕，菩施帕的儿子名叫杜茹瓦散迪。杜茹瓦散迪生子苏达尔珊，苏达尔珊的儿子是阿格尼瓦尔纳。阿格尼瓦尔纳的儿子名叫希卦，希卦是玛茹的父亲。

第6节

सोऽसावास्ते योगसिद्धः कलापग्राममास्थितः ।
कलेरन्ते सूर्यवंशं नष्टं भावयिता पुनः ॥ ६ ॥

so 'sāv āste yoga-siddhaḥ
kalāpa-grāmam āsthitaḥ
kaler ante sūrya-vaṁśaṁ
naṣṭaṁ bhāvayitā punaḥ

saḥ—他 / asau—名叫玛茹的人物 / āste—依然存在 / yoga-siddhaḥ—神秘瑜伽力量的完美境界 / kalāpa-grāmam—卡拉帕村庄 / āsthitaḥ—他仍住在那里 / kaleḥ—这个喀历年代的 / ante—结束时 / sū-rya-vaṁśam—太阳神的后代们 / naṣṭam—失去后 / bhāvayitā—玛茹将通过生一个儿子开始…… / punaḥ—再次

译文　玛茹得到完美的神秘瑜伽力量后，至今仍住在名叫卡拉帕的村庄。在喀历年代结束时，他将通过生一个儿子复兴失去的太阳王朝。

要旨　至少在五千年前，圣舒卡戴瓦·哥斯瓦米(Śukadeva Gosvāmī)就明确说玛茹生活在名叫卡拉帕的村庄，并说玛茹的身体具有瑜伽神秘力量(yoga-siddha)，而且将一直活到历时四十三万二千年的喀历年代结束之际。这是神秘力量的完美境界。练瑜伽达到完美境界的瑜伽师可以靠控制呼吸，按照自己的愿望延长寿命。韦达文献记载，维亚萨戴瓦(Vyāsadeva)和阿施瓦塔玛(Aśvatthā-mā)等人物，从韦达时代直到今日仍活在世上。在此我们了解到，玛茹也依然活着。一个会死的躯体竟然能活这么长的时间，的确令我们感到惊讶。这节诗文中用梵文“神秘瑜伽力量的完美境界(yoga-siddha)”一句，解释了这种长寿的原因。人在练瑜伽达到完美境界时，就能按照自己的愿望延长自己的寿命。现代人示范的某些微不足道的瑜伽神通，并不是完美境界的展现。这里记载了一个完美的实例，即达到神秘瑜伽的完美境界后，人可以想活多久就活多久。

第 7 节

तस्मात्प्रसुश्रुतस्तस्य सन्धिस्तस्याप्यमर्षणः ।
महस्वांस्तत्सुतस्तस्माद्विश्वबाहुरजायत ॥७॥

tasmāt prasuśrutas tasya
sandhis tasyāpy amarṣaṇaḥ
mahasvāṁs tat-sutas tasmād
viśvabāhur ajāyata

tasmāt—从玛茹 / prasuśrutaḥ—他儿子帕苏舒茹塔 / tasya—帕苏舒茹塔的 / sandhiḥ—名叫桑迪的儿子 / tasya—他(桑迪的) / api—也 / amarṣaṇaḥ—名叫阿玛尔珊的儿子 / mahasvān—阿玛尔珊的儿子 / tat—他的 / sutaḥ—儿子 / tasmāt—从他(玛哈斯万) / viśvabā-huḥ—维施瓦巴胡 / ajāyata—投生

译文 玛茹生了个名叫帕苏舒茹塔的儿子，帕苏舒茹塔是桑迪的父亲。桑迪的儿子是阿玛尔珊，阿玛尔珊生子玛哈斯万。玛哈斯万是维施瓦巴胡的父亲。

第 8 节

ततः प्रसेनजित्तस्मात्तक्षको भविता पुनः ।
ततो बृहद्बलो यस्तु पित्रा ते समरे हतः ॥८॥

tataḥ prasenajit tasmāt
  takṣako bhavitā punaḥ
tato bṛhadbalo yas tu
  pitrā te samare hataḥ

tataḥ—从维施瓦巴胡 / prasenajit—名叫帕瑟纳吉特的儿子诞生 / tasmāt—从他 / takṣakaḥ—塔克沙卡 / bhavitā—将诞生 / punaḥ—再次 / tataḥ—从他 / bṛhadbalaḥ—名叫毕尔哈德巴拉的儿子 / yaḥ—……的他 / tu—但是 / pitrā—由父亲 / te—你的 / samare—在战斗中 / hataḥ—杀死

译文 维施瓦巴胡的儿子名叫帕瑟纳吉特，塔克沙卡是帕瑟纳吉特的儿子。塔克沙卡生了毕尔哈德巴拉，毕尔哈德巴拉在一次战斗中被你父亲杀死。

第9节

एते हीक्ष्वाकुभूपाला अतीताः शृण्वनागतान् ।
बृहद्बलस्य भविता पुत्रो नाम्ना बृहद्रणः ॥९॥

ete hīkṣvāku-bhūpālā
  atītāḥ śṛṇv anāgatān
bṛhadbalasya bhavitā
  putro nāmnā bṛhadraṇaḥ

ete—他们全体 / hi—事实上 / ikṣvāku-bhūpālāḥ—依克施瓦库王朝中的君王们 / atītāḥ—他们全都死去 / śṛṇu—请听 / anāgatān—那些未来将到来的 / bṛhadbalasya—毕尔哈德巴拉的 / bhavitā—将有 / putraḥ—一个儿子 / nāmnā—名叫 / bṛhadraṇaḥ—毕尔哈铎纳

译文 依克施瓦库王朝中的所有这些君王，都是过去的君王。现在请听我讲述未来将诞生的君王。毕尔哈铎纳将是毕尔哈德巴拉的儿子。

第 10 节

ऊरुक्रियः सुतस्तस्य वत्सवृद्धो भविष्यति ।
प्रतिव्योमस्ततो भानुर्दिवाको वाहिनीपतिः ॥१०॥

ūrukriyaḥ sutas tasya
vatsavṛddho bhaviṣyati
prativyomas tato bhānur
divāko vāhinī-patiḥ

ūrukriyaḥ—乌茹奎亚 / sutaḥ—儿子 / tasya—乌茹奎亚的 / vatsa-vṛddhaḥ—瓦特萨布瑞德 / bhaviṣyati—将出生 / prativyomaḥ—帕提维尤玛 / tataḥ—从瓦特萨布瑞德 / bhānuḥ—(从帕提维尤玛)名叫巴努的儿子 / divākaḥ—巴努生下名叫迪瓦卡的儿子 / vāhinī-patiḥ—战士们的优秀指挥官

译文 毕尔哈铎纳的儿子将是乌茹奎亚，他将有个名叫瓦特萨布瑞德的儿子。瓦特萨布瑞德将生子帕提维尤玛，帕提维尤玛的儿子将是巴努，而巴努将是优秀指挥官迪瓦卡的父亲。

第 11 节

सहदेवस्ततो वीरो बृहदश्वोऽथ भानुमान् ।
प्रतीकाश्वो भानुमतः सुप्रतीकोऽथ तत्सुतः ॥११॥

sahadevas tato vīro
bṛhadaśvo 'tha bhānumān
pratīkāśvo bhānumataḥ
supratīko 'tha tat-sutaḥ

sahadevaḥ—萨哈戴瓦 / tataḥ—从迪瓦卡 / vīraḥ—一个大英雄 / bṛhadaśvaḥ—毕尔哈达刷 / atha—从他 / bhānumān—巴努曼 / pratīkā-śvaḥ—帕提卡刷 / bhānumataḥ—从巴努曼 / supratīkaḥ—苏帕提卡 / atha—那之后 / tat-sutaḥ—帕提卡刷的儿子

译文　那之后，迪瓦卡将生子萨哈戴瓦，从萨哈戴瓦，伟大的英雄毕尔哈达刷将诞生世上。毕尔哈达刷将是巴努曼的父亲，巴努曼的儿子将是帕提卡刷。帕提卡刷将生下苏帕提卡。

第 12 节

भविता मरुदेवोऽथ सुनक्षत्रोऽथ पुष्करः ।
तस्यान्तरिक्षस्तत्पुत्रः सुतपास्तदमित्रजित् ॥१२॥

bhavitā marudevo 'tha
　sunakṣatro 'tha puṣkaraḥ
tasyāntarikṣas tat-putraḥ
　sutapās tad amitrajit

bhavitā－将出生 / marudevaḥ－玛茹戴瓦 / atha－那之后 / sunakṣatraḥ－苏纳克沙陀 / atha－那之后 / puṣkaraḥ－苏纳克沙陀的儿子菩施卡尔 / tasya－菩施卡尔的 / antarikṣaḥ－安塔瑞克沙 / tat-putraḥ－他儿子 / sutapāḥ－苏塔帕 / tat－从他 / amitrajit－名叫阿弥陀吉特的儿子

译文　苏帕提卡将成为玛茹戴瓦的父亲，玛茹戴瓦将生子苏纳克沙陀。苏纳卡沙陀的儿子将是菩施卡尔，菩施卡尔将是安塔瑞克沙的父亲。苏塔帕将是安塔瑞克沙的儿子，苏塔帕的儿子将是阿弥陀吉特。

第 13 节

बृहद्राजस्तु तस्यापि बर्हिस्तस्मात्कृतञ्जयः ।
रणञ्जयस्तस्य सुतः सञ्जयो भविता ततः ॥१३॥

bṛhadrājas tu tasyāpi
　barhis tasmat kṛtañjayaḥ
raṇañjayas tasya sutaḥ
　sañjayo bhavitā tataḥ

bṛhadrājaḥ—毕尔哈铎佳 / tu—但是 / tasya api—阿弥陀吉特的 / barhiḥ—巴尔黑 / tasmāt—从巴尔黑 / kṛtañjayaḥ—奎坦佳亚 / raṇañjayaḥ—冉南佳亚 / tasya—奎坦佳亚的 / sutaḥ—儿子 / sañjayaḥ—桑佳亚 / bhavitā—将出生 / tataḥ—从冉南佳亚

译文 阿弥陀吉特将生子毕尔哈铎佳，毕尔哈铎佳的儿子将是巴尔黑，巴尔黑将成为奎坦佳亚的父亲。奎坦佳亚儿子的名字将是冉南佳亚，冉南佳亚将生下桑佳亚。

第 14 节

तस्माच्छाक्योऽथ शुद्धोदो लाङ्गलस्तत्सुतः स्मृतः ।
ततः प्रसेनजित्तस्मात्क्षुद्रको भविता ततः ॥१४॥

tasmāc chākyo 'tha śuddhodo
lāṅgalas tat-sutaḥ smṛtaḥ
tataḥ prasenajit tasmāt
kṣudrako bhavitā tataḥ

tasmāt—从桑佳亚 / śākyaḥ—沙克亚 / atha—那之后 / śuddhodaḥ—舒窦达 / lāṅgalaḥ—兰嘎拉 / tat-sutaḥ—舒窦达的儿子 / smṛtaḥ—闻名于世 / tataḥ—从他 / prasenajit—帕瑟纳吉特 / tasmāt—从帕瑟纳吉特 / kṣudrakaḥ—克舒铎卡 / bhavitā—将出生 / tataḥ—那之后

译文 桑佳亚的儿子将是沙克亚，沙克亚将生子舒窦达，舒窦达将成为兰嘎拉的父亲。兰嘎拉的儿子将是帕瑟纳吉特，克舒铎卡将是帕瑟纳吉特的儿子。

第 15 节

रणको भविता तस्मात्सुरथस्तनयस्ततः ।
सुमित्रो नाम निष्ठान्त एते बार्हद्बलान्वयाः ॥१५॥

raṇako bhavitā tasmāt
surathas tanayas tataḥ
sumitro nāma niṣṭhānta
ete bārhadbalānvayāḥ

raṇakaḥ－冉纳卡 / bhavitā－将出生 / tasmāt－从克舒铎卡 / surathaḥ－苏茹阿塔 / tanayaḥ－儿子 / tataḥ－那之后 / sumitraḥ－苏茹阿塔的儿子苏弥陀 / nāma－名叫 / niṣṭha-antaḥ－王朝的结束 / ete－上述提到的所有君王 / bārhadbala-anvayāḥ－在毕尔哈巴拉王的王朝中

译文　克舒铎卡将生子冉纳卡，冉纳卡的儿子将是苏茹阿塔。苏茹阿塔将生下这个王朝的最后一个传人苏弥陀。这就是对毕尔哈巴拉王朝的介绍。

第 16 节

इक्ष्वाकूणामयं वंशः सुमित्रान्तो भविष्यति ।
यतस्तं प्राप्य राजानं संस्थां प्राप्स्यति वै कलौ ॥१६॥

ikṣvākūṇām ayaṁ vaṁśaḥ
sumitrānto bhaviṣyati
yatas taṁ prāpya rājānaṁ
saṁsthāṁ prāpsyati vai kalau

ikṣvākūṇām－依克施瓦库王的王朝的 / ayam－(上述的)这 / vaṁśaḥ－后代们 / sumitra-antaḥ－苏弥陀作为这个王朝最后的君王 / bhaviṣyati－将在今后喀历年代仍继续的时候出现 / yataḥ－因为 / tam－他——苏弥陀王 / prāpya－得到 / rājānam－作为那个王朝中的一个君王 / saṁsthām－顶点 / prāpsyati－到达 / vai－事实上 / kalau－喀历年代的结束

译文　依克施瓦库王朝的最后一代君王将是苏弥陀；继苏弥陀之后，太阳王朝将不再有子嗣，王朝因此而终结。

到此为止，结束了巴克提韦丹塔对《圣典博伽瓦谭》第9篇第12章——“主茹阿玛禅铎之子库沙的王朝”所作的阐释。

第十三章

尼弥王的王朝

伟大的博学学者佳纳卡(Janaka)就出生在这一章描述的王朝中。这是依克施瓦库(Ikṣvāku)的儿子尼弥王(Mahārāja Nimi)的王朝。

尼弥王开始举行盛大的祭祀。他任命瓦希施塔(Vasiṣṭha)担任主祭司，但瓦希施塔因为已经同意当主因铎(Indra)举行的祭祀中的祭司，所以要他等待。瓦希施塔要求尼弥王等到他完成天帝因铎的祭祀，但尼弥王没有等。他想到：“生命十分短暂，所以不需等待。”为此，他委派其他祭司主持祭祀(yajña)。瓦希施塔对尼弥王十分生气，于是诅咒他说：“你的身体会倒下。”尼弥王遭到这样的诅咒也很生气，所以回敬说：“你的躯体也会倒下。”作为这诅咒和反诅咒的结果，他们两人都死了。这事件发生后，瓦希施塔再次投生，由弥陀(Mitra)和瓦茹纳(Varuṇa)受到乌尔娃悉(Urvaśī)的刺激后生下。

为尼弥王主持祭祀的祭司们，用香油将尼弥王的身体保存起来。等祭祀结束时，祭司们向来到祭祀场的全体半神人祈祷，请他们使尼弥王复活，但尼弥王拒绝再次投生进物质躯体，因为他认为物质躯体很令人讨厌。伟大的圣人于是搅拌尼弥王的躯体，结果佳纳卡(Janaka)从中诞生。

佳纳卡的儿子是乌达瓦苏(Udāvasu)，乌达瓦苏的儿子名叫南迪瓦尔丹(Nandivardhana)。南迪瓦尔丹生子苏凯图(Suketu)，继苏凯图之后相继出现在这个王朝的传人依次是戴瓦茹阿特(Devarāta)、毕尔哈铎塔(Bṛhadratha)、玛哈维尔亚(Mahāvīrya)、苏兑提(Sudhṛti)、兑施塔凯图(Dhṛṣṭaketu)、哈尔亚施瓦(Haryaśva)、玛茹(Maru)、帕提帕卡(Pratīpaka)、奎塔茹阿塔(Kṛtaratha)、戴瓦弥达(Devamīḍha)、维施茹特(Viśruta)、玛哈兑提(Mahādhṛti)、奎提茹阿特(Kṛtirāta)、玛哈柔玛(Mahāromā)、斯瓦尔纳柔玛(Svarṇaromā)、贺茹阿斯瓦柔玛(Hrasvaromā)和希茹阿德瓦佳(Śīradhvaja)。希茹阿德瓦佳的女儿是悉塔女神。希茹阿德瓦佳的儿子是库沙德瓦佳(Kuśadhvaja),库沙德瓦佳生了达尔玛德瓦佳(Dharmadhvaja)。达尔玛德瓦佳有两个儿子,分别名叫奎塔德瓦佳(Kṛtadhvaja)和弥塔德瓦佳(Mitadhvaja)。奎塔德瓦佳的儿子是凯希德瓦佳(Keśidhvaja),弥塔德瓦佳的儿子是刊迪克亚(Khāṇḍikya)。凯希德瓦佳是觉悟了自我的灵魂,他儿子名叫巴努曼(Bhānumān)。巴努曼之后的子子孙孙依次是沙塔丢么纳(Śatadyumna)、舒祺(Śuci)、萨纳德瓦佳(Sanadvāja)、乌尔佳凯图(Ūrjaketu)、阿佳(Aja)、菩茹吉特(Purujit)、阿瑞施塔内弥(Ariṣṭanemi)、施茹塔尤(Śrutāyu)、苏帕尔施瓦卡(Supārśva-ka)、祺陀茹阿塔(Citraratha)、克瑟玛迪(Kṣemādhi)、萨玛茹阿塔(Samaratha)、萨提亚茹阿塔(Satyaratha)、乌帕古茹(Upaguru)、乌帕古普塔(Upagupta)、瓦斯瓦南塔(Vasvananta)、尤佑达(Yuyudha)、苏巴珊(Subhāṣaṇa)、施茹塔(Śruta)、佳亚(Jaya)、维佳亚(Vijaya)、瑞塔(Ṛta)、舒纳卡(Śunaka)、维塔哈维亚(Vītahavya)、兑提(Dhṛti)、巴胡拉施瓦(Bahulāśva)、奎提(Kṛti)和玛哈瓦希(Mahāvaśī)。所有这些子孙都是伟大、自制的人物。这是整个王朝的完整名单。

第 1 节

श्रीशुक उवाच
निमिरिक्ष्वाकुतनयो वसिष्ठमवृतर्त्विजम् ।
आरभ्य सत्रं सोऽप्याह शक्रेण प्राग्वृतोऽस्मि भोः ॥ १ ॥

śrī-śuka uvāca
nimir ikṣvāku-tanayo
vasiṣṭham avṛtartvijam
ārabhya satraṁ so 'py āha
śakreṇa prāg vṛto 'smi bhoḥ

śrī-śukaḥ uvāca—圣舒卡戴瓦·哥斯瓦米说 / nimiḥ—尼弥王 / ik-ṣvāku-tanayaḥ—依克施瓦库王的儿子 / vasiṣṭham—伟大的圣人瓦希施塔 / avṛta—指定 / ṛtvijam—祭祀的主祭司 / ārabhya—开始 / satram—祭祀 / saḥ—他——瓦希施塔 / api—也 / āha—说 / śakreṇa—被主因铎 / prāk—之前 / vṛtaḥ asmi—我被指定 / bhoḥ—尼弥王啊

译文　舒卡戴瓦·哥斯瓦米说：依克施瓦库的儿子尼弥在开始举行祭祀后，请大圣人瓦希施塔担任主祭司。那时，瓦希施塔回答说：亲爱的尼弥王，我已经在主因铎开始的祭祀中担任同样的职位了。

第2节

तं निर्वर्त्यागमिष्यामि तावन्मां प्रतिपालय ।
तूष्णीमासीद् गृहपतिः सोऽपीन्द्रस्याकरोन्मखम् ॥२॥

tam̐ nirvartyāgamiṣyāmi
tāvan mām̐ pratipālaya
tūṣṇīm āsīd gṛha-patiḥ
so 'pīndrasyākaron makham

tam—那祭祀 / nirvartya—完成后 / āgamiṣyāmi—我会回来 / tāvat—到那时 / mām—我(瓦希施塔) / pratipālaya—等待 / tūṣṇīm—沉默 / āsīt—保持 / gṛha-patiḥ—尼弥王 / saḥ—他(瓦希施塔) / api—也 / indrasya—主因铎的 / akarot—执行 / makham—祭祀

译文　"我为因铎完成祭祀后就会返回这里。请等我到那时。"尼弥王保持沉默，瓦希施塔开始主持主因铎的祭祀。

第3节

निमिश्चलमिदं विद्वान् सत्रमारभतात्मवान् ।
ऋत्विग्भिरपरैस्तावन्नागमद्यावता गुरुः ॥३॥

nimiś calam idaṁ vidvān
satram ārabhatātmavān
ṛtvigbhir aparais tāvan
nāgamad yāvatā guruḥ

nimiḥ—尼弥王 / calam—随时都会完结的对象，闪烁不定的 / idam—这(生命) / vidvān—完全了解这事实 / satram—祭祀 / ārabhata—开始了 / ātmavān—觉悟了自我的人 / ṛtvigbhiḥ—由祭司们 / aparaiḥ—除了瓦希施塔 / tāvat—暂时 / na—不 / āgamat—返回 / yāva-tā—这样长 / guruḥ—他的灵性导师(瓦希施塔)

译文 作为觉悟了自我的灵魂，尼弥王认为这一生变化无常，因此没有等瓦希施塔，而是与其他祭司一起开始了祭祀。

要旨 查纳克雅·潘迪特(Cāṇakya Paṇḍita)说："人在物质世界里的生活随时都可能结束，但在这一生中，人如果做一些有价值的事，所获得的资格就会永留史册。"这里记载的是一个伟大的人物——尼弥王，他了解这一事实。在人体生命中，我们应该从事使自己能在一生结束时回归家园、回到首神身边的活动。这种活动称为觉悟自我的活动。

第 4 节

शिष्यव्यतिक्रमं वीक्ष्य तं निर्वर्त्यागतो गुरुः ।
अशपत्पतताद्देहो निमेः पण्डितमानिनः ॥ ४ ॥

śiṣya-vyatikramaṁ vīkṣya
taṁ nirvartyāgato guruḥ
aśapat patatād deho
nimeḥ paṇḍita-māninaḥ

śiṣya-vyatikramam—不遵守灵性导师命令的门徒 / vīkṣya—执行 / tam—因铎举行的祭祀 / nirvartya—完成后 / āgataḥ—当他返回时 /

guruḥ－瓦希施塔·牟尼 / aśapat－他诅咒尼弥王 / patatāt－让它坠落 / dehaḥ－物质躯体 / nimeḥ－尼弥王的 / paṇḍita-māninaḥ－认为自己那么博学的人(到了违背他灵性导师命令的程度)

译文　灵性导师瓦希施塔主持完天帝因铎的祭祀后返回，发现他的门徒尼弥王违反了他的指示。为此，瓦希施塔诅咒他说："尼弥认为自己很博学，让他的物质躯体立刻倒下。"

第5节

निमिः प्रतिददौ शापं गुरवेऽधर्मवर्तिने ।
तवापि पतताद्देहो लोभाद्धर्ममजानतः ॥५॥

nimiḥ pratidadau śāpaṁ
gurave 'dharma-vartine
tavāpi patatād deho
lobhād dharmam ajānataḥ

nimiḥ－尼弥王 / pratidadau śāpam－反诅咒 / gurave－向他的灵性导师瓦希施塔 / adharma-vartine－被导致反宗教原则的人(因为他诅咒没有犯错的门徒) / tava－你的 / api－也 / patatāt－让它倒下 / dehaḥ－躯体 / lobhāt－因为贪婪 / dharmam－宗教原则 / ajānataḥ－不知道

译文　由于在没有冒犯的情况下毫无必要地受到诅咒，尼弥王反唇诅咒他的灵性导师说，"为得到天帝的捐助，你失去了宗教判断力，所以我也发出同样的诅咒，即你的身体也会倒下。"

要旨　布茹阿玛纳该遵守的宗教原则是：不贪婪。但在这件事上，瓦希施塔为了从天堂君王那里得到更多的报酬，忽视尼弥王在这个星球上的要求，而当尼弥王与其他祭司举行祭祀时，瓦希施塔没有必要地诅咒了他。当人被有污染的活动感染后，他的物质或灵性力量就都减少。瓦希施塔虽然是尼弥的灵性导师，但因为贪婪而倒下。

第 6 节

इत्युत्ससर्ज स्वं देहं निमिरध्यात्मकोविदः ।
मित्रावरुणयोर्जज्ञे उर्वश्यां प्रपितामहः ॥ ६ ॥

ity utsasarja svaṁ dehaṁ
nimir adhyātma-kovidaḥ
mitrā-varuṇayor jajñe
urvaśyāṁ prapitāmahaḥ

iti—如此 / utsasarja—放弃 / svam—他自己 / deham—躯体 / nimiḥ—尼弥王 / adhyātma-kovidaḥ—十分精通灵性知识 / mitrā-varuṇayoḥ—从弥陀和瓦茹纳(因看到乌尔娃悉的美貌射出)的精子 / jajñe—出生 / urvaśyām—透过天堂王国的妓女乌尔娃悉 / prapitāmahaḥ—被称为曾祖父的瓦希施塔

译文 说完这话，精通灵性科学的尼弥王就放弃了他的躯体。曾祖父瓦希施塔也放弃了他的躯体。但他通过弥陀和瓦茹纳看到乌尔娃悉时射出的精子又再次出生。

要旨 弥陀和瓦茹纳偶遇天堂最美的妓女乌尔娃悉，因此产生色欲。由于他们是伟大的圣人，他们试图控制自己的色欲，但却没能做到，结果射精了。这精子被小心地保存在一个水罐中，瓦希施塔就从那里诞生。

第 7 节

गन्धवस्तुषु तद्देहं निधाय मुनिसत्तमाः ।
समाप्ते सत्रयागे च देवानूचुः समागतान् ॥ ७ ॥

gandha-vastuṣu tad-dehaṁ
nidhāya muni-sattamāḥ
samāpte satra-yāge ca
devān ūcuḥ samāgatān

gandha-vastuṣu—在十分芳香的东西中 / tat-deham—尼弥王的躯体 / nidhāya—被保存 / muni-sattamāḥ—聚集在那里的全体伟大的圣人 / samāpte satra-yāge—在名叫萨陀的祭祀结束时 / ca—也 / devān—对全体半神人 / ūcuḥ—请求说 / samāgatān—聚集在那里的人

译文　在举行祭祀期间，伟大的圣人和布茹阿玛纳，用香油保存尼弥王放弃的躯体，等萨陀祭祀结束时，向聚集在场的全体半神人提出如下的请求。

第8节

राज्ञो जीवतु देहोऽयं प्रसन्नाः प्रभवो यदि ।
तथेत्युक्ते निमिः प्राह मा भून्मे देहबन्धनम् ॥८॥

rājño jīvatu deho 'yaṁ
prasannāḥ prabhavo yadi
tathety ukte nimiḥ prāha
mā bhūn me deha-bandhanam

rājñaḥ—君王的 / jīvatu—愿复活 / dehaḥ ayam—这躯体(现在保存的) / prasannāḥ—很高兴 / prabhavaḥ—完全有能力完成它 / yadi—如果 / tathā—就这样吧 / iti—如此 / ukte—当被(半神人)回答时 / ni-miḥ—尼弥王 / prāha—说 / mā bhūt—不做这事 / me—我的 / deha-bandhanam—再次囚禁在一个物质躯体中

译文　“如果你们对这场祭祀满意，如果你们真能做到，就请让尼弥王在这个躯体中复活。”半神人向提出这一请求的圣人们说“可以”，但尼弥王说：“请不要再将我囚禁在一个物质躯体中。”

要旨 半神人的地位比人类的高出许多。所以，尽管伟大的圣洁之人和圣人也都是强有力的布茹阿玛纳，但还是请求半神人使尼弥王那被保存在各种香油中的躯体复活。人不该认为半神人只是在感官享乐方面很强大有力；他们在使死尸复活一类的事上也很强大有力。韦达文献中记载了许多类似的事件。例如有关萨维特瑞(Sāvitrī)和萨提亚万(Satyavān)的历史：萨提亚万死去并被阎罗王(Yamarāja)带走，但在萨提亚万的妻子萨维特瑞的要求下，阎罗王又使萨提亚万死而复活。这事件是有关半神人强大有力的一个重要证明。

第9节

यस्य योगं न वाञ्छन्ति वियोगभयकातराः ।
भजन्ति चरणाम्भोजं मुनयो हरिमेधसः ॥ ९ ॥

yasya yogaṁ na vāñchanti
viyoga-bhaya-kātarāḥ
bhajanti caraṇāmbhojaṁ
munayo hari-medhasaḥ

yasya—用躯体 / yogam—接触 / na—不做 / vāñchanti—知识思辨者的愿望 / viyoga-bhaya-kātarāḥ—因为害怕再次放弃躯体 / bhajanti—献上超然的爱心服务 / caraṇa-ambhojam—向至尊主的莲花足 / muna-yaḥ—伟大的圣洁之人 / hari-medhasaḥ—其心智总是专注地想着至尊人格首神哈尔依

译文 尼弥王继续道：假象宗人士一般都不想再接受物质躯体，因为他们害怕再次放弃它。但始终忙于侍奉至尊主的有智慧的奉献者却不害怕。事实上，他们利用躯体为至尊主做超然的爱心服务。

要旨 尼弥王不想接受一个导致束缚的物质躯体；他是奉献

者，所以想要一个能让他为至尊主做奉爱服务的身体。圣巴克提维诺德·塔库尔歌唱道：

janmāobi more icchā yadi tora
bhakta-gṛhe jani janma ha-u mora
kīṭa-janma ha-u yathā tuyā dāsa

“我的至尊主啊，如果您要我再次投生接受一个物质躯体，请帮助我，让我投生在您的仆人——您的奉献者家中。我不在乎在那里投生为一个如昆虫般微不足道的生物体。”圣柴坦亚·玛哈帕布(Caitanya Mahāprabhu)也说：

na dhanaṁ na janaṁ na sundarīṁ
　kavitāṁ vā jagadīśa kāmaye
mama janmani janmanīśvare
　bhavatād bhaktir ahaitukyī tvayi

“宇宙之主啊！我无意累积财富，不想要漂亮的女人，也不想要任何追随者。我只想一世复一世无求地为您做奉爱服务。”(主柴坦亚的八训规4)至尊主说“一世复一世(janmani janmani)”，并不是指普通的出生，而是指能记住至尊主莲花足的出生。这样的躯体是值得要的。奉献者不想象瑜伽师或知识思辨者那样拒绝物质躯体，与不具人格特征的梵光融为一体。奉献者不愿意这样。相反，无论是物质的或灵性的躯体，他都会接受，因为他想要侍奉至尊主。这是真正的解脱。

人如果有为至尊主服务的强烈愿望，哪怕是接受一个物质躯体，都不会有焦虑的原因，因为奉献者即使在物质躯体中，也是解脱的灵魂。对此，圣茹帕·哥斯瓦米(Rūpa Gosvāmī)证实说：

īhā yasya harer dāsye
　karmaṇā manasā girā

nikhilāsv apy avasthāsu
jīvan-muktaḥ sa ucyate

“怀着奎师那意识用自己的身体、心智和话语做事的人(换句话说是在为奎师那做服务)，哪怕在这个物质世界里也是解脱的人，尽管他也许在从事许多所谓的物质活动。”想要侍奉至尊主的想法使人在生活的任何情况下都是解脱的，无论是有灵性的身体还是物质的身体。奉献者有灵性的身体时直接与至尊主交往、联谊，但即使奉献者表面看来出现在一个物质躯体中，他也始终是解脱的。他一直作为外琨塔星球中的一名奉献者在忙于履行同样的为至尊主服务的责任。两种情况没有分别。经典中说：奉献者无论是活着还是死去，唯一的想法就是侍奉至尊主(sādhur jīvo vā maro vā)。奉献者离开躯体后到达至尊主永恒的住所，不再投生于这个物质世界(tyaktvā dehaṁ punar janma naiti mām eti)。奉献者放弃现有的物质躯体后，直接去当至尊主的一个同伴并侍奉祂，尽管那奉献者在这个物质世界的物质躯体中曾经做同样的事。

对奉献者来说，不存在苦乐或物质完美的问题。人们也许争辩说，死亡时奉献者因为放弃其物质躯体，所以也会痛苦。但就有关这一点，我们可以举一个猫用嘴叼老鼠和小猫仔的例子。老鼠和小猫仔都被同样的猫嘴叼着，但老鼠的感受不同于小猫仔的感受。奉献者放弃其物质躯体时(tyaktvā deham)，是准备回归家园，回到首神身边。所以他的感受无疑不同于被阎罗王带走去惩罚的人的感受。心智始终专注于为至尊主服务的人，不怕接受物质躯体，但不为至尊主服务的非奉献者，则非常害怕接受物质躯体或放弃现有的躯体。因此，我们应该听从柴坦亚·玛哈帕布的教导：一世复一世地为至尊主做纯粹的奉爱服务(mama janmani janmanīśvare bhavatād bhaktir ahaitukī tvayi)。无论我们接受的是物质躯体还是灵性躯体，我们唯一的志向应该是为至尊人格首神服务。

第 10 节

देहं नावरुरुत्सेऽहं दुःखशोकभयावहम् ।
सर्वत्रास्य यतो मृत्युर्मत्स्यानामुदके यथा ॥१०॥

deham nāvarurutse 'haṁ
duḥkha-śoka-bhayāvaham
sarvatrāsya yato mṛtyur
matsyānām udake yathā

deham—一个物质躯体 / na—不 / avarurutse—想要接受 / aham—我 / duḥkha-śoka-bhaya-āvaham—是造成所有种类的疾病、悲伤和恐惧的…… / sarvatra—总是且在整个宇宙中到处 / asya—接受了物质躯体的生物的 / yataḥ—因为 / mṛtyuḥ—死亡 / matsyānām—鱼的 / udake—生活在水中 / yathā—如同

译文　我不想接受物质躯体，因为这样一个躯体是一切疾病、悲伤和恐惧的根源。宇宙中到处都一样，物质躯体就像水中的一条鱼，因为害怕死亡而总活在焦虑中。

要旨　物质躯体，无论是在高等星球还是在低等星系中的，最后的结局都是死亡。在低等星系或物种中的生命也许死得快一些，在高等星球或物种中的生物也许可以活很久，但死亡是不可避免的事。我们应该了解这一事实。在人体生命中，我们应该抓住机会，靠苦修(tapasya)结束生老病死的轮回。停止生死轮回(mṛtyu-saṁsāra-vartmani)：这是人类文明的目标。只有奎师那意识——为至尊主的莲花足做服务，才能使人完成这一使命。否则，人就必须在这个物质世界中腐烂，接受受制于生老病死的物质躯体。

这节诗文中举的例子是：尽管水很适合鱼儿生存，但鱼儿从没有停止为死亡而焦虑，因为大鱼总是很渴望吃小鱼。弱肉强食，所有的生物体都被更大的生物体所吃(phalgūni tatra mahatām)。这是物质自然定律。

ahastāni sahastānām
apadāni catuṣ-padām
phalgūni tatra mahatāṁ
jīvo jīvasya jīvanam

“没有手的是有手的盘中餐，没有腿的是有四条腿的猎物。弱肉强食，一种生物体是另一种生物体的食物；这是普遍的规则。”（《圣典博伽瓦谭》1.13.47）至尊人格首神创造这个物质世界的方式是：一种生物体成为另一种生物体的食物，因此所有的生物都要为生存而苦苦挣扎。然而，尽管我们在谈适者生存，但没人能在不成为至尊主的奉献者的情况下逃脱死亡。不成为奉献者，没人能逃脱生死轮回(hariṁ vinā naiva sṛtiṁ taranti)。对此，《博伽梵歌》第9章的第3节诗也证实说：不怀着信心做奉爱服务的人，到不了至尊主那里，因此会回到物质世界的生死轮回中(aprāpya māṁ nivartante mṛtyu-saṁsāra-vartmani)。不托庇于奎师那的莲花足的人，毫无疑问会在生死轮回圈中跌宕起伏。

第 11 节

देवा ऊचुः
विदेह उष्यतां कामं लोचनेषु शरीरिणाम् ।
उन्मेषणनिमेषाभ्यां लक्षितोऽध्यात्मसंस्थितः ॥११॥

devā ūcuḥ
videha uṣyatāṁ kāmaṁ
locaneṣu śarīriṇām
unmeṣaṇa-nimeṣābhyāṁ
lakṣito 'dhyātma-saṁsthitaḥ

devāḥ ūcuḥ—半神人说 / videhaḥ—没有任何物质躯体 / uṣyatām—你活着 / kāmam—如你喜欢 / locaneṣu—在视野中 / śarīriṇām—那些有物质躯体的人的 / unmeṣaṇa-nimeṣābhyām—按你的愿望展示或不展示 / lakṣitaḥ—被看到 / adhyātma-saṁsthitaḥ—以灵性身体存在

译文　半神人说：让尼弥王在没有物质躯体的情况下活着，让他作为至尊人格首神的一个私人同伴以灵性之躯生活；而且，就让他按自己的愿望，向被物质躯体包裹的人展示或不展示吧。

要旨　半神人想要尼弥王复活，但尼弥王不想接受另一个物质躯体。在这种情况下，受到圣洁之人请求的半神人给尼弥王祝福，让他能够保持以灵性身体存在的状态。一般人对“灵性身体”一词有两种理解。人们有时用“灵性身体”指鬼魂的身体(灵体)。从事罪恶活动后死去的不虔诚的人，有时受到惩罚不能拥有一个由五种元素构成的粗糙躯体，而必须活在由心、智力和假我构成的精微躯体中。然而，正如《博伽梵歌》中所解释的，奉献者能够离弃物质躯体，得到一个去除所有粗糙和精微的物质元素(tyaktvā dehaṁ punar janma naiti mām eti so 'rjuna)的灵性身体。所以，半神人给尼弥王的祝福是，他将能够以纯粹的灵性身体存在，不受粗糙和精微的物质污染。

至尊人格首神按照自己的超然愿望让人看到或看不到。同样，作为解脱灵魂(jīvan-mukta)的奉献者也能根据自己的选择让人看到或看不到。正如《博伽梵歌》中说明：至尊人格首神奎师那并不向所有的人展示祂自己(nāhaṁ prakāśaḥ sarvasya yogamāyā-samāvṛ-taḥ)。普通人看不到祂。从物质的角度理解不了奎师那和祂的名字、形象、品质、随身用品和随行人员(ataḥ śrī-kṛṣṇa-nāmādi na bha-ved grāhyam indriyaiḥ)。人除非在灵性生活中十分进步(sevonmukhe hi jihvādau)，否则无法看到奎师那。因此，是否能看到奎师那，取决于奎师那的仁慈。半神人给尼弥王特权，可以按照自己的愿望让人看到或看不到他。就这样，祂作为至尊人格首神的同伴，以祂原本灵性的身体活着。

第 12 节

अराजकभयं नृणां मन्यमाना महर्षयः ।
देहं ममन्थुः स्म निमेः कुमारः समजायत ॥१२॥

arājaka-bhayaṁ nṝṇāṁ
manyamānā maharṣayaḥ
dehaṁ mamanthuḥ sma nimeḥ
kumāraḥ samajāyata

arājaka-bhayam—因为害怕混乱政府造成的危险 / nṝṇām—为了人民大众 / manyamānāḥ—考虑到这处境 / mahā-ṛṣayaḥ—伟大的圣人 / deham—躯体 / mamanthuḥ—搅拌 / sma—在过去 / nimeḥ—尼弥王的 / kumāraḥ——个儿子 / samajāyata—就这样诞生

译文 那之后，为了拯救人们摆脱无政府的危险处境，圣人们搅拌尼弥王的物质躯体。搅拌的结果是，一个儿子从中诞生。

要旨 诗中说："因为害怕混乱政府造成的危险(arājaka-bhayam)"。如果政府混乱不稳定，人民就有恐慌的危险。如今这种危险始终存在，因为政府由人民掌管。我们在这节诗文中可以看到：由于领导国民是查锤亚君王的职责，大圣人便从尼弥的物质躯体中得到一个儿子，以正确地领导国民。查锤亚是将国民从混乱造成的伤害中拯救出来的人。在如今所谓的人民政府中，没有受过训练的查锤亚君王；人只要积累够多的选票，就成为大臣或总统，而不必得到精通启示经典的博学布茹阿玛纳的训练。事实上，我们看到有些国家的政府是政党轮替掌管，因此掌握政府要权的人更渴望保住他们自己的地位，而不是要看到国民幸福安康。韦达文明更主张君主制。人民喜欢主茹阿玛禅铎的政府、尤帝士提尔王的政府，以及帕瑞克西特王(Mahārāja Parīkṣit)、安巴瑞施王(Mahārāja Ambarīṣa)和帕拉德王(Mahārāja Prahlāda)的政府。在君主政体下曾有过许多杰出政府的实例。民主政府逐渐变得不适合人民的需要，结果有些党派就试图推选一个独裁者。独裁统治制度相当于君主制，但却没有一个受过训练的领袖。事实上，无论是君主还是独裁者，只要是个受过训练的领袖，按权威经典中的标准规定掌管政府和统治人民，人民就会快乐。

第 13 节

जन्मना जनकः सोऽभूद्वैदेहस्तु विदेहजः ।
मिथिलो मथनाज्जातो मिथिला येन निर्मिता ॥१३॥

janmanā janakaḥ so 'bhūd
vaidehas tu videhajaḥ
mithilo mathanāj jāto
mithilā yena nirmitā

janmanā－由出生 / janakaḥ－不同寻常得的出生 / saḥ－他 / abhūt－成为 / vaidehaḥ－又被称为外戴哈 / tu－但是 / videha-jaḥ－因为从被尼弥王放弃的物质躯体生出 / mithilaḥ－他也以米提勒闻名于世 / mathanāt－由于从搅拌他父亲的躯体生出 / jātaḥ－如此出生 / mithilā－名叫米提拉的王国 / yena－由(佳纳卡) / nirmitā－被建造

译文 这个儿子因为是以不寻常的方式诞生的，所以被称为佳纳卡；由于他从他父亲的尸体诞生，他被称为外戴哈。他从搅拌他父亲的物质躯体中诞生，因此被称为米提勒；由于他作为米提勒王建造了一座城市，他又被称为米提拉。

第 14 节

तस्मादुदावसुस्तस्य पुत्रोऽभून्नन्दिवर्धनः ।
ततः सुकेतुस्तस्यापि देवरातो महीपते ॥१४॥

tasmād udāvasus tasya
　putro 'bhūn nandivardhanaḥ
tataḥ suketus tasyāpi
　devarāto mahīpate

tasmāt—从米提勒 / udāvasuḥ—名叫乌达瓦苏的儿子 / tasya—他(乌达瓦苏)的 / putraḥ—儿子 / abhūt—诞生 / nandivardhanaḥ—南迪瓦尔丹 / tataḥ—从他(南迪瓦尔丹) / suketuḥ—名叫苏凯图的儿子 / tasya—他(苏凯图)的 / api—也 / devarātaḥ—名叫戴瓦茹阿特的儿子 / mahīpate—帕瑞克西特王啊

译文 帕瑞克西特王啊！米提勒生子乌达瓦苏，乌达瓦苏的儿子是南迪瓦尔丹，南迪瓦尔丹是苏凯图的父亲，苏凯图生下戴瓦茹阿特。

第 15 节

तस्माद् बृहद्रथस्तस्य महावीर्यः सुधृत्पिता ।
सुधृतेर्धृष्टकेतुर्वै हर्यश्वोऽथ मरुस्ततः ॥१५॥

tasmād bṛhadrathas tasya
　mahāvīryaḥ sudhṛt-pitā
sudhṛter dhṛṣṭaketur vai
　haryaśvo 'tha marus tataḥ

tasmāt—从戴瓦茹阿特 / bṛhadrathaḥ—名叫毕尔哈铎塔的儿子 / tasya—他(毕尔哈铎塔)的 / mahāvīryaḥ—名叫玛哈维尔亚的儿子 / sudhṛt-pitā—他成为苏兑提王的父亲 / sudhṛteḥ—从苏兑提 / dhṛṣṭaketuḥ—名叫兑施塔凯图的儿子 / vai—事实上 / haryaśvaḥ—他的儿子是哈尔亚施瓦 / atha—那之后 / maruḥ—玛茹 / tataḥ—那之后

译文 戴瓦茹阿特的儿子名叫毕尔哈铎塔，毕尔哈铎塔生子玛哈维尔亚，玛哈维尔亚成为苏兑提的父亲。苏兑提的儿子是兑施塔凯图，兑施塔凯图生了哈尔亚施瓦。玛茹由哈尔亚施瓦所生。

第 16 节

मरोः प्रतीपकस्तस्माज्ञातः कृतरथो यतः ।
देवमीढस्तस्य पुत्रो विश्रुतोऽथ महाधृतिः ॥१६॥

maroḥ pratīpakas tasmāj
jātaḥ kṛtaratho yataḥ
devamīḍhas tasya putro
viśruto 'tha mahādhṛtiḥ

maroḥ—玛茹的 / pratīpakaḥ—名叫帕提帕卡的儿子 / tasmāt—从帕提帕卡 / jātaḥ—出生 / kṛtarathaḥ—名叫奎塔茹阿塔的儿子 / yataḥ—和从奎塔茹阿塔 / devamīḍhaḥ—戴瓦弥达 / tasya—戴瓦弥达的 / putraḥ—一个儿子 / viśrutaḥ—维施茹特 / atha—从他 / mahādhṛtiḥ—名叫玛哈兑提的儿子

译文　玛茹的儿子是帕提帕卡，帕提帕卡生了奎塔茹阿塔。奎塔茹阿塔是戴瓦弥达的父亲，戴瓦弥达的儿子名叫维施茹特，玛哈兑提由维施茹特而来。

第 17 节

कृतिरातस्ततस्तस्मान्महारोमा च तत्सुतः ।
स्वर्णरोमा सुतस्तस्य ह्रस्वरोमा व्यजायत ॥१७॥

kṛtirātas tatas tasmān
mahāromā ca tat-sutaḥ
svarṇaromā sutas tasya
hrasvaromā vyajāyata

kṛtirātaḥ—奎提茹阿特 / tataḥ—从玛哈兑提 / tasmāt—从奎提茹阿特 / mahāromā—名叫玛哈柔玛的儿子 / ca—也 / tat-sutaḥ—他儿子 / svarṇaromā—斯瓦尔纳柔玛 / sutaḥ tasya—他儿子 / hrasvaromā—贺茹阿斯瓦柔玛 / vyajāyata—都出生

译文 玛哈兑提生的儿子名叫奎提茹阿特，奎提茹阿特是玛哈柔玛的父亲。玛哈柔玛生子斯瓦尔纳柔玛，斯瓦尔纳柔玛的儿子是贺茹阿斯瓦柔玛。

第 18 节

ततः शीरध्वजो जज्ञे यज्ञार्थं कर्षतो महीम् ।
सीता शीराग्रतो जाता तस्मात्शीरध्वजः स्मृतः ॥१८॥

tataḥ śīradhvajo jajñe
yajñārthaṁ karṣato mahīm
sītā śīrāgrato jātā
tasmāt śīradhvajaḥ smṛtaḥ

tataḥ－从贺茹阿斯瓦柔玛 / śīradhvajaḥ－名叫希茹阿德瓦佳的儿子 / jajñe－出生 / yajña-artham－为举行祭祀 / karṣataḥ－在犁地时 / mahīm－土地 / sītā－悉塔女神——主茹阿玛禅铎的妻子 / śīra-agra-taḥ－从犁头的前方 / jātā－出生 / tasmāt－因此 / śīradhvajaḥ－被称为希茹阿德瓦佳 / smṛtaḥ－著名的

译文 贺茹阿斯瓦柔玛生了名叫希茹阿德瓦佳的儿子(也叫佳纳卡)。当希茹阿德瓦佳犁地时，在他的犁(希茹阿)的前方出现了个名叫悉塔女神的女儿，这女儿后来成为主茹阿玛禅铎的妻子。他为此被称为希茹阿德瓦佳。

第 19 节

कुशध्वजस्तस्य पुत्रस्ततो धर्मध्वजो नृपः ।
धर्मध्वजस्य द्वौ पुत्रौ कृतध्वजमितध्वजौ ॥१९॥

kuśadhvajas tasya putras
tato dharmadhvajo nṛpaḥ
dharmadhvajasya dvau putrau
kṛtadhvaja-mitadhvajau

kuśadhvajaḥ—库沙德瓦佳 / tasya—希茹阿德瓦佳的 / putraḥ—儿子 / tataḥ—从他 / dharmadhvajaḥ—达尔玛德瓦佳 / nṛpaḥ—君王 / dharmadhvajasya—从这位达尔玛德瓦佳 / dvau—两个 / putrau—儿子 / kṛtadhvaja-mitadhvajau—奎塔德瓦佳和弥塔德瓦佳

译文 希茹阿德瓦佳的儿子是库沙德瓦佳，库沙德瓦佳生了君王达尔玛德瓦佳。达尔玛德瓦佳有两个儿子，分别名叫奎塔德瓦佳和弥塔德瓦佳。

第20—21节

कृतध्वजात्केशिध्वजः खाण्डिक्यस्तु मितध्वजात् ।
कृतध्वजसुतो राजन्नात्मविद्याविशारदः ॥२०॥

खाण्डिक्यः कर्मतत्त्वज्ञो भीतः केशिध्वजाद् द्रुतः ।
भानुमांस्तस्य पुत्रोऽभूच्छतद्युम्नस्तु तत्सुतः ॥२१॥

kṛtadhvajāt keśidhvajaḥ
khāṇḍikyas tu mitadhvajāt
kṛtadhvaja-suto rājann
ātma-vidyā-viśāradaḥ

khāṇḍikyaḥ karma-tattva-jño
bhītaḥ keśidhvajād drutaḥ
bhānumāṁs tasya putro 'bhūc
chatadyumnas tu tat-sutaḥ

kṛtadhvajāt—从奎塔德瓦佳 / keśidhvajaḥ—名叫凯希德瓦佳的儿子 / khāṇḍikyaḥ tu—还有名叫刊迪克亚的儿子 / mitadhvajāt—从弥塔德瓦佳 / kṛtadhvaja-sutaḥ—奎塔德瓦佳的儿子 / rājan—君王啊 / ātma-vidyā-viśāradaḥ—精通超然的科学 / khāṇḍikyaḥ—刊迪克亚王 / karma-tattva-jñaḥ—精通韦达仪式典礼 / bhītaḥ—害怕 / keśidhvajāt—因为凯希德瓦佳 / drutaḥ—他逃跑 / bhānumān—巴努曼 / tasya—凯

希德瓦佳的 / putraḥ一儿子 / abhūt一有 / śatadyumnaḥ一沙塔丢么纳 / tu一但是 / tat-sutaḥ一巴努曼的儿子

译文 帕瑞克西特王啊！奎塔德瓦佳的儿子是凯希德瓦佳，而弥塔德瓦佳的儿子是刊迪克亚。奎塔德瓦佳的儿子精通灵性知识，弥塔德瓦佳的儿子则擅长韦达仪式典礼。刊迪克亚因为害怕凯希德瓦佳而逃跑。凯希德瓦佳的儿子名叫巴努曼，巴努曼的儿子是沙塔丢么纳。

第22节

शुचिस्तु तनयस्तस्मात्सनद्वाजः सुतोऽभवत् ।
ऊर्जकेतुः सनद्वाजादजोऽथ पुरुजित्सुतः ॥२२॥

śucis tu tanayas tasmāt
sanadvājaḥ suto 'bhavat
ūrjaketuḥ sanadvājād
ajo 'tha purujit sutaḥ

śuciḥ一舒祺 / tu一但是 / tanayaḥ一一个儿子 / tasmāt一从他 / sa-nadvājaḥ一萨纳德瓦佳 / sutaḥ一一个儿子 / abhavat一出生 / ūrjake-tuḥ一乌尔佳凯图 / sanadvājāt一从萨纳德瓦佳 / ajaḥ一阿佳 / atha一那之后 / purujit一菩茹吉特 / sutaḥ一一个儿子

译文 沙塔丢么纳生了舒祺。舒祺是萨纳德瓦佳的父亲，而萨纳德瓦佳生子乌尔佳凯图。乌尔佳凯图的儿子是阿佳，阿佳的儿子名叫菩茹吉特。

第23节

अरिष्टनेमिस्तस्यापि श्रुतायुस्तत्सुपार्श्वकः ।
ततश्चित्ररथो यस्य क्षेमाधिर्मिथिलाधिपः ॥२३॥

ariṣṭanemis tasyāpi
śrutāyus tat supārśvakaḥ

tataś citraratho yasya
kṣemādhir mithilādhipaḥ

ariṣṭanemiḥ－阿瑞施塔内弥 / tasya api－也是菩茹吉特的 / śrutāyuḥ－名叫施茹塔尤的儿子 / tat－和从他 / supārśvakaḥ－苏帕尔施瓦卡 / tataḥ－从苏帕尔施瓦卡 / citrarathaḥ－祺陀茹阿塔 / yasya－(祺陀茹阿塔)的 / kṣemādhiḥ－克瑟玛迪 / mithilā-adhipaḥ－成为米提拉的君王

译文 菩茹吉特生子阿瑞施塔内弥，阿瑞施塔内弥的儿子是施茹塔尤。施茹塔尤生了个名叫苏帕尔施瓦卡的儿子，苏帕尔施瓦卡是祺陀茹阿塔的父亲。祺陀茹阿塔生子克瑟玛迪，克瑟玛迪成为米提拉的君王。

第 24 节

तस्मात्समरथस्तस्य सुतः सत्यरथस्ततः ।
आसीदुपगुरुस्तस्मादुपगुप्तोऽग्निसम्भवः ॥२४॥

tasmāt samarathas tasya
sutaḥ satyarathas tataḥ
āsīd upagurus tasmād
upagupto 'gni-sambhavaḥ

tasmāt－从克瑟玛迪 / samarathaḥ－名叫萨玛茹阿塔的儿子 / tasya－从萨玛茹阿塔 / sutaḥ－儿子 / satyarathaḥ－萨提亚茹阿塔 / tataḥ－从他(萨提亚茹阿塔) / āsīt－出生 / upaguruḥ－乌帕古茹 / tasmāt－从他 / upaguptaḥ－乌帕古普塔 / agni-sambhavaḥ－火神阿格尼的一部分扩展

译文 克瑟玛迪的儿子是萨玛茹阿塔，后者生了萨提亚茹阿塔。萨提亚茹阿塔的儿子名叫乌帕古茹，乌帕古茹的儿子是火神的一部分扩展乌帕古普塔。

第 25 节

वस्वनन्तोऽथ तत्पुत्रो युयुधो यत्सुभाषणः ।
श्रुतस्ततो जयस्तस्माद्विजयोऽस्मादृतः सुतः ॥२५॥

vasvananto 'tha tat-putro
yuyudho yat subhāṣaṇaḥ
śrutas tato jayas tasmād
vijayo 'smād ṛtaḥ sutaḥ

vasvanantaḥ－瓦斯瓦南达 / atha－那之后(乌帕古普塔的儿子) / tat-putraḥ－他儿子 / yuyudhaḥ－名叫尤佑达 / yat－从尤佑达 / subhā-ṣaṇaḥ－名叫苏巴珊的儿子 / śrutaḥ tataḥ－和苏巴珊的儿子是施茹塔 / jayaḥ tasmāt－施茹塔的儿子是佳亚 / vijayaḥ－名叫维佳亚的儿子 / asmāt－从佳亚 / ṛtaḥ－瑞塔 / sutaḥ－一个儿子

译文 乌帕古普塔生子瓦斯瓦南达，瓦斯瓦南塔是尤佑达的父亲。尤佑达的儿子名叫苏巴珊，苏巴珊生了施茹塔。施茹塔的儿子是佳亚，佳亚是维佳亚的父亲。维佳亚的儿子名叫瑞塔。

第 26 节

शुनकस्तत्सुतो जज्ञे वीतहव्यो धृतिस्ततः ।
बहुलाश्वो धृतेस्तस्य कृतिरस्य महावशी ॥२६॥

śunakas tat-suto jajñe
vītahavyo dhṛtis tataḥ
bahulāśvo dhṛtes tasya
kṛtir asya mahāvaśī

śunakaḥ－舒纳卡 / tat-sutaḥ－瑞塔的儿子 / jajñe－出生 / vītaha-vyaḥ－维塔哈维亚 / dhṛtiḥ－兑提 / tataḥ－维塔哈维亚的儿子 / bahu-lāśvaḥ－巴胡拉施瓦 / dhṛteḥ－从兑提 / tasya－他的儿子 / kṛtiḥ－奎提 / asya－奎提的 / mahāvaśī－有个名叫玛哈瓦希的儿子

译文　瑞塔的儿子是舒纳卡，舒纳卡生了维塔哈维亚。维塔哈维亚是兑提的父亲，兑提生子巴胡拉施瓦。巴胡拉施瓦的儿子名叫奎提，而后者生了玛哈瓦希。

第 27 节

एते वै मैथिला राजन्नात्मविद्याविशारदाः ।
योगेश्वरप्रसादेन द्वन्द्वैर्मुक्ता गृहेष्वपि ॥२७॥

ete vai maithilā rājann
ātma-vidyā-viśāradāḥ
yogeśvara-prasādena
dvandvair muktā gṛheṣv api

ete一他们全体 / vai一事实上 / maithilāḥ一米提勒的后代 / rājan一君王啊 / ātma-vidyā-viśāradāḥ一精通灵性知识 / yogeśvara-prasādena一靠至尊人格首神奎师那——尤给施瓦尔的恩典 / dvandvaiḥ muktāḥ一他们都免于物质世界的相对性 / gṛheṣu api一即使留在家中

译文　舒卡戴瓦·哥斯瓦米说：我亲爱的帕瑞克西特王，米提勒王朝的所有这些君王，都完全了解他们的灵性身份。因此，哪怕是留在家中，他们也没有物质存在的相对性。

要旨　这个物质世界被称为相对性的世界(dvaita)。《永恒的柴坦亚经》(Caitanya-caritāmṛta)末篇第4章的第176节诗说：

'dvaite 'bhadrābhadra-jñāna, saba——'manodharma'
'ei bhāla, ei manda,'——ei saba 'bhrama'

在相对性的世界里，也就是说在物质世界里，所谓的好与坏都一样。它们都是心智杜撰的产物(manodharma)，所以在这个世界里区分好坏、苦乐根本没有意义。由于这个世界里的一切都是不幸、令人烦恼的，制造一种矫揉造作的情况并假装其中充满了快乐，只不过是一种假象。超越物质自然三种属性影响的解脱之人，在所有的情况下都不受这种相对性的影响。这样的人通过忍受所谓的苦乐保持奎师那意识。对此，《博伽梵歌》第2章的第14节诗也证实说：

mātrā-sparśās tu kaunteya
śītoṣṇa-sukha-duḥkhadāḥ
āgamāpāyino 'nityās
tāṁs titikṣasva bhārata

“琨缇的儿子啊！正如冬季和夏季轮流到来，短暂的痛苦和快乐时来时去。巴茹阿特的后裔啊！它们来自感官的感觉，人必须学习忍受这一切，不受干扰。”那些解脱之人因为处在为至尊主做服务的超然层面上，所以不在乎所谓的快乐与痛苦。他们知道这些只不过像物质躯体所感受到的季节的交替。快乐和痛苦来来去去，因此博学之人(paṇḍita)根本不关心它们。正如《博伽梵歌》所说：有学问的人不会为生死而悲伤(gatāsūn agatāsūṁś ca nānu-śocanti paṇḍitāḥ)。躯体不过是一团肉，所以从一开始就是死的，根本感觉不到快乐和痛苦。躯体内的灵魂因为持有生命的躯体化概念，所以感受快乐和痛苦，但这些感觉来来去去。从这节诗中可以了解，出生在米提勒王朝的君王都是解脱的灵魂，不受这个世界里所谓苦乐的影响。

到此为止，结束了巴克提韦丹塔对《圣典博伽瓦谭》第9篇的第13章——“尼弥王的王朝”所作的阐释。

第十四章

乌尔娃悉使菩茹尔瓦王着迷

这一章的概述是：描述月亮神索玛(Soma)和他如何绑架毕尔哈斯帕提(Bṛhaspati)的妻子，与她生下儿子布达(Budha)。布达的儿子是菩茹尔瓦(Purūravā)，菩茹尔瓦与乌尔娃悉(Urvaśī)生了以阿尤(Āyu)为首的六个儿子。

主布茹阿玛(Brahmā)诞生在从嘎尔博达卡沙依·维施努(Garbhodakaśāyī Viṣṇu)的肚脐长出的一朵莲花上。布茹阿玛有个名叫阿特瑞(Atri)的儿子，阿特瑞的儿子就是索玛——负责掌管所有草药和星星的君王。索玛征服全世界后变得骄傲自大，竟然绑架了半神人的灵性导师毕尔哈斯帕提的妻子塔茹阿(Tārā)。接着，半神人和恶魔(asura)之间爆发一场大战。主布茹阿玛将毕尔哈斯帕提的妻子从索玛的钳制中营救出来，将她还给她丈夫，使战争得以停止。索玛与塔茹阿生了布达，布达后来与伊拉(Ilā)生了个名叫艾拉(Aila)的儿子，也就是菩茹尔瓦。乌尔娃悉因菩茹尔瓦的俊美而受到吸引，因此与他一起住了一段时间。当乌尔娃悉弃他而去时，他几乎变成了疯子。他在全世界旅行期间，在库茹柴陀(Kuru-kṣetra)再次遇见乌尔娃悉，但乌尔娃悉只同意每一年与他共度一个夜晚。

一年后，菩茹尔瓦在库茹柴陀看到乌尔娃悉，很高兴与她共度一晚，可一旦想起她会再次离开自己就伤心不已。乌尔娃悉于是建议菩茹尔瓦崇拜歌仙(Gandharvas)。歌仙们被菩茹尔瓦取悦后，送给他一位名叫阿格妮丝塔丽(Agnisthālī)的少女。菩茹尔瓦误以为阿格妮丝塔丽是乌尔娃悉，但当他们在森林中漫步时，他认清了真相，于是立刻离开她的陪伴。他回到家后彻夜冥想乌尔娃悉，并为满足自己的愿望而举行了一场韦达祭祀。那之后，他去到离开阿格妮丝塔丽的地点，在那里看到从沙弥(śamī)树内长出一棵无花果树(aśvattha)。菩茹尔瓦用这棵树做了两根棍子，并摩擦它们生火。人可以靠这种火满足所有贪图物质享乐的欲望。那火被视为是菩茹尔瓦的儿子。在萨提亚年代(Satya-yuga)中只有被称为“至尊天鹅(haṁsa)”的一个社会阶层，没有分为布茹阿玛纳(brāhmaṇa)、查锤亚(kṣatriya)、外夏(vaiśya)和庶铎(śūdra)这四个社会阶层(varṇa)。那时的《韦达经》就是“欧么(oṁkāra)”这一声音震荡。各种半神人并没有受到崇拜，因为至尊人格首神是唯一值得崇拜的神明。

第1节

श्रीशुक उवाच
अथातः श्रूयतां राजन् वंशः सोमस्य पावनः ।
यस्मिन्नैलादयो भूपाः कीर्त्यन्ते पुण्यकीर्तयः ॥१॥

śrī-śuka uvāca
athātaḥ śrūyatāṁ rājan
vaṁśaḥ somasya pāvanaḥ
yasminn ailādayo bhūpāḥ
kīrtyante puṇya-kīrtayaḥ

śrī-śukaḥ uvāca—圣舒卡戴瓦·哥斯瓦米说 / atha—现在(听了太阳王朝的历史后) / ataḥ—因此 / śrūyatām—请听我说 / rājan—君王(帕瑞克西特王)啊 / vaṁśaḥ—王朝 / somasya—月亮神的 / pāvanaḥ—聆听使人净化的…… / yasmin—在(王朝)中 / aila-ādayaḥ—以艾拉(菩茹尔瓦)为首 / bhūpāḥ—君王们 / kīrtyante—被描述 / puṇya-kīrtayaḥ—听了令人十分愉快的人们

译文 圣舒卡戴瓦·哥斯瓦米对帕瑞克西特王说：君王啊！到此为止，你听了对太阳神王朝的描述。现在，请听对月亮王朝最辉煌、纯净的描述。这描述中谈到艾拉(菩茹尔瓦)等君王，聆听对他们的描述十分光荣。

第 2 节

सहस्रशिरसः पुंसो नाभिह्रदसरोरुहात् ।
जातस्यासीत्सुतो धातुरत्रिः पितृसमो गुणैः ॥ २ ॥

sahasra-śirasaḥ puṁso
nābhi-hrada-saroruhāt
jātasyāsīt suto dhātur
atriḥ pitṛ-samo guṇaiḥ

sahasra-śirasaḥ－有数千个头的 / puṁsaḥ－主维施努(嘎尔博达卡沙依・维施努)的 / nābhi-hrada-saroruhāt－从肚脐之湖长出的莲花 / jātasya－显现的人 / āsīt－有 / sutaḥ－一个儿子 / dhātuḥ－主布茹阿玛的 / atriḥ－名叫阿特瑞 / pitṛ-samaḥ－像他父亲一样 / guṇaiḥ－有资格

译文　主维施努(嘎尔博达卡沙依・维施努)，又被称为有一千个头的人。从衪肚脐之湖快速长出一朵莲花，主布茹阿玛就诞生其上。主布茹阿玛的儿子阿特瑞与他父亲一样有资格。

第 3 节

तस्य दृग्भ्योऽभवत्पुत्रः सोमोऽमृतमयः किल ।
विप्रौषध्युडुगणानां ब्रह्मणा कल्पितः पतिः ॥ ३ ॥

tasya dṛgbhyo 'bhavat putraḥ
somo 'mṛtamayaḥ kila
viprauṣadhy-uḍu-gaṇānāṁ
brahmaṇā kalpitaḥ patiḥ

tasya－他的——布茹阿玛的儿子阿特瑞的 / dṛgbhyaḥ－从眼里流出的喜悦的泪水 / abhavat－出生 / putraḥ－一个儿子 / somaḥ－月

亮神 / amṛta-mayaḥ－充满了慰藉人的光芒 / kila－事实上 / vipra－布茹阿玛纳的 / oṣadhi－草药的 / uḍu-gaṇānām－及发光体的 / brahmaṇā－由主布茹阿玛 / kalpitaḥ－被委任或指定 / patiḥ－至尊指导者

译文 从阿特瑞喜悦的泪水生出一个名叫索玛的月亮儿子，月亮充满了慰藉人的光芒。主布茹阿玛委派他主管布茹阿玛纳、草药和发光体。

要旨 按照韦达文献的解释，月亮神索玛生于(Soma)至尊人格首神的心念(candramā manaso jātaḥ)。但在此我们看到说，索玛生于阿特瑞的眼泪。这看起来与韦达资讯相矛盾，但其实不是，要明白：月亮的这次出生是在另一个年代循环中发生的。当眼里流的是喜悦的泪水时，那泪水使人感到慰藉。圣维施瓦纳特·查夸瓦尔提·塔库尔(Viśvanātha Cakravartī Ṭhākura)说："梵文dṛgbhyaḥ一词在此的意思是喜悦的泪水，所以月亮神被称为充满了慰藉人的光芒的人(dṛgbhya ānandāśrubhya ata evāmṛtamayaḥ)。"我们看到《圣典博伽瓦谭》第4篇第1章的第15节诗说：

atreḥ patny anasūyā trīñ
jajñe suyaśasaḥ sutān
dattaṁ durvāsasaṁ somam
ātmeśa-brahma-sambhavān

这节诗文描述的是：圣人阿特瑞(Atri Ṛṣi)的妻子阿娜苏雅 (Anasūyā)生了三个儿子，他们分别是：索玛、杜尔瓦萨(Durvāsā)和达塔垂亚(Dattātreya)。据说，是阿特瑞的眼泪使阿娜苏雅怀孕的。

第4节

सोऽयजद्राजसूयेन विजित्य भुवनत्रयम् ।
पत्नीं बृहस्पतेर्दर्पात्तारां नामाहरद्बलात् ॥४॥

so 'yajad rājasūyena
vijitya bhuvana-trayam
patnīṁ bṛhaspater darpāt
tārāṁ nāmāharad balāt

saḥ—他(索玛) / ayajat—举行 / rājasūyena—名叫茹阿佳苏亚的祭祀 / vijitya—征服后 / bhuvana-trayam—三个世界(斯瓦尔嘎、玛尔提亚和帕塔拉) / patnīm—妻子 / bṛhaspateḥ—半神人的灵性导师——毕尔哈斯帕提的 / darpāt—出于骄傲 / tārām—塔茹阿 / nāma—名叫 / aharat—夺走 / balāt—靠强迫

译文　索玛——月亮神，在征服了三个世界(上、中、下星系)后，举行了一场盛大的茹阿佳苏亚祭祀。他变得十分骄傲自大，竟强行绑架了毕尔哈斯帕提的妻子塔茹阿。

第5节

यदा स देवगुरुणा याचितोऽभीक्ष्णशो मदात् ।
नात्यजत्तत्कृते जज्ञे सुरदानवविग्रहः ॥५॥

yadā sa deva-guruṇā
yācito 'bhīkṣṇaśo madāt
nātyajat tat-kṛte jajñe
sura-dānava-vigrahaḥ

yadā—当……时 / saḥ—他(月亮神索玛) / deva-guruṇā—被半神人的灵性导师毕尔哈斯帕提 / yācitaḥ—被乞求 / abhīkṣṇaśaḥ—再三 / madāt—因为骄傲 / na—不 / atyajat—不送还 / tat-kṛte—因为这 / jajñe—有 / sura-dānava—半神人和恶魔之间 / vigrahaḥ—一场战斗

译文　尽管半神人的灵性导师毕尔哈斯帕提一再要求，索玛就是不归还塔茹阿。这完全是他的骄傲作祟。结果导致半神人和恶魔间随即开战。

第 6 节

शुक्रो बृहस्पतेर्द्वेषादग्रहीत्सासुरोडुपम् ।
हरो गुरुसुतं स्नेहात्सर्वभूतगणावृतः ॥ ६ ॥

śukro bṛhaspater dveṣād
agrahīt sāsuroḍupam
haro guru-sutaṁ snehāt
sarva-bhūta-gaṇāvṛtaḥ

śukraḥ—名叫舒夸的半神人 / bṛhaspateḥ—对毕尔哈斯帕提 / dve-ṣāt—因为敌意 / agrahīt—支持 / sa-asura—与恶魔 / uḍupam—月亮神一边 / haraḥ—主希瓦 / guru-sutam—灵性导师的儿子的一边 / sne-hāt—因为钟爱 / sarva-bhūta-gaṇa-āvṛtaḥ—由全体鬼魂和妖怪伴随

译文 由于毕尔哈斯帕提和舒夸之间存有敌意，舒夸联合恶魔一起支持月亮神。但主希瓦因为钟爱他灵性导师的儿子，所以由全体鬼魂及妖怪伴随，加入毕尔哈斯帕提一边。

要旨 月亮神是半神人中的一员，但为了与其他半神人作战，他取得恶魔的帮助。毕尔哈斯帕提的敌人舒夸也加入月亮神一边，狂怒地报复毕尔哈斯帕提。为了对抗这种情况，十分钟爱毕尔哈斯帕提的主希瓦，站在毕尔哈斯帕提一边。毕尔哈斯帕提的父亲是安给茹阿，主希瓦就从他那里获得知识。为此，主希瓦对毕尔哈斯帕提很有感情，所以在这场战斗中加入他的阵营。施瑞达尔·斯瓦米(Śrīdhara Svāmī)评论说："众所周知，主希瓦从安给茹阿那里接受知识(aṅgirasaḥ sakāśāt prāpta-vidyo hara iti prasid-dhaḥ)。"

第 7 节

सर्वदेवगणोपेतो महेन्द्रो गुरुमन्वयात् ।
सुरासुरविनाशोऽभूत्समरस्तारकामयः ॥ ७ ॥

sarva-deva-gaṇopeto
mahendro gurum anvayāt
surāsura-vināśo 'bhūt
samaras tārakāmayaḥ

sarva-deva-gaṇa－由所有种类的半神人 / upetaḥ－参加 / mahendraḥ－玛汉铎——天帝因铎 / gurum－他的灵性导师 / anvayāt－跟随 / sura－半神人的 / asura－和恶魔的 / vināśaḥ－导致毁灭 / abhūt－有 / samaraḥ－一场战斗 / tārakā-mayaḥ－仅仅因为塔茹阿——毕尔哈斯帕提的妻子

译文 因铎王与所有种类的半神人一起，支持毕尔哈斯帕提。就这样，发生了一场大战，只是为了毕尔哈斯帕提的妻子塔茹阿，恶魔和半神人就互相残杀。

第 8 节

निवेदितोऽथाङ्गिरसा सोमं निर्भर्त्स्य विश्वकृत् ।
तारां स्वभर्त्रे प्रायच्छदन्तर्वत्नीमवैत्पतिः ॥ ८ ॥

nivedito 'thāṅgirasā
somaṁ nirbhartsya viśva-kṛt
tārāṁ sva-bhartre prāyacchad
antarvatnīm avait patiḥ

niveditaḥ－被告知来龙去脉 / atha－如此 / aṅgirasā－由安给茹阿·牟尼 / somam－月亮神 / nirbhartsya－严厉地训斥 / viśva-kṛt－主布茹阿玛 / tārām－毕尔哈斯帕提的妻子塔茹阿 / sva-bhartre－向她丈夫 / prāyacchat－送还 / antarvatnīm－怀孕 / avait－能明白 / patiḥ－丈夫(毕尔哈斯帕提)

译文 主布茹阿玛听了安给茹阿告诉他整件事的来龙去脉后，严厉地斥责了月亮神索玛。接着，主布茹阿玛将塔茹阿送还给她丈夫，而她丈夫随即明白她怀孕了。

第 9 节

त्यज त्यजाशु दुष्प्रज्ञे मत्क्षेत्रादाहितं परैः ।
नाहं त्वां भस्मसात्कुर्यां स्त्रियं सान्तानिकेऽसति ॥ ९ ॥

tyaja tyajāśu duṣprajñe
mat-kṣetrād āhitaṁ paraiḥ
nāhaṁ tvāṁ bhasmasāt kuryāṁ
striyaṁ sāntānike 'sati

tyaja－生下 / tyaja－生下 / āśu－立即 / duṣprajñe－你这愚蠢的女人 / mat-kṣetrāt－从本该由我授孕的子宫 / āhitam－招致 / paraiḥ－由他人 / na－不 / aham－我 / tvām－你 / bhasmasāt－烧成灰烬 / kuryām－会做出 / striyam－因为你是女人 / sāntānike－想要个孩子 / asati－虽然你不贞节

译文 毕尔哈斯帕提说：你这愚蠢的女人，你的子宫本该由我来使它受孕，但却由其他男人注入了精子。立刻生下你的孩子！立刻生下！放心，我不会在你生下孩子后把你烧成灰烬。我知道你虽然不贞节，但你想要个儿子，因此我不会惩罚你。

要旨 塔茹阿嫁给毕尔哈斯帕提，因此作为贞节的女人，她应该由毕尔哈斯帕提授孕。然而，她更愿意让月亮神索玛授孕，所以她并不贞节。毕尔哈斯帕提虽然从布茹阿玛那里接受了塔茹阿，但看到她怀孕后要她立刻生下儿子。塔茹阿当然很害怕她丈夫，认为生完孩子后就会受到她丈夫的惩罚。为此，毕尔哈斯帕提向她保证，他不会惩罚她，因为她虽然不贞节，但之所以非法怀孕，是为了想要个儿子。

第 10 节

तत्याज व्रीडिता तारा कुमारं कनकप्रभम् ।
स्पृहामाङ्गिरसश्चक्रे कुमारे सोम एव च ॥१०॥

tatyāja vrīḍitā tārā
kumāraṁ kanaka-prabham
spṛhām āṅgirasaś cakre
kumāre soma eva ca

tatyāja—分娩 / vrīḍitā—十分羞愧 / tārā—毕尔哈斯帕提的妻子塔茹阿 / kumāram—对一个孩子 / kanaka-prabham—身体发出金色的光 / spṛhām—渴望 / āṅgirasaḥ—毕尔哈斯帕提 / cakre—使得 / kumāre—对那孩子 / somaḥ—月亮神 / eva—事实上 / ca—也

译文 舒卡戴瓦·哥斯瓦米继续道：在毕尔哈斯帕提的命令下，羞愧万分的塔茹阿立刻生下孩子。那孩子十分美丽，有着金色的肤色。毕尔哈斯帕提和月亮神索玛两人，都想要这个美丽的孩子。

第 11 节

ममायं न तवेत्युच्चैस्तस्मिन् विवदमानयोः ।
पप्रच्छुर्ऋषयो देवा नैवोचे व्रीडिता तु सा ॥११॥

mamāyaṁ na tavety uccais
tasmin vivadamānayoḥ
papracchur ṛṣayo devā
naivoce vrīḍitā tu sā

mama—我的 / ayam—这(孩子) / na—不 / tava—你的 / iti—如此 / uccaiḥ—十分大声地 / tasmin—为了那孩子 / vivadamānayoḥ—当两方争吵时 / papracchuḥ—询问(向塔茹阿) / ṛṣayaḥ—全体圣洁之人 / devāḥ—全体半神人 / na—不 / eva—事实上 / uce—说什么 / vrī-ḍitā—因为羞愧 / tu—事实上 / sā—塔茹阿

译文 毕尔哈斯帕提和月亮神之间再次爆发冲突，两人都声明："这是我的孩子，不是你的！"在场的全体圣洁之人和半神人，问塔茹阿那新生儿究竟是谁的，但她因为羞愧而无法立刻作答。

第 12 节

कुमारो मातरं प्राह कुपितोऽलीकलज्जया ।
किं न वचस्यसद्वृत्ते आत्मावद्यं वदाशु मे ॥१२॥

kumāro mātaraṁ prāha
kupito 'līka-lajjayā
kiṁ na vacasy asad-vṛtte
ātmāvadyaṁ vadāśu me

kumāraḥ—那孩子 / mātaram—对他母亲 / prāha—说 / kupitaḥ—因为十分愤怒 / alīka—没有必要地 / lajjayā—因为羞愧 / kim—为什么 / na—不 / vacasi—你说 / asat-vṛtte—不贞节的女人啊 / ātma-avadyam—你犯的错误 / vada—说 / āśu—立刻 / me—对我

译文 那孩子于是变得十分愤怒，要求他母亲立刻告知真相。他说：你这不贞节的女人，你那多余的羞愧有什么用？你为什么不承认自己的错误？立刻告诉我有关你的错误行为。”

第 13 节

ब्रह्मा तां रह आहूय समप्राक्षीच्च सान्त्वयन् ।
सोमस्येत्याह शनकैः सोमस्तं तावदग्रहीत् ॥१३॥

brahmā tāṁ raha āhūya
samaprākṣīc ca sāntvayan
somasyety āha śanakaiḥ
somas taṁ tāvad agrahīt

brahmā—主布茹阿玛 / tām—向她——塔茹阿 / rahaḥ—在一个僻静的地方 / āhūya—将她置于 / samaprākṣīt—询问细节 / ca—和 / sāntvayan—安慰 / somasya—这儿子属于月亮神索玛 / iti—如此 / āha—她回答 / śanakaiḥ—十分缓慢地 / somaḥ—索玛 / tam—那孩子 / tāvat—立刻 / agrahīt—负责照管

译文 主布茹阿玛接着将塔茹阿带到一个僻静处，安慰她后问她那孩子真正属于谁。她十分缓慢地回答说：“这是月亮神索玛的儿子。”月亮神于是立刻负责照顾那孩子。

第 14 节

तस्यात्मयोनिरकृत बुध इत्यभिधां नृप ।
बुद्ध्या गम्भीरया येन पुत्रेणापोडुराण्मुदम् ॥१४॥

tasyātma-yonir akṛta
budha ity abhidhāṁ nṛpa
buddhyā gambhırayā yena
putreṇāpoḍurāṇ mudam

tasya—孩子的 / ātma-yoniḥ—主布茹阿玛 / akṛta—使得 / budhaḥ—布达 / iti—如此 / abhidhām—起名 / nṛpa—帕瑞克西特王啊 / buddhyā—因为有智慧 / gambhīrayā—沉浸在 / yena—由……人 / putreṇa—由这样一个儿子 / āpa—他使得到 / uḍurāṭ—月亮神 / mudam—欢乐

译文 帕瑞克西特特王啊！主布茹阿玛看到那孩子智慧高深，便给他起名布达。众星的统治者月亮神因为这儿子而享受巨大的喜悦。

第 15—16 节

ततः पुरूरवा जज्ञे इलायां य उदाहृतः ।
तस्य रूपगुणौदार्यशीलद्रविणविक्रमान् ॥१५॥

श्रुत्वोर्वशीन्द्रभवने गीयमानान् सुरर्षिणा ।
तदन्तिकमुपेयाय देवी स्मरशरार्दिता ॥१६॥

tataḥ purūravā jajñe
ilāyāṁ ya udāhṛtaḥ
tasya rūpa-guṇaudārya-
śīla-draviṇa-vikramān

śrutvorvaśīndra-bhavane
gīyamānān surarṣiṇā
tad-antikam upeyāya
devī smara-śarārditā

tataḥ—从他(布达) / purūravāḥ—名叫菩茹尔瓦的儿子 / jajñe—诞生 / ilāyām—在伊拉体内 / yaḥ—……的人 / udāhṛtaḥ—已经描述过(第9篇的开始) / tasya—他(菩茹尔瓦)的 / rūpa—俊美 / guṇa—品质 / audārya—慷慨大度的 / śīla—行为 / draviṇa—财产 / vikramān—力量 / śrutvā—通过听 / urvaśī—天堂女子乌尔娃悉 / indra-bhavane—在因铎的宫廷内 / gīyamānān—当它们被描述时 / sura-ṛṣiṇā—由纳茹阿达 / tat-antikam—靠近他 / upeyāya—接近 / devī—乌尔娃悉 / smara-śara—被丘比特的箭 / arditā—射中

译文 那之后，布达与伊拉生了个儿子名叫菩茹尔瓦(这一篇的开始提到过)。当纳茹阿达在天帝因铎的庭院内描述他的俊美、个人品质、慷慨大度的行为，以及具有的财富和力量时，仙女乌尔娃悉受到他的吸引。被丘比特的箭射中的她，因此去找菩茹尔瓦。

第17—18节

मित्रावरुणयोः शापादापन्ना नरलोकताम् ।
निशम्य पुरुषश्रेष्ठं कन्दर्पमिव रूपिणम् ॥१७॥

धृतिं विष्टभ्य ललना उपतस्थे तदन्तिके ।
स तां विलोक्य नृपतिर्हर्षेणोत्फुल्ललोचनः ।
उवाच श्लक्ष्णया वाचा देवीं हृष्टतनूरुहः ॥१८॥

mitrā-varuṇayoḥ śāpād
āpannā nara-lokatām
niśamya puruṣa-śreṣṭhaṁ
kandarpam iva rūpiṇam

dhṛtiṁ viṣṭabhya lalanā
　upatasthe tad-antike
sa tāṁ vilokya nṛpatir
　harṣeṇotphulla-locanaḥ
uvāca ślakṣṇayā vācā
　devīṁ hṛṣṭa-tanūruhaḥ

mitrā-varuṇayoḥ—弥陀和瓦茹纳的 / śāpāt—被诅咒 / āpannā—得到了 / nara-lokatām—人类的习惯 / niśamya—如此看到 / puruṣa-śreṣṭham—最佳的男性 / kandarpam iva—像丘比特 / rūpiṇam—有美丽 / dhṛtim—耐心、忍耐 / viṣṭabhya—接受 / lalanā—那女人 / upatasthe—接近 / tat-antike—靠近他 / saḥ—他——菩茹尔瓦 / tām—她 / vilokya—通过看 / nṛpatiḥ—君王 / harṣeṇa—十分高兴地 / utphulla-locanaḥ—其眼睛变得很亮 / uvāca—说 / ślakṣṇayā—非常温和地 / vācā—用话语 / devīm—对仙女 / hṛṣṭa-tanūruhaḥ—身上毛发因为高兴而直竖

译文　仙女乌尔娃悉因受到弥陀和瓦茹纳的诅咒而有了人类的习惯。所以，当她看到俊美如丘比特的最优秀的男人菩茹尔瓦时，她先控制住自己，然后才靠近他。菩茹尔瓦看到乌尔娃悉时，眼里流露出心醉神迷的喜悦之情，全身毛发竖立。他温柔地对她说了如下一番动听的话。

第 19 节

श्रीराजोवाच
स्वागतं ते वरारोहे आस्यतां करवाम किम् ।
संरमस्व मया साकं रतिर्नौ शाश्वतीः समाः ॥१९॥

śrī-rājovāca
svāgataṁ te varārohe
　āsyatāṁ karavāma kim
saṁramasva mayā sākaṁ
　ratir nau śāśvatīḥ samāḥ

śrī-rājā uvāca—(菩茹尔瓦)王说 / svāgatam—欢迎 / te—向你 / varārohe—最杰出的美女啊 / āsyatām—请坐 / karavāma kim—我能为你做什么 / saṁramasva—请当我的伴侣 / mayā sākam—与我一道 / ratiḥ—性关系 / nau—我们之间 / śāśvatīḥ samāḥ—许多年

译文 菩茹尔瓦王说：最美丽的女人啊！欢迎你。请坐这儿，告诉我，我能为你做什么。你可以与我同乐，要多久就多久。让我们共享性生活，快乐过活。

第20节

उर्वश्युवाच
कस्यास्त्वयि न सज्जेत मनो दृष्टिश्च सुन्दर ।
यदङ्गान्तरमासाद्य च्यवते ह रिरंसया ॥२०॥

urvaśy uvāca
kasyās tvayi na sajjeta
mano dṛṣṭiś ca sundara
yad-aṅgāntaram āsādya
cyavate ha riraṁsayā

urvaśī uvāca—乌尔娃悉回答道 / kasyāḥ—哪个女人的 / tvayi—对你 / na—不 / sajjeta—将受到吸引 / manaḥ—心 / dṛṣṭiḥ ca—和目光 / sundara—最英俊的男人啊 / yat-aṅgāntaram—其胸膛 / āsādya—享受 / cyavate—放弃 / ha—事实上 / riraṁsayā—为性享乐

译文 乌尔娃悉回答说：最英俊的人啊！有哪个女人的心和眼睛不受你的吸引？依偎在你胸膛上的女人，是无法拒绝与你有性关系的。

要旨 英俊的男人和美丽的女人在一起并拥抱彼此时，这三个世界怎么能阻止他们的性结合呢？为此《圣典博伽瓦谭》第7篇第9章的第45节诗说：“性生活被比喻为是两手摩擦以缓解搔痒的感觉。尽管它是痛苦的根源，但没有灵性知识的所谓居士，以为那是最高的快乐(yan maithunādi-gṛhamedhi-sukhaṁ hi tuccham)。”

第21节

एतावुरणकौ राजन्न्यासौ रक्षस्व मानद ।
संरंस्ये भवता साकं श्लाघ्यः स्त्रीणां वरः स्मृतः ॥२१॥

etāv uraṇakau rājan
nyāsau rakṣasva mānada
saṁraṁsye bhavatā sākaṁ
ślāghyaḥ strīṇāṁ varaḥ smṛtaḥ

etau一对这两个 / uraṇakau一羔羊 / rājan一菩茹尔瓦王啊 / nyāsau一坠落的 / rakṣasva一请给予保护 / māna-da一给予宾客所有敬意的人啊 / saṁraṁsye一我将享受性结合 / bhavatā sākam一在你的陪伴下 / ślāghyaḥ一较高的 / strīṇām一一个女人的 / varaḥ一丈夫 / smṛtaḥ一据说

译文　我亲爱的菩茹尔瓦王，请保护这两只随我一起坠落下来的羔羊。尽管我属于天堂星球，而你属于地球人，但我无疑会与你共享性生活。我不反对将你视为我丈夫，因为你在所有的方面都更优秀。

要旨　《布茹阿玛·萨密塔》(Brahma-saṁhitā)第5章的第40节诗说明：“祂超然的形象放射出的耀眼光芒是不具人格特征的梵(Brahman)。梵是绝对、完整、无限的，并在千百万的宇宙中展现出数不胜数、各种各样、其上有不同财富的星球(yasya prabhā pra-bhavato jagad-aṇḍa-koṭi-koṭiṣv aśeṣa-vasudhādi-vibhūti-bhinnam)。”这个宇宙里有各种星球和不同的环境。天堂星球的环境不同于地球星球的环境，乌尔娃悉就是从天堂星球来的，她受弥陀和瓦茹纳的诅咒后降临地球。事实上，天堂星球居民的地位无疑比地球居民的地位要高多了。乌尔娃悉虽然属于更高级的阶层，但还是同意当菩茹尔瓦王的配偶。一个女人找到有更高资格的男人时，就可以接受这样的人当自己的丈夫。同样，圣查纳克雅·潘迪特(Cāṇa-kya Paṇḍita)忠告说：一个男人如果找到一个出身较低但具有好品质的女子时，就可以接受这样优秀的女子为妻子(strī-ratnaṁ duṣku-lād api)。男女品质在同一个层面时，结合就是值得的。

第22节

घृतं मे वीर भक्ष्यं स्यान्नेक्षे त्वान्यत्र मैथुनात् ।
विवाससं तत्तथेति प्रतिपेदे महामनाः ॥२२॥

ghṛtaṁ me vīra bhakṣyaṁ syān
nekṣe tvānyatra maithunāt
vivāsasaṁ tat tatheti
pratipede mahāmanāḥ

ghṛtam—纯净奶油或甘露 / me—我的 / vīra—英雄啊 / bhak-ṣyam—可吃的 / syāt—将是 / na—不 / īkṣe—我将看 / tvā—你 / anya-tra—任何其他时间 / maithunāt—除了过性生活时 / vivāsasam—没有任何衣服(裸体) / tat—那 / tathā iti—将会像那 / pratipede—承诺 / mahāmanāḥ—菩茹尔瓦王

译文 乌尔娃悉说：亲爱的英雄，我只能吃用纯酥油准备的食物；性享乐时除外，否则我不要看到你的裸体。胸怀宽大的菩茹尔瓦王接受了她提出的这些条件。

要旨 从乌尔娃悉的话中可以看出，天堂星球的生物体说话和行为举止的标准都不同于这个地球星球的标准。天堂星球的居民不吃肉和蛋等令人恶心的东西；他们吃的一切都用纯净酥油烹调。他们也不喜欢看男人或女人裸体，只有在过性生活时除外。裸体或几乎裸体地生活很不文明，但穿着半裸已经是如今这个地球上的时髦装束，嬉皮士们有时甚至是全裸的。事实上，社会上有许多为人提供裸体便利条件的夜总会和俱乐部。然而，这类行为在天堂星球中是不被允许的。天堂星球的居民除了身体特征和肤色很美之外，都举止得体而且长寿。他们吃善良型的一流食物。这些是天堂星球居民和地球星球居民间的一些区别。

第 23 节

अहो रूपमहो भावो नरलोकविमोहनम् ।
को न सेवेत मनुजो देवीं त्वां स्वयमागताम् ॥२३॥

aho rūpam aho bhāvo
nara-loka-vimohanam
ko na seveta manujo
devīṁ tvāṁ svayam āgatām

aho－惊人的 / rūpam－美丽 / aho－美妙的 / bhāvaḥ－姿态 / nara-loka－人类社会中或地球星球上 / vimohanam－如此动人 / kaḥ－谁 / na－不 / seveta－能接受 / manujaḥ－人类中 / devīm－一个仙女 / tvām－像你一样 / svayam āgatām－亲自到来的人

译文　菩茹尔瓦回答道：美人儿啊！你的美貌令人惊叹，你的姿态也很曼妙。事实上，你吸引了整个人类社会。因此，既然你自愿从天堂星球来，地球上有谁不同意侍奉你这样一位仙女呢。

第 24 节

तया स पुरुषश्रेष्ठो रमयन्त्या यथार्हतः ।
रेमे सुरविहारेषु कामं चैत्ररथादिषु ॥२४॥

tayā sa puruṣa-śreṣṭho
ramayantyā yathārhataḥ
reme sura-vihāreṣu
kāmaṁ caitrarathādiṣu

tayā－与她一起 / saḥ－他 / puruṣa-śreṣṭhaḥ－最优秀的人(菩茹尔瓦) / ramayantyā－享受 / yathā-arhataḥ－尽可能地 / reme－享受 / su-ra-vihāreṣu－在看似天堂花园的地方 / kāmam－按照他的愿望 / cai-traratha-ādiṣu－在柴陀茹阿塔等最美的花园

译文 舒卡戴瓦·哥斯瓦米继续说：最优秀的人菩茹尔瓦开始无拘无束地享受乌尔娃悉的陪伴，一起在半神人享乐的柴陀茹阿塔和南丹·卡那纳等许多天堂之地享受性生活。

第 25 节

रममाणस्तया देव्या पद्मकिञ्जल्कगन्धया ।
तन्मुखामोदमुषितो मुमुदेऽहर्गणान् बहून् ॥२५॥

ramamāṇas tayā devyā
padma-kiñjalka-gandhayā
tan-mukhāmoda-muṣito
mumude 'har-gaṇān bahūn

ramamāṇaḥ－享受性生活 / tayā－与她一起 / devyā－天堂仙女 / padma－一朵莲花的 / kiñjalka－如同藏红花 / gandhayā－……的芳香 / tat-mukha－她美丽的脸庞 / āmoda－由芳香 / muṣitaḥ－越来越有活力 / mumude－享受生活 / ahaḥ-gaṇān－日复一日 / bahūn－许多

译文 乌尔娃悉的身体如莲花花粉般芳香。她脸庞和身体的香气使菩茹尔瓦生气勃勃，欢天喜地地享受她的陪伴许多天。

第 26 节

अपश्यन्नुर्वशीमिन्द्रो गन्धर्वान् समचोदयत् ।
उर्वशीरहितं मह्यमास्थानं नातिशोभते ॥२६॥

apaśyann urvaśīm indro
gandharvān samacodayat

urvaśī-rahitaṁ mahyam
āsthānaṁ nātiśobhate

apaśyan—没有看到 / urvaśīm—乌尔娃悉 / indraḥ—天堂星球的君王 / gandharvān—对歌仙 / samacodayat—训示 / urvaśī-rahitam—没有乌尔娃悉 / mahyam—我的 / āsthānam—地方 / na—不 / atiśobhate—显得美丽

译文　天帝因铎在他的聚会中没有看到乌尔娃悉，因此说道："没有乌尔娃悉，我的聚会黯然失色。"考虑到这一点，他要求歌仙们将她带回他的天堂星球。

第27节

ते उपेत्य महारात्रे तमसि प्रत्युपस्थिते ।
उर्वश्या उरणौ जह्रुर्न्यस्तौ राजनि जायया ॥२७॥

te upetya mahā-rātre
tamasi pratyupasthite
urvaśyā uraṇau jahrur
nyastau rājani jāyayā

te—他们——歌仙 / upetya—到那里来 / mahā-rātre—深更半夜 / tamasi—当漆黑时 / pratyupasthite—出现 / urvaśyā—由乌尔娃悉 / ura-ṇau—两只羔羊 / jahruḥ—偷走 / nyastau—交托照管 / rājani—向君王 / jāyayā—由他妻子乌尔娃悉

译文　歌仙们于是来到地球，在半夜伸手不见五指之时，进入菩茹尔瓦的房子，偷走了乌尔娃悉委托她的君王丈夫照管的两只羔羊。

要旨　"深更半夜(mahā-rātre)"指的是午夜。有首赞歌描述午夜(mahā-niśā)一词说："半夜十二点被称为深更半夜(mahā-niśā dve ghaṭike rātrer madhyama-yāmayoḥ)。"

第 28 节

निशम्याक्रन्दितं देवी पुत्रयोर्नीयमानयोः ।
हतास्म्यहं कुनाथेन नपुंसा वीरमानिना ॥२८॥

niśamyākranditaṁ devī
putrayor nīyamānayoḥ
hatāsmy ahaṁ kunāthena
napuṁsā vīra-māninā

niśamya－因为听到 / ākranditam－叫喊(因为被偷走) / devī－乌尔娃悉 / putrayoḥ－她视为儿子的那两只羔羊的 / nīyamānayoḥ－在它们被带走时 / hatā－杀死 / asmi－是 / aham－我 / ku-nāthena－在一个糟糕丈夫的保护下 / na-puṁsā－被太监 / vīra-māninā－虽然认为他自己是个英雄

译文 乌尔娃悉对两只羔羊就像自己的儿子一样。所以，当歌仙们带走它们时，它们开始叫喊，乌尔娃悉听到它们的叫声便训斥她丈夫说："现在我被杀死了。受一个自以为是大英雄但其实是懦夫和太监的不称职丈夫的保护。"

第 29 节

यद्विश्रम्भादहं नष्टा हृतापत्या च दस्युभिः ।
यः शेते निशि सन्त्रस्तो यथा नारी दिवा पुमान् ॥२९॥

yad-viśrambhād ahaṁ naṣṭā
hṛtāpatyā ca dasyubhiḥ
yaḥ śete niśi santrasto
yathā nārī divā pumān

yat-viśrambhāt－因为依靠……人 / aham－我(是) / naṣṭā－失去 / hṛta-apatyā－失去我的两个儿子——羔羊 / ca－也 / dasyubhiḥ－被掠夺者 / yaḥ－……的他(我所谓的丈夫) / śete－躺下 / niśi－夜晚 / santrastaḥ－因为害怕 / yathā－如同 / nārī－一个女人 / divā－白天里 / pumān－男性

译文　“由于我依靠他，盗贼们夺走我的两个儿子——羔羊，使我现在遭受损失。我丈夫在白天像是个男人，但在夜晚却恐惧地躺下，如同女人。”

第 30 节

इति वाक्सायकैर्बिद्धः प्रतोत्त्रैरिव कुञ्जरः ।
निशि निस्त्रिंशमादाय विवस्त्रोऽभ्यद्रवद्रुषा ॥३०॥

iti vāk-sāyakair biddhaḥ
pratottrair iva kuñjaraḥ
niśi nistriṁśam adaya
vivastro 'bhyadravad ruṣā

iti－如此 / vāk-sāyakaiḥ－被激烈的言词之箭 / biddhaḥ－被刺伤 / pratottraiḥ－被刺棒 / iva－如同 / kuñjaraḥ－一头大象 / niśi－在夜晚 / nistriṁśam－一把宝刀 / ādāya－手持 / vivastraḥ－赤裸的 / abhyadravat－出去 / ruṣā－愤怒地

译文　受到乌尔娃悉尖酸刻薄的言语打击的菩茹尔瓦，就像大象被驾驭者用尖锐的棍棒击打了一样，变得十分愤怒。他甚至没有穿戴好，就手持宝刀，赤裸着身体冲入夜空，追赶偷走羔羊的歌仙。

第 31 节

ते विसृज्योरणौ तत्र व्यद्योतन्त स्म विद्युतः ।
आदाय मेषावायान्तं नग्नमैक्षत सा पतिम् ॥३१॥

te visṛjyoraṇau tatra
vyadyotanta sma vidyutaḥ
ādāya meṣāv āyāntaṁ
nagnam aikṣata sā patim

te－他们——歌仙们 / visṛjya－放弃后 / uraṇau－两只羔羊 / tatra－当场 / vyadyotanta sma－照亮 / vidyutaḥ－如同闪电般光亮的 /

ādāya－手中抱着 / meṣau－两只羔羊 / āyāntam－返回 / nagnam－裸体的 / aikṣata－看到 / sā－乌尔娃悉 / patim－她丈夫

译文 歌仙们扔下两只羔羊，如闪电般放射出耀眼的光芒，照亮菩茹尔瓦的房子。这使乌尔娃悉看到她丈夫手抱两只羔羊返回。但她因为菩茹尔瓦赤裸着身体，便离开了他。

第 32 节

ऐलोऽपि शयने जायामपश्यन् विमना इव ।
तच्चित्तो विह्वलः शोचन् बभ्रामोन्मत्तवन्महीम् ॥३२॥

ailo 'pi śayane jāyām
apaśyan vimanā iva
tac-citto vihvalaḥ śocan
babhrāmonmattavan mahīm

ailaḥ－菩茹尔瓦 / api－也 / śayane－在床铺上 / jāyām－他妻子 / apaśyan－看不到 / vimanāḥ－阴郁的 / iva－像那 / tat-cittaḥ－因为太依恋她 / vihvalaḥ－心乱如麻 / śocan－悲伤 / babhrāma－旅行 / unmatta-vat－如同疯子 / mahīm－在地球上

译文 菩茹尔瓦再也看不到乌尔娃悉在自己床上后伤心欲绝。他因为太依恋她而心乱如麻，从此像疯子一样开始悲伤地在地球上到处游荡。

第 33 节

स तां वीक्ष्य कुरुक्षेत्रे सरस्वत्यां च तत्सखीः ।
पञ्च प्रहृष्टवदनः प्राह सूक्तं पुरूरवाः ॥३३॥

sa tāṁ vīkṣya kurukṣetre
sarasvatyāṁ ca tat-sakhīḥ
pañca prahṛṣṭa-vadanaḥ
prāha sūktaṁ purūravāḥ

saḥ—他——菩茹尔瓦 / tām—乌尔娃悉 / vīkṣya—看到 / kuru-kṣetre—名叫库茹柴陀的地方 / sarasvatyām—在萨茹阿斯瓦缇河边 / ca—也 / tat-sakhīḥ—她的同伴们 / pañca—五个 / prahṛṣṭa-vadanaḥ—十分高兴并微笑着 / prāha—说 / sūktam—甜美的话语 / pururavaḥ—菩茹尔瓦王

译文　一次，菩茹尔瓦周游世界时，在萨茹阿斯瓦缇河岸边的库茹柴陀一地，看到乌尔娃悉正由五个同伴陪伴着。他面露欣喜之色对她说了如下一番甜言蜜语。

第 34 节

अहो जाये तिष्ठ तिष्ठ घोरे न त्यक्तुमर्हसि ।
मां त्वमद्याप्यनिर्वृत्य वचांसि कृणवावहै ॥३४॥

aho jāye tiṣṭha tiṣṭha
ghore na tyaktum arhasi
māṁ tvam adyāpy anirvṛtya
vacāṁsi kṛṇavāvahai

aho—喂 / jāye—我亲爱的妻子啊 / tiṣṭha tiṣṭha—请留步、留步 / ghore—最残酷的人啊 / na—不 / tyaktum—放弃 / arhasi—你应该 / mām—我 / tvam—你 / adya api—直到现在 / anirvṛtya—从我这没得到任何快乐 / vacāṁsi—某些话语 / kṛṇavāvahai—让我们谈谈

译文　啊！我亲爱的妻子！最残忍的人啊！请留步，请留步。我知道我直到今天从未令你快乐过，但你不该为此而抛弃我。你这么做不合适。即使你决定离弃我的陪伴，也让我们聊一会儿吧。

第 35 节

सुदेहोऽयं पतत्यत्र देवि दूरं हृतस्त्वया ।
खादन्त्येनं वृका गृध्रास्त्वत्प्रसादस्य नास्पदम् ॥३५॥

sudeho 'yaṁ pataty atra
devi dūraṁ hṛtas tvayā
khādanty enaṁ vṛkā gṛdhrās
tvat-prasādasya nāspadam

su-dehaḥ—十分俊美的身体 / ayam—这 / patati—现在将倒下 / atra—当场 / devi—乌尔娃悉啊 / dūram—离家很远 / hṛtaḥ—带走 / tvayā—被你 / khādanti—他们将吃掉 / enam—这(身体) / vṛkāḥ—狐狸 / gṛdhrāḥ—秃鹰 / tvat—你的 / prasādasya—仁慈地 / na—不 / āspadam—适合

译文 女神啊！你现在要拒绝我，我俊美的身体就会在此倒下，因为它不适合让你满足，它将被狐狸和秃鹰吃掉。

第 36 节

उर्वश्युवाच
मा मृथाः पुरुषोऽसि त्वं मा स्म त्वाद्युर्वृका इमे ।
क्वापि सख्यं न वै स्त्रीणां वृकाणां हृदयं यथा ॥३६॥

urvaśy uvāca
mā mṛthāḥ puruṣo 'si tvaṁ
mā sma tvādyur vṛkā ime
kvāpi sakhyaṁ na vai strīṇāṁ
vṛkāṇāṁ hṛdayaṁ yathā

urvaśī uvāca—乌尔娃悉说 / mā—不要 / mṛthāḥ—放弃你的生命 / puruṣaḥ—男性 / asi—是 / tvam—你 / mā sma—不要允许它 / tvā—向你 / adyuḥ—吃掉 / vṛkāḥ—狐狸 / ime—这些感官(不要被你的感官所控制) / kva api—任何地方 / sakhyam—友谊 / na—不 / vai—事实上 / strīṇām—女人的 / vṛkāṇām—狐狸的 / hṛdayam—心 / yathā—如同

译文 乌尔娃悉说：我亲爱的君王，你是个男人、一个英雄。不要没有耐心并放弃你的生命。保持清醒，不要允许感官如狐狸般战胜你。不要让狐狸吃掉你。换句话说，你不该被你的感官所控制；相反应该知道，女人的心就像只狐狸。跟女人交朋友没有用。

要旨　查纳克雅·潘迪特忠告说："永远都不要相信女人或政客(viśvāso naiva kartavyaḥ strīṣu rāja-kuleṣu ca)。"人除非将意识提升到灵性意识的层面上，否则都受制约而且是堕落的，更不要说比男人更缺乏判断力的女人了。女人被比作是庶铎和外夏(striyo vaiśyās tathā śūdrāḥ)。但在灵性的层面上，人一旦被提升到奎师那意识的层面，无论男、女或庶铎等，都是平等的。否则，情况就像自己是女人且了解女人本性的乌尔娃悉所说，女人的心就像狡猾的狐狸一样。男人如果不能控制自己的感官，就会成为这样一头狡猾的狐狸的受害者。但男人如果能控制自己的感官，就没有机会成为如狐狸般狡猾女人的受害者。查纳克雅·潘迪特还忠告说：一个人如果有如同狐狸般狡猾的妻子，就必须立刻放弃他的家庭生活，到森林中去。

mātā yasya gṛhe nāsti
bhāryā cāpriya-vādinī
araṇyaṁ tena gantavyaṁ
yathāraṇyaṁ tathā gṛham

(《查纳克雅诗集》Cāṇakya-śloka 57)

具有奎师那意识的居士必须十分小心狡猾如狐狸般的女人。如果妻子在家很服从并跟随丈夫培养奎师那意识，那么家庭就是受欢迎的。否则，人就该离弃自己的家，到森林中去。

hitvātma-pātaṁ gṛham andha-kūpaṁ
vanaṁ gato yad dharim āśrayeta

(《圣典博伽瓦谭》7.5.5)

人应该去森林，托庇于至尊人格首神哈尔依(Hari)。

第 37 节

स्त्रियो ह्यकरुणाः क्रूरा दुर्मर्षाः प्रियसाहसाः ।
घ्नन्त्यल्पार्थेऽपि विश्रब्धं पतिं भ्रातरमप्युत ॥३७॥

striyo hy akaruṇāḥ krūrā
durmarṣāḥ priya-sāhasāḥ
ghnanty alpārthe 'pi viśrabdhaṁ
patiṁ bhrātaram apy uta

striyaḥ－女人 / hi－事实上 / akaruṇāḥ－残酷无情的 / krūrāḥ－狡猾的 / durmarṣāḥ－不宽容的 / priya-sāhasāḥ－她们为了让自己高兴可以做出任何事 / ghnanti－她们杀死 / alpa-arthe－为了一个小小的原因 / api－事实上 / viśrabdham－忠诚的 / patim－丈夫 / bhrātaram－兄弟 / api－也 / uta－据说

译文 女人是残酷无情的一类人。她们不容忍哪怕一点点过错。她们为了让自己高兴，可以做出任何违反宗教的事，所以根本不怕甚至杀害忠诚的丈夫或兄弟。

要旨 菩茹尔瓦王极其依恋乌尔娃悉。但尽管他对乌尔娃悉很忠诚，乌尔娃悉还是离开了他。现在，考虑到君王正在浪费他难以得到的人体生命，乌尔娃悉坦率地从她自己的角度解释女人的本性说：女人甚至可以为丈夫犯的一点点小过错就离开他，而且如果认为有需要还会杀了他。不要说她丈夫了，她甚至可以杀死自己的兄弟。那就是女人的本性。因此，在物质世界里，女人除非受到贞节且忠实于自己丈夫的训练，否则社会不可能有平静与繁荣。

第 38 节

विधायालीकविश्रम्भमज्ञेषु त्यक्तसौहृदाः ।
नवं नवमभीप्सन्त्यः पुंश्चल्यः स्वैरवृत्तयः ॥३८॥

vidhāyālīka-viśrambham
ajñeṣu tyakta-sauhṛdāḥ
navaṁ navam abhīpsantyaḥ
puṁścalyaḥ svaira-vṛttayaḥ

vidhāya—靠建立 / alīka—假的 / viśrambham—忠诚 / ajñeṣu—对愚蠢的男人 / tyakta-sauhṛdāḥ—放弃祝愿者陪伴的人 / navam—新的 / navam—新的 / abhīpsantyaḥ—渴望 / puṁścalyaḥ—女人很容易受到其他男人的诱惑 / svaira—独立地 / vṛttayaḥ—职业的

译文　女人很容易受到男人的诱惑。因此，被玷污的女人抛弃她们的祝愿者，去与蠢人们建立虚假的友谊。事实上，她们一个接一个地不断更换新朋友。

要旨　女人因为很容易受到引诱，《玛努·萨密塔》(Manu-saṁhitā)于是指示，不能给予她们自由。女人必须始终受到保护，要么由父亲，要么由丈夫，要么由她的长子保护。如果让女人自由地、好似平等地与男人混在一起，就像她们现在声称的一样，她们就无法保持自己的贞节。女人的本性如同乌尔娃悉本人描述的，是与某人建立虚假的友谊，然后再寻找新的男性同伴，一个接一个，哪怕这意味着离弃真诚的祝愿者也无所谓。

第 39 节

संवत्सरान्ते हि भवानेकरात्रं मयेश्वरः ।
रंस्यत्यपत्यानि च ते भविष्यन्त्यपराणि भोः ॥३९॥

saṁvatsarānte hi bhavān
eka-rātraṁ mayeśvaraḥ
raṁsyaty apatyāni ca te
bhaviṣyanty aparāṇi bhoḥ

saṁvatsara-ante—每一年年末 / hi—事实上 / bhavān—你本人 / eka-rātram—只一个晚上 / mayā—与我一起 / īśvaraḥ—我的丈夫 /

raṁsyati－将享受性生活 / apatyāni－孩子们 / ca－也 / te－你的 / bhaviṣyanti－将生育 / aparāṇi－一个接一个其他的 / bhoḥ－我亲爱的君王啊

译文 我亲爱的君王啊！你将能作为我丈夫，在每一年的年末与我共同享受仅仅一个夜晚。这将使你一个接一个地有另外的孩子。

要旨 乌尔娃悉虽然从负面解释了女人的天性，但菩茹尔瓦王还是很依恋她，她只好对君王做些让步，同意在每年的最后一个夜晚当他妻子。

第 40 节

अन्तर्वत्नीमुपालक्ष्य देवीं स प्रययौ पुरीम् ।
पुनस्तत्र गतोऽब्दान्ते उर्वशीं वीरमातरम् ॥४०॥

antarvatnīm upālakṣya
devīṁ sa prayayau purīm
punas tatra gato ’bdānte
urvaśīṁ vīra-mātaram

antarvatnīm－怀孕 / upālakṣya－通过观察 / devīm－乌尔娃悉 / saḥ－他——菩茹尔瓦王 / prayayau－返回 / purīm－到他的宫殿 / punaḥ－再次 / tatra－在那个地点 / gataḥ－去 / abda-ante－年末 / urvaśīm－乌尔娃悉 / vīra-mātaram－一个查锤亚儿子的母亲

译文 菩茹尔瓦明白乌尔娃悉怀孕了，于是返回他的宫殿。在年末时，他到库茹柴陀再次与乌尔娃悉结合。那时，她已是一个英雄儿子的母亲。

第 41 节

उपलभ्य मुदा युक्तः समुवास तया निशाम् ।
अथैनमुर्वशी प्राह कृपणं विरहातुरम् ॥४१॥

upalabhya mudā yuktaḥ
samuvāsa tayā niśām
athainam urvaśī prāha
kṛpaṇaṁ virahāturam

upalabhya—得到联谊 / mudā—高兴万分 / yuktaḥ—因为结合 / samuvāsa—享受与她过的性生活 / tayā—与她一起 / niśām—那个晚上 / atha—那之后 / enam—向菩茹尔瓦王 / urvaśī—乌尔娃悉 / prāha—说 / kṛpaṇam—对心情难过的他 / viraha-āturam—因为想到离别而感到痛苦

译文　在年末时重获乌尔娃悉，使菩茹尔瓦王欣喜万分，整晚享受与她过性生活。但接着，他想到与她的分离不禁感到十分难过。为此，乌尔娃悉对他说了如下一番话。

第42节

गन्धर्वानुपधावेमांस्तुभ्यं दास्यन्ति मामिति ।
तस्य संस्तुवतस्तुष्टा अग्निस्थालीं ददुर्नृप ।
उर्वशीं मन्यमानस्तां सोऽबुध्यत चरन् वने ॥४२॥

gandharvān upadhāvemāṁs
tubhyaṁ dāsyanti mām iti
tasya saṁstuvatas tuṣṭā
agni-sthālīṁ dadur nṛpa
urvaśīṁ manyamānas tāṁ
so 'budhyata caran vane

gandharvān—对歌仙 / upadhāva—去寻求庇护 / imān—这些 / tubhyam—对你 / dāsyanti—将给予 / mām iti—完全像我一样或事实上是我 / tasya—由他 / saṁstuvataḥ—献上祈祷 / tuṣṭaḥ—感到满意 / agni-sthālīm—从火中产出一个少女 / daduḥ—送给 / nṛpa—君王啊 / urvaśīm—乌尔娃悉 / manya-mānaḥ—以为 / tām—她 / saḥ—他(菩茹尔瓦) / abudhyata—真正明白 / caran—在散步时 / vane—在森林中

译文 乌尔娃悉说："我亲爱的君王，寻求歌仙们的庇护吧，因为他们可以把我再送来给你。"君王依她所言，用祈祷取悦了歌仙们。对君王感到满意的歌仙送给他一位名叫阿格妮丝塔丽的少女，那少女长得与乌尔娃悉一模一样。君王以为那少女是乌尔娃悉，于是开始与她在森林中漫步，但后来却发现她不是乌尔娃悉，而是阿格妮丝塔丽。

要旨 圣维施瓦纳特·查夸瓦尔提·塔库尔评论说，菩茹尔瓦性欲很强。在得到阿格妮丝塔丽之后，他就要与她过性生活，但在交媾时能明白那姑娘是阿格妮丝塔丽，而不是乌尔娃悉。这说明每一个男人都依恋某个女人，知道那女人在性生活期间的特定表现。因此，菩茹尔瓦在与阿格妮丝塔丽过性生活的过程中，明白她不是乌尔娃悉。

第 43 节

स्थालीं न्यस्य वने गत्वा गृहानाध्यायतो निशि ।
त्रेतायां सम्प्रवृत्तायां मनसि त्रय्यवर्तत ॥४३॥

sthālīṁ nyasya vane gatvā
gṛhān ādhyāyato niśi
tretāyāṁ sampravṛttāyāṁ
manasi trayy avartata

sthālīm—女子阿格妮丝塔丽 / nyasya—立刻离弃 / vane—在森林中 / gatvā—返回 / gṛhān—在家 / ādhyāyataḥ—开始冥想 / niśi—整个晚上 / tretāyām—在特瑞塔年代时 / sampravṛttāyām—正好开始 / manasi—在他心中 / trayī—三部韦达经的原则 / avartata—揭示出来

译文 菩茹尔瓦王于是将阿格妮丝塔丽留在森林里，自己返回家中，在家彻夜冥思苦想着乌尔娃悉。在他冥想期间，特瑞塔年代循环开始了；所以，三部韦达经的原则，包括为完成功利性活动而举行的祭祀程序，都展现在他心中。

要旨　经典中说：在特瑞塔年代(Tretā-yuga)，人如果举行祭祀(yajña)，就会得到那些祭祀的结果(tretāyāṁ yajato makhaiḥ)。尤其如果举行维施努祭祀的话，人甚至能得到至尊人格首神的莲花足。当然，祭祀本来就是为取悦至尊人格首神而设的。当菩茹尔瓦冥想乌尔娃悉时，特瑞塔年代开始了，韦达祭祀于是在他心中揭示。但菩茹尔瓦是物质主义者，尤其对感官享乐感兴趣。为达到感官享乐的目的而举行的祭祀，被称为功利性祭祀(karma-kāṇḍīya-yajña)。所以，他决定举行功利性祭祀，以满足他的色欲。换句话说，功利性祭祀是为依恋感官享乐的人而准备的，祭祀则是为取悦至尊人格首神而举行。喀历年代推荐的取悦至尊人格首神的方法是，集体歌唱神的圣名祭祀(saṅkīrtana-yajña)。经典中说：只有十分有智慧的人，才会为实现他们的物质或灵性愿望而举行集体歌唱神的圣名祭祀(yajñaiḥ saṅkīrtana-prāyair yajanti hi sumedhasaḥ)。相反，那些贪图感官享乐的人则举行功利性祭祀。

第 44—45 节

स्थालीस्थानं गतोऽश्वत्थं शमीगर्भं विलक्ष्य सः ।
तेन द्वे अरणी कृत्वा उर्वशीलोककाम्यया ॥४४॥

उर्वशीं मन्त्रतो ध्यायन्नधरारणिमुत्तराम् ।
आत्मानमुभयोर्मध्ये यत्तत्प्रजननं प्रभुः ॥४५॥

sthālī-sthānaṁ gato 'śvatthaṁ
śamī-garbhaṁ vilakṣya saḥ
tena dve araṇī kṛtvā
urvaśī-loka-kāmyayā

urvaśīṁ mantrato dhyāyann
adharāraṇim uttarām
ātmānam ubhayor madhye
yat tat prajananaṁ prabhuḥ

sthālī-sthānam—阿格妮丝塔丽被遗弃的地方 / gataḥ—去那里 / aśvattham——棵无花果树 / śamī-garbham—从沙弥树中生出 / vila-kṣya—看到 / saḥ—他——菩茹尔瓦 / tena—从那 / dve—两个 / ara-ṇī—点燃祭祀之火所需要的木棍 / kṛtvā—制作 / urvaśī-loka-kāmya-yā—想要去乌尔娃悉所在的星球 / urvaśīm—乌尔娃悉 / mantrataḥ—通过吟诵必要的曼陀 / dhyāyan—冥想着 / adhara—下面的 / ara-ṇim—点燃火祭的木棍 / uttarām—和上面的一根 / ātmānam—他本人 / ubhayoḥ madhye—在两个中 / yat tat—(他冥想)的那个 / prajana-nam—作为一个儿子 / prabhuḥ—君王

译文 当功利性祭祀的程序在菩茹尔瓦王的心中展现时，君王去到他离开阿格妮丝塔丽的地点。在那里，他看到从一棵沙弥树内长出一棵无花果树。接着，他从那棵树拿起一块木头，将它制作成两根点燃祭祀的木棍。他怀着想要去乌尔娃悉所住的星球的愿望，吟诵曼陀，冥想较低的木棍是乌尔娃悉，较高的木棍是他本人，在他们之间的木块是他们的儿子。就这样，他开始点火。

要旨 举行祭祀的韦达之火不是用普通的火柴或类似的方法点燃的，而是用由两根神性的木棍(araṇi)摩擦产生的火点燃第三块木块燃起。举行祭祀需要这样的火。如果能成功执行祭祀，那祭祀就会实现举行者的愿望。菩茹尔瓦就这样利用祭祀的程序实现他贪图物质享乐的欲望。他将下面的一根木棍当做乌尔娃悉，将上面的视为是他自己，把中间的那一块木头当做他儿子。维施瓦纳特·查夸瓦尔提·塔库尔在此引述相关的韦达文献说：他用沙弥树制成的木棍点燃火(śamī-garbhād agniṁ mantha)；菩茹尔瓦躺在乌尔娃悉的胸膛上(urvaśyām urasi purūravāḥ)。菩茹尔瓦想要继续与乌尔娃悉生孩子。他唯一的志愿就是与乌尔娃悉过性生活，并能生儿子。换句话说，他心中有那么强的性欲，就连在举行祭祀时都想着乌尔娃悉，而不是想祭祀的主人尤给施瓦尔(Yajñeśvara)——主维施努。

第46节

तस्य निर्मन्थनाज्ञातो जातवेदा विभावसुः ।
त्रय्या स विद्यया राज्ञा पुत्रत्वे कल्पितस्त्रिवृत् ॥४६॥

tasya nirmanthanāj jāto
jāta-vedā vibhāvasuḥ
trayyā sa vidyayā rājñā
putratve kalpitas tri-vṛt

tasya—菩茹尔瓦的 / nirmanthanāt—因为互相摩擦 / jātaḥ—产出 / jāta-vedāḥ—专为按韦达原则进行的物质享乐 / vibhāvasuḥ——堆火 / trayyā—遵守韦达原则 / saḥ—那火 / vidyayā—靠这个程序 / rājñā—由君王 / putratve——个儿子的出生 / kalpitaḥ—它如此变得 / tri-vṛt—a-u-m组成的欧么(oṁ)音节

译文 从菩茹尔瓦摩擦的两根木棍燃起火焰。凭这种火，人可以成功地得到所有的物质享乐，并通过吟诵由a-u-m字母组成的曼陀，透过液投生、启迪和举行祭祀得到净化。因此那火焰被视为是菩茹尔瓦王的儿子。

要旨 按照韦达程序，人可以透过精子(śukra)得到一个儿子，可以通过启迪(sāvitra)得到一个真正的门徒，可以靠举行火祭得到一个儿子或门徒。因此，当菩茹尔瓦王通过摩擦点火用木棍时，那火成为他儿子。靠精子、启迪或祭祀都能使人得到一个儿子。由a-u-m三个字母组成的“欧么(oṁ)”音节，被用于上述三种方式开始时作召唤用。所以，梵文“因为互相摩擦产生(nirmantha-nāj jātaḥ)”一句是指，通过点火用木棍相互摩擦产生了一个儿子。

第 47 节

तेनायजत यज्ञेशं भगवन्तमधोक्षजम् ।
उर्वशीलोकमन्विच्छन् सर्वदेवमयं हरिम् ॥४७॥

tenāyajata yajñeśaṁ
bhagavantam adhokṣajam
urvaśī-lokam anvicchan
sarva-devamayaṁ harim

tena—通过点燃这样一堆火 / ayajata—他崇拜了 / yajña-īśam—祭祀的享受者或主人 / bhagavantam—至尊人格首神 / adhokṣajam—超越感官知觉 / urvaśī-lokam—到乌尔娃悉所住的星球 / anvicchan—虽然想要去 / sarva-deva-mayam—全体半神人的源头 / harim—至尊人格首神

译文 凭借那火焰，想要去乌尔娃悉所在星球的菩茹尔瓦举行祭祀，以此取悦至尊人格首神哈尔依——祭祀结果的享受者。他就这样崇拜超越一切感官知觉且是全体半神人之来源的至尊主。

要旨 正如《博伽梵歌》所说：完全意识到我的人，知道我是一切祭祀和苦行的最终受益者，是一切星球和半神人的至尊主(bhoktāraṁ yajña-tapasāṁ sarva-loka-maheśvaram)。任何人想要去的任何一个星球，都是至尊人格首神的资产，而至尊人格首神是祭祀的享受者。举行祭祀的目的，是为了满足至尊人格首神。正如我们多次解释的，在这个年代中，吟诵、吟唱哈瑞·奎师那这一伟大的曼陀，是能够使至尊主感到满意的唯一祭祀。当至尊主满意时，人就能实现物质或灵性的任何愿望。《博伽梵歌》第3章的第14节诗也说：将祭祀献给主维施努，能使人类得到足够的雨水(ya-jñād bhavati parjanyaḥ)。雨水充足时，大地就变得适合生产一切(sar-va-kāma-dughā mahī)。人如果能够恰当地使用大地，就能从大地得到生活所需的一切，包括食用谷物、水果、鲜花和蔬菜。人所得到的一切物质财富，都产自大地，因此《圣典博伽瓦谭》第1篇第10章的第4节诗中说：大地慷慨地产出人类需要的一切(sarva-kāma-dughā mahī)。举行祭祀使一切成为可能。正因为如此，菩茹尔瓦虽然想要得到物质利益，但实际上却举行取悦至尊人格首神的祭祀。至尊主是阿窦克沙佳(adhokṣaja)，超越菩茹尔瓦和每一个人的知觉范畴。生物体要实现愿望必须举行某种类型的祭祀。人类社会只有在按照社会四阶层和灵性四阶段(varṇāśrama-dharma)制度管理的情况下，才有可能举行祭祀。没有这样的规定程序，就没人能举行祭祀，而不举行祭祀，任何物质计划都不能使人类社会有快乐的时候。因此，每一个人都该得到忠告要举行祭祀。在这个喀历年代中，受推荐的祭祀是，个人或集体吟诵(吟唱)哈瑞·奎师那这首伟大的赞歌。这将使人得到人类生活所需的一切。

第48节

एक एव पुरा वेदः प्रणवः सर्ववाङ्मयः ।
देवो नारायणो नान्य एकोऽग्निर्वर्ण एव च ॥४८॥

eka eva purā vedaḥ
pranavaḥ sarva-vāṅmayaḥ
devo nārāyaṇo nānya
eko 'gnir varṇa eva ca

ekaḥ－只有一个 / eva－事实上 / purā－以前 / vedaḥ－超然知识的著作 / praṇavaḥ－欧么卡尔 / sarva-vāk-mayaḥ－构成所有的韦达赞歌 / devaḥ－至尊主——神 / nārāyaṇaḥ－只有(在萨提亚年代该崇拜的)纳茹阿亚纳 / na anyaḥ－没有其他 / ekaḥ agniḥ－只有一种火 / varṇaḥ－生命阶层 / eva ca－及必定

译文　在年代循环里的第一个年代——萨提亚年代中，所有的韦达赞歌都包括在“欧么”这作为韦达赞歌之根的一个曼陀中(换句话说，那时，《阿塔尔瓦·韦达》是一切韦达知识的根源)。当时，至尊人格首神纳茹阿亚纳是唯一受到崇拜的神明，没有推荐崇拜半神人；火只有一种，人类社会也只有“至尊天鹅”这一个阶层。

要旨 在萨提亚(Satya-yuga)年代中只有一部韦达经，而不是四部。后来，在喀历年代开始前，为人类社会便于利用，《阿塔尔瓦·韦达》(Atharva Veda)这一部韦达经(或有人说是《亚诸尔·韦达》)，被分成《萨玛》(Sāma)、《亚诸尔》(Yajur)、《瑞歌》(Ṛg)和《阿塔尔瓦》(Atharva)四部。在萨提亚年代中只有“欧么(oṁ)”这一个曼陀(oṁ tat sat)。哈瑞·奎师那 哈瑞·奎师那 奎师那·奎师那 哈瑞·哈瑞/哈瑞·茹阿玛 哈瑞·茹阿玛 茹阿玛·茹阿玛 哈瑞·哈瑞(Hare Kṛṣṇa, Hare Kṛṣṇa, Kṛṣṇa Kṛṣṇa, Hare Hare/ Hare Rāma, Hare Rāma, Rāma Rāma, Hare Hare)这个曼陀中，也包含了“欧么”音节。人除非是布茹阿玛纳，否则没有资格发出“欧么”的声音震荡，并得到想要的结果。但在喀历年代中，几乎所有的人都是庶铎(śūdra)，没有资格吟诵“欧么”。正因为如此，启示经典推荐人要吟诵、吟唱哈瑞·奎师那这首伟大的赞歌。欧么(oṁ)是伟大的赞歌，哈瑞·奎师那也是伟大的赞歌。发出“欧么”声音震荡的目的，是为了呼唤至尊人格首神华苏戴瓦(oṁ namo bhagavate vāsudevā-ya)。吟诵、吟唱哈瑞·奎师那这首赞歌的目的是同样的，其中哈瑞(Hare)的意思是“至尊主的能量啊！”奎师那(Kṛṣṇa)的意思是“主奎师那啊！”茹阿玛(Rāma)的意思是“至尊主啊！至尊享乐者啊！”唯一值得崇拜的至尊主是哈尔依，而祂是研究韦达经最终要了解的对象(vedaiś ca sarvair aham eva vedyaḥ)。崇拜半神人的人，是在崇拜至尊主的不同部分，就像往树的枝叶上浇水一样。但崇拜包含了一切的至尊人格首神纳茹阿亚纳(Nārāyaṇa)，就如同往树根浇水，从而滋养树干、树枝、嫩枝和树叶等。在萨提亚年代，人们知道如何仅仅靠崇拜至尊人格首神纳茹阿亚纳满足生活所需；在喀历年代中，吟诵、吟唱哈瑞·奎师那赞歌，可以使人达到同样的目的。正如《圣典博伽瓦谭》推荐，仅仅靠吟诵、吟唱哈瑞·奎师那赞歌，就可以使人摆脱物质存在的束缚，从而变得有资格回归家园、回到首神身边(kīrtanād eva kṛṣṇasya mukta-saṅgaḥ paraṁ vrajet)。

第 49 节

पुरूरवस एवासीत्त्रयी त्रेतामुखे नृप ।
अग्निना प्रजया राजा लोकं गान्धर्वमेयिवान् ॥४९॥

purūravasa evāsīt
　trayī tretā-mukhe nṛpa
agninā prajayā rājā
　lokaṁ gāndharvam eyivān

purūravasaḥ—从菩茹尔瓦王 / eva—如此 / āsīt—有 / trayī—功利性活动、知识思辨和崇拜的韦达原则 / tretā-mukhe—在特瑞塔年代的一开始 / nṛpa—帕瑞克西特王啊 / agninā—仅仅靠燃起祭祀之火 / prajayā—由他儿子 / rājā—菩茹尔瓦王 / lokam—到星球 / gāndharvam—歌仙的 / eyivān—到达

译文　帕瑞克西特王啊！在特瑞塔年代一开始，菩茹尔瓦王举行了一场功利性祭祀。为此，将祭祀之火视为是自己儿子的菩茹尔瓦，能够去到他想要去的歌仙星球。

要旨　在萨提亚年代中，人们以冥想的方式崇拜主纳茹阿亚纳(kṛte yad dhyāyato viṣṇum)。事实上，当时每个人都始终在冥想主维施努——纳茹阿亚纳，并靠冥想这一程序获得所有的成功。在下一个年代——特瑞塔年代中，人们开始举行祭祀(tretāyāṁ yajato mukhaiḥ)。因此这节诗说：在特瑞塔年代的一开始从事功利性活

动(trayī tretā-mukhe)。仪式性典礼通常被称为功利性活动。圣维施瓦纳特·查夸瓦尔提·塔库尔说：在斯瓦阳布瓦·玛努统治期内开始的特瑞塔年代中，功利性仪式活动是由普瑞亚瓦塔王开始从事的。

到此为止，结束了巴克提韦丹塔对《圣典博伽瓦谭》第9篇的第14章——“乌尔娃悉使菩茹尔瓦王着迷”所作的阐释。

第十五章

至尊主的武士化身帕茹阿舒茹阿玛

这一章讲述的是艾拉王朝中嘎迪的历史。

乌尔娃悉(Urvaśī)生下六个儿子，他们分别名叫阿尤(Āyu)、施茹塔尤(Śrutāyu)、萨提亚尤(Satyāyu)、茹阿亚(Raya)、维佳亚(Jaya)和佳亚(Vijaya)。施茹塔尤的儿子是瓦苏曼(Vasumān)；萨提亚尤的儿子是舒坦佳亚(Śrutañjaya)；茹阿亚的儿子是艾卡(Eka)；佳亚的儿子是阿弥塔(Amita)；维佳亚的儿子是彼玛(Bhīma)。彼玛的儿子名叫康查纳(Kāñcana)，康查纳生子厚陀卡(Hotraka)。厚陀卡的儿子是佳努(Jahnu)，他一口气喝下了全部的恒河水。佳努的子孙依次是菩茹(Puru)、巴拉卡(Balāka)、阿佳卡(Ajaka)和库沙(Kuśa)。库沙的儿子分别是库商布(Kuśāmbu)、塔纳亚(Tanaya)、瓦苏(Vasu)和库沙纳巴(Kuśanābha)。库商布生了名叫嘎迪(Gādhi)的儿子。嘎迪有个女儿名叫萨缇亚娃缇(Satyavatī)。萨缇亚娃缇在瑞祺卡·牟尼(Ṛcīka Muni)给予一份丰厚的聘礼后嫁给他，瑞祺卡·牟尼与萨缇亚娃缇生了佳玛达格尼(Jamadagni)。佳玛达格尼的一个儿子是茹阿玛(Rāma)——帕茹阿舒茹阿玛(Paraśurāma)。当名叫卡尔塔维尔亚尔诸纳(Kārtavīryārjuna)的君王，偷走佳玛达格尼的如愿牛后，被博学的专家们公认为是至尊人格首神的力量化身(saktyāveśa)的帕茹阿舒茹阿玛，杀死了卡尔塔维尔亚尔诸纳。他后来毁灭查锤亚(kṣatriya)王朝二十一次。帕茹阿舒茹阿玛杀死卡尔塔维尔亚尔诸纳后，佳玛达格尼告诉他，杀死君王是犯罪。他作为一名布茹阿玛纳(brāhmaṇa)，应该宽恕他人的过错。因此，佳玛达格尼建议帕茹阿舒茹阿玛靠朝拜圣地赎罪。

第 1 节

श्रीबादरायणिरुवाच
ऐलस्य चोर्वशीगर्भात्षडासन्नात्मजा नृप ।
आयुः श्रुतायुः सत्यायू रयोऽथ विजयो जयः ॥ १ ॥

śrī-bādarāyaṇir uvāca
ailasya corvaśī-garbhāt
ṣaḍ āsann ātmajā nṛpa
āyuḥ śrutāyuḥ satyāyū
rayo 'tha vijayo jayaḥ

śrī-bādarāyaṇiḥ uvāca—圣舒卡戴瓦·哥斯瓦米说 / ailasya—菩茹尔瓦的 / ca—也 / urvaśī-garbhāt—从乌尔娃悉体内 / ṣaṭ—六个 / āsan—有 / ātmajāḥ—儿子们 / nṛpa—帕瑞克西特王啊 / āyuḥ—阿尤 / śrutāyuḥ—施茹塔尤 / satyāyuḥ—萨提亚尤 / rayaḥ—茹阿亚 / atha—以及 / vijayaḥ—维佳亚 / jayaḥ—佳亚

译文 舒卡戴瓦·哥斯瓦米继续说：帕瑞克西特王啊！菩茹尔瓦与乌尔娃悉生了六个儿子。他们的名字分别是阿尤、施茹塔尤、萨提亚尤、茹阿亚、维佳亚和佳亚。

第 2—3 节

श्रुतायोर्वसुमान् पुत्रः सत्यायोश्च श्रुतञ्जयः ।
रयस्य सुत एकश्च जयस्य तनयोऽमितः ॥ २ ॥

भीमस्तु विजयस्याथ काञ्चनो होत्रकस्ततः ।
तस्य जह्नुः सुतो गङ्गां गण्डूषीकृत्य योऽपिबत् ॥ ३ ॥

śrutāyor vasumān putraḥ
satyāyoś ca śrutañjayaḥ
rayasya suta ekaś ca
jayasya tanayo 'mitaḥ

bhīmas tu vijayasyātha
　kāñcano hotrakas tataḥ
tasya jahnuḥ suto gaṅgāṁ
　gaṇḍūṣī-kṛtya yo 'pibat

śrutāyoḥ—施茹塔尤的 / vasumān—瓦苏曼 / putraḥ——个儿子 / satyāyoḥ—萨提亚尤的 / ca—也 / śrutañjayaḥ—名叫舒坦佳亚的儿子 / rayasya—茹阿亚的 / sutaḥ——个儿子 / ekaḥ—名叫艾卡 / ca—和 / jayasya—佳亚的 / tanayaḥ—儿子 / amitaḥ—名叫阿弥塔 / bhīmaḥ—名叫彼玛 / tu—事实上 / vijayasya—维佳亚的 / atha—那之后 / kāñcanaḥ—彼玛的儿子康查纳 / hotrakaḥ—康查纳的儿子厚陀卡 / tataḥ—然后 / tasya—厚陀卡的 / jahnuḥ—名叫佳努 / sutaḥ——个儿子 / gaṅgām—所有的恒河水 / gaṇḍūṣī-kṛtya—就一口 / yaḥ—他(佳努) / apibat—喝下

译文　施茹塔尤的儿子是瓦苏曼；萨提亚尤的儿子是舒坦佳亚；茹阿亚的儿子是艾卡；佳亚的儿子是阿弥塔；维佳亚的儿子是彼玛。彼玛的儿子名叫康查纳，康查纳生子厚陀卡。厚陀卡的儿子是佳努，他一口喝下了所有的恒河水。

第4节

जह्नोस्तु पुरुस्तस्याथ बलाकश्चात्मजोऽजकः ।
ततः कुशः कुशस्यापि कुशाम्बुस्तनयो वसुः ।
कुशनाभश्च चत्वारो गाधिरासीत्कुशाम्बुजः ॥ ४ ॥

jahnos tu purus tasyātha
　balākaś cātmajo 'jakaḥ
tataḥ kuśaḥ kuśasyāpi
　kuśāmbus tanayo vasuḥ
kuśanābhaś ca catvāro
　gādhir āsīt kuśāmbujaḥ

jahnoḥ—佳努的 / tu—事实上 / puruḥ—名叫菩茹的儿子 / tasya—菩茹的 / atha—那之后 / balākaḥ—名叫巴拉卡的儿子 / ca—和 / ātmajaḥ—巴拉卡的儿子 / ajakaḥ—名叫阿佳卡的 / tataḥ—那之后 / kuśaḥ—库沙 / kuśasya—库沙的 / api—接着 / kuśāmbuḥ—库商布 / tanayaḥ—塔纳亚 / vasuḥ—瓦苏 / kuśanābhaḥ—库沙纳巴 / ca—和 / catvāraḥ—四个(儿子) / gādhiḥ—嘎迪 / āsīt—有 / kuśāmbujaḥ—库商布的儿子

译文 佳努的儿子是菩茹，菩茹生子巴拉卡；巴拉卡的儿子名叫阿佳卡，阿佳卡生了库沙。库沙有四个儿子，分别名叫库商布、塔纳亚、瓦苏和库沙纳巴。库商布的儿子是嘎迪。

第5—6节

तस्य सत्यवतीं कन्यामृचीकोऽयाचत द्विजः ।
वरं विसदृशं मत्वा गाधिर्भार्गवमब्रवीत् ॥ ५॥

एकतः श्यामकर्णानां हयानां चन्द्रवर्चसाम् ।
सहस्रं दीयतां शुल्कं कन्यायाः कुशिका वयम् ॥ ६॥

tasya satyavatīṁ kanyām
ṛcīko 'yācata dvijaḥ
varaṁ visadṛśaṁ matvā
gādhir bhārgavam abravīt

ekataḥ śyāma-karṇānāṁ
hayānāṁ candra-varcasām
sahasraṁ dīyatāṁ śulkaṁ
kanyāyāḥ kuśikā vayam

tasya—嘎迪的 / satyavatīm—萨缇亚娃缇 / kanyām—女儿 / ṛcīkaḥ—伟大的圣人瑞祺卡 / ayācata—请求 / dvijaḥ—布茹阿玛纳 / varam—当她的丈夫 / visadṛśam—不平等或合适 / matvā—那样想 / gādhiḥ—嘎迪王 / bhārgavam—对瑞祺卡 / abravīt—回答 / ekataḥ—被一

个 / śyāma-karṇānām－其耳朵是黑的 / hayānām－马匹 / candra-varcasām－如月光般闪亮 / sahasram－一千匹 / dīyatām－请送 / śulkam－作为聘礼 / kanyāyāḥ－给我女儿 / kuśikāḥ－在库沙家中 / vayam－我们(是)

译文　嘎迪王有个女儿名叫萨缇亚娃缇，名叫瑞祺卡的布茹阿玛纳圣人请求君王将她嫁给他做妻子。但嘎迪王认为瑞祺卡不适合当他女儿的丈夫，因此告诉那位布茹阿玛纳："亲爱的先生，我属于库沙王朝。由于我们是贵族查锤亚，你必须给一些聘礼才能娶我女儿。所以请带来至少一千匹马，每一匹都要像月光般发亮，而且要有一只耳朵是黑色的，左右不论。"

要旨　嘎迪(Gādhi)王的儿子是维施瓦弥陀(Viśvāmitra)，据说他既是布茹阿玛纳(brāhmaṇa)又是查锤亚(kṣatriya)。正如后面会解释的，维施瓦弥陀得到布茹阿玛纳圣人的地位。萨缇亚娃缇嫁给瑞祺卡·牟尼后将生出一个具有查锤亚精神的儿子。在布茹阿玛纳瑞祺卡能娶嘎迪女儿之前，嘎迪王向他提出一个需要他实现的不寻常的要求。

第 7 节

इत्युक्तस्तन्मतं ज्ञात्वा गतः स वरुणान्तिकम् ।
आनीय दत्त्वा तानश्वानुपयेमे वराननाम् ॥ ७ ॥

ity uktas tan-mataṁ jñātvā
gataḥ sa varuṇāntikam
ānīya dattvā tān aśvān
upayeme varānanām

iti－如此 / uktaḥ－被要求 / tat-matam－他的心 / jñātvā　(圣人)能明白 / gataḥ－去 / saḥ－他 / varuṇa-antikam－到瓦茹纳的地方 /

ānīya—带来 / dattvā—和送了之后 / tān—那些 / aśvān—马匹 / upaye-me—娶了 / vara-ānanām—嘎迪王美丽的女儿

译文 当嘎迪王提出这一要求时，伟大的圣人瑞祺卡能明白君王的想法。为此，他去找半神人瓦茹纳，从他那里带来一千匹嘎迪要求的那种马。圣人将这些马送给君王后，娶了君王美丽的女儿。

第8节

स ऋषिः प्रार्थितः पत्न्या श्वश्र्वा चापत्यकाम्यया ।
श्रपयित्वोभयैर्मन्त्रैश्चरुं स्नातुं गतो मुनिः ॥८॥

sa ṛṣiḥ prārthitaḥ patnyā
śvaśrvā cāpatya-kāmyayā
śrapayitvobhayair mantraiś
caruṁ snātuṁ gato muniḥ

saḥ—他(瑞祺卡) / ṛṣiḥ—伟大的圣人 / prārthitaḥ—被要求 / patnyā—被他妻子 / śvaśrvā—被他岳母 / ca—也 / apatya-kāmyayā—想要一个儿子 / śrapayitvā—烹煮后 / ubhayaiḥ—两者 / mantraiḥ—靠吟诵特定的曼陀 / carum—一份在祭祀中供奉的祭品 / snātum—沐浴 / gataḥ—去外面 / muniḥ—伟大的圣人

译文 那之后，瑞祺卡·牟尼的妻子和岳母都想要一个儿子，于是请求牟尼准备祭品。为此，瑞祺卡·牟尼吟诵一首布茹阿玛纳赞歌，给他妻子准备了一份祭品，吟诵一首查锤亚赞歌给他岳母准备了一份祭品。接着，他去外面沐浴。

第9节

तावत्सत्यवती मात्रा स्वचरुं याचिता सती ।
श्रेष्ठं मत्वा तयायच्छन्मात्रे मातुरदत्स्वयम् ॥९॥

tāvat satyavatī mātrā
sva-caruṁ yācitā satī
śreṣṭhaṁ matvā tayāyacchan
mātre mātur adat svayam

tāvat—那期间 / satyavatī—瑞祺卡的妻子萨缇亚娃缇 / mātrā—被她母亲 / sva-carum—专门给她(萨缇亚娃缇)的祭品 / yācitā—要求给 / satī—是 / śreṣṭham—更好 / matvā—认为 / tayā—由她 / ayacchat—送给 / mātre—她母亲 / mātuḥ—母亲的 / adat—吃 / svayam—亲自

译文　那期间，萨缇亚娃缇的母亲，因为认为给她女儿——瑞祺卡之妻准备的那份祭品一定比她那份好，所以向女儿要求那份祭品。萨缇亚娃缇于是将自己的祭品给了母亲，自己则吃下她母亲的那份祭品。

要旨　丈夫自然会对自己的妻子有些感情。为此，萨缇亚娃缇的母亲认为瑞祺卡圣人给他妻子萨缇亚娃缇准备的祭品，必定比给她准备的要好，所以趁瑞祺卡不在时拿走萨缇亚娃缇的那一份并吃下它。

第 10 节

तद्विदित्वा मुनिः प्राह पत्नीं कष्टमकारषीः ।
घोरो दण्डधरः पुत्रो भ्राता ते ब्रह्मवित्तमः ॥१०॥

tad viditvā muniḥ prāha
patnīṁ kaṣṭam akārașīḥ
ghoro daṇḍa-dharaḥ putro
bhrātā te brahma-vittamaḥ

tat—这事实 / viditvā—了解到 / muniḥ—伟大的圣人 / prāha—说 / patnīm—对他妻子 / kaṣṭam—令人十分遗憾的 / akārașīḥ—你做了 / ghoraḥ—凶猛的 / daṇḍa-dharaḥ—能惩罚他人的伟大人物 / putraḥ－这样一个儿子 / bhrātā－兄弟 / te－你的 / brahma-vittamaḥ－灵性科学中的博学之人

译文 大圣人瑞祺卡沐浴后返回家中。他了解到他不在时发生的一切后，对他妻子萨缇亚娃缇说："你铸成大错。你的儿子将是个凶猛的查锤亚，能惩罚任何人，你的兄弟将是一位精通灵性科学的博学学者。"

要旨 布茹阿玛纳一旦能控制自己的感官和心，同时是灵性科学的博学学者且忍受和宽恕时，就是具有高度资格的布茹阿玛纳。但判断查锤亚是否很有资格，则要看他能否严惩违法犯罪分子。《博伽梵歌》(Bhagavad-gītā)第18章的第42—43节诗中说明了这些品质。萨缇亚娃缇因为吃下为她母亲准备的那份祭品而没吃自己的那一份，所以将生下一个充满查锤亚精神的儿子。这不是他们夫妻想要的。布茹阿玛纳的儿子一般被期望成为一名布茹阿玛纳，但如果他们生的儿子像查锤亚一样凶猛，那么按照《博伽梵歌》中谈到的社会四阶层，就该被称为查锤亚(cātur-varṇyaṁ mayā sṛṣṭaṁ guṇa-karma-vibhāgaśaḥ)。如果布茹阿玛纳的儿子不像布茹阿玛纳，那么就会按照他的资格和能力称他为查锤亚、外夏或庶铎。划分人类社会的基本原则不是看人的出身，而是看其品质和活动。

第11节

प्रसादितः सत्यवत्या मैवं भूरिति भार्गवः ।
अथ तर्हि भवेत्पौत्रो जमदग्निस्ततोऽभवत् ॥११॥

prasāditaḥ satyavatyā
maivaṁ bhūr iti bhārgavaḥ
atha tarhi bhavet pautro
jamadagnis tato 'bhavat

prasāditaḥ—安慰 / satyavatyā—被萨缇亚娃缇 / mā—不 / evam—如此 / bhūḥ—就让它 / iti—如此 / bhārgavaḥ—伟大的圣人 / atha—如果你儿子不变成那样 / tarhi—那么 / bhavet—将变成那样 / pautraḥ—孙子 / jamadagniḥ—佳玛达格尼 / tataḥ—那之后 / abhavat—降生

译文　但萨缇亚娃缇用平静的话语安慰瑞祺卡·牟尼，并请求让她儿子不要像一位凶猛的查锤亚。瑞祺卡·牟尼回答道："那你的孙子就会是个有查锤亚精神的人。"就这样，佳玛达格尼作为萨缇亚娃缇的儿子降生了。

要旨　大圣人瑞祺卡很生气，但萨缇亚娃缇还是想办法使他平静下来，并使他按照自己的要求改变了主意。这里表明，帕茹阿舒茹阿玛将作为佳玛达格尼的儿子出生。

第 12—13 节

सा चाभूत्सुमहत्पुण्या कौशिकी लोकपावनी ।
रेणोः सुतां रेणुकां वै जमदग्निरुवाह याम् ॥१२॥

तस्यां वै भार्गवऋषेः सुता वसुमदादयः ।
यवीयाञ्जज्ञ एतेषां राम इत्यभिविश्रुतः ॥१३॥

sā cābhūt sumahat-puṇyā
kauśikī loka-pāvanī
reṇoḥ sutāṁ reṇukāṁ vai
jamadagnir uvāha yām

tasyāṁ vai bhārgava-ṛṣeḥ
sutā vasumad-ādayaḥ
yavīyāñ jajña eteṣāṁ
rāma ity abhiviśrutaḥ

sā—他(萨缇亚娃缇) / ca—也 / abhūt—变得 / sumahat-puṇyā—非常伟大和圣洁的 / kauśikī—名叫考希克伊的河流 / loka-pāvanī—净化

整个世界 / reṇoḥ－瑞努的 / sutām－女儿 / reṇukām－名叫蕊努卡 / vai－事实上 / jamadagniḥ－萨缇亚娃缇的儿子佳玛达格尼 / uvāha－娶了 / yām－谁 / tasyām－在蕊努卡体内 / vai－事实上 / bhārgava-ṛṣeḥ－由佳玛达格尼的精子 / sutāḥ－儿子们 / vasumat-ādayaḥ－以瓦苏曼为首的许多 / yavīyān－最年轻的 / jajñe－出生 / eteṣām－在他们中 / rāmaḥ－帕茹阿舒茹阿玛 / iti－如此 / abhiviśrutaḥ－世界著名的

译文 萨缇亚娃缇后来成为圣河考希克伊，以净化整个世界，她的儿子佳玛达格尼娶瑞努的女儿蕊努卡为妻。借由佳玛达格尼的精子，蕊努卡生了以瓦苏曼为首的众多儿子。他们中最小的名叫茹阿玛——帕茹阿舒茹阿玛。

第 14 节

यमाहुर्वासुदेवांशं हैहयानां कुलान्तकम् ।
त्रिःसप्तकृत्वो य इमां चक्रे निःक्षत्रियां महीम् ॥१४॥

yam āhur vāsudevāṁśaṁ
haihayānāṁ kulāntakam
triḥ-sapta-kṛtvo ya imāṁ
cakre niḥkṣatriyāṁ mahīm

yam－……的(帕茹阿舒茹阿玛) / āhuḥ－所有博学的学者都说 / vāsudeva-aṁśam－至尊人格首神华苏戴瓦的一个化身 / haihayānām－亥哈亚们的 / kula-antakam－王朝的毁灭者 / triḥ-sapta-kṛtvaḥ－二十一次 / yaḥ－……的(帕茹阿舒茹阿玛) / imām－这 / cakre－使得 / niḥkṣatriyām－缺乏查锤亚 / mahīm－地球

译文 博学的学者都公认，这位毁灭卡尔塔维尔亚王朝的帕茹阿舒茹阿玛，是华苏戴瓦的著名化身。帕茹阿舒茹阿玛二十一次歼灭地球上所有的查锤亚。

第15节

दृप्तं क्षत्रं भुवो भारमब्रह्मण्यमनीनशत् ।
रजस्तमोवृतमहन् फल्गुन्यपि कृतेंऽहसि ॥१५॥

dṛptaṁ kṣatraṁ bhuvo bhāram
abrahmaṇyam anīnaśat
rajas-tamo-vṛtam ahan
phalguny api kṛte 'ṁhasi

dṛptam－十分骄傲 / kṣatram－统治阶层查锤亚 / bhuvaḥ－地球的 / bhāram－重担 / abrahmaṇyam－罪恶的——不在乎布茹阿玛纳发布的宗教原则 / anīnaśat－赶走或消灭 / rajaḥ-tamaḥ－被激情和愚昧属性 / vṛtam－覆盖 / ahan－他杀死 / phalguni－不是很严重 / api－虽然 / kṛte－犯下的 / aṁhasi－一个冒犯

译文　当君王们因为受激情和愚昧属性的影响而变得狂妄自大、没有宗教心、不在乎由布茹阿玛纳制定的法律时，帕茹阿舒茹阿玛便杀了他们。尽管他们所犯的罪行并不是很严重，但他还是为减轻世界的负担杀死他们。

要旨　查锤亚——统治阶层，必须按照伟大的布茹阿玛纳和圣洁之人制定的规范原则统治世界。统治阶层一旦不维护宗教原则，就会给地球造成负担。正如这节诗文中所说：统治阶层受物质自然激情和愚昧等低等属性的影响时，就会给世界造成负担，之后必然会被高等力量所消灭(rajas-tamo-vṛtaṁ, bhāram abrahmaṇyam)。我们从现代历史中也确实看到，君主政体被各种革命所废止。但不幸的是：君主制被废止后，确立了第三和第四阶层的人的最高权力和地位。尽管世上受到激情和愚昧属性控制的君主政体被废止，但世界居民仍不快乐。这原因是：尽管以前的君王品质因为受愚昧属性的污染而下降，但代替他们的商人和劳工的素质甚至更低下。事实上，当政府由布茹阿玛纳——具有神意识的人指导时，人民就会有真正的快乐。正因为如此，以前当统治阶层堕落受激情和愚昧属性影响时，以帕茹阿舒茹阿玛等具有查锤亚精神的布茹阿玛纳为首的布茹阿玛纳，就连续不断地消灭那些统治者二十一次。

正如《圣典博伽瓦谭》第12篇第2章的第13节诗中说明：在喀历年代中，统治阶层(rājanya)将不比掠夺者强，因为第三和第四阶层的人将掌管政府事务(dasyu-prāyeṣu rājasu)。他们忽视宗教原则和布茹阿玛纳制定的规范原则，无疑会毫不犹豫地掠夺国民的财富。正如《圣典博伽瓦谭》第12篇第1章第40节诗的说明：

asaṁskṛtāḥ kriyā-hīnā
rajasā tamasāvṛtāḥ
prajās te bhakṣayiṣyanti
mlecchā rājanya-rūpiṇaḥ

因为不纯洁，不正确履行人的责任，且受到激情和愚昧属性的影响，不洁之人将摆出政府成员的姿态，吞食国民(prājas te bhakṣayiṣyanti)。《圣典博伽瓦谭》第12篇第2章的第7—8节诗说：

evaṁ prajābhir duṣṭābhir
ākīrṇe kṣiti-maṇḍale
brahma-viṭ-kṣatra-śūdrāṇāṁ
yo balī bhavitā nṛpaḥ

prajā hi lubdhai rājanyair
nirghṛṇair dasyu-dharmabhiḥ
ācchinna-dāra-draviṇā
yāsyanti giri-kānanam

正如《博伽梵歌》所言，人类社会自然划分为四个阶层(cātur-varṇyaṁ mayā sṛṣṭaṁ guṇa-karma-vibhāgaśaḥ)。但如果这个体制被弃置，不考虑社会中人的素质及划分，就会使所谓的布茹阿玛纳、查锤亚、外夏和庶铎阶层制度失去意义，其结果是：任何人只要以某种方式变得强大有力，就可以当君王或总统；国民们(prajā)因为那么受骚扰，就会离开家园到森林中去，躲避冷酷且具有掠夺者习性的政府官员的骚扰。因此，人民大众务必要参加奎师那意识运动——哈瑞·奎师那运动。哈瑞·奎师那是至尊人格首神的声音化身。经典中说：至尊人格首神奎师那现在以祂的圣名化身显现(kali-kāle nāma-rūpe kṛṣṇa-avatāra)。所以，当国民们具有奎师那意识时，他们就可以期望有良好的政府、社会、完美的生活，甚至摆脱物质存在的束缚。

第 16 节

श्रीराजोवाच
किं तदंहो भगवतो राजन्यैरजितात्मभिः ।
कृतं येन कुलं नष्टं क्षत्रियाणामभीक्ष्णशः ॥१६॥

śrī-rājovāca
kiṁ tad aṁho bhagavato
rājanyair ajitātmabhiḥ
kṛtaṁ yena kulaṁ naṣṭaṁ
kṣatriyāṇām abhīkṣṇaśaḥ

śrī-rājā uvāca－帕瑞克西特王询问 / kim－什么 / tat aṁhaḥ－那罪过 / bhagavataḥ－想至尊人格首神 / rājanyaiḥ－由王室 / ajita-ātma-bhiḥ－不能控制感官并因此而堕落的人 / kṛtam－犯下…… / yena－由那 / kulam－王朝 / naṣṭam－被消灭 / kṣatriyāṇām－王室的 / abhī-kṣṇaśaḥ－再三

译文　帕瑞克西特王向舒卡戴瓦·哥斯瓦米询问道：那些不能控制自己感官的查锤亚，在至尊人格首神的化身——主帕茹阿舒茹阿玛面前犯了什么罪，使至尊主再三毁灭查锤亚王朝？

第 17—19 节

श्रीबादरायणिरुवाच
हैहयानामधिपतिरर्जुनः क्षत्रियर्षभः ।
दत्तं नारायणांशांशमाराध्य परिकर्मभिः ॥१७॥

बाहून्दशशतं लेभे दुर्धर्षत्वमरातिषु ।
अव्याहतेन्द्रियौजः श्रीतेजोवीर्ययशोबलम् ॥१८॥

योगेश्वरत्वमैश्वर्यं गुणा यत्राणिमादयः ।
चचाराव्याहतगतिर्लोकेषु पवनो यथा ॥१९॥

śrī-bādarāyaṇir uvāca
haihayānām adhipatir
arjunaḥ kṣatriyarṣabhaḥ
dattaṁ nārāyaṇāṁśāṁśam
ārādhya parikarmabhiḥ

bāhūn daśa-śataṁ lebhe
durdharṣatvam arātiṣu
avyāhatendriyaujaḥ śrī-
tejo-vīrya-yaśo-balam

yogeśvaratvam aiśvaryaṁ
guṇā yatrāṇimādayaḥ
cacārāvyāhata-gatir
lokeṣu pavano yathā

śrī-bādarāyaṇiḥ uvāca—圣舒卡戴瓦·哥斯瓦米回答道 / haihayānām adhipatiḥ—亥哈亚们的君王 / arjunaḥ—名叫卡尔塔维尔亚尔诸纳 / kṣatriya-ṛṣabhaḥ—最优秀的查锤亚 / dattam—向达塔垂亚 / nārāyaṇa-aṁśa-aṁśam—纳茹阿亚纳完整扩展的完整扩展 / ārādhya—崇拜后 / parikarmabhiḥ—通过按规范原则崇拜 / bāhūn—手臂 / daśa-śatam—一千(十乘以一百) / lebhe—获得 / durdharṣatvam—难以征服这一品质 / arātiṣu—在敌人中 / avyāhata—不可击败的 / indriya-ojaḥ—

感官的力量 / śrī一美丽 / tejaḥ一影响 / vīrya一力量 / yaśaḥ一声望 / balam一体力 / yoga-īśvaratvam一靠练神秘瑜伽得到的控制力量 / aiśvaryam一财富 / guṇāḥ一品质 / yatra一在那里 / aṇimā-ādayaḥ一八种瑜伽神通(aṇimā和laghimā等) / cacāra一他去 / avyāhata-gatiḥ一所向披靡 / lokeṣu一全世界或宇宙 / pavanaḥ一风 / yathā一如同

译文　舒卡戴瓦·哥斯瓦米说：最杰出的君王卡尔塔维尔亚尔诸纳——亥哈亚们的君王，因为崇拜至尊人格首神纳茹阿亚纳的完整扩展达塔垂亚而得到一千条手臂。他变得战无不胜、所向披靡，并获得通畅无阻的感知力、俊美的外貌、影响力、力量、声望，以及变得比最小的还小、比最大的还大等所有的瑜伽神通。这样具有所有的财富，他像风一样不受阻碍地在全宇宙漫游。

第20节

स्त्रीरत्नैरावृतः क्रीडन् रेवाम्भसि मदोत्कटः ।
वैजयन्तीं स्रजं बिभ्रद्रुरोध सरितं भुजैः ॥२०॥

strī-ratnair āvṛtaḥ krīḍan
revāmbhasi madotkaṭaḥ
vaijayantīṁ srajaṁ bibhrad
rurodha saritaṁ bhujaiḥ

strī-ratnaiḥ一被美女们 / āvṛtaḥ一围绕着 / krīḍan一享受 / revā-am-bhasi一在蕊娃或娜尔玛妲河水中 / mada-utkaṭaḥ一因为富有而太骄傲 / vaijayantīm srajam一胜利的花环 / bibhrat一用……装饰 / rurodha一停止流动 / saritam一河流的 / bhujaiḥ一用他的手臂

译文　一次，骄傲的卡尔塔维尔亚尔诸纳由美女簇拥着，佩戴胜利花环在娜尔玛妲河水中享乐时，用他的手臂阻止了河水的流动。

第 21 节

विप्लावितं स्वशिबिरं प्रतिस्रोतःसरिज्जलैः ।
नामृष्यत्तस्य तद्वीर्यं वीरमानी दशाननः ॥२१॥

viplāvitaṁ sva-śibiraṁ
pratisrotaḥ-sarij-jalaiḥ
nāmṛṣyat tasya tad vīryaṁ
vīramānī daśānanaḥ

viplāvitam—被淹没 / sva-śibiram—他自己的营地 / pratisrotaḥ—朝相反方向流动的…… / sarit-jalaiḥ—被河水 / na—不 / amṛṣyat—能容忍 / tasya—卡尔塔维尔亚尔诸纳的 / tat vīryam—那影响 / vīramānī—认为他自己很英勇 / daśa-ānanaḥ—十个头的茹阿瓦纳

译文 由于卡尔塔维尔亚尔诸纳使河水逆流，致使茹阿瓦纳设在玛黑施玛提城附近、娜尔玛妲河岸边的营地遭大水淹没。有十个头的茹阿瓦纳认为自己是大英雄，这事使他无法忍受卡尔塔维尔亚尔诸纳的力量。

要旨 茹阿瓦纳在外出征服其他国家(dig-vijaya)的途中，于靠近玛黑施玛提(Māhiṣmatī)城附近的娜尔玛妲河岸边安营扎寨。

第 22 节

गृहीतो लीलया स्त्रीणां समक्षं कृतकिल्बिषः ।
माहिष्मत्यां सन्निरुद्धो मुक्तो येन कपिर्यथा ॥२२॥

gṛhīto līlayā strīṇāṁ
samakṣaṁ kṛta-kilbiṣaḥ
māhiṣmatyāṁ sanniruddho
mukto yena kapir yathā

gṛhītaḥ—被用武力抓住 / līlayā—非常轻松地 / strīṇām—女人的 / samakṣam—当着面 / kṛta-kilbiṣaḥ—如此成为一个冒犯者 / māhiṣ-matyām—在名叫玛黑施玛提的城中 / sanniruddhaḥ—被逮捕 / muktaḥ－释放 / yena－被(卡尔塔维尔亚尔诸纳) / kapiḥ yathā－就像对一只猴子做的一样

译文 在茹阿瓦纳试图当着女人的面羞辱卡尔塔维尔亚尔诸纳，以此冒犯君主时，卡尔塔维尔亚尔诸纳轻而易举地抓住茹阿瓦纳，将他监禁在玛黑施玛提城中，恰似一个人抓住一只猴子后，又漫不经心地将他放了。

第 23 节

स एकदा तु मृगयां विचरन् विजने वने ।
यदृच्छयाश्रमपदं जमदग्नेरुपाविशत् ॥२३॥

sa ekadā tu mṛgayāṁ
vicaran vijane vane
yadṛcchayāśrama-padaṁ
jamadagner upāviśat

saḥ－他——卡尔塔维尔亚尔诸纳 / ekadā－一次 / tu－但是 / mṛgayām－在打猎时 / vicaran－游荡 / vijane－僻静的 / vane－在森林中 / yadṛcchayā－没有任何计划 / āśrama-padam－居住地 / jamadagneḥ－佳玛达格尼·牟尼的 / upāviśat－他进入

译文 一次，卡尔塔维尔亚尔诸纳在一个偏僻的森林中游荡、打猎时，接近了佳玛达格尼的住所。

要旨 卡尔塔维尔亚尔诸纳本没有必要去佳玛达格尼的住所，但因为对自己拥有的非凡力量感到骄傲，他去到那里并冒犯了帕茹阿舒茹阿玛。这是他因为自己的冒犯行为而被帕茹阿舒茹阿玛杀死的序幕。

第 24 节

तस्मै स नरदेवाय मुनिरर्हणमाहरत् ।
ससैन्यामात्यवाहाय हविष्मत्या तपोधनः ॥२४॥

tasmai sa naradevāya
munir arhaṇam āharat
sasainyāmātya-vāhāya
haviṣmatyā tapo-dhanaḥ

tasmai—对他 / saḥ—他(佳玛达格尼) / naradevāya—对卡尔塔维尔亚尔诸纳王 / muniḥ—伟大的圣人 / arhaṇam—崇拜的用品 / āharat—献上 / sa-sainya—与他的士兵 / amātya—他的大臣 / vāhāya—和战车、大象、马匹和轿夫 / haviṣmatyā—因为拥有能提供一切的乳牛卡玛戴努 / tapaḥ-dhanaḥ—其唯一的力量是苦行或致力于苦修的大圣人

译文 在森林中从事艰巨苦行的圣人佳玛达格尼，周到地接待了君王，以及君王的士兵、大臣和坐骑。他拥有一头能提供一切的卡玛戴努乳牛，因此给予了崇拜这些客人所需要的一切。

要旨 《布茹阿玛·萨密塔》告诉我们：灵性世界，尤其是奎师那居住的哥珞卡·温达文(Goloka Vṛndāvana)中，满是苏茹阿碧乳牛(surabhīr abhipālayantam)。苏茹阿碧茹牛又被称为卡玛戴努(kāmadhenu)。佳玛达格尼虽然只有一头卡玛戴努，但却能从它那里得到他想要的一切。正因为如此，他能够接待君王本人及与君王一起去的侍从、大臣、士兵、动物及轿夫等众多的人。当我们说君王时，我们要明白，他有许多属下和侍从陪伴。佳玛达格尼能够得体地接待君王的全体属下和侍从，请他们同时进食用纯净奶油烹制的食物。君王惊讶于佳玛达格尼怎么能因为只拥有一头乳牛就如此富有，所以开始忌妒伟大的圣人。这是他冒犯的开始。至尊人格首神的化身帕茹阿舒茹阿玛，因为卡尔塔维尔亚尔诸纳太骄傲而杀了他。人也许拥有这个物质世界中的非同寻常的财富，但如果变得骄傲自大且随心所欲地行事，就会受到至尊人格首神的惩罚。这是我们要从这段历史中学习的教训。在这一事

件中，帕茹阿舒茹阿玛对卡尔塔维尔亚尔诸纳感到愤怒，杀死他并在全世界清除查锤亚二十一次。

第 25 节

स वै रत्नं तु तद् दृष्ट्वा आत्मैश्वर्यातिशायनम् ।
तन्नाद्रियताग्निहोत्र्यां साभिलाषः सहैहयः ॥२५॥

sa vai ratnaṁ tu tad dṛṣṭvā
ātmaiśvaryātiśāyanam
tan nādriyatāgnihotryāṁ
sābhilāṣaḥ sahaihayaḥ

saḥ—他(卡尔塔维尔亚尔诸纳) / vai—事实上 / ratnam—财富的巨大泉源 / tu—的确 / tat—佳玛达格尼拥有的卡玛戴努 / dṛṣṭvā—通过观察 / ātma-aiśvarya—他个人的财富 / ati-śāyanam—超过 / tat—那 / na—不 / ādriyata—很欣赏 / agnihotryām—在对举行火祭来说很有用的那头乳牛中 / sa-abhilāṣaḥ—变得渴望的 / sa-haihayaḥ—与他自己的人——亥哈亚们

译文 卡尔塔维尔亚尔诸纳认为，佳玛达格尼因为拥有卡玛戴努这一珍宝，所以才更有力量、更富有。为此，他和他自己的人——亥哈亚们，不是很欣赏佳玛达格尼的接待。相反，他们想要拥有那头卡玛戴努乳牛，因为那对举行阿格尼厚陀火祭会很有用。

要旨 佳玛达格尼因为用卡玛戴努提供的纯净奶油举行火祭(agnihotra-yajña)，所以比卡尔塔维尔亚尔诸纳更强大有力。并非随便什么人都能期望拥有这样一头乳牛。尽管如此，普通人可以拥有一头普通的乳牛，保护它，从它那里得到足够的牛奶，用牛奶制作奶油和纯酥油，特别将酥油用于举行火祭。这对每一个人来说都是可能做到的。正因为如此，我们在《博伽梵歌》中看到，主奎师那忠告要保护乳牛(go-rakṣya)。这是关键，因为如果乳牛得到适当的保护，它们就会提供足量的牛奶。我们在美国的具体经验是：在我们国际奎师那意识协会不同的农庄里，我们给予乳牛正确的保护，因而得到超过实际所需的牛奶。然而，其他农庄中的乳牛不像我们农庄中的乳牛提供那么多的牛奶；因为我们的乳牛很清楚我们不会杀它们，它们感到高兴，所以提供大量的牛奶。因此，主奎师那给予的“保护乳牛”的指示，意义极其重大。整个世界都必须学习奎师那的教导，了解该如何仅仅靠生产粮食(annād bhavanti bhūtāni)和保护乳牛(go-rakṣya)，而在没有饥荒的情况下快乐生活。属于人类社会第三阶层的商人和农场主，必须保留土地以生产粮食和保护乳牛(kṛṣi-go-rakṣya-vāṇijyaṁ vaiśya-kar-ma svabhāvajam)。这是《博伽梵歌》的教导。在保护乳牛这个问题上，食肉者将提出反对意见。但为了回答他们，我们可以说：既然奎师那强调保护乳牛，那些喜欢吃肉的人也许可以吃猪、狗、山羊和绵羊等不重要的动物，但不该伤害乳牛的性命，因为那将摧毁人类社会的灵性进步。

第26节

हविर्धानीमृषेर्दर्पान्नरान् हर्तुमचोदयत् ।
ते च माहिष्मतीं निन्युः सवत्सां क्रन्दतीं बलात् ॥२६॥

havirdhānīm ṛṣer darpān
narān hartum acodayat
te ca māhiṣmatīṁ ninyuḥ
sa-vatsāṁ krandatīṁ balāt

haviḥ-dhānīm—那头卡玛戴努 / ṛṣeḥ—大圣人佳玛达格尼的 / darpāt—由于他因为拥有的物质力量而骄傲 / narān—他所有的人(士兵们) / hartum—偷走 / acodayat—鼓励 / te—卡尔塔维尔亚尔诸纳的人 / ca—也 / māhiṣmatīm—到卡尔塔维尔亚尔诸纳的首都 / ninyuḥ—

带来 / sa-vatsām－与牛犊一起 / krandatīm－哭泣 / balāt－因为被强行带走

译文 由于对自己拥有的物质力量倍感骄傲，卡尔塔维尔亚尔诸纳鼓励他的人去偷佳玛达格尼的卡玛戴努。那些人于是硬将哭叫着的卡玛戴努与她的牛犊一起，牵回卡尔塔维尔亚尔诸纳的首都玛黑施玛提。

要旨 这节诗文中的“那头卡玛戴努(havirdhānīm)”一词十分重要，指的是提供举行祭祀用酥油(havi)的乳牛。在人体生命中，生物应该受到训练举行祭祀。正如《博伽梵歌》第3章的第9节诗告诉我们：如果我们不举行祭祀，我们就会像猪狗一样仅仅为感官享乐而辛苦工作(yajñārthāt karmaṇo 'nyatra loko 'yaṁ karma-ban-dhanaḥ)。这不是文明。人应该受训练举行祭祀。雨水因祭祀的举行而降(yajñād bhavati parjanyaḥ)。如果定期举行祭祀，天就会适当降雨，有规律的降雨将使土地的生产能力增强，产出适合生活所需的一切。因此，祭祀是必不可少的。要举行祭祀，就必须要用到纯净奶油；而要得到纯净奶油，就必须保护乳牛。所以，我们如果忽视韦达文明方式，就必会受苦。所谓的学者和哲学家不知道成功人生的秘密，因而在物质自然的掌控下受苦(prakṛteḥ kriya-māṇāni guṇaiḥ karmāṇi sarvaśaḥ)。然而，尽管他们被迫受苦，他们还以为他们的“文明”越来越进步(ahaṅkāra-vimūḍhātmā kartāham iti manyate)。奎师那意识运动的目的在于，复兴使每个人都快乐的文明。这就是我们开展奎师那意识运动的目的。愿祭祀的举行让每个人快乐(yajñe sukhena bhavantu)！

第27节

अथ राजनि निर्याते राम आश्रम आगतः ।
श्रुत्वा तत्तस्य दौरात्म्यं चुक्रोधाहिरिवाहतः ॥२७॥

atha rājani niryāte
rāma āśrama āgataḥ
śrutvā tat tasya daurātmyaṁ
cukrodhāhir ivāhataḥ

atha一那之后 / rājani一当君王……时 / niryāte一离去 / rāmaḥ一佳玛达格尼的小儿子帕茹阿舒茹阿玛 / āśrame一在小屋中 / āgataḥ一返回 / śrutvā一当他听到 / tat一那 / tasya一卡尔塔维尔亚尔诸纳的 / daurātmyam一穷凶极恶的行为 / cukrodha一变得义愤填膺 / ahiḥ一一条蛇 / iva一如同 / āhataḥ一践踏或伤害

译文 卡尔塔维尔亚尔诸纳带走卡玛戴努后，帕茹阿舒茹阿玛返回灵修所。佳玛达格尼的小儿子帕茹阿舒茹阿玛，听说卡尔塔维尔亚尔诸纳的恶毒行为后，变得像一条受到践踏的蛇一样愤怒。

第28节

घोरमादाय परशुं सतूणं वर्म कार्मुकम् ।
अन्वधावत दुर्मर्षो मृगेन्द्र इव यूथपम् ॥२८॥

ghoram ādāya paraśuṁ
satūṇaṁ varma kārmukam
anvadhāvata durmarṣo
mṛgendra iva yūthapam

ghoram一极其凶猛 / ādāya一拿在手中 / paraśum一一把斧头 / sa-tūṇam一与一个箭筒 / varma一一个盾牌 / kārmukam一一张弓 / anvadhāvata一跟随 / durmarṣaḥ一极其愤怒的主帕茹阿玛舒茹阿玛 / mṛgendraḥ一一头狮子 / iva一如同 / yūthapam一(去攻击)一头大象

译文 主帕茹阿舒茹阿玛拿起他凶猛的斧头、盾牌和一筒箭，怒火万丈地去追赶卡尔塔维尔亚尔诸纳，如同一头狮子追一头大象。

第 29 节

तमापतन्तं भृगुवर्यमोजसा
धनुर्धरं बाणपरश्वधायुधम् ।
ऐणेयचर्माम्बरमर्कधामभि-
र्युतं जटाभिर्ददृशे पुरीं विशन् ॥२९॥

tam āpatantaṁ bhṛgu-varyam ojasā
dhanur-dharaṁ bāṇa-paraśvadhāyudham
aiṇeya-carmāmbaram arka-dhāmabhir
yutaṁ jaṭābhir dadṛśe purīṁ viśan

tam一那位主帕茹阿舒茹阿玛 / āpatantam一追赶他 / bhṛgu-varyam一布瑞古王朝中最优秀的人——主帕茹阿舒茹阿玛 / ojasā一十分凶猛地 / dhanuḥ-dharam一携带一张弓 / bāṇa一箭 / paraśvadha一斧头 / āyudham一有所有这些武器 / aiṇeya-carma一黑色鹿皮 / ambaram一他身体的遮盖 / arka-dhāmabhiḥ一显得如同阳光 / yutam jaṭābhiḥ一有纠结成绺的头发 / dadṛśe一他看到 / purīm一到……首都内 / viśan一进入

译文　卡尔塔维尔亚尔诸纳王在进入他的首都玛黑施玛提城时，看到布瑞古王朝最优秀的人——主帕茹阿舒茹阿玛，高举斧头、盾牌和弓箭紧随他而来。主帕茹阿舒茹阿玛用一块黑鹿皮裹体，他纠结在一起的头发恰似阳光。

第 30 节

अचोदयद्धस्तिरथाश्वपत्तिभि-
र्गदासिबाणर्ष्टिशतघ्निशक्तिभिः ।
अक्षौहिणीः सप्तदशातिभीषणा-
स्ता राम एको भगवानसूदयत् ॥३०॥

acodayad dhasti-rathāśva-pattibhir
gadāsi-bāṇarṣṭi-śataghni-śaktibhiḥ

akṣauhiṇīḥ sapta-daśātibhīṣaṇās
tā rāma eko bhagavān asūdayat

acodayat—他派人去打仗 / hasti—带着大象 / ratha—带着战车 / aśva—带着马匹 / pattibhiḥ—并带着步兵 / gadā—带着大头棒 / asi—带着宝刀 / bāṇa—带着箭 / ṛṣṭi—长矛 / śataghni—带著名叫沙塔格尼的武器 / śaktibhiḥ—带著名叫沙克提的武器 / akṣauhiṇīḥ—整个阿克绍黑尼军团 / sapta-daśa—十七个 / ati-bhīṣaṇāḥ—十分激烈的 / tāḥ—他们全体 / rāmaḥ—主帕茹阿舒茹阿玛 / ekaḥ—独自一人 / bhagavān—至尊人格首神 / asūdayat—杀死

译文 看到帕茹阿舒茹阿玛，卡尔塔维尔亚尔诸纳立刻感到怕他，所以派遣许多大象、战车、马匹，以及用大头棒、刀剑、弓箭、长矛、沙塔格尼、沙克提等多种武器武装起来的步兵，去与他作战。卡尔塔维尔亚尔诸纳派了十七个全副武装的阿克绍黑尼军阵去阻止帕茹阿舒茹阿玛。但主帕茹阿舒茹阿玛独自一人就将他们全部消灭。

要旨 梵文“阿克绍黑尼(akṣauhiṇī)”是指由二万一千八百七十辆战车及大象，十万九千三百五十个步兵及六万五千六百一十匹战马构成的军事方阵。对此，《玛哈巴茹阿特》(Mahābhārata)首篇(Ādi parva)第二章中给予如下精确的描述说：

eko ratho gajaś caikaḥ
narāḥ pañca padātayaḥ
trayaś ca turagās taj-jñaiḥ
pattir ity abhidhīyate

pattiṁ tu triguṇām etām
viduḥ senāmukhaṁ budhāḥ
trīṇi senāmukhāny eko
gulma ity adhidhīyate

trayo gulmā gaṇo nāma
vāhinī tu gaṇās trayaḥ

śrutās tisras tu vāhinyaḥ
  pṛtaneti vicakṣaṇaiḥ

camūs tu pṛtanās tisraś
  caṁvas tisras tv anīkinī
anīkinīṁ daśa-guṇām
  āhur akṣauhiṇīṁ budhāḥ

akṣauhiṇyas tu saṅkhyātā
  rathānāṁ dvija-sattamāḥ
saṅkhyā-gaṇita-tattvajñaiḥ
  sahasrāṇy eka-viṁśati

śatāny upari cāṣṭau ca
  bhūyas tathā ca saptatiḥ
gajānāṁ tu parīmāṇaṁ
  tāvad evātra nirdiśet

jñeyaṁ śata-sahasraṁ tu
  sahasrāṇi tathā nava
narāṇām adhi pañcāśac
  chatāni trīṇi cānaghāḥ

pañca-ṣaṣṭi-sahasrāṇi
  tathāśvānāṁ śatāni ca
daśottarāṇi ṣaṭ cāhur
  yathāvad abhisaṅkhyayā

etām akṣauhiṇīṁ prāhuḥ
  saṅkhyā-tattva-vido janāḥ

“一辆战车、一头大象、五个步兵和三匹战马被军事专家们称为帕提(patti)。智者还知道，瑟纳穆卡(senāmukha)是一个帕提的三倍。三个瑟纳穆卡被称为一个古勒玛(gulma)，三个古勒玛被称为一个嘎纳(gaṇa)，而三个嘎纳是一个瓦黑尼(vāhinī)。三个瓦黑尼被专家们称为一个帕尔塔纳(pṛtanā)，三个帕尔塔纳等于一个查姆(camū)，而三个查姆相当于一个阿尼克依尼(anīkinī)。专家说，十个阿尼克依尼是一个阿克绍黑尼。最优秀的再生者啊！经了解军事科学的专家计算，一个阿克绍黑尼内有战车二万一千八百七十辆，以及同样数量的大象。如果加上十万九千三百五十名步兵和六万五千六百一十匹战马，就称为是一个阿克绍黑尼。”

第 31 节

यतो यतोऽसौ प्रहरत्परश्वधो
मनोऽनिलौजाः परचक्रसूदनः ।
ततस्ततश्छिन्नभुजोरुकन्धरा
निपेतुरुर्व्यां हतसूतवाहनाः ॥३१॥

yato yato 'sau praharat-paraśvadho
mano-'nilaujāḥ para-cakra-sūdanaḥ
tatas tataś chinna-bhujoru-kandharā
nipetur urvyāṁ hata-sūta-vāhanāḥ

yataḥ－无论什么地方 / yataḥ－无论什么地方 / asau－主帕茹阿舒茹阿玛 / praharat－猛砍 / paraśvadhaḥ－因为很擅长用他的武器——斧头 / manaḥ－像心念一样 / anila－像风一样 / ojāḥ－强有力的 / para-cakra－敌人的军事力量的 / sūdanaḥ－杀戮者 / tataḥ－那里 / ta-taḥ－和那里 / chinna－散乱的并砍掉 / bhuja－手臂 / ūru－腿 / kan-dharāḥ－肩膀 / nipetuḥ－掉下 / urvyām－在地上 / hata－杀死 / sū-ta－战车驾驭者 / vāhanāḥ－坐骑马匹和大象

译文 主帕茹阿舒茹阿玛擅长消灭敌人的军事力量，因此以心念和风的速度工作，用他的斧头(帕茹阿舒)削、砍敌人。他所到之处，敌人纷纷倒下；他们的腿、手臂和肩膀被砍断，他们的战车驾驭者被杀死，他们的大象和马匹坐骑统统被毁灭。

要旨 一开始，在敌人的军队充满了战士、大象和战马时，主帕茹阿舒茹阿玛以心念的速度冲进他们中间去杀他们。当他感到有些累时，他放慢速度成风的速度，继续奋勇杀敌。心念的速度比风速快。

第 32 节

दृष्ट्वा स्वसैन्यं रुधिरौघकर्दमे
　रणाजिरे रामकुठारसायकैः ।
विवृक्णवर्मध्वजचापविग्रहं
　निपातितं हैहय आपतद्रुषा ॥३२॥

dṛṣṭvā sva-sainyaṁ rudhiraugha-kardame
　raṇājire rāma-kuṭhāra-sāyakaiḥ
vivṛkṇa-varma-dhvaja-cāpa-vigrahaṁ
　nipātitaṁ haihaya āpatad ruṣā

dṛṣṭvā一通过看 / sva-sainyam一他自己的展示 / rudhira-ogha-kardame一因为血流成河而变得泥泞的 / raṇa-ajire一在战场上 / rāma-kuṭhāra一被主帕茹阿舒茹阿玛的斧头 / sāyakaiḥ一并被箭 / vivṛkṇa一散乱的 / varma一盾牌 / dhvaja一旗帜 / cāpa一弓 / vigraham一躯体 / ni-pātitam一倒下 / haihayaḥ一卡尔塔维尔亚尔诸纳 / āpatat一冲到那里 / ruṣā一因为十分愤怒

译文　主帕茹阿舒茹阿玛靠操作他的斧头和箭，将敌人的盾牌、旗帜、弓和卡尔塔维尔亚尔诸纳的士兵砍得七零八落，那些士兵倒在战场上，鲜血使大地变得泥泞。看到这惨景，卡尔塔维尔亚尔诸纳大怒，冲向战场。

第 33 节

अथार्जुनः पञ्चशतेषु बाहुभि-
　र्धनुःषु बाणान् युगपत्स सन्दधे ।
रामाय रामोऽस्त्रभृतां समग्रणी-
　स्तान्येकधन्वेषुभिराच्छिनत्समम् ॥३३॥

athārjunaḥ pañca-śateṣu bāhubhir
　dhanuḥṣu baṇan yugapat sa sandadhe
rāmāya rāmo 'stra-bhṛtāṁ samagraṇīs
　tāny eka-dhanveṣubhir ācchinat samam

atha—那之后 / arjunaḥ—卡尔塔维尔亚尔诸纳 / pañca-śateṣu—五百 / bāhubhiḥ—用他的手臂 / dhanuḥṣu—在弓上 / bāṇān—箭 / yuga-pat—同时地 / saḥ—他 / sandadhe—固定 / rāmāya—只为了杀主帕茹阿舒茹阿玛 / rāmaḥ—主帕茹阿舒茹阿玛 / astra-bhṛtām—能用武器的全体士兵的 / samagraṇīḥ—那最好的 / tāni—卡尔塔维尔亚尔诸纳所有的弓 / eka-dhanvā—拥有一张弓 / iṣubhiḥ—箭 / ācchinat—砍成碎片 / samam—与……一起

译文 卡尔塔维尔亚尔诸纳用他的一千条手臂，同时将五百支箭搭上弓，要射杀主帕茹阿舒茹阿玛。但主帕茹阿舒茹阿玛——最优秀的斗士，只用一张弓就射出足够多的箭，瞬间将卡尔塔维尔亚尔诸纳手中所有的弓箭都劈成碎片。

第 34 节

पुनः स्वहस्तैरचलान्मृधेऽङ्घ्रिपा-
नुत्क्षिप्य वेगादभिधावतो युधि ।
भुजान् कुठारेण कठोरनेमिना
चिच्छेद रामः प्रसभं त्वहेरिव ॥३४॥

punaḥ sva-hastair acalān mṛdhe 'ṅghripān
utkṣipya vegād abhidhāvato yudhi
bhujān kuṭhāreṇa kaṭhora-neminā
ciccheda rāmaḥ prasabhaṁ tv aher iva

punaḥ—再次 / sva-hastaiḥ—用他自己的手 / acalān—山丘 / mṛdhe—在战场上 / aṅghripān—树木 / utkṣipya—连根拔起后 / vegāt—十分猛力地 / abhidhāvataḥ—猛力地冲过去的他的 / yudhi—在战场上 / bhujān—所有的手臂 / kuṭhāreṇa—用他的斧头 / kaṭhora-neminā—十分锋利的 / ciccheda—砍成碎片 / rāmaḥ—主帕茹阿舒茹阿玛 / prasabham—强有力地 / tu—但是 / aheḥ iva—如同巨蛇的头蓬

译文　卡尔塔维尔亚尔诸纳的弓箭被劈成碎片后，他用众多的手连根拔起许多树木并抓起山丘，再次猛力地向主帕茹阿舒茹阿玛冲去，要杀死他。然而，主帕茹阿舒茹阿玛随即大力挥砍他的斧头，砍掉卡尔塔维尔亚尔诸纳的众多手臂，恰似一个人砍去一条蛇的众多头颅。

第35—36节

कृत्तबाहोः शिरस्तस्य गिरेः शृङ्गमिवाहरत् ।
हते पितरि तत्पुत्रा अयुतं दुद्रुवुर्भयात् ॥३५॥

अग्निहोत्रीमुपावर्त्य सवत्सां परवीरहा ।
समुपेत्याश्रमं पित्रे परिक्लिष्टां समर्पयत् ॥३६॥

kṛtta-bāhoḥ śiras tasya
gireḥ śṛṅgam ivāharat
hate pitari tat-putrā
ayutaṁ dudruvur bhayāt

agnihotrīm upāvartya
savatsāṁ para-vīra-hā
samupetyāśramaṁ pitre
parikliṣṭāṁ samarpayat

kṛtta-bāhoḥ—被砍掉手臂的卡尔塔维尔亚尔诸纳的／śiraḥ—头颅／tasya—他(卡尔塔维尔亚尔诸纳)的／gireḥ——座山的／śṛṅ-gam—山峰／iva—如同／āharat—(帕茹阿舒茹阿玛)从他身上砍下／hate pitari—当他们的父亲被杀时／tat-putrāḥ—他的儿子们／ayu-tam——万个／dudruvuḥ—逃跑／bhayāt—出于恐惧／agnihotrīm—卡玛戴努／upāvartya—带近／sa-vatsām—与她的牛犊一起／para-vīra-hā—能杀死敌方英雄的帕茹阿舒茹阿玛／samupetya—返回后／āśra-mam—到他父亲的住所／pitre—向他父亲／parikliṣṭām—经历了极度痛苦的／samarpayat—送给

译文 紧接着，帕茹阿舒茹阿玛砍掉已失去手臂的卡尔塔维尔亚尔诸纳如山峰般的头颅。卡尔塔维尔亚尔诸纳的一万个儿子，看到他们的父亲被杀死时，都害怕得四处逃散。杀死敌人的帕茹阿舒茹阿玛随即释放了经受巨大痛苦的卡玛戴努，将它和它的牛犊一起带回住的地方，把它们交给他父亲佳玛达格尼。

第 37 节

स्वकर्म तत्कृतं रामः पित्रे भ्रातृभ्य एव च ।
वर्णयामास तच्छ्रुत्वा जमदग्निरभाषत ॥३७॥

sva-karma tat kṛtaṁ rāmaḥ
pitre bhrātṛbhya eva ca
varṇayām āsa tac chrutvā
jamadagnir abhāṣata

sva-karma－他自己的活动 / tat－所有那些作为 / kṛtam－被从事的 / rāmaḥ－帕茹阿舒茹阿玛 / pitre－向他父亲 / bhrātṛbhyaḥ－向他兄弟 / eva ca－以及 / varṇayām āsa－描述 / tat－那 / śrutvā－听到后 / jamadagniḥ－帕茹阿舒茹阿玛的父亲 / abhāṣata－说了如下一番话

译文 帕茹阿舒茹阿玛向他父亲和哥哥们描述他杀死卡尔塔维尔亚尔诸纳的活动。佳玛达格尼听了他的作为后，对这个儿子说了如下一番话。

第 38 节

राम राम महाबाहो भवान् पापमकारषीत् ।
अवधीन्नरदेवं यत्सर्वदेवमयं वृथा ॥३८॥

rāma rāma mahābāho
bhavān pāpam akāraṣīt
avadhīn naradevaṁ yat
sarva-devamayaṁ vṛthā

rāma rāma－我亲爱的儿子帕茹阿舒茹阿玛 / mahābāho－伟大的英雄啊 / bhavān－你 / pāpam－罪恶活动 / akāraṣīt－从事过 / avadhīt－杀了 / naradevam－君王 / yat－是……的人 / sarva-deva-mayam－全体半神人的代表 / vṛthā－没有必要地

译文　啊，伟大的英雄，我亲爱的儿子帕茹阿舒茹阿玛！你犯了重罪。你不必要地杀死那君王，而他本是全体半神人的代表。

第 39 节

वयं हि ब्राह्मणास्तात क्षमयार्हणतां गताः ।
यया लोकगुरुर्देवः पारमेष्ठ्यमगात्पदम् ॥३९॥

vayaṁ hi brāhmaṇās tāta
　kṣamayārhaṇatāṁ gatāḥ
yayā loka-gurur devaḥ
　pārameṣṭhyam agāt padam

vayam－我们 / hi－事实上 / brāhmaṇāḥ－是有资格的布茹阿玛纳 / tāta－我亲爱的儿子啊 / kṣamayā－具有宽恕的品质 / arhaṇatām－被崇拜的地位 / gatāḥ－我们获得 / yayā－靠这品质 / loka-guruḥ－这个宇宙的灵性导师 / devaḥ－主布茹阿玛 / pārameṣṭhyam－这个宇宙中的至尊人物 / agāt－获得 / padam－地位

译文　我亲爱的儿子，我们都是布茹阿玛纳，因为具有宽恕的品质而值得大众的崇拜。这个宇宙的最高灵性导师主布茹阿玛，正是因为具有这项品质才获得他的职位。

第 40 节

क्षमया रोचते लक्ष्मीर्ब्राह्मी सौरी यथा प्रभा ।
क्षमिणामाशु भगवांस्तुष्यते हरिरीश्वरः ॥४०॥

kṣamayā rocate lakṣmīr
brāhmī saurī yathā prabhā
kṣamiṇām āśu bhagavāṁs
tuṣyate harir īśvaraḥ

kṣamayā—仅仅靠宽恕 / rocate—变得令人愉快的 / lakṣmīḥ—幸运女神 / brāhmī—与布茹阿玛纳品质有关 / saurī—太阳神 / yathā—正如 / prabhā—阳光 / kṣamiṇām—向如此宽恕的布茹阿玛纳 / āśu—很快地 / bhagavān—至尊人格首神 / tuṣyate—变得高兴的 / hariḥ—至尊主 / īśvaraḥ—至尊控制者

译文 布茹阿玛纳的责任是，培养如太阳般照亮人心的宽恕品质。至尊人格首神哈尔依，对宽容之人十分满意。

要旨 不同的人物因为有不同的品质而美丽。查纳克雅·潘迪特说：杜鹃鸟虽然很黑，但因为它甜蜜的嗓音而美丽。同样，女人因为贞节和对丈夫的忠诚而美丽，丑陋之人因为成为博学的学者而出色。布茹阿玛纳、查锺亚、外夏和庶铎，都因为他们各自具有的品质而美丽。布茹阿玛纳的美展现在表现出宽恕的品质时，查锺亚的美展现在表现出英雄气概且永不当逃兵时，外夏的美展现在他们从事农耕活动和保护乳牛时，庶铎的美展现在他们为取悦自己的主人而履行责任时。就这样，每一个人都因为自己特殊的品质而变得美丽。这节诗文说，宽恕是布茹阿玛纳的特殊品质。

第 41 节

राज्ञो मूर्धाभिषिक्तस्य वधो ब्रह्मवधाद्गुरुः ।
तीर्थसंसेवया चांहो जह्यङ्गाच्युतचेतनः ॥४१॥

rājño mūrdhābhiṣiktasya
vadho brahma-vadhād guruḥ
tīrtha-saṁsevayā cāṁho
jahy aṅgācyuta-cetanaḥ

rājñaḥ－君王的 / mūrdha-abhiṣiktasya－作为帝王的 / vadhaḥ－谋杀 / brahma-vadhāt－比杀一个布茹阿玛纳 / guruḥ－更严重 / tīrtha-saṁsevayā－靠崇拜圣地 / ca－也 / aṁhaḥ－罪恶行为 / jahi－把……洗掉 / aṅga－我亲爱的儿子啊 / acyuta-cetanaḥ－充满奎师那意识

译文　我亲爱的儿子，杀死一个作为世界帝王的君王所犯的罪，比杀死一个布茹阿玛纳还严重。但现在，如果你变得具有奎师那意识并崇拜圣地，你就能赎清这一重罪。

要旨　全心投靠至尊人格首神的人，免了一切罪恶(ahaṁ tvāṁ sarva-pāpebhyo mokṣayiṣyāmi)。哪怕是罪大恶极的人，在全心投靠圣奎师那的那一天或那一刻都自由了。然而，佳玛达格尼为树立榜样而劝他儿子帕茹阿舒茹阿玛去崇拜圣地。普通人因为无法立刻投靠至尊人格首神，所以被忠告去一个接一个地朝拜圣地，以找到圣洁之人，逐渐使自己摆脱罪恶活动的反应。

到此为止，结束了巴克提韦丹塔对《圣典博伽瓦谭》第9篇的第15章——“至尊主的武士化身帕茹阿舒茹阿玛”所作的阐释。

第十六章

主帕茹阿舒茹阿玛摧毁世界统治阶层

这一章讲述佳玛达格尼(Jamadagni)惨遭卡尔塔维尔亚尔诸纳(Kārtavīryārjuna)之子的杀害后，主帕茹阿舒茹阿玛(Paraśurāma)在整个世界清除查锤亚(kṣatriya)共二十一次。这一章还介绍了维施瓦弥陀(Viśvāmitra)的后代。

佳玛达格尼的妻子蕊努卡(Reṇukā)到恒河取水时，看到歌仙之王在与天堂社交女郎嬉耍(Apsarā)。她对歌仙之王感到着迷，内心想要跟他交往。由于这有罪的欲望，她受到丈夫的惩罚。帕茹阿舒茹阿玛遵从父亲佳玛达格尼的命令杀死他母亲和哥哥后，又借由佳玛达格尼靠苦行获得的力量使他们复活。卡尔塔维尔亚尔诸纳的儿子铭记他们父亲的死，总想报复主帕茹阿舒茹阿玛。因此，他们趁有一天帕茹阿舒茹阿玛不在家，在佳玛达格尼冥想至尊人格首神时杀了他。帕茹阿舒茹阿玛回到住地，看到父亲被杀后十分痛心，于是请求他哥哥照顾父亲的遗体，自己则怀着要杀光地球表面所有查锤亚(kṣatriya)的决心冲了出去。他手持斧头去到卡尔塔维尔亚尔诸纳的首都玛黑施玛提城，杀死卡尔塔维尔亚尔诸纳所有的儿子，他们的鲜血流成了河。然而，帕茹阿舒茹阿玛并不满足于只杀卡尔塔维尔亚尔诸纳的儿子；后来，当查锤亚变得打扰世人时，他二十一次对他们大开杀戒，以致地球表面不再有查锤亚了。那之后，他将他父亲的头和尸体连起来，举行各种祭祀取悦至尊主。这使佳玛达格尼得以复活。他后来被提升到北斗七星上(Saptarṣi-maṇḍala)。佳玛达格尼的儿子帕茹阿舒茹阿玛，至今仍生活在玛汉铎山(Mahendra-parvata)。在下一个玛努统治期，他将成为韦达知识的传播者。

最强大有力的维施瓦弥陀，诞生在嘎迪(Gādhi)的王朝中。他借由苦修成为一名布茹阿玛纳(brāhmaṇa)。他有一百零一个儿子，都以玛杜禅达(Madhucchanda)著称。在哈瑞施禅铎(Hariścandra)的祭祀场上，阿吉嘎尔塔(Ajīgarta)的儿子舒纳瑟帕就要被献祭了，但凭借生物体祖先们(Prajāpati)的仁慈，他被释放。那之后，他在嘎迪的王朝中成为戴瓦茹阿塔(Devarāta)。然而，维施瓦弥陀的前五十个儿子不接受舒纳瑟帕当他们的哥哥，维施瓦弥陀为此诅咒他们成为不遵守韦达文明的人(mleccha)。看到这情形，维施瓦弥陀的第五十一个儿子和他所有的弟弟都接受舒纳瑟帕当他们的哥哥。这使他们的父亲维施瓦弥陀很满意，于是祝福他们。就这样，戴瓦茹阿塔在考希卡王朝中被接受，那王朝中因此而有不同类型的人。

第 1 节

श्रीशुक उवाच
पित्रोपशिक्षितो रामस्तथेति कुरुनन्दन ।
संवत्सरं तीर्थयात्रां चरित्वाश्रममाव्रजत् ॥ १ ॥

śrī-śuka uvāca
pitropaśikṣito rāmas
tatheti kuru-nandana
saṁvatsaraṁ tīrtha-yātrāṁ
caritvāśramam āvrajat

śrī-śukaḥ uvāca—圣舒卡戴瓦·哥斯瓦米说 / pitrā—由他父亲 / upaśikṣitaḥ—如此忠告 / rāmaḥ—主帕茹阿舒茹阿玛 / tathā iti—就这样吧 / kuru-nandana—库茹王朝的子孙帕瑞克西特王啊 / saṁvatsaram—整整一年 / tīrtha-yātrām—在所有的圣地旅行 / caritvā—执行后 / āśramam—到他自己的住所 / āvrajat—返回

译文　舒卡戴瓦·哥斯瓦米说：我亲爱的帕瑞克西特王——库茹王朝的子孙，主帕茹阿舒茹阿玛听了他父亲的命令后，立刻同意说："好吧。"他整整一年在各个圣地旅行，随后返回他父亲的住所。

第2节

कदाचिद्रेणुका याता गङ्गायां पद्ममालिनम् ।
गन्धर्वराजं क्रीडन्तमप्सरोभिरपश्यत ॥२॥

kadācid reṇukā yātā
gaṅgāyāṁ padma-mālinam
gandharva-rājaṁ krīḍantam
apsarobhir apaśyata

kadācit—一天 / reṇukā—佳玛达格尼的妻子——主帕茹阿舒茹阿玛的母亲 / yātā—去 / gaṅgāyām—到恒河岸边 / padma-mālinam—用一串莲花花环作装饰 / gandharva-rājam—歌仙之王 / krīḍantam—嬉戏 / apsarobhiḥ—与天堂社交女郎一起 / apaśyata—她看到

译文　一天，佳玛达格尼的妻子蕊努卡去恒河取水。她看到歌仙之王佩戴一条莲花花环，与天堂社交女郎们在恒河中嬉戏。

第3节

विलोकयन्ती क्रीडन्तमुदकार्थं नदीं गता ।
होमवेलां न सस्मार किञ्चिच्चित्ररथस्पृहा ॥३॥

vilokayantī krīḍantam
udakārthaṁ nadīṁ gatā
homa-velāṁ na sasmāra
kiñcic citraratha-spṛhā

vilokayantī—在观看之际 / krīḍantam—从事这种活动的歌仙之王 / udaka-artham—为得到一些水 / nadīm—到河流 / gatā—在她去的

时候 / homa-velām－举行火祭的时间 / na sasmāra－不记得 / kiñcit－十分小的 / citraratha－名叫祺陀茹阿塔的歌仙之王的 / spṛhā－想要陪伴

译文 她本是去取恒河水的，但看到歌仙之王祺陀茹阿塔与天堂少女们嬉戏时，对他产生爱慕之情，恍惚间竟忘了火祭的时间。

第 4 节

कालात्ययं तं विलोक्य मुनेः शापविशङ्किता ।
आगत्य कलशं तस्थौ पुरोधाय कृताञ्जलिः ॥ ४ ॥

kālātyayaṁ taṁ vilokya
muneḥ śāpa-viśaṅkitā
āgatya kalaśaṁ tasthau
purodhāya kṛtāñjaliḥ

kāla-atyayam－时间过去了 / tam－那 / vilokya－观察 / muneḥ－大圣人佳玛达格尼的 / śāpa-viśaṅkitā－因为害怕诅咒 / āgatya－返回 / kalaśam－水罐 / tasthau－站立 / purodhāya－放在圣人面前 / kṛta-añjaliḥ－双手合十地

译文 后来，蕊努卡回过神来，想起供奉祭祀的时间已经错过时，很害怕她丈夫诅咒她。所以她返回后只是将水罐放在她丈夫面前，双手合十地站在那里。

第 5 节

व्यभिचारं मुनिर्ज्ञात्वा पत्न्याः प्रकुपितोऽब्रवीत् ।
घ्नतैनां पुत्रकाः पापामित्युक्तास्ते न चक्रिरे ॥ ५ ॥

vyabhicāraṁ munir jñātvā
patnyāḥ prakupito 'bravīt
ghnatainām putrakāḥ pāpām
ity uktās te na cakrire

vyabhicāram－通奸 / muniḥ－大圣人佳玛达格尼 / jñātvā－能明白 / patnyāḥ－他妻子的 / prakupitaḥ－他变得十分生气 / abravīt－他说 / ghnata－杀死 / enām－她 / putrakāḥ－我亲爱的儿子们 / pāpām－罪恶的 / iti uktāh－被如此建议 / te－所有的儿子们 / na－不 / cakrire－执行他的命令

译文 大圣人佳玛达格尼明白他妻子曾在心中与人通奸，因此十分生气，告诉他儿子说：“我亲爱的儿子们，杀了这罪恶的女人！”但他的儿子并没有执行他的命令。

第6节

रामः सञ्चोदितः पित्रा भ्रातॄन्मात्रा सहावधीत् ।
प्रभावज्ञो मुनेः सम्यक्समाधेस्तपसश्च सः ॥ ६ ॥

rāmaḥ sañcoditaḥ pitrā
bhrātṝn mātrā sahāvadhīt
prabhāva-jño muneḥ samyak
samādhes tapasaś ca saḥ

rāmaḥ－主帕茹阿玛舒茹阿玛 / sañcoditaḥ－被鼓励(杀他母亲和兄弟) / pitrā－被他父亲 / bhrātṝn－他所有的兄弟 / mātrā saha－与母亲一起 / avadhīt－立刻杀死 / prabhāva-jñaḥ－了解……的非凡能力 / muneḥ－大圣人的 / samyak－完全 / samādheḥ－靠冥想 / tapasaḥ－通过苦行 / ca－也 / saḥ－他

译文 佳玛达格尼接着又命令他最小的儿子帕茹阿舒茹阿玛，杀死那些违背他命令的哥哥，以及在心中与人通奸的母亲。主帕茹阿舒茹阿玛了解他父亲靠冥想和苦行获得的力量，所以立刻杀了他的母亲和哥哥们。

要旨 梵文“了解……的非凡力量(prabhāva jñaḥ)”一句十分重要。帕茹阿舒茹阿玛了解他父亲的非凡力量，所以同意执行他父亲的命令。他心想：如果他拒绝执行命令，就会受到诅咒；但如果执行了他父亲的命令，他父亲就会满意，那他就要求祝福，使他的母亲和兄弟复活。帕茹阿舒茹阿玛对此坚信不移，因此同意杀死他的母亲和兄弟。

第7节

वरेण च्छन्दयामास प्रीतः सत्यवतीसुतः ।
वव्रे हतानां रामोऽपि जीवितं चास्मृतिं वधे ॥ ७ ॥

vareṇa cchandayām āsa
prītaḥ satyavatī-sutaḥ
vavre hatānāṁ rāmo 'pi
jīvitaṁ cāsmṛtiṁ vadhe

vareṇa cchandayām āsa－请他要求他想要的祝福 / prītaḥ－因为十分满意(对他) / satyavatī-sutaḥ－萨缇亚娃缇的儿子佳玛达格尼 / vavre－说 / hatānām－我死去的母亲和兄弟的 / rāmaḥ－帕茹阿舒茹阿玛 / api－也 / jīvitam－让他们复活 / ca－也 / asmṛtim－不记得 / vadhe－他们被我杀死

译文 萨缇亚娃缇的儿子佳玛达格尼，对帕茹阿舒茹阿玛感到很满意，让帕茹阿舒茹阿玛向他要心中想要的任何祝福。主帕茹阿舒茹阿玛回答说："让我母亲和哥哥复活，而且不记得我杀了他们。这就是我请求的祝福。"

第8节

उत्तस्थुस्ते कुशलिनो निद्रापाय इवाञ्जसा ।
पितुर्विद्वांस्तपोवीर्यं रामश्चक्रे सुहृद्वधम् ॥ ८ ॥

uttasthus te kuśalino
nidrāpāya ivāñjasā
pitur vidvāṁs tapo-vīryaṁ
rāmaś cakre suhṛd-vadham

uttasthuḥ—立刻站起 / te—主帕茹阿舒茹阿玛的母亲和兄弟 / kuśalinaḥ—很高兴地活过来 / nidrā-apāye—酣睡后 / iva—如同 / añjasā—十分快 / pituḥ—他父亲的 / vidvān—因为知道 / tapaḥ—苦修 / vīryam—力量 / rāmaḥ—主帕茹阿舒茹阿玛 / cakre—执行 / suhṛt-vadham—杀死他的家人

译文　那之后，凭佳玛达格尼的祝福，主帕茹阿舒茹阿玛的母亲和哥哥立刻活过来，而且十分快乐，就仿佛酣睡后醒来一样。主帕茹阿舒茹阿玛之所以按他父亲的命令杀死他的亲人，是因为他完全清楚他父亲的力量、苦行和博学。

第 9 节

येऽर्जुनस्य सुता राजन् स्मरन्तः स्वपितुर्वधम् ।
रामवीर्यपराभूता लेभिरे शर्म न क्वचित् ॥ ९ ॥

ye 'rjunasya sutā rājan
smarantaḥ sva-pitur vadham
rāma-vīrya-parābhūtā
lebhire śarma na kvacit

ye—……的那些人 / arjunasya—卡尔塔维尔亚尔诸纳的 / sutāḥ—儿子们 / rājan—帕瑞克西特王啊 / smarantaḥ—始终记得 / sva-pituḥ vadham—他们父亲的被杀(被帕茹阿舒茹阿玛) / rāma-vīrya-parābhūtāḥ—被主帕茹阿舒茹阿玛的更高力量打败 / lebhire—获得 / śarma—快乐 / na—不 / kvacit—任何时候

译文　我亲爱的帕瑞克西特王，被帕茹阿舒茹阿玛的更高力量打败的卡尔塔维尔亚尔诸纳的儿子们，因为总记着他们父亲的被杀而从没有开心过。

要旨　毫无疑问，佳玛达格尼因为苦修而十分强大有力，但只因他可怜的妻子蕊努卡犯下的一点点过错，就命令将她杀死。

这无疑是罪恶活动；为此，就像这节诗里描述的，佳玛达格尼被卡尔塔维尔亚尔诸纳的儿子们杀死。主帕茹阿舒茹阿玛也因为杀死卡尔塔维尔亚尔诸纳而受到罪恶的影响，尽管那不是很严重的罪。正因为如此，无论是卡尔塔维尔亚尔诸纳、主帕茹阿舒茹阿玛、佳玛达格尼或是谁，人必须小心谨慎且聪敏地行事，否则就必然承受罪恶活动之苦。这是我们从韦达文献中得到的教训。

第 10 节

एकदाश्रमतो रामे सभ्रातरि वनं गते ।
वैरं सिषाधयिषवो लब्धच्छिद्रा उपागमन् ॥१०॥

ekadāśramato rāme
sabhrātari vanaṁ gate
vairaṁ siṣādhayiṣavo
labdha-cchidrā upāgaman

ekadā－一天 / āśramataḥ－从佳玛达格尼的住处 / rāme－当主帕茹阿舒茹阿玛……时 / sa-bhrātari－与他兄弟一起 / vanam－进入森林 / gate－去到 / vairam－复仇 / siṣādhayiṣavaḥ－想要实现 / labdha-chidrāḥ－趁机 / upāgaman－他们来到佳玛达格尼的住所附近

译文 一天，当帕茹阿舒茹阿玛与瓦苏曼及其他哥哥离开住所去森林时，卡尔塔维尔亚尔诸纳的儿子们趁机到佳玛达格尼的住所去寻找报仇的机会。

第 11 节

दृष्ट्वाग्न्यागार आसीनमावेशितधियं मुनिम् ।
भगवत्युत्तमश्लोके जघ्नुस्ते पापनिश्चयाः ॥११॥

dṛṣṭvāgny-āgāra āsīnam
āveśita-dhiyaṁ munim
bhagavaty uttamaśloke
jaghnus te pāpa-niścayāḥ

dṛṣṭvā－通过看 / agni-āgāre－在举行火祭的地方 / āsīnam－坐着 / āveśita－全神贯注地 / dhiyam－用心智 / munim－伟大的圣人佳玛达格尼 / bhagavati－像至尊人格首神 / uttama-śloke－受到精选赞美诗的赞美 / jaghnuḥ－杀死 / te－卡尔塔维尔亚尔诸纳的儿子们 / pāpa-niścayāḥ－决心要犯下滔天罪行

译文　卡尔塔维尔亚尔诸纳的儿子们决心要从事罪恶活动，所以当他们看到佳玛达格尼坐在火边执行祭祀，并冥想受到精选赞歌颂扬的至尊人格首神时，他们趁机谋杀了他。

第 12 节

याच्यमानाः कृपणया राममात्रातिदारुणाः ।
प्रसह्य शिर उत्कृत्य निन्युस्ते क्षत्रबन्धवः ॥१२॥

yācyamānāḥ kṛpaṇayā
rāma-mātrātidāruṇāḥ
prasahya śira utkṛtya
ninyus te kṣatra-bandhavaḥ

yācyamānāḥ－被乞求放过她丈夫的性命 / kṛpaṇayā－被可怜的、没受保护的女人 / rāma-mātrā－被主帕茹阿舒茹阿玛的母亲 / ati-dāruṇāḥ－十分残酷地 / prasahya－强行 / śiraḥ－佳玛达格尼的头颅 / utkṛtya－分开 / ninyuḥ－拿走 / te－卡尔塔维尔亚尔诸纳的儿子们 / kṣatra-bandhavaḥ－查锺亚最可憎的儿子但自己不是查锺亚

译文　尽管帕茹阿舒茹阿玛的母亲——佳玛达格尼的妻子蕊努卡，为救自己的丈夫苦苦哀求他们，但卡尔塔维尔亚尔诸纳的儿子因为没有查锺亚的品质，所以十分冷酷，以致根本不理会她的哀求，仍强行割下佳玛达格尼的头颅，将它带走。

第 13 节

रेणुका दुःखशोकार्ता निघ्नन्त्यात्मानमात्मना ।
राम रामेति तातेति विचुक्रोशोच्चकैः सती ॥१३॥

reṇukā duḥkha-śokārtā
nighnanty ātmānam ātmanā
rāma rāmeti tāteti
vicukrośoccakaiḥ satī

reṇukā－佳玛达格尼的妻子蕊努卡 / duḥkha-śoka-artā－因为(她丈夫的死)而悲痛欲绝 / nighnantī－捶打 / ātmānam－她自己的身体 / ātmanā－被她自己 / rāma－帕茹阿舒茹阿玛啊 / rāma－帕茹阿舒茹阿玛啊 / iti－如此 / tāta－我亲爱的儿子啊 / iti－如此 / vicukrośa－开始哭泣 / uccakaiḥ－十分大声地 / satī－最贞节的女人

译文 最贞节的蕊努卡为丈夫的死而悲痛欲绝，用双手捶打着自己的身体大声哭叫道：“噢，茹阿玛！我亲爱的儿子茹阿玛！”

第 14 节

तदुपश्रुत्य दूरस्था हा रामेत्यार्तवत्स्वनम् ।
त्वरयाश्रममासाद्य ददृशुः पितरं हतम् ॥१४॥

tad upaśrutya dūrasthā
hā rāmety ārtavat svanam
tvarayāśramam āsādya
dadṛśuḥ pitaraṁ hatam

tat－蕊努卡的那种哭叫 / upaśrutya－听到 / dūra-sthāḥ－虽然离得很远 / hā rāma－啊，茹阿玛！啊，茹阿玛！ / iti－如此 / ārta-vat－十分难过 / svanam－声音 / tvarayā－急匆匆地 / āśramam－到佳玛达格尼的住所 / āsādya－来到 / dadṛśuḥ－看见 / pitaram－父亲 / hatam－被杀害

译文　尽管佳玛达格尼的儿子们，包括主帕茹阿舒茹阿玛在内，都离家很远，可一旦听到蕊努卡大声呼叫“噢，茹阿玛！我的儿子啊”，他们都匆忙赶回住所，结果看到他们的父亲已经死了。

第 15 节

ते दुःखरोषामर्षार्तिशोकवेगविमोहिताः ।
हा तात साधो धर्मिष्ठ त्यक्त्वास्मान् स्वर्गतो भवान् ॥१५॥

te duḥkha-roṣāmarṣārti-
śoka-vega-vimohitāḥ
hā tāta sādho dharmiṣṭha
tyaktvāsmān svar-gato bhavān

te－佳玛达格尼所有的儿子 / duḥkha－悲痛的 / roṣa－愤怒 / amarṣa－义愤填膺 / ārti－折磨 / śoka－和悲伤 / vega－用强力 / vimohitāḥ－迷惑了 / hā tāta－父亲啊 / sādho－伟大的圣洁之人 / dharmiṣṭha－最虔诚的人 / tyaktvā－离开 / asmān－我们 / svaḥ-gataḥ－去了天堂星球 / bhavān－您

译文　佳玛达格尼的儿子们因为被伤痛、生气、愤慨、苦恼和悲伤所淹没，都哭喊道：“父亲啊！最虔诚、圣洁的人，您离开我们去了天堂！”

第 16 节

विलप्यैवं पितुर्देहं निधाय भ्रातृषु स्वयम् ।
प्रगृह्य परशुं रामः क्षत्रान्ताय मनो दधे ॥१६॥

vilapyaivaṁ pitur dehaṁ
nidhāya bhrātṛṣu svayam
pragṛhya paraśuṁ rāmaḥ
kṣatrāntāya mano dadhe

vilapya－悲伤 / evam－像这 / pituḥ－他父亲的 / deham－身体 / nidhāya－委托 / bhrātṛṣu－他兄弟们的 / svayam－亲自 / pragṛhya－拿 / paraśum－斧头 / rāmaḥ－主帕茹阿舒茹阿玛 / kṣatra-antāya－斩尽杀绝所有的查锤亚 / manaḥ－心、想法 / dadhe－坚定

译文 这样悲伤着，主茹阿玛舒茹阿玛将父亲的遗体委托给哥哥照管，自己则操起斧头，下决心要斩尽杀绝地球上的查锤亚。

第 17 节

गत्वा माहिष्मतीं रामो ब्रह्मघ्नविहतश्रियम् ।
तेषां स शीर्षभी राजन्मध्ये चक्रे महागिरिम् ॥१७॥

gatvā māhiṣmatīṁ rāmo
brahma-ghna-vihata-śriyam
teṣāṁ sa śīrṣabhī rājan
madhye cakre mahā-girim

gatvā－去 / māhiṣmatīm－到名叫玛黑施玛提的地方 / rāmaḥ－主帕茹阿舒茹阿玛 / brahma-ghna－因为杀死一个布茹阿玛纳 / vihata-śriyam－天数已尽、缺乏所有的财富 / teṣām－他们全体的(卡尔塔维尔亚尔诸纳的儿子们和其他查锤亚居民) / saḥ－他——主帕茹阿舒茹阿玛 / śīrṣabhiḥ－通过砍下他们的头颅 / rājan－帕瑞克西特王啊 / madhye－在玛黑施玛提城内 / cakre－使得 / mahā-girim－一座高山

译文 君王啊，主帕茹阿舒茹阿玛随即去到玛黑施玛提这座因为杀害布茹阿玛纳的罪而天数已尽、注定毁灭的城市，在城中央堆起一座人头山，这些人头都是从卡尔塔维尔亚尔诸纳的儿子们身上砍下的。

第18—19节

तद्रक्तेन नदीं घोरामब्रह्मण्यभयावहाम् ।
हेतुं कृत्वा पितृवधं क्षत्रेऽमङ्गलकारिणि ॥१८॥

त्रिःसप्तकृत्वः पृथिवीं कृत्वा निःक्षत्रियां प्रभुः ।
समन्तपञ्चके चक्रे शोणितोदान् ह्रदान्नव ॥१९॥

tad-raktena nadīṁ ghorām
abrahmaṇya-bhayāvahām
hetuṁ kṛtvā pitṛ-vadhaṁ
kṣatre 'maṅgala-kāriṇi

triḥ-sapta-kṛtvaḥ pṛthivīṁ
kṛtvā niḥkṣatriyāṁ prabhuḥ
samanta-pañcake cakre
śoṇitodān hradān nava

tat-raktena—被卡尔塔维尔亚尔诸纳的儿子们的鲜血 / nadīm—一条河流 / ghorām—凶猛的 / abrahmaṇya-bhaya-āvahām—使不尊重布茹阿玛纳文化的君王们害怕 / hetum—原因 / kṛtvā—接受 / pitṛ-va-dham—杀害他父亲 / kṣatre—当整个统治阶层 / amaṅgala-kāriṇi—很不吉祥地活动 / triḥ-sapta-kṛtvaḥ—二十一次 / pṛthivīm—整个世界 / kṛtvā—制造 / niḥkṣatriyām—没有查锤亚王朝 / prabhuḥ—至尊主帕茹阿舒茹阿玛 / samanta-pañcake—在名叫萨曼塔·潘查卡的地方 / ca-kre—他使得 / śoṇita-udān—充满了血而不是水 / hradān—湖泊 / na-va—九个

译文 主帕茹阿舒茹阿玛用这些儿子体内流出的鲜血，开辟了一条使不尊重布茹阿玛纳文化的君王胆战心惊的恐怖之河。由于查锤亚——执政者，从事罪恶活动，主帕茹阿舒茹阿玛以报复谋杀他父亲的凶手为由，从地球表面清除所有的查锤亚共二十一次。事实上，他在萨曼塔·潘查卡一地开辟了九个充满查锤亚鲜血的湖泊。

要旨　帕茹阿舒茹阿玛是至尊人格首神，他永恒的使命是：保护奉献者和消灭罪恶之人(paritrāṇāya sādhūnāṁ vināśāya ca duṣkṛtām)。杀死所有的罪恶之人，是首神化身的任务之一。主帕茹阿舒茹阿玛之所以连续二十一次杀死所有的查锤亚，是因为他们违抗布茹阿玛纳文化。查锤亚杀死他父亲只不过是个借口，真相是：由于统治阶层查锤亚受到污染，他们的状态已经不吉祥了。启示经典，尤其是《博伽梵歌》中教导了布茹阿玛纳文化(cātur-varṇyaṁ mayā sṛṣṭaṁ guṇa-karma-vibhāgaśaḥ)。按照自然法律，无论是在帕茹阿舒茹阿玛时代还是现代，如果政府变得不负责和罪恶，不照顾布茹阿玛纳文化，无疑就会有帕茹阿舒茹阿玛那样的神的化身，以火、饥荒、瘟疫或其他灾难等形式制造毁灭。每当政府不尊重人格首神的最高地位，不能维护社会四阶层和灵性四阶段制度(varṇāśrama-dharma)，它就必将面对像主帕茹阿玛舒茹阿玛在过去的年代中带来的那种灾难。

第20节

पितुः कायेन सन्धाय शिर आदाय बर्हिषि ।
सर्वदेवमयं देवमात्मानमयजन्मखैः ॥२०॥

pituḥ kāyena sandhāya
śira ādāya barhiṣi
sarva-deva-mayaṁ devam
ātmānam ayajan makhaiḥ

pituḥ－他父亲的 / kāyena－与躯体一起 / sandhāya－连接 / śiraḥ－头颅 / ādāya－保持 / barhiṣi－在库沙草上 / sarva-deva-mayam－无所不在的至尊人格首神——全体半神人的主人 / devam－主华苏戴瓦 / ātmānam－作为超灵遍布各处的祂 / ayajat－他朝拜 / makhaiḥ－通过献上祭祀

译文　接着，帕茹阿舒茹阿玛将他父亲的头与尸体相连，将整个身躯和头颅放到库沙草上；随后开始供奉祭祀，崇拜处在全体半神人和众生心中的主华苏戴瓦。

第21—22节

ददौ प्राचीं दिशं होत्रे ब्रह्मणे दक्षिणां दिशम् ।
अध्वर्यवे प्रतीचीं वै उद्गात्रे उत्तरां दिशम् ॥२१॥

अन्येभ्योऽवान्तरदिशः कश्यपाय च मध्यतः ।
आर्यावर्तमुपद्रष्ट्रे सदस्येभ्यस्ततः परम् ॥२२॥

dadau prācīṁ diśaṁ hotre
brahmaṇe dakṣiṇāṁ diśam
adhvaryave pratīcīṁ vai
udgātre uttarāṁ diśam

anyebhyo 'vāntara-diśaḥ
kaśyapāya ca madhyataḥ
āryāvartam upadraṣṭre
sadasyebhyas tataḥ param

dadau—作为一件礼物给予 / prācīm—东边 / diśam—方向 / hotre—向负责献祭的祭司 / brahmaṇe—向主祭司 / dakṣiṇām—南边 / diśam—方向 / adhvaryave—向负责祭祀之火的祭司 / pratīcīm—西边 / vai—事实上 / udgātre—向负责吟诵《萨玛·韦达》赞歌的祭司 / uttarām—北方 / diśam—边 / anyebhyaḥ—向其他 / avāntara-diśaḥ—不同的角落(东北、东南、西北和西南) / kaśyapāya—给喀夏帕·牟尼 / ca—也 / madhyataḥ—中间部分 / āryāvartam—被称为阿尔亚瓦尔特的地方 / upadraṣṭre—给聆听并检查曼陀吟诵是否正确的总监督祭司 / sadasyebhyaḥ—给助理祭司们 / tataḥ param—剩下的一切

译文　完成祭祀后，主帕茹阿舒茹阿玛将东方的大地作为礼物，给予负责献祭的祭司，南方的送给主祭司，西方的送给负责祭祀之火的祭司，北方的送给负责吟诵《萨玛·韦

达》中赞歌的祭司，将东北、东南、西北和西南方这四个角，送给其他祭司。他将中间的大地送给喀夏帕，名叫阿尔亚瓦尔特的地方送给负责聆听并检查曼陀吟诵是否正确的总监督祭司，并把剩下的一切分发给助理祭司们。

要旨 介于喜马拉雅山脉和温迪亚山丘之间的印度辽阔的大地，被称为阿尔亚瓦尔特(Āryāvarta)。

第23节

ततश्चावभृथस्नानविधूताशेषकिल्बिषः ।
सरस्वत्यां महानद्यां रेजे व्यब्भ्र इवांशुमान् ॥२३॥

tataś cāvabhṛtha-snāna-
vidhūtāśeṣa-kilbiṣaḥ
sarasvatyāṁ mahā-nadyāṁ
reje vyabbhra ivāṁśumān

tataḥ—那之后 / ca—也 / avabhṛtha-snāna—完成祭祀后通过沐浴 / vidhūta—清洗 / aśeṣa—无数的 / kilbiṣaḥ—其罪恶活动的反应 / sarasvatyām—在巨大的萨茹阿斯瓦缇河的岸边上 / mahā-nadyām—印度境内最大的河流之一 / reje—主帕茹阿舒茹阿玛显现 / vyabbhraḥ—无云的 / iva aṁśumān—如同太阳

译文 完成祭祀仪式后，主帕茹阿舒茹阿玛在萨茹阿斯瓦缇河中沐浴。洗净一切罪恶后，主帕茹阿舒茹阿玛站在萨茹阿斯瓦缇河岸边，显得像是万里无云晴空中的太阳。

要旨 正如《博伽梵歌》第3章的第9节诗中说明："应该把活动当祭祀奉献给维施努，否则活动就会把人捆绑在物质世界里(yajñārthāt karmaṇo 'nyatra loko 'yaṁ karma-bandhanaḥ)。"其中"被活动所束缚(karma-bandhanaḥ)"一句，是指一个接一个重复地接受物质躯体。这种生死轮回是生命的根本问题。正因为如此，人受到忠告要以祭祀的形式，为取悦主维施努而工作。就连作为至尊人格首神的一个化身的主帕茹阿舒茹阿玛，都不得不为罪恶活动负责。这个物质世界里的人无论多么谨慎，都必定会从事某些罪恶活动，尽管那并非是他们有意所为。例如：一个人在街上走路时就会踩死许多蚂蚁和其他昆虫，在不知情的情况下杀死许多生物体。为此，韦达文献中谈到，人必须执行五种祭祀(pañca-yajña)。然而，在这个喀历年代中，经典对人民大众作出很大的让步，即：告诉我们可以崇拜奎师那隐藏起真实身份的化身——主柴坦亚(yajñaiḥ saṅkīrtana-prāyair yajanti hi sumedhasaḥ)。祂虽然是奎师那本人，但却总在吟唱哈瑞·奎师那并传播奎师那意识(kṛṣṇa-varṇaṁ tviṣākṛṣṇam)。经典推荐人们通过集体歌唱神的圣名祭祀(saṅkīrtana-yajña)，崇拜这位化身。举行集体歌唱神的圣名祭祀，是给人类社会的特许，以拯救人们免遭在知情或不知情的情况下从事罪恶活动的报应。我们被无数的罪恶包围着，所以必须发展奎师那意识，吟诵、吟唱哈瑞·奎师那这一伟大的赞歌。

第 24 节

स्वदेहं जमदग्निस्तु लब्ध्वा संज्ञानलक्षणम् ।
ऋषीणां मण्डले सोऽभूत्सप्तमो रामपूजितः ॥२४॥

sva-dehaṁ jamadagnis tu
　labdhvā saṁjñāna-lakṣaṇam
ṛṣīṇāṁ maṇḍale so 'bhūt
　saptamo rāma-pūjitaḥ

sva-deham—他自己的身体 / jamadagniḥ—伟大的圣人佳玛达格尼 / tu—但是 / labdhvā—恢复 / saṁjñāna-lakṣaṇam—展现生命、知识和记忆的全部征象 / ṛṣīṇām—伟大的圣人的 / maṇḍale—在七星群中 / saḥ—他(佳玛达格尼) / abhūt—后来成为 / saptamah—第七个 / rāma-pūjitaḥ—因为受到主帕茹阿舒茹阿玛的崇拜

译文 佳玛达格尼受到主帕茹阿舒茹阿玛的崇拜后，记忆清晰地复活了。他成为七星群组中的七位圣人之一。

要旨 在天空最高处围绕着北极星的，是北斗七星(saptarṣi-maṇḍala)。从我们地球星系的角度看处在最高处的这七颗星中，居住着七位圣人，他们分别是：喀夏帕(Kaśyapa)、阿特瑞(Atri)、瓦希施塔(Vasiṣṭha)、维施瓦弥陀(Viśvāmitra)、高塔玛(Gautama)、佳玛达格尼(Jamadagni)和巴尔杜瓦佳(Bharadvāja)。我们每天夜晚都能看到这七颗星，他们在二十四小时内围绕北极星转一圈。与这七颗星在一起的还有其他星星也从东到西地环绕运行。宇宙的上部被称为北，下部被称为南。即使在我们的日常生活中，我们在研究地图时也会把地图的上部当做北方。

第 25 节

जामदग्न्योऽपि भगवान् रामः कमललोचनः ।
आगामिन्यन्तरे राजन् वर्तयिष्यति वै बृहत् ॥२५॥

jāmadagnyo 'pi bhagavān
rāmaḥ kamala-locanaḥ
āgāminy antare rājan
vartayiṣyati vai bṛhat

jāmadagnyaḥ—佳玛达格尼的儿子 / api—也 / bhagavān—人格首神 / rāmaḥ—主帕茹阿舒茹阿玛 / kamala-locanaḥ—其眼睛如同莲花瓣 / āgāmini—来到 / antare—在一个玛努统治期内 / rājan—帕瑞克西特王啊 / vartayiṣyati—将传播 / vai—事实上 / bṛhat—韦达知识

译文 我亲爱的帕瑞克西特王，在下一个玛努统治期间，佳玛达格尼的儿子、眼如莲花瓣的人格首神——主帕茹阿舒茹阿玛，将是韦达知识的非凡传播者。换句话说，他将成为七圣人之一。

第 26 节

आस्तेऽद्यापि महेन्द्राद्रौ न्यस्तदण्डः प्रशान्तधीः ।
उपगीयमानचरितः सिद्धगन्धर्वचारणैः ॥२६॥

āste 'dyāpi mahendrādrau
nyasta-daṇḍaḥ praśānta-dhīḥ
upagīyamāna-caritaḥ
siddha-gandharva-cāraṇaiḥ

āste－仍然存在 / adya api－甚至现在 / mahendra-adrau－在名叫玛汉铎的山寨内 / nyasta-daṇḍaḥ－丢弃了查锤亚所用的武器(弓箭和斧头) / praśānta－现在作为布茹阿玛纳而感到心满意足 / dhīḥ－用这样的智慧 / upagīyamāna-caritaḥ－因为崇高的品质和活动而受到崇拜及敬重 / siddha-gandharva-cāraṇaiḥ－被歌仙星球、神秘仙星球和查冉纳星球上的天堂居民

译文　主帕茹阿舒茹阿玛至今仍作为一名有智慧的布茹阿玛纳，住在名叫玛汉铎的山寨中。他心满意足，放弃了查锤亚用的全部的武器。他一直受到崇拜；神秘仙、查冉纳和歌仙等天堂生物体都崇拜他，向他献上祈祷，赞美他崇高的品质和活动。

第 27 节

एवं भृगुषु विश्वात्मा भगवान् हरिरीश्वरः ।
अवतीर्य परं भारं भुवोऽहन् बहुशो नृपान् ॥२७॥

evaṁ bhṛguṣu viśvātmā
bhagavān harir īśvaraḥ
avatīrya paraṁ bhāraṁ
bhuvo 'han bahuśo nṛpān

evaṁ－就这样 / bhṛguṣu－在布瑞古的王朝中 / viśva-ātmā－宇宙的灵魂——超灵 / bhagavān－至尊人格首神 / hariḥ－至尊主 / īśvaraḥ—至尊控制者 / avatīrya—作为一个化身显现 / param—伟大的 / bhāram—重担 / bhuvaḥ—世界的 / ahan—杀死 / bahuśaḥ—多次 / nṛpān—君王们

译文 就这样，至尊灵魂、至尊人格首神、至尊主、至尊控制者，化身降临在布瑞古王朝，通过多次杀戮不值得要的君王，减轻宇宙的负担。

第28节

गाधेरभून्महातेजाः समिद्ध इव पावकः ।
तपसा क्षात्रमुत्सृज्य यो लेभे ब्रह्मवर्चसम् ॥२८॥

gādher abhūn mahā-tejāḥ
samiddha iva pāvakaḥ
tapasā kṣātram utsṛjya
yo lebhe brahma-varcasam

gādheḥ—从嘎迪王 / abhūt—诞生 / mahā-tejāḥ—十分强大有力 / samiddhaḥ—燃烧的 / iva—如同 / pāvakaḥ—火焰 / tapasā—靠苦修 / kṣātram—查锤亚的状态和地位 / utsṛjya—放弃 / yaḥ—……的(维施瓦弥陀) / lebhe—获得 / brahma-varcasam—布茹阿玛纳的品质

译文 嘎迪王的儿子维施瓦弥陀如火焰般强大。靠苦修，他从查锤亚跃升为强大的布茹阿玛纳。

要旨 舒卡戴瓦·哥斯瓦米在讲述了主帕茹阿舒茹阿玛的历史后，现在开始讲述维施瓦弥陀的历史。从帕茹阿舒茹阿玛的历史中，我们可以明白，帕茹阿舒茹阿玛虽然属于布茹阿玛纳团体，但却根据当时的情况做了查锤亚的工作。他完成查锤亚的工作后，就再次成为布茹阿玛纳，返回玛汉铎山。我们同样可以看到，维施瓦弥陀虽然出生在查锤亚的家庭，但靠苦修达到了布茹阿玛纳的状态和地位。这些历史事实都证实启示经典的说明，即：通过得到不同阶层需要的不同品质，布茹阿玛纳(brāhmaṇa)可以变成查锤亚(kṣatriya)，查锤亚也可以成为布茹阿玛纳或外夏(vai-śya)，外夏也可以成为布茹阿玛纳。人的地位并不取决于出生。正如《圣典博伽瓦谭》(Śrīmad-Bhāgavatam)第7篇第11章的第35节诗记载，纳茹阿达(Nārada)证实说：

yasya yal lakṣaṇaṁ proktaṁ
puṁso varṇābhivyañjakam
yad anyatrāpi dṛśyeta
tat tenaiva vinirdiśet

"如果有人展现出上述布茹阿玛纳、查锤亚、外夏和庶铎的特征，哪怕他出现在与他展现的特征不符的阶层，也应该按照他所展现的阶层特征接受他。"要了解谁是布茹阿玛纳，谁是查锤亚，人必须考虑一个人的品质和工作。如果所有不具资格的庶铎变成所谓的布茹阿玛纳和查锤亚，社会秩序就将无法维持。如此就会造成不一致，人类社会将转变为动物社会，全世界将变得如地狱一般。

第 29 节

विश्वामित्रस्य चैवासन् पुत्रा एकशतं नृप ।
मध्यमस्तु मधुच्छन्दा मधुच्छन्दस एव ते ॥२९॥

viśvāmitrasya caivāsan
putrā eka-śataṁ nṛpa
madhyamas tu madhucchandā
madhucchandasa eva te

viśvāmitrasya－维施瓦弥陀的 / ca－也 / eva－事实上 / āsan－有 / putrāḥ－儿子们 / eka-śatam－一百零一个 / nṛpa－帕瑞克西特王啊 / madhyamaḥ－中间的一个 / tu－事实上 / madhucchandāḥ－名叫

玛杜禅达 / madhucchandasaḥ－玛杜禅达们 / eva－事实上 / te－他们全体

译文 帕瑞克西特王啊！维施瓦弥陀有一百零一个儿子，其中中间的一个名叫玛杜禅达，其他所有的儿子都因为与他有关而被世人统称为玛杜禅达们。

要旨 就有关这一点，圣维施瓦纳特·查夸瓦尔提·塔库尔(Viśvanātha Cakravartī Ṭhākura)引述韦达经的说明："维施瓦弥陀有一百零一个儿子。五十个比玛杜禅达年长，五十个比他年轻(tasya ha viśvāmitrasyaika-śataṁ putrā āsuḥ pañcāśad eva jyāyāṁso madhucchanda-saḥ pañcāśat kanīyāṁsaḥ)。"

第30节

पुत्रं कृत्वा शुनःशेफं देवरातं च भार्गवम् ।
आजीगर्तं सुतानाह ज्येष्ठ एष प्रकल्प्यताम् ॥३०॥

putraṁ kṛtvā śunaḥśephaṁ
devarātaṁ ca bhārgavam
ājīgartaṁ sutān āha
jyeṣṭha eṣa prakalpyatām

putram－一个儿子 / kṛtvā－接受 / śunaḥśepham－名叫舒纳瑟帕 / devarātam－戴瓦茹阿塔——其生命由半神人拯救 / ca－也 / bhārgavam－出生在布瑞古王朝中 / ājīgartam－阿吉嘎尔塔的儿子 / sutān－对他自己的儿子 / āha－命令 / jyeṣṭhaḥ－最年长的 / eṣaḥ－舒纳瑟帕 / prakalpyatām－如此接受

译文 维施瓦弥陀将阿吉嘎尔塔生的一个儿子舒纳瑟帕，接受为是自己的儿子；舒纳瑟帕出生在布瑞古王朝中，又被称为戴瓦茹阿塔。维施瓦弥陀命令他的儿子将舒纳瑟帕视为他们的兄长。

第 31 节

योो वै हरिश्चन्द्रमखे विक्रीतः पुरुषः पशुः ।
स्तुत्वा देवान् प्रजेशादीन्मुमुचे पाशबन्धनात् ॥३१॥

yo vai hariścandra-makhe
vikrītaḥ puruṣaḥ paśuḥ
stutvā devān prajeśādīn
mumuce pāśa-bandhanāt

yaḥ－他(舒纳瑟帕) / vai－事实上 / hariścandra-makhe－在哈瑞施禅铎王进行的祭祀中 / vikrītaḥ－被卖 / puruṣaḥ－人 / paśuḥ－祭祀动物 / stutvā－献上祈祷 / devān－对半神人 / prajā-īśa-ādīn－以主布茹阿玛为首 / mumuce－被释放 / pāśa-bandhanāt－从像绑动物的绳子中

译文　舒纳瑟帕的父亲将他卖给哈瑞施禅铎王，作为祭祀中被献祭的人。当舒纳瑟帕被带到祭祀场时，他祈求半神人释放他，以布茹阿玛为首的半神人仁慈地释放了他。

要旨　这节诗是对舒纳瑟帕(Śunaḥśepha)的描述。当哈瑞施禅铎该献祭他儿子柔黑塔时，柔黑塔为了救自己的命而从舒纳瑟帕的父亲那里买下舒纳瑟帕，以便在祭祀中献祭他。舒纳瑟帕之所以被卖给哈瑞施禅铎王，是因为他是中间的儿子，介于最年长和最年轻的之间。看起来在很久以前，就有将人当动物献祭的事。

第 32 节

यो रातो देवयजने देवैर्गाधिषु तापसः ।
देवरात इति ख्यातः शुनःशेफस्तु गार्गवः ॥३२॥

yo rāto deva-yajane
devair gādhiṣu tāpasaḥ

deva-rāta iti khyātaḥ
śunaḥśephas tu bhārgavaḥ

yaḥ—他(舒纳瑟帕) / rātaḥ—被保护 / deva-yajane—在崇拜半神人的祭祀场 / devaiḥ—被同样的半神人 / gādhiṣu—在嘎迪的王朝中 / tāpasaḥ—在灵性生活中取得进步 / deva-rātaḥ—受到半神人的保护 / iti—如此 / khyātaḥ—著名的 / śunaḥśephaḥ tu—以及舒纳瑟帕 / bhārgavaḥ—在布瑞古王朝中

译文 舒纳瑟帕出生在布瑞古王朝，具有高度的灵性觉悟，所以参加祭祀的半神人保护他。因此，他也以嘎迪的后代戴瓦茹阿塔闻名于世。

第 33 节

ये मधुच्छन्दसो ज्येष्ठाः कुशलं मेनिरे न तत् ।
अशपत्तान्मुनिः क्रुद्धो म्लेच्छा भवत दुर्जनाः ॥३३॥

ye madhucchandaso jyeṣṭhāḥ
kuśalaṁ menire na tat
aśapat tān muniḥ kruddho
mlecchā bhavata durjanāḥ

ye—……的那些 / madhucchandasaḥ—维施瓦弥陀那些以玛杜禅达著称的儿子们 / jyeṣṭhāḥ—最年长 / kuśalam—非常好 / menire—接受 / na—不 / tat—那(接受他当哥哥的提议) / aśapat—诅咒 / tān—所有的儿子 / muniḥ—维施瓦弥陀 · 牟尼 / kruddhaḥ—因为愤怒 / mle-cchāḥ—违反韦达原则 / bhavata—你们都变成 / durjanāḥ—十分糟糕的儿子

译文 维施瓦弥陀的前五十个玛杜禅达儿子，不同意他们父亲的要求——接受舒纳瑟帕为他们的哥哥。因此，维施瓦弥陀愤怒地诅咒他们说：“你们所有这些不孝之子都会成为食肉者，违反韦达文化的原则。”

要旨　韦达文献中有摩累查(mleccha)和亚瓦纳(yavana)等名字。摩累查被理解为是不遵守韦达原则的人。在以前的年代，只有较少数的人是摩累查，维施瓦弥陀·牟尼诅咒他儿子成为摩累查。但如今在喀历年代中，根本不需要诅咒，因为人们自然就是摩累查。现在只是喀历年代的开始；到喀历年代结束时，整个人类都将是摩累查，因为根本没人会遵守韦达原则。那时，至尊主的考克依(Kalki)化身将显现。祂将用祂的宝刀不加选择地杀死所有的摩累查(mleccha-nivaha-nidhane kalayasi kara-bālam)。

第 34 节

स होवाच मधुच्छन्दाः सार्धं पञ्चाशता ततः ।
यन्नो भवान् सञ्जानीते तस्मिंस्तिष्ठामहे वयम् ॥३४॥

sa hovāca madhucchandāḥ
sārdhaṁ pañcāśatā tataḥ
yan no bhavān sañjānīte
tasmiṁs tiṣṭhāmahe vayam

saḥ—维施瓦弥陀的中间的儿子 / ha—事实上 / uvāca—说 / madhucchandāḥ—玛杜禅达 / sārdham—与……一起 / pañcāśatā—被称为玛杜禅达们的第二组五十个儿子 / tataḥ—前面一半的儿子被如此诅咒后 / yat—什么 / naḥ—对我们 / bhavān—父亲啊 / sañjānīte—按您的愿望 / tasmin—在……之中 / tiṣṭhāmahe—应该保持 / vayam—我们全体

译文　看到年长的玛杜禅达们受到诅咒，年轻的五十个玛杜禅达与玛杜禅达本人一起去找他们的父亲，同意他的提议说：“亲爱的父亲，我们将按您的吩咐做。”

第 35 节

ज्येष्ठं मन्त्रदृशं चक्रुस्त्वामन्वञ्चो वयं स्म हि ।
विश्वामित्रः सुतानाह वीरवन्तो भविष्यथ ।
ये मानं मेऽनुगृह्णन्तो वीरवन्तमकर्त माम् ॥३५॥

jyeṣṭhaṁ mantra-dṛśaṁ cakrus
tvām anvañco vayaṁ sma hi
viśvāmitraḥ sutān āha
vīravanto bhaviṣyatha
ye mānaṁ me 'nugṛhṇanto
vīravantam akarta mām

jyeṣṭham－最年长的 / mantra-dṛśam－曼陀的知悉者 / cakruḥ－他们接受 / tvām－你 / anvañcaḥ－同意听从 / vayam－我们 / sma－事实上 / hi－无疑地 / viśvāmitraḥ－伟大的圣人维施瓦弥陀 / sutān－对服从的儿子们 / āha－说 / vīra-vantaḥ－儿子们的父亲 / bhaviṣyatha－今后成为 / ye－……的你们全体 / mānam－尊敬 / me－我的 / anu-gṛhṇantaḥ－接受 / vīra-vantam－孝顺儿子的父亲 / akarta－你们使得 / mām－我

译文 就这样，年轻的玛杜禅达们将舒纳瑟帕视为他们最年长的哥哥，告诉他说："我们将听从你的命令。"维施瓦弥陀于是对服从他的儿子们说："你们接受舒纳瑟帕为你们的哥哥，使我感到很满意。你们通过服从我的命令使我成为一个生了有价值的儿子的父亲，因此我祝福你们全体也能成为有儿子的父亲。"

要旨 在一百个零一个儿子中，有一半不接受舒纳瑟帕为他们的哥哥，违背了维施瓦弥陀的命令，但另一半接受了他的命令。因此，父亲祝福那些服从的儿子今后成为有儿子的父亲。否则他们也会被诅咒成为没儿子的摩累查。

第 36 节

एष वः कुशिका वीरो देवरातस्तमन्वित ।
अन्ये चाष्टकहारीतजयक्रतुमदादयः ॥३६॥

eṣa vaḥ kuśikā vīro
devarātas tam anvita
anye cāṣṭaka-hārīta-
jaya-kratumad-ādayaḥ

eṣaḥ－这(舒纳瑟帕) / vaḥ－像你 / kuśikāḥ－库希卡啊 / vīraḥ－我的儿子 / devarātaḥ－他被称为戴瓦茹阿塔 / tam－他 / anvita－请服从 / anye－其他人 / ca－也 / aṣṭaka－阿施塔卡 / hārīta－哈瑞塔 / jaya－佳亚 / kratumat－夸图曼 / ādayaḥ－和其他人

译文 维施瓦弥陀说："库希卡们(考希卡的后代)啊！这位戴瓦茹阿塔是我儿子，是你们中的一员。请听从他的命令。"帕瑞克西特王啊！维施瓦弥陀还有阿施塔卡、哈瑞塔、佳亚和夸图曼等许多其他的儿子。

第 37 节

एवं कौशिकगोत्रं तु विश्वामित्रैः पृथग्विधम् ।
प्रवरान्तरमापन्नं तद्धि चैवं प्रकल्पितम् ॥३७॥

evaṁ kauśika-gotraṁ tu
viśvāmitraiḥ pṛthag-vidham
pravarāntaram āpannaṁ
tad dhi caivaṁ prakalpitam

evam－就这样(有些儿子受到诅咒，有些则得到祝福) / kauśika-gotram－考希卡的王朝 / tu－事实上 / viśvāmitraiḥ－被维施瓦弥陀的儿子们 / pṛthak-vidham－各种各样的 / pravara-antaram－彼此不同 / āpannam－得到 / tat－那 / hi－事实上 / ca－也 / evam－如此 / pra-kalpitam－查明

译文　维施瓦弥陀诅咒他的一些儿子，同时祝福另一些；他还收养了一个儿子。因此在考希卡王朝中有各种人，但在所有那些儿子中，戴瓦茹阿塔被视为是长子。

到此为止，结束了巴克提韦丹塔对《圣典博伽瓦谭》第9篇的第16章——“主帕茹阿舒茹阿玛摧毁世界统治阶层”所作的阐释。

第十七章

菩茹尔瓦儿子的后代

菩茹尔瓦(Purūravā)的长子阿尤(Āyu)有五个儿子，这一章介绍的是以克沙陀维达(Kṣatravṛddha)为开始的、他们中的四个人的王朝。

菩茹尔瓦的儿子阿尤有五个儿子，分别名叫纳胡沙(Nahuṣa)、克沙陀维达(Kṣatravṛddha)、茹阿吉(Rajī)、茹阿巴(Rābha)和阿内纳(Anenā)。克沙陀维达的儿子是苏厚陀(Suhotra)，苏厚陀生了三个儿子，他们是喀夏(Kāśya)、库沙(Kuśa)和贵特萨玛达(Gṛtsamada)。贵特萨玛达的儿子名叫舒纳卡(Śunaka)，舒纳卡生子绍纳卡(Śaunaka)。喀夏(Kāśya)生子喀希(Kāśi)，喀希的儿子和孙子依次为茹阿施陀(Rāṣṭra)、迪尔嘎塔玛(Dīrghatama)，接着是丹万塔瑞(Dhanvantari)。丹万塔瑞是医药学的开创者，是至尊人格首神华苏戴瓦(Vāsudeva)的一个赋予了能量的化身(śaktyāveśa)。丹万塔瑞的后代是凯图曼(Ketumān)、彼玛茹阿塔(Bhīmaratha)、迪沃达斯(Divodāsa)和丢曼(Dyumān)；丢曼又被称为帕塔尔丹(Pratardana)、沙特茹吉特(Śatrujit)、瓦特萨(Vatsa)、瑞塔德瓦佳(Ṛtadhvaja)和库瓦拉亚施瓦(Kuvalayāśva)。丢曼的儿子是统治世界很长时间的阿拉尔卡(Alarka)。阿拉尔卡王朝中的子孙后代依次是，桑塔提(Santati)、苏尼塔(Sunītha)、尼凯塔纳(Niketana)、达尔玛凯图(Dharmaketu)、萨提亚凯图(Satyaketu)、兑施塔凯图(Dhṛṣṭaketu)、苏库玛尔(Sukumāra)、维提厚陀(Vītihotra)、巴尔嘎(Bharga)和巴尔嘎布弥(Bhārgabhūmi)。他们都属于克沙陀维达的后代喀希王朝的成员。

茹阿巴的儿子是茹阿巴萨(Rabhasa)，茹阿巴萨生了刚毕尔(Gambhīra)、阿克瑞亚(Akriya)、布茹阿玛维特(Brahmavit)。阿内纳(Anenā)生了舒达(Śuddha)，舒达的儿子是舒祺(Śuci)。舒祺的儿子名叫祺陀奎特(Citrakṛt)，祺陀奎特生子商塔茹阿佳(Śāntaraja)。茹阿吉(Rajī)有五百个儿子，各个具有非凡的力量。茹阿吉本人十分强大，主因铎(Indra)将天堂王国给了他。茹阿吉死后，当茹阿吉的儿子拒绝将王国还给因铎时，毕尔哈斯帕提(Bṛhaspati)安排让他们失去智慧，使主因铎能够战胜他们。

克沙陀维达的孙子库沙生子帕提(Prati)。帕提的儿子是桑佳亚(Sañjaya)，桑佳亚的儿子名叫佳亚(Jaya)。佳亚生子奎塔(Kṛta)，奎塔的儿子是哈尔亚巴拉(Haryabala)。哈尔亚巴拉的儿子名叫萨哈戴瓦(Sahadeva)，萨哈戴瓦生子黑纳(Hīna)。黑纳的儿子是佳亚森纳(Jayasena)，佳亚森纳是桑奎提(Saṅkṛti)的父亲。桑奎提的儿子名叫佳亚(Jaya)。

第1—3节

श्रीबादरायणिरुवाच
यः पुरूरवसः पुत्र आयुस्तस्याभवन् सुताः ।
नहुषः क्षत्रवृद्धश्च रजी राभश्च वीर्यवान् ॥ १ ॥

अनेना इति राजेन्द्र शृणु क्षत्रवृधोऽन्वयम् ।
क्षत्रवृद्धसुतस्यासन् सुहोत्रस्यात्मजास्त्रयः ॥ २ ॥

काश्यः कुशो गृत्समद इति गृत्समदादभूत् ।
शुनकः शौनको यस्य बह्वृचप्रवरो मुनिः ॥ ३ ॥

śrī-bādarāyaṇir uvāca
yaḥ purūravasaḥ putra
āyus tasyābhavan sutāḥ
nahuṣaḥ kṣatravṛddhaś ca
rajī rābhaś ca vīryavān

anenā iti rājendra
śṛṇu kṣatravṛdho 'nvayam
kṣatravṛddha-sutasyāsan
suhotrasyātmajās trayaḥ

kāśyaḥ kuśo gṛtsamada
iti gṛtsamadād abhūt
śunakaḥ śaunako yasya
bahvṛca-pravaro muniḥ

śrī-bādarāyaṇiḥ uvāca—圣舒卡戴瓦·哥斯瓦米说 / yaḥ—……的人 / purūravasaḥ—菩茹尔瓦的 / putraḥ—儿子 / āyuḥ—他名叫阿尤 / tasya—他的 / abhavan—曾有 / sutāḥ—儿子们 / nahuṣaḥ—纳胡沙 / kṣatravṛddhaḥ ca—和克沙陀维达 / rajī—茹阿吉 / rābhaḥ—茹阿巴 / ca—和 / vīryavān—十分强大 / anenāḥ—阿内纳 / iti—如此 / rāja-indra—帕瑞克西特王啊 / śṛṇu—请听我说 / kṣatravṛdhaḥ—克沙陀维达的 / anvayam—王朝 / kṣatravṛddha—克沙陀维达的 / sutasya—儿子的 / āsan—曾有 / suhotrasya—苏厚陀的 / ātmajāḥ—儿子们 / trayaḥ—三个 / kāśyaḥ—喀夏 / kuśaḥ—库沙 / gṛtsamadaḥ—贵特萨玛达 / iti—如此 / gṛtsamadāt—从贵特萨玛达 / abhūt—曾有 / śunakaḥ—舒纳卡 / śaunakaḥ—绍纳卡 / yasya—(舒纳卡)的 / bahu-ṛca-pravaraḥ—最精通《瑞歌·韦达》的人 / muniḥ—伟大的圣洁之人

译文　舒卡戴瓦·哥斯瓦米说：菩茹尔瓦生子阿尤，阿尤那些十分强有力的儿子分别是纳胡沙、克沙陀维达、茹阿吉、茹阿巴和阿内纳。帕瑞克西特王啊！现在听我讲克沙陀维达的王朝。克沙陀维达的儿子是苏厚陀，苏厚陀有三个儿子，分别名叫喀夏、库沙和贵特萨玛达。贵塔萨玛达生了舒纳卡，舒纳卡的儿子名叫绍纳卡。绍纳卡是伟大的圣洁之人、最优秀的《瑞歌·韦达》专家。

第4节

काश्यस्य काशिस्तत्पुत्रो राष्ट्रो दीर्घतमःपिता ।
धन्वन्तरिर्दीर्घतमस आयुर्वेदप्रवर्तकः ।
यज्ञभुग्वासुदेवांशः स्मृतमात्रार्तिनाशनः ॥ ४ ॥

kāśyasya kāśis tat-putro
rāṣṭro dīrghatamaḥ-pitā
dhanvantarir dīrghatamasa
āyur-veda-pravartakaḥ
yajña-bhug vāsudevāṁśaḥ
smṛta-mātrārti-nāśanaḥ

kāśyasya－喀夏的 / kāśiḥ－喀希 / tat-putraḥ－他儿子 / rāṣṭraḥ－茹阿施陀 / dīrghatamaḥ-pitā－他成为迪尔嘎塔玛的父亲 / dhanvantariḥ－丹万塔瑞 / dīrghatamasaḥ－从迪尔嘎塔玛 / āyuḥ-veda-pravartakaḥ－《阿尤尔·韦达》医学的创始人 / yajña-bhuk－祭祀结果的享受者 / vāsudeva-aṁśaḥ－主华苏戴瓦的化身 / smṛta-mātra－如果记住他 / ārti-nāśanaḥ－立刻击败所有的疾病

译文 喀夏的儿子名叫喀希，喀希的儿子是茹阿施陀，也就是迪尔嘎塔玛的父亲。迪尔嘎塔玛有个名叫丹万塔瑞的儿子，他是祭祀结果之享受者主华苏戴瓦的一个化身——医药学的创始人。铭记丹万塔瑞圣名的人，能去除所有的疾病。

第5节

तत्पुत्रः केतुमानस्य जज्ञे भीमरथस्ततः ।
दिवोदासो द्युमांस्तस्मात्प्रतर्दन इति स्मृतः ॥५॥

tat-putraḥ ketumān asya
jajñe bhīmarathas tataḥ
divodāso dyumāṁs tasmāt
pratardana iti smṛtaḥ

tat-putraḥ－他儿子(丹万塔瑞的儿子) / ketumān－凯图曼 / asya－他的 / jajñe－出生 / bhīmarathaḥ－名叫彼玛茹阿塔的儿子 / tataḥ－从他 / divodāsaḥ－名叫迪沃达斯的儿子 / dyumān－丢曼 / tasmāt－从他 / pratardanaḥ－帕塔尔丹 / iti－如此 / smṛtaḥ－知道

译文　丹万塔瑞的儿子是凯图曼，凯图曼生了彼玛茹阿塔。彼玛茹阿塔生子迪沃达斯，迪沃达斯的儿子既被称为丢曼，又被称为帕塔尔丹。

第 6 节

स एव शत्रुजिद्वत्स ऋतध्वज इतीरितः ।
तथा कुवलयाश्वेति प्रोक्तोऽलर्कादयस्ततः ॥ ६ ॥

sa eva śatrujid vatsa
ṛtadhvaja itīritaḥ
tathā kuvalayāśveti
prokto 'larkādayas tataḥ

saḥ—那位丢曼 / eva—事实上 / śatrujit—沙特茹吉特 / vatsaḥ—瓦特萨 / ṛtadhvajaḥ—瑞塔德瓦佳 / iti—这样 / īritaḥ—著名的 / tathā—以及 / kuvalayāśva—库瓦拉亚施瓦 / iti—如此 / proktaḥ—著名的 / alarka-ādayaḥ—阿拉尔卡和其他儿子 / tataḥ—从他

译文　丢曼还被称为沙特茹吉特、瓦特萨、瑞塔德瓦佳和库瓦拉亚施瓦。他生下阿拉尔卡和其他儿子。

第 7 节

षष्टिं वर्षसहस्राणि षष्टिं वर्षशतानि च ।
नालर्कादपरो राजन् बुभुजे मेदिनीं युवा ॥ ७ ॥

ṣaṣṭiṁ varṣa-sahasrāṇi
ṣaṣṭiṁ varṣa-śatāni ca
nālarkād aparo rājan
bubhuje medinīṁ yuvā

ṣaṣṭim—六十 / varṣa-sahasrāṇi—好几千年 / ṣaṣṭim—六十 / varṣa-śatāni—好几百年 / ca—也 / na—不 / alarkāt—除了阿拉尔卡 / aparaḥ—任何其他人 / rājan—帕瑞克西特王啊 / bubhuje—享受 / medinīm—地球表面 / yuvā—作为一个年轻人

译文 我亲爱的帕瑞克西特王，丢曼的儿子阿拉尔卡统治地球达六万六千年之久。没人像他那样，能作为一个年轻人统治地球那么久。

第 8 节

अलर्कात्सन्ततिस्तस्मात्सुनीथोऽथ निकेतनः ।
धर्मकेतुः सुतस्तस्मात्सत्यकेतुरजायत ॥ ८ ॥

alarkāt santatis tasmāt
sunītho 'tha niketanaḥ
dharmaketuḥ sutas tasmāt
satyaketur ajāyata

alarkāt—从阿拉尔卡 / santatiḥ—名叫桑塔提的儿子 / tasmāt—从他 / sunīthaḥ—苏尼塔 / atha—从他 / niketanaḥ—名叫尼凯塔纳的儿子 / dharmaketuḥ—达尔玛凯图 / sutaḥ—一个儿子 / tasmāt—和从达尔玛凯图 / satyaketuḥ—萨提亚凯图 / ajāyata—出生

译文 阿拉尔卡生子桑塔提，桑塔提的儿子是苏尼塔。苏尼塔的儿子名叫尼凯塔纳，尼凯塔纳是达尔玛凯图的父亲。达尔玛凯图生子萨提亚凯图。

第 9 节

धृष्टकेतुस्ततस्तस्मात्सुकुमारः क्षितीश्वरः ।
वीतिहोत्रोऽस्य भर्गोऽतो भार्गभूमिरभून्नृप ॥ ९ ॥

dhṛṣṭaketus tatas tasmāt
sukumāraḥ kṣitīśvaraḥ
vītihotro 'sya bhargo 'to
bhārgabhūmir abhūn nṛpa

dhṛṣṭaketuḥ—兑施塔凯图 / tataḥ—那之后 / tasmāt—从兑施塔凯图 / sukumāraḥ—名叫苏库玛尔的儿子 / kṣiti-īśvaraḥ—整个世界的帝王 / vītihotraḥ—名叫维提厚陀的儿子 / asya—他儿子 / bhargaḥ—巴

尔嘎 / ataḥ－从他 / bhārgabhūmiḥ－名叫巴尔嘎布弥的儿子 / abhūt－生出 / nṛpa－君王啊

译文 帕瑞克西特王啊！萨提亚凯图的儿子是兑施塔凯图，兑施塔凯图生了整个世界的帝王苏库玛尔。苏库玛尔生子维提厚陀，维提厚陀是巴尔嘎的父亲。巴尔嘎的儿子名叫巴尔嘎布弥。

第 10 节

इतीमे काशयो भूपाः क्षत्रवृद्धान्वयायिनः ।
राभस्य रभसः पुत्रो गम्भीरश्चाक्रियस्ततः ॥१०॥

itīme kāśayo bhūpāḥ
kṣatravṛddhānvayāyinaḥ
rābhasya rabhasaḥ putro
gambhīraś cākriyas tataḥ

iti－如此 / ime－他们全体 / kāśayaḥ－出生在喀希的王朝中 / bhūpāḥ－君王们 / kṣatravṛddha-anvaya-āyinaḥ－也在克沙陀维达的王朝中 / rābhasya－从茹阿巴 / rabhasaḥ－茹阿巴萨 / putraḥ－一个儿子 / gambhīraḥ－刚毕尔 / ca－也 / akriyaḥ－阿克瑞亚 / tataḥ－从他

译文 帕瑞克西特王啊！所有这些君王都是喀希的后代，也都被称为克沙陀维达的后代。茹阿巴的儿子是茹阿巴萨，茹阿巴萨生了刚毕尔，刚毕尔的儿子名叫阿克瑞亚。

第 11 节

तद्गोत्रं ब्रह्मविज्जज्ञे शृणु वंशमनेनसः ।
शुद्धस्ततः शुचिस्तस्माच्चित्रकृद्धर्मसारथिः ॥११॥

tad-gotraṁ brahmavij jajñe
śṛṇu vaṁśam anenasaḥ
śuddhas tataḥ śucis tasmāc
citrakṛd dharmasārathiḥ

tat-gotram—阿克瑞亚的后代 / brahmavit—布茹阿玛维特 / jajñe—出生 / śṛṇu—请听我说 / vaṁśam—后代 / anenasaḥ—阿内纳的 / śuddhaḥ—名叫舒达的儿子 / tataḥ—从他 / śuciḥ—舒祺 / tasmāt—从他 / citrakṛt—祺陀奎特 / dharma-sārathiḥ—达尔玛萨茹阿提

译文 君王啊！阿克瑞亚的儿子名为布茹阿玛维特。现在听我介绍阿内纳的后代。阿内纳生了舒达，舒搭的儿子是舒祺。舒祺的儿子名叫达尔玛萨茹阿提，他的另一个名字是祺陀奎特。

第 12 节

ततः शान्तरजो जज्ञे कृतकृत्यः स आत्मवान् ।
रजेः पञ्चशतान्यासन् पुत्राणाममितौजसाम् ॥१२॥

tataḥ śāntarajo jajñe
kṛta-kṛtyaḥ sa ātmavān
rajeḥ pañca-śatāny āsan
putrāṇām amitaujasām

tataḥ—从祺陀奎特 / śāntarajaḥ—名叫商塔茹阿佳的儿子 / jajñe—出生 / kṛta-kṛtyaḥ—举行所有种类的仪式典礼 / saḥ—他 / ātmavān—觉悟了自我的灵魂 / rajeḥ—茹阿吉的 / pañca-śatāni—五百个 / āsan—曾有 / putrāṇām—儿子们 / amita-ojasām—十分强大有力

译文 祺陀奎特生的儿子商塔茹阿佳，是位觉悟了自我的灵魂。他举行所有种类的韦达仪式，因此没有生孩子。茹阿吉有五百个强有力的儿子。

第 13 节

देवैरभ्यर्थितो दैत्यान् हत्वेन्द्रायाददाद्दिवम् ।
इन्द्रस्तस्मै पुनर्दत्त्वा गृहीत्वा चरणौ रजेः ।
आत्मानमर्पयामास प्रह्लादाद्यरिशङ्कितः ॥१३॥

devair abhyarthito daityān
hatvendrāyādadād divam
indras tasmai punar dattvā
gṛhītvā caraṇau rajeḥ
ātmānam arpayām āsa
prahrādādy-ari-śaṅkitaḥ

devaiḥ－被半神人 / abhyarthitaḥ－被要求 / daityān－恶魔们 / hatvā－杀死 / indrāya－天帝因铎的 / adadāt－递送 / divam－天堂王国 / indraḥ－天堂君王 / tasmai－对他——茹阿吉 / punaḥ－再次 / dattvā－返回 / gṛhītvā－俘获 / caraṇau－双脚 / rajeḥ－茹阿吉的 / ātmānam－自我 / arpayām āsa－投靠 / prahrāda-ādi－帕拉德和其他人 / ari-śaṅkitaḥ－因为害怕这样的敌人

译文 应半神人的要求，茹阿吉杀死恶魔，将天堂王国送还给主因铎。但因铎害怕帕拉德那样的恶魔，于是把天堂王国还给茹阿吉，自己投靠在茹阿吉的莲花足旁。

第 14 节

पितर्युपरते पुत्रा याचमानाय नो ददुः ।
त्रिविष्टपं महेन्द्राय यज्ञभागान् समाददुः ॥१४॥

pitary uparate putrā
yācamānāya no daduḥ
triviṣṭapaṁ mahendrāya
yajña-bhāgān samādaduḥ

pitari－当他们的父亲 / uparate－去世 / putrāḥ－儿子们 / yācamānāya－虽然向他们要求 / no－不 / daduḥ－归还 / triviṣṭapam－天堂王国 / mahendrāya－给玛汉铎 / yajña-bhāgān－仪式典礼的分享物 / samādaduḥ－给予

译文 茹阿吉死后，因铎乞求茹阿吉的儿子归还天堂星球。但他们不还，而只是同意归还因铎在祭祀中分享祭品的权利。

要旨 茹阿吉(Rajī)征服了天堂王国，因此当天帝因铎请求茹阿吉的儿子归还它时，他们拒绝了。拒绝的原因是：他们并非从因铎那里得到天堂王国，而是从他们的父亲那里继承了它。他们认为：既然它是他们父亲的遗产，他们为什么该把它还给半神人呢？

第 15 节

गुरुणा हूयमानेऽग्नौ बलभित्तनयान् रजेः ।
अवधीद् भ्रंशितान्मार्गान्न कश्चिदवशेषितः ॥१५॥

guruṇā hūyamāne 'gnau
balabhit tanayān rajeḥ
avadhīd bhraṁśitān mārgān
na kaścid avaśeṣitaḥ

guruṇā－被灵性导师(毕尔哈斯帕提) / hūyamāne agnau－在祭祀之火中供奉祭品时 / balabhit－因铎 / tanayān－儿子们 / rajeḥ－茹阿吉的 / avadhīt－杀死 / bhraṁśitān－坠落 / mārgāt－从道德原则 / na－不 / kaścit－任何人 / avaśeṣitaḥ－继续存活下去

译文 那之后，半神人的灵性导师毕尔哈斯帕提向火中供奉祭品，以使茹阿吉的儿子们不能遵守道德原则。当他们堕落时，主因铎因为他们的堕落而轻易杀死了他们，没有一个人存活下来。

第 16 节

कुशात्प्रतिः क्षात्रवृद्धात्सञ्जयस्तत्सुतो जयः ।
ततः कृतः कृतस्यापि जज्ञे हर्यबलो नृपः ॥१६॥

kuśāt pratiḥ kṣātravṛddhāt
　sañjayas tat-suto jayaḥ
tataḥ kṛtaḥ kṛtasyāpi
　jajñe haryabalo nṛpaḥ

kuśāt—从库沙 / pratiḥ—名叫帕提的儿子 / kṣātravṛddhāt—克沙陀维达的孙子 / sañjayaḥ—名叫桑佳亚的儿子 / tat-sutaḥ—他儿子 / ja-yaḥ—佳亚 / tataḥ—从他 / kṛtaḥ—奎塔 / kṛtasya—从奎塔 / api—以及 / jajñe—出生 / haryabalaḥ—哈尔亚巴拉 / nṛpaḥ—君王

译文　克沙陀维达的孙子库沙生了个儿子帕提。帕提的儿子是桑佳亚，桑佳亚的儿子名叫佳亚。佳亚生子奎塔，奎塔的儿子是哈尔亚巴拉王。

第 17 节

सहदेवस्ततो हीनो जयसेनस्तु तत्सुतः ।
सङ्कृतिस्तस्य च जयः क्षत्रधर्मा महारथः ।
क्षत्रवृद्धान्वया भूपा इमे शृण्वथ नाहुषान् ॥१७॥

sahadevas tato hīno
　jayasenas tu tat-sutaḥ
saṅkṛtis tasya ca jayaḥ
　kṣatra-dharmā mahā-rathaḥ
kṣatravṛddhānvayā bhūpā
　ime śṛṇv atha nāhuṣān

sahadevaḥ—萨哈戴瓦 / tataḥ—从萨哈戴瓦 / hīnaḥ—名叫黑纳的儿子 / jayasenaḥ—佳亚森纳 / tu—也 / tat-sutaḥ—黑纳的儿子 / saṅkṛtiḥ—桑奎提 / tasya—桑奎提的 / ca—也 / jayaḥ—名叫佳亚的儿子 / kṣatra-dharmā—精通查锺亚的职责 / mahā-rathaḥ—非凡有力的儿子 / kṣatravṛddha-anvayāḥ—在克沙陀维达的王朝中 / bhūpāḥ—君王们 / ime—所有这些 / śṛṇu—听我说 / atha—现在 / nāhuṣān—纳胡沙的后代

译文 哈尔亚巴拉的儿子名叫萨哈戴瓦，萨哈戴瓦生子黑纳。黑纳的儿子是佳亚森纳，佳亚森纳是桑奎提的父亲。桑奎提的儿子是强大而又善战的战将佳亚。这些君王都是克沙陀维达王朝的成员。现在让我来给你介绍纳胡沙的王朝。

到此为止，结束了巴克提韦丹塔对《圣典博伽瓦谭》第9篇的第17章——“菩茹尔瓦儿子的后代”所作的阐释。

第十八章

雅亚提王恢复青春

这一章讲述的是纳胡沙(Nahuṣa)的儿子雅亚提(Yayāti)王的历史。在雅亚提的五个儿子中，最小的儿子菩茹(Pūru)接受了雅亚提的老年病弱。

当有六个儿子的纳胡沙被诅咒成为一条蟒蛇后，他的大儿子雅提(Yati)进入弃绝阶层(sannyāsa)，二儿子雅亚提于是被立为君王。在天意的安排下，雅亚提娶了舒夸查尔亚的女儿为妻。尽管舒夸查尔亚是布茹阿玛纳(brāhmaṇa)，而雅亚提是查锤亚(kṣatriya)，但雅亚提还是娶了他女儿。舒夸查尔亚的女儿名叫黛瓦雅妮(Devayānī)，她有个少女朋友名叫莎尔蜜施塔(Śarmiṣṭhā)，是维沙帕尔瓦(Vṛṣaparvā)王的女儿。雅亚提王也娶了莎尔蜜施塔。这段婚姻史是这样的：一天，莎尔蜜施塔在水中与她的数千名少女朋友嬉戏，黛瓦雅妮也在那里。当少女们看到主希瓦(Śiva)与乌玛(Umā)一起骑着他的公牛经过时，立刻穿上她们的衣服，但莎尔蜜施塔错穿了黛瓦雅妮的衣服。黛瓦雅妮十分生气地训斥莎尔蜜施塔，这使莎尔妮施塔也怒火万丈，以指责回应黛瓦雅妮并把她扔进一口井中。碰巧，雅亚提王来到井边喝水，结果发现黛瓦雅妮并救出了她。为此，黛瓦雅妮接受雅亚提王为她的丈夫。那之后，黛瓦雅妮向她父亲大声哭诉莎尔蜜施塔的行为。听了这件事后，舒夸查尔亚怒气冲天，要惩罚莎尔蜜施塔的父亲维沙帕尔瓦。但维沙帕尔瓦通过把莎尔蜜施塔送给黛瓦雅妮当侍女，令舒夸查尔亚感到满意。于是，莎尔蜜施塔作为黛瓦雅妮的侍女，也去了黛瓦雅妮的丈夫家。当莎尔蜜施塔发现她朋友黛瓦雅妮有了一个儿子时，也想有个儿子，因此在适合怀孕的时候去要求雅亚提与她发生性关系。当莎尔蜜施塔也怀孕时，黛瓦雅妮十分忌妒。在盛怒之下，她立刻离开丈夫家，去向她父亲告状。舒夸查尔亚再次动怒，诅咒雅亚提立刻变老，但雅亚提乞求舒夸查尔亚同情他，舒夸查尔亚于是祝福他可以用他的老年和病弱与某个年轻人作交换。雅亚提用他的老年与他最小的儿子菩茹的青春作了交换，因而能够与年轻的女子享乐。

第 1 节

श्रीशुक उवाच
यतिर्ययातिः संयातिरायतिर्वियतिः कृतिः ।
षडिमे नहुषस्यासन्निन्द्रियाणीव देहिनः ॥१॥

śrī-śuka uvāca
yatir yayātiḥ saṁyātir
āyatir viyatiḥ kṛtiḥ
ṣaḍ ime nahuṣasyāsann
indriyāṇīva dehinaḥ

śrī-śukaḥ uvāca—圣舒卡戴瓦·哥斯瓦米说 / yatiḥ—雅提 / yayātiḥ—雅亚提 / saṁyātiḥ—萨么亚提 / āyatiḥ—阿亚提 / viyatiḥ—维亚提 / kṛtiḥ—奎提 / ṣaṭ—六个 / ime—他们全体 / nahuṣasya—纳胡沙王的 / āsan—曾是 / indriyāṇi—(六个)感官 / iva—如同 / dehinaḥ——个有物质躯体的灵魂的

译文 舒卡戴瓦·哥斯瓦米说：帕瑞克西特王啊，正如有物质躯体的灵魂有六个感官，纳胡沙王有六个儿子，分别名叫雅提、雅亚提、萨么亚提、阿亚提、维亚提和奎提。

第 2 节

राज्यं नैच्छद्यतिः पित्रा दत्तं तत्परिणामवित् ।
यत्र प्रविष्टः पुरुष आत्मानं नावबुध्यते ॥२॥

rājyaṁ naicchad yatiḥ pitrā
dattaṁ tat-pariṇāmavit
yatra praviṣṭaḥ puruṣa
ātmānaṁ nāvabudhyate

rājyam－土国 / na aicchat－不接受 / yatiḥ－长子雅提 / pitrā－被他父亲 / dattam－给予 / tat-pariṇāma-vit－知道当君王后变得有强大权利的结果 / yatra－在那里 / praviṣṭaḥ－进入 / puruṣaḥ－这样一个人 / ātmānam－自我觉悟 / na－不 / avabudhyate－将认真对待和了解

译文　人一旦当上国王或政府首脑，就无法了解觉悟自我的意义了。纳胡沙的大儿子雅提了解这一点，所以虽然他父亲让他当君王，他却没有接受统治权。

要旨　觉悟自我是人类文明的首要目标，处在善良属性层面上并培养了布茹阿玛纳品质的人，对此十分认真。查锤亚一般都天生具有获取物质财富和享受感官享乐的物质品质，但灵性进步之人对物质财富不感兴趣。事实上，他们只接受为在觉悟自我的灵性生活中取得灵性进步所需要的必需品。这里特别谈到，人如果参与政治生活，尤其是现如今，就会忽视使人生达到完美的机会。尽管如此，人如果聆听《圣典博伽瓦谭》(Śrīmad-Bhāgavatam)，就能达到最高的完美境界。经典中描述这种聆听是：侍奉《圣典博伽瓦谭》和纯粹奉献者(nityaṁ bhāgavata-sevayā)。帕瑞克西特王虽然从政，但却因为在人生即将结束时聆听舒卡戴瓦·哥斯瓦米讲述《圣典博伽瓦谭》而轻易地达到了人生的完美境界。为此，圣柴坦亚·玛哈帕布(Caitanya Mahāprabhu)建议道：

sthāne sthitāḥ śruti-gatāṁ tanu-vāṅ-manobhir
ye prāyaśo 'jita jito 'py asi tais tri-lokyām

(《圣典博伽瓦谭》10.14.3)

一个人无论是受激情属性、愚昧属性还是善良属性的控制，只要有规律地从觉悟了自我的人那里聆听《圣典博伽瓦谭》，就将摆脱物质束缚。

第 3 节

पितरि भ्रंशिते स्थानादिन्द्राण्या धर्षणाद् द्विजैः ।
प्रापितेऽजगरत्वं वै ययातिरभवन्नृपः ॥ ३ ॥

pitari bhraṁśite sthānād
indrāṇyā dharṣaṇād dvijaiḥ
prāpite 'jagaratvaṁ vai
yayātir abhavan nṛpaḥ

pitari—当他父亲 / bhraṁśite—被诅咒而堕落 / sthānāt—从天堂星球 / indrāṇyāḥ—因铎的妻子莎祺的 / dharṣaṇāt—因为冒犯 / dvijaiḥ—被他们(因她向布茹阿玛纳抱怨) / prāpite—被降级到 / ajagaratvam—蛇的生命 / vai—事实上 / yayātiḥ—名叫雅亚提的儿子 / abhavat—成为 / nṛpaḥ—君王

译文 由于雅亚提的父亲纳胡沙调戏因铎的妻子莎祺，莎祺过后向阿嘎斯提亚和其他布茹阿玛纳抱怨他，这些圣洁的布茹阿玛纳便诅咒纳胡沙从天堂星球坠落，下降到蟒蛇的国度。结果，雅亚提当上了君王。

第 4 节

चतसृष्वादिशद्दिक्षु भ्रातॄन् भ्राता यवीयसः ।
कृतदारो जुगोपोर्वीं काव्यस्य वृषपर्वणः ॥ ४ ॥

catasṛṣv ādiśad dikṣu
bhrātṝn bhrātā yavīyasaḥ
kṛta-dāro jugoporvīṁ
kāvyasya vṛṣaparvaṇaḥ

catasṛṣu－在四个之上 / ādiśat－允许统治 / dikṣu－方向 / bhrātṝn－四个兄弟 / bhrātā－雅亚提 / yavīyasaḥ－年轻的 / kṛta-dāraḥ－娶妻 / jugopa－统治 / ūrvīm－世界 / kāvyasya－舒夸查尔亚的女儿 / vṛṣaparvaṇaḥ－维沙帕尔瓦的女儿

译文　雅亚提王有四个弟弟，他允许他们统治四方。雅亚提本人统治整个地球，并娶舒夸查尔亚的女儿黛瓦雅妮和维沙帕尔瓦的女儿沙尔蜜施塔为妻。

第5节

श्रीराजोवाच
ब्रह्मर्षिर्भगवान् काव्यः क्षत्रबन्धुश्च नाहुषः ।
राजन्यविप्रयोः कस्माद्विवाहः प्रतिलोमकः ॥५॥

śrī-rājovāca
brahmarṣir bhagavān kāvyaḥ
kṣatra-bandhuś ca nāhuṣaḥ
rājanya-viprayoḥ kasmād
vivāhaḥ pratilomakaḥ

śrī-rājā uvāca－帕瑞克西特王询问道 / brahma-ṛṣiḥ－最优秀的布茹阿玛纳 / bhagavān－十分强大有力 / kāvyaḥ－舒夸查尔亚 / kṣatra-bandhuḥ－属于查锤亚阶层 / ca－也 / nāhuṣaḥ－雅亚提王 / rājanya-viprayoḥ－一个布茹阿玛纳和一个查锤亚的 / kasmāt－如何 / vivāhaḥ－婚姻关系 / pratilomakaḥ－违反惯例

译文　帕瑞克西特王说：舒夸查尔亚是位强有力的布茹阿玛纳，雅亚提王是位查锤亚。因此，我很好奇，这场查锤亚和布茹阿玛纳之间违反惯例的联姻是如何发生的。

要旨　按照韦达体系，查锤亚阶层的人一般是与查锤亚阶层的人结婚，布茹阿玛纳阶层的人一般是与布茹阿玛纳阶层的人结婚。如果有时发生两个不同阶层的人之间联姻，那么这些婚姻就会有被称为阿努珞玛(anuloma)和帕提珞玛(pratiloma)的两种情况。阿努珞玛是布茹阿玛纳与查锤亚的女儿结婚，这是允许的；但帕提珞玛是查锤亚与布茹阿玛纳的女儿结婚，而这一般是不被允许的。正因为如此，帕瑞克西特王很好奇，舒夸查尔亚——强有力的布茹阿玛纳，怎么能接受这种帕提珞玛婚姻。帕瑞克西特王渴望了解导致这一不寻常的婚姻的原因。

第6—7节

श्रीशुक उवाच
एकदा दानवेन्द्रस्य शर्मिष्ठा नाम कन्यका ।
सखीसहस्रसंयुक्ता गुरुपुत्र्या च भामिनी ॥ ६ ॥

देवयान्या पुरोद्याने पुष्पितद्रुमसङ्कुले ।
व्यचरत्कलगीतालिनलिनीपुलिनेऽबला ॥ ७ ॥

śrī-śuka uvāca
ekadā dānavendrasya
śarmiṣṭhā nāma kanyakā
sakhī-sahasra-saṁyuktā
guru-putryā ca bhāminī

devayānyā purodyāne
puṣpita-druma-saṅkule
vyacarat kala-gītāli-
nalinī-puline 'balā

śrī-śukaḥ uvāca－圣舒卡戴瓦·哥斯瓦米说 / ekadā－一天 / dāna-va-indrasya－维沙帕尔瓦的 / śarmiṣṭhā－莎尔蜜施塔 / nāma－名叫 / kanyakā－一个女儿 / sakhī-sahasra-saṁyuktā－由几千个朋友陪伴着 / guru-putryā－与灵性导师的女儿 / ca－也 / bhāminī－非常容易恼怒 / devayānyā－与黛瓦雅妮一起 / pura-udyāne－在宫殿的花园内 / puṣpita－满是鲜花 / druma－和漂亮的树木 / saṅkule－充满 / vyacarat－在散步 / kala-gīta－有十分甜美的声音 / ali－与熊蜂 / nalinī－与莲花 / puline－在这样一个花园内 / abalā－天真的

译文　舒卡戴瓦·哥斯瓦米说：一天，维沙帕尔瓦单纯但本性易怒的女儿莎尔蜜施塔，与舒夸查尔亚的女儿黛瓦雅妮，及好几千个朋友们一起，在宫殿花园中散步。花园中满是莲花和花果树，居住着歌喉甜美的飞鸟和熊蜂。

第 8 节

ता जलाशयमासाद्य कन्याः कमललोचनाः ।
तीरे न्यस्य दुकूलानि विजहुः सिञ्चतीर्मिथः ॥८॥

tā jalāśayam āsādya
kanyāḥ kamala-locanāḥ
tīre nyasya dukūlāni
vijahruḥ siñcatīr mithaḥ

tāḥ－她们 / jala-āśayam－到河边 / āsādya－来 / kanyāḥ－所有的少女 / kamala-locanāḥ－长着莲花瓣一样的眼睛 / tīre－在岸上 / nyasya－脱下 / dukūlāni－她们的衣服 / vijahruḥ－开始嬉戏 / siñcatīḥ－泼水 / mithaḥ－彼此

译文　眼似莲花的少女们来到水塘边时想要沐浴享受，于是脱下衣服放在岸边后就开始嬉戏，彼此向对方泼水。

第 9 节

वीक्ष्य व्रजन्तं गिरिशं सह देव्या वृषस्थितम् ।
सहसोत्तीर्य वासांसि पर्यधुर्व्रीडिताः स्त्रियः ॥९॥

vīkṣya vrajantaṁ giriśaṁ
saha devyā vṛṣa-sthitam
sahasottīrya vāsāṁsi
paryadhur vrīḍitāḥ striyaḥ

vīkṣya一看到 / vrajantam一路过 / giriśam一主希瓦 / saha一与……一起 / devyā一主希瓦的妻子帕尔娃缇 / vṛṣa-sthitam一坐在他的公牛上 / sahasā一迅速地 / uttīrya一从水中出来 / vāsāṁsi一衣服 / paryadhuḥ一披在身上 / vrīḍitāḥ一因为羞愧 / striyaḥ一年轻的少女们

译文 玩耍间，少女们突然看到，主希瓦和他妻子帕尔娃缇骑在他的公牛背上经过那里。少女们因为羞于自己没穿衣服，所以慌忙从水中出来，用衣服遮盖自己。

第 10 节

शर्मिष्ठाजानती वासो गुरुपुत्र्याः समव्ययत् ।
स्वीयं मत्वा प्रकुपिता देवयानीदमब्रवीत् ॥१०॥

śarmiṣṭhājānatī vāso
guru-putryāḥ samavyayat
svīyaṁ matvā prakupitā
devayānīdam abravīt

śarmiṣṭhā一维沙帕尔瓦的女儿 / ajānatī一无意中 / vāsaḥ一衣服 / guru-putryāḥ一灵性导师的女儿黛瓦雅妮的 / samavyayat一穿在身上 / svīyam一她自己 / matvā一心想 / prakupitā一恼怒 / devayānī一舒夸查尔亚的女儿 / idam一这 / abravīt一说

译文 莎尔蜜施塔无意间将黛瓦雅妮的衣服穿在自己身上，这使黛瓦雅妮很生气，说了如下一番话。

第 11 节

अहो निरीक्ष्यतामस्या दास्याः कर्म ह्यसाम्प्रतम् ।
अस्मद्धार्यं धृतवती शुनीव हविरध्वरे ॥११॥

aho nirīkṣyatām asyā
dāsyāḥ karma hy asāmpratam
asmad-dhāryaṁ dhṛtavatī
śunīva havir adhvare

aho—噢 / nirīkṣyatām—看看吧 / asyāḥ—她(莎尔蜜施塔)的 / dāsyāḥ—就像我们的仆人 / karma—活动 / hi—事实上 / asāmpratam—没有任何礼节 / asmat-dhāryam—属于我的衣服 / dhṛtavatī—她穿上了 / śunī iva—如同一条狗 / haviḥ—纯净奶油 / adhvare—专为在祭祀中供奉用的

译文　(黛瓦亚妮说：)噢，看看这侍女的行为吧！她不顾所有的礼仪，竟然穿上了我的衣服，就像一条狗试图抢走本是要在祭祀中用的奶油一样。

第 12—14 节

यैरिदं तपसा सृष्टं मुखं पुंसः परस्य ये ।
धार्यते यैरिह ज्योतिः शिवः पन्थाः प्रदर्शितः ॥१२॥

यान् वन्दन्त्युपतिष्ठन्ते लोकनाथाः सुरेश्वराः ।
भगवानपि विश्वात्मा पावनः श्रीनिकेतनः ॥१३॥

वयं तत्रापि भृगवः शिष्योऽस्या नः पितासुरः ।
अस्मद्धार्यं धृतवती शूद्रो वेदमिवासती ॥१४॥

yair idaṁ tapasā sṛṣṭaṁ
mukhaṁ puṁsaḥ parasya ye
dhāryate yair iha jyotiḥ
śivaḥ panthāḥ pradarśitaḥ

yān vandanty upatiṣṭhante
loka-nāthāḥ sureśvarāḥ
bhagavān api viśvātmā
pāvanaḥ śrī-niketanaḥ

vayaṁ tatrāpi bhṛgavaḥ
śiṣyo 'syā naḥ pitāsuraḥ
asmad-dhāryaṁ dhṛtavatī
śūdro vedam ivāsatī

yaiḥ－被……的人们 / idam－这整个宇宙 / tapasā－借由苦修 / sṛṣṭam－被创造 / mukham－脸庞 / puṁsaḥ－至尊人的 / parasya－超然的 / ye－那些……的 / dhāryate－总是出生 / yaiḥ－被……的人们 / iha－这里 / jyotiḥ－至尊主的光芒——梵光 / śivaḥ－吉祥的 / panthāḥ－路途 / pradarśitaḥ－被指导 / yān－对谁 / vandanti－献上祈祷 / upatiṣṭhante－尊敬和跟随 / loka-nāthāḥ－各种星球的主管们 / sura-īśvarāḥ－半神人们 / bhagavān－至尊人格首神 / api－甚至 / viśva-ātmā－超灵 / pāvanaḥ－净化者 / śrī-niketanaḥ－幸运女神的丈夫 / vayam－我们 / tatra api－甚至比其他布茹阿玛纳伟大 / bhṛgavaḥ－布瑞古的后代 / śiṣyaḥ－门徒 / asyāḥ－她的 / naḥ－我们的 / pitā－父亲 / asuraḥ－属于恶魔的团体 / asmat-dhāryam－专门是我们穿的 / dhṛtavatī－她穿上了 / śūdraḥ－劳动者 / vedam－韦达经 / iva－如同 / asatī－不贞节的

译文 我们是有资格的布茹阿玛纳成员，被公认为是至尊人格首神的脸面。布茹阿玛纳靠他们的苦修创造了整个宇宙，而且始终在内心深处想着绝对真理。他们给世人指引好运之途、韦达文明之途；而由于他们是这世上唯一值得崇拜的对象，就连伟大的半神人——各种星球的主管们，甚至至尊人格首神——超灵——最纯净的人——幸运女神的丈夫，都向他们献上祈祷和崇拜。而我们因为是布瑞古的后代，所以甚至更值得尊敬。尽管这个女人的父亲作为恶魔的成员，是我们的门徒，但她却穿上我的衣服！这完全就像一个庶铎负责掌管韦达知识一样。

第 15 节

एवं क्षिपन्तीं शर्मिष्ठा गुरुपुत्रीमभाषत ।
रुषा श्वसन्त्युरङ्गीव धर्षिता दष्टदच्छदा ॥१५॥

evaṁ kṣipantīṁ śarmiṣṭhā
guru-putrīm abhāṣata

ruṣā śvasanty uraṅgīva
dharṣitā daṣṭa-dacchadā

evam—如此 / kṣipantīm—责骂 / śarmiṣṭhā—维沙帕尔瓦的女儿 / guru-putrīm—向灵性导师舒夸查尔亚的女儿 / abhāṣata—说 / ruṣā—因为十分愤怒 / śvasantī—呼吸很粗重 / uraṅgī iva—如同一条蛇 / dharṣitā—被冒犯、践踏 / daṣṭa-dat-chadā—用她的牙齿咬她的嘴唇

译文 舒卡戴瓦·哥斯瓦米说：莎尔蜜施塔受到这番刻毒伤人的指责时怒火万丈，不由得如蛇一般沉重地喘着气，上牙紧咬住下唇。她对舒夸查尔亚的女儿说了如下一番话。

第 16 节

आत्मवृत्तमविज्ञाय कत्थसे बहु भिक्षुकि ।
किं न प्रतीक्षसेऽस्माकं गृहान् बलिभुजो यथा ॥१६॥

ātma-vṛttam avijñāya
katthase bahu bhikṣuki
kiṁ na pratīkṣase 'smākaṁ
gṛhān balibhujo yathā

ātma-vṛttam—自己的地位 / avijñāya—不了解 / katthase—你说疯话 / bahu—那么多 / bhikṣuki—乞丐 / kim—是否 / na—不 / pratīkṣa-se—你等待 / asmākam—我们的 / gṛhān—在房子那里 / balibhujaḥ—乌鸦 / yathā—如同

译文 （莎尔蜜施塔说：）你这乞丐；你既然不明白自己的地位，为什么还要毫无必要地说这么多废话？难道不是你们这些人等在我们的大门外，像乌鸦一样靠我们来维持你们的生活吗？

要旨 乌鸦没有独立的生活；它们完全依靠居士们丢进垃圾桶的残羹剩饭。由于舒夸查尔亚作为布茹阿玛纳依靠他的门徒，

当莎尔蜜施塔受到黛瓦雅妮的严厉指责时，便谴责黛瓦雅妮属于乌鸦般的乞丐家庭。女人为一点点芝麻绿豆大的事，就生气吵嘴是很常见的事。正如我们在这节诗中看到的，这在很久以前就已经是她们的天性了。

第 17 节

एवंविधैः सुपरुषैः क्षिप्त्वाचार्यसुतां सतीम् ।
शर्मिष्ठा प्राक्षिपत्कूपे वासश्चादाय मन्युना ॥१७॥

evaṁ-vidhaiḥ suparuṣaiḥ
kṣiptvācārya-sutāṁ satīm
śarmiṣṭhā prākṣipat kūpe
vāsaś cādāya manyunā

evam-vidhaiḥ－如此 / su-paruṣaiḥ－用刻薄的话语 / kṣiptvā－斥责后 / ācārya-sutām－舒夸查尔亚的女儿 / satīm－黛瓦雅妮 / śarmiṣṭhā－莎尔蜜施塔 / prākṣipat－把(她)投进 / kūpe－一口井中 / vāsaḥ－衣服 / ca－和 / ādāya－拿走 / manyunā－出于愤怒

译文 莎尔蜜施塔用这番刻薄的话训斥舒夸查尔亚的女儿黛瓦雅妮后，愤怒地拿走黛瓦雅妮的衣服，并将黛瓦雅妮扔进一口井中。

第 18 节

तस्यां गतायां स्वगृहं ययातिर्मृगयां चरन् ।
प्राप्तो यदृच्छया कूपे जलार्थी तां ददर्श ह ॥१८॥

tasyāṁ gatāyāṁ sva-gṛhaṁ
yayātir mṛgayāṁ caran
prāpto yadṛcchayā kūpe
jalārthī tāṁ dadarśa ha

tasyām－当她 / gatāyām－去 / sva-gṛham－到她家 / yayātiḥ－雅亚提王 / mṛgayām－打猎 / caran－游荡 / prāptaḥ－到达 / yadṛcchayā－

碰巧 / kūpe—在井中 / jala-arthī—想要喝水 / tām—她(黛瓦雅妮) / dadarśa—看到 / ha—事实上

译文　将黛瓦雅妮扔到井里后，莎尔蜜施塔返回家中。这时，正在打猎旅行的雅亚提王碰巧到井边喝水，看到了黛瓦雅妮。

第 19 节

दत्त्वा स्वमुत्तरं वासस्तस्यै राजा विवाससे ।
गृहीत्वा पाणिना पाणिमुज्जहार दयापरः ॥१९॥

dattvā svam uttaraṁ vāsas
tasyai rājā vivāsase
gṛhītvā pāṇinā pāṇim
ujjahāra dayā-paraḥ

dattvā—给予 / svam—他自己 / uttaram—上部的 / vāsaḥ—衣服 / tasyai—给她(黛瓦雅妮) / rājā—君王 / vivāsase—因为她是裸体的 / gṛhītvā—抓住 / pāṇinā—用他的手 / pāṇim—她的手 / ujjahāra—营救 / dayā-paraḥ—十分仁慈地

译文　雅亚提王看到光着身子在井中的黛瓦雅妮，立刻将自己的上衣给她，并因为很同情她而伸手抓住她的手，将她拉了上来。

第 20—21 节

तं वीरमाहौशनसी प्रेमनिर्भरया गिरा ।
राजंस्त्वया गृहीतो मे पाणिः परपुरञ्जय ॥२०॥

हस्तग्राहोऽपरो मा भूद् गृहीतायास्त्वया हि मे ।
एष ईशकृतो वीर सम्बन्धो नौ न पौरुषः ॥२१॥

tam̐ vīram āhauśanasī
　prema-nirbharayā girā
rājam̐s tvayā gṛhīto me
　pāṇiḥ para-purañjaya

hasta-grāho 'paro mā bhūd
　gṛhītāyās tvayā hi me
eṣa īśa-kṛto vīra
　sambandho nau na pauruṣaḥ

tam—向他 / vīram—雅亚提 / āha—说 / auśanasī—舒夸查尔亚(乌珊纳·卡维)的女儿 / prema-nirbharayā—充满了爱和深情的 / girā—用这样的话语 / rājan—君王啊 / tvayā—被你 / gṛhītaḥ—接受 / me—我的 / pāṇiḥ—手 / para-purañjaya—征服其他王国的人 / hasta-grāhaḥ—接受我的手的他 / aparaḥ—另一个 / mā—也许不 / bhūt—成为 / gṛhītāyāḥ—接受 / tvayā—被你 / hi—事实上 / me—我的 / eṣaḥ—这 / īśa-kṛtaḥ—由天意安排 / vīra—伟大的英雄啊 / sambandhaḥ—关系 / nau—我们的 / na—不 / pauruṣaḥ—人所导致的一切

译文　黛瓦雅妮用充满爱慕之情的话语对雅亚提王说：啊，大英雄！君王、征服你敌人城池的人啊！接受我的手，你就接受我为你的妻子了。让我不再被他人触碰吧，因为是天意而不是人类使我们两人之间有了夫妻关系。

要旨　在将黛瓦雅妮从井里救出时，雅亚提王必然欣赏到她的青春美丽，因此也许问她属于哪个阶层。所以，黛瓦雅妮便立刻回答道："由于你接受了我的手，我们已经结婚了。"新娘和新郎手牵手，是所有的社会中永恒存在的方式。正因为如此，雅亚提一旦握住黛瓦雅妮的手，他们就被视为是结婚了。黛瓦雅妮因为对英雄雅亚提有感情，所以要求他不要改变想法，让其他人娶她。

第 22 节

यदिदं कूपमग्नाया भवतो दर्शनं मम ।
न ब्राह्मणो मे भविता हस्तग्राहो महाभुज ।
कचस्य बार्हस्पत्यस्य शापाद्यमशपं पुरा ॥२२॥

yad idaṁ kūpa-magnāyā
bhavato darśanaṁ mama
na brāhmaṇo me bhavitā
hasta-grāho mahā-bhuja
kacasya bārhaspatyasya
śāpād yam aśapaṁ purā

yat－因为 / idam－这 / kūpa-magnāyāḥ－落入井中 / bhavataḥ－你本人 / darśanam－相遇 / mama－与我 / na－不 / brāhmaṇaḥ－有资格的布茹阿玛纳 / me－我的 / bhavitā－将成为 / hasta-grāhaḥ－丈夫 / mahā-bhuja－臂力非凡强大的人啊 / kacasya－卡查的 / bārhaspatya-sya－博学的布茹阿玛纳兼天堂祭司毕尔哈斯帕提的儿子 / śāpāt－因为那诅咒 / yam－……人的 / aśapam－我诅咒 / purā－过去

译文　我因为坠入这井中而遇见你。事实上，这是由天意安排的。我诅咒博学学者毕尔哈斯帕提的儿子卡查后，他诅咒我说，我将没有布茹阿玛纳的丈夫。所以，臂力强大的人啊！我不可能成为布茹阿玛纳的妻子了。

要旨　博学的天堂祭祀毕尔哈斯帕提(Bṛhaspati)的儿子卡查(Kaca)，曾是舒夸查尔亚的学生，从他那里学习让过早死亡的人复活的技术(mṛta-sañjīvanī)，尤其用于战争期间。有战争时，战士们无疑会过早死亡，但如果士兵的身体完整无缺，就能用这种技术使他复活。舒夸查尔亚和许多人了解这技术，毕尔哈斯帕提的儿子卡查为学习它而当了舒夸查尔亚的学生。黛瓦雅妮想要让卡查当她的丈夫，但卡查因为尊重舒夸查尔亚，将灵性导师的女儿看作是自己应该尊重的人，所以拒绝娶她。黛瓦雅妮生气地诅咒卡查说，虽然卡查从她父亲那里学习了使过早死亡的人复活的技术，但将不会有用。卡查被这样诅咒后，报复性地诅咒黛瓦雅妮永远都不会有布茹阿玛纳丈夫。黛瓦雅妮喜欢身为查锤亚的雅亚提，于是要求雅亚提接受她为真正的妻子。虽然这将是较高阶层家的女儿，与较低阶层家的儿子的联姻(pratiloma-vivāha)，但她解释这是由天意安排的。

第 23 节

ययातिरनभिप्रेतं दैवोपहृतमात्मनः ।
मनस्तु तद्गतं बुद्ध्वा प्रतिजग्राह तद्वचः ॥२३॥

yayātir anabhipretaṁ
daivopahṛtam ātmanaḥ
manas tu tad-gataṁ buddhvā
pratijagrāha tad-vacaḥ

yayātiḥ—雅亚提王 / anabhipretam—不喜欢 / daiva-upahṛtam—由天意的安排带来的 / ātmanaḥ—他个人的兴趣 / manaḥ—内心 / tu—然而 / tat-gatam—因为依恋她 / buddhvā—被这种智力 / pratijagrāha—接受 / tat-vacaḥ—黛瓦雅妮的话语

译文 舒卡戴瓦·哥斯瓦米继续道：由于这样的婚姻没得到经典的认可，雅亚提王并不喜欢，但因为是天意的安排，也因为他受黛瓦雅妮美貌的吸引，他还是接受了黛瓦雅妮的请求。

要旨 按照韦达体制，父母将按照男孩和女孩的占星结果，考虑是否该让他们成亲。如果按照占星学计算，男孩和女孩在所有的方面都很般配(yoṭaka)、能共处，他们就可以成婚。即使在五十年前，这系统在印度社会中还很流行。不考虑男孩的富有或女孩的美貌，不做占星计算，看是否般配，就不能结婚。一个人出生后，一定属于三种范畴中的一种；要么属于半神人的范畴(deva-gaṇa)，要么属于人类的范畴(manuṣya-gaṇa)，要么属于恶魔的范畴(rakṣasa-gaṇa)。在宇宙不同的部分中有半神人和恶魔，在人类社会中也有些人与半神人类似，而另一些人则类似于恶魔。如果按照占星学计算存在着神性和邪恶本性的冲突，就不能结婚。同样道理，在计算时也考虑到阶层之间的联姻是否符合经典的规定。关键是：如果男孩和女孩门当户对、很般配，结婚后就会幸福，而不平等则会导致不幸福。由于如今人们不再小心维护婚姻，我们看到许多离婚事件。事实上，尽管以前结婚是一生的事情，但夫妻感情是如此坚固，当丈夫死亡时，妻子甚至自愿随丈夫死去或终生守寡。然而，如今离婚却成了很平常的事。当然，现在因为人类社会已沦落为动物的社会，过去那种夫妻关系已经是不可能的事了。现在结婚，只要双方同意就可以了(dāmpatye 'bhirucir hetuḥ)，其中梵文abhiruci的意思是“同意”。男女只要同意结婚就结婚。但当人们不再严格遵守韦达制度时，婚姻多数都会以离婚为结局。

第24节

गते राजनि सा धीरे तत्र स्म रुदती पितुः ।
न्यवेदयत्ततः सर्वमुक्तं शर्मिष्ठया कृतम् ॥२४॥

gate rājani sā dhīre
 tatra sma rudatī pituḥ
nyavedayat tataḥ sarvam
 uktaṁ śarmiṣṭhayā kṛtam

gate rājani—君王离开后 / sā—她(黛瓦雅妮) / dhīre—博学的 / ta-tra sma—返回她家 / rudatī—哭诉 / pituḥ—她父亲面前 / nyavedayat—告状 / tataḥ—那之后 / sarvam—一切 / uktam—谈到 / śarmiṣṭhayā—由莎尔蜜施塔 / kṛtam—做的

译文 那之后，当博学的君王返回自己的宫殿时，黛瓦雅妮回到家，对她父亲舒夸查尔亚哭诉说，所发生的一切都是由莎尔蜜施塔导致的。她述说自己是如何被扔到井里，但却被君王救起的经过。

第25节

दुर्मना भगवान् काव्यः पौरोहित्यं विगर्हयन् ।
स्तुवन् वृत्तिं च कापोतीं दुहित्रा स ययौ पुरात् ॥२५॥

durmanā bhagavān kāvyaḥ
paurohityaṁ vigarhayan
stuvan vṛttiṁ ca kāpotīṁ
duhitrā sa yayau purāt

durmanāḥ—很不高兴 / bhagavān—最强有力的 / kāvyaḥ—舒夸查尔亚 / paurohityam—祭司的职责 / vigarhayan—谴责 / stuvan—赞扬 / vṛttim—职业 / ca—和 / kāpotīm—从田地里收集谷物 / duhitrā—与他女儿一起 / saḥ—他(舒夸查尔亚) / yayau—去 / purāt—从他自己的住所

译文 舒夸查尔亚听了发生在黛瓦雅妮身上的事后，心中忿忿不平。他一边咒骂祭司的职业，赞美到田地收集谷物的谋生方式，一边带着女儿离开了家。

要旨 布茹阿玛纳采用鸽子(kapota)的维生方式时，就通过到田里收集谷物维持生活(uñcha-vṛtti)。以这种方式维持生活的布茹阿玛纳被称为一流的布茹阿玛纳，因为他完全依靠至尊人格首神的仁慈，而不向任何人乞讨。尽管允许布茹阿玛纳和进入弃绝阶层的人(sannyāsī)乞讨，但人如果能避免乞讨，而是完全依靠至尊人格首神的仁慈维持生活就更好了。舒夸查尔亚无疑感到十分难过，因为他女儿抱怨他必须去他门徒那里乞讨一些仁慈，而由于他接受了祭司这一职位，他不得不这样做。舒夸查尔亚在心中其实并不喜欢这一职业，但因为接受了它，所以不得不在不情愿的情况下去他门徒那里，解决造成他女儿不满情绪的问题。

第 26 节

वृषपर्वा तमाज्ञाय प्रत्यनीकविवक्षितम् ।
गुरुं प्रसादयन्मूर्ध्ना पादयोः पतितः पथि ॥२६॥

vṛṣaparvā tam ājñāya
pratyanīka-vivakṣitam
guruṁ prasādayan mūrdhnā
pādayoḥ patitaḥ pathi

vṛṣaparvā—恶魔的君王 / tam ājñāya—了解舒夸查尔亚的动机 / pratyanīka—某种诅咒 / vivakṣitam—想要说 / gurum—他的灵性导师舒夸查尔亚 / prasādayat—他立刻使满意 / mūrdhnā—用他的头 / pādayoḥ—在脚旁 / patitaḥ—倒下 / pathi—在路上

译文 维沙帕尔瓦王明白舒夸查尔亚是来责骂或诅咒他的，因此在舒夸查尔亚来到他房子之前，就出去在街上扑倒在他灵性导师的脚边，以此取悦他，阻止他采取报复行动。

第 27 节

क्षणार्धमन्युर्भगवान् शिष्यं व्याचष्ट भार्गवः ।
कामोऽस्याः क्रियतां राजन्नैनां त्यक्तुमिहोत्सहे ॥२७॥

kṣaṇārdha-manyur bhagavān
śiṣyaṁ vyācaṣṭa bhārgavaḥ
kāmo 'syāḥ kriyatāṁ rājan
naināṁ tyaktum ihotsahe

kṣaṇa-ardha—只持续了几分钟 / manyuḥ—……的愤怒 / bhagavān—最强有力的 / śiṣyam—对他的门徒维沙帕尔瓦 / vyācaṣṭa—说 / bhārgavaḥ—布瑞古的后代舒夸查尔亚 / kāmaḥ—愿望 / asyāḥ—这黛

瓦雅妮的 / kriyatām－请实现 / rājan－君王啊 / na－不 / enām－这少女 / tyaktum－放弃 / iha－在这世界里 / utsahe－我能够

译文 强有力的舒夸查尔亚只发怒了几分钟，但因为对维沙帕尔瓦感到满意，便对他说：我亲爱的君王，请满足黛瓦雅妮的愿望，因为她是我女儿，我不能放弃她或不管她。

要旨 像舒夸查尔亚那样伟大的人物有时无法忽视儿子和女儿，因为儿子和女儿自然都依靠他们的父亲，而父亲自然对子女有感情。舒夸查尔亚虽然知道黛瓦雅妮和莎尔蜜施塔之间的争吵很幼稚，但作为黛瓦雅妮的父亲，他必须支持他的女儿。他不喜欢这样做，但却出于感情被迫这样做。他坦率地承认，尽管他不该要求君王对他女儿仁慈，但出于情感，他不能不这样做。

第 28 节

तथेत्यवस्थिते प्राह देवयानी मनोगतम् ।
पित्रा दत्ता यतो यास्ये सानुगा यातु मामनु ॥२८॥

tathety avasthite prāha
devayānī manogatam
pitrā dattā yato yāsye
sānugā yātu mām anu

tathā iti－当维沙帕尔瓦同意舒夸查尔亚的提议时 / avasthite－情况就这样解决了 / prāha－说 / devayānī－舒夸查尔亚的女儿 / manogatam－她的愿望 / pitrā－由她父亲 / dattā－给予 / yataḥ－……人 / yāsye－我将去 / sa-anugā－与她的朋友一起 / yātu－将去 / mām anu－作为我的随从或仆人

译文 听了舒夸查尔亚的要求，维沙帕尔瓦同意满足黛瓦雅妮的愿望，等她开口说话。黛瓦雅妮于是表达她的愿望说："当我按照父亲的命令结婚时，我朋友沙尔蜜施塔必须作为我的侍女，与她的朋友们跟我一起去。"

第29节

पित्रा दत्ता देवयान्यै शर्मिष्ठा सानुगा तदा ।
स्वानां तत्सङ्कटं वीक्ष्य तदर्थस्य च गौरवम् ।
देवयानीं पर्यचरत्स्त्रीसहस्रेण दासवत् ॥२९॥

pitrā dattā devayānyai
　śarmiṣṭhā sānugā tadā
svānāṁ tat saṅkaṭaṁ vīkṣya
　tad-arthasya ca gauravam
devayānīṁ paryacarat
　strī-sahasreṇa dāsavat

pitrā－被父亲 / dattā－给予 / devayānyai－向舒夸查尔亚的女儿黛瓦雅妮 / śarmiṣṭhā－维沙帕尔瓦的女儿 / sa-anugā－与她的朋友们一起 / tadā－那时 / svānām－他自己的 / tat－那 / saṅkaṭam－危险的处境 / vīkṣya－观察到 / tat－从他 / arthasya－利益的 / ca－也 / gauravam－巨大 / devayānīm－对黛瓦雅妮 / paryacarat－侍奉 / strī-sahasreṇa－与好几千个其他女子 / dāsa-vat－像奴隶一样做事

译文　维沙帕尔瓦明智地心想，舒夸查尔亚的不满将带来危险，而他的满意将带来物质所得。为此，他执行舒夸查尔亚的命令，像奴隶一样侍奉舒夸查尔亚。他将自己的女儿莎尔蜜施塔送给黛瓦雅妮，莎尔蜜施塔与其他几千个女子像奴隶般侍奉黛瓦雅妮。

要旨　在莎尔蜜施塔和黛瓦雅妮之间的事情一开始，我们看到莎尔蜜施塔有许多朋友。现在这些朋友都成了黛瓦雅妮的女仆。当一个少女嫁给一个查锺亚君王时，那少女所有的朋友都按习俗随她去她丈夫的家。例如：当瓦苏戴瓦娶奎师那的母亲黛瓦克伊为妻时，他也同时娶了黛瓦克伊所有的六个姐妹，当时有许多黛瓦克伊的朋友陪她前往。君王不仅要养他的妻子，还要养妻子的很多朋友和女仆。有些女仆也将怀孕生子。这样的孩子被称为女仆的儿子(dāsī-putra)，君王也要养他们。女性总比男性多，但既然女人需要得到男人的保护，君王就会供养作为王后朋友或女仆的众多少女。在奎师那的居士生活史中，我们看到，奎师那娶了一万六千一百零八位妻子。这些都不是女仆，而直接是王后；奎师那扩展出一万六千一百零八个形象，维系与每一个妻子建立的不同家庭。这对普通人来说是不可能的。尽管古代有很多君王养着众多仆人和妻子，但并没有分别与她们建立独立的家庭。

第 30 节

नाहुषाय सुतां दत्त्वा सह शर्मिष्ठयोशना ।
तमाह राजञ्छर्मिष्ठामाधास्तल्पे न कर्हिचित् ॥३०॥

nāhuṣāya sutāṁ dattvā
saha śarmiṣṭhayośanā
tam āha rājañ charmiṣṭhām
ādhās talpe na karhicit

nāhuṣāya－对纳胡沙的后代雅亚提王 / sutām－他女儿 / dattvā－嫁给 / saha－与……一起 / śarmiṣṭhayā－维沙帕尔瓦的女儿兼黛瓦雅妮的仆人莎尔蜜施塔 / uśanā－舒夸查尔亚 / tam－对他(雅亚提王) / āha－说 / rājan－我亲爱的君王 / śarmiṣṭhām－维沙帕尔瓦的女儿莎尔蜜施塔 / ādhāḥ－允许 / talpe－在你床上 / na－不 / karhicit－任何时候

译文 当舒夸查尔亚将黛瓦雅妮嫁给雅亚提时，他让莎尔蜜施塔随黛瓦雅妮一起去，但同时警告君王说：“我亲爱的君王，永远不许让这个少女莎尔蜜施塔与你同床共枕。”

第 31 节

विलोक्यौशनसीं राजञ्छर्मिष्ठा सुप्रजां क्वचित् ।
तमेव वव्रे रहसि सख्याः पतिमृतौ सती ॥३१॥

vilokyauśanasīṁ rājañ
charmiṣṭhā suprajāṁ kvacit
tam eva vavre rahasi
sakhyāḥ patim ṛtau satī

vilokya—因为看到 / auśanasīm—舒夸查尔亚的女儿黛瓦雅妮 / rājan—帕瑞克西特王啊 / śarmiṣṭhā—维沙帕尔瓦的女儿 / su-pra-jām—有可爱的孩子 / kvacit—在某时 / tam—他(雅亚提王) / eva—事实上 / vavre—要求 / rahasi—在一个僻静处 / sakhyāḥ—她朋友的 / patim—丈夫 / ṛtau—在适当的时候 / satī—因为在那种状态中

译文 帕瑞克西特王啊！看到黛瓦雅妮与她可爱的儿子在一起后，莎尔蜜施塔在适合怀孕的一天去找雅亚提王。她在一个僻静处请求君王——她朋友黛瓦雅妮的丈夫，让她也能有个儿子。

第 32 节

राजपुत्र्यार्थितोऽपत्ये धर्मं चावेक्ष्य धर्मवित् ।
स्मरञ्छुक्रवचः काले दिष्टमेवाभ्यपद्यत ॥३२॥

rāja-putryārthito 'patye
dharmaṁ cāvekṣya dharmavit
smarañ chukra-vacaḥ kāle
diṣṭam evābhyapadyata

rāja-putryā—被君王的女儿莎尔蜜施塔 / arthitaḥ—被请求 / apatye—为了一个儿子 / dharmam—宗教原则 / ca—以及 / avekṣya—考虑到 / dharma-vit—了解所有的宗教原则 / smaran—记着 / śukra-vacaḥ－舒夸查尔亚的警告 / kāle－那时 / diṣṭam－依照情况地 / eva－事实上 / abhyapadyata－接受(满足莎尔蜜施塔的愿望)

译文 当公主乞求雅亚提王让她生个儿子时，君王当然清楚宗教原则，所以同意满足她的愿望。他虽然还记得舒夸查尔亚的警告，但心想这结合是至尊者的愿望，因此还是与莎尔蜜施塔发生了性关系。

要旨 雅亚提王十分清楚查锤亚的责任。当一个女人去找查锤亚时，那个查锤亚不能拒绝她的要求。这是宗教原则。因此，当宗教之王尤帝士提尔(Dharmarāja Yudhiṣṭhira)看到阿尔诸纳从杜瓦尔卡(Dvārakā)返回后很不高兴时，便问阿尔诸纳(Arjuna)是否拒绝了一个为生儿子去求乞他的女人。雅亚提王虽然记着舒夸查尔亚的警告，但却无法拒绝莎尔蜜施塔。他认为也给她一个儿子是明智的做法，于是在她的月经期过后跟她发生了性关系。这种性欲没有违反宗教原则。正如《博伽梵歌》(Bhagavad-gītā)第7章的第11节诗说明：不违反宗教原则的性生活，得到奎师那的批准(dharmāviruddho bhūteṣu kāmo 'smi)。由于君王的女儿莎尔蜜施塔乞求雅亚提让她生一个儿子，他们的结合并非出于色欲，而是宗教行为。

第 33 节

यदुं च तुर्वसुं चैव देवयानी व्यजायत ।
द्रुह्युं चानुं च पूरुं च शर्मिष्ठा वार्षपर्वणी ॥३३॥

yaduṁ ca turvasuṁ caiva
devayānī vyajāyata
druhyuṁ cānuṁ ca pūruṁ ca
śarmiṣṭhā vārṣaparvaṇī

yadum－雅杜 / ca－和 / turvasum－图尔瓦苏 / ca eva－以及 / devayānī－舒夸查尔亚的女儿 / vyajāyata－生下 / druhyum－杜茹

尤 / ca—和 / anum—阿努 / ca—也 / pūrum—菩茹 / ca—也 / śarmiṣṭhā—莎尔蜜施塔 / vārṣaparvaṇī—维沙帕尔瓦的女儿

译文　黛瓦雅妮生了雅杜和图尔瓦苏，莎尔蜜施塔生下杜茹尤、阿努和菩茹。

第 34 节

गर्भसम्भवमासुर्या भर्तुर्विज्ञाय मानिनी ।
देवयानी पितुर्गेहं ययौ क्रोधविमूर्छिता ॥३४॥

garbha-sambhavam āsuryā
bhartur vijñāya māninī
devayānī pitur gehaṁ
yayau krodha-vimūrchitā

garbha-sambhavam—怀孕 / āsuryāḥ—莎尔蜜施塔的 / bhartuḥ—她丈夫使……成为可能 / vijñāya—(从布茹阿玛纳占星家们)了解到 / māninī—因为十分骄傲 / devayānī—舒夸查尔亚的女儿 / pituḥ—她父亲的 / geham—到……的房子 / yayau—离开 / krodha-vimūrchitā—因愤怒而发飙

译文　当骄傲的黛瓦雅妮从其他人那里听说，是她丈夫使莎尔蜜施塔怀孕时，不由得狂怒发飙，启程前往她父亲家。

第 35 节

प्रियामनुगतः कामी वचोभिरुपमन्त्रयन् ।
न प्रसादयितुं शेके पादसंवाहनादिभिः ॥३५॥

priyām anugataḥ kāmī
vacobhir upamantrayan
na prasādayituṁ śeke
pāda-saṁvāhanādibhiḥ

priyām—他心爱的妻子 / anugataḥ—跟随 / kāmī—极为好色 / vacobhiḥ—用动听的话语 / upamantrayan—平息 / na—不 / prasādayitum—抚慰 / śeke—能够 / pāda-saṁvāhana-ādibhiḥ—甚至靠按摩她的双足

译文 十分好色的雅亚提王跟着他妻子，抓住她，试图用甜言蜜语抚慰她并按摩她的双脚，但却无论如何也无法使她平静下来。

第 36 节

शुक्रस्तमाह कुपितः स्त्रीकामानृतपूरुष ।
त्वां जरा विशतां मन्द विरूपकरणी नृणाम् ॥३६॥

śukras tam āha kupitaḥ
strī-kāmānṛta-pūruṣa
tvāṁ jarā viśatāṁ manda
virūpa-karaṇī nṛṇām

śukraḥ—舒夸查尔亚 / tam—对他(雅亚提王) / āha—说 / kupitaḥ—因为对他很生气 / strī-kāma—对女人好色的你啊 / anṛta-pūruṣa—不诚实的人啊 / tvām—对你 / jarā—老年、病弱 / viśatām—愿进入 / manda—你这傻瓜 / virūpa-karaṇī—使外形难看的 / nṛṇām—人类的身体

译文 舒夸查尔亚极度愤怒，对君王说："你这不忠诚的傻瓜，竟乱追女人！你犯了大错，因此我诅咒你被老年和病弱缠身并毁容。"

第 37 节

श्रीययातिरुवाच
अतृप्तोऽस्म्यद्य कामानां ब्रह्मन्दुहितरि स्म ते ।
व्यत्यस्यतां यथाकामं वयसा योऽभिधास्यति ॥३७॥

śrī-yayātir uvāca
atṛpto 'smy adya kāmānāṁ
brahman duhitari sma te
vyatyasyatāṁ yathā-kāmaṁ
vayasā yo 'bhidhāsyati

śrī-yayātiḥ uvāca—雅亚提王说 / atṛptaḥ—未得到满足的 / asmi—我是 / adya—直到现在 / kāmānām—满足我的性欲 / brahman—博学的布茹阿玛纳啊 / duhitari—与女儿有关 / sma—在过去 / te—你的 / vyatyasyatām—就交换 / yathā-kāmam—只要你是好色的 / vayasā—将青春 / yaḥ abhidhāsyati—同意用他的青春换取你老年的人的

译文　雅亚提王说："博学、值得崇拜的布茹阿玛纳啊！我对你女儿的色欲还没得到满足呢。"舒夸查尔亚于是回答道："如果有人同意，你就可以跟那人作交换，将他的青春转给你。"

要旨　当雅亚提说他还没满足对舒夸查尔亚的女儿所怀有的色欲时，舒夸查尔亚明白，如果雅亚提一直处在老年和病弱的状态中，就会不利于他的女儿，因为他那精力充沛的女儿将得不到满足。为此，舒夸查尔亚祝福自己的女婿说，他可以与某个青春年少的人交换自己的老年。他指出，如果雅亚提的儿子愿意用自己的青春交换雅亚提的老年，雅亚提就可以继续与黛瓦雅妮享受性生活。

第 38 节

इति लब्धव्यवस्थानः पुत्रं ज्येष्ठमवोचत ।
यदो तात प्रतीच्छेमां जरां देहि निजं वयः ॥३८॥

iti labdha-vyavasthānaḥ
putraṁ jyeṣṭham avocata
yado tāta pratīcchemāṁ
jarāṁ dehi nijaṁ vayaḥ

iti一如此 / labdha-vyavasthānaḥ一得到交换他老年的机会 / putram一对他儿子 / jyeṣṭham一最年长的 / avocata一他要求 / yado一雅杜啊 / tāta一你是我最心爱的儿子 / pratīccha一请交换 / imām一这 / jarām一病弱 / dehi一和给予 / nijam一你自己的 / vayaḥ一青春

译文 雅亚提从舒夸查尔亚那里得到这祝福后，便要求他的长子说：我亲爱的儿子雅杜，请把你的青春给予我，换取我的老年和病弱。

第39节

मातामहकृतां वत्स न तृप्तो विषयेष्वहम् ।
वयसा भवदीयेन रंस्ये कतिपयाः समाः ॥३९॥

mātāmaha-kṛtāṁ vatsa
na tṛpto viṣayeṣv aham
vayasā bhavadīyena
raṁsye katipayāḥ samāḥ

mātāmaha-kṛtām一由你外祖父舒夸查尔亚给予 / vatsa一我亲爱的儿子 / na一不 / tṛptaḥ一满足 / viṣayeṣu一性生活中、感官享乐 / aham一我(是) / vayasā一被年龄 / bhavadīyena一你本人的 / raṁsye一我将享受性生活 / katipayāḥ一几个 / samāḥ一年

译文 我亲爱的儿子，我的性欲还没得到满足。但如果你同情我，你就可以带走你外祖父给我的老年，我则得到你的青春，以便可以再享受几年性生活。

要旨 这是性欲的本质。《博伽梵歌》第7章的第20节诗中说：太依恋感官享乐的人事实上会失去理智(kāmais tais tair hṛta jñānāḥ)。这句话中的梵文hṛta jñānāḥ一词是指“失去理智的人”。现在我们看到的，就是这方面的一个实例，即：当父亲的恬不知耻

地要求自己的儿子用青春交换他的老年。当然，整个世界都受这种错觉的控制。因此经典中说，众生都极度疯狂(pramattaḥ)。人几乎成为疯狂之人时，就会沉溺于性生活等感官享乐(nūnaṁ pramat-taḥ kurute vikarma)。但是，人在达到没有性欲的完美境界时，就能控制性生活等感官享乐，而这种情况只有当人的意识完全是奎师那意识时才可能发生。

yadavadhi mama cetaḥ kṛṣṇa-pādāravinde
nava-nava-rasa-dhāmany udyataṁ rantum āsīt
tadavadhi bata nārī-saṅgame smaryamāne
bhavati mukha-vikāraḥ suṣṭhu-niṣṭhīvanaṁ ca

“自从我致力于为奎师那做超然的爱心服务，领悟到在祂之中持续更新的喜悦后，每当我想起性享乐，我就会唾弃那种念头，厌恶地撇嘴。”只有当人的意识完全是奎师那意识时，性享乐的欲望才会停止，否则是不可能的。人只要还有性享乐的欲望，就必得更换躯体，从一个躯体迁居到另一个躯体，在不同的物种或生命形式中享受性生活。然而，尽管形体各异，但性活动是一样的。正因为如此，经典中说，十分依恋性生活的人不断轮回、更换躯体，再三咀嚼已经咀嚼过的东西(punaḥ punaś carvita-car-vaṇānām)，体验当狗时的性享乐，当猪时的性享乐，当半神人时的性享乐……

第 40 节

श्रीयदुरुवाच
नोत्सहे जरसा स्थातुमन्तरा प्राप्तया तव ।
अविदित्वा सुखं ग्राम्यं वैतृष्ण्यं नैति पूरुषः ॥४०॥

śrī-yadur uvāca
notsahe jarasā sthātum
antarā prāptayā tava

aviditvā sukhaṁ grāmyaṁ
vaitṛṣṇyaṁ naiti pūruṣaḥ

śrī-yaduḥ uvāca—雅亚提的长子雅杜回答道 / na utsahe—我不热心 / jarasā—你的老年和病弱 / sthātum—保持……的状态 / antarā—年轻时 / prāptayā—接受 / tava—你的 / aviditvā—没有体会过 / sukham—快乐 / grāmyam—物质的或肉体的 / vaitṛṣṇyam—对物质享乐不感兴趣 / na—不是 / eti—获得 / pūruṣaḥ—一个人

译文 雅杜回答道：我亲爱的父亲，尽管你也曾是个年轻人，但你已经老了。可我不欢迎你的老年和病弱，因为人除非享受过物质快乐，否则无法达到弃绝的状态。

要旨 放弃物质享乐是人生的最终目标。为此，社会四阶层和灵性四阶段制度(varṇāśrama)最科学。这制度的目的，是给人回归家园、回到首神身边提供便利条件，不彻底断绝与物质世界的一切关系的人，无法做到这一点。圣柴坦亚·玛哈帕布说：想要回归家园，回到首神身边的人，必须摆脱一切物质享乐的倾向(niṣkiñcanasya bhagavad-bhajanonmukhasya)；人除非完全弃绝，否则无法致力于做奉爱服务，或稳定地处在梵的层面上(brahmaṇy upaśamāśrayam)。只有在梵的层面上才能做奉爱服务。因此，人除非达到梵的层面——灵性层面，否则无法致力于奉爱服务。换句话说，做奉爱服务的人，已经处在梵的层面上了。

māṁ ca yo 'vyabhicāreṇa
bhakti-yogena sevate
sa guṇān samatītyaitān
brahma-bhūyāya kalpate

“在任何情况下都全心全意地做奉爱服务，就能立刻超越物质自然属性，达到梵的层面。”(《博伽梵歌》14.26)所以，达到做奉爱服务层面的人，无疑已经解脱了。在一般的情况下，人除非享受物质快乐，否则无法做到弃绝。为此，社会四阶层和灵性四阶段制度，给人提供逐渐提升的机会。雅亚提王的儿子雅杜解释说，他想要用他的青春达到在今后能够弃绝的目的，所以现在无法放弃他的青春。

雅杜王与他的弟弟们不同，正如下节诗说明：雅杜王的弟弟们之所以拒绝接受他们父亲的提议，是因为他们不完全了解宗教原则(turvasuś coditaḥ pitrā druhyuś cānuś ca bhārata/ pratyācakhyur adharmajñāḥ)。接受符合宗教原则的命令，尤其是自己父亲的命令，十分重要。因此，当雅杜王的弟弟们拒绝他们父亲的命令时，这种做法无疑是违反宗教原则的。但雅杜王的拒绝符合宗教原则。正如第十篇说明：雅杜王完全清楚宗教原则(yadoś ca dharma-śīlāya)。最高的宗教原则是让自己为至尊主做奉爱服务。雅杜王十分渴望自己能为至尊主做服务，但现实情况还存在障碍，那就是：年轻时无疑还存有感官享乐的物质欲望，人除非在年轻时让这些贪图物质享乐的欲望得到满足，否则在为至尊主做服务时就会有受到打扰的机会。我们实际上看到，许多过早进入弃绝阶层的出家人(sannyāsī)，因为自己的物质欲望尚未得到满足而受到打扰，进而堕落。因此通常的做法是：先经历居士(gṛhastha)生活和退出家庭生活阶段，最终再进入弃绝阶层，让自己能够全身心地为至尊主做奉爱服务。雅杜王确信他父亲拿走他的青春后还会还给他，所以执行父亲的命令，用自己的青春交换父亲的老年本没有问题。但由于这种交换将延迟他全身心地做奉爱服务的时间，而他渴望达到不受干扰的状态，所以才不愿意接受他父亲的老年。不仅如此，主奎师那将作为雅杜的后代降临在雅杜王朝。雅杜渴望尽快看到至尊主出现在他的王朝中，因此拒绝接受他父亲的提议。这并没有违反宗教，因为雅杜的目的是为至尊主服务。由于雅杜是至尊主忠实的仆人，主奎师那显现在他的王朝中。正如琨缇(Kuntī)在她的祈祷中证实说：奎师那很珍爱雅杜(yadoḥ priyasyānvavāye)，为此而渴望降临在雅杜王朝中。结论是：不该认为雅杜王像下一节诗所讲述的他的弟弟们一样不知道宗教原则(adharma jña)。他就像萨纳卡四兄弟(catuḥ-sana)拒绝他们的父亲布茹阿玛的命令一样，都是为了更好的原因。库玛尔四兄弟(Kumāras)想要作为贞守生(brahmacārī)全心致力于为至尊主服务，所以拒绝执行他们父亲的命令并非是违反宗教。

第 41 节

तुर्वसुश्चोदितः पित्रा द्रुह्युश्चानुश्च भारत ।
प्रत्याचख्युरधर्मज्ञा ह्यनित्ये नित्यबुद्धयः ॥४१॥

turvasuś coditaḥ pitrā
druhyuś cānuś ca bhārata
pratyācakhyur adharmajñā
hy anitye nitya-buddhayaḥ

turvasuḥ－另一个儿子图尔瓦苏 / coditaḥ－要求 / pitrā－被父亲(用他的青春交换老年和病弱) / druhyuḥ－另一个儿子杜赫尤 / ca－和 / anuḥ－另一个儿子阿努 / ca－也 / bhārata－帕瑞克西特王啊 / pratyācakhyuḥ－拒绝接受 / adharma-jñāḥ－因为他们不知道宗教原则 / hi－事实上 / a-nitye－短暂的青春 / nitya-buddhayaḥ－认为是永久的

译文 帕瑞克西特王啊！雅亚提向他的儿子图尔瓦苏、杜赫尤及阿努提出同样的要求——用他们的青春交换他的老年，但他们因为不了解宗教原则，以为他们转瞬即逝的青春是永恒的，所以拒绝执行他们父亲的命令。

第 42 节

अपृच्छत्तनयं पूरुं वयसोनं गुणाधिकम् ।
न त्वमग्रजवद्वत्स मां प्रत्याख्यातुमर्हसि ॥४२॥

aprcchat tanayaṁ pūruṁ
vayasonaṁ guṇādhikam
na tvam agrajavad vatsa
māṁ pratyākhyātum arhasi

apṛcchat－要求 / tanayam－儿子 / pūrum－菩茹 / vayasā－按照年龄 / ūnam－虽然较小 / guṇa-adhikam－品质强于其他的 / na－不 / tvam－你 / agraja-vat－像你的哥哥们 / vatsa－我亲爱的儿子 / mām－我 / pratyākhyātum－拒绝 / arhasi－应当

译文　雅亚提王接着向虽然比这三个哥哥小，但却更优秀的菩茹提出要求说：我亲爱的儿子，不要像你哥哥那样违抗我的命令，那不是你该做的。

第 43 节

श्रीपूरुरुवाच
को नु लोके मनुष्येन्द्र पितुरात्मकृतः पुमान् ।
प्रतिकर्तुं क्षमो यस्य प्रसादाद्विन्दते परम् ॥४३॥

śrī-pūrur uvāca
ko nu loke manuṣyendra
pitur ātma-kṛtaḥ pumān
pratikartuṁ kṣamo yasya
prasādād vindate param

śrī-pūruḥ uvāca－菩茹说 / kaḥ－什么 / nu－事实上 / loke－在这世上 / manuṣya-indra－您陛下——最优秀的人啊 / pituḥ－父亲 / ātma-kṛtaḥ－给予这个身体的…… / pumān－一个人 / pratikartum－回报 / kṣamaḥ－能够 / yasya－……的 / prasādāt－凭仁慈 / vindate－人享受 / param－较高级的生活

译文　菩茹回答道：陛下啊！这世上有谁能偿还欠他父亲的债啊？凭父亲的仁慈，人才能得到可以使其成为至尊主同伴的人体生命。

要旨 父亲给予身体的种子，这种子逐渐生长发育，直到其中的生物最终得到一个意识层次高于动物身体的成熟的人体。在人体中，灵魂可以被提升到更高的星球，而且如果人培养奎师那意识，就可以回归家园，回到首神身边。这一重要的人体透过父亲的恩典才能得到，所以每一个人都欠父亲的债。当然，在其他的生命形式中，生物也有父母，就连猫和狗都有父母。但在人体生命中，父母可以通过教导儿子成为奉献者给予儿子最大的祝福。成为奉献者的人得到最大的祝福，因为他可以完全跳脱生死轮回。因此，训练自己的儿子培养奎师那意识的父亲，是这个世上最仁慈的父亲。经典中说：

janame janame sabe pitāmātā pāya
kṛṣṇa guru nahi mile bhaja hari ei

每一个人都有父母，但得到奎师那和灵性导师祝福的人，能够战胜物质自然，回归家园，回到首神身边。

第44节

उत्तमश्चिन्तितं कुर्यात्प्रोक्तकारी तु मध्यमः ।
अधमोऽश्रद्धया कुर्यादकर्तोच्चरितं पितुः ॥४४॥

uttamaś cintitaṁ kuryāt
prokta-kārī tu madhyamaḥ
adhamo 'śraddhayā kuryād
akartoccaritaṁ pituḥ

uttamaḥ－最优秀的 / cintitam－考虑父亲的想法 / kuryāt－相应地行事 / prokta-kārī－按照父亲的命令做事的人 / tu－事实上 / madhyamaḥ－中等的 / adhamaḥ－较低级 / aśraddhayā－没有信心 / kuryāt－做事 / akartā－不愿意做 / uccaritam－如同粪便 / pituḥ－父亲的

译文　在父亲明确表达之前按父亲的期望做事的人，是一流的儿子；接到父亲的命令后做事的人，是二流的儿子；怀着不敬的心态执行父亲命令的人，是三流的儿子。但拒绝执行父亲命令的儿子，则如同父亲的粪便。

要旨　雅亚提的小儿子菩茹立刻接受了父亲的提议，因为他虽然最小，但却很有资格。菩茹心想："我应该在父亲询问我之前就接受他的提议，但我没这么做。为此，我不是一流的儿子，而是二流的儿子。但我不希望成为被比喻为是父亲粪便的最低等的儿子。"有一首印度诗歌谈到儿子(putra)和尿液(mūtra)。儿子和尿液都从同一个生殖器官出来。儿子如果是至尊主顺从的奉献者，就被称为是真正的儿子(putra)；否则，如果不学无术又不是奉献者，就不比尿液强。

第45节

इति प्रमुदितः पूरुः प्रत्यगृह्णाज्जरां पितुः ।
सोऽपि तद्वयसा कामान् यथावज्जुजुषे नृप ॥४५॥

iti pramuditaḥ pūruḥ
pratyagṛhṇāj jarāṁ pituḥ
so 'pi tad-vayasā kāmān
yathāvaj jujuṣe nṛpa

iti－就这样 / pramuditaḥ－十分高兴地 / pūruḥ－菩茹 / pratyagṛhṇāt－接受 / jarām－老年和病弱 / pituḥ－他父亲的 / saḥ－那父亲(雅亚提) / api－也 / tat-vayasā－透过他儿子的青春 / kāmān－所有的欲望 / yathā-vat－按需要 / jujuṣe－满足的 / nṛpa－帕瑞克西特王啊

译文　舒卡戴瓦·哥斯瓦米说：帕瑞克西特王啊！就这样，名叫菩茹的儿子十分高兴地接受了他父亲雅亚提的老年，雅亚提自己则得到他儿子的青春，按他的需要享受这个物质世界。

第 46 节

सप्तद्वीपपतिः संयक्पितृवत्पालयन् प्रजाः ।
यथोपजोषं विषयाञ्जुजुषेऽव्याहतेन्द्रियः ॥४६॥

sapta-dvīpa-patiḥ saṁyak
pitṛvat pālayan prajāḥ
yathopajoṣaṁ viṣayāñ
jujuṣe 'vyāhatendriyaḥ

sapta-dvīpa-patiḥ－由七个岛屿构成的整个世界的主人 / saṁyak－完全地 / pitṛ-vat－恰似父亲 / pālayan－统治 / prajāḥ－国民 / yathā-upajoṣam－如他想要的那么多 / viṣayān－物质快乐 / jujuṣe－享受 / avyāhata－不受打扰 / indriyaḥ－他的感官

译文 那之后，雅亚提王成为由七个岛屿构成的整个世界的统治者，如慈父般统治他的国民。由于他从儿子那里得到青春，他感官的力量丝毫未减，他随心所欲地享受物质快乐。

第 47 节

देवयान्यप्यनुदिनं मनोवाग्देहवस्तुभिः ।
प्रेयसः परमां प्रीतिमुवाह प्रेयसी रहः ॥४७॥

devayāny apy anudinaṁ
mano-vāg-deha-vastubhiḥ
preyasaḥ paramāṁ prītim
uvāha preyasī rahaḥ

devayānī－雅亚提王的妻子——舒夸查尔亚的女儿 / api－也 / anudinam－日复一日二十四小时地 / manaḥ-vāk－用她的心和话语 / deha－身体 / vastubhiḥ－与所有必不可少的东西 / preyasaḥ－她心爱的丈夫的 / paramām－最高的 / prītim－快乐 / uvāha－履行 / preya-sī－很爱她丈夫 / rahaḥ－在僻静处不受打扰地

译文 雅亚提王可爱的妻子黛瓦雅妮，总是用她的心智、话语、身体及各种用品，在僻静处使她丈夫感到快乐如仙人。

第 48 节

अयजद्यज्ञपुरुषं क्रतुभिर्भूरिदक्षिणैः ।
सर्वदेवमयं देवं सर्ववेदमयं हरिम् ॥४८॥

ayajad yajña-puruṣaṁ
kratubhir bhūri-dakṣiṇaiḥ
sarva-devamayaṁ devaṁ
sarva-vedamayaṁ harim

ayajat－崇拜 / yajña-puruṣam－祭祀的主人——至尊主 / kratubhiḥ－通过举行各种祭祀 / bhūri-dakṣiṇaiḥ－给予布茹阿玛纳大量的礼物 / sarva-deva-mayam－全体半神人的来源 / devam－至尊主 / sarva-veda-mayam－所有韦达知识的最高对象 / harim－至尊主——至尊人格首神

译文 雅亚提王举行各种祭祀，在祭祀中给布茹阿玛纳大量的礼物，以此取悦作为全体半神人的来源，以及一切韦达知识之对象的至尊主哈尔依。

第 49 节

यस्मिन्निदं विरचितं व्योम्नीव जलदावलिः ।
नानेव भाति नाभाति स्वप्नमायामनोरथः ॥४९॥

yasminn idaṁ viracitaṁ
vyomnīva jaladāvaliḥ
nāneva bhāti nābhāti
svapna-māyā-manorathaḥ

yasmin－在……人中 / idam－这整个宇宙展示 / viracitam－创造 / vyomni－在天空中 / iva－恰似 / jalada-āvaliḥ－云朵 / nānā iva－

仿佛各种各样的 / bhāti—被展示 / na ābhāti—不展示的 / svapna-māyā—如梦般的错觉 / manaḥ-rathaḥ—内心杜撰的

译文 创造了整个宇宙展示的至尊主华苏戴瓦，展示自己的无所不在性，恰似容纳云朵的天空。当创造被毁灭时，一切都进入至尊主维施努体内，多样化将不再展现。

要旨 《博伽梵歌》第7章的第19节诗记载，至尊主本人说明道：

bahūnāṁ janmanām ante
jñānavān māṁ prapadyate
vāsudevaḥ sarvam iti
sa mahātmā sudurlabhaḥ

“经过许许多多次生死后，真正处在知识层面上的人就会皈依我，知道我是一切原因的起因，是一切。这样的灵魂伟大而又罕见。”至尊人格首神华苏戴瓦(Vāsudeva)，就是至尊梵——至尊绝对真理。在初始阶段，一切都在祂之中；在结束时，所有的展示都进入祂体内。祂处在每一个生物体的心中(sarvasya cāhaṁ hṛdi sanniviṣṭaḥ)。一切从祂发散出来(janmādy asya yataḥ)。然而，所有的物质展示都是短暂的。梵文svapna的意思是“梦”，māyā的意思是“错觉、幻觉”，而manoratha的意思是“内心杜撰”。梦、错觉和内心杜撰都是短暂的。同样，所谓的物质创造也是短暂的，但至尊人格首神华苏戴瓦是永恒的绝对真理。

第50节

तमेव हृदि विन्यस्य वासुदेवं गुहाशयम् ।
नारायणमणीयांसं निराशीरयजत्प्रभुम् ॥५०॥

tam eva hṛdi vinyasya
vāsudevaṁ guhāśayam

nārāyaṇam aṇīyāṁsaṁ
　nirāśīr ayajat prabhum

tam eva—只有祂 / hṛdi—在心中 / vinyasya—置于 / vāsudevam—主华苏戴瓦 / guha-āśayam—处在每一个生物体心中的…… / nārāyaṇam—是纳茹阿亚纳或纳茹阿亚纳的一个扩展的 / aṇīyāṁsam—虽然无所不在，但物质眼睛看不到的 / nirāśīḥ—没有物质欲望的雅亚提 / ayajat—崇拜 / prabhum—至尊主

译文　雅亚提王在毫无物质欲望的状态下，崇拜以纳茹阿亚纳的形象处在每一个生物体心中的至尊主。至尊主虽然无所不在，但却不被物质眼睛所见。

要旨　雅亚提王外表看来虽然很喜欢物质享乐，但内在却想着成为至尊主永恒的仆人。

第51节

एवं वर्षसहस्राणि मनःषष्ठैर्मनःसुखम् ।
विदधानोऽपि नातृप्यत्सार्वभौमः कदिन्द्रियैः ॥५१॥

evaṁ varṣa-sahasrāṇi
　manaḥ-ṣaṣṭhair manaḥ-sukham
vidadhāno 'pi nātṛpyat
　sārva-bhaumaḥ kad-indriyaiḥ

evam—就这样 / varṣa-sahasrāṇi—达一千年之久 / manaḥ-ṣaṣṭhaiḥ—被心和五种获取知识的感官 / manaḥ-sukham—由内心杜撰出的短暂快乐 / vidadhānaḥ—履行 / api—虽然 / na atṛpyat—不能被满足 / sārva-bhaumaḥ—虽然他是整个世界的君王 / kat-indriyaiḥ—因为拥有不纯净的感官

译文 雅亚提王虽然是整个世界的君王，用他的心智和五个感官享受物质拥有达一千年之久，但却无法感到心满意足。

要旨 如果用感官和心培养奎师那意识，不纯净的感官(kad-indriya)就会得到净化。人必须摆脱一切称号(sarvopādhi-vinirmuktaṁ tat-paratvena nirmalam)。当我们将自己与物质世界认同时，我们的感官就不纯净了。但当人获得灵性觉悟，将自己视为是至尊主的一个仆人时，其感官就会立刻得到净化。用净化的感官为至尊主服务，被称为奉爱服务(hṛṣīkeṇa hṛṣīkeśa-sevanaṁ bhaktir ucyate)。人也许能享受感官达数千年之久，但除非净化感官，否则无法感到快乐。

到此为止，结束了巴克提韦丹塔对《圣典博伽瓦谭》第9篇的第18章——“雅亚提王恢复青春”所作的阐释。

第十九章

雅亚提王得解脱

这一章描述了雅亚提王在讲述公羊和母羊的寓言故事后获得解脱的历史。

雅亚提王在物质世界中享受性享乐等物质快乐许许多多年后，终于对这种物质快乐感到厌恶。他在厌烦物质享乐时，构想出形容他本人生活的公羊和母羊的故事，并讲给他心爱的妻子黛瓦雅妮听。那故事是这样的：一次，一只公羊在森林中寻找各种植物吃时，偶然来到一口井边，看到井里有只母羊。公羊受到母羊的吸引，想方设法将母羊从井里救出。那之后，它们结合在一起。可是后来，那头母羊发现公羊与其他母羊交配，于是十分生气，离弃公羊返回它的布茹阿玛纳主人家，向他控告公羊的行为。布茹阿玛纳非常愤怒，诅咒公羊失去性能力。公羊乞求布茹阿玛纳的原谅，因而重获性能力。这事件之后，公羊与那头母羊在一起享受性娱乐许许多多年，但还是得不到满足。一个人如果好色并贪婪，那么哪怕有整个世界那么多的黄金储备，都无法满足其贪图物质享乐的欲望。这些欲望恰似火焰；人无法靠往熊熊烈火上浇奶油使大火熄灭。要熄灭这样的大火，人必须采用另外的方式。为此，启示经典(śāstra)劝告人们，要靠智慧放弃这种物质享乐生活。不付出巨大的努力，缺乏知识的人无法放弃感官享乐，尤其是性享乐，因为漂亮的女人迷惑甚至是最有学问的人。然而，雅亚提王放弃世俗生活，将他的财产分给他的儿子们。他自己则去过出家人(sannyāsī)的弃绝生活，不再依恋物质享乐，而是致力于全心全意地为至尊主做奉爱服务，以此达到完美的境界。他心爱的妻子黛瓦雅妮后来也纠正错误的生活方式，致力于为至尊主做奉爱服务。

第 1 节

श्रीशुक उवाच
स इत्थमाचरन् कामान् स्त्रैणोऽपह्नवमात्मनः ।
बुद्ध्वा प्रियायै निर्विण्णो गाथामेतामगायत ॥ १ ॥

śrī-śuka uvāca
sa ittham ācaran kāmān
straiṇo 'pahnavam ātmanaḥ
buddhvā priyāyai nirviṇṇo
gāthām etām agāyata

śrī-śukaḥ uvāca—圣舒卡戴瓦·哥斯瓦米说 / saḥ—雅亚提王 / ittham—就这样 / ācaran—行为举止 / kāmān—有关色欲 / straiṇaḥ—非常依恋女人 / apahnavam—抵消 / ātmanaḥ—他自己的福利的 / buddhvā—透过智力了解 / priyāyai—向他心爱的妻子黛瓦雅妮 / nir-viṇṇaḥ—感到厌恶 / gāthām—故事 / etām—这(如下) / agāyata—讲述

译文 舒卡戴瓦·哥斯瓦米说：帕瑞克西特王啊！雅亚提十分依恋女人。但到一定时候，当他对性享乐及其不良影响感到作呕时，他停止这种生活方式，并向他心爱的妻子讲述了如下的故事。

第 2 节

शृणु भार्गव्यमूं गाथां मद्विधाचरितां भुवि ।
धीरा यस्यानुशोचन्ति वने ग्रामनिवासिनः ॥ २ ॥

śṛṇu bhārgavy amūṁ gāthāṁ
mad-vidhācaritāṁ bhuvi
dhīrā yasyānuśocanti
vane grāma-nivāsinaḥ

śṛṇu—请听 / bhārgavi—舒夸查尔亚的女儿啊 / amūm—这 / gāthām—故事 / mat-vidhā—就类似我的行为举止 / ācaritām—行为举

止 / bhuvi－在这个世界里 / dhīrāḥ－清醒且有智慧的人 / yasya－……的 / anuśocanti－很痛惜 / vane－在森林中 / grāma-nivāsinaḥ－十分依恋物质享乐

译文　我深爱的妻子——舒夸查尔亚的女儿，在这世上有个完全像我一样的人。请听我讲述他的生活史。那些退出居士生活的人，听到这种居士生活时，总是感到很痛惜。

要旨　住在村庄或城镇里的人被称为“十分依恋物质享乐的人(grāma-nivāsī)”，住在森林中的人被称为退出家庭生活的人(vānaprastha)。退出家庭生活的人一般都会为他们过去的家庭生活而感到悲叹，因为那种生活曾使他们努力满足色欲。帕拉德王说，人应该尽快退出家庭生活。他将家庭生活比喻为是黑井(hitvātma-pātaṁ gṛham andha-kūpam)。人如果持续不断或长久地专注于家庭生活，就被视为是在谋害自己。因此韦达文明中推荐，人在五十岁结束时退出家庭生活，到森林中去。当他精于或习惯于森林生活——退出家庭的生活时，他就该进入弃绝阶层(sannyāsa)。经典中说：应该去森林托庇于至尊人格首神(vanaṁ gato yad dharim āśrayeta)。进入弃绝阶层意味着，要全心致力于为至尊注做纯粹的服务。为此，韦达文明推荐生活的四个不同阶段，即：贞守生阶段(brahmacarya)、居士阶段(gṛhastha)、退出家庭生活阶段(vānapra-stha)和弃绝阶段(sannyāsa)。人应该对自己始终留在居士阶段，不将自己提升到退出家庭生活阶段和弃绝阶段这两个更高的阶段感到羞愧。

第3节

बस्त एको वने कश्चिद्विचिन्वन् प्रियमात्मनः ।
ददर्श कूपे पतितां स्वकर्मवशगामजाम् ॥ ३ ॥

basta eko vane kaścid
vicinvan priyam ātmanaḥ

dadarśa kūpe patitāṁ
sva-karma-vaśagām ajām

bastaḥ－山羊 / ekaḥ－一个 / vane－在森林中 / kaścit－某个 / vicinvan－寻找食物 / priyam－十分喜欢的 / ātmanaḥ－为他自己 / dadarśa－意外地看到 / kūpe－在井中 / patitām－落下 / sva-karma-vaśagām－在功利性活动结果的影响下 / ajām－一只母羊

译文 一只公羊在森林中游荡，找它喜欢吃的东西时，偶然走近一口井，看到一只母羊因为功利性活动结果的影响掉进那口井，正绝望地站在井底。

要旨 雅亚提王在此将自己比喻为是一头公山羊，将黛瓦雅妮比喻为是一头母山羊，并描述了男女的天性。男人像公山羊一样为寻找感官享乐而到处闲逛，没有男人或丈夫保护的女人恰似坠入井中的母山羊。没有男人的照顾，女人无法感到快乐。事实上，她就像掉到井里的母山羊，为生存而苦苦挣扎。因此，女人必须首先得到父亲的保护，就像黛瓦雅妮受到舒夸查尔亚的照顾。接着，父亲必须将女儿嫁给一个合适的丈夫，或者可靠的监管人，必须帮助被监管的女子找到一个合适的丈夫。黛瓦雅妮的生活就是这方面生动的例子。

雅亚提王从井里救出黛瓦雅妮时，黛瓦雅妮感到巨大的慰藉，于是要求雅亚提王将她接受为他的妻子。但当雅亚提王接受黛瓦雅妮后，他变得太依恋感官享乐，而且不仅与她发生性关系，还与莎尔蜜施塔等其他人也发生性关系。尽管如此，他仍感到不满足。所以，人应该迫使自己退出雅亚提所过的这种家庭生活。人一旦坚信世俗家庭生活使人堕落的本质，就该完全放弃这种生活方式，进入弃绝阶层，使自己全身心地为至尊主服务。人的生命将因此而获得成功。

第 4 节

तस्या उद्धरणोपायं बस्तः कामी विचिन्तयन् ।
व्यधत्त तीर्थमुद्धृत्य विषाणाग्रेण रोधसी ॥ ४ ॥

tasyā uddharaṇopāyaṁ
bastaḥ kāmī vicintayan
vyadhatta tīrtham uddhṛtya
viṣāṇāgreṇa rodhasī

tasyāḥ—母羊的 / uddharaṇa-upāyam—拯救(从井里)的方法 / bastaḥ—公羊 / kāmī—怀有色欲 / vicintayan—计划 / vyadhatta—执行 / tīrtham—出来的路 / uddhṛtya—挖土 / viṣāṇa-agreṇa—用犄角尖 / rodhasī—在井边

译文　计划好该如何将那母羊从井里救上来后，好色的公羊用它的犄角挖井边的土，以使母羊能轻易地出来。

要旨　受女人吸引是经济发展的动力，因为赚钱卖房子和许多其他的东西，都是为了使人在这个物质世界里住得舒服。挖土挖出一条使母山羊能走出来的路，是一项艰巨的任务；在接受母山羊之前，公山羊就付出了艰苦的劳动。男女结合促使人为得到漂亮的公寓、良好的收入，以及孩子和朋友而努力。人就这样被捆绑在这个物质世界里(ato gṛha-kṣetra-sutāpta-vittair janasya moho 'yam ahaṁ mameti)。

第 5—6 节

सोत्तीर्य कूपात्सुश्रोणी तमेव चकमे किल ।
तया वृतं समुद्वीक्ष्य बह्व्योऽजाः कान्तकामिनीः ॥ ५ ॥

पीवानं श्मश्रुलं प्रेष्ठं मीढ्वांसं याभकोविदम् ।
स एकोऽजवृषस्तासां बह्वीनां रतिवर्धनः ।
रेमे कामग्रहग्रस्त आत्मानं नावबुध्यत ॥ ६ ॥

sottīrya kūpāt suśroṇī
　tam eva cakame kila
tayā vṛtaṁ samudvīkṣya
　bahvyo 'jāḥ kānta-kāminīḥ

pīvānaṁ śmaśrulaṁ preṣṭhaṁ
　mīḍhvāṁsaṁ yābha-kovidam
sa eko 'javṛṣas tāsāṁ
　bahvīnāṁ rati-vardhanaḥ
reme kāma-graha-grasta
　ātmānaṁ nāvabudhyata

sā—母山羊 / uttīrya—出来 / kūpāt—从井中 / su-śroṇī—拥有很可爱的臀部 / tam—向公山羊 / eva—事实上 / cakame—想要让它当丈夫 / kila—事实上 / tayā—被她 / vṛtam—接受 / samudvīkṣya—看到 / bahvyaḥ—许多其他的 / ajāḥ—母山羊 / kānta-kāminīḥ—想要让公山羊当她们的丈夫 / pīvānam—十分肥胖和健壮 / śmaśrulam—具有十分漂亮的胡子 / preṣṭham——流的 / mīḍhvāṁsam—擅长射精 / yābha-kovidam—精通性交的技术 / saḥ—那公山羊 / ekaḥ—独自 / ajavṛṣaḥ—山羊中的勇士 / tāsām—所有母山羊的 / bahvīnām——大群 / rati-vardhanaḥ—可以增强性欲 / reme—他享受 / kāma-graha-grastaḥ—因为被性欲这一鬼魂附体 / ātmānam—它自己 / na—不 / avabudhyata—能够明白

译文　长着漂亮臀部的母羊从井中出来，看到英俊的公羊时，便想要将它接受为是自己的丈夫。母羊这样做了后，其他许多母羊看到公羊身体健美、胡须漂亮，而且很擅长性交和射精的技巧，就也想要它做自己的丈夫。那之后，就像被鬼魂附体的人呈现疯狂的状态，公羊中最优秀的它，受到许多母羊的吸引，忙于性活动，自然忘了它真正该做的事是认识自我。

要旨　物质主义者无疑都很依恋性生活(yan maithunādi-gṛha-medhi-sukhaṁ hi tuccham)。当居士的人虽然想要尽情享受性生活，但永远都不会得到满足。这样一个贪图物质享乐的物质主义者就如同一只山羊，因为据说山羊在被宰杀之前，如有机会就还会享受性生活。然而人类的躯体是为觉悟自我而设的。

tapo divyaṁ putrakā yena sattvaṁ
śuddhyed yasmād brahma-saukhyaṁ tv anantam

“人该为了达到做奉爱服务的神圣状态而苦修。这样的活动使人心得到净化；达到这种状态的人，获得永恒、极乐的生活，这种生活超越物质快乐，而且永恒持续。”人生是为了觉悟自我(躯体内的灵性灵魂)而设的(dehino 'smin yathā dehe)。物质主义者不知道自己不是躯体，而是躯体中的灵性灵魂。然而，人应该了解自己真正的状态，培养能摆脱躯体束缚的知识。如同被鬼魂附体而行为疯狂的不幸之人一样，物质主义者被贪图物质享乐的欲望之鬼魂附体，遗忘自己真正的责任，以使自己能享受所谓的躯体化概念中的快乐。

第 7 节

तमेव प्रेष्ठतमया रममाणमजान्यया ।
विलोक्य कूपसंविग्ना नामृष्यद्बस्तकर्म तत् ॥ ७ ॥

tam eva preṣṭhatamayā
ramamāṇam ajānyayā
vilokya kūpa-saṁvignā
nāmṛṣyad basta-karma tat

tam—公山羊 / eva—事实上 / preṣṭhatamayā—心爱的 / ramamāṇam—忙于性活动 / ajā—母山羊 / anyayā—与另一个母山羊一起 / vilokya—因为看到 / kūpa-saṁvignā—落入井中的母山羊 / na—不 / amṛṣyat—容忍 / basta-karma—那只山羊的勾当 / tat—那(在此被称为山羊勾当的性活动)

译文 曾经掉落井中的母羊，看到它心爱的公羊与其他母羊通奸，无法容忍公羊的越轨行为。

第8节

तं दुर्हृदं सुहृद्रूपं कामिनं क्षणसौहृदम् ।
इन्द्रियाराममुत्सृज्य स्वामिनं दुःखिता ययौ ॥८॥

taṁ durhṛdaṁ suhṛd-rūpaṁ
kāminaṁ kṣaṇa-sauhṛdam
indriyārāmam utsṛjya
svāminaṁ duḥkhitā yayau

tam－它(公山羊) / durhṛdam－铁石心肠 / suhṛt-rūpam－假装朋友 / kāminam－十分好色 / kṣaṇa-sauhṛdam－暂时有友谊 / indriya-ārā-mam－只喜欢感官享乐 / utsṛjya－放弃 / svāminam－对她现在的丈夫或以前的养育者 / duḥkhitā－因为非常难过 / yayau－她离开了

译文 气不过自己的丈夫对其他母羊的态度，那只母羊认为公羊不是它真正的朋友，而是铁石心肠者，只是它短暂的朋友而已。那之后，母羊因为丈夫好色而离开它，返回以前养它的人家。

要旨 梵文“对她现在的丈夫或以前的养育者(svāminam)”一句十分重要，其中svāmi的意思是“照顾者”或“主人”。黛瓦雅妮在结婚前由舒夸查尔亚照顾，结婚后由雅亚提照顾，但这里的“对她现在的丈夫或以前的养育者(svāminam)”是指，黛瓦雅妮离开她丈夫雅亚提的保护，回到她以前的保护者舒夸查尔亚那里。韦达文明忠告女人要留在一个男人的保护下；在孩童时期应该受她父亲的照顾，在年轻时得到她丈夫的照顾，在老年时得到长大的儿子的照顾。女人在生活的任何阶段都不该是独立的。

第 9 节

सोऽपि चानुगतः स्त्रैणः कृपणस्तां प्रसादितुम् ।
कुर्वन्निडविडाकारं नाशक्नोत्पथि सन्धितुम् ॥ ९ ॥

so 'pi cānugataḥ straiṇaḥ
kṛpaṇas tāṁ prasāditum
kurvann iḍaviḍā-kāraṁ
nāśaknot pathi sandhitum

saḥ 一那只公山羊 / api 一也 / ca 一也 / anugataḥ 一跟随着母山羊 / straiṇaḥ 一惧内的 / kṛpaṇaḥ 一十分可怜 / tām 一她 / prasāditum 一令人满意 / kurvan 一使得 / iḍaviḍā-kāram 一用山羊的语言说话 / na 一不 / aśaknot 一能够 / pathi 一在路上 / sandhitum 一满意

译文　公羊十分后悔，对妻子卑躬屈膝，一路跟着母羊，竭力奉承讨好，但就是无法使母羊平静下来。

第 10 节

तस्य तत्र द्विजः कश्चिदजास्वाम्यच्छिनद्रुषा ।
लम्बन्तं वृषणं भूयः सन्दधेऽर्थाय योगवित् ॥१०॥

tasya tatra dvijaḥ kaścid
ajā-svāmy acchinad ruṣā
lambantaṁ vṛṣaṇaṁ bhūyaḥ
sandadhe 'rthāya yogavit

tasya 一公山羊的 / tatra 一因此 / dvijaḥ 一布茹阿玛纳 / kaścit 一某个 / ajā-svāmī 一另一只母羊的养育者 / acchinat 一割去睾丸 / ruṣā 一出于愤怒 / lambantam 一长形的、悬吊 / vṛṣaṇam 一睾丸 / bhūyaḥ 一再次 / sandadhe 一连接上 / arthāya 一为自己的利益 / yoga-vit 一擅长运用神秘瑜伽的力量

译文 母羊到养着另一头母羊的布茹阿玛纳的住所，那位布茹阿玛纳生气地将公羊悬吊着的睾丸割除。但后来因为公羊的哀求，那位布茹阿玛纳又用神秘瑜伽的力量将它们重新接回去。

要旨 在这节诗文中，舒夸查尔亚被比喻性地描述为是另一只母羊的丈夫。这表明，无论是比人类社会高等或低等的社会，任何社会中的夫妻关系，都不过是公羊和母羊的关系，因为性生活是男人和女人之间关系的基础。但没有灵性知识的所谓居士，以为那是最高的快乐(yan maithunādi-gṛhamedhi-sukhaṁ hi tuccham)。舒夸查尔亚是一个导师，精通包括公羊给母羊授精在内的各种家庭事务。这节诗文中的梵文“另一头母羊的养育者(kaścid ajāsvāmī)”明确表明，舒夸查尔亚并不比雅亚提强，因为他们两人都对透过精子(śukra)传承的家庭事务感兴趣。舒夸查尔亚先诅咒雅亚提变得年老体弱，以使他不能再过性生活，但看到自己的女儿将成为这一惩罚的牺牲者时，就把他的神秘瑜伽力量用于使雅亚提恢复性能力。由于把神秘瑜伽力量用于家庭事务，而不是用于觉悟至尊人格首神，这种对瑜伽魔术的运用就不比公羊和母羊之间的事务强。应该正确地将神秘力量用于觉悟至尊人格首神。正如《博伽梵歌》第6章的第47节诗记载，至尊主本人解释说：

yogināṁ api sarveṣāṁ
mad-gatenāntarātmanā
śraddhāvān bhajate yo māṁ
sa me yuktatamo mataḥ

“在所有的瑜伽师中，谁信心坚定地总在内心想着我，为我做超然的爱心服务，谁就通过瑜伽与我最紧密地连在一起，就是最高级的瑜伽师。这就是我的看法。”

第 11 节

सम्बद्धवृषणः सोऽपि ह्यजया कूपलब्धया ।
कालं बहुतिथं भद्रे कामैर्नाद्यापि तुष्यति ॥११॥

sambaddha-vṛṣaṇaḥ so 'pi
hy ajayā kūpa-labdhayā
kālaṁ bahu-tithaṁ bhadre
kāmair nādyāpi tuṣyati

sambaddha-vṛṣaṇaḥ—用重新接合的睾丸 / saḥ—他 / api—也 / hi—事实上 / ajayā—与那只母山羊 / kūpa-labdhayā—他从井里得到的 / kālam——度 / bahu-titham—长时间地 / bhadre—我亲爱的妻子啊 / kāmaiḥ—怀着这样的色欲 / na—不 / adya api—甚至直到现在 / tuṣyati—被满足

译文　我亲爱的妻子，公羊在睾丸被接回去后，与它从井里救出的母羊共同享乐。然而，尽管它享乐多年，可直到现在还没有心满意足的感觉。

要旨　人一旦受到对自己妻子的情感的束缚，就会执著于难以克服的性欲。所以，按照韦达文明，人必须自愿离开自己所谓的家，到森林中去(pañcāśordhvaṁ vanaṁ vrajet)。人生是专为这样的苦修(tapasya)而设的。自愿去森林以避免在家过性生活，同时与奉献者联谊，致力于从事灵性活动，使人达到人生的真正目的。

第 12 节

तथाहं कृपणः सुभ्रु भवत्याः प्रेमयन्त्रितः ।
आत्मानं नाभिजानामि मोहितस्तव मायया ॥१२॥

tathāhaṁ kṛpaṇaḥ subhru
bhavatyāḥ prema-yantritaḥ
ātmānaṁ nābhijānāmi
mohitas tava māyayā

tathā－完全就像那只公山羊 / aham－我 / kṛpaṇaḥ－不了解生命重要性的吝啬鬼 / su-bhru－我那长着美丽眉毛的妻子啊 / bhavatyāḥ－在你的陪伴下 / prema-yantritaḥ－恰似被爱捆绑，但实际上是贪图物质享乐的欲望 / ātmānam－自我觉悟(我是什么、我的责任是什么) / na abhijānāmi－我直到现在都无法领悟 / mohitaḥ－因为被迷惑 / tava－你的 / māyayā－被物质性的动人特征

译文 我亲爱的、长着秀美双眉的妻子啊！我就像那只公羊，因为我的智慧是如此贫乏，以致被你的美所迷惑，忘记自己的真正责任是觉悟自我。

要旨 如果一个人继续当他妻子所谓美貌的受害者，那他的家庭生活就只不过是一口黑井(hitvātma-pātaṁ gṛham andha-kūpam)。在这样一口黑井中生存，无疑是自杀。人如果想要解除物质生活的痛苦状态，就必须自愿放弃对他妻子的色欲，否则根本不可能觉悟自我。人除非具有极其高度的灵性意识，否则居士生活只不过是人在其中自杀的黑井而已。帕拉德王因此忠告说：在适当的时候，至少五十岁之后，人必须放弃居士生活到森林去。人应该去森林托庇于至尊人格首神哈尔依(vanaṁ gato yad dharim āśrayeta)。

第 13 节

यत्पृथिव्यां व्रीहियवं हिरण्यं पशवः स्त्रियः ।
न दुह्यन्ति मनःप्रीतिं पुंसः कामहतस्य ते ॥१३॥

yat pṛthivyāṁ vrīhi-yavaṁ
hiraṇyaṁ paśavaḥ striyaḥ
na duhyanti manaḥ-prītiṁ
puṁsaḥ kāma-hatasya te

yat－什么 / pṛthivyām－在这个世界里 / vrīhi－粮食、大米 / yavam－大麦 / hiraṇyam－金子 / paśavaḥ－动物 / striyaḥ－妻子或其他

女人 / na duhyanti－不给予 / manaḥ-prītim－内心的满足 / puṁsaḥ－对一个人 / kāma-hatasya－因为成为色欲的受害者 / te－他们

译文 贪图物质享乐之人哪怕在这世上一切俱足，拥有包括大米、大麦等优良谷物，以及金子、动物和女人等在内的一切，也不会感到满足。

要旨 物质主义者的目标是赚越来越多的钱，但这种物质进步没有止境，因为人如果不能控制自己贪图物质享乐的欲望，就永远都不会感到满足，哪怕得到全世界的财富也不会。在这个年代中，我们看到尽管有许多物质方面的进步，但人们依然为得到越来越多的物质财富而奋争。受制约的生活使他们与包括心在内的六种感官苦苦争斗(manaḥ ṣaṣṭhānīndriyāṇi prakṛti-sthāni karṣati)。尽管每一个生物都是至尊生物的一部分；然而，贪图物质享乐的欲望，使人一直不断地为所谓的更好的经济状况而奋争。要想做到知足，人必须去除自己那贪图物质享乐的心病，而这只有在人的意识是奎师那意识时才可能实现。

bhaktiṁ parāṁ bhagavati pratilabhya kāmaṁ
hṛd-rogam āśv apahinoty acireṇa dhīraḥ

(《圣典博伽瓦谭》10.33.39)

变得具有奎师那意识的人，就能够去除这心病；否则，贪图物质享乐的疾病就会持续，人的内心无法感到平静。

第14节

न जातु कामः कामानामुपभोगेन शांयति ।
हविषा कृष्णवर्त्मेव भूय एवाभिवर्धते ॥१४॥

na jātu kāmaḥ kāmānām
upabhogena śāṁyati

havişā kṛṣṇa-vartmeva
bhūya evābhivardhate

na—不 / jātu—任何时候 / kāmaḥ—贪图物质享乐的欲望 / kāmā-nām—十分好色的人的 / upabhogena—通过满足贪图享乐的欲望的享受 / śāmyati—可以抚慰 / haviṣā—靠提供奶油 / kṛṣṇa-vartmā—火焰 / iva—如同 / bhūyaḥ—再三 / eva—事实上 / abhivardhate—越来越增强

译文　恰似向火中浇奶油不但不会将火熄灭，反而使火越烧越旺，试图以继续享乐的方式停止贪图物质享乐的欲望，永远不可能获得成功(事实上，人必须自愿终止物质欲望)。

要旨　人即使有足够的金钱和满足感官的资源也无法感到满足，因为靠不断享乐这一方法努力中止贪图物质享乐的欲望，永远不可能获得成功。这节诗中所举的例子十分恰当。我们无法靠往火上添加奶油的方式扑灭熊熊燃烧的烈火。

第 15 节

यदा न कुरुते भावं सर्वभूतेष्वमङ्गलम् ।
समदृष्टेस्तदा पुंसः सर्वाः सुखमया दिशः ॥१५॥

yadā na kurute bhāvaṁ
sarva-bhūteṣv amaṅgalam
sama-dṛṣṭes tadā puṁsaḥ
sarvāḥ sukhamayā diśaḥ

yadā—当……时 / na—不 / kurute—做 / bhāvam—依恋或忌妒的心态 / sarva-bhūteṣu—对众生 / amaṅgalam—不吉祥的 / sama-dṛṣṭeḥ—因为平衡 / tadā—那时 / puṁsaḥ—人的 / sarvāḥ—全部 / sukha-ma-yāḥ—在快乐的处境中 / diśaḥ—各个方向

译文　当一个人不再忌妒他人，不期望他人遇到不幸时，他的心就平衡了。对这样的人来说，四面八方所呈现的一切都是快乐的。

要旨　帕博达南达·萨茹阿斯瓦提(Prabodhānanda Sarasvatī)说：对凭借主柴坦亚的仁慈变得具有奎师那意识的人来说，整个世界都显得快乐幸福，根本没有需要他追求的东西。在梵觉(brahma-bhūta)——灵性觉悟的层面上，没有悲伤和物质渴望(na śocati na kāṅkṣati)。我们只要还住在物质世界里，作用和反作用就会持续下去，但当我们不再受这种作用和反作用的影响时，我们就被视为是摆脱了成为物质欲望受害者的危险。这节诗中描述了不再有贪图物质享乐欲望的人的表现。正如圣维施瓦纳特·查夸瓦尔提·塔库尔(Viśvanātha Cakravartī Ṭhākura)解释：当人甚至不再对自己的敌人怀有敌意，不再期望从任何人那里得到敬意，而是祝福众生，甚至祝福自己的敌人时，他就被理解为是完全制服了贪图物质感官享乐的至尊天鹅(paramahaṁsa)。

第 16 节

या दुस्त्यजा दुर्मतिभिर्जीर्यतो या न जीर्यते ।
तां तृष्णां दुःखनिवहां शर्मकामो द्रुतं त्यजेत् ॥१६॥

yā dustyajā durmatibhir
jīryato yā na jīryate
tāṁ tṛṣṇāṁ duḥkha-nivahāṁ
śarma-kāmo drutaṁ tyajet

yā—……的那个 / dustyajā—极困难放弃 / durmatibhiḥ—被太执著物质享乐的人 / jīryataḥ—哪怕是被年老体衰的人 / yā—……的那个 / na—不 / jīryate—被抑制 / tām—如此 / tṛṣṇām—欲望 / duḥkha-nivahām—是导致一切磨难的…… / śarma-kāmaḥ—渴望自我快乐的人 / drutam—十分快 / tyajet—将放弃

译文 对太依恋物质享乐的人来说，感官享乐很难放弃。这种人哪怕因年老而多病，都无法戒除感官享乐的欲望。所以，真正想要快乐的人，必须放弃这类永远无法被满足的欲望；它们是导致一切苦难的根源。

要旨 我们实际看到，尤其是在西方国家，超过八十高龄的男人依然去夜总会，付高价喝酒、与女人交往。尽管这种男人已经老到享受不了什么了，但他们的欲望并没有止息。时间甚至使作为所有感官享乐之媒介的躯体退化，但哪怕人已经年老病弱，他的欲望仍然强烈到足以驱使他到处去尝试满足他的感官欲望。因此，人应该靠练奉爱瑜伽(bhakti-yoga)清除自己的贪图物质享乐的欲望。正如圣雅沐娜阿查尔亚(Yāmunācārya)解释说：

yadavadhi mama cetaḥ kṛṣṇa-pādāravinde
nava-nava-rasa-dhāmany udyataṁ rantum āsīt
tadavadhi bata nārī-saṅgame smaryamāne
bhavati mukha-vikāraḥ suṣṭhu-niṣṭhīvanaṁ ca

当人的意识是奎师那意识时，他就会通过履行为奎师那服务的责任得到越来越多的快乐。这样的人唾弃感官享乐，尤其是性享乐。富有经验的进步奉献者不再对性生活感兴趣。只有增强奎师那意识，才能减轻强烈的性欲。

第 17 节

मात्रा स्वस्रा दुहित्रा वा नाविविक्तासनो भवेत् ।
बलवानिन्द्रियग्रामो विद्वांसमपि कर्षति ॥१७॥

mātrā svasrā duhitrā vā
nāviviktāsano bhavet
balavān indriya-grāmo
vidvāṁsam api karṣati

mātrā－与自己的母亲 / svasrā－与自己的姐妹 / duhitrā－与自己的女儿 / vā－或者 / na－不 / avivikta-āsanaḥ－在一个座位上坐得很近 / bhavet－人应该是 / balavān－非常强劲 / indriya-grāmaḥ－感官群 / vidvāṁsam－很博学和进步的人 / api－甚至 / karṣati－刺激

译文 人不该允许自己甚至与自己的母亲、姐妹或女儿靠近地坐在同一个座位上，因为感官是如此强劲，人即使有很高等的知识，也可能受到性的吸引。

要旨 学习如何与女性交往的礼节，并不会使人不受性吸引。就像这节诗特别谈到的，人甚至有可能受到自己的母亲、姐妹或女儿的吸引。当然，一般人通常不会受自己母亲、姐妹或女儿的性吸引，但如果允许自己很近距离地坐在这样一位女性身旁，就有可能受到吸引。这是心理的真实状态。有人也许会说，不是在文明生活中十分进步的人，有可能受到这类吸引，但正如这节诗文中特别提到的，哪怕一个人在物质上或灵性上高度进步，他也有可能受到色欲的吸引(vidvāṁsam api karṣati)，那对象甚至有可能是自己的母亲、姐妹或女儿。为此，在与女性交往时，人应该十分谨慎。在这方面，圣柴坦亚·玛哈帕布最严格，在祂进入弃绝阶层后更是如此。事实上，当时没有女人能靠近祂向祂致敬。再次强调，这节诗文警告人在与女性交往时应该十分谨慎。灵性导师的妻子如果很年轻，贞守生(brahmacārī)甚至禁止去看她。灵性导师的妻子有时也许会从丈夫的门徒那里得到一些服务，就像得到儿子的服务一样，但如果灵性导师的妻子还年轻，贞守生就不能为她服务。

第 18 节

पूर्णं वर्षसहस्रं मे विषयान् सेवतोऽसकृत् ।
तथापि चानुसवनं तृष्णा तेषूपजायते ॥१८॥

pūrṇaṁ varṣa-sahasraṁ me
viṣayān sevato 'sakṛt
tathāpi cānusavanaṁ
tṛṣṇā teṣūpajāyate

pūrṇam－完全地 / varṣa-sahasram－一千年 / me－我的 / viṣayān－感官享乐 / sevataḥ－享受 / asakṛt－连续不停地 / tathā api－仍然 / ca－事实上 / anusavanam－越来越 / tṛṣṇā－色欲、性欲 / teṣu－在感官享乐中 / upajāyate－是增强的

译文 我已用整整一千年的时间享受感官享乐，但想要享受这种乐趣的欲望却与日俱增。

要旨 雅亚提王根据他的实际经验解释性欲是多么强劲，甚至到老年仍不减弱。

第19节

तस्मादेतामहं त्यक्त्वा ब्रह्मण्यध्याय मानसम् ।
निर्द्वन्द्वो निरहङ्कारश्चरिष्यामि मृगैः सह ॥१९॥

tasmād etām ahaṁ tyaktvā
brahmaṇy adhyāya mānasam
nirdvandvo nirahaṅkāraś
cariṣyāmi mṛgaiḥ saha

tasmāt－因此 / etām－这种强烈的从事性活动的欲望 / aham－我 / tyaktvā－放弃 / brahmaṇi－向至高无上的绝对真理 / adhyāya－固定于 / mānasam－内心 / nirdvandvaḥ－没有相对性 / nirahaṅkāraḥ－没有对身份的虚假名望感 / cariṣyāmi－我该在森林中游荡 / mṛgaiḥ saha－与森林动物一起

译文 因此，我现在就该放弃所有这些欲望，冥想至尊人格首神。我应该清除头脑中的相对性概念和内心的虚荣感，在森林中与动物一起游荡。

要旨　去森林与动物住在一起，冥想至尊人格首神，是唯一能使人去除色欲的方法。人除非去除这种欲望，否则内心不可能清除物质污染。所以，人如果真正有志于摆脱生老病死之轮回的束缚，就该在达到一定的年龄后去森林。五十岁后，人就该自愿离弃家庭生活，到森林去(pañcāśordhvaṁ vanaṁ vrajet)。最好的森林是温达文(Vṛndāvana)，人在那里不需要与动物在一起，而是可以与从不离开温达文的至尊人格首神联谊。在温达文中培养奎师那意识，是摆脱物质束缚的最佳方法，因为人在温达文很自然就可以冥想奎师那。温达文地区有许多神庙，在一个或多个这样的神庙中，人可以看到至尊主的茹阿妲·奎师那(Rādhā-Kṛṣṇa)或奎师那·巴拉茹阿玛(Kṛṣṇa-Balarāma)形象，并冥想这些形象。正如这节诗文用梵文“固定于至高无上的绝对真理(brahmaṇy adhyāya)”一句表明的，人应该全神贯注于至尊主——至尊梵(Parabrahman)。正如阿尔诸纳在《博伽梵歌》中证实，至尊梵是奎师那(paraṁ brahma paraṁ dhāma pavitraṁ paramaṁ bhavān)。奎师那和祂的住所温达文没有区别。圣柴坦亚·玛哈帕布说：温达文就像奎师那本人一样(ārādhyo bhagavān vrajeśa-tanayas tad-dhāma vṛndāvanam)。因此，如果一个人以某种方式得到住进温达文的机会，如果这个人不是伪装者，而只是住在温达文全神贯注地冥想奎师那，那他就摆脱了物质束缚。然而，人的内心并不纯净，甚至在温达文内都有可能受到贪图物质享乐的欲望的刺激。人不该一面住在温达文，一面从事犯罪活动，因为在温达文过犯罪生活的人，不比住在那里的猴子和猪强。有许多猴子和猪都住在温达文，而它们所关心的，就是如何满足他们的性欲。到温达文去，但却渴望性活动的人，应该离开温达文，停止在至尊主的莲花足旁犯下极严重的罪过。有许多被误导的人住在温达文，以满足他们的性欲，但他们无疑不比猴子和猪强。受错觉能量玛亚(māyā)的控制，尤其是受性欲控制的人，被称为玛亚·姆瑞嘎(māyā-mṛga)。事实上，处在受制约的物质生活阶段的人，都是玛亚·姆瑞嘎(maya-mrgam dayitayepsitam anvadhavad)。经典中说：圣柴坦亚·玛哈帕布进入弃绝阶层，以便向玛亚·姆瑞嘎展示祂没有缘故的仁慈。玛亚·姆瑞嘎是指在这个物质世界里因为贪图物质享乐的欲望而受苦的人。人应该遵循圣柴坦亚·玛哈帕布制定的规则，满怀奎师那意识始终想着奎师那。这样的人有资格住在温达文，而他的人生也将获得成功。

第 20 节

दृष्टं श्रुतमसद् बुद्ध्वा नानुध्यायेन्न सन्दिशेत् ।
संसृतिं चात्मनाशं च तत्र विद्वान् स आत्मदृक् ॥२०॥

drṣṭaṁ śrutam asad buddhvā
nānudhyāyen na sandiśet
saṁsṛtiṁ cātma-nāśaṁ ca
tatra vidvān sa ātma-dṛk

drṣṭam－我们在今生所体验到的物质享乐 / śrutam－承诺给予追求未来快乐的功利性活动者的物质享乐(无论是今生或来世，在天堂星球等) / asat－都是短暂且糟糕的 / buddhvā－了解 / na－不 / anudhyāyet－人甚至应该想 / na－也不 / sandiśet－应该真正地享受 / saṁsṛtim－延长物质存在 / ca－和 / ātma-nāśam－对自己原本状态的遗忘 / ca－以及 / tatra－这方面的内容 / vidvān－完全清楚……的人 / saḥ－这样一个人 / ātma-dṛk－觉悟了自我的灵魂

译文 人应该知道，所谓的物质快乐，无论是好坏，今生或来世，在这个星球上或天堂星球中，都是短暂、无用的。智者不会试图去享受或甚至想这类事。这样的人是了解自我的人。这样一位觉悟了自我的人十分清楚，物质享乐是使人继续留在物质存在中，并遗忘自己原本地位和状态的根源。

要旨　生物是灵性的灵魂，物质躯体是囚禁他的牢笼。这是灵性理解的开端。

dehino 'smin yathā dehe
　kaumāraṁ yauvanaṁ jarā
tathā dehāntara-prāptir
　dhīras tatra na muhyati

"就像灵魂在这个物质躯体中经历童年、青年和老年的变化一样，当这个躯体死亡时，其中的灵魂便进入另一个躯体。清醒的人不会为这种变化所迷惑。"(《博伽梵歌》2.13)人生的真正使命是摆脱被囚禁在物质躯体里的状况。因此，奎师那降临世上，教导受制约的灵魂有关灵性觉悟及如何摆脱物质束缚。巴茹阿特的后裔啊！无论何时何地，每当宗教衰落，反宗教盛行，我就会亲自降临(yadā yadā hi dharmasya glānir bhavati bhārata)，其中梵文dharmasya glāniḥ的意思是："人的污染的存在"。我们的存在状态现在是被污染的状态，必须加以净化(sattvaṁ śuddhyet)。人生是为了这种净化，而不是为了设法使导致物质束缚的外在躯体感到快乐。正因为如此，雅亚提王在这节诗中劝告说：我们看到的无论什么物质快乐，及得到的无论什么使我们享乐的承诺，全都是短暂、不稳定的。在物质世界中，从最高等的星球到最低等的星球，都是有生死轮回的痛苦之地(ābrahma-bhuvanāl lokāḥ punar āvartino 'rjuna)。一个人哪怕是被提升到布茹阿玛星球(Brahmaloka)，如果没有摆脱物质束缚，也必然返回这个地球星球，继续延续物质存在的痛苦状态(bhūtvā bhūtvā pralīyate)。我们应该始终牢记这一理解，以使自己无论在今生还是来世，都不受任何种类的感官享乐的诱惑。完全清楚这一真相的人，是觉悟了自我的人(sa ātma-dṛk)，但除了这样的人，众生都在生死轮回圈中受苦(mṛtyu-saṁsāra-vartmani)。这种理解是真正的智慧，与此相反的一切都不过是导致不幸的根源。只有理解生命目标的有奎师那意识的人，才是平静的(kṛṣṇa-bhakta-niṣkāma, ataeva 'śānta')。所有其他的人，无论是功利性活动者(karmī)、知识思辨者(jñānī)还是神秘瑜伽师(yogī)，内心都不得安宁，无法享受真正的平静。

第 21 节

इत्युक्त्वा नाहुषो जायां तदीयं पूरवे वयः ।
दत्त्वा स्वजरसं तस्मादाददे विगतस्पृहः ॥२१॥

ity uktvā nāhuṣo jāyāṁ
tadīyaṁ pūrave vayaḥ
dattvā sva-jarasaṁ tasmād
ādade vigata-spṛhaḥ

iti uktvā—说着这 / nāhuṣaḥ—纳胡沙王的儿子雅亚提王 / jāyām—对他妻子黛瓦雅妮 / tadīyam—他自己 / pūrave—向他儿子菩茹 / vayaḥ—青春年少 / dattvā—给予 / sva-jarasam—他自己的病弱和老年 / tasmāt—从他 / ādade—拿回 / vigata-spṛhaḥ—因为去除了所有的贪图物质享乐的欲望

译文 舒卡戴瓦·哥斯瓦米说：去除了一切物质欲望的雅亚提王，对他妻子黛瓦雅妮说完这番话后，召见他的小儿子菩茹，将青春年少还给菩茹，换回自己的年老体弱。

第 22 节

दिशि दक्षिणपूर्वस्यां द्रुह्युं दक्षिणतो यदुम् ।
प्रतीच्यां तुर्वसुं चक्र उदीच्यामनुमीश्वरम् ॥२२॥

diśi dakṣiṇa-pūrvasyāṁ
druhyuṁ dakṣiṇato yadum
pratīcyāṁ turvasuṁ cakra
udīcyām anum īśvaram

diśi—在方向中 / dakṣiṇa-pūrvasyām—东南 / druhyum—他名叫杜赫尤的儿子 / dakṣiṇataḥ—在世界的南面 / yadum—雅杜 / pratīcyām－在世界的西边 / turvasum－他名叫图尔瓦苏的儿子 / cakre－他使得 / udīcyām－在世界的北部 / anum－他名叫阿努的儿子 / īśvaram－君王

译文　雅亚提王将他王国的东南部，分给他儿子杜赫尤，将南部给予他儿子雅杜，西部分给他儿子图尔瓦苏，北方分给他儿子阿努，以此方式将王国作了划分。

第23节

भूमण्डलस्य सर्वस्य पूरुमर्हत्तमं विशाम् ।
अभिषिच्याग्रजांस्तस्य वशे स्थाप्य वनं ययौ ॥२३॥

bhū-maṇḍalasya sarvasya
pūrum arhattamaṁ viśām
abhiṣicyāgrajāṁs tasya
vaśe sthāpya vanaṁ yayau

bhū-maṇḍalasya－整个地球星球的 / sarvasya－所有的财富的 / pūrum－他最小的儿子菩茹 / arhat-tamam－最值得崇拜的人——君王 / viśām－国民或世界臣民的 / abhiṣicya－在帝王的王座上加冕 / agrajān－他以雅杜为首的哥哥 / tasya－菩茹的 / vaśe－控制下 / sthā-pya－确立 / vanam－在森林中 / yayau－他离开了

译文　雅亚提将他的小儿子菩茹立为整个世界的帝王，成为其中所有财富的拥有者，并将他其他的儿子——菩茹的哥哥们，置于菩茹的统治下。他自己则退休去了森林。

第24节

आसेवितं वर्षपूगान् षड्वर्गं विषयेषु सः ।
क्षणेन मुमुचे नीडं जातपक्ष इव द्विजः ॥२४॥

āsevitaṁ varṣa-pūgān
ṣaḍ-vargaṁ viṣayeṣu saḥ

kṣaṇena mumuce nīḍaṁ
jāta-pakṣa iva dvijaḥ

āsevitam—总是致力于 / varṣa-pūgān—许许多多年 / ṣaṭ-vargam—包括心在内的六个感官 / viṣayeṣu—在感官享乐中 / saḥ—雅亚提王 / kṣaṇena—在片刻间 / mumuce—放弃 / nīḍam—鸟巢 / jāta-pakṣaḥ—翅膀长成的 / iva—如同 / dvijaḥ——只鸟儿

译文 帕瑞克西特王啊！雅亚提王虽然在享受感官享乐多年后对它已经习惯，但却在片刻之间就完全放弃它，恰似一只鸟儿，羽毛一旦丰满便飞离鸟巢。

要旨 雅亚提王立刻摆脱受制约的生活状态，无疑使人感到惊讶。但这节诗文中所举的例子很恰当。一只雏鸟原本完全依赖它的父母，甚至连吃都不例外，但当它羽毛丰满时，它突然飞离了鸟巢。同样道理，人如果全心投靠至尊人格首神，就立刻摆脱受制约生活的束缚。正如至尊主本人承诺说："我将把你从所有的恶报中解救出来。不必害怕(ahaṁ tvāṁ sarva-pāpebhyo mokṣayiṣyāmi)！"《圣典博伽瓦谭》第2篇第4章的第18节诗说明：

kirāta-hūṇāndhra-pulinda-pulkaśā
ābhīra-śumbhā yavanāḥ khasādayaḥ
ye 'nye ca pāpā yad-apāśrayāśrayāḥ
śudhyanti tasmai prabhaviṣṇave namaḥ

"至尊主拥有至高无上的力量，因此克伊茹阿塔、胡纳、安朵、菩林达、菩勒喀沙、阿比茹阿、松巴、亚瓦纳、喀萨族的成员，甚至其他沉溺于罪恶活动的人，只要投靠至尊主的奉献者，就都能得到净化。我乞求允许我向祂致以恭恭敬敬的顶礼。"主维施努是如此强大有力，只要祂高兴，就能立刻拯救任何一个人。如果我们像雅亚提王做的一样，投靠祂、执行祂的命令，主维施努——至尊人格首神奎师那，就能立刻对我们感到满意。雅亚提王很渴望侍奉华苏戴瓦——奎师那，因此一旦想要弃绝物质生活，主华苏戴瓦就帮助他。所以，我们必须很真诚地把我们自己交给至尊主的莲花足。这样我们就能立刻摆脱受制约生活的束缚。下一节诗对此作出明确的解释。

第25节

स तत्र निर्मुक्तसमस्तसङ्ग
　आत्मानुभूत्या विधुतत्रिलिङ्गः ।
परेऽमले ब्रह्मणि वासुदेवे
　लेभे गतिं भागवतीं प्रतीतः ॥२५॥

sa tatra nirmukta-samasta-saṅga
　ātmānubhūtyā vidhuta-triliṅgaḥ
pare 'male brahmaṇi vāsudeve
　lebhe gatiṁ bhāgavatīṁ pratītaḥ

saḥ－雅亚提王 / tatra－在做这 / nirmukta－就离开摆脱 / samasta-saṅgaḥ－一切污染 / ātma-anubhūtyā－仅仅靠明白他原本的状态 / vidhuta－被清除的 / tri-liṅgaḥ－被物质自然三种属性(善良、激情和愚昧)所污染 / pare－对超然者 / amale－没有物质接触 / brahmaṇi－至尊主 / vāsudeve－华苏戴瓦、奎师那、绝对真理、至尊人格首神 / lebhe－达到 / gatim－目的地 / bhāgavatīm－作为至尊人格首神的一个同伴 / pratītaḥ－著名的

译文　雅亚提王全身心地投靠至尊人格首神华苏戴瓦，因而清除了物质自然属性的一切污染。由于他认清了自我，他能够将他的心完全专注于超然存在的神(至尊梵华苏戴瓦)，最终得到当至尊主同伴的地位。

要旨　梵文“被清除的(vidhuta)”一词十分重要。在这个物质世界里的众生都是被污染的(kāraṇaṁ guṇa-saṅgo 'sya)。由于我们

在物质的环境中，我们被善良属性(sattva-guṇa)、激情属性(rajo-guṇa)或愚昧属性(tamo-guṇa)所污染。人哪怕成为一个受善良属性影响的布茹阿玛纳，也还是受到物质的污染，所以必须上升到超然的善良属性层面上(śuddha-sattva)。那时，人就清除了物质自然三种属性所导致的污染(vidhuta-triliṅga)。这只有凭借奎师那的仁慈才有可能。正如《圣典博伽瓦谭》第1篇第2章的第17节诗说明：

śṛṇvatāṁ sva-kathāḥ kṛṣṇaḥ
puṇya-śravaṇa-kīrtanaḥ
hṛdy antaḥ-stho hy abhadrāṇi
vidhunoti suhṛt-satām

“作为众生心中的超灵、诚实奉献者的恩人，人格首神圣奎师那会把渴望聆听祂信息的奉献者心中的感官享乐欲望清除掉。正确地聆听和歌唱祂的信息是虔诚活动。”努力靠聆听《圣典博伽瓦谭》或《博伽梵歌》中记载的奎师那的话语，将清除心中所有的污垢。柴坦亚·玛哈帕布也说：聆听和吟诵、吟唱至尊主荣耀的程序，洗去心中积累的污垢(ceto-darpaṇa-mārjanam)。人一旦像雅亚提王一样清除所有的物质污染，灵魂作为至尊主的一个同伴的原本地位就得以揭示。这称为个人的完美(svarūpa-siddhi)。

第 26 节

श्रुत्वा गाथां देवयानी मेने प्रस्तोभमात्मनः ।
स्त्रीपुंसोः स्नेहवैक्लव्यात्परिहासमिवेरितम् ॥२६॥

śrutvā gāthāṁ devayānī
mene prastobham ātmanaḥ
strī-puṁsoḥ sneha-vaiklavyāt
parihāsam iveritam

śrutvā－聆听 / gāthām－叙述 / devayānī－雅亚提王的妻子——黛瓦雅妮王后 / mene－明白 / prastobham ātmanaḥ－在教导她觉悟自

我 / strī-puṁsoḥ—夫妻间 / sneha-vaiklavyāt—从爱与深情的交流 / parihāsam——个笑话或故事 / iva—如同 / īritam—(被雅亚提王)讲述

译文　黛瓦雅妮听雅亚提讲公羊和母羊的故事时明白，这个看似消遣夫妻间关系的玩笑般的故事，是要唤醒她原本灵性的状态。

要旨　人一旦从物质生活中清醒过来，就明白自己作为奎师那的永恒仆人的真实状态。这称为解脱。《圣典博伽瓦谭》第2篇第10章的第6节诗说：解脱是指生物停止更换粗糙和精微的物质躯体，恢复他永恒形象的状态(muktir hitvānyathā rūpaṁ svarūpeṇa vyavasthitiḥ)。在错觉能量玛亚的影响下，住在这个物质世界里的每一个人都认为自己是一切的主人(ahaṅkāra-vimūḍhātmā kartāham iti manyate)。人们认为没有神或控制者，人是独立的，而且可以为所欲为。这是物质状况，当人从这种愚昧的状态中清醒过来时，他就被称为解脱了。雅亚提王从井中救起黛瓦雅妮，最终又作为负责任的丈夫，用公羊和母羊的故事教导她，将她从物质快乐的错误概念中拯救出来。黛瓦雅妮能了解她那位解脱了的丈夫，因此决定作为他忠诚的妻子追随他。

第 27—28 节

सा सन्निवासं सुहृदां प्रपायामिव गच्छताम् ।
विज्ञायेश्वरतन्त्राणां मायाविरचितं प्रभोः ॥२७॥

सर्वत्र सङ्गमुत्सृज्य स्वप्नौपम्येन भार्गवी ।
कृष्णे मनः समावेश्य व्यधुनोल्लिङ्गमात्मनः ॥२८॥

sā sannivāsaṁ suhṛdāṁ
prapāyām iva gacchatām
vijñāyeśvara tantrāṇāṁ
māyā-viracitaṁ prabhoḥ

sarvatra saṅgam utsṛjya
svapnaupamyena bhārgavī
kṛṣṇe manaḥ samāveśya
vyadhunol liṅgam ātmanaḥ

sā—黛瓦雅妮 / sannivāsam—与……交往 / suhṛdām—朋友和亲属的 / prapāyām—在一个有供水的地方 / iva—如同 / gacchatām—从一地到另一地旅行的游客的 / vijñāya—明白 / īśvara-tantrāṇām—在严格的自然法律的影响下 / māyā-viracitam—由错觉能量玛亚实施的法律 / prabhoḥ—至尊人格首神的 / sarvatra—在这个物质世界里到处 / saṅgam—交往 / utsṛjya—放弃 / svapna-aupamyena—被类似一场梦 / bhārgavī—舒夸查尔亚的女儿黛瓦雅妮 / kṛṣṇe—向主奎师那 / manaḥ—全神贯注 / samāveśya—固定于 / vyadhunot—放弃 / liṅgam—粗糙和精微的躯体 / ātmanaḥ—灵魂的

译文 那之后，舒夸查尔亚的女儿黛瓦雅妮清楚地认识到，与丈夫、朋友和亲属的物质性交往，恰似在一个满是过客的旅店中的交往关系。社会、友谊和爱等关系，都是由至尊人格首神的错觉能量玛亚制造的，好似梦中的关系一样。凭借奎师那的恩典，黛瓦雅妮放弃她在物质世界中虚幻的地位。她全神贯注于奎师那，摆脱了粗糙和精微的躯体。

要旨 人应该坚信自己是灵性的灵魂，是至尊梵——奎师那不可缺少的一部分，但却因为某种原因被由土、水、火、气、空间、心、智和假我构成的物质粗糙及精微躯体包裹覆盖。人应该知道社会、友谊、爱、国家和宗教等方面的交往或结合，都只不过是由错觉能量制造的幻象。人唯一的责任是变得具有奎师那意识，作为生物尽可能地为奎师那做大量的服务。这样可以使人摆脱物质束缚。靠奎师那的恩典，黛瓦雅妮透过她丈夫的教导达到这种状态。

第 29 节

नमस्तुभ्यं भगवते वासुदेवाय वेधसे ।
सर्वभूताधिवासाय शान्ताय बृहते नमः ॥२९॥

namas tubhyaṁ bhagavate
vāsudevāya vedhase
sarva-bhūtādhivāsāya
śāntāya bṛhate namaḥ

namaḥ－我致以恭敬的顶礼 / tubhyam－向您 / bhagavate－至尊人格首神 / vāsudevāya－主华苏戴瓦 / vedhase－一切的创造者 / sarva-bhūta-adhivāsāya－无所不在(在每一个生物体的心中和原子中) / śāntāya－平静的、仿佛完全不活动一样 / bṛhate－最伟大的 / namaḥ－我致以我虔敬的顶礼

译文　啊，主华苏戴瓦！至尊人格首神啊！您是整个宇宙展示的创造者。您虽然作为超灵住在每一个生物体的心中，比最小的还小，但却比最大的还大，而且无所不在。您显得完全沉默，不做任何事，但这是您无所不在的特性和完全拥有一切财富使然。为此，我向您致以我恭敬的顶礼。

要旨　这节诗描述了黛瓦雅妮是如何凭她丈夫雅亚提王的恩典觉悟自我的。讲述这样的觉悟是做奉爱服务的另一种方式。

śravaṇaṁ kīrtanaṁ viṣṇoḥ
smaraṇaṁ pāda-sevanam
arcanaṁ vandanaṁ dāsyaṁ
sakhyam ātma-nivedanam

“聆听并歌唱主维施努超然的圣名、形象、品质、随身用品、随行人员及娱乐活动，铭记他们，侍奉祂的莲花足，用十六种用品恭敬地崇拜至尊主，向至尊主祈祷，成为祂的仆人，将至尊主视为是自己最好的朋友，把一切都献给祂(换句话说，用身、

心和话语侍奉祂)。”(《圣典博伽瓦谭》7.5.23)。在这九种服务中，聆听和吟诵、吟唱(śravaṇaṁ kīrtanam)尤其重要。黛瓦雅妮通过聆听她丈夫讲述有关主华苏戴瓦的伟大，必定变得对至尊主坚信不移，投靠至尊主的莲花足(oṁ namo bhagavate vāsudevāya)。这是知识。经过许许多多次生死后，真正处在知识层面上的人就会皈依我(bahūnāṁ janmanām ante jñānavān māṁ prapadyate)。皈依华苏戴瓦，是生生世世聆听有关祂之伟大的结果。人一旦投靠华苏戴瓦，就立刻获得解脱。黛瓦雅妮因为与她伟大的丈夫雅亚提王联谊而得到净化，也采用奉爱瑜伽的方法，从而获得解脱。

到此为止，结束了巴克提韦丹塔对《圣典博伽瓦谭》第9篇的第19章——“雅亚提王得解脱”所作的阐释。

第二十章

菩茹王朝

这一章讲述菩茹(Pūru)王朝和他的后代杜施曼塔(Duṣmanta)。菩茹的儿子是佳纳美佳亚(Janamejaya)，佳纳美佳亚生了帕琴万(Pracinvān)。帕琴万的儿孙依次是帕维茹阿(Pravīra)、玛努修(Manusyu)、查茹帕达(Cārupada)、苏丢(Sudyu)、巴胡嘎瓦(Bahugava)、萨么亚提(Saṁyāti)、阿汉亚提(Ahaṁyāti)和荛铎施瓦(Raudrāśva)。荛铎施瓦有十个儿子，分别是：瑞特尤(Ṛteyu)、卡克塞尤(Kakṣeyu)、斯坦迪雷尤(Sthaṇḍileyu)、奎特尤卡(Kṛteyuka)、佳雷尤(Jaleyu)、桑纳特尤(Sannateyu)、达尔梅尤(Dharmeyu)、萨提耶尤(Satyeyu)、瓦特尤(Vrateyu)和瓦内尤(Vaneyu)。瑞特尤的儿子名叫冉提纳瓦(Rantināva)，冉提纳瓦有苏玛提(Sumati)、杜茹瓦(Dhruva)和阿帕提茹阿塔(Apratiratha)三个儿子。阿帕提茹阿塔生子坎瓦(Kaṇva)，坎瓦的儿子是梅达提缇(Medhātithi)，梅达提缇的儿子以帕斯刊纳(Praskanna)为首，都是布茹阿玛纳(brāhmaṇa)。冉提纳瓦的儿子苏玛提，生子瑞比(Rebhi)；瑞比的儿子是杜施曼塔王。

杜施曼塔一天在森林里打猎时，来到伟大的圣人坎瓦(Mahārṣi)的住所，在那里看到一位极其美丽的女子并受其吸引。那女子是维施瓦弥陀(Viśvāmitra)的女儿，名叫莎琨塔拉(Śakuntalā)。她母亲梅娜卡(Menakā)将她留在森林中，坎瓦·牟尼发现了她，并将她带回自己的住所养育成人。当莎琨塔拉接受杜施曼塔为她丈夫时，杜施曼塔王按照歌仙的结婚方式(gāndharva-vidhi)娶她为妻。莎琨塔拉怀上她丈夫的孩子，她丈夫则离开坎瓦·牟尼的住所，返回自己的王国。

到一定的时间，莎琨塔拉生了个外士纳瓦(Vaiṣṇava)儿子，但杜施曼塔回到首都后忘记发生的事。因此，当莎琨塔拉带着她的婴儿去找君王时，杜施曼塔王(Mahārāja Duṣmanta)拒绝接受她。但后来，君王听到天空传来的神秘预言后，接受了他们。杜施曼塔王死后，莎琨塔拉的儿子巴茹阿特(Bharata)登上王位。他举行许多盛大的祭祀，在祭祀中给布茹阿玛纳大量的布施。这一章以描述巴尔杜瓦佳(Bharadvāja)的出生，及巴茹阿特王如何接受巴尔杜瓦佳当他儿子作结束。

第 1 节

श्रीबादरायणिरुवाच
पूरोर्वंशं प्रवक्ष्यामि यत्र जातोऽसि भारत ।
यत्र राजर्षयो वंश्या ब्रह्मवंश्याश्च जज्ञिरे ॥ १ ॥

śrī-bādarāyaṇir uvāca
pūror vaṁśaṁ pravakṣyāmi
yatra jāto 'si bhārata
yatra rājarṣayo vaṁśyā
brahma-vaṁśyāś ca jajñire

śrī-bādarāyaṇiḥ uvāca—圣舒卡戴瓦·哥斯瓦米说 / pūroḥ vaṁśam—菩茹王的王朝 / pravakṣyāmi—现在我要讲述 / yatra—在那王朝中 / jātaḥ asi—你出生 / bhārata—巴茹阿特王的子孙帕瑞克西特王啊 / yatra—在那王朝中 / rāja-ṛṣayaḥ—全体君王都是圣洁的 / vaṁśyāḥ—一个接一个 / brahma-vaṁśyāḥ—许多布茹阿玛纳家族 / ca—也 / jajñire—成长出

译文 舒卡戴瓦·哥斯瓦米说：啊！帕瑞克西特王，巴茹阿特王的后裔！我现在要给你讲述你出生在其中的菩茹王朝，这王朝内有许多圣洁的君王，许多布茹阿玛纳家族也开始从中出现。

要旨 有许多历史事件可以使我们了解，很多布茹阿玛纳是由查锤亚生的，而许多布茹阿玛纳也生下了查锤亚(kṣatriya)。《博伽梵歌》(Bhagavad-gītā)第4章的第13节诗记载，至尊主本人说："根据物质自然三种属性和与它们有关的不同活动，我把人类社会划分为四个阶层(cātur-varṇyaṁ mayā sṛṣṭaṁ guṇa-karma-vibhāgaśaḥ)。"因此，人无论出生在什么样的家庭中，只要表现出特定阶层的品质，就要按照那品质去定性。应该按照人表现出的特征或品质，决定他属于哪一个社会阶层(yal-lakṣaṇaṁ proktam)。启示经典(śāstra)中到处都有谈到这一点。家庭出身是第二考量因素，首先要考虑的是人的品质和活动。

第2节

जनमेजयो ह्यभूत्पूरोः प्रचिन्वांस्तत्सुतस्ततः ।
प्रवीरोऽथ मनुस्युर्वै तस्माच्चारुपदोऽभवत् ॥ २ ॥

janamejayo hy abhūt pūroḥ
pracinvāṁs tat-sutas tataḥ
pravīro 'tha manusyur vai
tasmāc cārupado 'bhavat

janamejayaḥ－佳纳美佳亚王 / hi－事实上 / abhūt－出现 / pūroḥ－从菩茹 / pracinvān－帕琴万 / tat－他(佳纳美佳亚的) / sutaḥ－儿子 / tataḥ－从他(帕琴万) / pravīraḥ－帕维茹阿 / atha－那之后 / manusyuḥ－帕维茹阿的儿子玛努修 / vai－事实上 / tasmāt－从他(玛努修) / cārupadaḥ－查茹帕达王 / abhavat－出现

译文　佳纳美佳亚王就出生在这个菩茹王朝中。佳纳美佳亚的儿子是帕琴万，帕琴万的儿子名叫帕维茹阿。之后，帕维茹阿生子玛努修，玛努修的儿子是查茹帕达。

第3节

तस्य सुद्युरभूत्पुत्रस्तस्माद्बहुगवस्ततः ।
संयातिस्तस्याहंयाती रौद्राश्वस्तत्सुतः स्मृतः ॥ ३ ॥

tasya sudyur abhūt putras
  tasmād bahugavas tataḥ
saṁyātis tasyāhaṁyātī
  raudrāśvas tat-sutaḥ smṛtaḥ

tasya—他(查茹帕达)的 / sudyuḥ—名叫苏丢 / abhūt—出现 / putraḥ—一个儿子 / tasmāt—从他(苏丢) / bahugavaḥ—一个名叫巴胡嘎瓦的儿子 / tataḥ—从他 / saṁyātiḥ—一个名叫萨么亚提的儿子 / ta-sya—并从他 / ahaṁyātiḥ—一个名叫阿汉亚提的儿子 / raudrāśvaḥ—荛铎施瓦 / tat-sutaḥ—他儿子 / smṛtaḥ—著名

译文 查茹帕达生了苏丢，苏丢的儿子名叫巴胡嘎瓦。巴胡嘎瓦的儿子是萨么亚提。萨么亚提生子阿汉亚提，阿汉亚提生了荛铎施瓦。

第4—5节

ऋतेयुस्तस्य कक्षेयुः स्थण्डिलेयुः कृतेयुकः ।
जलेयुः सन्नतेयुश्च धर्मसत्यव्रतेयवः ॥ ४ ॥

दशैतेऽप्सरसः पुत्रा वनेयुश्चावमः स्मृतः ।
घृताच्यामिन्द्रियाणीव मुख्यस्य जगदात्मनः ॥ ५ ॥

ṛteyus tasya kakṣeyuḥ
  sthaṇḍileyuḥ kṛteyukaḥ
jaleyuḥ sannateyuś ca
  dharma-satya-vrateyavaḥ

daśaite 'psarasaḥ putrā
  vaneyuś cāvamaḥ smṛtaḥ
ghṛtācyām indriyāṇīva
  mukhyasya jagad-ātmanaḥ

ṛteyuḥ—瑞特尤 / tasya—他(荛铎施瓦)的 / kakṣeyuḥ—卡克塞尤 / sthaṇḍileyuḥ—斯坦迪雷尤 / kṛteyukaḥ—奎特尤卡 / jaleyuḥ—佳雷尤 / sannateyuḥ—桑纳特尤 / ca—还有 / dharma—达尔梅尤 / satya－萨提耶尤 / vrateyavaḥ－和瓦特尤 / daśa－十个 / ete－他们全体 / apsarasaḥ－由一个天堂女子生下 / putrāḥ－儿子们 / vaneyuḥ－名叫瓦内尤的儿子 / ca－和 / avamaḥ－最小的 / smṛtaḥ－名叫 / ghṛ-tācyām－贵塔祺 / indriyāṇi iva－恰似十个感官 / mukhyasya－生命力的 / jagat-ātmanaḥ－整个宇宙的生命力

译文　莬铎施瓦有十个儿子，分别名叫瑞特尤、卡克塞尤、斯坦迪雷尤、奎特尤卡、佳雷尤、桑纳特尤、达尔梅尤、萨提耶尤、瓦特尤和瓦内尤。在这十个儿子中，瓦内尤最小。正如宇宙生命的产物——十个感官，在生命之气的控制下运作，莬铎施瓦的这十个儿子都很服从他的命令。他们都由天堂女子贵塔祺所生。

第6节

ऋतेयो रन्तिनावोऽभूत्त्रयस्तस्यात्मजा नृप ।
सुमतिर्ध्रुवोऽप्रतिरथः कण्वोऽप्रतिरथात्मजः ॥ ६ ॥

ṛteyo rantināvo ’bhūt
trayas tasyātmajā nṛpa
sumatir dhruvo ’pratirathaḥ
kaṇvo ’pratirathātmajaḥ

ṛteyoḥ－从名叫瑞特尤的儿子 / rantināvaḥ－名叫冉提纳瓦的儿子 / abhūt－出现 / trayaḥ－三个 / tasya－他（冉提纳瓦）的 / ātma-jāḥ－儿子们 / nṛpa－君王啊 / sumatiḥ－苏玛提 / dhruvaḥ－杜茹瓦 / apratirathaḥ－阿帕提茹阿塔 / kaṇvaḥ－坎瓦 / apratiratha-ātmajaḥ－阿帕提茹阿塔的儿子

译文　瑞特尤生子冉提纳瓦，冉提纳瓦有三个儿子，分别名叫苏玛提、杜茹瓦和阿帕提茹阿塔。阿帕提茹阿塔只有坎瓦一个儿子。

第 7 节

तस्य मेधातिथिस्तस्मात्प्रस्कन्नाद्या द्विजातयः ।
पुत्रोऽभूत्सुमते रेभिर्दुष्मन्तस्तत्सुतो मतः ॥ ७ ॥

tasya medhātithis tasmāt
praskannādyā dvijātayaḥ
putro 'bhūt sumate rebhir
duṣmantas tat-suto mataḥ

tasya—他(坎瓦)的 / medhātithiḥ—名叫梅达提缇的儿子 / tasmāt—从他(梅达提缇) / praskanna-ādyāḥ—以帕斯刊纳为首的儿子们 / dvijātayaḥ—全体布茹阿玛纳 / putraḥ——个儿子 / abhūt—曾有 / sumateḥ—从苏玛提 / rebhiḥ—瑞比 / duṣmantaḥ—杜施曼塔王 / tat-sutaḥ—瑞比的儿子 / mataḥ—著名的

译文 坎瓦的儿子是梅达提缇，梅达提缇的儿子都是布茹阿玛纳，以帕斯刊纳为首。冉提纳瓦名叫苏玛提的儿子生了个儿子瑞比。瑞比著名的儿子就是杜施曼塔王。

第 8—9 节

दुष्मन्तो मृगयां यातः कण्वाश्रमपदं गतः ।
तत्रासीनां स्वप्रभया मण्डयन्तीं रमामिव ॥ ८ ॥

विलोक्य सद्यो मुमुहे देवमायामिव स्त्रियम् ।
बभाषे तां वरारोहां भटैः कतिपयैर्वृतः ॥ ९ ॥

duṣmanto mṛgayāṁ yātaḥ
kaṇvāśrama-padaṁ gataḥ
tatrāsīnāṁ sva-prabhayā
maṇḍayantīṁ ramām iva

vilokya sadyo mumuhe
deva-māyām iva striyam
babhāṣe tāṁ varārohāṁ
bhaṭaiḥ katipayair vṛtaḥ

duṣmantaḥ－杜施曼塔王 / mṛgayām yātaḥ－当他去打猎时 / kaṇva-āśrama-padam－到坎瓦的住所 / gataḥ－他来到 / tatra－那里 / āsīnām－一个女子坐着 / sva-prabhayā－凭她自己的美 / maṇḍayantīm－照亮 / ramām iva－恰似幸运女神 / vilokya－靠观察 / sadyaḥ－立刻 / mumuhe－他变得入迷 / deva-māyām iva－仿佛至尊主的错觉能量 / striyam－一个美女 / babhāṣe－他说话 / tām－她(女人) / vara-ārohām－是最美的女人的…… / bhaṭaiḥ－由士兵 / katipayaiḥ－少数的 / vṛtaḥ－围绕

译文　一天，杜施曼塔王在去森林打猎并感到很累时，走近坎瓦·牟尼的住所。在那里，他看到天下最美的女子；那女子看上去就像幸运女神；她坐在那里，身体放射出的光芒照亮了整个住所。君王自然被她的美所吸引，于是由一些士兵陪同走近她，对她说话。

第10节

तद्दर्शनप्रमुदितः सन्निवृत्तपरिश्रमः ।
पप्रच्छ कामसन्तप्तः प्रहसञ्श्लक्ष्णया गिरा ॥१०॥

tad-darśana-pramuditaḥ
sannivṛtta-pariśramaḥ
papraccha kāma-santaptaḥ
prahasañ ślakṣṇayā girā

tat-darśana-pramuditaḥ－因为看到那美女而充满生气 / sannivṛtta-pariśramaḥ－消除了因打猎而感到的疲劳 / papraccha－他向她询问 / kāma-santaptaḥ－受到色欲的刺激 / prahasan－开玩笑地 / ślakṣṇayā－很优美和令人愉快的 / girā－用话语

译文　看到那美女，君王感到生气勃勃，打猎导致的疲劳感也顿时消失。毫无疑问，色欲令他很受那美女的吸引，因此他怀着开玩笑的心情询问她的情况。

第 11 节

का त्वं कमलपत्राक्षि कस्यासि हृदयङ्गमे ।
किं स्विच्चिकीर्षितं तत्र भवत्या निर्जने वने ॥११॥

kā tvaṁ kamala-patrākṣi
kasyāsi hṛdayaṅ-game
kiṁ svic cikīrṣitaṁ tatra
bhavatyā nirjane vane

kā－谁 / tvam－你是 / kamala-patra-akṣi－眼如莲花瓣的美女啊 / kasya asi－你与谁有关系 / hṛdayam-game－令人赏心悦目的最美的人啊 / kim svit－什么样的事 / cikīrṣitam－被想 / tatra－那里 / bhavatyāḥ－由你 / nirjane－独自的 / vane－在森林中

译文 眼如莲花的美女啊！你是谁？你是谁的女儿？你为何在这偏僻的森林中？你为何留在这里？

第 12 节

व्यक्तं राजन्यतनयां वेद्म्यहं त्वां सुमध्यमे ।
न हि चेतः पौरवाणामधर्मे रमते क्वचित् ॥१२॥

vyaktaṁ rājanya-tanayāṁ
vedmy ahaṁ tvāṁ sumadhyame
na hi cetaḥ pauravāṇām
adharme ramate kvacit

vyaktam－看起来 / rājanya-tanayām－查锤亚的女儿 / vedmi－能认识到 / aham－我 / tvām－你本人 / su-madhyame－最美的人啊 / na－不 / hi－事实上 / cetaḥ－内心 / pauravāṇām－出生在菩茹王朝中的人们的 / adharme－以反宗教的方式 / ramate－享受 / kvacit－随时

译文 最美的人啊！我心中告诉我，你必是查锤亚的女儿。我属于菩茹王朝，因此内心从不试图以非宗教的方式享受。

要旨 杜施曼塔王间接地表达了他想要娶莎琨塔拉(Śakunta-lā)为妻的愿望，因为在他心目中，莎琨塔拉是某位查锤亚君王的女儿。

第 13 节

श्रीशकुन्तलोवाच
विश्वामित्रात्मजैवाहं त्यक्ता मेनकया वने ।
वेदैतद्भगवान् कण्वो वीर किं करवाम ते ॥१३॥

śrī-śakuntalovāca
viśvāmitrātmajaivāhaṁ
tyaktā menakayā vane
vedaitad bhagavān kaṇvo
vīra kiṁ karavāma te

śrī-śakuntalā uvāca—圣莎琨塔拉回答说 / viśvāmitra-ātmajā—维施瓦弥陀的女儿 / eva—事实上 / aham—我(是) / tyaktā—离弃 / mena-kayā—被梅娜卡 / vane—在森林中 / veda—知道 / etat—所有这些事件 / bhagavān—最强大有力的圣洁之人 / kaṇvaḥ—坎瓦·牟尼 / vīra—英雄啊 / kim—什么 / karavāma—我能做 / te—为你

译文 莎琨塔拉说：我是维施瓦弥陀的女儿。我母亲梅娜卡将我留在这森林中。英雄啊！最强有力的圣人坎瓦了解这一切。现在请告诉我，我该如何侍奉你？

要旨 莎琨塔拉告诉杜施曼塔王，尽管她从没见过她的父母，但坎瓦·牟尼(Kaṇva Muni)了解有关她的一切。她听坎瓦·牟尼告诉她，她是维施瓦弥陀(Viśvāmitra)的女儿，她母亲梅娜卡(Menakā)将她遗弃在森林中。

第 14 节

आस्यतां ह्यरविन्दाक्ष गृह्यतामर्हणं च नः ।
भुज्यतां सन्ति नीवारा उष्यतां यदि रोचते ॥१४॥

āsyatāṁ hy aravindākṣa
　grhyatām arhaṇaṁ ca naḥ
bhujyatāṁ santi nīvārā
　uṣyatāṁ yadi rocate

āsyatām—请到这儿来坐 / hi—事实上 / aravinda-akṣa—眼如莲花瓣的大英雄啊 / gṛhyatām—请接受 / arhaṇam—谦卑的接待 / ca—和 / naḥ—我们的 / bhujyatām—请吃 / santi—储存的…… / nīvārāḥ—菰米 / uṣyatām—留在这儿 / yadi—如果 / rocate—你愿意

译文　眼如莲花瓣的君王啊！请来坐下，接受我们能提供的一切。我们有菰米，也许可以请你吃。你想要留下就留下，不必犹豫。

第 15 节

श्रीदुष्मन्त उवाच
उपपन्नमिदं सुभ्रु जातायाः कुशिकान्वये ।
स्वयं हि वृणुते राज्ञां कन्यकाः सदृशं वरम् ॥१५॥

śrī-duṣmanta uvāca
upapannam idaṁ subhru
jātāyāḥ kuśikānvaye
svayaṁ hi vṛṇute rājñāṁ
　kanyakāḥ sadṛśaṁ varam

śrī-duṣmantaḥ uvāca—杜施曼塔王回答 / upapannam—正适合你的地位 / idam—这 / su-bhru—长着美丽眉毛的莎琨塔拉啊 / jātāyāḥ—因为你的出生 / kuśika-anvaye—在维施瓦弥陀的家庭中 / svayam—亲自地 / hi—事实上 / vṛṇute—选择 / rājñām—一个皇室家庭的 / kanyakāḥ—女儿们 / sadṛśam—在同等层面上 / varam—丈夫们

译文　杜施曼塔王回答道：眉毛美丽的莎琨塔拉啊！你出生在伟大的圣人维施瓦弥陀的家中，你的接待正符合你的家庭。除此之外，君王的女儿一般都自己选择她们的丈夫。

要旨　莎琨塔拉在接待杜施曼塔王时明确地说："陛下您可以留在这里，您可以接受我能献给您的一切。"她以此方式间接地表示，她希望杜施曼塔王当她的丈夫。至于杜施曼塔王，他一看到莎琨塔拉就已经想娶她为妻了。所以达成作为夫妻结合的协议是很自然的事。为劝莎琨塔拉同意这婚姻，杜施曼塔王提醒她，作为君王的女儿，她可以在公开的集会上选择自己的丈夫。在雅利安(āryan)文明史中，有许多著名公主在公开的集会上为自己选择丈夫的事例。例如：就是在这类竞赛集会上，悉塔女神(Sītādevī)接受主茹阿玛禅铎(Rāmacandra)为她的丈夫，朵帕蒂(Draupadī)接受了阿尔诸纳(Arjuna)。这样的例子还很多。所以，通过协议或在公开的竞赛集会上选择自己丈夫的做法，是被允许的。在韦达文明历史上有八种结婚方式，靠协议结婚的方式被称为歌仙(gāndharva)婚姻。一般的做法是，父母为自己的女儿或儿子选择丈夫或妻子，但歌仙婚姻是靠自己选择。尽管过去有人靠自己的选择或靠协议结婚，但我们看不到因为意见不合而离婚的事。当然，低阶层的人会因为意见不合而离婚。过去，甚至在很高等的阶层中，尤其是查锤亚统治者家庭中，都可以看到通过协议结婚的婚姻。杜施曼塔王娶莎琨塔拉为妻，得到韦达文化的认可。下一节诗讲述了这婚姻的进展。

第 16 节

ओमित्युक्ते यथाधर्ममुपयेमे शकुन्तलाम् ।
गान्धर्वविधिना राजा देशकालविधानवित् ॥१६॥

om ity ukte yathā-dharmam
upayeme śakuntalām
gāndharva-vidhinā rājā
deśa-kāla-vidhānavit

om iti ukte—靠吟诵韦达曼陀"欧么"，祈求至尊人格首神见证婚姻 / yathā-dharmam—完全遵照宗教原则(因为纳茹阿亚纳在一般的宗教婚姻中也当见证者) / upayeme－他娶了 / śakuntalām－少女莎琨塔拉 / gāndharva-vidhinā－严格按照歌仙们遵守的规范原则 / rā-jā－杜施曼塔王 / deśa-kāla-vidhāna-vit－完全清楚该根据地点和时间履行责任

译文 当莎琨塔拉以沉默回应杜施曼塔王的提议时，事情就这样定下了。接着，了解婚姻法律的君王立刻依照歌仙举行的婚姻仪式，通过吟诵韦达·曼陀——欧么，娶她为妻。

要旨 “欧么(oṁ)”音节，是用字母在代表至尊人格首神。《博伽梵歌》说：由字母a-u-m结合在一起组成的梵文oṁ一词，代表至尊主。遵守宗教原则是为了祈求至尊人格首神奎师那的祝福和仁慈，《博伽梵歌》中说，奎师那本人就存在于性的欲望中，而这种说法与宗教原则并不抵触。梵文vidhinā一词的意思是“按照宗教原则”。韦达文化允许男人和女人按照宗教原则交往、接触。在我们的奎师那意识运动中，我们允许以宗教原则为基础的婚姻，但男人和女人作为男女朋友过性生活就是违反宗教原则，是不被允许的。

第17节

अमोघवीर्यो राजर्षिर्महिष्यां वीर्यमादधे ।
श्वोभूते स्वपुरं यातः कालेनासूत सा सुतम् ॥१७॥

amogha-vīryo rājarṣir
mahiṣyāṁ vīryam ādadhe
śvo-bhūte sva-puraṁ yātaḥ
kālenāsūta sā sutam

amogha-vīryaḥ－射精后必然生出孩子的人 / rāja-ṛṣiḥ－圣洁的杜施曼塔王 / mahiṣyām－进入莎琨塔拉王后(莎琨塔拉结婚后成为王后) / vīryam－精子 / ādadhe－置于 / śvaḥ-bhūte－在早晨 / sva-puram—到他自己的住所 / yātaḥ—返回 / kālena—在适当的时候 / asūta—生下 / sā—她(莎琨塔拉) / sutam——个儿子

译文 射精从不会没有结果的杜施曼塔王，当天晚上向他的王后莎琨塔拉子宫中注入他的精子，并于第二天清晨返回他的宫殿。那之后，在适当的时候，莎琨塔拉生下一个儿子。

第 18 节

कण्वः कुमारस्य वने चक्रे समुचिताः क्रियाः ।
बद्ध्वा मृगेन्द्रं तरसा क्रीडति स्म स बालकः ॥१८॥

kaṇvaḥ kumārasya vane
cakre samucitāḥ kriyāḥ
baddhvā mṛgendraṁ tarasā
krīḍati sma sa bālakaḥ

kaṇvaḥ—坎瓦·牟尼 / kumārasya—莎琨塔拉生下的儿子的 / vane—在森林中 / cakre—执行 / samucitāḥ—规定的 / kriyāḥ—仪式 / baddhvā—抓住 / mṛga-indram——头狮子 / tarasā—靠力量 / krīḍati—玩耍 / sma—过去 / saḥ—他 / bālakaḥ—孩子

译文 在森林中，坎瓦·牟尼为新生儿举行了所有相关的仪式。后来，那婴儿变得如此强壮，甚至会抓住一头狮子，与它玩耍。

第 19 节

तं दुरत्ययविक्रान्तमादाय प्रमदोत्तमा ।
हरेरंशांशसम्भूतं भर्तुरन्तिकमागमत् ॥१९॥

taṁ duratyaya-vikrāntam
ādāya pramadottamā
harer aṁśāṁśa-sambhūtaṁ
bhartur antikam āgamat

tam一他 / duratyaya-vikrāntam一力大无比的 / ādāya一她带着 / pramadā-uttamā一最优秀的女子莎琨塔拉 / hareḥ一神的 / aṁśa-aṁśa-sambhūtam一一个部分扩展 / bhartuḥ antikam一向她丈夫 / āgamat一去找

译文 最美丽的女子莎琨塔拉，带着她那力大无比且是至尊首神部分扩展的儿子，去找她丈夫杜施曼塔。

第20节

यदा न जगृहे राजा भार्यापुत्रावनिन्दितौ ।
शृण्वतां सर्वभूतानां खे वागाहाशरीरिणी ॥२०॥

yadā na jagṛhe rājā
bhāryā-putrāv aninditau
śṛṇvatāṁ sarva-bhūtānāṁ
khe vāg āhāśarīriṇī

yadā一当……时 / na一不 / jagṛhe一接受 / rājā一(杜施曼塔)君王 / bhāryā-putrau一他的亲生儿子和真正的妻子 / aninditau一不令人讨厌、不受任何人指责的 / śṛṇvatām一在聆听之际 / sarva-bhūtā-nām一所有的人 / khe一天空中 / vāk一一个声音 / āha一宣告 / aśarīri-ṇī一没有身体

译文 当君王拒绝接受他无可指责的妻子和孩子时，空中传来一个声音，作出让在场所有的人都听到的预言声明。

要旨 杜施曼塔王知道莎琨塔拉和那婴儿是他自己的妻儿，但由于他们从外面来，且不为臣民们所了解，他先是拒绝接受他们。然而，莎琨塔拉是那么忠贞，以至于天上传来声音，宣告真相，以使其他人都能听到。当众人都听到空中的声音说莎琨塔拉和她的孩子真是君王的妻儿时，君王高兴地接受了他们。

第21节

माता भस्त्रा पितुः पुत्रो येन जातः स एव सः ।
भरस्व पुत्रं दुष्मन्त मावमंस्थाः शकुन्तलाम् ॥२१॥

mātā bhastrā pituḥ putro
yena jātaḥ sa eva saḥ
bharasva putraṁ duṣmanta
māvamaṁsthāḥ śakuntalām

mātā－母亲 / bhastrā－恰似容纳空气的风箱壳 / pituḥ－父亲的 / putraḥ－儿子 / yena－由谁 / jātaḥ－一个人被生下 / saḥ－父亲 / eva－事实上 / saḥ－儿子 / bharasva－抚养吧 / putram－你的儿子 / duṣmanta－杜施曼塔王啊 / mā－不要 / avamaṁsthāḥ－羞辱 / śakuntalām－莎琨塔拉

译文 那声音说：杜施曼塔王啊！儿子其实属于他父亲，母亲只不过是容器，如同风箱的外皮。按照韦达训谕，儿子是父亲的再现。因此，抚养你自己的儿子，不要羞辱莎琨塔拉。

要旨 按照韦达指示：儿子是父亲的再现(ātmā vai putra-nāmāsi)。母亲只不过像仓库管理员一样，因为孩子的种子被置于她的子宫中。然而，父亲有责任养育儿子。《博伽梵歌》中记载，至尊主说：祂是播撒众生种子的父亲(ahaṁ bīja-pradaḥ pitā)，因此有责任养育、维护他们。韦达经(Vedas)中也证实了这一点。尽管神只有一位，但祂养育了众生，为他们提供生活所需(eko bahūnāṁ yo vidadhāti kāmān)。各种生物体都是至尊主的外形不同的孩子，所以父亲——至尊主，按照他们拥有的不同的躯体，为他们提供不同的食粮。给小蚂蚁提供的是一粒糖的结晶，为大象提供的则是成吨的食物，每一种生物体都有食物吃。因此，根本不存在人口过剩的问题。由于奎师那这位父亲绝对富有，根本不存在粮食匮乏的问题；没有匮乏，有关人口过剩的宣传就只不过是神话而已。事实上，只有在物质自然听从这位父亲的指示，拒绝给一个人提供食物时，那人才会受缺乏食物的苦。是生物体自己的状态决定他能不能得到食物供给。当病人被禁止进食时，并不意味着粮食匮乏，而是病人需要得到断食的治疗。《博伽梵歌》第7章的第10节诗记载，至尊主也说：我是播撒众生种子的父亲(bījaṁ māṁ sama-bhūtānām)。一类种子被播撒在土里，一种树木或植物随后破土而出。母亲就像大地，当父亲播撒一类种子后，就会生出一类身体。

第22节

रेतोधाः पुत्रो नयति नरदेव यमक्षयात् ।
त्वं चास्य धाता गर्भस्य सत्यमाह शकुन्तला ॥२२॥

reto-dhāḥ putro nayati
naradeva yama-kṣayāt
tvaṁ cāsya dhātā garbhasya
satyam āha śakuntalā

retaḥ-dhāḥ－射精的人 / putraḥ－儿子 / nayati－拯救 / nara-deva－君王(杜施曼塔)王啊 / yama-kṣayāt－从阎罗王的监管或惩罚下 / tvam－你本人 / ca－和 / asya－这孩子的 / dhātā－创造者 / garbhasya－胚胎的 / satyam－诚实地 / āha－说 / śakuntalā－你的妻子莎琨塔拉

译文 杜施曼塔王啊！射出精子的人是真正的父亲，他儿子从阎罗王的囚禁中救出他。你是这孩子真正的父亲。事实上，莎琨塔拉说的是真话。

要旨 听了空中传来的声音后，杜施曼塔王接受了他的妻子和孩子。按照韦达经典(smṛti)：

pun-nāmno narakād yasmāt
　pitaraṁ trāyate sutaḥ
tasmāt putra iti proktaḥ
　svayam eva svayambhuvā

儿子从被称为“普特(put)”的地狱中拯救出自己的父亲，所以被称为“普陀(putra)”。按照这一原则，当父母之间意见不合时，得到儿子拯救的人将是父亲，而并非母亲。但如果妻子对丈夫忠贞不渝，那么当丈夫的得到拯救时，妻子也得到拯救。正因为如此，在韦达文献中没有谈到离婚这种事。当妻子的始终受到训练要对丈夫忠贞，因为这将帮助她得到救赎，摆脱令人憎恶的物质处境。这节诗明确地说：“儿子拯救父亲脱离阎罗王的监管(putro nayati naradeva yama-kṣayāt)。”它并没说：“儿子拯救母亲(putro nayati mātaram)。”是给予种子的父亲得到拯救，而非作为仓库保管员的母亲得到拯救。因此，夫妻在任何情况下都不该分离，因为如果他们养育的孩子是个外士纳瓦的话，那位外士纳瓦就能拯救父母双方摆脱阎罗王的钳制，使他们脱离在地狱中受惩罚的生活状态。

第23节

पितर्युपरते सोऽपि चक्रवर्ती महायशाः ।
महिमा गीयते तस्य हरेरंशभुवो भुवि ॥२३॥

pitary uparate so 'pi
　cakravartī mahā-yaśāḥ
mahimā gīyate tasya
　harer aṁśa-bhuvo bhuvi

pitari—他父亲……之后 / uparate—去世 / saḥ—君王的儿子 / api—也 / cakravartī—帝王 / mahā-yaśāḥ—十分著名 / mahimā—荣耀 / gīyate—受到赞美 / tasya—他的 / hareḥ—全尊人格首神的 / aṁśa-bhuvaḥ—部分代表 / bhuvi—在这地球上

译文 舒卡戴瓦·哥斯瓦米说：杜施曼塔王去世离开这地球后，他儿子成为世界帝王——七个岛屿的拥有者。他被视为是至尊人格首神在这地球上的部分代表。

要旨 《博伽梵歌》第10章的第41节诗中说：

yad yad vibhūtimat sattvaṁ
śrīmad ūrjitam eva vā
tat tad evāvagaccha tvaṁ
mama tejo 'ṁśa-sambhavam

“要知道：一切丰富、美丽和辉煌的创造，都不过是从我的光辉中跃起的一个火花而已。”具有非凡力量的人，必是至尊首神财富的部分展示。所以，当杜施曼塔王的儿子成为整个世界的帝王时，他就是这样闻名于世的。

第24—26节

चक्रं दक्षिणहस्तेऽस्य पद्मकोशोऽस्य पादयोः ।
ईजे महाभिषेकेण सोऽभिषिक्तोऽधिराड्विभुः ॥२४॥

पञ्चपञ्चाशता मेध्यैर्गङ्गायामनु वाजिभिः ।
मामतेयं पुरोधाय यमुनामनु च प्रभुः ॥२५॥

अष्टसप्ततिमेध्याश्वान् बबन्ध प्रददद्वसु ।
भरतस्य हि दौष्मन्तेरग्निः साचीगुणे चितः ।
सहस्रं बद्वशो यस्मिन् ब्राह्मणा गा विभेजिरे ॥२६॥

cakraṁ dakṣiṇa-haste 'sya
padma-kośo 'sya pādayoḥ
īje mahābhiṣekeṇa
so 'bhiṣikto 'dhirāḍ vibhuḥ

pañca-pañcāśatā medhyair
gaṅgāyām anu vājibhiḥ

māmateyaṁ purodhāya
yamunām anu ca prabhuḥ

aṣṭa-saptati-medhyāśvān
babandha pradadad vasu
bharatasya hi dauṣmanter
agniḥ sācī-guṇe citaḥ
sahasraṁ badvaśo yasmin
brāhmaṇā gā vibhejire

cakram—奎师那飞轮的标记 / dakṣiṇa-haste—在右手掌上 / asya—他(巴茹阿特)的 / padma-kośaḥ—一个莲花轮生体的标记 / asya—他的 / pādayoḥ—脚掌上 / īje—崇拜至尊人格首神 / mahā-abhiṣekeṇa—通过一场盛大的韦达仪式典礼 / saḥ—他(巴茹阿特王) / abhiṣiktaḥ—被提升 / adhirāṭ—到最高统治者的位置上 / vibhuḥ—一切的主人 / pañca-pañcāśatā—五十五 / medhyaiḥ—适合祭祀 / gaṅgāyām anu—从恒河源头出口处 / vājibhiḥ—用马匹 / māmateyam—伟大的圣人布瑞古 / purodhāya—使他成为大祭司 / yamunām—在雅沐娜河岸边 / anu—按适当的顺序 / ca—也 / prabhuḥ—至尊主人巴茹阿特王 / aṣṭa-saptati—七十八 / medhya-aśvān—适合献祭的马匹 / babandha—他拴住 / pradadat—给予布施 / vasu—财产 / bharatasya—巴茹阿特王的 / hi—事实上 / dauṣmanteḥ—杜施曼塔王的儿子 / agniḥ—祭祀之火 / sācī-guṇe—在一个出色的地点 / citaḥ—已建立 / sahasram—数千 / badvaśaḥ—一万三千零八十四(badva) / yasmin—在那祭祀中 / brāhmaṇāḥ—在场的全体布茹阿玛纳 / gāḥ—乳牛 / vibhejire—得到他们各自的一份

译文 杜施曼塔的儿子巴茹阿特王，右手手掌中有主奎师那的飞轮标记，脚底各有一个莲花轮生体标记。他通过举行崇拜至尊人格首神的盛大仪式典礼，成为整个世界的帝王和主人。接着，在玛麻塔的祭司儿子布瑞古·牟尼的指导下，他于恒河岸边的出口处直到源头处，共举行了五十五场马祭，在雅沐娜河岸边自帕亚嘎的汇流处直到雅沐娜河的源头，共举行了七十八场马祭。他在一个绝佳的场所点燃祭祀之火，并向布茹阿玛纳分发大量的财物。事实上，他给布茹阿玛纳分发那么多乳牛，在场的好几千布茹阿玛纳，每一位都得到一万三千零八十四头乳牛。

要旨 正如这节诗中“杜施曼塔王的儿子在出色的地点点燃了数千的祭祀之火(dauṣmanter agniḥ sācī-guṇe citaḥ)”一句表明，杜施曼塔王的儿子巴茹阿特(Bharata)，在全世界，尤其是印度境内，从恒河、雅沐娜河的源头到出口的两岸，安排了许许多多场祭祀典礼。所有这些祭祀都是在十分著名的地方举行的。正如《博伽梵歌》第3章的第9节诗中说明：“应该把活动当祭祀奉献给维施努，否则活动就会把人捆绑在物质世界里(yajñārthāt karmaṇo 'nyatra loko 'yaṁ karma-bandhanaḥ)。”每一个人都该致力于祭祀的举行，应该在各处点燃祭祀之火，而整个目的就是为了使人们快乐、富足，并在灵性生活中取得进步。当然，这在喀历年代开始之前是有可能的，因为那时有能够主持这类祭祀的有资格的布茹阿玛纳。但至于现在，《布茹阿玛·外瓦尔塔往世书》(Brahma-vaivarta Purāṇa)中禁止说：

aśvamedhaṁ gavālambhaṁ
sannyāsaṁ pala-paitṛkam
devareṇa sutotpattiṁ
kalau pañca vivarjayet

“在这个喀历年代中，有五种活动受到禁止：在祭祀中献祭马匹，在祭祀中献祭乳牛，当托钵僧，给祖先供奉肉，以及与自己的兄弟之妻生孩子。”这个年代中因为没有具备资格的布茹阿玛纳和足够的财富，所以不可能举行马祭(aśvamedha-yajña)和乳牛祭(gomedha-yajña)。这节诗说：巴茹阿特王安排玛麻塔(Mamatā)的儿子布瑞古·牟尼负责主持这祭祀(mamateyam purodhaya)。但现如今，这样的布茹阿玛纳已经找不到了。为此，启示经典推荐，有智慧的人应该举行由圣主柴坦亚·玛哈帕布开展的集体歌唱神的圣名祭祀：

kṛṣṇa-varṇaṁ tviṣākṛṣṇaṁ
sāṅgopāṅgāstra-pārṣadam
yajñaiḥ saṅkīrtana-prāyair
yajanti hi sumedhasaḥ

"在这个喀历年代中，具有足够智慧的人，将通过举行集体歌唱神的圣名运动，崇拜由同伴们陪伴着的至尊主。"(《圣典博伽瓦谭》11.5.32)必须举行祭祀，否则人们将会被捆绑在罪恶的活动中，将受痛苦的折磨。正因为如此，奎师那意识运动负责在全世界介绍吟唱哈瑞·奎师那(Hare Kṛṣṇa)的方法。这场哈瑞·奎师那运动也是祭祀，但没有要准备祭祀用品和寻找有资格的布茹阿玛纳的困难。这集体歌唱神的圣名的祭祀，在任何地方都能举行。如果人们能以某种方式聚集起来，被引导吟唱哈瑞·奎师那哈瑞·奎师那　奎师那·奎师那　哈瑞·哈瑞/哈瑞·茹阿玛　哈瑞·茹阿玛　茹阿玛·茹阿玛　哈瑞·哈瑞(Hare Kṛṣṇa, Hare Kṛṣṇa, Kṛṣṇa Kṛṣṇa, Hare Hare/ Hare Rāma, Hare Rāma, Rāma Rāma, Hare Hare)，那么祭祀的一切目的就都将实现。祭祀的首要目的是：确保有足够的雨水，因为没有雨水就不能有任何农作物(annād bhavanti bhūtāni parjanyād anna-sambhavaḥ)。我们所需要的一切仅仅靠降雨就可以被生产出来(kāmaṁ vavarṣa parjanyaḥ)，大地是一切必需品的最初来源(sarva-kāma-dughā mahī)。因此结论是：在这个喀历年代中，全世界的人应该戒除四项主要的恶行，即：非法性行为、吃肉、麻醉自我和赌博。人们应该在纯洁的生存状态中，举行吟诵、吟唱哈瑞·奎师那这一伟大赞歌(mahā-mantra)的简单祭祀。这样，大地无疑就会产出生活所需的一切，人们就会从经济、政治、社会、宗教和文化等各方面都感到幸福快乐。一切都将井然有序。

第 27 节

त्रयस्त्रिंशच्छतं ह्यश्वान् बद्ध्वा विस्मापयन्नृपान् ।
दौष्मन्तिरत्यगान्मायां देवानां गुरुमाययौ ॥२७॥

trayas-triṁśac-chataṁ hy aśvān
baddhvā vismāpayan nṛpān
dauṣmantir atyagān māyāṁ
devānāṁ gurum āyayau

trayaḥ—三 / triṁśat—三十 / śatam—百 / hi—事实上 / aśvān—马匹 / baddhvā—在祭祀中引入注目的 / vismāpayan—令人惊讶的 / nṛpān—所有其他君王 / dauṣmantiḥ—杜施曼塔王的儿子 / atyagāt—超过 / māyām—物质财富 / devānām—半神人的 / gurum—至高无上的灵性导师 / āyayau—赢得

译文 杜施曼塔王的儿子巴茹阿特，为举行那些祭祀而准备了三千三百匹马，因而使所有其他君王感到震惊。他富有的程度甚至超过半神人。这是因为他得到了至高无上的灵性导师哈尔依。

要旨 得到至尊人格首神莲花足的人，无疑拥有最多的财富，甚至多于在天堂星球中的半神人的。得到至尊人格首神的莲花足，是生命中最崇高的成就(yaṁ labdhvā cāparaṁ lābhaṁ manyate nādhikaṁ tataḥ)。

第 28 节

मृगाञ्छुक्लदतः कृष्णान् हिरण्येन परीवृतान् ।
अदात्कर्मणि मष्णारे नियुतानि चतुर्दश ॥२८॥

mṛgāñ chukla-dataḥ kṛṣṇān
hiraṇyena parīvṛtān
adāt karmaṇi maṣṇāre
niyutāni caturdaśa

mṛgān—一流的大象 / śukla-dataḥ—长着洁白的象牙 / kṛṣṇān—长着黑色的身体 / hiraṇyena—戴着金制装饰品 / parīvṛtān—完全覆盖了 / adāt—给予布施 / karmaṇi—在祭祀中 / maṣṇāre—名叫玛施纳尔的，或指玛施纳尔一地 / niyutāni—十万 / caturdaśa—十四

译文 当巴茹阿特王举行名叫玛施纳尔的祭祀(或在玛施纳尔一地举行祭祀)时，他布施出一百四十万头优等大象，那些大象都长着白色的象牙和黑色的身体，浑身披挂着金饰。

第 29 节

भरतस्य महत्कर्म न पूर्वे नापरे नृपाः ।
नैवापुर्नैव प्राप्स्यन्ति बाहुभ्यां त्रिदिवं यथा ॥२९॥

bharatasya mahat karma
na pūrve nāpare nṛpāḥ
naivāpur naiva prāpsyanti
bāhubhyāṁ tridivaṁ yathā

bharatasya—杜施曼塔王的儿子巴茹阿特王的 / mahat—很伟大、崇高 / karma—活动 / na—也不 / pūrve—以前 / na—也不 / apare—他的时间之后 / nṛpāḥ—君王作为一个阶层 / na—也不 / eva—肯定地 / āpuḥ—达到 / na—也不 / eva—无疑地 / prāpsyanti—将得到 / bāhubhyām—靠他臂膀的力量 / tri-divam—天堂星球 / yathā—就如

译文 正如人不可能用手臂触碰天堂星球，人也无法模仿巴茹阿特王的神奇活动。他的活动空前绝后，过去没人能这么做，今后也没人能做到。

第 30 节

किरातहूणान् यवनान् पौण्ड्रान् कङ्कान् खशाञ्छकान् ।
अब्रह्मण्यनृपांश्चाहन्म्लेच्छान्दिग्विजयेऽखिलान् ॥३०॥

kirāta-hūṇān yavanān
paunḍrān kaṅkān khaśāñ chakān
abrahmaṇya-nṛpāṁś cāhan
mlecchān dig-vijaye 'khilān

kirāta—被称为克依茹阿塔的黑人(大部分是非洲人) / hūṇān—在遥远的北部部落的匈奴人 / yavanān—食肉者 / pauṇḍrān—彭铎们 / kaṅkān—坎卡们 / khaśān—蒙古人 / śakān—沙卡们 / abrahmaṇya—违抗布茹阿玛纳文化 / nṛpān—君王们 / ca—和 / ahan—他杀死 / mlecchān—不尊重韦达文明的这类无神论者 / dik-vijaye—在征服四面八方时 / akhilān—他们全体

译文 巴茹阿特王旅行时，打败或杀死所有的克依茹阿塔、匈奴人、亚瓦纳、彭铎、坎卡、蒙古人、沙卡族人和反对布茹阿玛纳文化之韦达原则的君王们。

第 31 节

जित्वा पुरासुरा देवान् ये रसौकांसि भेजिरे ।
देवस्त्रियो रसां नीताः प्राणिभिः पुनराहरत् ॥३१॥

jitvā purāsurā devān
ye rasaukāṁsi bhejire
deva-striyo rasāṁ nītāḥ
prāṇibhiḥ punar āharat

jitvā—征服 / purā—以前 / asurāḥ—恶魔们 / devān—半神人们 / ye—……全体 / rasa-okāṁsi—在名叫茹阿萨塔拉的低层星系中 / bhejire—托庇于 / deva-striyaḥ—半神人的妻子和女儿们 / rasām—在低等星系中 / nītāḥ—被带到 / prāṇibhiḥ—与他们自己的亲密同伴们 / punaḥ—再次 / āharat—带回她们原本所在的地方

译文 全体恶魔在以前战胜半神人后，都托庇于名叫茹阿萨塔拉的低层星系，将半神人的妻子和女儿们也带去那里。然而，巴茹阿特王将所有那些女人和她们的同伴，从恶魔的钳制中救出，将她们送还给半神人。

第 32 节

सर्वान् कामान्दुदुहतुः प्रजानां तस्य रोदसी ।
समास्त्रिणवसाहस्रीर्दिक्षु चक्रमवर्तयत् ॥३२॥

sarvān kāmān duduhatuḥ
prajānāṁ tasya rodasī
samās tri-ṇava-sāhasrīr
diksu cakram avartayat

sarvān kāmān一所有的需要或值得向往的事物 / duduhatuḥ一实现 / prajānām一国民们的 / tasya一他的 / rodasī一这地球和天堂星球 / samāḥ一多年 / tri-nava-sāhasrīḥ一两万七千 / dikṣu一在所有的方向内 / cakram一士兵或命令 / avartayat一环行

译文　巴茹阿特王为他在地球和天堂中的国民提供一切所需，长达二万七千年之久。他向所有的方向传达命令，派遣他的士兵。

第 33 节

स संराड् लोकपालाख्यमैश्वर्यमधिराट् श्रियम् ।
चक्रं चास्खलितं प्राणान्मृषेत्युपरराम ह ॥३३॥

sa saṁrāḍ loka-pālākhyam
aiśvaryam adhirāṭ śriyam
cakraṁ cāskhalitaṁ prāṇān
mṛṣety upararāma ha

saḥ一他(巴茹阿特王) / saṁrāṭ一帝王 / loka-pāla-ākhyam一以所有星球的统治者闻名于世 / aiśvaryam一这样的财富 / adhirāṭ　拥有切权利 / śriyam一王国 / cakram一士兵或命令 / ca一和 / askhalitam一

没有失败 / prāṇān－生活或儿子及家庭 / mṛṣā－都不真实 / iti－如此 / upararāma－停止享受 / ha－在过去

译文 作为整个宇宙的统治者，巴茹阿特帝王有一个巨大的王国和战无不胜的士兵。他曾将儿子和家庭看成是他生活的全部。但最后，他将这一切视为是他灵性进步的障碍，因而不再享受它。

要旨 巴茹阿特王在君权、士兵、儿女等一切物质享乐方面都无比富有，但当他认识到对灵性进步而言，所有这些物质财富都毫无用处时，他便退出物质享乐生活。韦达文明的规定是：到一定年龄后，人就该像巴茹阿特王学习，停止享受物质财富；应该进入退出家庭生活的阶段。

第 34 节

तस्यासन्नृप वैदर्भ्यः पत्न्यस्तिस्रः सुसम्मताः ।
जघ्नुस्त्यागभयात्पुत्रान्नानुरूपा इतीरिते ॥३४॥

tasyāsan nṛpa vaidarbhyaḥ
patnyas tisraḥ susammatāḥ
jaghnus tyāga-bhayāt putrān
nānurūpā itīrite

tasya－他(巴茹阿特王)的 / āsan－曾有 / nṛpa－君王(帕瑞克西特王)啊 / vaidarbhyaḥ－维达尔巴的女儿们 / patnyaḥ－妻子们 / tisraḥ－三个 / su-sammatāḥ－很令人愉快且很般配 / jaghnuḥ－杀死 / tyāga-bhayāt－害怕拒绝 / putrān－她们的儿子 / na anurūpāḥ－不完全像父亲 / iti－这样 / īrite－考虑

译文 帕瑞克西特王啊！巴茹阿特王有三个讨人喜欢的妻子，她们都是维达尔巴王的女儿。她们生下外貌不像君王的孩子，便以为君王会认为她们不忠并因而抛弃她们，于是杀了自己的儿子。

第 35 节

तस्यैवं वितथे वंशे तदर्थं यजतः सुतम् ।
मरुत्स्तोमेन मरुतो भरद्वाजमुपाददुः ॥३५॥

tasyaivaṁ vitathe vaṁśe
tad-arthaṁ yajataḥ sutam
marut-stomena maruto
bharadvājam upādaduḥ

tasya—他的(巴茹阿特王的) / evam—如此 / vitathe—受到阻挠 / vaṁśe—在生育后代的过程中 / tat-artham—为得到儿子 / yajataḥ—举行祭祀 / sutam—一个儿子 / marut-stomena—靠举行一场玛茹特·斯头玛祭祀 / marutaḥ—名叫玛茹特的半神人 / bharadvājam—巴尔杜瓦佳 / upādaduḥ—送给

译文 君王生育孩子的努力这样遭到挫败后，为得到儿子举行了一场名叫玛茹特·斯投玛的祭祀。被称为玛茹特的半神人对他感到满意，所以送给他一个名叫巴尔杜瓦佳的儿子。

第 36 节

अन्तर्वत्न्यां भ्रातृपत्न्यां मैथुनाय बृहस्पतिः ।
प्रवृत्तो वारितो गर्भं शप्त्वा वीर्यमुपासृजत् ॥३६॥

antarvatnyāṁ bhrātṛ-patnyāṁ
maithunāya bṛhaspatiḥ
pravṛtto vārito garbhaṁ
śaptvā vīryam upāsṛjat

antaḥ-vatnyām—怀孕 / bhrātṛ-patnyām—与兄弟的妻子 / maithunāya—想要享受性生活 / bṛhaspatiḥ—名叫毕尔哈斯帕提的半神人 / pravṛttaḥ—如此倾向的 / vāritaḥ—当被禁止这样做时 / garbham—肚子中的儿子 / śaptvā—通过诅咒 / vīryam—精子 / upāsṛjat—射出

译文 名叫毕尔哈斯帕提的半神人受他兄弟之妻——正怀有身孕的玛麻塔的吸引，想要与她发生性关系。在玛麻塔子宫中的儿子禁止他这样做，但毕尔哈斯帕提诅咒他，将精子强行射入玛麻塔的子宫。

要旨 这个物质世界中的性冲动是如此强烈，就连本是半神人的祭司及博学学者的毕尔哈斯帕提(Bṛhaspati)，都想要与他兄弟正怀孕的妻子发生性关系。这种事情在高等星球的半神人社会中都有可能发生，就更不要说人类社会了。性冲动是如此强烈，甚至能刺激像毕尔哈斯帕提那样博学的人物。

第 37 节

तं त्यक्तुकामां ममतां भर्तुस्त्यागविशङ्किताम् ।
नामनिर्वाचनं तस्य श्लोकमेनं सुरा जगुः ॥३७॥

taṁ tyaktu-kāmāṁ mamatāṁ
bhartus tyāga-viśaṅkitām
nāma-nirvācanaṁ tasya
ślokam enaṁ surā jaguḥ

tam—那新生儿 / tyaktu-kāmām—想要努力避免的人 / mamatām—向玛麻塔 / bhartuḥ tyāga-viśaṅkitām—很害怕因为生了个非法的儿子而被丈夫抛弃 / nāma-nirvācanam—给予名字的仪式(nāma-karaṇa) / tasya—对孩子 / ślokam—诗 / enam—这 / surāḥ—半神人们 / jaguḥ—发音

译文 玛麻塔很害怕她丈夫因为她生下一个私生子而抛弃她，所以考虑要遗弃那孩子。但后来半神人通过叫出那孩子的名字解决了这个问题。

要旨 按照韦达经典，孩子一旦出生，就会举行诞生仪式(jāta-karma)和命名仪式(nāma-karaṇa)。在那些仪式上，博学的布茹阿玛纳在孩子降生后，立刻按照星象进行占星学方面的计算。但玛麻塔(Mamatā)的孩子是由毕尔哈斯帕提在违反宗教原则的情况下生的；因为尽管玛麻塔是乌塔提亚(Utathya)的妻子，但毕尔哈斯帕提却强行使她怀孕。为此，毕尔哈斯帕提成为该养孩子的人(bhartā)。按照韦达文化，妻子被视为是她丈夫的财产，经由非法性生活所生的儿子被称为杜瓦佳(dvāja)。印度社会中至今仍通用的形容词是道格拉(doglā)，以指不是由母亲的丈夫所生的儿子。在这种情况下，很难按照适当的规定原则给孩子命名。因此，尽管玛麻塔不知所措，但半神人们给孩子一个恰当的名字——巴尔杜瓦佳(Bharadvāja)，以说明那个非法所生的孩子应该由玛麻塔和毕尔哈斯帕提共同抚养。

第 38 节

मूढे भर द्वाजमिमं भर द्वाजं बृहस्पते ।
यातौ यदुक्त्वा पितरौ भरद्वाजस्ततस्त्वयम् ॥३८॥

mūḍhe bhara dvājam imaṁ
bhara dvājaṁ bṛhaspate
yātau yad uktvā pitarau
bharadvājas tatas tv ayam

mūḍhe－愚蠢的女人啊 / bhara－就养育吧 / dvājam－尽管因为两个个体的非法关系而出生 / imam－这孩子 / bhara－养育 / dvājam－尽管因为两个个体的非法关系而出生 / bṛhaspate－毕尔哈斯帕提啊 / yātau－离开 / yat－因为 / uktvā－说了 / pitarau－父母双方 / bharadvājaḥ－名叫巴尔杜瓦佳 / tataḥ－那之后 / tu－事实上 / ayam－这孩子

译文 毕尔哈斯帕提对玛麻塔说：“你这愚蠢的女人，虽然这孩子由一个男人向另一个男人的妻子射精生出，但你应该养他。”听了这话，玛麻塔回答道：“毕尔哈斯帕提啊！你养他！”这样说完后，毕尔哈斯帕提和玛麻塔两人都离开了。就这样，那孩子被称为巴尔杜瓦佳。

第 39 节

चोद्यमाना सुरैरेवं मत्वा वितथमात्मजम् ।
व्यसृजन्मरुतोऽबिभ्रन्दत्तोऽयं वितथेऽन्वये ॥३९॥

codyamānā surair evaṁ
matvā vitatham ātmajam
vyasṛjan maruto 'bibhran
datto 'yaṁ vitathe 'nvaye

codyamānā—尽管玛麻塔受到鼓励(养育那孩子) / suraiḥ—被半神人们 / evam—就这样 / matvā—考虑 / vitatham—无益的 / ātmajam—她自己的孩子 / vyasṛjat—拒绝 / marutaḥ—名叫玛茹特的半神人 / abibhran—养育(孩子) / dattaḥ—同一个孩子被给予 / ayam—这 / vitathe—受到挫折 / anvaye—当巴茹阿特王朝……时

译文 玛麻塔虽然在半神人的鼓励下养育那孩子，但却认为他因为是非法所生，所以没有价值，最终还是抛弃了他。结果，被称为玛茹特的半神人们养育那孩子。当巴茹阿特王因为没儿子而感到沮丧时，他们将那孩子送给他当儿子。

要旨 我们从这节诗了解到，被高等星系拒绝的生物，得到机会投生在这个地球星球最崇高的家庭中。

到此为止，结束了巴克提韦丹塔对《圣典博伽瓦谭》第9篇的第20章——“菩茹王朝”所作的阐释。

第二十一章

巴茹阿特王朝

这一章既讲述了杜施曼塔王(Mahārāja Duṣmanta)的儿子巴茹阿特王(Mahārāja Bharata)传下的王朝，也描述了冉提戴瓦(Rantideva)、阿佳弥达(Ajamīḍha)和其他人的光荣。

巴尔杜瓦佳(Bharadvāja)的儿子是曼尤(Manyu)，曼尤生了五个儿子，分别名叫毕尔哈特查陀(Bṛhatkṣatra)、佳亚(Jaya)、玛哈维尔亚(Mahāvīrya)、纳茹阿(Nara)和嘎尔戈(Garga)。在这五个儿子中，纳茹阿生子桑奎提(Saṅkṛti)，桑奎提有两个儿子古茹(Guru)和冉提戴瓦(Rantideva)。作为一名崇高的奉献者，冉提戴瓦看每一个生物体都与至尊人格首神有关，因此将自己的心、话语和自我本身全部用来侍奉至尊主和祂的奉献者。冉提戴瓦是如此崇高，甚至有时将自己的食物全部布施出去，自己和家人则断食。一次，冉提戴瓦断食甚至断水了四十八天后，得到一些用纯净奶油制做的优质食物。但就在他准备进食时，一位布茹阿玛纳(brāhmaṇa)客人到访。冉提戴瓦于是自己不吃，立刻将一部分食物献给那位布茹阿玛纳。那位布茹阿玛纳离开后，冉提戴瓦正准备吃剩下的食物时，一个庶铎(śūdra)又出现了。冉提戴瓦因此将剩下的食物平分给那个庶铎和他自己。当他再次准备进食剩下的食物时，另一个客人来到他家。冉提戴瓦于是将剩下的食物全部给了新到的客人，但就在他准备喝水解渴时又被阻止，因为来了一位感到口渴的客人，冉提戴瓦把自己的水也给了需要喝水的客人。其实，这一切都由至尊人格首神安排，目的是为了给祂的奉献者增添光彩，让世人看到：为至尊主服务的奉献者有多么忍受。至尊人格首神对冉提戴瓦极其满意，委托他做十分机密的服务。至尊人格首神会将最机密的服务和特殊的力量，给予祂纯粹的奉献者，而不会给予普通的奉献者。

巴尔杜瓦佳的儿子嘎尔戈(Garga)生子希尼，希尼的儿子是嘎尔戈亚(Gārgya)。嘎尔戈亚虽是查锤亚，但却生下一代布茹阿玛纳儿子。玛哈维尔亚(Mahāvīrya)生子杜瑞塔查亚(Duritakṣaya)，杜瑞塔查亚的儿子分别名叫垂亚茹尼(Trayyāruṇi)、喀维(Kavi)和菩施卡尔茹尼(Puṣkarāruṇi)。他们虽然由查锤亚君王生出，但都得到了布茹阿玛纳的地位。毕尔哈特查陀(Bṛhatkṣatra)的儿子兴建了哈斯提纳普尔城(Hastināpura)，因此名叫哈斯提(Hastī)。他的儿子分别是阿佳弥达(Ajamīḍha)、兑弥达(Dvimīḍha)和菩茹弥达(Purumīḍha)。

阿佳弥达生子普瑞亚梅达(Priyamedha)、毕尔哈迪舒(Bṛhadiṣu)和其他布茹阿玛纳儿子。毕尔哈迪舒的子子孙孙依次是毕尔哈达努(Bṛhaddhanu)、毕尔哈特卡亚(Bṛhatkāya)、佳亚铎塔(Jayadratha)、维沙达(Viśada)和谢纳吉特(Syenajit)。谢纳吉特有四个儿子，他们是茹祺茹阿施瓦(Rucirāśva)、兑达哈努(Dṛḍhahanu)、卡夏(Kāśya)和瓦特萨(Vatsa)。茹祺茹阿施瓦生子帕茹阿(Pāra)，帕茹阿的儿子是普瑞图森纳(Pṛthusena)和尼帕(Nīpa)。尼帕有一百个儿子。尼帕王与他的另一个妻子生了个名叫布茹阿玛达塔(Brahmadatta)的儿子。布茹阿玛达塔生子维施瓦克森纳(Viṣvaksena)，维施瓦克森纳是乌达克森纳(Udaksena)的父亲，乌达克森纳生下巴拉塔(Bhallāṭa)。

兑弥达的儿子是亚维纳尔(Yavīnara)，亚维纳尔有许多子子孙孙，他们分别是：奎提曼(Kṛtimān)、萨提亚兑提(Satyadhṛti)、兑达内弥(Dṛḍhanemi)、苏帕尔施瓦(Supārśva)、苏玛提(Sumati)、桑纳提曼(Sannatimān)、奎提(Kṛtī)、尼帕(Nīpa)、乌德卦尤达(Udgrāyudha)、克舍弥亚(Kṣemya)、苏维茹阿(Suvīra)、瑞彭佳亚(Ripuñjaya)和巴胡茹阿塔(Bahuratha)。菩茹弥达没有儿子，但阿佳弥达除了其他儿子外，还有一个儿子名叫尼拉(Nīla)，尼拉的儿子是商提(Śānti)。商提的后代依次是苏商提(Suśānti)、菩茹佳(Puruja)、阿尔卡

(Arka)和巴尔弥亚刷(Bharmyāśva)。巴尔弥亚刷有五个儿子，从其中一个名叫穆德嘎拉(Mudgala)的儿子，开始了一个布茹阿玛纳家族。穆德嘎拉生了一对孪生兄妹，儿子是迪沃达斯(Divodāsa)，女儿名叫阿哈莉雅(Ahalyā)。阿哈莉雅的丈夫高塔玛(Gautama)与她生子沙塔南达(Śatānanda)。沙塔南达的儿子是萨提亚兑提(Satyadhṛ-ti)。萨提亚兑提的儿子名叫沙茹阿德万(Śaradvān)。沙茹阿德万的儿子是奎帕(Kṛpa)，女儿名叫奎琵(Kṛpī)。奎琵后来成为朵纳查尔亚(Droṇācārya)的妻子。

第 1 节

श्रीशुक उवाच
वितथस्य सुतान्मन्योर्बृहत्क्षत्रो जयस्ततः ।
महावीर्यो नरो गर्गः सङ्कृतिस्तु नरात्मजः ॥१॥

śrī-śuka uvāca
vitathasya sutān manyor
bṛhatkṣatro jayas tataḥ
mahāvīryo naro gargaḥ
saṅkṛtis tu narātmajaḥ

śrī-śukaḥ uvāca—圣舒卡戴瓦·哥斯瓦米说 / vitathasya—在巴茹阿特王沮丧的特殊情况下被他接受的维特塔(巴尔杜瓦佳) / sutāt—从这儿子 / manyoḥ—名叫曼尤 / bṛhatkṣatraḥ—毕尔哈特查陀 / ja-yaḥ—佳亚 / tataḥ—从他 / mahāvīryaḥ—玛哈维尔亚 / naraḥ—纳茹阿 / gargaḥ—嘎尔戈 / saṅkṛtiḥ—桑奎提 / tu—无疑地 / nara-ātma-jaḥ—纳茹阿的儿子

译文　舒卡戴瓦·哥斯瓦米说：由于巴尔杜瓦佳是名叫玛茹特的半神人们送来的，他又被称为维特塔。维特塔的儿子是曼尤，曼尤生了五个儿子，分别名叫毕尔哈特查陀、佳亚、玛哈维尔亚、纳茹阿和嘎尔戈。这五个儿子中，名叫纳茹阿的儿子生子桑奎提。

第 2 节

गुरुश्च रन्तिदेवश्च सङ्कृतेः पाण्डुनन्दन ।
रन्तिदेवस्य महिमा इहामुत्र च गीयते ॥ २ ॥

guruś ca rantidevaś ca
saṅkṛteḥ pāṇḍu-nandana
rantidevasya mahimā
ihāmutra ca gīyate

guruḥ－名叫古茹的儿子 / ca－和 / rantidevaḥ ca－和一个名叫冉提戴瓦的儿子 / saṅkṛteḥ－从桑奎提 / pāṇḍu-nandana－啊，帕瑞克西特王，潘杜的后代 / rantidevasya－冉提戴瓦的 / mahimā－荣耀 / iha－在这世上 / amutra－和在来世 / ca－也 / gīyate－被赞扬

译文 潘杜的后代——帕瑞克西特王啊！桑奎提有两个儿子，分别名叫古茹和冉提戴瓦。冉提戴瓦在这个世界和来世都很著名，因为他不仅在人类社会受到赞美，而且在半神人的社会也得到颂扬。

第 3—5 节

वियद्वित्तस्य ददतो लब्धं लब्धं बुभुक्षतः ।
निष्किञ्चनस्य धीरस्य सकुटुम्बस्य सीदतः ॥ ३ ॥

व्यतीयुरष्टचत्वारिंशदहान्यपिबतः किल ।
घृतपायससंयावं तोयं प्रातरुपस्थितम् ॥ ४ ॥

कृच्छ्रप्राप्तकुटुम्बस्य क्षुत्तृड्भ्यां जातवेपथोः ।
अतिथिर्ब्राह्मणः काले भोक्तुकामस्य चागमत् ॥ ५ ॥

viyad-vittasya dadato
labdhaṁ labdhaṁ bubhukṣataḥ
niṣkiñcanasya dhīrasya
sakuṭumbasya sīdataḥ

vyatīyur aṣṭa-catvāriṁśad
　ahāny apibataḥ kila
ghṛta-pāyasa-saṁyāvaṁ
　toyaṁ prātar upasthitam

kṛcchra-prāpta-kuṭumbasya
　kṣut-tṛḍbhyāṁ jāta-vepathoḥ
atithir brāhmaṇaḥ kāle
　bhoktu-kāmasya cāgamat

viyat-vittasya－冉提戴瓦——像查塔卡鸟儿从空中接水喝一样，接受由天意安排送去的一切的人 / dadataḥ－分发给其他的人 / labdham－他得到的一切 / labdham－这样的获得 / bubhukṣataḥ－他享受 / niṣkiñcanasya－总是极度贫穷 / dhīrasya－但还是十分冷静 / sa-kuṭumbasya－即使与他家人一起 / sīdataḥ－十分受苦 / vyatīyuḥ－经过 / aṣṭa-catvāriṁśat－四十八 / ahāni－天 / apibataḥ－甚至没喝水 / kila－事实上 / ghṛta-pāyasa－用纯酥油和牛奶准备的食物 / sa-ṁyāvam－各种食用谷物 / toyam－水 / prātaḥ－在早晨 / upasthitam－偶然抵达 / kṛcchra-prāpta－经历痛苦 / kuṭumbasya－其家庭成员 / kṣut-tṛḍbhyām－因为口渴和饥饿 / jāta－变得 / vepathoḥ－颤抖 / atithiḥ－一个客人 / brāhmaṇaḥ－一位布茹阿玛纳 / kāle－就在那时 / bhoktu-kāmasya－想要吃点东西的冉提戴瓦的 / ca－也 / āgamat－到了那里

译文　冉提戴瓦从不为任何收入而努力。他享受由天意安排所得到的一切，但当有宾客来临时，他会将一切都给予他们。为此，他和他家人经历的痛苦可想而知。事实上，尽管冉提戴瓦和他家人因为又饥又渴而浑身发抖，但他始终保持冷静。一次，冉提戴瓦在断食四十八天后，得到一些水和用牛奶、酥油做的食物。但就在他和家人准备进食时，一位布茹阿玛纳客人来访。

第6节

तस्मै संव्यभजत्सोऽन्नमादृत्य श्रद्धयान्वितः ।
हरिं सर्वत्र सम्पश्यन् स भुक्त्वा प्रययौ द्विजः ॥६॥

tasmai saṁvyabhajat so 'nnam
ādṛtya śraddhayānvitaḥ
hariṁ sarvatra sampaśyan
sa bhuktvā prayayau dvijaḥ

tasmai－向他(布茹阿玛纳) / saṁvyabhajat－分给他一份后 / saḥ－他(冉提戴瓦) / annam－食物 / ādṛtya－满怀敬意 / śraddhayā anvitaḥ－并怀着信心 / harim－至尊主 / sarvatra－到处或在每一个生物体的心中 / sampaśyan－意识到 / saḥ－他 / bhuktvā－进食后 / praya-yau－离开那宫殿 / dvijaḥ－那位布茹阿玛纳

译文 冉提戴瓦意识到至尊首神无所不在，在每一个生物体内，因此满怀信心和尊重接待客人，将食物分给客人一份。布茹阿玛纳客人吃完他那份食物后离开。

要旨 冉提戴瓦虽然意识到至尊人格首神存在于每一个生物体中，但却从不认为由于至尊主存在于每一个生物体中，每一个生物体就必是神。他也从不对生物体做区分。他在布茹阿玛纳和吃狗肉者(caṇḍāla)的内在，都感知到至尊主的临在。这是真正的平等看待一切。正如《博伽梵歌》(Bhagavad-gītā)第5章的第18节诗记载，至尊主本人证实说：

vidyā-vinaya-sampanne
brāhmaṇe gavi hastini
śuni caiva śva-pāke ca
paṇḍitāḥ sama-darśinaḥ

“谦卑的圣人凭真正的知识，用平等的眼光看待乳牛、大象、狗和吃狗肉的人(不属于四个社会阶层的人)，以及博学、温和的布茹阿玛纳。”有学问的人(paṇḍita)在每一个生物体的内在，都意识到至尊人格首神的临在。因此，尽管如今偏爱所谓的“贫穷的纳茹阿亚纳(daridra-nārāyaṇa)”成为一种时尚，但冉提戴瓦当时并没有理由给予任何人以偏爱。有关“因为纳茹阿亚纳在每一个贫穷者(daridra)的心中，贫穷者就该被称为贫穷的纳茹阿亚纳”的概念，是错误的。按照这种逻辑，由于至尊主在每一只猪和狗的心中，猪和狗也就是纳茹阿亚纳了。人不该错误地以为冉提戴瓦支持这种看法。相反，他是看每一个生物体，都是至尊人格首神所属的一部分(hari-sambandhi-vastunaḥ)。并非每一个生物都是至尊首神。假象宗(Māyāvāda)哲学提出的这种理论总在误导人，冉提戴瓦永远都不会接受它。

第7节

अथान्यो भोक्ष्यमाणस्य विभक्तस्य महीपतेः ।
विभक्तं व्यभजत्तस्मै वृषलाय हरिं स्मरन् ॥ ७ ॥

athānyo bhokṣyamāṇasya
vibhaktasya mahīpateḥ
vibhaktaṁ vyabhajat tasmai
vṛṣalāya hariṁ smaran

atha—那之后 / anyaḥ—另一个客人 / bhokṣyamāṇasya—其正要进食 / vibhaktasya—在给家人分出一份后 / mahīpateḥ—君王的 / vibhak-tam—拨出给家人的食物 / vyabhajat—他分配 / tasmai—给他 / vṛṣalā-ya—给一个庶铎 / harim—至尊人格首神 / smaran—铭记

译文　那之后，冉提戴瓦将剩下的食物分配给他自己和家人；就在他准备吃自己的那一份时，一位庶铎客人到访。看到庶铎与至尊人格首神的关系，冉提戴瓦王将自己的一份分出一些给了那客人。

要旨 冉提戴瓦王因为看到每一个生物都是至尊人格首神所属的一部分，所以从不区分一个人是布茹阿玛纳(brāhmaṇa)还是庶铎(śūdra)，是穷人还是富人。这种平等看人的眼光，梵文称为萨玛·达尔希纳(sama-darśinaḥ)。谁真正认识到至尊人格首神处在每一个生物体心中，而每一个生物都是至尊主所属的一部分，谁就不会区分一个人是布茹阿玛纳还是庶铎，是穷人(daridra)还是富人(dhanī)。这样的人平等看待众生，没有分别心。

第8节

याते शूद्रे तमन्योऽगाददतिथिः श्वभिरावृतः ।
राजन्मे दीयतामन्नं सगणाय बुभुक्षते ॥८॥

yāte śūdre tam anyo 'gād
atithiḥ śvabhir āvṛtaḥ
rājan me dīyatām annaṁ
sagaṇāya bubhukṣate

yāte—当他离开时 / śūdre—庶铎客人 / tam—向君王 / anyaḥ—另一个 / agāt—到了那里 / atithiḥ—客人 / śvabhiḥ āvṛtaḥ—由一条狗陪伴着 / rājan—君王啊 / me—给我 / dīyatām—送 / annam—可以吃的东西 / sa-gaṇāya—与我的狗伙伴们 / bubhukṣate—渴望食物

译文 当那庶铎离开时，另一个客人与围绕着他的狗儿们到来，对君王说："君王啊！我和我的狗伙伴都很饿。请给我们一些东西吃。"

第9节

स आदृत्यावशिष्टं यद्बहुमानपुरस्कृतम् ।
तच्च दत्त्वा नमश्चक्रे श्वभ्यः श्वपतये विभुः ॥९॥

sa ādṛtyāvaśiṣṭaṁ yad
bahu-māna-puraskṛtam

tac ca dattvā namaścakre
　śvabhyaḥ śva-pataye vibhuḥ

saḥ—他(冉提戴瓦王) / ādṛtya—在给予他们后 / avaśiṣṭam—给布茹阿玛纳和庶铎喂食后剩下的食物 / yat—无论有什么 / bahu-māna-puraskṛtam—献上他的敬重 / tat—那 / ca—也 / dattvā—给予 / namaḥ-cakre—献上敬礼 / śvabhyaḥ—对狗 / śva-pataye—对狗的主人 / vi-bhuḥ—绝对强大的君王

译文　冉提戴瓦十分尊敬地将剩下的食物都给了作为客人到来的狗和它们的主人。君王尊敬地向他们全体敬礼。

第 10 节

पानीयमात्रमुच्छेषं तच्चैकपरितर्पणम् ।
पास्यतः पुल्कसोऽभ्यागादपो देह्यशुभाय मे ॥१०॥

pānīya-mātram ucche ṣaṁ
　tac caika-paritarpaṇam
pāsyataḥ pulkaso 'bhyāgād
　apo dehy aśubhāya me

pānīya-mātram—只喝水 / ucche ṣam—剩下的食物 / tat ca—那也 / eka—为一个 / paritarpaṇam—满意的 / pāsyataḥ—当君王就要喝水时 / pulkasaḥ—一个吃狗肉者 / abhyāgāt—去那里 / apaḥ—水 / dehi—请给予 / aśubhāya—尽管我是出身低贱的食狗肉者 / me—对我

译文　那之后，只剩下够让一个人解渴的水了。但就在君王准备喝那份水时，一个食狗肉者出现并说道："君王啊！尽管我出身低贱，但还是给我喝些水吧。"

第 11 节

तस्य तां करुणां वाचं निशम्य विपुलश्रमाम् ।
कृपया भृशसन्तप्त इदमाहामृतं वचः ॥११॥

tasya tāṁ karuṇāṁ vācaṁ
　niśamya vipula-śramām
kṛpayā bhṛśa-santapta
　idam āhāmṛtaṁ vacaḥ

tasya—他(吃狗肉者)的 / tām—那些 / karuṇām—可怜的 / vācam—话语 / niśamya—听了 / vipula—非常 / śramām—疲乏的 / kṛpa-yā—出于同情 / bhṛśa-santaptaḥ—很难过 / idam—这些 / āha—说了 / amṛtam—十分甜美的 / vacaḥ—话语

译文 听到疲乏、不幸的食狗肉者的可怜哀求，冉提戴瓦王心中难过，说了如下一番甘露般的话语。

要旨 冉提戴瓦王的话语恰似甘露(amṛta)，因此他不仅为受苦之人做躯体方面的服务，还用他的话语拯救有可能听他说话的人的生命。

第 12 节

न कामयेऽहं गतिमीश्वरात्परा-
　मष्टर्द्धियुक्तामपुनर्भवं वा ।
आर्तिं प्रपद्येऽखिलदेहभाजा-
　मन्तःस्थितो येन भवन्त्यदुःखाः ॥१२॥

na kāmaye 'haṁ gatim īśvarāt parām
　aṣṭarddhi-yuktām apunar-bhavaṁ vā
ārtiṁ prapadye 'khila-deha-bhājām
　antaḥ-sthito yena bhavanty aduḥkhāḥ

na—不 / kāmaye—想要 / aham—我 / gatim—目的地 / īśvarāt—从至尊人格首神 / parām—伟大的 / aṣṭa-ṛddhi-yuktām—由八种神通组成 / apunaḥ-bhavam—停止重复出生(解脱、救赎) / vā—或者 / ārtim—痛苦 / prapadye—我接受 / akhila-deha-bhājām—众生的 / antaḥ-sthitaḥ—留在他们中 / yena—通过…… / bhavanti—他们变得 / aduḥ-khāḥ—没有痛苦

译文 我不祈求至尊人格首神赐予我八种瑜伽神通，也不祈求从生死轮回中获救。我只想要留在众生中，替他们承受一切痛苦的折磨，以使他们不再受苦。

要旨 瓦苏戴瓦·达塔(Vāsudeva Datta)对圣柴坦亚·玛哈帕布(Caitanya Mahāprabhu)做了类似的说明，要求至尊主在祂临在时拯救一切众生。瓦苏戴瓦·达塔提议，如果他们还不具备得到解脱的资格，那他本人将承担起他们所有的恶报并为之受苦，以使至尊主能拯救他们。正因为如此，外士纳瓦(Vaiṣṇava)被描述为是，因他人受苦而难过不已(para-duḥkha-duḥkhī)。他们因此而忙于从事为人类社会谋取真正福利的活动。

第 13 节

क्षुत्तृट्श्रमो गात्रपरिभ्रमश्च
दैन्यं क्लमः शोकविषादमोहाः ।
सर्वे निवृत्ताः कृपणस्य जन्तो-
र्जिजीविषोर्जीवजलार्पणान्मे ॥१३॥

kṣut-tṛṭ-śramo gātra-paribhramaś ca
dainyaṁ klamaḥ śoka-viṣāda-mohāḥ
sarve nivṛttāḥ kṛpaṇasya jantor
jijīviṣor jīva-jalārpaṇān me

kṣut—从饥饿 / tṛṭ—和口渴 / śramaḥ—疲劳 / gātra-paribhramaḥ—身体的颤抖 / ca—也 / dainyam—贫穷 / klamaḥ—痛苦 / śoka—悲伤 / viṣāda—阴郁 / mohāḥ—和困惑 / sarve—他们全部 / nivṛttāḥ—结束 / kṛpaṇasya—可怜的 / jantoḥ—生物体(吃狗肉者) / jijīviṣoḥ—想要活着 / jīva—维持生命 / jala—水 / arpaṇāt—通过给予 / me—我的

译文 通过把我的水给这个挣扎求存、不幸的食狗肉者喝，维持他的生命，我不再有饥饿、口渴、疲乏、身体颤抖、阴郁、苦恼、悲伤和错觉等所有这些感觉。

第 14 节

इति प्रभाष्य पानीयं म्रियमाणः पिपासया ।
पुल्कसायाददाद्धीरो निसर्गकरुणो नृपः ॥१४॥

iti prabhāṣya pānīyaṁ
mriyamāṇaḥ pipāsayā
pulkasāyādadād dhīro
nisarga-karuṇo nṛpaḥ

iti—如此 / prabhāṣya—他说明 / pānīyam—喝水 / mriyamāṇaḥ—尽管在死亡的边缘上 / pipāsayā—因为口渴 / pulkasāya—给低阶层的吃狗肉者 / adadāt—拯救 / dhīraḥ—冷静 / nisarga-karuṇaḥ—本性十分仁慈 / nṛpaḥ—君王

译文 说完这番话，冉提戴瓦王虽然因为口渴而濒临死亡，但由于他本性十分慈悲、冷静，便还是毫不犹豫地将自己的一份水给了那个食狗肉者。

第 15 节

तस्य त्रिभुवनाधीशाः फलदाः फलमिच्छताम् ।
आत्मानं दर्शयां चक्रुर्माया विष्णुविनिर्मिताः ॥१५॥

tasya tribhuvanādhīśāḥ
phaladāḥ phalam icchatām
ātmānaṁ darśayāṁ cakrur
māyā viṣṇu-vinirmitāḥ

tasya—他(冉提戴瓦王)面前 / tri-bhuvana-adhīśāḥ—三个世界的控制者们(布茹阿玛和希瓦等半神人) / phaladāḥ—可以赐予一切功利性活动结果的人 / phalam icchatām—想要得到物质利益的人的 / ātmā-nam—他们自己的本体 / darśayām cakruḥ—展现了 / māyāḥ—错觉能量 / viṣṇu—被主维施努 / vinirmitāḥ—创造

译文　这时，主布茹阿玛和主希瓦等半神人，都在冉提戴瓦面前现出原貌，是他们先前装扮成布茹阿玛纳、庶铎和食狗肉者来找他。这些半神人都能给予有物质野心之人所想要的一切，以此方式满足他们。

第16节

स वै तेभ्यो नमस्कृत्य निःसङ्गो विगतस्पृहः ।
वासुदेवे भगवति भक्त्या चक्रे मनः परम् ॥१६॥

sa vai tebhyo namaskṛtya
niḥsaṅgo vigata-spṛhaḥ
vāsudeve bhagavati
bhaktyā cakre manaḥ param

saḥ一他(冉提戴瓦王) / vai一事实上 / tebhyaḥ一向主布茹阿玛、主希瓦和其他半神人 / namaḥ-kṛtya一致以敬礼 / niḥsaṅgaḥ一不带想从他们那里得到利益的野心 / vigata-spṛhaḥ一完全免于获得物质拥有的欲望 / vāsudeve一向主华苏戴瓦 / bhagavati一至尊主 / bhaktyā一通过奉爱服务 / cakre一专注于 / manaḥ一内心 / param一作为生命的最高目标

译文　冉提戴瓦王无心享受半神人给予的物质利益。他向他们致以敬礼，但因为真心依恋主维施努——至尊人格首神华苏戴瓦，所以仍全神贯注于主维施努的莲花足。

要旨　圣纳柔塔玛·达斯·塔库尔(Narottama dāsa Ṭhākura)歌唱道：

anya devāśraya nāi, tomāre kahinu bhāi,
ei bhakti parama karaṇa

人若想要成为至尊主的纯粹奉献者，就不该渴望从半神人那里得到好处。正如《博伽梵歌》第7章的第20节诗说明：被物质的错觉能量愚弄的人不崇拜至尊人格首神，而是崇拜其他半神人(kāmais tais tair hṛta jñānāḥ prapadyante 'nya-devatāḥ)。冉提戴瓦虽然能面见主布茹阿玛(Brahmā)和主希瓦(Śiva)，但却不渴望从他们那里得到物质利益。恰恰相反，他全神贯注于主华苏戴瓦(Vāsudeva)，为祂做奉爱服务。这是纯粹奉献者的特征，纯粹奉献者的心中不掺杂物质欲望。

anyābhilāṣitā-śunyaṁ
　jñāna-karmādy-anāvṛtam
ānukūlyena kṛṣṇānu-
　śīlanaṁ bhaktir uttamā

“人应该善意地为至尊主奎师那做超然的爱心服务，不想通过从事功利性活动或哲学思辨获取物质利益。这称为纯粹的奉爱服务。”

第 17 节

ईश्वरालम्बनं चित्तं कुर्वतोऽनन्यराधसः ।
माया गुणमयी राजन् स्वप्नवत्प्रत्यलीयत ॥१७॥

īśvarālambanaṁ cittaṁ
　kurvato 'nanya-rādhasaḥ
māyā guṇamayī rājan
　svapnavat pratyalīyata

īśvara-ālambanam—全心托庇于至尊主的莲花足 / cittam—他的意识 / kurvataḥ—专注 / ananya-rādhasaḥ—对不分心且除了侍奉至尊主别无其他欲望的冉提戴瓦来说 / māyā—错觉能量 / guṇa-mayī—由物质自然三种属性构成 / rājan—帕瑞克西特王啊 / svapna-vat—如同一场梦 / pratyalīyata—分解

译文　帕瑞克西特王啊！由于冉提戴瓦王是纯粹的奉献者，始终保持奎师那意识，免于一切物质欲望，至尊主的错觉能量玛亚无法在他面前表现自己。相反，恰似一场梦，玛亚在他面前踪迹全无。

要旨　正如经典中说：

kṛṣṇa——sūrya-sama; māyā haya andhakāra
yāhāṅ kṛṣṇa, tāhāṅ nāhi māyāra adhikāra

正如阳光中没有黑暗存在的空间，具有纯粹奎师那意识的人不可能有错觉(māyā)。《博伽梵歌》第7章的第14节诗记载，至尊主本人说：

daivī hy eṣā guṇamayī
mama māyā duratyayā
mām eva ye prapadyante
māyām etāṁ taranti te

“我这由物质自然三种属性组成的神性能量难以克服。但是，皈依我的人却能轻易地跨越它。”人若想要不受错觉能量玛亚的影响，就必须将意识转变为奎师那意识，永远将奎师那珍藏在自己心中。《博伽梵歌》第9章的第34节诗记载，至尊主忠告人们要始终想着祂(man-manā bhava mad-bhakto mad-yājī māṁ namasku-ru)。就这样，靠始终想着奎师那——奎师那意识，人就不再受错觉能量的影响。冉提戴瓦的意识因为是奎师那意识，他不受错觉能量的影响。就有关这一点，梵文“如同一场梦(svapnavat)”一句十分重要。在物质世界里，人的心专注于物质性活动，当人睡觉时，梦中就会出现许多对立的活动；然而，当人醒来时，这些活动就会自动消失在心中。同样，人只要还受物质能量的影响，就会制定许多计划和方案，但当人的意识是奎师那意识时，这种如做梦般的计划就会自动消失。

第18节

तत्प्रसङ्गानुभावेन रन्तिदेवानुवर्तिनः ।
अभवन् योगिनः सर्वे नारायणपरायणाः ॥१८॥

tat-prasaṅgānubhāvena
rantidevānuvartinaḥ
abhavan yoginaḥ sarve
nārāyaṇa-parāyaṇāḥ

tat-prasaṅga-anubhāvena—因为与冉提戴瓦王联谊(在与他谈论有关奉爱瑜伽时) / rantideva-anuvartinaḥ—冉提戴瓦王的追随者(他的仆人、家人、朋友和其他人) / abhavan—变成 / yoginaḥ——流的神秘瑜伽师——奉爱瑜伽师 / sarve—他们全体 / nārāyaṇa-parāyaṇāḥ—至尊人格首神纳茹阿亚纳的奉献者

译文 遵守冉提戴瓦王的原则的人，都凭他的仁慈受到他的优待，成为纯粹的奉献者，依恋至尊人格首神纳茹阿亚纳。因此，他们都成了最优秀的瑜伽师。

要旨 最优秀的瑜伽师(yogī)或神秘主义者是奉献者，正如《博伽梵歌》第6章的第47节诗记载，至尊主本人证实说：

yoginām api sarveṣāṁ
mad-gatenāntarātmanā
śraddhāvān bhajate yo māṁ
sa me yuktatamo mataḥ

“在所有的瑜伽师中，谁信心坚定地总在内心想着我，为我做超然的爱心服务，谁就透过瑜伽与我最紧密地连在一起，就是最高级的瑜伽师。这就是我的看法。”最优秀的瑜伽师是一直不断在心中想着至尊人格首神的瑜伽师。由于冉提戴瓦是君王，是国家的首脑，全体国民都因为与他的超然交往而成为至尊人格首神纳茹阿亚纳的奉献者。这就是纯粹奉献者的影响。纯粹奉献者的联谊可以造就成百上千的纯粹奉献者。圣巴克提维诺德·塔库尔(Bhaktivinoda Ṭhākura)说过，一个外士纳瓦的功劳大小，与其造就的奉献者的数目成正比。外士纳瓦并非仅仅靠玩文字游戏成为

上级，而是由于为至尊主培养出大量的奉献者。这节诗中的梵文“冉提戴瓦王的追随者(rantidevānuvartinaḥ)”一句是指，冉提戴瓦的大臣、朋友、亲属和国民，都通过与他的联谊成为一流的外士纳瓦。换句话说，冉提戴瓦在此被证实为是一流的奉献者——玛哈·巴嘎瓦特(mahā-bhāgavata)。经典中说：人应该为这些伟大的灵魂(mahātmā)服务，因为这将使人自然达到解脱的目的(mahat-se-vāṁ dvāram āhur vimukteḥ)。圣纳柔塔玛·达斯·塔库尔也说：我们靠自己的努力无法获得解脱，但如果当一个纯粹外士纳瓦的属下，解脱的大门就敞开了(chāḍiyā vaiṣṇava-sevā nistāra pāyeche kebā)。

第19—20节

गर्गाच्छिनिस्ततो गार्ग्यः क्षत्राद् ब्रह्म ह्यवर्तत ।
दुरितक्षयो महावीर्यात्तस्य त्रय्यारुणिः कविः ॥१९॥

पुष्करारुणिरित्यत्र ये ब्राह्मणगतिं गताः ।
बृहत्क्षत्रस्य पुत्रोऽभूद्धस्ती यद्धस्तिनापुरम् ॥२०॥

gargāc chinis tato gārgyaḥ
　kṣatrād brahma hy avartata
duritakṣayo mahāvīryāt
　tasya trayyāruṇiḥ kaviḥ

puṣkarāruṇir ity atra
　ye brāhmaṇa-gatiṁ gatāḥ
bṛhatkṣatrasya putro ’bhūd
　dhastī yad-dhastināpuram

gargāt－从嘎尔戈(巴尔杜瓦佳的另一个孙子) / śiniḥ－名叫希尼的儿子 / tataḥ－从他(希尼) / gārgyaḥ－名叫嘎尔戈亚的儿子 / kṣa-trāt－虽然他是个查锤亚 / brahma－布茹阿玛纳 / hi－事实上 / avar-tata－成为可能 / duritakṣayaḥ－名叫杜瑞塔查亚的儿子 / mahāvī-ryāt－从玛哈维尔亚(巴尔杜瓦佳的另一个孙子) / tasya－他的 / trayyāruṇiḥ－名叫垂亚茹尼的儿子 / kaviḥ－名叫喀维的儿子 / puṣkarāruṇiḥ－名叫菩施卡尔茹尼的儿子 / iti－如此 / atra－在那里 / ye－他们全体 / brāhmaṇa-gatim－布茹阿玛纳的地位 / gatāḥ－获得 / bṛhatkṣatrasya－巴尔杜瓦佳的名叫毕尔哈特查陀的孙子 / putraḥ－儿子 / abhūt－成为 / hastī－哈斯提 / yat－从……人 / hastināpuram－哈斯提纳普尔城(新德里)被建成

译文 嘎尔戈的儿子名叫希尼，希尼的儿子是嘎尔戈亚。嘎尔戈亚虽是查锤亚，但却生下一代布茹阿玛纳。玛哈维尔亚生子杜瑞塔查亚，杜瑞塔查亚的儿子是垂亚茹尼、喀维和菩施卡尔茹尼。杜瑞塔克沙的这些儿子虽然出生在查锤亚王朝，但也获得布茹阿玛纳的身份。毕尔哈特查陀生子哈斯提，哈斯提兴建了哈斯提纳普尔城(现在的新德里)。

第21节

अजमीढो द्विमीढश्च पुरुमीढश्च हस्तिनः ।
अजमीढस्य वंश्याः स्युः प्रियमेधादयो द्विजाः ॥२१॥

ajamīḍho dvimīḍhaś ca
purumīḍhaś ca hastinaḥ
ajamīḍhasya vaṁśyāḥ syuḥ
priyamedhādayo dvijāḥ

ajamīḍhaḥ－阿佳弥达 / dvimīḍhaḥ－兑弥达 / ca－也 / purumīḍhaḥ－菩茹弥达 / ca－也 / hastinaḥ－成为哈斯提的儿子 / ajamīḍhasya－阿佳弥达的 / vaṁśyāḥ－后代 / syuḥ－是 / priyamedha-ādayaḥ－以普瑞亚梅达为首 / dvijāḥ－布茹阿玛纳

译文 哈斯提王生了三个儿子，分别名叫阿佳弥达、兑弥达和菩茹弥达。阿佳弥达的后代以普瑞亚梅达为首，都得到布茹阿玛纳的地位。

要旨　这节诗所讲述的实际例子，证实了《博伽梵歌》中的说明，即：布茹阿玛纳(brāhmaṇa)、查锤亚(kṣatriya)、外夏(vaiśya)和庶铎(śūdra)这些社会阶层，是按照人的品质和活动划分的(guṇa-karma-vibhāgaśaḥ)。身为查锤亚的阿佳弥达，其全体后代都变成布茹阿玛纳。这无疑是由他们的品质和活动决定的。同样，布茹阿玛纳或查锤亚的一些儿子变成了外夏(brāhmaṇa-vaiśyatāṁ gatāḥ)。当一个查锤亚或布茹阿玛纳从事外夏的职业或履行外夏的职责时(kṛṣi-go-rakṣya-vāṇijyam)，他就会被看作是外夏。另一方面，如果一个人出生在外夏家中，他也可以凭他的活动成为一名布茹阿玛纳。对此，纳茹阿达·牟尼(Nārada Muni)证实说：布茹阿玛纳、查锤亚、外夏和庶铎等社会阶层(varṇa)的成员，必须通过他们的表现加以确定，而不是靠出身(yasya yal-lakṣaṇaṁ proktam)。出生并不重要，关键是品质。

第 22 节

अजमीढाद् बृहदिषुस्तस्य पुत्रो बृहद्धनुः ।
बृहत्कायस्ततस्तस्य पुत्र आसीज्जयद्रथः ॥२२॥

ajamīḍhād bṛhadiṣus
　tasya putro bṛhaddhanuḥ
bṛhatkāyas tatas tasya
　putra āsīj jayadrathaḥ

ajamīḍhāt—从阿佳弥达 / bṛhadiṣuḥ—名叫毕尔哈迪舒的儿子 / tasya—他的 / putraḥ—儿子 / bṛhaddhanuḥ—毕尔哈达努 / bṛhatkā-yaḥ—毕尔哈特卡亚 / tataḥ—那之后 / tasya—他的 / putraḥ—儿子 / āsīt—是 / jayadrathaḥ—佳亚铎塔

译文　阿佳弥达名叫毕尔哈迪舒的儿子，生子毕尔哈达努。毕尔哈达努的儿子名叫毕尔哈特卡亚，毕尔哈特卡亚生了佳亚铎塔。

第 23 节

तत्सुतो विशदस्तस्य स्येनजित्समजायत ।
रुचिराश्वो दृढहनुः काश्यो वत्सश्च तत्सुताः ॥२३॥

tat-suto viśadas tasya
syenajit samajāyata
rucirāśvo dṛḍhahanuḥ
kāśyo vatsaś ca tat-sutāḥ

tat-sutaḥ—佳亚铎塔的儿子 / viśadaḥ—维沙达 / tasya—维沙达的儿子 / syenajit—谢纳吉特 / samajāyata—被生下 / rucirāśvaḥ—茹祺茹阿施瓦 / dṛḍhahanuḥ—兑达哈努 / kāśyaḥ—卡夏 / vatsaḥ—瓦特萨 / ca—也 / tat-sutāḥ—谢纳吉特的儿子

译文 佳亚铎塔的儿子是维沙达，维沙达生子谢纳吉特。谢纳吉特有四个儿子，他们是茹祺茹阿施瓦、兑达哈努、卡夏和瓦特萨。

第 24 节

रुचिराश्वसुतः पारः पृथुसेनस्तदात्मजः ।
पारस्य तनयो नीपस्तस्य पुत्रशतं त्वभूत् ॥२४॥

rucirāśva-sutaḥ pāraḥ
pṛthusenas tad-ātmajaḥ
pārasya tanayo nīpas
tasya putra-śataṁ tv abhūt

rucirāśva-sutaḥ—茹祺茹阿施瓦的儿子 / pāraḥ—帕茹阿 / pṛthuse-naḥ—普瑞图森纳 / tat—他的 / ātmajaḥ—儿子 / pārasya—从帕茹阿 / tanayaḥ—一个儿子 / nīpaḥ—尼帕 / tasya—他的 / putra-śatam—一百个儿子 / tu—事实上 / abhūt—生育了

译文 茹祺茹阿施瓦生子帕茹阿，帕茹阿的儿子是普瑞图森纳和尼帕。尼帕有一百个儿子。

第 25 节

स कृत्व्यां शुककन्यायां ब्रह्मदत्तमजीजनत् ।
योगी स गवि भार्यायां विष्वक्सेनमधात्सुतम् ॥२५॥

sa kṛtvyāṁ śuka-kanyāyāṁ
brahmadattam ajījanat
yogī sa gavi bhāryāyāṁ
viṣvaksenam adhāt sutam

saḥ—他(尼帕王) / kṛtvyām—在他妻子奎特薇体内 / śuka-kanyā-yām—舒卡的女儿 / brahmadattam—名叫布茹阿玛达塔的儿子 / ajīja-nat—生了 / yogī——位神秘瑜伽师 / saḥ—那位布茹阿玛达塔 / ga-vi—透过名叫高或萨茹阿斯娃缇 / bhāryāyām—在他妻子体内 / viṣ-vaksenam—维施瓦克森纳 / adhāt—生育了 / sutam——个儿子

译文　尼帕王与他妻子奎特薇生了个名叫布茹阿玛达塔的儿子，奎特薇是舒卡的女儿。大瑜伽师布茹阿玛达塔与他妻子萨茹阿斯娃缇生子维施瓦克森纳。

要旨　这里谈到的舒卡(Śuka)不同于讲述《圣典博伽瓦谭》(Śrīmad-Bhāgavatam)的舒卡戴瓦·哥斯瓦米。《布茹阿玛·外瓦尔塔往世书》(Brahma-vaivarta Purāṇa)中，详细地描述了维亚萨戴瓦(Vyā-sadeva)的儿子舒卡戴瓦·哥斯瓦米。那里说：维亚萨戴瓦娶佳巴利(Jābāli)的女儿为妻，他们在共同苦修了许多年后，他将种子置于她的子宫内。那孩子在他母亲的子宫中留了十二年的时间，当父亲要求儿子出来时，儿子回答说：他除非能完全摆脱错觉能量玛亚的影响，否则就不出来。于是，维亚萨戴瓦向那孩子保证，他将不会受错觉能量的影响。但那孩子不相信他父亲，因为父亲还是依恋他的妻子和孩子。维亚萨戴瓦接着去杜瓦尔卡(Dvāra-kā)，向人格首神述说他面临的这个问题。人格首神应维亚萨戴瓦的请求，去到维亚萨戴瓦住的小屋，在那里向子宫中的孩子保证他不会受错觉能量的影响。得到保证后，那孩子终于出来，但马上就作为一名四处周游传教的弃绝者，离开他的父母。当父亲难过地开始跟在他那圣洁的儿子舒卡戴瓦·哥斯瓦米身后时，那少年造出一个长相完全与自己一样的舒卡戴瓦，这位舒卡戴瓦后来进入居士生活。因此，这节诗中谈到的舒卡戴瓦的女儿(śuka-ka-nyā)，是那个后来被造出的舒卡戴瓦复制人所生的女儿。原本的舒卡戴瓦毕生都是贞守生(brahmacārī)。

第 26 节

जैगीषव्योपदेशेन योगतन्त्रं चकार ह ।
उदक्सेनस्ततस्तस्माद्भल्लाटो बार्हदीषवाः ॥२६॥

jaigīṣavyopadeśena
yoga-tantraṁ cakāra ha
udaksenas tatas tasmād
bhallāṭo bārhadīṣavāḥ

jaigīṣavya－名叫齐给沙维亚的大圣人的 / upadeśena－通过教导 / yoga-tantram－对神秘瑜伽体系的详尽描述 / cakāra－编纂了 / ha－在过去 / udaksenaḥ－乌达克森纳 / tataḥ－从他(维施瓦克森纳) / tasmāt－从他(乌达克森纳) / bhallāṭaḥ－名叫巴拉塔的儿子 / bā-rhadīṣavāḥ－(所有这些都以)毕尔哈迪舒的后代(著称)

译文 维施瓦克森纳遵从大圣人齐给沙维亚的训示，编纂且详细描述了神秘瑜伽系统。维施瓦克森纳是乌达克森纳的父亲，乌达克森纳生下巴拉塔。所有这些子孙都被称为是毕尔哈迪舒的后代。

第 27 节

यवीनरो द्विमीढस्य कृतिमांस्तत्सुतः स्मृतः ।
नाम्ना सत्यधृतिस्तस्य दृढनेमिः सुपार्श्वकृत् ॥२७॥

yavīnaro dvimīḍhasya
　kṛtimāṁs tat-sutaḥ smṛtaḥ
nāmnā satyadhṛtis tasya
　dṛḍhanemiḥ supārśvakṛt

yavīnaraḥ—亚维纳尔 / dvimīḍhasya—兑弥达的儿子 / kṛtimān—奎提曼 / tat-sutaḥ—亚维纳尔的儿子 / smṛtaḥ—是著名的 / nāmnā—名叫 / satyadhṛtiḥ—萨提亚兑提 / tasya—他(萨提亚兑提)的 / dṛḍha-nemiḥ—兑达内弥 / supārśva-kṛt—苏帕尔施瓦的父亲

译文　兑弥达的儿子是亚维纳尔，亚维纳尔的儿子名叫奎提曼。奎提曼生了著名的萨提亚兑提。萨提亚兑提生子兑达内弥，兑达内弥成为苏帕尔施瓦的父亲。

第28—29节

सुपार्श्वात्सुमतिस्तस्य पुत्रः सन्नतिमांस्ततः ।
कृती हिरण्यनाभाद्यो योगं प्राप्य जगौ स्म षट् ॥२८॥

संहिताः प्राच्यसाम्नां वै नीपो ह्युद्ग्रायुधस्ततः ।
तस्य क्षेम्यः सुवीरोऽथ सुवीरस्य रिपुञ्जयः ॥२९॥

supārśvāt sumatis tasya
　putraḥ sannatimāṁs tataḥ
kṛtī hiraṇyanābhād yo
　yogaṁ prāpya jagau sma ṣaṭ

saṁhitāḥ prācyasāmnāṁ vai
　nīpo hy udgrāyudhas tataḥ
tasya kṣemyaḥ suvīro 'tha
　suvīrasya ripuñjayaḥ

supārśvāt—从苏帕尔施瓦 / sumatiḥ—名叫苏玛提的儿子 / tasya putraḥ—他的儿子(苏玛提的儿子) / sannatimān—桑纳提曼 / tataḥ—从他 / kṛtī—名叫奎提的儿子 / hiraṇyanābhāt—从主布茹阿玛 /

yaḥ－……的他 / yogam－神秘力量 / prāpya－得到 / jagau－教过 / sma－在过去 / ṣaṭ－六 / saṁhitāḥ－叙述 / prācyasāmnām－《萨玛·韦达》的帕祺亚萨玛诗文的 / vai－事实上 / nīpaḥ－尼帕 / hi－事实上 / udgrāyudhaḥ－乌德卦尤达 / tataḥ－从他 / tasya－他的 / kṣemyaḥ－克舍弥亚 / suvīraḥ－苏维茹阿 / atha－那之后 / suvīrasya－苏维茹阿的 / ripuñjayaḥ－名叫瑞彭佳亚的儿子

译文 苏帕尔施瓦的儿子是苏玛提，苏玛提生了桑纳提曼。桑纳提曼的儿子名叫奎提，奎提从布茹阿玛那里获得神秘力量，教导《萨玛·韦达》中的帕祺亚萨玛诗文中的六首萨密塔。奎提的儿子是尼帕，尼帕生子乌德卦尤达。乌德卦尤达的儿子名叫克舍弥亚，克舍弥亚是苏维茹阿的父亲，苏维茹阿的儿子则是瑞彭佳亚。

第 30 节

ततो बहुरथो नाम पुरुमीढोऽप्रजोऽभवत् ।
नलिन्यामजमीढस्य नीलः शान्तिस्तु तत्सुतः ॥३०॥

tato bahuratho nāma
purumīḍho 'prajo 'bhavat
nalinyām ajamīḍhasya
nīlaḥ śāntis tu tat-sutaḥ

tataḥ－从他(瑞彭佳亚) / bahurathaḥ－巴胡茹阿塔 / nāma－名叫 / purumīḍhaḥ－兑维弥达的弟弟菩茹弥达 / aprajaḥ－没有儿子 / abhavat－变得 / nalinyām－透过娜莉妮 / ajamīḍhasya－阿佳弥达的 / nīlaḥ－尼拉 / śāntiḥ－商提 / tu－接着 / tat-sutaḥ－尼拉的儿子

译文 瑞彭佳亚生了巴胡茹阿塔。菩茹弥达没有儿子。阿佳弥达与他名叫娜莉妮的妻子生了儿子尼拉，尼拉的儿子是商提。

第31—33节

शान्तेः सुशान्तिस्तत्पुत्रः पुरुजोऽर्कस्ततोऽभवत् ।
भर्म्याश्वस्तनयस्तस्य पञ्चासन्मुद्गलादयः ॥३१॥

यवीनरो बृहद्विश्वः काम्पिल्लः सञ्जयः सुताः ।
भर्म्याश्वः प्राह पुत्रा मे पञ्चानां रक्षणाय हि ॥३२॥

विषयाणामलमिमे इति पञ्चालसंज्ञिताः ।
मुद्गलाद् ब्रह्मनिर्वृत्तं गोत्रं मौद्गल्यसंज्ञितम् ॥३३॥

śānteḥ suśāntis tat-putraḥ
purujo 'rkas tato 'bhavat
bharmyāśvas tanayas tasya
pañcāsan mudgalādayaḥ

yavīnaro bṛhadviśvaḥ
kāmpillaḥ sañjayaḥ sutāḥ
bharmyāśvaḥ prāha putrā me
pañcānāṁ rakṣaṇāya hi

viṣayāṇām alam ime
iti pañcāla-saṁjñitāḥ
mudgalād brahma-nirvṛttaṁ
gotraṁ maudgalya-saṁjñitam

śānteḥ—商提的 / suśāntiḥ—苏商提 / tat-putraḥ—他的儿子 / purujaḥ—菩茹佳 / arkaḥ—阿尔卡 / tataḥ—从他 / abhavat—生了 / bharmyāśvaḥ—巴尔弥亚刷 / tanayaḥ—儿子 / tasya—他的 / pañca—五个儿子 / āsan—曾是 / mudgala-ādayaḥ—以穆德嘎拉为首 / yavīnaraḥ—亚维纳尔 / bṛhadviśvaḥ—毕尔哈兑刷 / kāmpillaḥ—康皮拉 / sañjayaḥ—桑佳亚 / sutāḥ—儿子们 / bharmyāśvaḥ—巴尔弥亚刷 / prāha—说 / putrāḥ—儿子们 / me—我的 / pañcānām—五个的 / rakṣaṇāya—为保护 / hi—事实上 / viṣayāṇām—不同国家的 / alam—能干的 / ime—他们全体 / iti—如此 / pañcāla—潘查拉们 / saṁjñitāḥ—被称

为 / mudgalāt－从穆德嘎拉 / brahma-nirvṛttam－由布茹阿玛纳构成 / gotram－一个家族 / maudgalya－毛德嘎利亚 / saṁjñitam－被如此称呼

译文 商提生子苏商提，苏商提的儿子是菩茹佳，菩茹佳得子阿尔卡。阿尔卡生了巴尔弥亚刷，巴尔弥亚刷有五个儿子，分别名叫穆德嘎拉、亚维纳尔、毕尔哈兑刷、康皮拉和桑佳亚。巴尔弥亚刷恳求他的儿子说："我的儿子们，请负责照管我的五个国家，因为你们完全称职。"他的儿子们因此被称为潘查拉。从穆德嘎拉，传下名叫毛德嘎利亚的布茹阿玛纳家族。

第 34 节

मिथुनं मुद्गलाद्भार्म्याद्दिवोदासः पुमानभूत् ।
अहल्या कन्यका यस्यां शतानन्दस्तु गौतमात् ॥३४॥

mithunaṁ mudgalād bhārmyād
divodāsaḥ pumān abhūt
ahalyā kanyakā yasyāṁ
śatānandas tu gautamāt

mithunam－孪生子，一个男孩和一个女孩 / mudgalāt－从穆德嘎拉 / bhārmyāt－巴尔弥亚刷的儿子 / divodāsaḥ－迪沃达斯 / pumān－男性的一个 / abhūt－生育 / ahalyā－阿哈莉雅 / kanyakā－女孩 / yasyām－透过她 / śatānandaḥ－沙塔南达 / tu－事实上 / gautamāt－由她丈夫高塔玛生下

译文 巴尔弥亚刷的儿子穆德嘎拉生下一对孪生兄妹，男孩名叫迪沃达斯，女孩名叫阿哈莉雅。阿哈莉雅的丈夫高塔玛，与她生了儿子沙塔南达。

第 35 节

तस्य सत्यधृतिः पुत्रो धनुर्वेदविशारदः ।
शरद्वांस्तत्सुतो यस्मादुर्वशीदर्शनात्किल ।
शरस्तम्बेऽपतद्रेतो मिथुनं तदभूच्छुभम् ॥३५॥

tasya satyadhṛtiḥ putro
  dhanur-veda-viśāradaḥ
śaradvāṁs tat-suto yasmād
  urvaśī-darśanāt kila
śara-stambe 'patad reto
  mithunaṁ tad abhūc chubham

tasya—他(沙塔南达)的 / satyadhṛtiḥ—萨提亚兑提 / putraḥ——个儿子 / dhanuḥ-veda-viśāradaḥ—十分擅长射箭 / śaradvān—沙茹阿德万 / tat-sutaḥ—萨提亚兑提的儿子 / yasmāt—从他 / urvaśī-darśa-nāt—仅仅通过看天堂女子乌尔娃悉 / kila—事实上 / śara-stambe—在沙茹阿草丛上 / apatat—落到 / retaḥ—精子 / mithunam——个男孩和一个女孩 / tat abhūt—诞生了 / śubham—绝对吉祥的

译文 萨塔南达的儿子是萨提亚兑提。萨提亚兑提擅长射箭，他的儿子是沙茹阿德万。沙茹阿德万遇见乌尔娃悉时射精，精子落在一簇沙茹阿草上。两个绝对吉祥的婴儿从这精子中诞生，一个是男性，另一个是女性。

第 36 节

तद् दृष्ट्वा कृपयागृह्णाच्छान्तनुर्मृगयां चरन् ।
कृपः कुमारः कन्या च द्रोणपत्न्यभवत्कृपी ॥३६॥

tad dṛṣṭvā kṛpayāgṛhṇāc
  chāntanur mṛgayāṁ caran
kṛpaḥ kumāraḥ kanyā ca
  droṇa-patny abhavat kṛpī

tat—那一男一女两个孪生婴儿 / dṛṣṭvā—看到 / kṛpayā—出于同情 / agṛhṇāt—带去 / śāntanuḥ—商塔努王 / mṛgayām—在森林中打猎时 / caran—那样游荡时 / kṛpaḥ—奎帕 / kumāraḥ—男孩 / kanyā—女孩 / ca—也 / droṇa-patnī—朵纳查尔亚的妻子 / abhavat—成为 / kṛpī—名叫奎琵

译文 商塔努王在打猎的行程中，看到一男一女两个孩子躺在森林中，便出于同情将他们带回家。由此，男孩名叫奎帕、女孩名叫奎琵。奎琵后来成为朵纳查尔亚的妻子。

到此为止，结束了巴克提韦丹塔对《圣典博伽瓦谭》第9篇的第21章——“巴茹阿特王朝”所作的阐释。

第二十二章

阿佳弥达的后代

这一章讲述了迪沃达斯(Divodāsa)的后代，属于瑞克沙(Ṛkṣa)王朝的佳尔桑达(Jarāsandha)，以及杜尤丹(Duryodhana)、阿尔诸纳(Arjuna)和其他人。

迪沃达斯的儿子弥陀尤(Mitrāyu)有四个儿子，他们依次是恰瓦纳(Cyavana)、苏达斯(Sudāsa)、苏哈戴瓦(Sahadeva)和索玛卡(Soma-ka)。索玛卡有一百个儿子，其中最小的是普瑞沙塔(Pṛṣata)，普瑞沙塔生了杜茹帕达(Drupada)。杜茹帕达的女儿是朵帕蒂(Draupa-dī)，长子是兑施塔丢么纳(Dhṛṣṭaketu)。兑施塔丢么纳的儿子名叫兑施塔凯图(Dhṛṣṭaketu)。

阿佳弥达的另一个儿子名叫瑞克沙(Ṛkṣa)。瑞克沙的儿子是桑瓦茹阿纳(Saṁvaraṇa)，桑瓦茹阿纳生了库茹柴陀(Kurukṣetra)的君王库茹(Kuru)。库茹有四个儿子，分别是帕瑞克希(Parīkṣi)、苏达努(Sudhanu)、佳努(Jahnu)和尼沙达(Niṣadha)。来自苏达努(Sudhanu)王朝的后裔分别有：苏厚陀(Suhotra)、恰瓦纳(Cyavana)、奎提(Kṛ-tī)和乌帕瑞查尔·瓦苏(Uparicara Vasu)。在乌帕瑞查尔·瓦苏的儿子中，毕尔哈铎塔(Bṛhadratha)、库商巴(Kuśāmba)、玛茨亚(Mat-sya)、帕提亚卦(Pratyagra)和切迪帕(Cedipa)等，都成为切迪帕国(Cedipa)的统治者。毕尔哈铎塔(Bṛhadratha)王朝中的传人依次分别是：库沙卦(Kuśāgra)、瑞沙巴(Ṛṣabha)、萨提亚黑塔(Satyahita)、菩施帕万(Puṣpavān)和佳胡(Jahu)。毕尔哈铎塔与他另一个妻子生了佳尔桑达。佳尔桑达的子孙后代依次是：萨哈戴瓦(Sahadeva)、索玛琵(Somāpi)和施茹塔刷瓦(Śrutaśravā)。库茹的儿子帕瑞克希(Parī-kṣit)没有子孙。佳努(Jahnu)的子孙依次是：苏茹阿塔(Suratha)、维杜茹阿塔(Vidūratha)、萨尔瓦宝玛(Sārvabhauma)、佳亚森纳(Jayasena)、茹阿迪卡(Rādhika)、阿尤塔尤(Ayutāyu)、阿阔达纳(Akrodhana)、戴瓦提缇(Devātithi)、瑞克沙(Ṛkṣa)、迪利帕(Dilīpa)和帕提帕(Pratīpa)。

帕提帕的儿子分别是：戴瓦琵(Devāpi)、商塔努(Śāntanu)和巴利卡(Bāhlīka)。当戴瓦琵(Devāpi)离开家去森林时，他弟弟商塔努(Śāntanu)当了国王。商塔努因为是弟弟，所以没资格坐上王位，但他却忽视了这一点。为此，连续十二年，天不降雨。商塔努听从布茹阿玛纳(brāhmaṇa)顾问们的忠告，准备将王国还给他哥哥戴瓦琵，但商塔努的大臣们却施诡计，使戴瓦琵不再适合当君王。商塔努于是继续掌管王国，雨水在他统治期间适度地降下。戴瓦琵凭借神秘力量，至今仍住在名叫卡拉帕(Kalāpa-grāma)村庄内。在喀历年代中，当月亮神索玛(Soma)的月亮王朝(Kalāpgrāma)消亡时，戴瓦琵将在萨提亚年代(Satya-yuga)重建月亮王朝。商塔努的妻子恒河(Gaṅgā)，生下十二位权威人士之一的彼士玛(Bhīṣma)。他还与萨提亚娃缇生了祺创嘎达(Citrāṅgada)和维祺陀维亚(Vicitravīrya)。萨提亚娃缇在嫁给商塔努之前，曾经由帕尔沙尔·牟尼(Parāśara)生下维亚萨戴瓦(Vyāsadeva)。维亚萨戴瓦将《圣典博伽瓦谭》(Bhāgavatam)这部非凡的历史巨著传授给他儿子舒卡戴瓦(Śukadeva)。维亚萨戴瓦与维祺陀维亚的两个妻子和一个女仆，分别生了兑塔瓦施陀(Dhṛtarāṣṭra)、潘杜(Pāṇḍu)和维杜茹阿(Vidura)。

兑塔瓦施陀有以杜尤丹(Duryodhana)为首的一百个儿子，以及一个女儿杜莎拉(Duḥśalā)。潘杜有以尤帝士提尔(Yudhiṣṭhira)为首的五个儿子，这五兄弟每个人都跟朵帕蒂生了个儿子。朵帕蒂的这些儿子分别是：帕提温迪亚(Prativindhya)、施茹塔森纳纳(Śrutasena)、施茹塔克尔提(Śrutakīrti)、沙塔尼卡(Śatānīka)和施茹塔卡尔玛(Śrutakarmā)。除了这五个儿子外，潘达瓦五兄弟跟他们各自的其他妻子也生了许多儿子，例如：戴瓦卡(Devaka)、嘎陀卡查(Ghaṭotkaca)、萨尔瓦嘎塔(Sarvagata)、苏厚陀(Suhotra)、纳茹阿弥陀(Naramitra)、依茹阿万(Irāvān)、巴布茹瓦汉(Babhruvāhana)和阿比曼纽(Abhimanyu)。阿比曼纽生子帕瑞克西特，帕瑞克西特王(Mahārāja Parīkṣi)有四个儿子，分别是：佳纳梅佳亚(Janamejaya)、施茹塔森纳(Śrutasena)、彼玛森纳(Bhīmasena)和乌卦森纳(Ugrasena)。

接着，舒卡戴瓦·哥斯瓦米介绍潘杜家族今后的子孙。他说，佳纳梅佳亚的儿子将是沙塔尼卡(Śatānīka)，沙塔尼卡之后的子孙后代将依次是：萨哈刷尼卡(Sahasrānīka)、阿刷梅达佳(Aśvamedhaja)、阿希玛奎师那(Asīmakṛṣṇa)、内弥查夸(Nemicakra)、祺陀茹阿塔(Citraratha)、舒祺茹阿塔(Śuciratha)、维施提曼(Vṛṣṭimān)、苏申纳(Suṣeṇa)、苏尼塔(Sunītha)、尼瑞查克舒(Nṛcakṣu)、苏克依纳拉(Sukhīnala)、帕瑞普拉瓦(Pariplava)、苏纳亚(Sunaya)、梅达维(Medhāvī)、尼瑞潘佳亚(Nṛpañjaya)、杜尔瓦(Dūrva)、提弥(Timi)、毕尔哈铎塔(Bṛhadratha)、苏达斯(Sudāsa)、沙塔尼卡(Śatānīka)、杜尔达玛纳(Durdamana)、玛黑纳茹阿(Mahīnara)、丹达帕尼(Daṇḍapāṇi)、尼弥(Nimi)和克舍玛卡(Kṣemaka)。

舒卡戴瓦·哥斯瓦米随后又预言了玛嘎达王朝(māgadha-vaṁśa)。佳尔桑达的儿子萨哈戴瓦将有一个名叫玛尔佳瑞(Mārjāri)的儿子。玛尔佳瑞将生子施茹塔刷瓦(Śrutaśravā)。随他之后将在这个王朝出生的子孙依次是：尤塔佑(Yutāyu)、尼茹阿弥陀(Niramitra)、苏纳查陀(Sunakṣatra)、毕尔哈特森纳(Bṛhatsena)、卡尔玛吉特(Karmajit)、苏坦佳亚(Sutañjaya)、维帕(Vipra)、舒祺(Śuci)、克舍玛(Kṣema)、苏瓦塔(Suvrata)、达尔玛苏陀(Dharmasūtra)、萨玛(Sama)、丢玛特森纳(Dyumatsena)、苏玛提(Sumati)、苏巴拉(Subala)、苏尼塔(Sunītha)、萨提亚吉特(Satyajit)、维施瓦吉特(Viśvajit)和瑞彭佳亚(Ripuñjaya)。

第 1 节

श्रीशुक उवाच
मित्रायुश्च दिवोदासाच्च्यवनस्तत्सुतो नृप ।
सुदासः सहदेवोऽथ सोमको जन्तुजन्मकृत् ॥१॥

śrī-śuka uvāca
mitrāyuś ca divodāsāc
cyavanas tat-suto nṛpa
sudāsaḥ sahadevo 'tha
somako jantu-janmakṛt

śrī-śukaḥ uvāca—圣舒卡戴瓦·哥斯瓦米说 / mitrāyuḥ—弥陀尤 / ca—和 / divodāsāt—迪沃达斯生了 / cyavanaḥ—恰瓦纳 / tat-sutaḥ—弥陀尤的儿子 / nṛpa—君王啊 / sudāsaḥ—苏达斯 / sahadevaḥ—苏哈戴瓦 / atha—那之后 / somakaḥ—索玛卡 / jantu-janma-kṛt—湛图的父亲

译文 舒卡戴瓦·哥斯瓦米说：君王啊！迪沃达斯的儿子是弥陀尤，弥陀尤有四个儿子，分别名叫恰瓦纳、苏达斯、苏哈戴瓦和索玛卡。索玛卡是湛图的父亲。

第 2 节

तस्य पुत्रशतं तेषां यवीयान् पृषतः सुतः ।
स तस्माद् द्रुपदो जज्ञे सर्वसम्पत्समन्वितः ॥२॥

tasya putra-śataṁ teṣāṁ
yavīyān pṛṣataḥ sutaḥ
sa tasmād drupado jajñe
sarva-sampat-samanvitaḥ

tasya—他（索玛卡）的 / putra-śatam——百个儿子 / teṣām—他们全体的 / yavīyān—最年轻的 / pṛṣataḥ—普瑞沙塔 / sutaḥ—儿子 / saḥ—他 / tasmāt—从他（普瑞沙塔） / drupadaḥ—杜茹帕达 / jajñe—生下 / sarva-sampat—用所有的财富 / samanvitaḥ—装饰

译文　索玛卡有一百个儿子，其中最小的是普瑞沙塔。普瑞沙塔生了在所有方面都绝对优秀的杜茹帕达王。

第3节

द्रुपदाद्द्रौपदी तस्य धृष्टद्युम्नादयः सुताः ।
धृष्टद्युम्नाद् धृष्टकेतुर्भार्म्याः पाञ्चालका इमे ॥ ३ ॥

drupadād draupadī tasya
dhṛṣṭadyumnādayaḥ sutāḥ
dhṛṣṭadyumnād dhṛṣṭaketur
bhārmyāḥ pāñcālakā ime

drupadāt－从杜茹帕达 / draupadī－朵帕蒂——潘达瓦著名的妻子 / tasya－他(杜茹帕达)的 / dhṛṣṭadyumna-ādayaḥ－以兑施塔杜么纳为首 / sutāḥ－儿子们 / dhṛṣṭadyumnāt－从兑施塔杜么纳 / dhṛṣṭake-tuḥ－名叫兑施塔凯图的儿子 / bhārmyāḥ－巴尔弥亚施瓦的所有后代 / pāñcālakāḥ－他们被称为潘查拉卡们 / ime－所有这些

译文　杜茹帕达王生了朵帕蒂，以及以兑施塔杜么纳为首的许多儿子。兑施塔杜么纳生子兑施塔凯图。所有这些人物都被称为巴尔弥亚施瓦的后代，或潘查拉王朝的后代。

第4—5节

योऽजमीढसुतो ह्यन्य ऋक्षः संवरणस्ततः ।
तपत्यां सूर्यकन्यायां कुरुक्षेत्रपतिः कुरुः ॥ ४ ॥

परीक्षिः सुधनुर्जह्नुर्निषधश्च कुरोः सुताः ।
सुहोत्रोऽभूत्सुधनुषश्च्यवनोऽथ ततः कृती ॥ ५ ॥

yo 'jamīḍha-suto hy anya
ṛkṣaḥ saṁvaraṇas tataḥ
tapatyāṁ sūrya-kanyāyāṁ
kurukṣetra-patiḥ kuruḥ

parīkṣiḥ sudhanur jahnur
niṣadhaś ca kuroḥ sutāḥ
suhotro 'bhūt sudhanuṣaś
cyavano 'tha tataḥ kṛtī

yaḥ—……的人 / ajamīḍha-sutaḥ—是阿佳弥达生的儿子 / hi—事实上 / anyaḥ—另一个 / ṛkṣaḥ—瑞克沙 / saṁvaraṇaḥ—桑瓦茹阿纳 / tataḥ—从他(瑞克沙) / tapatyām—塔帕缇 / sūrya-kanyāyām—在太阳神女儿的体内 / kurukṣetra-patiḥ—库茹柴陀的君王 / kuruḥ—库茹诞生了 / parīkṣiḥ sudhanuḥ jahnuḥ niṣadhaḥ ca—帕瑞克希、苏达努、佳努和尼沙达 / kuroḥ—库茹的 / sutāḥ—儿子们 / suhotraḥ—苏厚陀 / abhūt—生了 / sudhanuṣaḥ—从苏达努 / cyavanaḥ—恰瓦纳 / atha—从苏厚陀 / tataḥ—从他(恰瓦纳) / kṛtī—名叫奎提的儿子

译文 阿佳弥达的另一个儿子名叫瑞克沙，瑞克沙的儿子是桑瓦茹阿纳。桑瓦茹阿纳与太阳神的女儿——他妻子塔帕缇，生了库茹——库茹柴陀的君王。库茹有四个儿子，分别是帕瑞克希、苏达努、佳努和尼沙达。苏达努生了苏厚陀，苏厚陀生下恰瓦纳。恰瓦纳的儿子是奎提。

第6节

वसुस्तस्योपरिचरो बृहद्रथमुखास्ततः ।
कुशाम्बमत्स्यप्रत्यग्रचेदिपाद्याश्च चेदिपाः ॥ ६ ॥

vasus tasyoparicaro
bṛhadratha-mukhās tataḥ
kuśāmba-matsya-pratyagra-
cedipādyāś ca cedipāḥ

vasuḥ—名叫瓦苏的儿子 / tasya—他(奎提)的 / uparicaraḥ—瓦苏的姓 / bṛhadratha-mukhāḥ—以毕尔哈铎塔为首 / tataḥ—从他(瓦苏) / kuśāmba—库商巴 / matsya—玛茨亚 / pratyagra—帕提亚卦 / ce-dipa-ādyāḥ—切迪帕和其他人 / ca—也 / cedi-pāḥ—他们都成为切迪国的统治者

译文　奎提的儿子名叫乌帕瑞查尔·瓦苏。在乌帕瑞查尔·瓦苏的儿子中，有以毕尔哈铎塔为首的库商巴、玛茨亚、帕提亚卦和切迪帕；他们都成为切迪国的统治者。

第7节

बृहद्रथात्कुशाग्रोऽभूदृषभस्तस्य तत्सुतः ।
जज्ञे सत्यहितोऽपत्यं पुष्पवांस्तत्सुतो जहुः ॥७॥

bṛhadrathāt kuśāgro 'bhūd
　ṛṣabhas tasya tat-sutaḥ
jajñe satyahito 'patyaṁ
　puṣpavāṁs tat-suto jahuḥ

bṛhadrathāt－从毕尔哈铎塔 / kuśāgraḥ－库沙卦 / abhūt－一个儿子诞生了 / ṛṣabhaḥ－瑞沙巴 / tasya－他(库沙卦)的 / tat-sutaḥ－他(瑞沙巴)的儿子 / jajñe－出生 / satyahitaḥ－萨提亚黑塔 / apatyam－子孙 / puṣpavān－菩施帕万 / tat-sutaḥ－他(菩施帕万)的儿子 / jahuḥ－佳胡

译文　毕尔哈铎塔生了库沙卦，库沙卦的儿子是瑞沙巴，瑞沙巴生子萨提亚黑塔。萨提亚黑塔的儿子名叫菩施帕万，菩施帕万的儿子是佳胡。

第8节

अन्यस्यामपि भार्यायां शकले द्वे बृहद्रथात् ।
ये मात्रा बहिरुत्सृष्टे जरया चाभिसन्धिते ।
जीव जीवेति क्रीडन्त्या जरासन्धोऽभवत्सुतः ॥८॥

anyasyām api bhāryāyāṁ
　śakale dve bṛhadrathāt
ye mātrā bahir utsṛṣṭe
　jarayā cābhisandhite
jīva jīveti krīḍantyā
　jarāsandho 'bhavat sutaḥ

anyasyām－在另一个之中 / api－也 / bhāryāyām－妻子 / śakale－部分 / dve－两个 / bṛhadrathāt－从毕尔哈铎塔 / ye－……两部分 / mātrā－透过母亲 / bahiḥ utsṛṣṭe－因为拒绝 / jarayā－被名叫佳茹阿的女魔 / ca－和 / abhisandhite－当它们被连在一起时 / jīva jīva iti－生物啊，活过来吧 / krīḍantyā－像那样玩耍 / jarāsandhaḥ－佳尔桑达 / abhavat－被生下 / sutaḥ－一个儿子

译文 毕尔哈铎塔与另一个妻子生了一个儿子的两半身体。这位母亲看到这两个半边身体时便丢弃了它们。但后来，一个名叫佳茹阿的女魔玩耍着将它们连在一起并说："活过来，活过来吧！"就这样，名叫佳尔桑达的儿子诞生了。

第 9 节

ततश्च सहदेवोऽभूत्सोमापिर्यच्छ्रुतश्रवाः ।
परीक्षिरनपत्योऽभूत्सुरथो नाम जाह्नवः ॥ ९ ॥

tataś ca sahadevo 'bhūt
somāpir yac chrutaśravāḥ
parīkṣir anapatyo 'bhūt
suratho nāma jāhnavaḥ

tataḥ ca－和从他(佳尔桑达) / sahadevaḥ－萨哈戴瓦 / abhūt－生了 / somāpiḥ－索玛琵 / yat－他(索玛琵)的 / śrutaśravāḥ－名叫施茹塔刷瓦的儿子 / parīkṣiḥ－库茹的儿子名叫帕瑞克希 / anapatyaḥ－没有任何儿子 / abhūt－变成 / surathaḥ－苏茹阿塔 / nāma－名叫 / jāhna-vaḥ－佳努的儿子

译文 佳尔桑达的儿子是萨哈戴瓦；萨哈戴瓦生了索玛琵；索玛琵生子施茹塔刷瓦。库茹的儿子帕瑞克希没有子孙，但库茹的另一个儿子佳努有个名叫苏茹阿塔的儿子。

第 10 节

ततो विदूरथस्तस्मात्सार्वभौमस्ततोऽभवत् ।
जयसेनस्तत्तनयो राधिकोऽतोऽयुताय्वभूत् ॥१०॥

tato vidūrathas tasmāt
sārvabhaumas tato 'bhavat
jayasenas tat-tanayo
rādhiko 'to 'yutāyv abhūt

tataḥ—从他(苏茹阿塔) / vidūrathaḥ—名叫维杜茹阿塔的儿子 / tasmāt—从他(维杜茹阿塔) / sārvabhaumaḥ—名叫萨尔瓦宝玛的儿子 / tataḥ—从他(萨尔瓦宝玛) / abhavat—诞生 / jayasenaḥ—佳亚森纳 / tat-tanayaḥ—佳亚森纳的儿子 / rādhikaḥ—茹阿迪卡 / ataḥ—并从他(茹阿迪卡) / ayutāyuḥ—阿尤塔尤 / abhūt—生下

译文 苏茹阿塔生子维杜茹阿塔，维杜茹阿塔成为萨尔瓦宝玛的父亲。萨尔瓦宝玛生子佳亚森纳，佳亚森纳的儿子是茹阿迪卡，茹阿迪卡生了阿尤塔尤。

第 11 节

ततश्चाक्रोधनस्तस्माद्देवातिथिरमुष्य च ।
ऋक्षस्तस्य दिलीपोऽभूत्प्रतीपस्तस्य चात्मजः ॥११॥

tataś cākrodhanas tasmād
devātithir amuṣya ca
ṛkṣas tasya dilīpo 'bhūt
pratīpas tasya cātmajaḥ

tataḥ—从他(阿尤塔尤) / ca—和 / akrodhanaḥ—名叫阿阔达纳 / tasmāt—从他(阿阔达纳) / devātithiḥ—名叫戴瓦提缇的儿子 / amuṣya—他(戴瓦提缇)的 / ca—也 / ṛkṣaḥ—瑞克沙 / tasya—他(瑞克沙)的 / dilīpaḥ—名叫迪利帕的儿子 / abhūt—生下 / pratīpaḥ—帕提帕 / tasya—他(迪利帕)的 / ca—和 / ātma-jaḥ—儿子

译文 阿尤塔尤的儿子名叫阿阔达纳，阿阔达纳的儿子是戴瓦提缇。戴瓦提缇生子瑞克沙，瑞克沙的儿子是迪利帕，迪利帕生了帕提帕。

第12—13节

देवापिः शान्तनुस्तस्य बाह्लीक इति चात्मजाः ।
पितृराज्यं परित्यज्य देवापिस्तु वनं गतः ॥१२॥

अभवच्छान्तनू राजा प्राङ् महाभिषसंज्ञितः ।
यं यं कराभ्यां स्पृशति जीर्णं यौवनमेति सः ॥१३॥

devāpiḥ śāntanus tasya
bāhlīka iti cātmajāḥ
pitṛ-rājyaṁ parityajya
devāpis tu vanaṁ gataḥ

abhavac chāntanū rājā
prāṅ mahābhiṣa-saṁjñitaḥ
yaṁ yaṁ karābhyāṁ spṛśati
jīrṇaṁ yauvanam eti saḥ

devāpiḥ－戴瓦琵 / śāntanuḥ－商塔努 / tasya－他(帕提帕)的 / bāh-līkaḥ－巴利卡 / iti－如此 / ca－也 / ātma-jāḥ－儿子 / pitṛ-rājyam－父亲的财产——王国 / parityajya－拒绝 / devāpiḥ－长子戴瓦琵 / tu－事实上 / vanam－到森林 / gataḥ－离开 / abhavat－是 / śāntanuḥ－商塔努 / rājā－君王 / prāk－之前 / mahābhiṣa－玛哈毕沙 / saṁjñitaḥ－最著名的 / yam yam－无论谁 / karābhyām－用他的双手 / spṛśati－触碰 / jīrṇam－尽管非常老 / yauvanam－年轻 / eti－获得 / saḥ－他

译文 帕提帕有戴瓦琵、商塔努和巴利卡这几个儿子。戴瓦琵离开他父亲的王国去森林，因此商塔努当上国王。前生名叫玛哈毕沙的商塔努，具有只要用手触碰人，就能使被触碰之人返老还童的能力。

第 14—15 节

शान्तिमाप्नोति चैवाग्र्यां कर्मणा तेन शान्तनुः ।
समा द्वादश तद्राज्ये न ववर्ष यदा विभुः ॥१४॥

शान्तनुर्ब्राह्मणैरुक्तः परिवेत्तायमग्रभुक् ।
राज्यं देह्यग्रजायाशु पुरराष्ट्रविवृद्धये ॥१५॥

śāntim āpnoti caivāgryāṁ
karmaṇā tena śāntanuḥ
samā dvādaśa tad-rājye
na vavarṣa yadā vibhuḥ

śāntanur brāhmaṇair uktaḥ
parivettāyam agrabhuk
rājyaṁ dehy agrajāyāśu
pura-rāṣṭra-vivṛddhaye

śāntim—为感官享乐而有的青春年华 / āpnoti—人得到 / ca—也 / eva—事实上 / agryām—主要地 / karmaṇā—被他的手触碰 / te-na—因为这 / śāntanuḥ—名叫商塔努 / samāḥ—年 / dvādaśa—十二 / tat-rājye—在他的王国中 / na—不 / vavarṣa—发送雨水 / yadā—当……时 / vibhuḥ—雨水的控制者——天帝因铎 / śāntanuḥ—商塔努 / brāhmaṇaiḥ—通过博学的布茹阿玛纳 / uktaḥ—当得知 / parivet-tā—因为当了篡位者而有缺陷 / ayam—这 / agra-bhuk—尽管你哥哥还在但却享受 / rājyam—王国 / dehi—给予 / agrajāya—到你哥哥 / āśu—立刻 / pura-rāṣṭra—你的家和王国的 / vivṛddhaye—为提升

译文　由于君王只要用手触碰别人，就能让每个人享受感官享乐的快乐，所以名叫商塔努。一次，当王国中十二年都没降雨时，君王与他那些博学的布茹阿玛纳顾问商量，他们说："你享受你哥哥的财产是不对的。为使你的王国和家庭得到提升，你应该将王国还给他。"

要旨 当弟弟的不能在自己的哥哥还健在时，享受君权或举行阿格尼厚陀火祭(agnihotra-yajña)，否则就是篡位者。

第16—17节

एवमुक्तो द्विजैर्ज्येष्ठं छन्दयामास सोऽब्रवीत् ।
तन्मन्त्रिप्रहितैर्विप्रैर्वेदाद्विभ्रंशितो गिरा ॥१६॥

वेदवादातिवादान् वै तदा देवो ववर्ष ह ।
देवापिर्योगमास्थाय कलापग्राममाश्रितः ॥१७॥

evam ukto dvijair jyeṣṭhaṁ
chandayām āsa so 'bravīt
tan-mantri-prahitair viprair
vedād vibhraṁśito girā

veda-vādātivādān vai
tadā devo vavarṣa ha
devāpir yogam āsthāya
kalāpa-grāmam āśritaḥ

evam—如此(如上面提到的) / uktaḥ—被忠告 / dvijaiḥ—由布茹阿玛纳 / jyeṣṭham—向他哥哥戴瓦琵 / chandayām āsa—要求掌管王国 / saḥ—他(戴瓦琵) / abravīt—说 / tat-mantri—由商塔努的大臣 / prahitaiḥ—唆使 / vipraiḥ—被布茹阿玛纳 / vedāt—从韦达经的原则 / vibhraṁśitaḥ—堕落 / girā—因为这类言语 / veda-vāda-ativādān—亵渎韦达训谕的话语 / vai—事实上 / tadā—那时 / devaḥ—半神人 / vavarṣa—降雨 / ha—在过去 / devāpiḥ—戴瓦琵 / yogam āsthā-ya—练神秘瑜伽 / kalāpa-grāmam—名叫卡拉帕的村庄 / āśritaḥ—托庇于(甚至现在还住在)……

译文 听布茹阿玛纳这样说，商塔努王就去森林要求他哥哥掌管王国，因为君王的责任是维护他的国民。然而，商塔努的大臣阿刷瓦尔，曾唆使一些布茹阿玛纳去引诱戴瓦琵违反韦达经中的训示，以使他不配担任国王。那些布茹阿玛纳使戴瓦琵偏离韦达原则之途，因此当商塔努去请求他时，他不同意当国王。相反，他亵渎韦达原则，并因而堕落。鉴于这种情况，商塔努再次成为国王，天帝因铎因为对他感到满意而降下雨水。戴瓦琵后来走上神秘瑜伽之途，以控制他的心念和感官。他去了卡拉帕村庄，直到现在仍住在那里。

第 18—19 节

सोमवंशे कलौ नष्टे कृतादौ स्थापयिष्यति ।
बाह्लीकात्सोमदत्तोऽभूद्भूरिर्भूरिश्रवास्ततः ॥१८॥

शलश्च शान्तनोरासीद्गङ्गायां भीष्म आत्मवान् ।
सर्वधर्मविदां श्रेष्ठो महाभागवतः कविः ॥१९॥

soma-vaṁśe kalau naṣṭe
kṛtādau sthāpayiṣyati
bāhlīkāt somadatto 'bhūd
bhūrir bhūriśravās tataḥ

śalaś ca śāntanor āsīd
gaṅgāyāṁ bhīṣma ātmavān
sarva-dharma-vidāṁ śreṣṭho
mahā-bhāgavataḥ kaviḥ

soma-vaṁśe—当月亮神的王朝／kalau—在这个喀历年代／naṣṭe—失传／kṛta-ādau—在下一个萨提亚年代的开始／sthāpayiṣyati—将重新建立／bāhlīkāt—从巴利卡／somadattaḥ—索玛达塔／abhūt—生了／bhūriḥ—布瑞／bhūri-śravāḥ—布瑞刷瓦／tataḥ—那之后／śalaḥ ca—和名叫沙拉的儿子／śāntanoḥ—从商塔努／āsīt—生下／gaṅgāyām—在商塔努的妻子恒河体内／bhīṣmaḥ—名叫彼士玛的儿子／ātmavān—觉悟了自我／sarva-dharma-vidām—所有宗教人士的／śreṣṭhaḥ—最优秀的／mahā-bhāgavataḥ—崇高的奉献者／kaviḥ—和博学的学者

译文 当月亮王朝在喀历年代中结束时，戴瓦琵将于下一个萨提亚年代开始时，在这世上重建月亮王朝。巴利卡(商塔努弟弟)的儿子名叫索玛达塔，而他有三个儿子，分别名叫布瑞、布瑞刷瓦和沙拉。商塔努与他妻子恒河，生了崇高且觉悟了自我的奉献者兼博学学者彼士玛。

第20节

वीरयूथाग्रणीर्येन रामोऽपि युधि तोषितः ।
शान्तनोर्दासकन्यायां जज्ञे चित्राङ्गदः सुतः ॥२०॥

vīra-yūthāgraṇīr yena
rāmo 'pi yudhi toṣitaḥ
śāntanor dāsa-kanyāyāṁ
jajñe citrāṅgadaḥ sutaḥ

vīra-yūtha-agraṇīḥ－最著名的战将彼士玛戴瓦 / yena－被……人 / rāmaḥ api－甚至神的化身帕茹阿舒茹阿玛 / yudhi－在一场战斗中 / toṣitaḥ－感到满意(被彼士玛打败时) / śāntanoḥ－由商塔努 / dāsa-kanyāyām－在庶铎的女儿萨提亚娃缇体内 / jajñe－生下 / citrāṅgadaḥ－祺创嘎达 / sutaḥ－一个儿子

译文 彼士玛戴瓦是最优秀的战将。当他在一场战斗中打败主帕茹阿舒茹阿玛时，主帕茹阿舒茹阿玛对他很满意。商塔努与渔民的女儿萨提亚娃缇生了祺创嘎达。

要旨 萨提亚娃缇其实是乌帕瑞查茹阿·瓦苏(Uparicara Vasu)的女儿，经名叫玛茨亚嘎尔芭(Matsyagarbhā)的女渔民生下，后来由一个渔民抚养长大。

帕茹阿舒茹阿玛(Paraśurāma)跟彼士玛戴瓦之间的战斗，与卡希王(Kāśīrāja)的三个女儿有关。彼士玛戴瓦代表他弟弟维祺陀维亚行事，强行带走卡希王的三个女儿——安碧卡(Ambikā)、安芭莉卡(Ambālikā)和安芭(Ambā)。安芭认为彼士玛会娶她，于是依恋上他，但彼士玛戴瓦因为发誓终身贞守，所以拒绝娶她。为此，安芭去找彼士玛戴瓦的武术导师帕茹阿舒茹阿玛，帕茹阿舒茹阿玛命令彼士玛娶她。彼士玛戴瓦拒绝执行命令，帕茹阿舒茹阿玛于是与他作战，强迫他接受婚姻。但帕茹阿舒茹阿玛最终被打败，他对彼士玛戴瓦感到满意。

第 21—24 节

विचित्रवीर्यश्चावरजो नाम्ना चित्राङ्गदो हतः ।
यस्यां पराशरात्साक्षादवतीर्णो हरेः कला ॥२१॥

वेदगुप्तो मुनिः कृष्णो यतोऽहमिदमध्यगाम् ।
हित्वा स्वशिष्यान् पैलादीन् भगवान् बादरायणः ॥२२॥

मह्यं पुत्राय शान्ताय परं गुह्यमिदं जगौ ।
विचित्रवीर्योऽथोवाह काशीराजसुते बलात् ॥२३॥

स्वयंवरादुपानीते अम्बिकाम्बालिके उभे ।
तयोरासक्तहृदयो गृहीतो यक्ष्मणा मृतः ॥२४॥

vicitravīryaś cāvarajo
nāmnā citrāṅgado hataḥ
yasyāṁ parāśarāt sākṣād
avatīrṇo hareḥ kalā

veda-gupto muniḥ kṛṣṇo
yato 'ham idam adhyagām
hitvā sva-śiṣyān pailādīn
bhagavān bādarāyaṇaḥ

mahyaṁ putrāya śāntāya
paraṁ guhyam idaṁ jagau
vicitravīryo 'thovāha
kāśīrāja-sute balāt

svayaṁvarād upānīte
ambikāmbālike ubhe

tayor āsakta-hṛdayo
gṛhīto yakṣmaṇā mṛtaḥ

vicitravīryaḥ—商塔努的儿子维祺陀维亚 / ca—和 / avarajaḥ—弟弟 / nāmnā—被名叫祺创嘎达的歌仙 / citrāṅgadaḥ—祺创嘎达 / hataḥ—被杀死 / yasyām—在嫁给商塔努之前的萨提亚娃缇体内 / parāśarāt—由帕尔沙尔·牟尼的精子 / sākṣāt—直接地 / avatīrṇaḥ—化身为 / hareḥ—至尊人格首神的 / kalā—扩展 / veda-guptaḥ—韦达经的保护者 / muniḥ—伟大的圣人 / kṛṣṇaḥ—奎师那·兑帕亚纳 / yataḥ—从……人 / aham—我(舒卡戴瓦·哥斯瓦米) / idam—这(《圣典博伽瓦谭》) / adhyagām—认真仔细地学习了 / hitvā—拒绝 / sva-śiṣyān—他的门徒 / paila-ādīn—以派拉为首 / bhagavān—至尊主的化身 / bādarāyaṇaḥ—维亚萨戴瓦 / mahyam—向我 / putrāya—一个儿子 / śāntāya—真正控制住自己不进行感官享乐的人 / param—至高无上的 / guhyam—最机密的 / idam—这部韦达文献(《圣典博伽瓦谭》) / jagau—教授了 / vicitravīryaḥ—维祺陀维亚 / atha—那之后 / uvāha—娶了 / kāśīrāja-sute—卡希王的两个女儿 / balāt—靠强迫 / svayaṁvarāt—从选夫竞技场 / upānīte—被带到 / ambikā-ambālike—安碧卡和安芭莉卡 / ubhe—她们两人 / tayoḥ—对她们 / āsakta—因为太依恋 / hṛdayaḥ—他的心脏 / gṛhītaḥ—被感染 / yakṣmaṇā—结核病 / mṛtaḥ—他死去

译文 祺创嘎达的弟弟是维祺陀维亚，祺创嘎达本人被也叫祺创嘎达的歌仙杀死。萨提亚娃缇在嫁给商塔努之前，曾经由帕尔沙尔·牟尼授精，生下韦达经的权威编纂者维亚萨戴瓦——奎师那·兑帕亚纳。我(舒卡戴瓦·哥斯瓦米)由维亚萨戴瓦生下，并从他那里学习《圣典博伽瓦谭》这部非凡的文学巨著。首神的化身韦达维亚萨因为我毫无物质欲望，所以拒绝以派拉为首的他的门徒，却将《圣典博伽瓦谭》传授给我。当卡希王的两个女儿安碧卡和安芭莉卡，被强行从选夫竞技场上带走后，维祺陀维亚娶了她们，但由于他太依恋这两个妻子，他心脏病发作，最后死于肺结核。

第 25 节

क्षेत्रेऽप्रजस्य वै भ्रातुर्मात्रोक्तो बादरायणः ।
धृतराष्ट्रं च पाण्डुं च विदुरं चाप्यजीजनत् ॥२५॥

kṣetre 'prajasya vai bhrātur
mātrokto bādarāyaṇaḥ
dhṛtarāṣṭraṁ ca pāṇḍuṁ ca
viduraṁ cāpy ajījanat

kṣetre—在妻子们和女仆体内 / aprajasya—没有后裔的维祺陀维亚 / vai—事实上 / bhrātuḥ—弟弟的 / mātrā uktaḥ—在母亲的命令下 / bādarāyaṇaḥ—韦达维亚萨 / dhṛtarāṣṭram—名叫兑塔瓦施陀的儿子 / ca—和 / pāṇḍum—名叫潘杜的儿子 / ca—也 / viduram—名叫维杜茹阿的儿子 / ca—也 / api—确实 / ajījanat—生了

译文 巴达茹阿亚纳——圣维亚萨戴瓦，遵从他母亲萨提亚娃缇的命令生了三个儿子，两个是与他弟弟维祺陀维亚的妻子安碧卡和安芭莉卡生的，第三个是与维祺陀维亚的女仆生的。这些儿子是兑塔瓦施陀、潘杜和维杜茹阿。

要旨 维祺陀维亚死于结核病，他的妻子安碧卡和安芭莉卡没生孩子。为此，维祺陀维亚的母亲萨提亚娃缇，在他死后去找也是她儿子的维亚萨戴瓦，要求维亚萨戴瓦与维祺陀维亚的妻子生孩子。在过去的年代中，丈夫的兄弟可以透过兄弟媳妇的子宫生孩子(devareṇa sutotpatti)。如果做丈夫的因为某种原因无法生孩子，他的兄弟就可以透过兄弟媳妇的子宫生孩子。但在喀历年代中，这种做法，以及马祭和乳牛祭都是被禁止的。

aśvamedhaṁ gavālambhaṁ
sannyāsaṁ pala-paitṛkam

devareṇa sutotpattiṁ
kalau pañca vivarjayet

“在这个喀历年代中，有五种活动受到禁止：在祭祀中献祭马匹，在祭祀中献祭乳牛，当托钵僧，给祖先供奉肉，以及与自己的兄弟之妻生孩子。”（《布茹阿玛·外瓦尔塔往世书》）

第26节

गान्धार्यां धृतराष्ट्रस्य जज्ञे पुत्रशतं नृप ।
तत्र दुर्योधनो ज्येष्ठो दुःशला चापि कन्यका ॥२६॥

gāndhāryāṁ dhṛtarāṣṭrasya
jajñe putra-śataṁ nṛpa
tatra duryodhano jyeṣṭho
duḥśalā cāpi kanyakā

gāndhāryām一在甘妲瑞体内 / dhṛtarāṣṭrasya一兑塔瓦施陀的 / jajñe一被生下 / putra-śatam一一百个儿子 / nṛpa一帕瑞克西特王啊 / tatra一在那些儿子中 / duryodhanaḥ一名叫杜尤丹的儿子 / jyeṣṭhaḥ一长子 / duḥśalā一杜莎拉 / ca api一也 / kanyakā一一个女儿

译文 君王啊！兑塔瓦施陀的妻子甘妲瑞生下一百个儿子和一个女儿。长子是杜尤丹，女儿名叫杜莎拉。

第27—28节

शापान्मैथुनरुद्धस्य पाण्डोः कुन्त्यां महारथाः ।
जाता धर्मानिलेन्द्रेभ्यो युधिष्ठिरमुखास्त्रयः ॥२७॥

नकुलः सहदेवश्च माद्र्यां नासत्यदस्रयोः ।
द्रौपद्यां पञ्च पञ्चभ्यः पुत्रास्ते पितरोऽभवन् ॥२८॥

śāpān maithuna-ruddhasya
pāṇḍoḥ kuntyāṁ mahā-rathāḥ
jātā dharmānilendrebhyo
yudhiṣṭhira-mukhās trayaḥ

nakulaḥ sahadevaś ca
　mādryāṁ nāsatya-dasrayoḥ
draupadyāṁ pañca pañcabhyaḥ
　putrās te pitaro 'bhavan

śāpāt—因为受到诅咒 / maithuna-ruddhasya—不得不控制性生活的人 / pāṇḍoḥ—潘杜的 / kuntyām—在琨缇体内 / mahā-rathāḥ—伟大的英雄们 / jātāḥ—投生 / dharma—由宗教之王达玛茹阿佳 / anila—由控制风的半神人 / indrebhyaḥ—并由控制雨的半神人因铎 / yudhi-ṣṭhira—尤帝士提尔 / mukhāḥ—以……为首 / trayaḥ—三个儿子(尤帝士提尔、彼玛和阿尔诸纳) / nakulaḥ—纳库拉 / sahadevaḥ—萨哈戴瓦 / ca—也 / mādryām—在玛德瑞体内 / nāsatya-dasrayoḥ—由阿施维尼·库玛尔——纳萨提亚和达刷 / draupadyām—在朵帕蒂体内 / pañca—五个 / pañcabhyaḥ—从五兄弟(尤帝士提尔、彼玛、阿尔诸纳、纳库拉和萨哈戴瓦) / putrāḥ—儿子们 / te—他们 / pitaraḥ—叔叔们 / abhavan—成为

译文　潘杜因为受到一位圣人的诅咒而受限制不能过性生活，因此他的三个儿子——尤帝士提尔、彼玛和阿尔诸纳，分别是宗教之王、风神和雨神与他妻子琨缇生的。潘杜的第二位妻子玛德瑞生下纳库拉和萨哈戴瓦，他们是由阿施维尼·库玛尔两兄弟授精生下。这五兄弟以尤帝士提尔为首，与朵帕蒂共生了五个儿子。这五个儿子就是你叔叔。

第29节

युधिष्ठिरात्प्रतिविन्ध्यः श्रुतसेनो वृकोदरात् ।
अर्जुनाच्छ्रुतकीर्तिस्तु शतानीकस्तु नाकुलिः ॥२९॥

yudhiṣṭhirāt prativindhyaḥ
　śrutaseno vṛkodarāt
arjunāc chrutakīrtis tu
　śatānīkas tu nākuliḥ

yudhiṣṭhirāt－从尤帝士提尔王 / prativindhyaḥ－名叫帕提温迪亚的儿子 / śrutasenaḥ－施茹塔森纳 / vṛkodarāt－由彼玛生下 / arju-nāt－从阿尔诸纳 / śrutakīrtiḥ－名叫施茹塔克尔提的儿子 / tu－事实上 / śatānīkaḥ－名叫沙塔尼卡的儿子 / tu－事实上 / nākuliḥ－纳库拉的

译文 尤帝士提尔生的儿子名叫帕提温迪亚，彼玛生的儿子名叫施茹塔森纳，阿尔诸纳的儿子名叫施茹塔克尔提，纳库拉的儿子名叫沙塔尼卡。

第30－31节

सहदेवसुतो राजञ्छ्रुतकर्मा तथापरे ।
युधिष्ठिरात्तु पौरव्यां देवकोऽथ घटोत्कचः ॥३०॥

भीमसेनाद्धिडिम्बायां काल्यां सर्वगतस्ततः ।
सहदेवात्सुहोत्रं तु विजयासूत पार्वती ॥३१॥

sahadeva-suto rājañ
chrutakarmā tathāpare
yudhiṣṭhirāt tu pauravyāṁ
devako 'tha ghaṭotkacaḥ

bhīmasenād dhiḍimbāyāṁ
kālyāṁ sarvagatas tataḥ
sahadevāt suhotraṁ tu
vijayāsūta pārvatī

sahadeva-sutaḥ－萨哈戴瓦的儿子 / rājan－君王啊 / śrutakarmā－施茹塔卡尔玛 / tathā－以及 / apare－其他人 / yudhiṣṭhirāt－从尤帝士提尔 / tu－事实上 / pauravyām－在袍茹阿薇体内 / devakaḥ－名叫戴瓦卡的儿子 / atha－以及 / ghaṭotkacaḥ－嘎陀卡查 / bhīmase-nāt－从彼玛森纳 / hiḍimbāyām－在黑丁芭体内 / kālyām－在卡莉体内 / sarvagataḥ－萨尔瓦嘎塔 / tataḥ－那之后 / sahadevāt－从萨哈戴

瓦 / suhotram—苏厚陀 / tu—事实上 / vijayā—薇嘉雅 / asūta—生下 / pārvatī—喜马拉雅山脉之王的女儿

译文　君王啊！萨哈戴瓦的儿子名叫施茹塔卡尔玛。除他们之外，尤帝士提尔和他弟弟与他们的其他妻子生了另外一些儿子。尤帝士提尔与他妻子袍茹阿薇生了戴瓦卡；彼玛森纳与他名叫黑丁芭的妻子生下嘎陀卡查，与妻子卡莉生了萨尔瓦嘎塔。同样，萨哈戴瓦与他妻子薇嘉雅——山脉之王喜马拉雅的女儿，生了苏厚陀。

第 32 节

करेणुमत्यां नकुलो नरमित्रं तथार्जुनः ।
इरावन्तमुलुप्यां वै सुतायां बभ्रुवाहनम् ।
मणिपुरपतेः सोऽपि तत्पुत्रः पुत्रिकासुतः ॥३२॥

karenumatyāṁ nakulo
naramitraṁ tathārjunaḥ
irāvantam ulupyāṁ vai
sutāyāṁ babhruvāhanam
maṇipura-pateḥ so 'pi
tat-putraḥ putrikā-sutaḥ

kareṇumatyām—在名叫卡蕊努玛缇的妻子体内 / nakulaḥ—纳库拉 / naramitram—名叫纳茹阿弥陀的儿子 / tathā—也 / arjunaḥ—阿尔诸纳 / irāvantam—依茹阿万 / ulupyām—在巨蛇之女乌露琵体内 / vai—事实上 / sutāyām—在……的女儿体内 / babhruvāhanam—巴布茹瓦汉 / maṇipura-pateḥ—玛尼普尔的君王的 / saḥ—他 / api—虽然 / tat-putraḥ—阿尔诸纳的儿子 / putrikā-sutaḥ—他外祖父的儿子

译文　纳库拉与他妻子卡蕊努玛缇生了纳茹阿弥陀。同样，阿尔诸纳与他名叫乌露琵的妻子——巨蛇的女儿，生下依茹阿万；与玛尼普尔的公主生了巴布茹瓦汉。巴布茹瓦汉抚养了玛尼普尔君王的儿子。

要旨 要明白的是：帕尔娃缇(Pārvatī)是名叫玛尼普尔的十分古老的山城之王的女儿。五千年前，当潘达瓦五兄弟统治时，玛尼普尔及其国王就存在于世。因此，这是一个十分古老的王国，是高贵的外士纳瓦王国。如果这个王国是作为外士纳瓦国组建的，那么外士纳瓦精神的复兴就会取得巨大的成功，因为五千年来，这个国家仍保持着它的特性。如果外士纳瓦精神能在那里复兴，它将成为一个神奇的地方，将闻名全世界。玛尼普尔的外士纳瓦在外士纳瓦社会中十分著名。在温达文(Vṛndāvana)和纳瓦兑帕(Navadvīpa)地区，有许多玛尼普尔君王兴建的神庙。我们有些奉献者就来自玛尼普尔。因此，奎师那意识运动可以靠有奎师那意识的奉献者的精诚合作，在玛尼普尔很好地传播。

第 33 节

तव तातः सुभद्रायामभिमन्युरजायत ।
सर्वातिरथजिद्वीर उत्तरायां ततो भवान् ॥३३॥

tava tātaḥ subhadrāyām
abhimanyur ajāyata
sarvātirathajid vīra
uttarāyāṁ tato bhavān

tava—你的 / tātaḥ—父亲 / subhadrāyām—在苏芭朵体内 / abhimanyuḥ—阿比曼纽 / ajāyata—被生下 / sarva-atiratha-jit—能独自打败一千个战车斗士的伟大战将 / vīraḥ—伟大的英雄 / uttarāyām—在乌塔茹阿体内 / tataḥ—从阿比曼纽 / bhavān—你本人

译文 我亲爱的帕瑞克西特王，你父亲阿比曼纽由阿尔诸纳和苏芭朵所生。他能征服所有的阿提茹阿塔战将(以一对一千个战车斗士的战将)。他与维茹阿铎佳的女儿乌塔茹阿生了你。

第 34 节

परिक्षीणेषु कुरुषु द्रौणेर्ब्रह्मास्त्रतेजसा ।
त्वं च कृष्णानुभावेन सजीवो मोचितोऽन्तकात् ॥३४॥

parikṣīṇeṣu kuruṣu
drauṇer brahmāstra-tejasā
tvaṁ ca kṛṣṇānubhāvena
sajīvo mocito 'ntakāt

parikṣīṇeṣu－因为在库茹柴陀战争中被毁灭 / kuruṣu－杜尤丹等库茹王朝的成员们 / drauṇeḥ－朵纳查尔亚的儿子阿施瓦塔玛 / brah-māstra-tejasā－因为布茹阿玛斯陀核武器的热度 / tvam ca－你本人也 / kṛṣṇa-anubhāvena－因为主奎师那的仁慈 / sajīvaḥ－与你的生命 / mocitaḥ－解放 / antakāt－从死亡

译文 库茹王朝在库茹柴陀战场上被毁灭后，你也差点就被朵纳查尔亚的儿子发射的布茹阿玛斯陀核武器所杀。但凭至尊人格首神奎师那的仁慈，你得到拯救，免于一死。

第 35 节

तवेमे तनयास्तात जनमेजयपूर्वकाः ।
श्रुतसेनो भीमसेन उग्रसेनश्च वीर्यवान् ॥३५॥

taveme tanayās tāta
janamejaya-pūrvakāḥ
śrutaseno bhīmasena
ugrasenaś ca vīryavān

tava－你的 / ime－所有这些 / tanayāḥ－儿子们 / tāta－我亲爱的帕瑞克西特王 / janamejaya－佳纳梅佳亚 / pūrvakāḥ－以……为首 / śrutasenaḥ－施茹塔森纳 / bhīmasenaḥ－彼玛森纳 / ugrasenaḥ－乌卦森纳 / ca－也 / vīryavān－都十分强大有力

译文 我亲爱的君王，你的四个儿子——佳纳梅佳亚、施茹塔森纳、彼玛森纳和乌卦森纳，都很强大有力，其中佳纳梅佳亚是长子。

第 36 节

जनमेजयस्त्वां विदित्वा तक्षकान्निधनं गतम् ।
सर्पान् वै सर्पयागाग्नौ स होष्यति रुषान्वितः ॥३६॥

janamejayas tvāṁ viditvā
takṣakān nidhanaṁ gatam
sarpān vai sarpa-yāgāgnau
sa hoṣyati ruṣānvitaḥ

janamejayaḥ－长子 / tvām－有关你 / viditvā－了解到 / takṣakāt－被塔克沙卡巨蛇 / nidhanam－死亡 / gatam－经受 / sarpān－蛇们 / vai－事实上 / sarpa-yāga-agnau－在目的是要杀死所有的蛇的祭祀之火中 / saḥ－他(佳纳梅佳亚) / hoṣyati－将献上这样一场祭祀 / ruṣā-anvitaḥ－因为十分愤怒

译文 由于塔克沙卡巨蛇造成你的死亡，你儿子佳纳梅佳亚将非常愤怒，将举行一场消灭这世上所有的蛇的祭祀。

第 37 节

कालषेयं पुरोधाय तुरं तुरगमेधषाट् ।
समन्तात्पृथिवीं सर्वां जित्वा यक्ष्यति चाध्वरैः ॥३७॥

kālaṣeyaṁ purodhāya
turaṁ turaga-medhaṣāṭ
samantāt pṛthivīṁ sarvāṁ
jitvā yakṣyati cādhvaraiḥ

kālaṣeyam－卡拉沙的儿子 / purodhāya－接受为祭司 / turam－图茹阿 / turaga-medhaṣāṭ－他将以多场马祭的举行者(Turaga-medhaṣāṭ)闻名于世 / samantāt－包括所有的部分 / pṛthivīm－世界 / sarvām－

四面八方 / jitvā－征服 / yakṣyati－将执行祭祀 / ca－和 / adhvaraiḥ－靠举行马祭

译文　佳纳梅佳亚在征服全世界，并接受卡拉沙的儿子图茹阿当他的祭司后，将举行马祭，并因为这些马祭而被称为多场马祭的举行者。

第 38 节

तस्य पुत्रः शतानीको याज्ञवल्क्यात्त्रयीं पठन् ।
अस्त्रज्ञानं क्रियाज्ञानं शौनकात्परमेष्यति ॥३८॥

tasya putraḥ śatāniko
yājñavalkyāt trayīṁ paṭhan
astra-jñānaṁ kriyā-jñānaṁ
śaunakāt param eṣyati

tasya－佳纳梅佳亚的 / putraḥ－儿子 / śatānīkaḥ－沙塔尼卡 / yā-jñavalkyāt－从名叫雅格亚瓦勒克亚的大圣人 / trayīm－三部韦达经(萨玛、亚诸尔和瑞歌) / paṭhan－认真仔细地学习 / astra-jñānam－军事管理艺术 / kriyā-jñānam－举行仪式典礼的技艺 / śaunakāt－从绍纳卡圣人那里 / param－超然的知识 / eṣyati－将获得

译文　佳纳梅佳亚的儿子沙塔尼卡，将拜雅格亚瓦勒克亚为师，学习三部韦达经，以及举行仪式性典礼的艺术。他还将拜奎帕查尔亚为师，学习军事技术；向圣人绍纳卡学习超然的科学。

第 39 节

सहस्रानीकस्तत्पुत्रस्ततश्चैवाश्वमेधजः ।
असीमकृष्णस्तस्यापि नेमिचक्रस्तु तत्सुतः ॥३९॥

sahasrānīkas tat-putras
tataś caivāśvamedhajaḥ

asīmakṛṣṇas tasyāpi
nemicakras tu tat-sutaḥ

sahasrānīkaḥ－萨哈刷尼卡／tat-putraḥ－沙塔尼卡的儿子／tataḥ－从他(萨哈刷尼卡)／ca－也／eva－事实上／aśvamedhajaḥ－阿刷梅达佳／asīmakṛṣṇaḥ－阿希玛奎师那／tasya－从他(阿刷梅达佳)／api－也／nemicakraḥ－内弥查夸／tu－确实／tat-sutaḥ－他的儿子

译文 沙塔尼卡的儿子将是萨哈刷尼卡，萨哈刷尼卡将生子阿刷梅达佳。阿刷梅达佳的儿子将是阿希玛奎师那，阿希玛奎师那将成为内弥查夸的父亲。

第40节

गजाह्वये हृते नद्या कौशाम्ब्यां साधु वत्स्यति ।
उक्तस्ततश्चित्ररथस्तस्माच्छुचिरथः सुतः ॥४०॥

gajāhvaye hṛte nadyā
kauśāmbyāṁ sādhu vatsyati
uktas tataś citrarathas
tasmāc chucirathaḥ sutaḥ

gajāhvaye－在哈斯提纳普尔城镇(新德里)／hṛte－被淹水／nadyā－被河流／kauśāmbyām－在称为考商彼的地方／sādhu－适当地／vatsyati－将住在那里／uktaḥ－著名／tataḥ－那之后／citrarathaḥ－祺陀茹阿塔／tasmāt－从他／śucirathaḥ－舒祺茹阿塔／sutaḥ－儿子

译文 当哈斯提纳普尔城镇(新德里)被河水淹没时，内弥查夸将住在名叫考商彼的地方。他的儿子将以祺陀茹阿塔闻名于世，祺陀茹阿塔的儿子将是舒祺茹阿塔。

第41节

तस्माच्च वृष्टिमांस्तस्य सुषेणोऽथ महीपतिः ।
सुनीथस्तस्य भविता नृचक्षुर्यत्सुखीनलः ॥४१॥

tasmāc ca vṛṣṭimāṁs tasya
suṣeṇo 'tha mahīpatiḥ
sunīthas tasya bhavitā
nṛcakṣur yat sukhīnalaḥ

tasmāt—从他(舒祺茹阿塔) / ca—也 / vṛṣṭimān—名叫维施提曼的儿子 / tasya—他的(儿子) / suṣeṇaḥ—苏申纳 / atha—那之后 / mahī-patiḥ—整个世界的帝王 / sunīthaḥ—苏尼塔 / tasya—他的 / bhavitā—将是 / nṛcakṣuḥ—他儿子尼瑞查克舒 / yat—从他 / sukhīnalaḥ—苏克依纳拉

译文 舒祺茹阿塔将生了维施提曼，维施提曼的儿子苏申纳将成为整个世界的帝王。苏申纳的儿子将是苏尼塔，苏尼塔将是尼瑞查克舒的父亲，而尼瑞查克舒将生子苏克依纳拉。

第 42 节

परिप्लवः सुतस्तस्मान्मेधावी सुनयात्मजः ।
नृपञ्जयस्ततो दूर्वस्तिमिस्तस्माज्जनिष्यति ॥४२॥

pariplavaḥ sutas tasmān
medhāvī sunayātmajaḥ
nṛpañjayas tato dūrvas
timis tasmāj janiṣyati

pariplavaḥ—帕瑞普拉瓦 / sutaḥ—儿子 / tasmāt—从他(帕瑞普拉瓦) / medhāvī—梅达维 / sunaya-ātmajaḥ—苏纳亚的儿子 / nṛpañjayaḥ—尼瑞潘佳亚 / tataḥ—从他 / dūrvaḥ—杜尔瓦 / timiḥ—提弥 / tasmāt—从他 / janiṣyati—将投生

译文 苏克依纳拉的儿子将是帕瑞普拉瓦，帕瑞普拉瓦将生子苏纳亚。苏纳亚将有个名叫梅达维的儿子，梅达维将成为尼瑞潘佳亚的父亲。尼瑞潘佳亚的儿子是杜尔瓦，杜尔瓦将生子提弥。

第 43 节

तिमेर्बृहद्रथस्तस्माच्छतानीकः सुदासजः ।
शतानीकाद् दुर्दमनस्तस्यापत्यं महीनरः ॥४३॥

timer bṛhadrathas tasmāc
chatānīkaḥ sudāsajaḥ
śatānīkād durdamanas
tasyāpatyaṁ mahīnaraḥ

timeḥ—提弥的 / bṛhadrathaḥ—毕尔哈铎塔 / tasmāt—从他(毕尔哈铎塔) / śatānīkaḥ—沙塔尼卡 / sudāsa-jaḥ—苏达斯的儿子 / śatānī-kāt—从沙塔尼卡 / durdamanaḥ—名叫杜尔达玛纳的儿子 / tasya apatyam—他的儿子 / mahīnaraḥ—玛黑纳茹阿

译文 提弥将生下毕尔哈铎塔，毕尔哈铎塔的儿子将是苏达斯，而苏达斯将成为沙塔尼卡的父亲。沙塔尼卡的儿子将是杜尔达玛纳，杜尔达玛纳将生子玛黑纳茹阿。

第 44—45 节

दण्डपाणिर्निमिस्तस्य क्षेमको भविता यतः ।
ब्रह्मक्षत्रस्य वै योनिर्वंशो देवर्षिसत्कृतः ॥४४॥

क्षेमकं प्राप्य राजानं संस्थां प्राप्स्यति वै कलौ ।
अथ मागधराजानो भाविनो ये वदामि ते ॥४५॥

daṇḍapāṇir nimis tasya
kṣemako bhavitā yataḥ
brahma-kṣatrasya vai yonir
vaṁśo devarṣi-satkṛtaḥ

kṣemakaṁ prāpya rājānaṁ
saṁsthāṁ prāpsyati vai kalau
atha māgadha-rājāno
bhāvino ye vadāmi te

daṇḍapāṇiḥ－丹达帕尼 / nimiḥ－尼弥 / tasya－从他(玛黑纳茹阿) / kṣemakaḥ－名叫克舍玛卡的儿子 / bhavitā－将投生 / yataḥ－从(尼弥) / brahma-kṣatrasya－布茹阿玛纳和查锤亚的 / vai－事实上 / yoniḥ－源头 / vaṁśaḥ－王朝 / deva-ṛṣi-satkṛtaḥ－受到伟大圣洁之人和半神人的尊重 / kṣemakam－克舍玛卡王 / prāpya－到此为止 / rā-jānam－君主 / saṁsthām－他们的一个结局 / prāpsyati－将有 / vai－事实上 / kalau－在这个喀历年代中 / atha－那之后 / māgadha-rājā-naḥ－在玛嘎达王朝中的君王们 / bhāvinaḥ－未来 / ye－所有那些……的人 / vadāmi－我将解释 / te－向你

译文　玛黑纳茹阿的儿子将是丹达帕尼，丹达帕尼将生子尼弥，尼弥将是克舍玛卡王的父亲。到此为止，我给你介绍了月亮神的王朝，这王朝是布茹阿玛纳和查锤亚的来源，受到半神人和大圣人的崇拜。在这个喀历年代中，克舍玛卡将是最后的君主。现在，请听我给你介绍玛嘎达王朝的未来。

第46－48节

भविता सहदेवस्य मार्जारिर्यच्छ्रुतश्रवाः ।
ततो युतायुस्तस्यापि निरमित्रोऽथ तत्सुतः ॥४६॥

सुनक्षत्रः सुनक्षत्राद् बृहत्सेनोऽथ कर्मजित् ।
ततः सुतञ्जयाद्विप्रः शुचिस्तस्य भविष्यति ॥४७॥

क्षेमोऽथ सुव्रतस्तस्माद्धर्मसूत्रः समस्ततः ।
द्युमत्सेनोऽथ सुमतिः सुबलो जनिता ततः ॥४८॥

bhavitā sahadevasya
　mārjārir yac chrutaśravāḥ
tato yutāyus tasyāpi
　niramitro ’tha tat-sutaḥ

sunakṣatraḥ sunakṣatrād
　bṛhatseno 'tha karmajit
tataḥ sutañjayād vipraḥ
　śucis tasya bhaviṣyati

kṣemo 'tha suvratas tasmād
　dharmasūtraḥ samas tataḥ
dyumatseno 'tha sumatiḥ
　subalo janitā tataḥ

bhavitā—将投生 / sahadevasya—萨哈戴瓦的儿子 / mārjāriḥ—玛尔佳瑞 / yat—他的儿子 / śrutaśravāḥ—施茹塔刷瓦 / tataḥ—从他 / yutāyuḥ—尤塔佑 / tasya—他的儿子 / api—也 / niramitraḥ—尼茹阿弥陀 / atha—那之后 / tat-sutaḥ—他儿子 / sunakṣatraḥ—苏纳查陀 / sunakṣatrāt—从苏纳查陀 / bṛhatsenaḥ—毕尔哈特森纳 / atha—从他 / karmajit—卡尔玛吉特 / tataḥ—从他 / sutañjayāt—从苏坦佳亚 / vipraḥ—维帕 / śuciḥ—名叫舒祺的儿子 / tasya—从他 / bhaviṣyati—将投生 / kṣemaḥ—名叫克舍玛的儿子 / atha—那之后 / suvrataḥ—名叫苏瓦塔的儿子 / tasmāt—从他 / dharmasūtraḥ—达尔玛苏陀 / samaḥ—萨玛 / tataḥ—从他 / dyumatsenaḥ—丢玛特森纳 / atha—那之后 / sumatiḥ—苏玛提 / subalaḥ—苏巴拉 / janitā—将投生 / tataḥ—那之后

译文 佳尔桑达的儿子萨哈戴瓦，将有一个名叫玛尔佳瑞的儿子。玛尔佳瑞将生子施茹塔刷瓦，施茹塔刷瓦将成为尤塔佑的父亲，尤塔佑的儿子将是尼茹阿弥陀。尼茹阿弥陀将生子苏纳查陀，苏纳查陀将是毕尔哈特森纳的父亲，毕尔哈特森纳的儿子将是卡尔玛吉特。卡尔玛吉特将有个儿子名叫苏坦佳亚，苏坦佳亚的儿子将是维帕，维帕将是舒祺的父亲。舒祺将生子克舍玛，克舍玛将是苏瓦塔的父亲，苏瓦塔的儿子将是达尔玛苏陀。达尔玛苏陀将生子萨玛，萨玛的儿子将是丢玛特森纳。丢玛特森纳将是苏玛提的父亲，苏玛提将生子苏巴拉。

第 49 节

सुनीथः सत्यजिदथ विश्वजिद्यद्रिपुञ्जयः ।
बार्हद्रथाश्च भूपाला भाव्याः साहस्रवत्सरम् ॥४९॥

sunīthaḥ satyajid atha
viśvajid yad ripuñjayaḥ
bārhadrathāś ca bhūpālā
bhāvyāḥ sāhasra-vatsaram

sunīthaḥ—苏尼塔将来自苏巴拉 / satyajit—萨提亚吉特 / atha—从他 / viśvajit—从维施瓦吉特 / yat—从……人 / ripuñjayaḥ—瑞彭佳亚 / bārhadrathāḥ—都在毕尔哈铎塔土朝中 / ca—也 / bhūpālāḥ—所有那些君王 / bhāvyāḥ—将投生 / sāhasra-vatsaram—延续一千年

译文　苏巴拉的儿子将是苏尼塔，苏尼塔将生子萨提亚吉特；萨提亚吉特将是维施瓦吉特的父亲，维施瓦吉特将生子瑞彭佳亚。所有这些人物都将属于毕尔哈铎塔王朝，而这个王朝将统治世界一千年。

要旨　这是一个始于佳尔桑达并延续一千年的君主政体传承，上述是这王朝中君王的名单。

到此为止，结束了巴克提韦丹塔对《圣典博伽瓦谭》第9篇的第22章——“阿佳弥达的后代”所作的阐释。

第二十三章

雅亚提儿子的王朝

这一章介绍了阿努(Anu)、杜茹尤(Druhyu)、图尔瓦苏(Turvasu)和雅杜(Yadu)的王朝，并讲了佳玛嘎(Jyāmagha)的故事。

雅亚提(Yayāti)的第四个儿子阿努有三个儿子，他们分别是萨巴纳茹阿(Sabhānara)、查克舒(Cakṣu)和帕瑞施努(Pareṣṇu)。在这三个儿子中，萨巴纳茹阿的子孙后代依次是，卡拉纳茹阿(Kālanara)、逊佳亚(Sṛñjaya)、佳纳梅佳亚(Janamejaya)、玛哈沙拉(Mahāśāla)和玛哈玛纳(Mahāmanā)。玛哈玛纳有乌希纳尔(Uśīnara)和提缇克舒(Titikṣu)两个儿子。乌希纳尔生了四个儿子，他们分别是希比(Śibi)、瓦茹阿(Vara)、奎弥(Kṛmi)和达克沙(Dakṣa)。希比也生了四个儿子，分别是维沙达尔巴(Vṛṣādarbha)、苏迪茹阿(Sudhīra)、玛铎(Madra)和凯卡亚(Kekaya)。提缇克舒的儿子是茹沙铎塔(Ruṣadratha)，茹沙铎塔生子侯玛(Homa)，侯玛的儿子是苏塔帕(Sutapā)，苏塔帕生了巴利(Bali)。这个王朝就这样延续下去。巴利的妻子借由迪尔嘎塔玛(Dīrghatamā)授予的精子，怀孕生下安嘎(Aṅga)、万嘎(Vaṅga)、卡霖嘎(Kaliṅga)、苏赫玛(Suhma)、彭铎(Puṇḍra)和欧铎(Oḍra)。他们都当了君王。

安嘎生子卡拉帕纳(Khalapāna)，卡拉帕纳王朝的子孙后代依次是迪维茹阿塔(Diviratha)、达尔玛茹阿塔(Dharmaratha)和又被称为柔玛帕达(Romapāda)的达尔玛茹阿塔(Citraratha)。柔玛帕达没有后代，他的朋友达沙茹阿塔王(Mahārāja Daśaratha)因此将自己的女儿商塔(Śāntā)过继给他。柔玛帕达将商塔视为亲生女，伟大的圣人瑞夏舜嘎(Ṛṣyaśṛṅga)娶了她。凭借瑞夏舜嘎的仁慈，柔玛帕达生了个儿子查图冉嘎(Caturaṅga)，查图冉嘎的儿子是普瑞图拉克沙(Pṛthulākṣa)。普瑞图拉克沙有三个儿子，他们分别是毕尔哈铎塔(Bṛhadratha)、毕尔哈特卡尔玛(Bṛhatkarmā)和毕尔哈德巴努(Bṛhadbhānu)。毕尔哈铎塔的儿子是毕尔汉玛纳(Bṛhadmanā)。毕尔汉玛纳的子子孙孙依次是：佳亚铎塔(Jayadratha)、维佳亚(Vijaya)、兑提(Dhṛti)、兑塔瓦塔(Dhṛtavrata)、萨特卡尔玛(Satkarmā)和阿迪茹阿塔(Adhiratha)。阿迪茹阿塔将琨缇(Kuntī)遗弃的孩子卡尔纳(Karṇa)当做亲生子抚养，卡尔纳的儿子是维沙森纳(Vṛṣasena)。

雅亚提的第三个儿子杜茹尤生子巴布茹(Babhru)，巴布茹的子孙依次是：瑟图(Setu)、阿茹阿达(Ārabdha)、纲达茹阿(Gāndhāra)、达尔玛(Dharma)、兑塔(Dhṛta)、杜尔玛达(Durmada)和帕柴塔(Pracetā)。

雅亚提的第二个儿子是图尔瓦苏(Turvasu)。图尔瓦苏的儿子瓦尼(Vahni)所生育的子孙后代依次是：巴尔嘎(Bharga)、巴努曼(Bhānumān)、特瑞巴努(Tribhānu)、卡冉达玛(Karandhama)和玛茹塔(Maruta)。没孩子的玛茹塔收养属于普茹(Pūru)王朝的杜施曼塔(Duṣmanta)当儿子。杜施曼塔王焦急地渴望要回自己的王国，于是回到普茹王朝(Pūru-vaṁśa)。

雅杜(Yadu)有四个儿子，其中萨哈刷吉特(Sahasrajit)是长子。萨哈刷吉特的儿子名叫沙塔吉特(Śatajit)，沙塔吉特有三个儿子，其中一个是亥哈亚(Haihaya)。亥哈亚王朝的子孙后代依次是达尔玛(Dharma)、内陀(Netra)、琨提(Kunti)、索汉吉(Sohañji)、玛黑施曼(Mahiṣmān)、巴铎森纳(Bhadrasenaka)、达纳卡(Dhanaka)、奎塔维尔亚(Kṛtavīrya)、阿尔诸纳(Arjuna)、佳亚杜瓦佳(Jayadhvaja)、塔拉坚嘎(Tālajaṅgha)和维提厚陀(Vītihotra)。

维提厚陀的儿子名叫玛杜(Madhu)，玛杜的长子是维施尼(Vṛṣṇi)。雅杜、玛杜和维施尼分别传下了名叫雅德瓦(Yādava)、玛德瓦(Mādhava)和维施尼(Vṛṣṇi)的王朝。雅杜的另一个儿子名叫克柔施塔(Kroṣṭā)，克柔施塔的传人依次是维吉纳万(Vṛjinavān)、斯瓦黑塔

(Svāhita)、维沙德古(Viṣadgu)、祺陀茹阿塔(Citraratha)、沙纱宾杜(Śa-śabindu)、普瑞图刷瓦(Pṛthuśravā)、达尔玛(Dharma)、乌珊纳(Uśa-nā)和茹查卡(Rucaka)。茹查卡有五个儿子，其中一个名叫佳玛嘎(Jyāmagha)。佳玛嘎没儿子，但后来凭借半神人的恩典，他那不孕的妻子生下名叫维达尔巴的儿子(Vidarbha)。

第 1 节

श्रीशुक उवाच
अनोः सभानरश्चक्षुः परेष्णुश्च त्रयः सुताः ।
सभानरात्कालनरः सृञ्जयस्तत्सुतस्ततः ॥१॥

śrī-śuka uvāca
anoḥ sabhānaraś cakṣuḥ
pareṣṇuś ca trayaḥ sutāḥ
sabhānarāt kālanaraḥ
sṛñjayas tat-sutas tataḥ

śrī-śukaḥ uvāca—圣舒卡戴瓦·哥斯瓦米说 / anoḥ—雅亚提的四个儿子之一阿努的 / sabhānaraḥ—萨巴纳茹阿 / cakṣuḥ—查克舒 / pa-reṣṇuḥ—帕瑞施努 / ca—也 / trayaḥ—三个 / sutāḥ—儿子 / sabhāna-rāt—从萨巴纳茹阿 / kālanaraḥ—卡拉纳茹阿 / sṛñjayaḥ—逊佳亚 / tat-sutaḥ—卡拉纳茹阿的儿子 / tataḥ—那之后

译文 舒卡戴瓦·哥斯瓦米说：雅亚提的第四个儿子阿努有三个儿子，分别名叫萨巴纳茹阿、查克舒和帕瑞施努。君王啊！萨巴纳茹阿生子卡拉纳茹阿，卡拉纳茹阿的儿子是逊佳亚。

第 2 节

जनमेजयस्तस्य पुत्रो महाशालो महामनाः ।
उशीनरस्तितिक्षुश्च महामनस आत्मजौ ॥२॥

janamejayas tasya putro
mahāśālo mahāmanāḥ
uśīnaras titikṣuś ca
mahāmanasa ātmajau

janamejayaḥ－佳纳梅佳亚 / tasya－他(佳纳梅佳亚)的 / putraḥ－一个儿子 / mahāśālaḥ－玛哈沙拉 / mahāmanāḥ－(从玛哈沙拉)名叫玛哈玛纳的儿子 / uśīnaraḥ－乌希纳尔 / titikṣuḥ－提缇克舒 / ca－和 / mahāmanasaḥ－从玛哈玛纳 / ātmajau－两个儿子

译文 逊佳亚生的儿子名叫佳纳梅佳亚。佳亚梅佳亚生了玛哈沙拉。玛哈沙拉成为玛哈玛纳的父亲，而玛哈玛纳有两个儿子，分别是乌希纳尔和提缇克舒。

第3－4节

शिबिर्वरः कृमिर्दक्षश्चत्वारोशीनरात्मजाः ।
वृषादर्भः सुधीरश्च मद्रः केकय आत्मवान् ॥ ३ ॥

शिबेश्चत्वार एवासंस्तितिक्षोश्च रुषद्रथः ।
ततो होमोऽथ सुतपा बलिः सुतपसोऽभवत् ॥ ४ ॥

śibir varaḥ kṛmir dakṣaś
catvārośīnarātmajāḥ
vṛṣādarbhaḥ sudhīraś ca
madraḥ kekaya ātmavān

śibeś catvāra evāsaṁs
titikṣoś ca ruṣadrathaḥ
tato homo 'tha sutapā
baliḥ sutapaso 'bhavat

śibiḥ－希比 / varaḥ－瓦茹阿 / kṛmiḥ－奎弥 / dakṣaḥ－达克沙 / catvāraḥ－四个 / uśīnara-ātmajāḥ－乌希纳尔的儿子们 / vṛṣādarbhaḥ－维沙达尔巴 / sudhīraḥ ca－以及苏迪茹阿 / madraḥ－玛铎 / kekayaḥ－凯卡亚 / ātmavān－觉悟了自我 / śibeḥ－希比的 / catvāraḥ－四

个 / eva－事实上 / āsan－曾有 / titikṣoḥ－提缇克舒 / ca－也 / ruṣadrathaḥ－名叫茹沙铎塔的儿子 / tataḥ－从他(茹沙铎塔) / homaḥ－侯玛 / atha－从他(侯玛) / sutapāḥ－苏塔帕 / baliḥ－巴利 / sutapasaḥ－苏塔帕的 / abhavat－曾有

译文 乌希纳尔的四个儿子分别名叫希比、瓦茹阿、奎弥和达克沙。希比也生了四个儿子，分别是维沙达尔巴、苏迪茹阿、玛铎和觉悟了自我的灵魂凯卡亚。提缇克舒的儿子是茹沙铎塔。茹沙铎塔生子侯玛，侯玛的儿子是苏塔帕。苏塔帕是巴利的父亲。

第5节

अङ्गवङ्गकलिङ्गाद्याः सुह्मपुण्ड्रौड्रसंज्ञिताः ।
जज्ञिरे दीर्घतमसो बलेः क्षेत्रे महीक्षितः ॥ ५ ॥

aṅga-vaṅga-kaliṅgādyāḥ
suhma-puṇḍrauḍra-saṁjñitāḥ
jajñire dīrghatamaso
baleḥ kṣetre mahīkṣitaḥ

aṅga－安嘎 / vaṅga－万嘎 / kaliṅga－卡霖嘎 / ādyāḥ－以……为首 / suhma－苏赫玛 / puṇḍra－彭铎 / oḍra－欧铎 / saṁjñitāḥ－叫做 / jajñire－生了 / dīrghatamasaḥ－被迪尔嘎塔玛的精子 / baleḥ－巴利的 / kṣetre－在妻子体内 / mahī-kṣitaḥ－世界君王的

译文 世界帝王巴利的妻子，借由迪尔嘎塔玛授予的精子，生下当了君王的六个儿子，他们分别是：安嘎、万嘎、卡霖嘎、苏赫玛、彭铎和欧铎。

第6节

चक्रुः स्वनाम्ना विषयान् षडिमान् प्राच्यकांश्च ते ।
खलपानोऽङ्गतो जज्ञे तस्माद्दिविरथस्ततः ॥ ६ ॥

cakruḥ sva-nāmnā viṣayān
ṣaḍ imān prācyakāṁś ca te
khalapāno 'ṅgato jajñe
tasmād divirathas tataḥ

cakruḥ—他们创造了 / sva-nāmnā—被他们自己的名字 / viṣa-yān—不同的邦 / ṣaṭ—六个 / imān—所有这些 / prācyakān ca—在(印度的)东边 / te—那些(六个君王) / khalapānaḥ—卡拉帕纳 / aṅgataḥ—从安嘎王 / jajñe—投生 / tasmāt—从他(卡拉帕纳) / divirathaḥ—迪维茹阿塔 / tataḥ—那之后

译文 以安嘎为首的这六个儿子，后来分别成为印度东部六个邦的君王。这些邦都按照统治它们的君王被命名。安嘎生的儿子名叫卡拉帕纳，卡拉帕纳生子迪维茹阿塔。

第7—10节

सुतो धर्मरथो यस्य जज्ञे चित्ररथोऽप्रजाः ।
रोमपाद इति ख्यातस्तस्मै दशरथः सखा ॥ ७ ॥

शान्तां स्वकन्यां प्रायच्छदृष्यशृङ्ग उवाह याम् ।
देवेऽवर्षति यं रामा आनिन्युर्हरिणीसुतम् ॥ ८ ॥

नाट्यसङ्गीतवादित्रैर्विभ्रमालिङ्गनार्हणैः ।
स तु राज्ञोऽनपत्यस्य निरूप्येष्टिं मरुत्वते ॥ ९ ॥

प्रजामदाद्दशरथो येन लेभेऽप्रजाः प्रजाः ।
चतुरङ्गो रोमपादात्पृथुलाक्षस्तु तत्सुतः ॥१०॥

suto dharmaratho yasya
jajñe citraratho 'prajāḥ
romapāda iti khyātas
tasmai daśarathaḥ sakhā

śāntāṁ sva-kanyāṁ prāyacchad
ṛṣyaśṛṅga uvāha yām

deve 'varṣati yaṁ rāmā
  āninyur hariṇī-sutam

nāṭya-saṅgīta-vāditrair
  vibhramāliṅganārhaṇaiḥ
sa tu rājño 'napatyasya
  nirūpyeṣṭiṁ marutvate

prajām adād daśaratho
  yena lebhe 'prajāḥ prajāḥ
caturaṅgo romapādāt
  pṛthulākṣas tu tat-sutaḥ

sutaḥ—一个儿子 / dharmarathaḥ—达尔玛茹阿塔 / yasya—(迪维茹阿塔)的 / jajñe—被生下 / citrarathaḥ—祺陀茹阿塔 / aprajāḥ—没有任何儿子 / romapādaḥ—柔玛帕达 / iti—如此 / khyātaḥ—著名的 / tasmai—向他 / daśarathaḥ—达沙茹阿塔 / sakhā—朋友 / śāntām—商塔 / sva-kanyām—达沙茹阿塔自己的女儿 / prāyacchat—送给 / ṛṣya-śṛṅgaḥ—瑞夏舜嘎 / uvāha—结婚 / yām—向她(商塔) / deve—负责降雨的半神人 / avarṣati—没有倾注任何雨水 / yam—向(瑞夏舜嘎) / rāmāḥ—妓女 / āninyuḥ—带到 / hariṇī-sutam—那位鹿的儿子瑞夏舜嘎 / nāṭya-saṅgīta-vāditraiḥ—通过跳舞、歌唱和音乐演奏 / vibhrama—迷惑 / āliṅgana—通过拥抱 / arhaṇaiḥ—通过崇拜 / saḥ—他(瑞夏舜嘎) / tu—事实上 / rājñaḥ—从达沙茹阿塔王 / anapatyasya—没有子女的人 / nirūpya—建立后 / iṣṭim—一场祭祀 / marutvate—名叫玛茹特万的半神人的 / prajām—子女 / adāt—送出 / daśarathaḥ—达沙茹阿塔 / yena—被(作为祭祀的结果) / lebhe—达到 / aprajāḥ—虽然他没儿子 / prajāḥ—儿子们 / caturaṅgaḥ—查图冉嘎 / romapādāt—从祺陀茹阿塔 / pṛthulākṣaḥ—普瑞图拉克沙 / tu—事实上 / tat-sutaḥ—查图冉嘎的儿子

译文 迪维茹阿塔的儿子是达尔玛茹阿塔，达尔玛茹阿塔的儿子则是以柔玛帕达闻名于世的祺陀茹阿塔。但柔玛帕

达没有后代，他的朋友达沙茹阿塔王，因此将自己的女儿商塔过继给他。柔玛帕达将她视为己出，她后来嫁给了瑞夏舜嘎。当天堂星球的半神人不降雨时，一群富有魅力且擅长舞蹈和伴随音乐表演戏剧的艺妓，以拥抱并崇拜瑞夏舜嘎的方式，将他从森林中带出；他随后被指定为主持祭祀的祭司。瑞夏舜嘎一旦到来，天就开始降雨。那之后，瑞夏舜嘎代表没有子嗣的达沙茹阿塔王，主持了一场赐予儿子的祭祀。达萨茹阿特王后来有了儿子。凭借瑞夏舜嘎的仁慈，柔玛帕达生了查图冉嘎，查图冉嘎的儿子是普瑞图拉克沙。

第 11 节

बृहद्रथो बृहत्कर्मा बृहद्भानुश्च तत्सुताः ।
आद्याद् बृहन्मनास्तस्माज्जयद्रथ उदाहृतः ॥११॥

bṛhadratho bṛhatkarmā
bṛhadbhānuś ca tat-sutāḥ
ādyād bṛhanmanās tasmāj
jayadratha udāhṛtaḥ

bṛhadrathaḥ—毕尔哈铎塔 / bṛhatkarmā—毕尔哈特卡尔玛 / bṛhad-bhānuḥ—毕尔哈德巴努 / ca—也 / tat-sutāḥ—普瑞图拉克沙的儿子们 / ādyāt—从长子(毕尔哈铎塔) / bṛhanmanāḥ—毕尔汉玛纳被生下 / tasmāt—从他(毕尔汉玛纳) / jayadrathaḥ—名叫佳亚铎塔的儿子 / udāhṛtaḥ—以他的儿子著名

译文 普瑞图拉克沙生子毕尔哈铎塔、毕尔哈特卡尔玛和毕尔哈德巴努。长子毕尔哈铎塔的儿子是毕尔汉玛纳，毕尔汉玛纳生了佳亚铎塔。

第 12 节

विजयस्तस्य सम्भूत्यां ततो धृतिरजायत ।
ततो धृतव्रतस्तस्य सत्कर्माधिरथस्ततः ॥१२॥

vijayas tasya sambhūtyāṁ
tato dhṛtir ajāyata
tato dhṛtavratas tasya
satkarmādhirathas tataḥ

vijayaḥ—维佳亚 / tasya—他(佳亚铎塔)的 / sambhūtyām—在妻子体内 / tataḥ—那之后(从维佳亚) / dhṛtiḥ—兑提 / ajāyata—投生 / tataḥ—从他(兑提) / dhṛtavrataḥ—名叫兑塔瓦塔的儿子 / tasya—他(兑塔瓦塔)的 / satkarmā—萨特卡尔玛 / adhirathaḥ—阿迪茹阿塔 / tataḥ—从他(萨特卡尔玛)

译文　佳亚铎塔与他妻子桑布缇生了维佳亚，维佳亚生子兑提。兑提的儿子是兑塔瓦塔，兑塔瓦塔生了萨特卡尔玛，萨特卡尔玛的儿子名叫阿迪茹阿塔。

第 13 节

योऽसौ गङ्गातटे क्रीडन्मञ्जूषान्तर्गतं शिशुम् ।
कुन्त्यापविद्धं कानीनमनपत्योऽकरोत्सुतम् ॥१३॥

yo 'sau gaṅgā-taṭe krīḍan
mañjūṣāntargataṁ śiśum
kuntyāpaviddhaṁ kānīnam
anapatyo 'karot sutam

yaḥ asau—……的(阿迪茹阿塔) / gaṅgā-taṭe—在恒河岸边 / krīḍan—在游玩时 / mañjūṣa-antaḥgatam—塞在篮子里 / śiśum—一个婴儿被发现 / kuntyā apaviddham—这个婴儿被琨缇遗弃 / kānīnam—因为这婴儿在她未婚的少女时期被生下 / anapatyaḥ—这个阿迪茹阿塔因为没有儿子 / akarot—接受了婴儿 / sutam—作为他的儿子

译文　阿迪茹阿塔在恒河岸边游玩时，发现有个篮子里躺着个被包裹好的婴儿。这个婴儿是琨缇未婚生下并遗弃的孩子。阿迪茹阿塔因为没儿子，所以就将他视为亲生儿子抚养(这儿子后来被称为卡尔纳)。

第 14 节

वृषसेनः सुतस्तस्य कर्णस्य जगतीपते ।
द्रुह्योश्च तनयो बभ्रुः सेतुस्तस्यात्मजस्ततः ॥१४॥

vṛṣasenaḥ sutas tasya
karṇasya jagatīpate
druhyoś ca tanayo babhruḥ
setus tasyātmajas tataḥ

vṛṣasenaḥ—维沙森纳 / sutaḥ——个儿子 / tasya karṇasya—那位卡尔纳的 / jagatī pate—帕瑞克西特王啊 / druhyoḥ ca—雅亚提的第三个儿子杜茹尤 / tanayaḥ——个儿子 / babhruḥ—巴布茹 / setuḥ—瑟图 / tasya—他(巴布茹)的 / ātmajaḥ tataḥ—那之后一个儿子

译文 君王啊！卡尔纳唯一的儿子是维沙森纳。雅亚提的第三个儿子杜茹尤，生了个儿子巴布茹，巴布茹的儿子名叫瑟图。

第 15 节

आरब्धस्तस्य गान्धारस्तस्य धर्मस्ततो धृतः ।
धृतस्य दुर्मदस्तस्मात्प्रचेताः प्राचेतसः शतम् ॥१५॥

ārabdhas tasya gāndhāras
tasya dharmas tato dhṛtaḥ
dhṛtasya durmadas tasmāt
pracetāḥ prācetasaḥ śatam

ārabdhaḥ—阿茹阿达(是瑟图的儿子) / tasya—他(阿茹阿达)的 / gāndhāraḥ—名叫纲达茹阿的儿子 / tasya—他(纲达茹阿)的 / dharmaḥ—名叫达尔玛的儿子 / tataḥ—从他(达尔玛) / dhṛtaḥ—名叫兑塔的儿子 / dhṛtasya—兑塔的 / durmadaḥ—名叫杜尔玛达的儿子 / tasmāt—从他(杜尔玛达) / pracetāḥ—名叫帕柴塔的儿子 / prācetasaḥ—帕柴塔的 / śatam—有一百个儿子

译文　瑟图的儿子是阿茹阿达，阿茹阿达生子纲达茹阿，纲达茹阿的儿子名叫达尔玛。达尔玛生子兑塔，兑塔的儿子是杜尔玛达。杜尔玛达有个儿子名叫帕柴塔，帕柴塔生了一百个儿子。

第 16 节

म्लेच्छाधिपतयोऽभूवन्नुदीचीं दिशमाश्रिताः ।
तुर्वसोश्च सुतो वह्निर्वह्नेर्भर्गोऽथ भानुमान् ॥१६॥

mlecchādhipatayo ’bhūvann
udīcīṁ diśam āśritāḥ
turvasoś ca suto vahnir
vahner bhargo ’tha bhānumān

mleccha－名叫摩累查(没有韦达文明)的大地的 / adhipatayaḥ－君王们 / abhūvan－成为 / udīcīm－在北部 / diśam－方向 / āśritāḥ－接受为管辖区 / turvasoḥ ca－雅亚提王的第二个儿子图尔瓦苏的 / su-taḥ－儿子 / vahniḥ－瓦尼 / vahneḥ－瓦尼的 / bhargaḥ－名叫巴尔嘎的儿子 / atha－那之后他儿子 / bhānumān－巴努曼

译文　帕柴塔的儿子们占领没有韦达文明的北部，成为那里的君王。图尔瓦苏是雅亚提的第二个儿子。图尔瓦苏的儿子是瓦尼，瓦尼生子巴尔嘎，巴尔嘎的儿子名叫巴努曼。

第 17 节

त्रिभानुस्तत्सुतोऽस्यापि करन्धम उदारधीः ।
मरुतस्तत्सुतोऽपुत्रः पुत्रं पौरवमन्वभूत् ॥१७॥

tribhānus tat-suto ’syāpi
karandhama udāra-dhīḥ
marutas tat-suto ’putraḥ
putraṁ pauravam anvabhūt

tribhānuḥ一特瑞巴努 / tat-sutaḥ一巴努曼的儿子 / asya一他(特瑞巴努)的 / api一也 / karandhamaḥ一卡冉达玛 / udāra-dhīḥ一慷慨大度的人 / marutaḥ一玛茹塔 / tat-sutaḥ一卡冉达玛的儿子 / aputraḥ一因为没有子女 / putram一当他的儿子 / pauravam一普茹王朝的一个儿子——杜施曼塔王 / anvabhūt一收养了

译文 巴努曼的儿子是特瑞巴努，特瑞巴努生了慷慨大度的卡冉达玛。卡冉达玛的儿子名叫玛茹塔，玛茹塔没儿子，因此收养了普茹王朝的一个儿子(杜施曼塔王)，将他视为己出。

第18—19节

दुष्मन्तः स पुनर्भेजे स्ववंशं राज्यकामुकः ।
ययातेर्ज्येष्ठपुत्रस्य यदोर्वंशं नरर्षभ ॥१८॥

वर्णयामि महापुण्यं सर्वपापहरं नृणाम् ।
यदोर्वंशं नरः श्रुत्वा सर्वपापैः प्रमुच्यते ॥१९॥

duṣmantaḥ sa punar bheje
sva-vaṁśaṁ rājya-kāmukaḥ
yayāter jyeṣṭha-putrasya
yador vaṁśaṁ nararṣabha

varṇayāmi mahā-puṇyaṁ
sarva-pāpa-haraṁ nṛṇām
yador vaṁśaṁ naraḥ śrutvā
sarva-pāpaiḥ pramucyate

duṣmantaḥ一杜施曼塔王 / saḥ一他 / punaḥ bheje一再次接受 / sva-vaṁśam一他原本的王朝(普茹王朝) / rājya-kāmukaḥ一因为想要王权 / yayāteḥ一雅亚提王的 / jyeṣṭha-putrasya一第一个儿子雅杜 / yadoḥ vaṁśam一雅杜王朝 / nara-ṛṣabha一最优秀的人，帕瑞克西特王啊 / varṇayāmi一我将描述 / mahā-puṇyam一极其虔诚的 / sarva-pāpa-haram一克服罪恶活动的反应 / nṛṇām一人类社会的 / yadoḥ vaṁśam－雅杜王朝的描述 / naraḥ－任何人 / śrutvā－仅仅靠聆听 / sarva-pāpaiḥ－从所有罪恶活动的反应 / pramucyate－被释放

译文　杜施曼塔王想要坐上王位，所以尽管已接受玛茹塔为自己的父亲，还是回到他出生其中的王朝(普茹王朝)。帕瑞克西特王啊！我现在要来描述雅亚提王的长子雅杜的王朝。这种描述无比虔诚，可以克服人类社会罪恶活动的反应。仅仅靠聆听这描述，人就能摆脱一切恶报。

第 20－21 节

यत्रावतीर्णो भगवान् परमात्मा नराकृतिः ।
यदोः सहस्रजित्क्रोष्टा नलो रिपुरिति श्रुताः ॥२०॥

चत्वारः सूनवस्तत्र शतजित्प्रथमात्मजः ।
महाहयो रेणुहयो हैहयश्चेति तत्सुताः ॥२१॥

yatrāvatīrṇo bhagavān
paramātmā narākṛtiḥ
yadoḥ sahasrajit kroṣṭā
nalo ripur iti śrutāḥ

catvāraḥ sūnavas tatra
śatajit prathamātmajaḥ
mahāhayo reṇuhayo
haihayaś ceti tat-sutāḥ

yatra－在那王朝中 / avatīrṇaḥ－降临 / bhagavān－至尊人格首神奎师那 / paramātmā－祂是众生的超灵 / nara-ākṛtiḥ－一个人，完全像个人 / yadoḥ－雅杜的 / sahasrajit－萨哈刷吉特 / kroṣṭā－克柔施塔 / nalaḥ－纳拉 / ripuḥ－瑞普 / iti śrutāḥ－他们以……闻名 / catvā-raḥ－四个 / sūnavaḥ－儿子 / tatra－在那里 / śatajit－沙塔吉特 / pra-thama-ātmajaḥ－第一个儿子的 / mahāhayaḥ－玛哈亥亚 / reṇuhayaḥ－瑞努亥亚 / haihayaḥ－亥哈亚 / ca－和 / iti－如此 / tat-sutāḥ－他(沙塔吉特)的儿子们

译文 至尊人格首神奎师那——众生心中的超灵，以祂原本的人的形象降临雅杜王朝。雅杜有四个儿子，分别名叫萨哈刷吉特、克柔施塔、纳拉和瑞普。在这四个儿子中，长子萨哈刷吉特有个名叫沙塔吉特的儿子，沙塔吉特有三个儿子，分别名叫玛哈亥亚、瑞努亥亚和亥哈亚。

要旨 《圣典博伽瓦谭》(Śrīmad-Bhāgavatam)第1篇第2章的第11节诗证实说：

vadanti tat tattva-vidas
tattvaṁ yaj jñānam advayam
brahmeti paramātmeti
bhagavān iti śabdyate

“博学的超然主义者了解绝对真理，把这没有相对性的实体称为梵(布茹阿曼)、超灵(帕茹阿玛特玛)或人格首神(巴嘎万)。”大多数超然主义者只了解不具人格特征的梵(Brahman)或处在局部区域的超灵(Paramātmā)，因为人格首神很难了解。正如《博伽梵歌》第7章的第3节诗记载，至尊主说：

manuṣyāṇāṁ sahasreṣu
kaścid yatati siddhaye
yatatām api siddhānāṁ
kaścin māṁ vetti tattvataḥ

“在千万人中，也许只有一个人力求达到完美，而在达到完美的人中，很难有一个人真正了解我。”瑜伽师(yogī)和知识思辨者(jñānī)，也就是神秘瑜伽师和非人格神主义者，虽然对自我有所了解，超越普通人，能了解绝对真理的非人格方面及在局部区域的展示，但却无法理解至尊绝对真理怎么能是一个人。因此，据说在许多已经认识到绝对真理的灵魂(siddha)中，也许只有一个能了解完全就像一个人的奎师那(narākṛti)。奎师那本人在展示了宇宙形象(virāṭ-rūpa)后，解释了祂的人的形象。那宇宙形象并非至尊主的原本形象；至尊主的原本形象是，有两只手臂并吹笛子的美丽形象(yaṁ śyāmasundaram acintya-guṇa-svarūpam)。至尊主的形象是对祂不可思议特质的证明。尽管至尊主在祂的呼吸间维系着数不胜数的宇宙，但祂的形象却恰似人的形象。然而，那并不意味着祂是人类。这是祂的原本形象，可由于祂看上去像个人，那些缺乏知识的人就认为祂是普通人。至尊主说：

avajānanti māṁ mūḍhā
　mānuṣīṁ tanum āśritam
paraṁ bhāvam ajānanto
　mama bhūta-maheśvaram

“当我以人的形象降临时，愚蠢的人轻视我。他们不知道我作为万事万物的至尊主所具有的超然性。”(《博伽梵歌》9.11)至尊主凭祂的超然本性，既以无所不在的超灵形式生活在众生心中，同时看上去就像一个人类。假象宗(Māyāvāda)哲学说，至尊主原本是不具人格特征的，但当祂降临时，祂呈现人的形象和许多其他的形象。然而事实是，祂原本的形象是人形，不具人格特征的梵由祂身体的光芒构成(yasya prabhā prabhavato jagad-aṇḍa-koṭi)。

第22节

धर्मस्तु हैहयसुतो नेत्रः कुन्तेः पिता ततः ।
सोहञ्जिरभवत्कुन्तेर्महिष्मान् भद्रसेनकः ॥२२॥

dharmas tu haihaya-suto
　netraḥ kunteḥ pitā tataḥ
sohañjir abhavat kunter
　mahiṣmān bhadrasenakaḥ

dharmaḥ tu—但是达尔玛 / haihaya-sutaḥ—成为亥哈亚的儿子 / netraḥ—内陀 / kunteḥ—琨提的 / pitā—父亲 / tataḥ—从他(达尔玛) /

sohañjiḥ－索汉吉 / abhavat－成为 / kunteḥ－琨提的儿子 / mahiṣmān－玛黑施曼 / bhadrasenakaḥ－巴铎森纳

译文 亥哈亚的儿子是达尔玛，达尔玛生子内陀，内陀是琨提的父亲。琨提的儿子名叫索汉吉，索汉吉生子玛黑施曼，玛黑施曼的儿子是巴铎森纳。

第 23 节

दुर्मदो भद्रसेनस्य धनकः कृतवीर्यसूः ।
कृताग्निः कृतवर्मा च कृतौजा धनकात्मजाः ॥२३॥

durmado bhadrasenasya
dhanakaḥ kṛtavīryasūḥ
kṛtāgniḥ kṛtavarmā ca
kṛtaujā dhanakātmajāḥ

durmadaḥ－杜尔玛达 / bhadrasenasya－巴铎森纳的 / dhanakaḥ－达纳卡 / kṛtavīrya-sūḥ－生了奎塔维尔亚 / kṛtāgniḥ－名叫奎塔格尼 / kṛtavarmā－奎塔瓦尔玛 / ca－也 / kṛtaujāḥ－奎涛佳 / dhanaka-ātma-jāḥ－达纳卡的儿子们

译文 巴铎森纳生了杜尔玛达和达纳卡。达纳卡是奎塔维尔亚、奎塔格尼、奎塔瓦尔玛和奎涛佳的父亲。

第 24 节

अर्जुनः कृतवीर्यस्य सप्तद्वीपेश्वरोऽभवत् ।
दत्तात्रेयाद्धरेरंशात्प्राप्तयोगमहागुणः ॥२४॥

arjunaḥ kṛtavīryasya
sapta-dvīpeśvaro 'bhavat
dattātreyād dharer aṁśāt
prāpta-yoga-mahāguṇaḥ

arjunaḥ—阿尔诸纳 / kṛtavīryasya—奎塔维尔亚的 / sapta-dvīpa—七个岛(整个世界)的 / īśvaraḥ abhavat—成为帝王 / dattātreyāt—从达塔垂亚 / hareḥ aṁśāt—从作为至尊人格首神之化身的他 / prāpta—得到 / yoga-mahāguṇaḥ—神秘力量的品质

译文　奎塔维尔亚的儿子名叫阿尔诸纳。他(卡尔塔维尔亚尔诸纳)成为由七个岛构成的整个世界的帝王，并从至尊人格首神的化身达塔垂亚那里得到神秘力量。这使他具有了八种瑜伽神通。

第25节

न नूनं कार्तवीर्यस्य गतिं यास्यन्ति पार्थिवाः ।
यज्ञदानतपोयोगैः श्रुतवीर्यदयादिभिः ॥२५॥

na nūnaṁ kārtavīryasya
gatiṁ yāsyanti pārthivāḥ
yajña-dāna-tapo-yogaiḥ
śruta-vīrya-dayādibhiḥ

na—不 / nūnam—事实上 / kārtavīryasya—帝王卡尔塔维尔亚的 / gatim—活动 / yāsyanti—能明白或达到 / pārthivāḥ—地球上的每一个人 / yajña—祭祀 / dāna—布施 / tapaḥ—苦修 / yogaiḥ—神秘力量 / śruta—教育 / vīrya—力量 / dayā—仁慈 / ādibhiḥ—靠所有这些品质

译文　在这世上，就祭祀、布施、苦修、神秘力量、教育、力量或仁慈而言，没人能与卡尔塔维尔亚尔诸纳相比。

第26节

पञ्चाशीति सहस्राणि ह्यव्याहतबलः समाः ।
अनष्टवित्तस्मरणो बुभुजेऽक्षय्यषड्वसु ॥२६॥

pañcāśīti sahasrāṇi
hy avyāhata-balaḥ samāḥ
anaṣṭa-vitta-smaraṇo
bubhuje 'kṣayya-ṣaḍ-vasu

pañcāśīti－八十五 / sahasrāṇi－数千 / hi－事实上 / avyāhata－无穷无尽的 / balaḥ－……人的力量 / samāḥ－多年 / anaṣṭa－不退化 / vitta－物质财富 / smaraṇaḥ－和记忆力 / bubhuje－享受 / akṣayya－不退化 / ṣaṭ-vasu－六种可享受的物质财富

译文 卡尔塔维尔亚尔诸纳用他始终充沛的精力和毫不减损的记忆力，持续享受物质财富达八万五千年之久。换句话说，他用他的六个感官享受无穷无尽的物质财富。

第27节

तस्य पुत्रसहस्रेषु पञ्चैवोर्वरिता मृधे ।
जयध्वजः शूरसेनो वृषभो मधुरूर्जितः ॥२७॥

tasya putra-sahasreṣu
pañcaivorvaritā mṛdhe
jayadhvajaḥ śūraseno
vṛṣabho madhur ūrjitaḥ

tasya－他(卡尔塔维尔亚尔诸纳)的 / putra-sahasreṣu－在一千个儿子中 / pañca－五个 / eva－只有 / urvaritāḥ－活下来 / mṛdhe－在一场(与帕茹阿舒茹阿玛的)战斗中 / jayadhvajaḥ－佳亚杜瓦佳 / śūra-senaḥ－舒茹阿森纳 / vṛṣabhaḥ－维沙巴 / madhuḥ－玛杜 / ūrjitaḥ－乌尔吉特

译文 在与帕茹阿舒茹阿玛作战后，卡尔塔维尔亚尔诸纳的一千个儿子，只有五个活了下来。他们分别是：佳亚杜瓦佳、舒茹阿森纳、维沙巴、玛杜和乌尔吉特。

第 28 节

जयध्वजात्तालजङ्घस्तस्य पुत्रशतं त्वभूत् ।
क्षत्रं यत्तालजङ्घाख्यमौर्वतेजोपसंहृतम् ॥२८॥

jayadhvajāt tālajaṅghas
tasya putra-śataṁ tv abhūt
kṣatraṁ yat tālajaṅghākhyam
aurva-tejopasaṁhṛtam

jayadhvajāt－佳亚杜瓦佳 / tālajaṅghaḥ－名叫塔拉坚嘎的儿子 / tasya－他(塔拉坚嘎)的 / putra-śatam－一百个儿子 / tu－事实上 / abhūt－被生下 / kṣatram－一个查锤亚王朝 / yat－……的 / tālajaṅgha-ākhyam－被称为塔拉坚嘎们 / aurva-tejaḥ－因为十分强大有力 / upasaṁhṛtam－被萨嘎茹阿王杀死

译文　佳亚杜瓦佳名叫塔拉坚嘎的儿子生了一百个儿子。那个王朝的全体查锤亚被统称为塔拉坚嘎；他们都被萨嘎茹阿王从奥尔瓦圣人那儿得到的强大力量所消灭。

第 29 节

तेषां ज्येष्ठो वीतिहोत्रो वृष्णिः पुत्रो मधोः स्मृतः ।
तस्य पुत्रशतं त्वासीद् वृष्णिज्येष्ठं यतः कुलम् ॥२९॥

teṣāṁ jyeṣṭho vītihotro
vṛṣṇiḥ putro madhoḥ smṛtaḥ
tasya putra-śataṁ tv āsīd
vṛṣṇi-jyeṣṭhaṁ yataḥ kulam

teṣām－他们全体的 / jyeṣṭhaḥ－长子 / vītihotraḥ－名叫维提厚陀的儿子 / vṛṣṇiḥ－维施尼 / putraḥ－儿子 / madhoḥ－玛杜的 / smṛtaḥ－著名的 / tasya－他(维施尼)的 / putra-śatam－一百个儿子 / tu－事实上 / āsīt－有 / vṛṣṇi－维施尼 / jyeṣṭham－最年长 / yataḥ－从他 / kulam－王朝

译文　在塔拉坚嘎的儿子中，维提厚陀是长子。维提厚陀的儿子玛杜，有一个著名的儿子名叫维施尼。玛杜有一百个儿子，其中维施尼是长子。名叫雅德瓦、玛德瓦和维施尼的王朝，就来源于雅杜、玛杜和维施尼。

第30－31节

माधवा वृष्णयो राजन् यादवाश्चेति संज्ञिताः ।
यदुपुत्रस्य च क्रोष्टोः पुत्रो वृजिनवांस्ततः ॥३०॥

स्वाहितोऽतो विषद्गुर्वै तस्य चित्ररथस्ततः ।
शशबिन्दुर्महायोगी महाभागो महानभूत् ।
चतुर्दशमहारत्नश्चक्रवर्त्यपराजितः ॥३१॥

mādhavā vṛṣṇayo rājan
　yādavāś ceti saṁjñitāḥ
yadu-putrasya ca kroṣṭoḥ
　putro vṛjinavāṁs tataḥ

svāhito 'to viṣadgur vai
　tasya citrarathas tataḥ
śaśabindur mahā-yogī
　mahā-bhāgo mahān abhūt
caturdaśa-mahāratnaś
　cakravarty aparājitaḥ

mādhavāḥ－始于玛杜的王朝 / vṛṣṇayaḥ－始于维施尼的王朝 / rājan－君王(帕瑞克西特王)啊 / yādavāḥ－始于雅杜的王朝 / ca－和 / iti－如此 / saṁjñitāḥ－因为那些人的名字而被称为 / yadu-putrasya－雅杜的儿子的 / ca－也 / kroṣṭoḥ－克柔施塔 / putraḥ－儿子 / vṛjinavān－他名叫维吉纳万 / tataḥ－从他(维吉纳万) / svāhitaḥ－斯瓦黑塔 / ataḥ－那之后 / viṣadguḥ－名叫维沙德古的儿子 / vai－事实上 / tasya－他的 / citrarathaḥ－祺陀茹阿塔 / tataḥ－从他 / śaśabinduḥ－沙纱宾杜 / mahā-yogī－一位伟大的神秘主义者 / mahā-bhāgaḥ－最幸运的 / mahān－一位伟大的人物 / abhūt－他成为 / caturdaśa-mahāratnaḥ－十四种非凡的财富 / cakravartī－他作为帝王拥有 / aparājitaḥ－不被任何人打败

译文 帕瑞克西特王啊！由于雅杜、玛杜和维施尼各自开创了一个王朝，他们的王朝被称为雅德瓦、玛德瓦和维施尼王朝。雅杜名叫克柔施塔的儿子生了名叫维吉纳万的儿子。维吉纳万的儿子是斯瓦黑塔，斯瓦黑塔生子维沙德古。维沙德古的儿子名叫祺陀茹阿塔，祺陀茹阿塔的儿子是沙纱宾杜。作为一名伟大的神秘主义者，沙纱宾杜极其幸运地拥有十四种财富，是十四种非凡珍宝的拥有者。他因此而成为世界帝王。

要旨 《玛尔康戴亚往世书》(Mārkaṇḍeya Purāṇa)中描述十四种非凡的珍宝是：(1)大象，(2)马匹，(3)战车，(4)妻子，(5)箭，(6)财宝库，(7)花环，(8)华贵的服装，(9)树木，(10)长矛，(11)套索，(12)珠宝，(13)华盖，(14)规范原则。要当帝王，人必须拥有所有这十四种财富。沙纱宾杜拥有全部这些财富。

第32节

तस्य पत्नीसहस्राणां दशानां सुमहायशाः ।
दशलक्षसहस्राणि पुत्राणां तास्वजीजनत् ॥३२॥

tasya patnī-sahasrāṇāṁ
daśānāṁ sumahā-yaśāḥ
daśa-lakṣa-sahasrāṇi
putrāṇāṁ tāsv ajījanat

tasya－沙纱宾杜的 / patnī－妻子们 / sahasrāṇām－数千的 / daśā-nām－十 / su-mahā-yaśāḥ－极其出名 / daśa－十 / lakṣa－十万 / sahasrāṇi－数千 / putrāṇām－儿子们的 / tāsu－她们之中 / ajījanat－他生了

译文 沙纱宾杜有一万个妻子，每个妻子都替他生了十万个儿子。因此，他一共有十亿个儿子。

第 33 节

तेषां तु षट् प्रधानानां पृथुश्रवस आत्मजः ।
धर्मो नामोशना तस्य हयमेधशतस्य याट् ॥३३॥

teṣāṁ tu ṣaṭ pradhānānāṁ
pṛthuśravasa ātmajaḥ
dharmo nāmośanā tasya
hayamedha-śatasya yāṭ

teṣām—在那么多儿子中 / tu—但 / ṣaṭ pradhānānām—六个最著名的儿子的 / pṛthuśravasaḥ—普瑞图刷瓦的 / ātmajaḥ—儿子 / dharmaḥ—达尔玛 / nāma—名叫 / uśanā—乌珊纳 / tasya—他的 / hayame-dha-śatasya—一百场马祭 / yāṭ—他是举行者

译文 在这众多的儿子中，有普瑞图刷瓦和普瑞图克依尔提等六个儿子最著名。普瑞图刷瓦的儿子名叫达尔玛，达尔玛生子乌珊纳。乌珊纳举行了一百场马祭。

第 34 节

तत्सुतो रुचकस्तस्य पञ्चासन्नात्मजाः शृणु ।
पुरुजिद्रुक्मरुक्मेषुपृथुज्यामघसंज्ञिताः ॥३४॥

tat-suto rucakas tasya
pañcāsann ātmajāḥ śṛṇu
purujid-rukma-rukmeṣu-
pṛthu-jyāmagha-saṁjñitāḥ

tat-sutaḥ—乌珊纳的儿子 / rucakaḥ—茹查卡 / tasya—他的 / pañ-ca—五个 / āsan—有 / ātmajāḥ—儿子们 / śṛṇu—请听(他们的名字) / purujit—普茹吉特 / rukma—茹克玛 / rukmeṣu—茹克梅舒 / pṛthu—普瑞图 / jyāmagha—佳玛嘎 / saṁjñitāḥ—这五个儿子名叫

译文　乌珊纳的儿子是茹查卡，茹查卡有五个儿子，分别名叫普茹吉特、茹克玛、茹克梅舒、普瑞图和佳玛嘎。请听我介绍这些儿子。

第 35－36 节

ज्यामघस्त्वप्रजोऽप्यन्यां भार्यां शैब्यापतिर्भयात् ।
नाविन्दच्छत्रुभवनाद्भोज्यां कन्यामहारषीत् ।
रथस्थां तां निरीक्ष्याह शैब्या पतिममर्षिता ॥३५॥

केयं कुहक मत्स्थानं रथमारोपितेति वै ।
स्नुषा तवेत्यभिहिते स्मयन्ती पतिमब्रवीत् ॥३६॥

jyāmaghas tv aprajo 'py anyāṁ
bhāryāṁ śaibyā-patir bhayāt
nāvindac chatru-bhavanād
bhojyāṁ kanyām ahāraṣīt
ratha-sthāṁ tāṁ nirīkṣyāha
śaibyā patim amarṣitā

keyaṁ kuhaka mat-sthānaṁ
ratham āropiteti vai
snuṣā tavety abhihite
smayantī patim abravīt

jyāmaghaḥ－佳玛嘎王 / tu－事实上 / aprajaḥ api－虽然没有子女 / anyām－另一个 / bhāryām－妻子 / śaibyā-patiḥ－因为他是晒碧雅的丈夫 / bhayāt－出于恐惧 / na avindat－不接受 / śatru-bhavanāt－从敌人的阵营 / bhojyām－供享乐用的女子 / kanyām－少女 / ahāraṣīt－带回 / ratha-sthām－坐在战车上的人 / tām－她 / nirīkṣya－看到 / āha－说 / śaibyā－佳玛嘎的妻子晒碧雅 / patim－对她丈夫 / amarṣitā－因为十分生气 / kā iyam－这是谁 / kuhaka－你这骗子 / mat-sthānam－我的地方 / ratham－在战车上 / āropitā－被允许坐 / iti－如此 / vai－事实上 / snuṣā－儿媳妇 / tava－你的 / iti－如此 /

abhihite－被告知 / smayantī－微笑地 / patim－对她丈夫 / abravīt－说

译文 佳玛嘎没有儿子，但因为怕他妻子晒碧雅，所以没再娶妻。佳玛嘎有一次从敌对王朝中带回一个供享乐用的少女，晒碧雅看到后十分气愤，对她丈夫说："我的丈夫，你这骗子，这个坐在战车上我的座位上的少女是谁？"佳玛嘎回答道："这少女将是你的儿媳妇。"听了这句玩笑，晒碧雅微笑作答。

第 37 节

अहं बन्ध्यासपत्नी च स्नुषा मे युज्यते कथम् ।
जनयिष्यसि यं राज्ञि तस्येयमुपयुज्यते ॥३७॥

ahaṁ bandhyāsapatnī ca
snuṣā me yujyate katham
janayiṣyasi yaṁ rājñi
tasyeyam upayujyate

aham－我是 / bandhyā－不生育的 / asa-patnī－你没有其他的妻子 / ca－也 / snuṣā－儿媳妇 / me－我的 / yujyate－能是 / katham－怎么 / janayiṣyasi－你将生下 / yam－……的儿子 / rājñi－我亲爱的王后啊 / tasya－从他 / iyam－这少女 / upayujyate－将十分适合

译文 晒碧雅说："我不生育，你也没有其他妻子。这姑娘怎么能是我的儿媳妇呢？请告诉我。"佳玛嘎回答道："我亲爱的王后，我要看到你确实有个儿子，而这少女将是你的儿媳妇。"

第 38 节

अन्वमोदन्त तद्विश्वेदेवाः पितर एव च ।
शैब्या गर्भमधात्काले कुमारं सुषुवे शुभम् ।
स विदर्भ इति प्रोक्त उपयेमे स्नुषां सतीम् ॥३८॥

anvamodanta tad viśve-
devāḥ pitara eva ca
śaibyā garbham adhāt kāle
kumāraṁ suṣuve śubham
sa vidarbha iti prokta
upayeme snuṣāṁ satīm

anvamodanta—接受 / tat—那生个儿子的预言 / viśvedevāḥ—维施维戴瓦半神人 / pitaraḥ—祖先们 / eva—事实上 / ca—也 / śaibyā—佳玛嘎的妻子 / garbham—怀孕 / adhāt—怀(胎) / kāle—在适当的时间 / kumāram——个儿子 / suṣuve—生下 / śubham—十分吉祥的 / saḥ—那儿子 / vidarbhaḥ—维达尔巴 / iti—如此 / proktaḥ—闻名 / upayeme—后来娶了 / snuṣām—被接受为是儿媳妇的人 / satīm—十分贞节的少女

译文　很久以前，佳玛嘎靠崇拜半神人和祖先取悦了他们。现在，凭借他们的仁慈，佳玛嘎的话语成真。晒碧雅虽然不能生育，但却靠半神人的仁慈怀孕了，并在一段时间后生了名叫维达尔巴的儿子。在那孩子出生前，被带回的少女已经被接受为是儿媳妇，所以维达尔巴在长大成人时真娶了她。

到此为止，结束了巴克提韦丹塔对《圣典博伽瓦谭》第9篇的第23章——“雅亚提儿子的王朝”所作的阐释。

第二十四章

至尊人格首神奎师那

维达尔巴(Vidarbha)有库沙(Kuśa)、夸塔(Kratha)和柔玛帕达(Romapāda)三个儿子。在他们三人中，柔玛帕达通过生育子孙扩展了他的王朝，他的子孙依次是：巴布茹(Babhru)、奎提(Kṛti)、乌希卡(Uśika)、切迪(Cedi)和柴迪亚(Caidya)。他们后来都当了君王。维达尔巴名叫夸塔的儿子生子琨提(Kunti)后，琨提王朝的子孙后代依次是：维施尼(Vṛṣṇi)、尼尔维提(Nirvṛti)、达沙茹阿(Daśārha)、维尤玛(Vyoma)、吉穆塔(Jīmūta)、维奎提(Vikṛti)、彼玛茹阿塔(Bhīmaratha)、纳瓦茹阿塔(Navaratha)、达沙茹阿塔(Daśaratha)、沙昆尼(Śakuni)、卡冉比(Karambhi)、戴瓦茹阿塔(Devarāta)、戴瓦查陀(Devakṣatra)、玛杜(Madhu)、库茹瓦沙(Kuruvaśa)、阿努(Anu)、普茹厚陀(Puruhotra)、阿尤(Ayu)和萨特瓦塔(Sātvata)。萨特瓦塔有七个儿子，其中一个名叫戴瓦维达(Devāvṛdha)；他生了巴布茹(Babhru)。萨特瓦塔的另一个儿子玛哈博佳(Mahābhoj)，建立了博佳(Bhoja)王朝。萨特瓦塔的儿子维施尼(Vṛṣṇi)有个名叫尤达吉特(Yudhājit)的儿子。尤达吉特生了希尼(Śini)和阿纳弥陀(Anamitra)，其中阿纳弥陀生了尼格纳(Nighna)和一个也叫希尼的儿子。从这个希尼传下的子孙后代是：萨提亚卡(Satyaka)、尤佑达纳(Yuyudhāna)、佳亚(Jaya)、库尼(Kuṇi)和尤甘达尔(Yugandhara)。阿纳弥陀还有个儿子名叫维施尼。这个维施尼生了施瓦帕勒卡(Śvaphalka)，而施瓦帕勒卡生下阿克茹阿(Akrūra)和另外十二个儿子。阿克茹阿有两个儿子，分别名叫戴瓦万(Devavān)和乌帕戴瓦(Upadeva)。安达卡(Andhaka)名叫库酷茹阿(Kukura)的儿子传下的子孙是：瓦赫尼(Vahni)、维珞玛(Vilomā)、卡波塔柔玛(Kapotaromā)、阿努、安达卡、敦杜彼(Dundubhi)、阿维迪尤塔(Avidyota)、菩纳尔瓦苏(Punarvasu)和阿胡卡(Āhuka)。阿胡卡有戴瓦卡(Devaka)和乌卦森纳(Ugrasena)两个儿子。戴瓦卡有四个儿子，分别是戴瓦万(De-vavān)、乌帕戴瓦(Upadeva)、苏戴瓦(Sudeva)和戴瓦娲尔达纳(Deva-vardhana)。他还有七个女儿，分别名叫兑塔黛娃(Dhṛtadevā)、商缇黛娃(Śāntidevā)、乌琶黛娃(Upadevā)、施瑞黛娃(Śrīdevā)、黛娃尔祺塔(Devarakṣitā)、萨哈黛娃(Sahadevā)和黛瓦克伊(Devakī)。瓦苏戴瓦(Vasudeva)娶了戴瓦卡所有这七个女儿。乌卦森纳有康萨(Kaṁ-sa)、苏纳玛(Sunāmā)、尼亚郭达(Nyagrodha)、坎卡(Kaṅka)、商库(Śaṅku)、苏胡(Suhū)、茹阿施陀帕拉(Rāṣṭrapāla)、兑施提(Dhṛṣṭi)和图施提曼(Tuṣṭimān)九个儿子，以及嫝萨(Kaṁsā)、嫝萨娃缇(Kaṁsa-vatī)、嫝喀(Kaṅkā)、舒茹阿布(Śūrabhū)和茹阿施陀琶莉卡(Rāṣṭrapā-likā)五个女儿。瓦苏戴瓦的弟弟娶了乌卦森纳所有的女儿。

祺陀茹阿塔(Citraratha)的儿子是维杜茹阿塔(Vidūratha)，维杜茹阿塔生子舒茹阿(Śūra)。舒茹阿有以瓦苏戴瓦为首的十个儿子。舒茹阿将他五个女儿中的一个——普瑞塔(Pṛthā)，送给他朋友琨提，因此普瑞塔又叫琨缇(Kuntī)。她在婚前生了个名叫卡尔纳(Karṇa)的孩子，之后她嫁给了潘杜王(Mahārāja Pāṇḍu)。

维达沙尔玛(Vṛddhaśarmā)娶了舒茹阿名叫施茹塔黛娃(Śrutade-vā)的女儿，与她生了丹塔瓦夸(Dantavakra)。兑施塔凯图(Dhṛṣṭake-tu)娶了舒茹阿名叫施茹塔克伊尔缇(Śrutakīrti)的女儿，与她生了五个儿子。佳亚森纳(Jayasena)娶了舒茹阿名叫茹阿佳迪黛薇(Rājādhi-devī)的女儿。切迪国(Cedi-deśa)的君王达摩哥什(Damaghoṣa)，娶了舒茹阿名叫施茹塔刷娃(Śrutaśravā)的女儿，与她生了锡舒帕勒(Śi-śupāla)。

戴瓦巴嘎(Devabhāga)与妻子嫝萨生了祺陀凯图(Citraketu)和毕尔哈德巴拉(Bṛhadbala)。戴瓦刷瓦(Devaśravā)与嫝萨娃缇生了苏维茹阿(Suvīra)和依舒曼(Iṣumān)。康卡(Kaṅka)与他妻子嫝喀生了巴卡(Baka)、萨提亚吉特(Satyajit)和普茹吉特(Purujit)。逊佳亚(Sṛñjaya)与茹阿施陀琶莉卡生了维沙(Vṛṣa)和杜尔玛尔沙纳(Durmarṣaṇa)。夏玛卡(Śyāmaka)透过舒茹阿布蜜生了哈瑞凯施(Harikeśa)和黑冉亚克沙(Hiraṇyākṣa)。瓦特萨卡(Vatsaka)经由蜜刷凯希(Miśrakeśī)生子维卡(Vṛka)，维卡的儿子是塔克沙(Takṣa)、普施卡尔(Puṣkara)和沙拉(Śāla)。萨弥卡(Śamīka)生了苏弥陀(Sumitra)和阿尔诸纳帕拉(Arjunapāla)。阿纳卡(Ānaka)的儿子是瑞塔达玛(Ṛtadhāmā)和佳亚(Jaya)。

瓦苏戴瓦有许多妻子，其中黛瓦克伊和柔黑妮(Rohiṇī)最重要。柔黑妮生下巴拉戴瓦(Baladeva)，以及嘎达(Gada)、萨茹阿纳(Sāraṇa)、杜尔玛达(Durmada)、维普拉(Vipula)、杜茹瓦(Dhruva)和奎塔(Kṛta)等儿子。瓦苏戴瓦与他别的妻子也生了许多儿子，从黛瓦克伊子宫显现的第八个儿子是至尊人格首神，祂解救整个世界摆脱恶魔造成的沉重负担。这一章以赞美至尊人格首神华苏戴瓦(Vāsudeva)作结束。

第1节

श्रीशुक उवाच
तस्यां विदर्भोऽजनयत्पुत्रौ नाम्ना कुशक्रथौ ।
तृतीयं रोमपादं च विदर्भकुलनन्दनम् ॥ १ ॥

śrī-śuka uvāca
tasyāṁ vidarbho 'janayat
putrau nāmnā kuśa-krathau
tṛtīyaṁ romapādaṁ ca
vidarbha-kula-nandanam

śrī-śukaḥ uvāca—圣舒卡戴瓦·哥斯瓦米说 / tasyām—在那个少女体内 / vidarbhaḥ—晒碧雅生的儿子维达尔巴 / ajanayat—生下 / pu-trau—两个儿子 / nāmnā—名叫 / kuśa-krathau—库沙和夸塔 / tṛtīyam—和第三个儿子 / romapādam ca—还有柔玛帕达 / vidarbha-kula-nandanam—维达尔巴王朝中的宠儿

译文 舒卡戴瓦·哥斯瓦米说：维达尔巴与他父亲带回家的少女生了库沙、夸塔和柔玛帕达三个儿子。柔玛帕达是维达尔巴王朝中的宠儿。

第2节

रोमपादसुतो बभ्रुर्बभ्रोः कृतिरजायत ।
उशिकस्तत्सुतस्तस्माच्चेदिश्चैद्यादयो नृपाः ॥ २ ॥

romapāda-suto babhrur
babhroḥ kṛtir ajāyata
uśikas tat-sutas tasmāc
cediś caidyādayo nṛpāḥ

romapāda-sutaḥ—柔玛帕达的儿子 / babhruḥ—巴布茹 / babhroḥ—从巴布茹 / kṛtiḥ—奎提 / ajāyata—被生下 / uśikaḥ—乌希卡 / tat-sutaḥ—奎提的儿子 / tasmāt—从他(乌希卡) / cediḥ—切迪 / caidya—柴迪亚(达摩哥什) / ādayaḥ—和其他人 / nṛpāḥ—君王们

译文 柔玛帕达的儿子是巴布茹，巴布茹生子奎提。奎提的儿子名叫乌希卡，乌希卡是切迪的父亲。切迪生了柴迪亚王和其他人。

第3—4节

क्रथस्य कुन्तिः पुत्रोऽभूद् वृष्णिस्तस्याथ निर्वृतिः ।
ततो दशार्हो नाम्नाभूत्तस्य व्योमः सुतस्ततः ॥ ३ ॥

जीमूतो विकृतिस्तस्य यस्य भीमरथः सुतः ।
ततो नवरथः पुत्रो जातो दशरथस्ततः ॥ ४ ॥

krathasya kuntiḥ putro 'bhūd
vṛṣṇis tasyātha nirvṛtiḥ

tato daśārho nāmnābhūt
　tasya vyomaḥ sutas tataḥ
jīmūto vikṛtis tasya
　yasya bhīmarathaḥ sutaḥ
tato navarathaḥ putro
　jāto daśarathas tataḥ

krathasya－夸塔的 / kuntiḥ－琨提 / putraḥ－儿子 / abhūt－生下 / vṛṣṇiḥ－维施尼 / tasya－他的 / atha－接着 / nirvṛtiḥ－尼尔维提 / tataḥ－从他 / daśārhaḥ－达沙茹阿 / nāmnā－名叫 / abhūt－生下 / tasya－他的 / vyomaḥ－维尤玛 / sutaḥ－一个儿子 / tataḥ－从他 / jīmūtaḥ－吉穆塔 / vikṛtiḥ－维奎提 / tasya－他(吉穆塔儿子)的 / yasya－(维奎提)的 / bhīmarathaḥ－彼玛茹阿塔 / sutaḥ－一个儿子 / tataḥ－从他(彼玛茹阿塔) / navarathaḥ－纳瓦茹阿塔 / putraḥ－一个儿子 / jātaḥ－生下 / daśarathaḥ－达沙茹阿塔 / tataḥ－从他

译文　夸塔的儿子名叫琨提，琨提生了维施尼。维施尼的儿子是尼尔维提，尼尔维提生子达沙茹阿。达沙茹阿的儿子是维尤玛，维尤玛生了吉穆塔。吉穆塔的儿子名叫维奎提，维奎提生子彼玛茹阿塔。彼玛茹阿塔是纳瓦茹阿塔的父亲，纳瓦茹阿塔生了达沙茹阿塔。

第5节

करम्भिः शकुनेः पुत्रो देवरातस्तदात्मजः ।
देवक्षत्रस्ततस्तस्य मधुः कुरुवशादनुः ॥५॥

karambhiḥ śakuneḥ putro
　devarātas tad-ātmajaḥ
devakṣatras tatas tasya
　madhuḥ kuruvaśād anuḥ

karambhiḥ－卡冉比 / śakuneḥ－从沙昆尼 / putraḥ－一个儿子 / devarātaḥ－戴瓦茹阿塔 / tat-ātmajaḥ－他(卡冉比)的儿子 / devakṣatraḥ－戴瓦查陀 / tataḥ－那之后 / tasya－从他(戴瓦查陀) / madhuḥ－玛杜 / kuruvaśāt－从玛杜的儿子库茹瓦沙 / anuḥ－阿努

译文 达沙茹阿塔的儿子名叫沙昆尼，沙昆尼生子卡冉比。卡冉比的儿子是戴瓦茹阿塔，戴瓦茹阿塔是戴瓦查陀的父亲。戴瓦查陀生了玛杜，玛杜的儿子是库茹瓦沙，库茹瓦沙生子阿努。

第6－8节

पुरुहोत्रस्त्वनोः पुत्रस्तस्यायुः सात्वतस्ततः ।
भजमानो भजिर्दिव्यो वृष्णिर्देवावृधोऽन्धकः ॥ ६ ॥

सात्वतस्य सुताः सप्त महाभोजश्च मारिष ।
भजमानस्य निम्लोचिः किङ्कणो धृष्टिरेव च ॥ ७ ॥

एकस्यामात्मजाः पत्न्यामन्यस्यां च त्रयः सुताः ।
शताजिच्च सहस्राजिदयुताजिदिति प्रभो ॥ ८ ॥

puruhotras tv anoḥ putras
tasyāyuḥ sātvatas tataḥ
bhajamāno bhajir divyo
vṛṣṇir devāvṛdho ’ndhakaḥ

sātvatasya sutāḥ sapta
mahābhojaś ca māriṣa
bhajamānasya nimlociḥ
kiṅkaṇo dhṛṣṭir eva ca

ekasyām ātmajāḥ patnyām
anyasyāṁ ca trayaḥ sutāḥ
śatājic ca sahasrājid
ayutājid iti prabho

puruhotraḥ－普茹厚陀 / tu－事实上 / anoḥ－阿努的 / putraḥ－儿子 / tasya－他(普茹厚陀)的 / ayuḥ－阿尤 / sātvataḥ－萨特瓦塔 / tataḥ－从他(阿尤) / bhajamānaḥ－巴佳玛纳 / bhajiḥ－巴吉 / divyaḥ－

迪维亚 / vṛṣṇiḥ－维施尼 / devāvṛdhaḥ－戴瓦维达 / andhakaḥ－安达卡 / sātvatasya－萨特瓦塔的 / sutāḥ－儿子们 / sapta－七个 / mahā-bhojaḥ ca－以及玛哈博佳 / māriṣa－伟大的君王啊 / bhajamānasya－巴佳玛纳的 / nimlociḥ－尼穆珞祺 / kiṅkaṇaḥ－克音卡纳 / dhṛṣṭiḥ－德日施提 / eva－事实上 / ca－也 / ekasyām－一个妻子生下 / ātma-jāḥ－儿子们 / patnyām－由一个儿子 / anyasyām－另一个 / ca－也 / trayaḥ－三个 / sutāḥ－儿子们 / śatājit－沙塔吉特 / ca－也 / sahasrā-jit－萨哈刷吉特 / ayutājit－阿尤塔吉特 / iti－如此 / prabho－君王啊

译文 阿努的儿子是普茹厚陀，普茹厚陀生了阿尤，阿尤的儿子名叫萨特瓦塔。伟大的雅利安君王啊！萨特瓦塔有七个儿子，分别名叫巴佳玛纳、巴吉、迪维亚、维施尼、戴瓦维达、安达卡和玛哈博佳。巴佳玛纳与他的一个妻子生了尼穆珞祺、克音卡纳和德日施提三个儿子；与另一个妻子生了另外三个儿子，他们分别名叫沙塔吉特、萨哈刷吉特和阿尤塔吉特。

第9节

बभ्रुर्देवावृधसुतस्तयोः श्लोकौ पठन्त्यमू ।
यथैव शृणुमो दूरात्सम्पश्यामस्तथान्तिकात् ॥ ९ ॥

babhrur devāvṛdha-sutas
tayoḥ ślokau paṭhanty amū
yathaiva śṛṇumo dūrāt
sampaśyāmas tathāntikāt

babhruḥ－巴布茹 / devāvṛdha－戴瓦维达的 / sutaḥ－儿子 / tayoḥ－他们的 / ślokau－两首诗 / paṭhanti－老一辈人朗诵的 / amū－那些 / yathā－正如 / eva－事实上 / śṛṇumaḥ－我们听到 / dūrāt－从远处 / sampaśyāmaḥ－事实上看到 / tathā－同样地 / antikāt－现在也

译文 戴瓦维达的儿子是巴布茹。就有关戴瓦维达和巴布茹，我们的前辈歌唱过两首著名的赞歌，我们从远处听到过。甚至现在，我还听到歌唱赞美他们品德的同样的赞歌。

第10—11节

बभ्रुः श्रेष्ठो मनुष्याणां देवैर्देवावृधः समः ।
पुरुषाः पञ्चषष्टिश्च षट्सहस्राणि चाष्ट च ॥१०॥

येऽमृतत्वमनुप्राप्ता बभ्रोर्देवावृधादपि ।
महाभोजोऽतिधर्मात्मा भोजा आसंस्तदन्वये ॥११॥

babhruḥ śreṣṭho manuṣyāṇāṁ
devair devāvṛdhaḥ samaḥ
puruṣāḥ pañca-ṣaṣṭiś ca
ṣaṭ-sahasrāṇi cāṣṭa ca

ye 'mṛtatvam anuprāptā
babhror devāvṛdhād api
mahābhojo 'tidharmātmā
bhojā āsaṁs tad-anvaye

babhruḥ—巴布茹王／śreṣṭhaḥ—最优秀的君王／manuṣyāṇām—全体人类的／devaiḥ—与半神人／devāvṛdhaḥ—戴瓦维达王／samaḥ—同等的情况／puruṣāḥ—人们／pañca-ṣaṣṭiḥ—六十五／ca—也／ṣaṭ-sahasrāṇi—六千／ca—也／aṣṭa—八千／ca—也／ye—……的他们全体／amṛtatvam—摆脱物质束缚／anuprāptāḥ—获得／babhroḥ—因为与巴布茹联谊／devāvṛdhāt—而且因为与戴瓦维达联谊／api—事实上／mahābhojaḥ—玛哈博佳王／ati-dharma-ātmā—极度虔诚／bhojāḥ—名叫博佳的君王／āsan—存在／tat-anvaye—在他(玛哈博佳)的王朝中

译文 （内容是：）“毫无疑问，巴布茹是最优秀的人，戴瓦维达则等同于半神人。因为巴布茹和戴瓦维达的同伴及他们所有的后代，共一万四千零六十五位，都获得了解脱。”极为虔诚的玛哈博佳王的王朝中，出现了博佳君王们。

第 12 节

वृष्णेः सुमित्रः पुत्रोऽभूद्युधाजिच्च परन्तप ।
शिनिस्तस्यानमित्रश्च निघ्नोऽभूदनमित्रतः ॥१२॥

vṛṣṇeḥ sumitraḥ putro 'bhūd
yudhājic ca parantapa
śinis tasyānamitraś ca
nighno 'bhūd anamitrataḥ

vṛṣṇeḥ—萨特瓦塔的儿子维施尼 / sumitraḥ—苏弥陀 / putraḥ—一个儿子 / abhūt—出现 / yudhājit—尤达吉特 / ca—也 / param-ta-pa—能镇压敌人的君王 / śiniḥ—希尼 / tasya—他的 / anamitraḥ—阿纳弥陀 / ca—和 / nighnaḥ—尼格纳 / abhūt—出现 / anamitrataḥ—从阿纳弥陀

译文　啊！君王，能压制敌人的帕瑞克西特王！维施尼的儿子是苏弥陀和尤达吉特。尤达吉特生了希尼和阿纳弥陀，阿纳弥陀生子尼格纳。

第 13 节

सत्राजितः प्रसेनश्च निघ्नस्याथासतुः सुतौ ।
अनमित्रसुतो योऽन्यः शिनिस्तस्य च सत्यकः ॥१३॥

satrājitaḥ prasenaś ca
nighnasyāthāsatuḥ sutau
anamitra-suto yo 'nyaḥ
śinis tasya ca satyakaḥ

satrājitaḥ—萨陀吉塔 / prasenaḥ ca—还有帕瑟纳 / nighnasya—尼格纳的儿子 / atha—如此 / asatuḥ—存在了 / sutau—两个儿子 / anamitra-sutaḥ—阿纳弥陀的儿子 / yaḥ—……的人 / anyaḥ—另一个 / śiniḥ—希尼 / tasya—他的 / ca—也 / satyakaḥ—名叫萨提亚卡的儿子

译文 尼格纳有两个儿子，分别名叫萨陀吉塔和帕瑟纳。阿纳弥陀的另一个儿子也叫希尼，希尼的儿子是萨提亚卡。

第 14 节

युयुधानः सात्यकिर्वै जयस्तस्य कुणिस्ततः ।
युगन्धरोऽनमित्रस्य वृष्णिः पुत्रोऽपरस्ततः ॥१४॥

yuyudhānaḥ sātyakir vai
jayas tasya kuṇis tataḥ
yugandharo 'namitrasya
vṛṣṇiḥ putro 'paras tataḥ

yuyudhānaḥ—尤犹丹 / sātyakiḥ—萨提亚卡的儿子 / vai—事实上 / jayaḥ—佳亚 / tasya—他(尤犹丹)的儿子 / kuṇiḥ—库尼 / tataḥ—从他(佳亚) / yugandharaḥ—尤甘达尔 / anamitrasya—阿纳弥陀的儿子 / vṛṣṇiḥ—维施尼 / putraḥ—一个儿子 / aparaḥ—其他的 / tataḥ—从他

译文 萨提亚卡生子尤犹丹，尤犹丹的儿子是佳亚。佳亚的儿子名叫库尼，库尼生了尤甘达尔。阿纳弥陀还有个儿子名叫维施尼。

第 15 节

श्वफल्कश्चित्ररथश्च गान्दिन्यां च श्वफल्कतः ।
अक्रूरप्रमुखा आसन् पुत्रा द्वादश विश्रुताः ॥१५॥

śvaphalkaś citrarathaś ca
gāndinyāṁ ca śvaphalkataḥ
akrūra-pramukhā āsan
putrā dvādaśa viśrutāḥ

śvaphalkaḥ—施瓦帕勒卡 / citrarathaḥ ca—和祺陀茹阿塔 / gāndi-nyām—透过名叫甘迪妮的妻子 / ca—和 / śvaphalkataḥ—从施瓦帕勒卡 / akrūra—阿库茹阿 / pramukhāḥ—以……为首 / āsan—曾有 / pu-trāḥ—儿子们 / dvādaśa—十二个 / viśrutāḥ—最著名的

译文　维施尼有施瓦帕勒卡和祺陀茹阿塔两个儿子。斯瓦帕勒卡与他妻子生了阿库茹阿；阿库茹阿是长子。他们还有其他十二个儿子，都是最著名的人。

第16—18节

आसङ्गः सारमेयश्च मृदुरो मृदुविद्गिरिः ।
धर्मवृद्धः सुकर्मा च क्षेत्रोपेक्षोऽरिमर्दनः ॥१६॥

शत्रुघ्नो गन्धमादश्च प्रतिबाहुश्च द्वादश ।
तेषां स्वसा सुचाराख्या द्वावक्रूरसुतावपि ॥१७॥

देववानुपदेवश्च तथा चित्ररथात्मजाः ।
पृथुर्विदूरथाद्याश्च बहवो वृष्णिनन्दनाः ॥१८॥

āsaṅgaḥ sārameyaś ca
mṛduro mṛduvid giriḥ
dharmavṛddhaḥ sukarmā ca
kṣetropekṣo 'rimardanaḥ

śatrughno gandhamādaś ca
pratibāhuś ca dvādaśa
teṣāṁ svasā sucārākhyā
dvāv akrūra-sutāv api

devavān upadevaś ca
tathā citrarathātmajāḥ
pṛthur vidūrathādyāś ca
bahavo vṛṣṇi-nandanāḥ

āsaṅgaḥ—阿桑嘎 / sārameyaḥ—萨茹阿梅业 / ca—还有 / mṛdu-raḥ—穆瑞杜茹阿 / mṛduvit—穆瑞杜维特 / giriḥ—给瑞 / dharmavṛddhaḥ—达尔玛维达 / sukarmā—苏卡尔玛 / ca—还有 / kṣetropekṣaḥ—柴陀培克沙 / arimardanaḥ—阿瑞玛尔达纳 / śatrughnaḥ—沙特茹格纳 / gandhamādaḥ—甘达玛达 / ca—和 / pratibāhuḥ—帕提巴胡 / ca—和 / dvādaśa—十二 / teṣām—他们的 / svasā—姐妹 / sucārā—苏查茹阿 / ākhyā—著名的 / dvau—两个 / akrūra—阿库茹尔 / sutau—儿子们 / api—还有 / devavān—戴瓦万 / upadevaḥ ca—和乌帕戴瓦 / tathā—那之后 / citraratha-ātmajāḥ—祺陀茹阿塔 / pṛthuḥ vidūratha—普瑞图和维杜茹阿塔 / ādyāḥ—以……为开始 / ca—也 / bahavaḥ—许多 / vṛṣṇi-nandanāḥ—维施尼的儿子们

译文 另外十二个儿子的名字分别是：阿桑嘎、萨茹阿梅亚、穆瑞杜茹阿、穆瑞杜维特、给瑞、达尔玛维达、苏卡尔玛、柴陀培克沙、阿瑞玛尔达纳、沙特茹格纳、甘达玛达和帕提巴胡。这些兄弟还有一个姐妹名叫苏查茹阿。阿库茹尔生了两个儿子，分别名叫戴瓦万和乌帕戴瓦。祺陀茹阿塔有许多儿子，他们以普瑞图和维杜茹阿塔为首，都属于维施尼王朝。

第 19 节

कुकुरो भजमानश्च शुचिः कम्बलबर्हिषः ।
कुकुरस्य सुतो वह्निर्विलोमा तनयस्ततः ॥१९॥

kukuro bhajamānaś ca
śuciḥ kambalabarhiṣaḥ
kukurasya suto vahnir
vilomā tanayas tataḥ

kukuraḥ—库酷茹阿 / bhajamānaḥ—巴佳玛纳 / ca—也 / śuciḥ—舒祺 / kambalabarhiṣaḥ—刊巴拉巴黑沙 / kukurasya—库酷茹阿的 / sutaḥ—一个儿子 / vahniḥ—瓦赫尼 / vilomā—维珞玛 / tanayaḥ—儿子 / tataḥ—从他(瓦赫尼)

译文　库酷茹阿、巴佳玛纳、舒祺和刊巴拉巴黑沙，是安达卡的四个儿子。库酷茹阿的儿子名叫瓦赫尼，瓦赫尼的儿子是维珞玛。

第 20 节

कपोतरोमा तस्यानुः सखा यस्य च तुम्बुरुः ।
अन्धकाद् दुन्दुभिस्तस्मादविद्योतः पुनर्वसुः ॥२०॥

kapotaromā tasyānuḥ
sakhā yasya ca tumburuḥ
andhakād dundubhis tasmād
avidyotaḥ punarvasuḥ

kapotaromā—卡波塔柔玛 / tasya—他(儿子) / anuḥ—阿努 / sakhā—朋友 / yasya—……的 / ca—也 / tumburuḥ—屯布茹 / andhakāt—阿努的儿子安达卡的 / dundubhiḥ—名叫敦杜彼的儿子 / tasmāt—从他(敦杜彼)的 / avidyotaḥ—名叫阿维迪尤塔的儿子 / punarvasuḥ—名叫菩纳尔瓦苏的儿子

译文　维珞玛生子卡波塔柔玛，卡波塔柔玛的儿子名叫阿努，阿努的朋友是屯布茹。阿努生了安达卡，安达卡成为敦杜彼的父亲。敦杜彼的儿子是阿维迪尤塔。阿维迪尤塔生子菩纳尔瓦苏。

第 21—23 节

तस्याहुकश्चाहुकी च कन्या चैवाहुकात्मजौ ।
देवकश्चोग्रसेनश्च चत्वारो देवकात्मजाः ॥२१॥

देववानुपदेवश्च सुदेवो देववर्धनः ।
तेषां स्वसारः सप्तासन्धृतदेवादयो नृप ॥२२॥

शान्तिदेवोपदेवा च श्रीदेवा देवरक्षिता ।
सहदेवा देवकी च वसुदेव उवाह ताः ॥२३॥

tasyāhukaś cāhukī ca
　kanyā caivāhukātmajau
devakaś cograsenaś ca
　catvāro devakātmajāḥ

devavān upadevaś ca
　sudevo devavardhanaḥ
teṣāṁ svasāraḥ saptāsan
　dhṛtadevādayo nṛpa

śāntidevopadevā ca
　śrīdevā devarakṣitā
sahadevā devakī ca
　vasudeva uvāha tāḥ

tasya—从他(菩纳尔瓦苏) / āhukaḥ—阿胡卡 / ca—和 / āhukī—阿瑚克伊 / ca—还有 / kanyā——个女儿 / ca—还有 / eva—事实上 / āhuka—阿胡卡的 / ātmajau—二个儿子 / devakaḥ—戴瓦卡 / ca—和 / ugrasenaḥ—乌卦森纳 / ca—还有 / catvāraḥ—四个 / devaka-ātmajāḥ—戴瓦卡的儿子们 / devavān—戴瓦万 / upadevaḥ—乌帕戴瓦 / ca—和 / sudevaḥ—苏戴瓦 / devavardhanaḥ—戴瓦娲尔达纳 / teṣām—他们全体的 / svasāraḥ—姐妹们 / sapta—七个 / āsan—存在 / dhṛtadevā-ādayaḥ—以兑塔黛娃为首 / nṛpa—君王(帕瑞克西特王)啊 / śāntidevā—商缇黛娃 / upadevā—乌琶黛娃 / ca—还有 / śrīdevā—施瑞黛娃 / devarakṣitā—黛娃尔祺塔 / sahadevā—萨哈黛娃 / devakī—黛瓦克伊 / ca—和 / vasudevaḥ—奎师那的父亲圣瓦苏戴瓦 / uvāha—娶妻 / tāḥ—她们

译文 菩纳尔瓦苏有一个儿子和一个女儿，分别名叫阿胡卡和阿瑚克伊。阿胡卡有戴瓦卡和乌卦森纳两个儿子。戴瓦卡有四个儿子，分别是戴瓦万、乌帕戴瓦、苏戴瓦和戴瓦娲尔达纳。他还有七个女儿，分别名叫商缇黛娃、乌琶黛娃、施瑞黛娃、黛娃尔祺塔、萨哈黛娃、黛瓦克伊和兑塔黛娃。兑塔黛娃是长女。奎师那的父亲瓦苏戴瓦娶了所有这些姐妹。

第 24 节

कंसः सुनामा न्यग्रोधः कङ्कः शङ्कुः सुहूस्तथा ।
राष्ट्रपालोऽथ धृष्टिश्च तुष्टिमानौग्रसेनयः ॥२४॥

kaṁsaḥ sunāmā nyagrodhaḥ
kaṅkaḥ śaṅkuḥ suhūs tathā
rāṣṭrapālo 'tha dhṛṣṭiś ca
tuṣṭimān augrasenayaḥ

kaṁsaḥ—康萨 / sunāmā—苏纳玛 / nyagrodhaḥ—尼亚郭达 / kaṅkaḥ—坎卡 / śaṅkuḥ—商库 / suhūḥ—苏胡 / tathā—以及 / rāṣṭrapālaḥ—茹阿施陀帕拉 / atha—那之后 / dhṛṣṭiḥ—兑施提 / ca—还有 / tuṣṭimān—图施提曼 / augrasenayaḥ—乌卦森纳的儿子

译文　康萨、苏纳玛、尼亚郭达、坎卡、商库、苏胡、茹阿施陀帕拉、兑施提和图施提曼，都是乌卦森纳的儿子。

第 25 节

कंसा कंसवती कङ्का शूरभू राष्ट्रपालिका ।
उग्रसेनदुहितरो वसुदेवानुजस्त्रियः ॥२५॥

kaṁsā kaṁsavatī kaṅkā
śūrabhū rāṣṭrapālikā
ugrasena-duhitaro
vasudevānuja-striyaḥ

kaṁsā—嫝萨 / kaṁsavatī—嫝萨娃缇 / kaṅkā—嫝喀 / śūrabhū—舒茹阿布 / rāṣṭrapālikā—茹阿施陀琶莉卡 / ugrasena-duhitaraḥ—乌卦森纳的女儿 / vasudeva-anuja—瓦苏戴瓦的弟弟的 / striyaḥ—妻子们

译文　嫝萨、嫝萨娃缇、嫝喀、舒茹阿布和茹阿施陀琶莉卡，都是乌卦森纳的女儿。她们都成为瓦苏戴瓦弟弟的妻子。

第 26 节

शूरो विदूरथादासीद्भजमानस्तु तत्सुतः ।
शिनिस्तस्मात्स्वयं भोजो हृदिकस्तत्सुतो मतः ॥२६॥

śūro vidūrathād āsīd
bhajamānas tu tat-sutaḥ
śinis tasmāt svayaṁ bhojo
hṛdikas tat-suto mataḥ

śūraḥ—舒茹阿 / vidūrathāt—从祺陀茹阿塔的儿子维杜茹阿塔 / āsīt—生出 / bhajamānaḥ—巴佳玛纳 / tu—和 / tat-sutaḥ—他(舒茹阿)的儿子 / śiniḥ—希尼 / tasmāt—从他 / svayam—亲自 / bhojaḥ—著名的博佳王 / hṛdikaḥ—慧迪卡 / tat-sutaḥ—他(博佳)的儿子 / mataḥ—是著名的

译文 祺陀茹阿塔的儿子是维杜茹阿塔，维杜茹阿塔生子舒茹阿，舒茹阿的儿子名叫巴佳玛纳。巴佳玛纳生了希尼，希尼的儿子是博佳，博佳的儿子名叫慧迪卡。

第 27 节

देवमीढः शतधनुः कृतवर्मेति तत्सुताः ।
देवमीढस्य शूरस्य मारिषा नाम पत्न्यभूत् ॥२७॥

devamīḍhaḥ śatadhanuḥ
kṛtavarmeti tat-sutāḥ
devamīḍhasya śūrasya
māriṣā nāma patny abhūt

devamīḍhaḥ—戴瓦弥达 / śatadhanuḥ—沙塔达努 / kṛtavarmā—奎塔瓦尔玛 / iti—如此 / tat-sutāḥ—他(慧迪卡)的儿子们 / devamīḍhasya—戴瓦弥达的 / śūrasya—舒茹阿 / māriṣā—玛瑞莎 / nāma—名叫 / patnī—妻子 / abhūt—曾有

译文　慧迪卡的三个儿子分别是戴瓦弥达、沙塔达努和奎塔瓦尔玛。戴瓦弥达的儿子名叫舒茹阿，他妻子名叫玛瑞莎。

第 28—31 节

तस्यां स जनयामास दश पुत्रानकल्मषान् ।
वसुदेवं देवभागं देवश्रवसमानकम् ॥२८॥

सृञ्जयं श्यामकं कङ्कं शमीकं वत्सकं वृकम् ।
देवदुन्दुभयो नेदुरानका यस्य जन्मनि ॥२९॥

वसुदेवं हरेः स्थानं वदन्त्यानकदुन्दुभिम् ।
पृथा च श्रुतदेवा च श्रुतकीर्तिः श्रुतश्रवाः ॥३०॥

राजाधिदेवी चैतेषां भगिन्यः पञ्च कन्यकाः ।
कुन्तेः सख्युः पिता शूरो ह्यपुत्रस्य पृथामदात् ॥३१॥

tasyāṁ sa janayām āsa
　daśa putrān akalmaṣān
vasudevaṁ devabhāgaṁ
　devaśravasam ānakam

sṛñjayaṁ śyāmakaṁ kaṅkaṁ
　śamīkaṁ vatsakaṁ vṛkam
deva-dundubhayo nedur
　ānakā yasya janmani

vasudevaṁ hareḥ sthānaṁ
　vadanty ānakadundubhim
pṛthā ca śrutadevā ca
　śrutakīrtiḥ śrutaśravāḥ

rājādhidevī caiteṣāṁ
　bhaginyaḥ pañca kanyakāḥ
kunteḥ sakhyuḥ pitā śūro
　hy aputrasya pṛthām adāt

tasyām－在她(玛瑞莎)体内 / saḥ－他(舒茹阿) / janayām āsa－生了 / daśa－十个 / putrān－儿子们 / akalmaṣān－纯洁无瑕的 / vasudevam－瓦苏戴瓦 / devabhāgam－戴瓦巴嘎 / devaśravasam－戴瓦刷瓦 / ānakam－阿纳卡 / sṛñjayam－逊佳亚 / śyāmakam－夏玛卡 / kaṅkam－康卡 / śamīkam－萨弥卡 / vatsakam－瓦特萨卡 / vṛkam－维卡 / deva-dundubhayaḥ－半神人敲响定音鼓 / neduḥ－被敲响 / ānakāḥ－一种定音鼓 / yasya－……人的 / janmani－在出生时 / vasude-vam－向瓦苏戴瓦 / hareḥ－至尊人格首神的 / sthānam－那地方 / vadanti－他们称为 / ānakadundubhim－阿纳卡敦杜彼 / pṛthā－瑞塔 / ca－和 / śrutadevā－施茹塔黛娃 / ca－还有 / śrutakīrtiḥ－施茹塔克伊尔缇 / śrutaśravāḥ－施茹塔刷娃 / rājādhidevī－茹阿佳迪黛薇 / ca－还有 / eteṣām－所有这些的 / bhaginyaḥ－姐妹们 / pañca－五个 / kanyakāḥ－(舒茹阿的)女儿们 / kunteḥ－琨提的 / sakhyuḥ－一个朋友 / pitā－父亲 / śūraḥ－舒茹阿 / hi－事实上 / aputrasya－没有儿子的(琨提的) / pṛthām－普瑞塔 / adāt－送给

译文 舒茹阿与玛瑞莎生了瓦苏戴瓦、戴瓦巴嘎、戴瓦刷瓦、阿纳卡、逊佳亚、夏玛卡、康卡、萨弥卡、瓦特萨卡和维卡。这十个儿子都是虔诚、无瑕的人物。当瓦苏戴瓦出生时，半神人从天堂星球敲响定音鼓。正因为如此，为至尊人格首神奎师那的显现而提供合适地方的瓦苏戴瓦，又被称为阿纳卡敦杜彼。舒茹阿王的五个女儿分别名叫普瑞塔、施茹塔黛娃、施茹塔克伊尔缇、施茹塔刷娃和茹阿佳迪黛薇，她们都是瓦苏戴瓦的姐妹。舒茹阿的朋友琨提没有子女，舒茹阿于是将普瑞塔送给他。所以，普瑞塔的另一个名字是琨缇。

第32节

साप दुर्वाससो विद्यां देवहूतीं प्रतोषितात् ।
तस्या वीर्यपरीक्षार्थमाजुहाव रविं शुचिः ॥३२॥

sāpa durvāsaso vidyāṁ
deva-hūtīṁ pratoṣitāt
tasyā vīrya-parīkṣārtham
ājuhāva raviṁ śuciḥ

sā—她(琨缇或称普瑞塔) / āpa—得到 / durvāsasaḥ—从伟人的圣人杜尔瓦萨 / vidyām—神秘力量 / deva-hūtīm—呼唤任何半神人 / pratoṣitāt—被取悦的人 / tasyāḥ—用那(神秘力量) / vīrya—力量 / parīkṣa-artham—只是为了测试 / ājuhāva—呼唤…… / ravim—太阳神 / śuciḥ—虔诚的(普瑞塔)

译文　一次，当杜尔瓦萨在普瑞塔父亲琨提家作客时，普瑞塔的服务取悦了杜尔瓦萨。杜尔瓦萨因此给予普瑞塔让她能呼唤任何半神人的神秘力量。为检验这神秘力量的效力，虔诚的琨缇立刻呼唤了太阳神。

第33节

तदैवोपागतं देवं वीक्ष्य विस्मितमानसा ।
प्रत्ययार्थं प्रयुक्ता मे याहि देव क्षमस्व मे ॥३३॥

tadaivopāgataṁ devaṁ
vīkṣya vismita-mānasā
pratyayārthaṁ prayuktā me
yāhi deva kṣamasva me

tadā—那时 / eva—事实上 / upāgatam—出现(在她面前) / devam—太阳神 / vīkṣya—看到 / vismita-mānasā—很惊讶 / pratyaya-artham—只是为了看看神秘力量的能量 / prayuktā—我用了它 / me—我 / yāhi—请返回 / deva—半神人啊 / kṣamasva—原谅 / me—我

译文　琨缇一旦呼唤掌管太阳的半神人，太阳神就立刻出现在她面前，她感到十分惊讶。她告诉太阳神说："我只不过是检验一下这神秘力量的效力。我很抱歉毫无必要地呼唤了你。请你回去并原谅我。"

第 34 节

अमोघं देवसन्दर्शमादधे त्वयि चात्मजम् ।
योनिर्यथा न दुष्येत कर्ताहं ते सुमध्यमे ॥३४॥

amoghaṁ deva-sandarśam
ādadhe tvayi cātmajam
yonir yathā na duṣyeta
kartāhaṁ te sumadhyame

amogham—没有失败 / deva-sandarśam—与半神人相遇 / ādadhe—我应该给予(我的精子) / tvayi—向你 / ca—也 / ātmajam——个儿子 / yoniḥ—出生的根源 / yathā—正如 / na—不 / duṣyeta—变得污染 / kartā—应该安排 / aham—我 / te—向你 / sumadhyame—美丽的少女啊

译文 太阳神说：美丽的普瑞塔啊！你与半神人的相遇不能没有结果。因此，让我将我的精子注入你的子宫，以使你可以生个儿子。由于你还是个未婚的姑娘，我会安排让你仍保持处女之身。

要旨 按照韦达文明，如果一个姑娘在结婚前生了孩子，就不会有人要娶她了。正因为如此，尽管太阳神出现在普瑞塔面前后要给她一个孩子，但普瑞塔不愿意，因为她还没有结婚。为不破坏她的处女之身，太阳神安排孩子从她的耳朵生出，那孩子因此而被称为卡尔纳(Karṇa)。习俗是：姑娘结婚时应该是处女之身(akṣata-yoni)；在结婚前绝不该生孩子。

第 35 节

इति तस्यां स आधाय गर्भं सूर्यो दिवं गतः ।
सद्यः कुमारः सञ्जज्ञे द्वितीय इव भास्करः ॥३५॥

iti tasyāṁ sa ādhāya
　garbhaṁ sūryo divaṁ gataḥ
sadyaḥ kumāraḥ sañjajñe
　dvitīya iva bhāskaraḥ

iti－就这样 / tasyām－向她(帕尔塔) / saḥ－他(太阳神) / ādhāya－射精 / garbham－怀孕 / sūryaḥ－太阳神 / divam－在天堂星球中 / gataḥ－返回 / sadyaḥ－立刻 / kumāraḥ－一个孩子 / sañjajñe－被生下 / dvitīyaḥ－第二个 / iva－恰似 / bhāskaraḥ－太阳神

译文　说完这番话，太阳神将精子射入普瑞塔的子宫，然后返回天堂王国。那之后，琨缇立刻生下一个孩子，那孩子看似第二个太阳神。

第 36 节

तं सात्यजन्नदीतोये कृच्छ्राल्लोकस्य बिभ्यती ।
प्रपितामहस्तामुवाह पाण्डुर्वै सत्यविक्रमः ॥३६॥

taṁ sātyajan nadī-toye
　kṛcchrāl lokasya bibhyatī
prapitāmahas tām uvāha
　pāṇḍur vai satya-vikramaḥ

tam－那孩子 / sā－她(琨缇) / atyajat－放弃 / nadī-toye－在河水中 / kṛcchrāt－怀着深深的后悔之情 / lokasya－大众的 / bibhyatī－害怕 / prapitāmahaḥ－(你的)曾祖父 / tām－她(琨缇) / uvāha－娶了 / pāṇḍuḥ－名叫潘杜的君王 / vai－事实上 / satya-vikramaḥ－非常虔诚和具有骑士风范

译文　琨缇因为害怕人们的议论，艰难地放弃了她对那孩子的感情。她十分不情愿地将那孩子裹好，放进一个篮子，让篮子顺河水漂流下去。帕瑞克西特王啊！你的曾祖父——虔诚且具有骑士风范的潘杜王，后来娶了琨缇。

第 37 节

श्रुतदेवां तु कारूषो वृद्धशर्मा समग्रहीत् ।
यस्यामभूद्दन्तवक्र ऋषिशप्तो दितेः सुतः ॥३७॥

śrutadevāṁ tu kārūṣo
vṛddhaśarmā samagrahīt
yasyām abhūd dantavakra
ṛṣi-śapto diteḥ sutaḥ

śrutadevām—向琨缇的一个姐妹施茹塔黛娃 / tu—但是 / kārūṣaḥ—卡茹沙的君王 / vṛddhaśarmā—维达沙尔玛 / samagrahīt—娶妻 / yasyām—透过……人 / abhūt—生下 / dantavakraḥ—丹塔瓦夸 / ṛṣi-śaptaḥ—因为受到圣人萨纳卡和萨纳坦诅咒而出名 / diteḥ—迪缇的 / sutaḥ—儿子

译文 卡茹沙的君王维达沙尔玛，娶了琨缇的妹妹施茹塔黛娃，与她生了丹塔瓦夸。丹塔瓦夸受到以萨纳卡为首的圣人的诅咒，前生是迪缇的儿子黑冉亚克沙。

第 38 节

कैकेयो धृष्टकेतुश्च श्रुतकीर्तिमविन्दत ।
सन्तर्दनादयस्तस्यां पञ्चासन् कैकयाः सुताः ॥३८॥

kaikeyo dhṛṣṭaketuś ca
śrutakīrtim avindata
santardanādayas tasyāṁ
pañcāsan kaikayāḥ sutāḥ

kaikeyaḥ—凯卡亚的君王 / dhṛṣṭaketuḥ—兑施塔凯图王 / ca—也 / śrutakīrtim—琨缇名叫施茹塔克伊尔缇的妹妹 / avindata—娶了 / santardana-ādayaḥ—以桑塔尔丹为首 / tasyām—透过她(施茹塔克伊尔缇) / pañca—五个 / āsan—曾有 / kaikayāḥ—凯卡亚君王的儿子们 / sutāḥ—儿子们

译文 凯卡亚的君王兑施塔凯图王，娶了琨缇的另一个妹妹施茹塔克伊尔缇。施茹塔克伊尔缇有以桑塔尔丹为首的五个儿子。

第 39 节

राजाधिदेव्यामावन्त्यौ जयसेनोऽजनिष्ट ह ।
दमघोषश्चेदिराजः श्रुतश्रवसमग्रहीत् ॥३९॥

rājādhidevyām āvantyau
jayaseno 'janiṣṭa ha
damaghoṣaś cedi-rājaḥ
śrutaśravasam agrahīt

rājādhidevyām—透过琨缇的另一个妹妹茹阿佳迪黛薇 / āvantyau—儿子(名叫温达和阿努温达) / jayasenaḥ—佳亚森纳王 / ajaniṣṭa—生下 / ha—过去 / damaghoṣaḥ—达摩哥什 / cedi-rājaḥ—切迪国的君王 / śrutaśravasam—琨缇的另一个姐妹施茹塔刷娃 / agrahīt—娶了

译文 佳亚森纳透过琨缇的另一个妹妹茹阿佳迪黛薇，生了温达和阿努温达两个儿子。同样，切迪国的君王娶了施茹塔刷娃。这位君王名叫达摩哥什。

第 40 节

शिशुपालः सुतस्तस्याः कथितस्तस्य सम्भवः ।
देवभागस्य कंसायां चित्रकेतुबृहद्बलौ ॥४०॥

śiśupālaḥ sutas tasyāḥ
kathitas tasya sambhavaḥ
devabhāgasya kaṁsāyāṁ
citraketu-bṛhadbalau

śiśupālaḥ—锡舒帕勒 / sutaḥ—儿子 / tasyāḥ—她(施茹塔刷娃)的 / kathitaḥ—已经讲述了(在第七篇中) / tasya—他的 / sambhavaḥ—出生 / devabhāgasya—从瓦苏戴瓦的一个兄弟戴瓦巴嘎 / kaṁsāyām—

在他妻子嫝萨体内 / citraketu—祺陀凯图 / bṛhadbalau—毕尔哈德巴拉

译文 施茹塔刷娃的儿子是锡舒帕勒，我已讲述过他的出生。瓦苏戴瓦的弟弟戴瓦巴嘎与妻子嫝萨生了两个儿子，他们分别名叫祺陀凯图和毕尔哈德巴拉。

第 41 节

कंसवत्यां देवश्रवसः सुवीर इषुमांस्तथा ।
बकः कङ्कात्तु कङ्कायां सत्यजित्पुरुजित्तथा ॥४१॥

kaṁsavatyāṁ devaśravasaḥ
suvīra iṣumāṁs tathā
bakaḥ kaṅkāt tu kaṅkāyāṁ
satyajit purujit tathā

kaṁsavatyām—在嫝萨娃缇体内 / devaśravasaḥ—从瓦苏戴瓦的一个兄弟戴瓦刷瓦 / suvīraḥ—苏维茹阿 / iṣumān—依舒曼 / tathā—以及 / bakaḥ—巴卡 / kaṅkāt—从嫝喀 / tu—事实上 / kaṅkāyām—在他名叫刊喀的妻子体内 / satyajit—萨提亚吉特 / purujit—普茹吉特 / tathā—以及

译文 瓦苏戴瓦的弟弟戴瓦刷瓦，娶了嫝萨娃缇，与她生下苏维茹阿和依舒曼两个儿子。康卡与他妻子嫝喀生了三个儿子，他们分别名叫巴卡、萨提亚吉特和普茹吉特。

第 42 节

सृञ्जयो राष्ट्रपाल्यां च वृषदुर्मर्षणादिकान् ।
हरिकेशहिरण्याक्षौ शूरभूम्यां च श्यामकः ॥४२॥

sṛñjayo rāṣṭrapālyāṁ ca
vṛṣa-durmarṣaṇādikān
harikeśa-hiraṇyākṣau
śūrabhūmyāṁ ca śyāmakaḥ

sṛñjayaḥ－逊佳亚 / rāṣṭrapālyām－透过他妻子茹阿施陀琶莉卡 / ca－和 / vṛṣa-durmarṣaṇa-ādikān－生了以维沙和杜尔玛尔沙纳为首的儿子们 / harikeśa－哈瑞凯施 / hiraṇyākṣau－黑冉亚克沙 / śūrabhū-myām－在舒茹阿布蜜体内 / ca－和 / śyāmakaḥ－夏玛卡王

译文　逊佳亚王与他妻子茹阿施陀琶莉卡，生了以维沙和杜尔玛尔沙纳为首的众多儿子。夏玛卡王与他妻子舒茹阿布蜜生了两个儿子——哈瑞凯施和黑冉亚克沙。

第 43 节

मिश्रकेश्यामप्सरसि वृकादीन् वत्सकस्तथा ।
तक्षपुष्करशालादीन्दुर्वाक्ष्यां वृक आदधे ॥४३॥

miśrakeśyām apsarasi
vṛkādīn vatsakas tathā
takṣa-puṣkara-śālādīn
durvākṣyāṁ vṛka ādadhe

miśrakeśyām－在蜜刷凯希体内 / apsarasi－属于天堂舞女群体的人 / vṛka-ādīn－维卡和其他儿子 / vatsakaḥ－瓦特萨卡 / tathā－以及 / takṣa-puṣkara-śāla-ādīn－以塔克沙、普施卡尔和沙拉为首的儿子们 / durvākṣyām－在他妻子杜尔娃克希体内 / vṛkaḥ－维卡 / āda-dhe－生了

译文　那之后，瓦特萨卡王与他那位是仙女的妻子蜜刷凯希，生了以维卡为首的儿子们。维卡与他妻子杜尔娃克希，生下塔克沙、普施卡尔和沙拉等儿子。

第 44 节

सुमित्रार्जुनपालादीन् समीकात्तु सुदामनी ।
आनकः कर्णिकायां वै ऋतधामाजयावपि ॥४४॥

sumitrārjunapālādīn
samīkāt tu sudāmanī
ānakaḥ karṇikāyāṁ vai
ṛtadhāmā-jayāv api

sumitra—苏弥陀 / arjunapāla—阿尔诸纳帕拉 / ādīn—以……为首 / samīkāt—从萨弥卡王 / tu—事实上 / sudāmanī—在他妻子苏妲玛妮体内 / ānakaḥ—阿纳卡王 / karṇikāyām—在他妻子卡尔妮卡体内 / vai—事实上 / ṛtadhāmā—瑞塔达玛 / jayau—和佳亚 / api—事实上

译文 萨弥卡与他妻子苏妲玛妮，生了苏弥陀、阿尔诸纳帕拉和其他儿子。阿纳卡王与他妻子卡尔妮卡，生了瑞塔达玛和佳亚两个儿子。

第 45 节

पौरवी रोहिणी भद्रा मदिरा रोचना इला ।
देवकीप्रमुखाश्चासन् पत्न्य आनकदुन्दुभेः ॥४५॥

pauravī rohiṇī bhadrā
madirā rocanā ilā
devakī-pramukhāś cāsan
patnya ānakadundubheḥ

pauravī—袍茹阿薇 / rohiṇī—柔黑妮 / bhadrā—芭朵 / madirā—玛迪茹阿 / rocanā—柔查纳 / ilā—伊拉 / devakī—黛瓦克伊 / pramukhāḥ—以……为首 / ca—和 / āsan—存在 / patnyaḥ—妻子们 / ānakadundubheḥ—被称为阿纳卡敦杜彼的瓦苏戴瓦的

译文 黛瓦克伊、袍茹阿薇、柔黑妮、芭朵、玛迪茹阿、柔查纳和伊拉等，都是阿纳卡敦杜彼(瓦苏戴瓦)的妻子。在她们中，黛瓦克伊是首要的妻子。

第 46 节

बलं गदं सारणं च दुर्मदं विपुलं ध्रुवम् ।
वसुदेवस्तु रोहिण्यां कृतादीनुदपादयत् ॥४६॥

balaṁ gadaṁ sāraṇaṁ ca
durmadaṁ vipulaṁ dhruvam
vasudevas tu rohiṇyāṁ
kṛtādīn udapādayat

balam－巴拉 / gadam－嘎达 / sāraṇam－萨茹阿纳 / ca－也 / durmadam－杜尔玛达 / vipulam－维普拉 / dhruvam－杜茹瓦 / vasu-devaḥ－瓦苏戴瓦(奎师那的父亲) / tu－事实上 / rohiṇyām－在名叫柔黑妮的妻子体内 / kṛta-ādīn－以奎塔为首的儿子们 / udapādayat－生了

译文　瓦苏戴瓦与妻子柔黑妮生了巴拉、嘎达、萨茹阿纳、杜尔玛达、维普拉、杜茹瓦和奎塔等儿子。

第 47－48 节

सुभद्रो भद्रबाहुश्च दुर्मदो भद्र एव च ।
पौरव्यास्तनया ह्येते भूताद्या द्वादशाभवन् ॥४७॥

नन्दोपनन्दकृतकशूराद्या मदिरात्मजाः ।
कौशल्या केशिनं त्वेकमसूत कुलनन्दनम् ॥४८॥

subhadro bhadrabāhuś ca
durmado bhadra eva ca
pauravyās tanayā hy ete
bhūtādyā dvādaśābhavan

nandopananda-kṛtaka-
śūrādyā madirātmajāḥ
kauśalyā keśinaṁ tv ekam
asūta kula-nandanam

subhadraḥ－苏巴铎 / bhadrabāhuḥ－巴铎巴胡 / ca－和 / durmadaḥ－杜尔玛达 / bhadraḥ－巴铎 / eva－事实上 / ca－也 / pauravyāḥ－名叫袍茹阿薇的妻子的 / tanayāḥ－儿子们 / hi－事实上 / ete－他们全体 / bhūta-ādyāḥ－以布塔为首 / dvādaśa－十二个 / abhavan－生了 / nanda-upananda-kṛtaka-śūra-ādyāḥ－南达、乌帕南达、奎塔卡和舒茹阿等 / madirā-ātmajāḥ－玛迪茹阿的儿子们 / kauśalyā－考莎莉雅 / keśinam－名叫凯希的一个儿子 / tu ekam－只一个 / asūta－生下 / kula-nandanam－一个儿子

译文 袍茹阿薇怀孕生下十二个儿子，其中包括布塔、苏巴铎、巴铎巴胡、杜尔玛达和巴铎。南达、乌帕南达、奎塔卡和舒茹阿等儿子，都由玛迪茹阿所生。巴朵(考莎莉雅)只生了一个儿子——凯希。

第49节

रोचनायामतो जाता हस्तहेमाङ्गदादयः ।
इलायामुरुवल्कादीन् यदुमुख्यानजीजनत् ॥४९॥

rocanāyām ato jātā
hasta-hemāṅgadādayaḥ
ilāyām uruvalkādīn
yadu-mukhyān ajījanat

rocanāyām－在名叫柔查娜的另一个妻子体内 / ataḥ－那之后 / jātāḥ－出生 / hasta－哈斯塔 / hemāṅgada－黑曼嘎达 / ādayaḥ－和其他人 / ilāyām－在另一个名叫伊拉的妻子体内 / uruvalka-ādīn－以乌茹瓦勒卡为首的儿子们 / yadu-mukhyān－雅杜王朝的重要人物 / ajījanat－他生了

译文 瓦苏戴瓦与另一个妻子柔查娜，生下哈斯塔和黑曼嘎达等儿子；与妻子伊拉生了以乌茹瓦勒卡为首的许多儿子，他们都是雅杜王朝的重要人物。

第 50 节

**विपृष्ठो धृतदेवायामेक आनकदुन्दुभेः ।
शान्तिदेवात्मजा राजन् प्रशमप्रसितादयः ॥५०॥**

viprṣṭho dhṛtadevāyām
eka ānakadundubheḥ
śāntidevātmajā rājan
praśama-prasitādayaḥ

viprṣṭhaḥ－维普瑞施塔 / dhṛtadevāyām－在妻子兑塔黛娃体内 / ekaḥ－一个儿子 / ānakadundubheḥ－阿纳卡敦杜彼(瓦苏戴瓦)的 / śāntidevā-ātmajāḥ－另一个妻子商缇黛娃的儿子们 / rājan－帕瑞克西特王啊 / praśama-prasita-ādayaḥ－帕沙玛、帕希塔和其他儿子

译文　阿纳卡敦杜彼与他妻子兑塔黛娃，生了维普瑞施塔一个儿子。瓦苏戴瓦与另一个妻子商缇黛娃生的儿子，是帕沙玛和帕希塔等。

第 51 节

**राजन्यकल्पवर्षाद्या उपदेवासुता दश ।
वसुहंससुवंशाद्याः श्रीदेवायास्तु षट् सुताः ॥५१॥**

rājanya-kalpa-varṣādyā
upadevā-sutā daśa
vasu-haṁsa-suvaṁśādyāḥ
śrīdevāyās tu ṣaṭ sutāḥ

rājanya－茹阿坚亚 / kalpa－卡勒帕 / varṣa-ādyāḥ－瓦尔沙和其他人 / upadevā-sutāḥ－瓦苏戴瓦的另一个妻子乌琶黛娃的儿子们 / daśa－十个 / vasu－瓦苏 / haṁsa－汉萨 / suvaṁśa－苏万沙 / ādyāḥ－和其他人 / śrīdevāyāḥ－由名叫施瑞黛娃的另一个妻子生下 / tu－但是 / ṣaṭ－六个 / sutaḥ－儿子们

译文 瓦苏戴瓦还有一个妻子名叫乌琶黛娃，她生了以茹阿坚亚、卡勒帕和瓦尔沙为首的十个儿子。瓦苏戴瓦的另一个妻子施瑞黛娃，生了瓦苏、汉萨和苏万沙等六个儿子。

第 52 节

देवरक्षितया लब्धा नव चात्र गदादयः ।
वसुदेवः सुतानष्टावादधे सहदेवया ॥५२॥

devarakṣitayā labdhā
nava cātra gadādayaḥ
vasudevaḥ sutān aṣṭāv
ādadhe sahadevayā

devarakṣitayā－由名叫黛娃尔祺塔的妻子 / labdhāḥ－获得 / nava－九个 / ca－也 / atra－这里 / gadā-ādayaḥ－以嘎达为首的儿子们 / vasudevaḥ－圣瓦苏戴瓦 / sutān－儿子们 / aṣṭau－八个 / ādadhe－生了 / sahadevayā－在名叫萨哈黛娃的妻子体内

译文 瓦苏戴瓦与黛娃尔祺塔，生下以嘎达为首的九个儿子。宗教的人格化身瓦苏戴瓦还有一个名叫萨哈黛娃的妻子，他与这个妻子生了以刷塔和帕瓦茹阿为首的八个儿子。

第 53－55 节

प्रवरश्रुतमुख्यांश्च साक्षाद्धर्मो वसूनिव ।
वसुदेवस्तु देवक्यामष्ट पुत्रानजीजनत् ॥५३॥

कीर्तिमन्तं सुषेणं च भद्रसेनमुदारधीः ।
ऋजुं सम्मर्दनं भद्रं सङ्कर्षणमहीश्वरम् ॥५४॥

अष्टमस्तु तयोरासीत्स्वयमेव हरिः किल ।
सुभद्रा च महाभागा तव राजन् पितामही ॥५५॥

pravara-śruta-mukhyāṁś ca
sākṣād dharmo vasūn iva

vasudevas tu devakyām
　aṣṭa putrān ajījanat

kīrtimantaṁ suṣeṇaṁ ca
　bhadrasenam udāra-dhīḥ
ṛjuṁ sammardanaṁ bhadraṁ
　saṅkarṣaṇam ahīśvaram

aṣṭamas tu tayor āsīt
　svayam eva hariḥ kila
subhadrā ca mahābhāgā
　tava rājan pitāmahī

pravara　帕瓦茹阿(有些人念袍瓦茹阿) / śruta一施茹塔 / mukhyān一以……为首 / ca一和 / sākṣāt一直接地 / dharmaḥ一宗教人格化身 / vasūn iva一恰似天堂星球中的首要的瓦苏们 / vasudevaḥ一奎师那的父亲圣瓦苏戴瓦 / tu一事实上 / devakyām一在黛瓦克伊体内 / aṣṭa一八个 / putrān一儿子们 / ajījanat一生了 / kīrtimantam一克伊尔提曼 / suṣeṇam ca一和苏申纳 / bhadrasenam一巴铎森纳 / udāra-dhīḥ一都绝对有资格 / ṛjum一瑞玖 / sammardanam一萨玛尔丹 / bhadram一巴铎 / saṅkarṣaṇam一桑卡尔珊 / ahi-īśvaram一至尊控制者及蛇化身 / aṣṭamaḥ一第八位 / tu一但是 / tayoḥ一两人(黛瓦克伊和瓦苏戴瓦)的 / āsīt一显现了 / svayam eva一直接地、亲自 / hariḥ一至尊人格首神 / kila一更不要说…… / subhadrā一一个妹妹苏芭朵 / ca一和 / mahābhāgā一高度幸运的 / tava一你的 / rājan一帕瑞克西特王啊 / pitāmahī一祖母

译文　萨哈黛娃生的帕瓦茹阿和施茹塔等八个儿子，是天堂星球中的八位瓦苏的化身。瓦苏戴瓦与黛瓦克伊也生了八位崇高的儿子。他们是克伊尔提曼、苏申纳、巴铎森纳、瑞玖、萨玛尔丹、巴铎，以及控制者兼蛇化身桑卡尔珊；第八个儿子就是至尊人格首神奎师那本人。瓦苏戴瓦和黛瓦克伊有个女儿——极其幸运的苏芭朵。她是你祖母。

要旨　第五十五节诗中说，黛瓦克伊的第八个儿子奎师那是至尊人格首神本人(svayam eva hariḥ kila)。奎师那不是一个化身。尽管至尊人格首神哈尔依(Hari)与祂的化身之间没有区别，但奎师那是最初的至尊人——完整的人格首神。祂的化身只展示首神全部力量的一部分。完整的人格首神，是显现为黛瓦克伊第八个儿子的奎师那本人。

第56节

यदा यदा हि धर्मस्य क्षयो वृद्धिश्च पाप्मनः ।
तदा तु भगवानीश आत्मानं सृजते हरिः ॥५६॥

yadā yadā hi dharmasya
　kṣayo vṛddhiś ca pāpmanaḥ
tadā tu bhagavān īśa
　ātmānaṁ sṛjate hariḥ

yadā—每当 / yadā—每当 / hi—事实上 / dharmasya—宗教原则的 / kṣayaḥ—退化 / vṛddhiḥ—增加 / ca—和 / pāpmanaḥ—罪恶活动的 / tadā—那时 / tu—事实上 / bhagavān—至尊人格首神 / īśaḥ—至尊控制者 / ātmānam—亲自 / sṛjate—降临 / hariḥ—至尊人格首神

译文　每当宗教原则降低，反宗教气焰嚣张，至尊控制者——人格首神圣哈尔依，就会凭祂自己的意愿显现。

要旨　这节诗中解释了至尊人格首神化身降临地球的原则。《博伽梵歌》(Bhagavad-gītā)第4章的第7节诗记载，至尊主本人也解释同一项原则说：

yadā yadā hi dharmasya
　glānir bhavati bhārata
abhyutthānam adharmasya
　tadātmānaṁ sṛjāmy aham

“巴茹阿特的后裔啊！无论何时何地，每当宗教衰落，反宗教盛行，我就会亲自降临。”

在现在这个年代中，至尊人格首神以圣柴坦亚·玛哈帕布(Caitanya Mahāprabhu)的形象显现，开展哈瑞·奎师那运动(Hare Kṛṣṇa)。在如今这个喀历年代中，人们极其罪恶、拙劣(manda)。他们不了解灵性生活，误用人体具有的好处，像猫和狗一样生活。在这种情况下，就是至尊人格首神奎师那本人的圣柴坦亚·玛哈帕布，开展了哈瑞·奎师那运动。接触这运动的人，直接与至尊人格首神联谊。人们应该善用吟诵、吟唱哈瑞·奎师那这首赞歌的方法，以解除由这个喀历年代中的各种问题所导致的痛苦。

第 57 节

न ह्यस्य जन्मनो हेतुः कर्मणो वा महीपते ।
आत्ममायां विनेशस्य परस्य द्रष्टुरात्मनः ॥५७॥

na hy asya janmano hetuḥ
karmaṇo vā mahīpate
ātma-māyāṁ vineśasya
parasya draṣṭur ātmanaḥ

na－不 / hi－事实上 / asya－祂(至尊人格首神)的 / janmanaḥ－显现——出生的 / hetuḥ－有任何原因 / karmaṇaḥ－或为了行动 / vā－或者 / mahīpate－君王(帕瑞克西特王)啊 / ātma-māyām－祂对坠落灵魂的极度同情 / vinā－没有 / īśasya－至尊控制者的 / parasya－超越物质世界的人格首神的 / draṣṭuḥ－见证每一个生物活动的超灵的 / ātmanaḥ－众生的超灵的

译文　帕瑞克西特王啊！但就至尊主个人的愿望来说，根本不存在需要祂显现、隐迹或活动的原因。祂作为超灵知道一切，因此没什么原因能影响祂，就连功利性活动的结果也影响不了。

要旨 这节诗指出至尊人格首神和普通生物之间的区别。普通生物按照自己过去的活动，得到一个特定的躯体(karmaṇā daivanetreṇa jantur dehopapattaye)。生物永远都不是独立的，也永远无法自由投生；相反是根据过去的活动(karma)被迫接受一个由错觉能量玛亚强加给他的躯体。正如《博伽梵歌》第18章的第61节诗解释：在一台由物质能量制成的机器上(yantrārūḍhāni māyayā)。躯体是物质能量在至尊人格首神的指挥下，给生物制造的一种机器。因此，生物必须接受物质能量玛亚按照他的业报给他的躯体。生物无法命令说："给我像这样的一个躯体"，或"给我像那样的一个躯体"。生物必须接受物质能量给予的任何一个躯体。这就是普通生物的状态。

然而，当奎师那降临时，祂是出于对坠落灵魂的仁慈这样做。正如《博伽梵歌》第4章的第8节诗记载，至尊主说：

paritrāṇāya sādhūnāṁ
vināśāya ca duṣkṛtām
dharma-saṁsthāpanārthāya
sambhavāmi yuge yuge

"一个年代复一个年代，我亲自降临，以拯救虔诚的人，彻底消灭邪恶之徒，重建宗教原则。"至尊主并不是被迫显现的。事实上，没人能迫使祂做任何事，因为祂是至尊人格首神。所有的生物都在祂的控制下，祂不受任何人的控制。因缺乏知识而愚蠢的人以为，普通生物可以与奎师那平等或成为奎师那。这样的想法在各方面受到谴责。没人能与奎师那平等或超过祂(asamaurdhva)。按照《维施瓦·寇沙》(Viśva-kośa)词典，玛亚(māyā)一词被用于表明"错误的骄傲"和"同情"。对普通生物来说，他所进入的躯体是对他的惩罚。正如《博伽梵歌》第7章的第14节诗记载，至尊主说："我这由物质自然三种属性组成的神性能量难以克服(daivī hy eṣā guṇa-mayī mama māyā duratyayā)。"但当玛亚

(māyā)一词被用以谈论奎师那时，是指祂对奉献者和堕落灵魂的同情或仁慈。至尊主能凭祂的力量拯救任何人，无论那人是罪恶还是虔诚。

第58节

यन्मायाचेष्टितं पुंसः स्थित्युत्पत्त्यप्ययाय हि ।
अनुग्रहस्तन्निवृत्तेरात्मलाभाय चेष्यते ॥५८॥

yan māyā-ceṣṭitaṁ puṁsaḥ
sthity-utpatty-apyayāya hi
anugrahas tan-nivṛtter
ātma-lābhāya ceṣyate

yat一无论什么 / māyā-ceṣṭitam一至尊人格首神制定的物质自然法律的 / puṁsaḥ一生物体的 / sthiti一寿命 / utpatti一出生 / apyayāya一毁灭 / hi一事实上 / anugrahaḥ一同情 / tat-nivṛtteḥ一宇宙能量的创造与展示，以停止生死轮回 / ātma-lābhāya一如此回归家园，回到首神身边 / ca一事实上 / iṣyate一创造为此目的而进行

译文 至尊人格首神透过祂的创造、维系和毁灭这宇宙展示的物质能量行事，是出于祂的慈悲心要拯救众生，终止他们的生死轮回，使他们不再过物质生活，而能够回归家园，回到首神身边。

要旨 物质主义者有时会问，神为什么创造了这个使生物受苦的物质世界？物质创造无疑是为使受制约的灵魂受苦而设计，受制约的灵魂也是至尊人格首神的一部分。正如《博伽梵歌》第15章的第7节诗记载，至尊主本人证实说：

mamaivāṁśo jīva-loke
jīva-bhūtaḥ sanātanaḥ
manaḥ ṣaṣṭhānīndriyāṇi
prakṛti-sthāni karṣati

“在这个受制约的世界里的众生，都是我永恒的碎片部分。受制约的生活使他们与包括‘心’在内的六种感官苦苦挣扎。”所有的生物都是至尊人格首神不可缺少的一部分，都在“质”上与至尊主一样，但在“量”上与至尊主有很大的区别；因为至尊主无限，而生物有限。至尊主拥有无限的快乐能量，生物只有有限的快乐能量。《韦丹塔·苏陀》(Vedānta-sūtra)第1篇第1章的第12节诗中说：生物本性充满快乐(ānandamayo 'bhyāsāt)。至尊主和生物在“质”上都是灵性的灵魂，具有平静的享受倾向，但当作为至尊人格首神所属部分的个体生物，不幸地想要在没有奎师那的情况下独立享受时，他就被放进物质世界，在那里作为布茹阿玛开始他的生活，并逐渐被降到一个小蚂蚁或粪便里的虫子的躯体中。这称为“受制约的生活使他们与包括心念在内的六种感官苦苦争斗(manaḥ ṣaṣṭhānīndriyāṇi prakṛti-sthāni karṣati)”。受制约的生物因为完全受物质自然的控制，所以为生存而苦苦挣扎(prakṛteḥ kriyamā-ṇāni guṇaiḥ karmāṇi sarvaśaḥ)。然而，生物有限的知识使他以为自己是在这个物质世界里享乐。他实际上完全受物质自然的控制，但却仍以为自己是独立的(ahaṅkāra-vimūḍhātmā kartāham iti manyate)。即使当他透过知识思辨得到提升后，试图融入梵的存在，同样的疾病依然存在。《圣典博伽瓦谭》第10篇第2章的第32节诗中说，哪怕是到了融入不具人格特性的梵的状态(paraṁ padam)，他还是会再次坠入物质世界(āruhya kṛcchreṇa paraṁ padaṁ tataḥ patanty adhaḥ)。

就这样，受制约的灵魂为在这个世界里生存而苦苦挣扎。至尊主出于对受制约灵魂的同情，出现在这个世界里，给这些灵魂以教导。《博伽梵歌》第4章的第7节诗记载，至尊主为此说：

yadā yadā hi dharmasya
glānir bhavati bhārata
abhyutthānam adharmasya
tadātmānaṁ sṛjāmy aham

“巴茹阿特的后裔啊！无论何时何地，每当宗教衰落，反宗教盛行，我就会亲自降临。”真正的达尔玛(dharma)是投靠奎师那，但造反的生物不投靠奎师那，而是从事罪恶活动(adharma)，为生存而苦苦挣扎，试图变得像奎师那一样。为此，奎师那出于同情创造了这个物质世界，给生物提供一个了解自己真正状态的机会。《博伽梵歌》及与之类似的韦达文献所呈现的内容，使生物能明白自己与奎师那的关系。《博伽梵歌》第15章的第15节诗中说：研究韦达经的目的是要知道我(vedaiś ca sarvair aham eva vedyaḥ)。所有这些韦达文献，是为了使人能够了解自己是什么，自己的真正状态是什么，自己与至尊人格首神的关系是什么。这称为询问有关绝对真理(brahma-jijñāsā)。每一个受制约的灵魂都在挣扎，但人体生命提供生物了解自己状态的机会。所以这节诗说“出于同情创造宇宙展示，以停止生死轮回(anugrahas tan-nivṛt-teḥ)”。这表明重复生死的错误生活，必须被终止，受制约的灵魂应该受到教育。这就是物质创造的目的。

这创造并非如无神论者所想的那样，是凭空出现的。

asatyam apratiṣṭhaṁ te
jagad āhur anīśvaram
aparaspara-sambhūtaṁ
kim anyat kāma-haitukam

“他们说这个世界不真实，无根基，没有主宰的神。他们说它是性欲的产物，除了色欲外没有其他原因。”（《博伽梵歌》16.8）持无神论的无赖们认为：没有神；创造是偶然发生的，就像是男人和女人偶然相遇，女人怀孕并生下孩子。但这并非事实。事实是，这创造是有目的的，即：给予受制约的灵魂一个机会，使其能够恢复自己原本的意识——奎师那意识，然后返回家园，回到首神身边，在灵性世界里心满意足地快乐生活。在物质世界里，受制约的灵魂被给予满足其感官的机会，但同时被教导韦达知识，使其明白这个物质世界不是寻求真正快乐的地方。《博伽梵歌》第13章的第9节诗说：人必须理解生老病死的不幸(janma-mṛtyu-jarā-vyādhi-duḥkha-doṣānudarśanam)。必须终止生死轮回。因此，每个人都该靠了解奎师那及自己与奎师那的关系善用这个创造，从而能够回归家园，回到首神身边。

第 59 节

अक्षौहिणीनां पतिभिरसुरैर्नृपलाञ्छनैः ।
भुव आक्रम्यमाणाया अभाराय कृतोद्यमः ॥५९॥

akṣauhiṇīnāṁ patibhir
asurair nṛpa-lāñchanaiḥ
bhuva ākramyamāṇāyā
abhārāya kṛtodyamaḥ

akṣauhiṇīnām—拥有强大的军事力量的君王们的 / patibhiḥ—由这种君王或政府 / asuraiḥ—实际上的恶魔(因为他们不需要这种军事力量，但却毫无必要地制造它) / nṛpa-lāñchanaiḥ—其实不适合当君王的人(尽管他们以某种方式占领了政府) / bhuvaḥ—在地球表面 / ākramyamāṇāyāḥ—以互相攻击为目的 / abhārāya—为减少地球表面的恶魔而铺路作准备 / kṛta-udyamaḥ—热情的(他们花费国家得到的收入去增加军事力量)

译文 占据政府要职的恶魔虽然装扮成政府之人，但却不知道政府的职责。为此，神的安排是，使这种拥有强大军事力量的恶魔彼此开战，以减轻大量的恶魔给地球表面造成的巨大负担。至尊者的意志将促使恶魔增加他们的军事力量，这样他们的人数就会减少，奉献者就有机会增强奎师那意识。

要旨　正如《博伽梵歌》第4章的第8节诗说明：为拯救虔诚的人，彻底消灭邪恶之徒，我降临(paritrāṇāya sādhūnāṁ vināśāya ca duṣkṛtām)。至尊主的奉献者(sādhu)总是渴望推动奎师那意识运动，以使受制约的灵魂能摆脱生死束缚；但恶魔们(asura)阻止奎师那意识运动的扩展。为此，奎师那有时就会作出安排，让那些热心增加自己的军事力量的恶魔彼此争战。政府或君王的职责并非不必要地增加军事力量，政府真正的责任是监督国民增强奎师那意识。为实现这一目的，《博伽梵歌》第4章的第13节诗记载奎师那说："根据物质自然的三种属性和与它们有关的不同活动，我把人类社会分为四个阶层(cātur-varṇyaṁ mayā sṛṣṭaṁ guṇa-karma-vi-bhāgaśaḥ)。"人类社会中应该由真正的布茹阿玛纳(brāhmaṇa)组成的理想阶层，这些布茹阿玛纳应该受到全面的保护。奎师那非常喜爱布茹阿玛纳和乳牛(namo brahmaṇya-devāya go-brāhmaṇa-hitāya ca)；布茹阿玛纳传播奎师那意识，乳牛则提供牛奶，使人体保持在受善良属性影响的状态中。查锤亚(kṣatriya)和政府应该听取布茹阿玛纳的建议和忠告。外夏(vaiśya)应该生产足够的粮食，而无法独自作出有益于人类社会之事的庶铎(śūdra)，应该为三个较高阶层的人(布茹阿玛纳、查锤亚和外夏)做服务。这就是至尊人格首神的安排，以使受制约的灵魂能摆脱物质制约，回归家园，回到首神身边。这是奎师那降临地球的目的(paritrāṇāya sādhūnāṁ vināśāya ca duṣkṛtām)。

每一个人都该了解奎师那的活动(janma karma ca me divyam)。人如果了解奎师那来这个地球并从事其活动的目的，就能立刻获得解脱。创造及奎师那降临这个地球的目的，就是为了使人获得这种解脱。恶魔们热衷于推广使人们像牛马一样辛苦劳作的计划，但奎师那的奉献者想要教导有关奎师那意识的知识，以使人们满足于简朴的生活及奎师那意识的增强。尽管恶魔们制定了那么多扩大工业生产和获得苦工的计划，以使人们像动物般夜以继日地工作，但这并非文明的目的。这样的努力使人民大众遭受不幸(jagato'hitaḥ)。这样的活动导致毁灭(kṣayāya)。了解至尊人格首神奎师那用意的人，应该认真理解奎师那意识运动的重要性，真诚地参与其中。人不该不必要地为追求感官享乐而努力(ugra-karma)。《圣典博伽瓦谭》第5篇第5章的第4节诗中说：当人认为感官享乐是人生的目标时，他无疑就会疯狂地追求物质生活，从事所有种类的罪恶活动(nūnaṁ pramattaḥ kurute vikarma yad indriya-prītaya āpṛṇoti)。人们仅仅为了感官享乐而制定获取物质快乐的计划。《圣典博伽瓦谭》第7篇第9章的第43节诗中说：蠢人和无赖为获得物质快乐并维系他们的家庭、社会和国家，而制定精密的计划(māyā-sukhāya bharam udvahato vimūḍhān)。他们之所以这么做，是因为他们都被迷惑了(vimūḍha)。人们为了转瞬即逝的快乐浪费他们的人体精力，不了解奎师那意识运动的重要性，相反指责朴实的奉献者给人洗脑。恶魔们可以错误地指责传播奎师那意识运动的奉献者，但奎师那将安排恶魔之间发生战争，让他们运用自己全部的军事力量，最后以双方被毁灭为结局。

第60节

कर्माण्यपरिमेयाणि मनसापि सुरेश्वरैः ।
सहसङ्कर्षणश्चक्रे भगवान्मधुसूदनः ॥६०॥

karmāṇy aparimeyāṇi
manasāpi sureśvaraiḥ
saha-saṅkarṣaṇaś cakre
bhagavān madhusūdanaḥ

karmāṇi—活动 / aparimeyāṇi—无穷无尽的 / manasā api—超乎想象的 / sura-īśvaraiḥ—被布茹阿玛和希瓦那样的宇宙控制者 / saha-saṅkarṣaṇaḥ—与商卡尔珊(巴拉茹阿玛)一起 / cakre—举行 / bhagavān—至尊人格首神 / madhu-sūdanaḥ—杀死玛杜魔的人

译文　至尊人格首神奎师那与商卡尔珊——巴拉茹阿玛合作，从事甚至超越主布茹阿玛和主希瓦等人物之理解力的活动。

要旨　有关这方面的例子是：奎师那安排库茹柴陀战争，杀死许多恶魔，以减轻整个世界的负担。

第61节

कलौ जनिष्यमाणानां दुःखशोकतमोनुदम् ।
अनुग्रहाय भक्तानां सुपुण्यं व्यतनोद्यशः ॥६१॥

kalau janiṣyamāṇānāṁ
duḥkha-śoka-tamo-nudam
anugrahāya bhaktānāṁ
supuṇyaṁ vyatanod yaśaḥ

kalau一在这个喀历年代中 / janiṣyamāṇānām一今后将投生的受制约的灵魂的 / duḥkha-śoka-tamaḥ-nudam一为减轻他们由愚昧造成的无限痛苦和悲哀 / anugrahāya一只是为了展现仁慈 / bhaktānām一向奉献者们 / su-puṇyam一十分虔诚、超然的活动 / vyatanot一扩大 / yaśaḥ一祂的光荣或名望

译文　为向将在这喀历年代投生的奉献者展示没有缘故的仁慈，至尊人格首神奎师那行事的方式是：使人仅仅靠记住祂，就能摆脱物质存在中的一切悲伤与痛苦。(换句话说，祂所做的事，使未来的奉献者靠接受《博伽梵歌》中阐明的有关奎师那意识的教导，就能解除物质存在造成的剧痛。)

要旨　至尊主拯救奉献者、消灭恶魔的活动(paritrāṇāya sādhūnāṁ vināśāya ca duṣkṛtām)，都是同时进行的。奎师那显现的真正目的是为了拯救圣洁之人(sādhu)——奉献者(bhakta)；但祂也通过

杀恶魔向恶魔展示仁慈，因为被奎师那杀死的人都获得了解脱。至尊主无论是杀戮还是给予保护，都是在向恶魔和奉献者展示仁慈。

第 62 节

यस्मिन् सत्कर्णपीयुषे यशस्तीर्थवरे सकृत् ।
श्रोत्राञ्जलिरुपस्पृश्य धुनुते कर्मवासनाम् ॥६२॥

yasmin sat-karṇa-pīyuṣe
yaśas-tīrtha-vare sakṛt
śrotrāñjalir upaspṛśya
dhunute karma-vāsanām

yasmin一在奎师那于地球上从事的超然活动史中 / sat-karṇa-pīyuṣe一令超然、纯洁的耳朵的要求满意的人 / yaśaḥ-tīrtha-vare一靠聆听至尊主的超然活动使自己处在最佳的圣地 / sakṛt一只有一次、立刻 / śrotra-añjaliḥ一以聆听超然信息的方式 / upaspṛśya一触碰(恰似恒河水) / dhunute一毁灭 / karma-vāsanām一从事功利性活动的强烈欲望

译文 仅仅透过被净化的超然耳朵，至尊主的奉献者就立刻去除强烈的物质欲望，不再从事功利性活动。

要旨 当奉献者用耳朵聆听《博伽梵歌》和《圣典博伽瓦谭》中讲述的至尊人格首神的活动时，他们立刻获得超然的视力，不再对物质活动感兴趣。他们就这样摆脱了物质世界的束缚。世上几乎所有的人都为感官享乐而从事物质活动，结果使自己持续经历生老病死(janma-mṛtyu jarā-vyādhi)的痛苦。但奉献者仅仅靠聆听《博伽梵歌》的信息，并进一步品尝《圣典博伽瓦谭》的叙述，使自己变得如此纯净，不再对物质活动感兴趣。现在，在西方国家中的奉献者，受到奎师那意识的吸引，不再关心

物质活动，结果人们就试图反对这运动。然而，他们无法阻止这场运动，或靠他们设置的障碍阻止欧洲和美国奉献者的活动。这节诗中的śrotrāñjalir upaspṛśya一句是指，仅仅靠聆听至尊主的超然活动，奉献者就变得如此纯净，以致立刻不再受物质性功利活动的污染。灵魂不需要物质活动，因此奉献者停止从事这样的活动(anyābhilāṣitāśūnyam)。奉献者处在解脱的状态中(brahma-bhūyāya kalpate)，所以无法被唤回物质家园，去从事物质活动。

第 63－64 节

भोजवृष्ण्यन्धकमधुशूरसेनदशार्हकैः ।
श्लाघनीयेहितः शश्वत्कुरुसृञ्जयपाण्डुभिः ॥६३॥

स्निग्धस्मितेक्षितोदारैर्वाक्यैर्विक्रमलीलया ।
नृलोकं रमयामास मूर्त्या सर्वाङ्गरम्यया ॥६४॥

bhoja-vṛṣṇy-andhaka-madhu-
　śūrasena-daśārhakaiḥ
ślāghanīyehitaḥ śaśvat
　kuru-sṛñjaya-pāṇḍubhiḥ

snigdha-smitekṣitodārair
　vākyair vikrama-līlayā
nṛlokaṁ ramayām āsa
　mūrtyā sarvāṅga-ramyayā

bhoja－由博佳王朝协助 / vṛṣṇi－及由维施尼们 / andhaka－及由安达卡们 / madhu－及由玛杜们 / śūrasena－及由苏茹阿森纳们 / daśārhakaiḥ－及由达沙尔哈们 / ślāghanīya－由值得称赞的 / īhitaḥ－努力 / śaśvat－总是 / kuru-sṛñjaya-pāṇḍubhiḥ－由潘达瓦们、库茹们和逊佳亚们 / snigdha－充满深情的 / smita－微笑地 / īkṣita－被视为 / udaraiḥ－宽大的 / vākyaiḥ－教导 / vikrama-līlayā－具英雄气概的娱乐活动 / nṛ-lokam－人类社会 / ramayām āsa－高兴的 / mūrtyā－由

祂个人的形象 / sarva-aṅga-ramyayā—由身体各部分组成的形象令所有的人赏心悦目

译文 在博佳、维施尼、安达卡、玛杜、苏茹阿森纳、达沙尔哈、库茹、逊佳亚和潘杜的后代们的协助下，主奎师那从事各种活动。以超然身体显现的至尊主，凭祂动人的微笑、深情的举动、教导，以及举起哥瓦尔丹山等非凡的娱乐活动，令整个人类社会感到高兴、满意。

要旨 诗中梵文“以超然身体显现的至尊主，令整个人类社会感到高兴、满意(nṛlokaṁ ramayām āsa mūrtyā sarvāṅga-ramyayā)”一句意义重大。奎师那是存在中最初的形象，所以在此用“由祂个人的形象(mūrtyā)”一句，描述至尊人格首神巴嘎万。梵文“穆尔提(mūrti)”的意思是形象。奎师那——神，永远不是不具人格特征的；非人格的特征只不过是祂超然身体的一个展示而已(yasya prabhā prabhavato jagad-aṇḍa-koṭi)。尽管至尊主的形象就像一个人的形象(narākṛti)，但祂的形象不同于我们的形象。因此，诗中说，祂那“由身体各部分组成的形象令所有的人赏心悦目(sarvāṅga-ramyayā)”。除了祂微笑的脸庞，祂身体的每一个部分，祂的手、腿和胸膛等，都令奉献者赏心悦目；他们一刻都不能不看至尊主的美丽形象。

第65节

यस्याननं मकरकुण्डलचारुकर्ण-
भ्राजत्कपोलसुभगं सविलासहासम् ।
नित्योत्सवं न ततृपुर्दृशिभिः पिबन्त्यो
नार्यो नराश्च मुदिताः कुपिता निमेश्च ॥६५॥

yasyānanaṁ makara-kuṇḍala-cāru-karṇa-
bhrājat-kapola-subhagaṁ savilāsa-hāsam

nityotsavaṁ na tatṛpur dṛśibhiḥ pibantyo
nāryo narāś ca muditāḥ kupitā nimeś ca

yasya—谁的 / ānanam—脸庞 / makara-kuṇḍala-cāru-karṇa—由鲨鱼状的耳环和美丽的耳朵装饰 / bhrājat—出色地装饰 / kapola—前额 / subhagam—表明所有的财富 / sa-vilāsa-hāsam—带着享受的微笑 / ni-tya-utsavam—人一旦看到祂就感到欢乐 / na tatṛpuḥ—他们无法感到满足 / dṛśibhiḥ—通过看至尊主的形象 / pibantyaḥ—恰似透过眼睛喝饮 / nāryaḥ—温达文所有的女人 / narāḥ—所有的男性奉献者 / ca—也 / muditāḥ—心满意足 / kupitāḥ—愤怒 / nimeḥ—眨眼使他们受打扰的那一刻 / ca—也

译文　奎师那的脸庞由鲨鱼状的耳环等各种装饰品点缀着。祂的耳朵漂亮、脸颊明亮、微笑动人。看到主奎师那的人就看到了欢乐、喜庆。祂的脸庞和身体使看到之人都感到心满意足，但奉献者却对创造者感到生气，因为他创造了眼睛的瞬间眨动，而那打扰他们看奎师那。

要旨　正如《博伽梵歌》第7章的第3节诗记载，至尊主本人说：

manuṣyāṇāṁ sahasreṣu
kaścid yatati siddhaye
yatatām api siddhānāṁ
kaścin māṁ vetti tattvataḥ

“在千万人中，也许只有一个人力求达到完美，而在达到完美的人中，很难有一个人真正了解我。”人除非有资格了解奎师那，否则无法欣赏出现在地球上的奎师那。在博佳、维施尼、安达卡和潘达瓦等王朝，及其与奎师那有亲密关系的许多其他君王中，奎师那与温达文居民之间的亲密关系特别受到关注。这节诗中用梵文nityotsavaṁ na tatṛpur dṛśibhiḥ pibantyaḥ一句，描述了那种关系。温达文的居民，尤其是牧牛童、乳牛、牛犊和牧牛姑娘，以及奎师那的父母，虽然一直不断地看到奎师那美丽的形象，但从没有感到彻底满足过。看奎师那在此被描述为是每天的喜庆活动(nitya-utsava)。温达文的居民几乎每时每刻都看到奎师那，但当奎师那离开村庄去牧场照顾祂的乳牛和牛犊时，牧牛姑娘们因为看到奎师那走在沙子上，内心就会备受折磨。她们会想：她们因为自己的胸脯不够柔软而不敢将奎师那的莲花足放在她们的胸脯上，但那双莲花足现在却被碎石子刺破了。哪怕是想到这，牧牛姑娘们都感到痛苦，于是在家哭泣。因此，这些牧牛姑娘是奎师那崇高的朋友。她们虽然一直不断地看到奎师那，但因为她们的眼皮打扰她们看奎师那，她们就谴责创造者——主布茹阿玛。这节诗中描述了奎师那的美，尤其是祂脸庞的美。在这第9篇的第24章中，我们看到对奎师那的美的少许描述。现在，我们要继续去阅读被视为是奎师那的头部的第10篇。整部圣典《博伽梵往世书》(Śrīmad-Bhāgavata Purāṇa)，是至尊主形象的具体体现，而第10篇是祂的脸庞。这节诗提示我们祂的脸庞有多么美丽。牧牛姑娘们时刻都在观看奎师那微笑的脸庞，以及祂的脸颊、双唇、耳朵上的装饰品和祂咀嚼槟榔的模样，从而享受超然的极乐，以致从没有因为看奎师那的脸庞而感到彻底满足过；相反谴责创造者制造了打扰她们视野的眼皮。由此看来，比起奎师那的牧牛童朋友，甚至也很有兴趣打扮奎师那脸庞的雅首达妈妈来，牧牛姑娘更欣赏奎师那脸庞的美。

第66节

जातो गतः पितृगृहाद् व्रजमेधितार्थो
हत्वा रिपून् सुतशतानि कृतोरुदारः ।
उत्पाद्य तेषु पुरुषः क्रतुभिः समीजे
आत्मानमात्मनिगमं प्रथयञ्जनेषु ॥६६॥

jāto gataḥ pitṛ-gṛhād vrajam edhitārtho
hatvā ripūn suta-śatāni kṛtorudāraḥ
utpādya teṣu puruṣaḥ kratubhiḥ samīje
ātmānam ātma-nigamaṁ prathayañ janeṣu

jātaḥ－作为瓦苏戴瓦的儿子诞生后 / gataḥ－离开了 / pitṛ-gṛhāt－从祂父亲的房子 / vrajam－到温达文 / edhita-arthaḥ－为了给(温达文)增光 / hatvā－在那里杀 / ripūn－许多恶魔 / suta-śatāni－数百的儿子 / kṛta-urudāraḥ－接受成千上万的妻子——最优秀的女人 / utpādya－生了 / teṣu－在她们体内 / puruṣaḥ－呈现出人的模样的至尊人 / kratubhiḥ－通过许多祭祀 / samīje－崇拜了 / ātmānam－祂自己(因为祂是受所有祭祀崇拜的人) / ātma-nigamam－完全按照韦达经推荐的祭祀仪式 / prathayan－扩展韦达原则 / janeṣu－在人民大众中

译文　被称为娱乐活动的至尊享受者的至尊人格首神——圣奎师那，显现为瓦苏戴瓦的儿子后，立刻离开祂父亲的家去到温达文，与祂亲密的奉献者展开爱的交流。在温达文，至尊主杀死了许多恶魔。那之后，祂返回杜瓦尔卡，在那里按韦达原则娶了许多最优秀的女人做妻子，经由她们生下成千上万的儿子。祂还举行崇拜祂本人的祭祀，确立居士生活的原则。

要旨　正如《博伽梵歌》第15章的第15节诗说明：研究韦达经的目的是要知道我(vedaiś ca sarvair aham eva vedyaḥ)。圣主奎师那以身作则树立榜样，举行了韦达经(Vedas)中讲述的许多祭祀仪式；并通过娶众多的妻子并生下许多孩子建立起居士生活的原则，以向世人展示该如何按照韦达原则快乐地生活。韦达祭祀的核心是奎师那(vedaiś ca sarvair aham eva vedyaḥ)。为在人体生命中取得进步，人类社会必须按照主奎师那在祂的居士生活中亲自示范的榜样，遵守韦达原则。然而，奎师那显现的真正目的，是给我们看，我们如何能参加与至尊人格首神进行爱的交流的活动。在如痴如醉的状态下与至尊主进行爱的交流，只有在温达文才有可能做到。正因为如此，就在祂作为瓦苏戴瓦的儿子显现后，祂立刻启程去了温达文。在温达文，至尊主不仅与祂的父母、牧牛姑娘(gopī)和牧牛童从事爱的交流活动，而且还通过杀死许多恶魔，给予恶魔以解脱。正如《博伽梵歌》第4章的第8节诗说明：至尊主显现是为了保护奉献者，杀死恶魔(paritrāṇāya sādhūnāṁ vināśāya ca duṣkṛtām)。这在祂本人的行为中具有充分的展示。《博伽梵歌》中记载，阿尔诸纳了解至尊主是“永恒、超然的至尊人(puruṣaṁ śāśvataṁ divyam)”。我们在这节诗中也看到，梵文“呈现出人的模样的至尊人与她们生了(utpādya teṣu puruṣaḥ)”一句。因此结论是，绝对真理是一个人(puruṣa)。非人格特征只不过是绝对真理这位人物的特征之一。祂最终是一个人；祂不是不具人格特征的。祂不仅是一个人(puruṣa)，而且还是众人中最非凡的人(līlā-puruṣottama)。

第67节

पृथ्व्याः स वै गुरुभरं क्षपयन् कुरूणा-
मन्तःसमुत्थकलिना युधि भूपचम्वः ।
दृष्ट्या विधूय विजये जयमुद्विघोष्य
प्रोच्योद्धवाय च परं समगात्स्वधाम ॥६७॥

pṛthvyāḥ sa vai guru-bharaṁ kṣapayan kurūṇām
antaḥ-samuttha-kalinā yudhi bhūpa-camvaḥ
dṛṣṭyā vidhūya vijaye jayam udvighoṣya
procyoddhavāya ca paraṁ samagāt sva-dhāma

pṛthvyāḥ—在地球上 / saḥ—祂(主奎师那) / vai—事实上 / guru-bharam—沉重的负担 / kṣapayan—完全结束 / kurūṇām—出生在库茹王朝中的人物们的 / antaḥ-samuttha-kalinā—通过以在兄弟间挑起争吵的方式制造敌意 / yudhi—在库茹柴陀的战场上 / bhūpa-camvaḥ—

所有邪恶的君王 / dṛṣṭyā－通过祂的瞥视 / vidhūya－净化他们的罪恶活动 / vijaye－在胜利中 / jayam－胜利 / udvighoṣya－宣布(阿尔诸纳胜利) / procya－给予教导 / uddhavāya－向乌达瓦 / ca－也 / param－超然的 / samagāt－返回 / sva-dhāma－祂自己的地方

译文　接着，圣主奎师那在家庭成员间制造误解，以消除世界的负担。祂仅仅用祂的扫视，就消灭了库茹柴陀战场上所有邪恶的君王，宣布阿尔诸纳的胜利。祂最终教导乌达瓦有关超然生活和奉爱之情后，以祂的原本形象返回祂的住所。

要旨　至尊主说：拯救虔诚的人，彻底消灭邪恶之徒(paritrāṇāya sādhūnāṁ vināśāya ca duṣkṛtām)。主奎师那在库茹柴陀(Kurukṣetra)战场上完成了祂的这一使命；因为凭借至尊主的仁慈，阿尔诸纳(Arjuna)作为伟大的奉献者赢得了胜利，而至尊主仅仅用祂的扫视就消灭了其他人，清除了他们的一切恶报，使他们能够获得“与祂有一样的身体”的解脱(sārūpya)。最终，主奎师那教导乌达瓦(Uddhava)有关奉爱服务的超然生活，并在适当的时候返回祂自己的住所。至尊主以《博伽梵歌》的形式所给予的教导中，充满知识(jñāna)与弃绝(vairāgya)。在人体生命形式中，生物必须学习这两个内容，即：如何变得不依恋物质世界，及如何在灵性生活中获得完整的知识。这是至尊主的使命(paritrāṇāya sādhūnāṁ vināśāya ca duṣkṛtām)。至尊主在完成祂的使命后，返回祂的家园哥珞卡·温达文(Goloka Vṛndāvana)。

到此为止，结束了巴克提韦丹塔对《圣典博伽瓦谭》第9篇的第24章——“至尊人格首神奎师那”所作的阐释。

完成于印度布巴内斯瓦尔
奎师那·巴拉茹阿玛庙的奠基典礼上

【第九篇终】

圣帕布帕德小传

圣恩 A.C.巴克提韦丹塔·斯瓦米·帕布帕德于 1896 年在印度的加尔各答显世。

1922 年，帕布帕德在加尔各答首次与他的灵性导师圣巴克提希丹塔·萨茹阿斯瓦提·哥斯瓦米会面。巴克提希丹塔·萨茹阿斯瓦提作为一位杰出的宗教学者，在他的一生中创建了 64 所名为高迪亚·玛特的传播韦达文化的机构。巴克提希丹塔非常喜爱这位受过教育的年轻人，于是便说服他献身于传播韦达知识。帕布帕德成了巴克提希丹塔·萨茹阿斯瓦提的学生，并于 11 年后(1933 年)在阿拉哈巴接受了他的启迪，正式成为他的门徒。

在他们第一次会面时，巴克提希丹塔·萨茹阿斯瓦提曾要求帕布帕德用英语去传播韦达知识。为此，帕布帕德在随后的日子里用英文翻译、评注了《博伽梵歌》，参加高迪亚·玛特的传教工作，并在 1944 年独自创办了英语"回归首神"双月刊杂志。他自己编辑，打出原稿，校样，甚至逐本赠送、售卖，为维持杂志的出版艰苦奋斗。"回归首神"杂志自创刊后从未停刊，目前在西方正由他的门徒用 30 多种语言继续出版着。

高迪亚·外士纳瓦协会对帕布帕德的哲学造诣及奉爱精神推崇备至，于 1947 年授予他巴克提韦丹塔的称号。

1950 年，圣帕布帕德在他 54 岁时退出家庭生活，以便用更多的时间进行研究和写作。他到了圣地温达文，住在历史上著名的中世纪神庙——茹阿妲·达摩达尔庙，过着简朴的生活。在那里，他花了好几年的时间进行写作和深入的研究工作。

1959 年，圣帕布帕德在茹阿妲·达摩达尔庙接受萨尼亚希(托钵僧)称号，进入弃绝阶层。接着，他开始翻译、评注含有一万八千节诗的卷帙浩繁的《圣典博伽瓦谭》(《博伽梵往世书》)。这是他生活中的一部杰作。他还撰写了《简易的星际旅行》。

圣帕布帕德在出版了三篇《圣典博伽瓦谭》后，于 1965 年 9 月去了美国，以完成他灵性导师交给他的使命。在随后的岁月里，他写下的权威性翻译、评注和对有关印度哲学及宗教经典作品的综合研究论文，共有 60 多册。

圣帕布帕德乘货轮第一次到纽约时，几乎身无分文。仅仅一年后，他便克服巨大的困难，于 1966 年 7 月建立了国际奎师那意识协会。在 1977 年 11 月 14 日他离世前，他一直指导着协会，看着它成长为一个在全世界有超过一百所灵修所、学校、神庙、研究机构和集体农庄的联合体。

1968 年，圣帕布帕德在美国加利福尼亚州的一个山坡上创办了新温达文——实验性韦达社区。新温达文成了一个繁荣的、有超过两千英亩土地的集体农庄。新温达文的成功激励了圣帕布帕德的门徒。他们在美国和其他国家相继成立了几个同样的集体农庄。

1972 年，圣帕布帕德通过在美国得克萨斯州的达拉斯市创办灵性导师学校，把韦达制度的初级和中级教育引介给西方社会。从那以后，在他的监督、指导下，他的门徒在美国和世界其他地区开设了同样的儿童学校，其主要的教育中心设在印度的温达文。

圣帕布帕德还促成了几个规模宏大的国际文化中心在印度的兴建。坐落在印度西孟加拉圣玛亚普尔的中心，是计划中的灵性城市。这是一个雄心勃勃的计划，需要许多年才能实现、完成。在印度的温达文有宏伟的奎师那 · 巴拉茹阿玛庙宇、国际宾馆、圣帕布帕德纪念馆和博物馆，在孟买有文化和教育主中心。别的中心计划建在印度其他十二个重要地区。

然而，圣帕布帕德最重要的贡献是他的书籍。这些书籍因其深刻、清晰、具权威性而受到学术界的高度敬重，并在为数众多的学院里被当做典范性的教科书使用。他的著作以 50 多种语言翻译出版。于 1972 年成立的巴帝维丹达书籍信托基金会，负责出版圣帕布帕德翻译、评注、撰写的书籍。它目前已成为世上最大的、出版有关印度宗教及哲学书籍的出版机构。

圣帕布帕德不顾自己年事已高，仅仅在 12 年里就进行了 14 次环球旅行，走遍 6 大洲不断演讲。尽管旅程安排得如此紧凑，圣帕布帕德仍翻译、评注、撰写了大量的书籍。他的著作构成了一个名副其实的韦达哲学、宗教、文学和文化的图书馆。

圣帕布帕德著作一览表

《博伽梵歌原意》
《圣典博伽瓦谭》第 1—10 篇
《永恒的柴坦亚经》共 17 篇
《奎师那——快乐的泉源》共 2 卷
《主柴坦亚的教导》
《奉爱的甘露》
《教诲的甘露》
《至尊奥义书》
《博枷梵之光》
《简易星际旅行》
《主卡皮拉的教导》
《琨缇王后的教导》
《首神的讯息》
《觉悟自我的科学》
《瑜伽的完美境界》
《超越生死》
《通向奎师那之道》
《知识之王》
《培养奎师那意识》
《奎师那意识——无于伦比的礼物》
《奎师那意识——瑜伽体系的顶峰》
《完美的问答录》
《生命来自生命》
《回归首神杂志》（创办人）

对圣帕布帕德生前教导的汇编性书籍

《追求解脱》
《第二次机会》
《自我发现之旅》
《文明与超越》
《大自然的法律》
《凭智慧弃绝》
《寻求启发》
《通向超然存在之途》
《超越错觉、假像和疑惑》
《哈瑞·奎师那的挑战》

参考书籍

圣帕布帕德是根据公认的权威经典写作《圣典博伽瓦谭》要旨的，以下是他引用过的经典名称：

《博伽梵歌》	(Bhagavad-gītā)
《奉爱服务的纯粹甘露之洋》	(Bhakti-rasāmṛta-sindhu)
《布茹阿玛·萨密塔》	(Brahma-saṁhitā)
《布茹阿玛·外瓦尔塔往世书》	(Brahma-vaivarta Purāṇa)
《柴坦亚·昌铎姆瑞塔》	(Caitanya-candrāmṛta)
《升起的明月——圣柴坦亚》(剧本)	(Caitanya-candrodaya-nāṭaka)
《永恒的柴坦亚经》	(Caitanya-caritāmṛta)
《嘎茹达往世书》	(Garuḍa Purāṇa)
《玛哈巴茹阿特》(《摩诃婆罗多》)	(Mahābhārata)
《玛尔康戴亚往世书》	(Mārkaṇḍeya Purāṇa)
《八训规》	(Śikṣāṣṭaka)
《斯康达往世书》	(Skanda Purāṇa)
《圣典博伽瓦谭》	(Śrīmad-Bhāgavatam)
《赞歌之宝石》	(Stotra-ratna)
《水塔刷塔尔奥义书》	(Śvetāśvatara Upaniṣad)
《韦丹塔苏陀》	(Vedānta-sūtra)

家谱表(一)

外瓦斯瓦塔·玛努的后裔

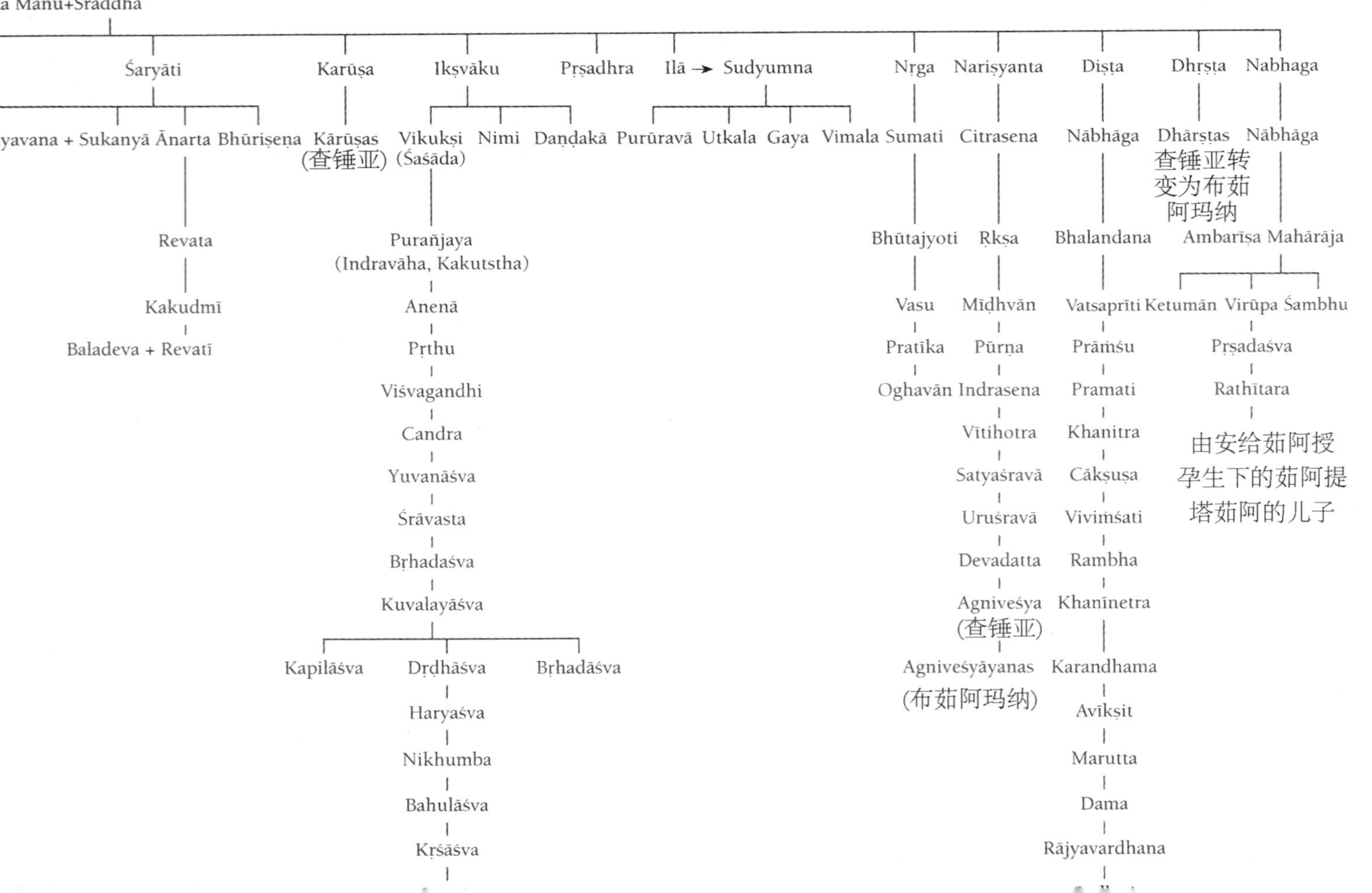

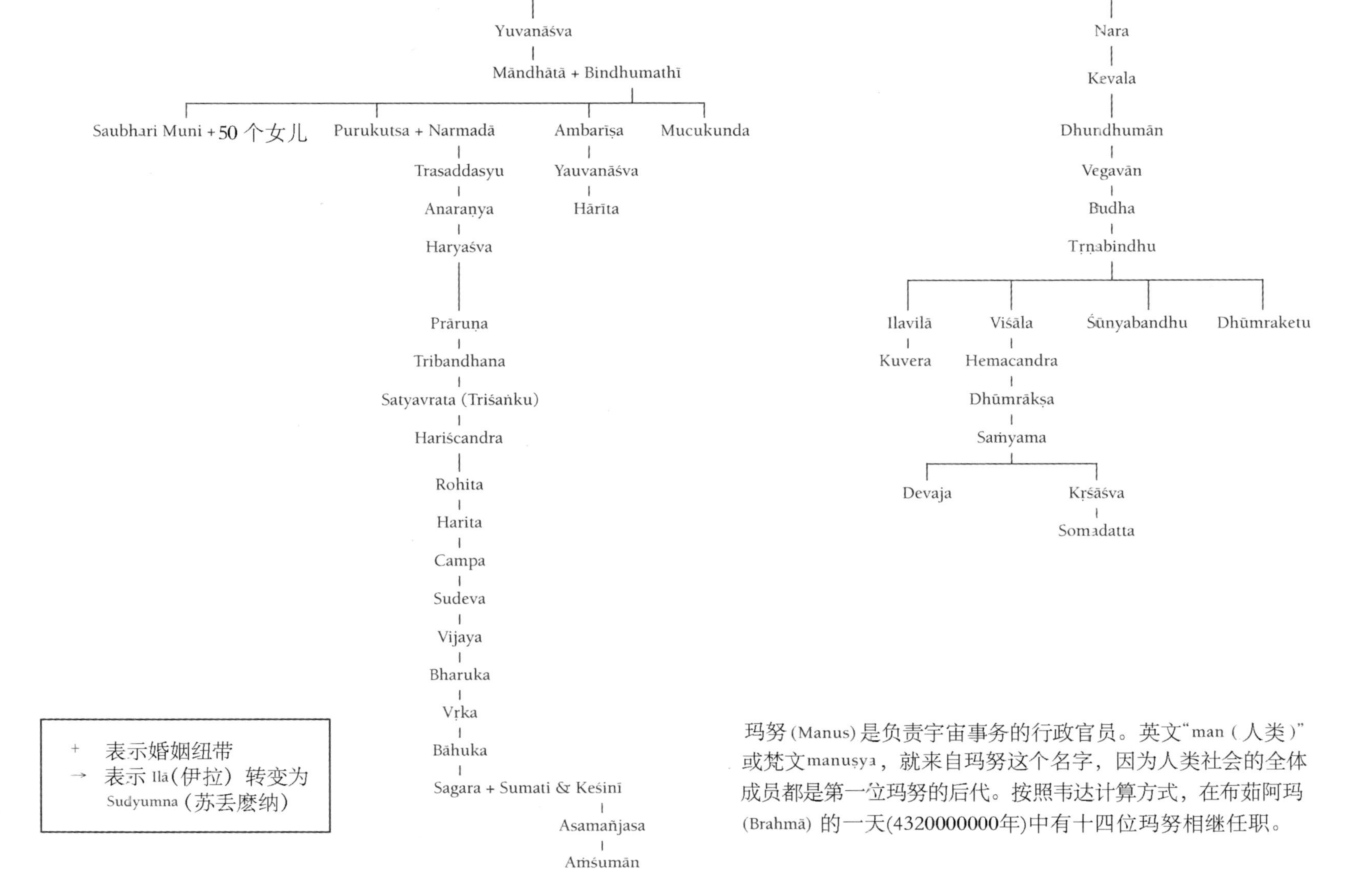

玛努 (Manus) 是负责宇宙事务的行政官员。英文"man（人类）"或梵文manuṣya，就来自玛努这个名字，因为人类社会的全体成员都是第一位玛努的后代。按照韦达计算方式，在布茹阿玛 (Brahmā) 的一天(4320000000年)中有十四位玛努相继任职。

家谱表(二)

太阳王朝从昂舒曼到库沙

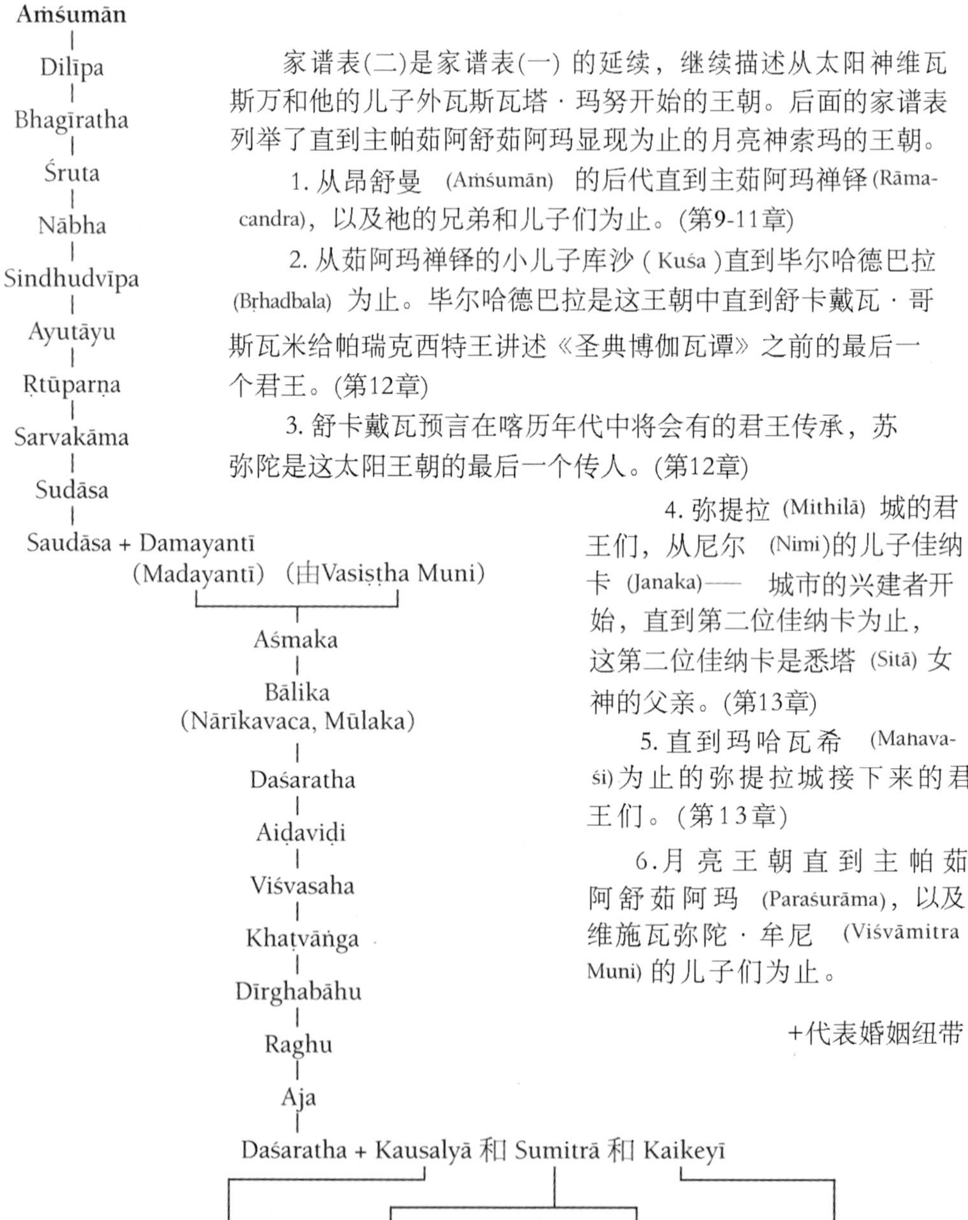

家谱表(二)是家谱表(一) 的延续，继续描述从太阳神维瓦斯万和他的儿子外瓦斯瓦塔·玛努开始的王朝。后面的家谱表列举了直到主帕茹阿舒茹阿玛显现为止的月亮神索玛的王朝。

1. 从昂舒曼 (Aṁśumān) 的后代直到主茹阿玛禅铎(Rāmacandra)，以及祂的兄弟和儿子们为止。(第9-11章)

2. 从茹阿玛禅铎的小儿子库沙 (Kuśa)直到毕尔哈德巴拉(Bṛhadbala) 为止。毕尔哈德巴拉是这王朝中直到舒卡戴瓦·哥斯瓦米给帕瑞克西特王讲述《圣典博伽瓦谭》之前的最后一个君王。(第12章)

3. 舒卡戴瓦预言在喀历年代中将会有的君王传承，苏弥陀是这太阳王朝的最后一个传人。(第12章)

4. 弥提拉 (Mithilā) 城的君王们，从尼尔 (Nimi)的儿子佳纳卡 (Janaka)—— 城市的兴建者开始，直到第二位佳纳卡为止，这第二位佳纳卡是悉塔 (Sītā) 女神的父亲。(第13章)

5. 直到玛哈瓦希 (Mahavaśi)为止的弥提拉城接下来的君王们。(第13章)

6.月亮王朝直到主帕茹阿舒茹阿玛 (Paraśurāma)，以及维施瓦弥陀·牟尼 (Viśvāmitra Muni) 的儿子们为止。

+代表婚姻纽带

家谱表(三)

1.太阳王朝从库沙到毕尔哈德巴拉

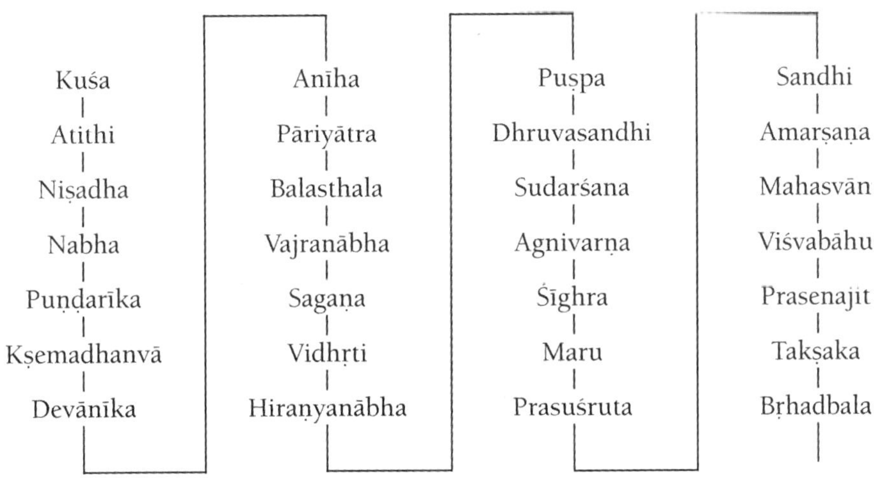

2.太阳王朝从库沙到毕尔哈德巴拉

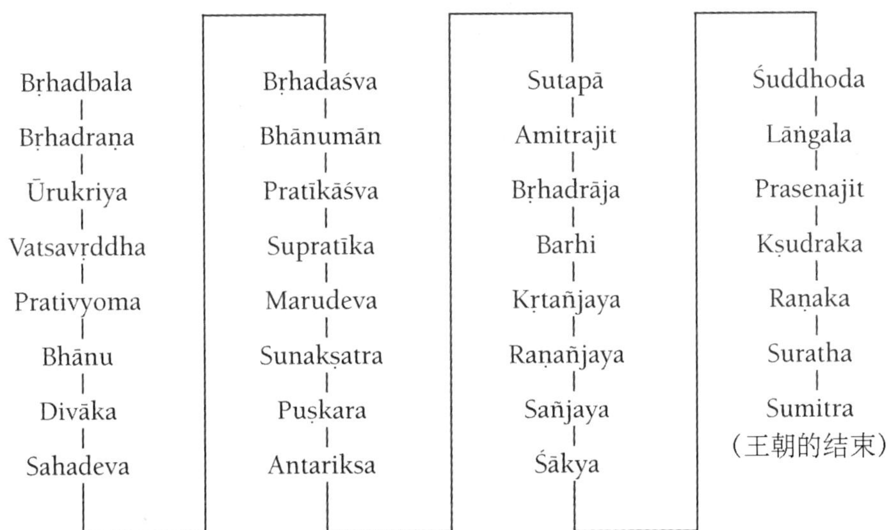

家谱表(四)

4.尼弥王朝——弥提拉的君王们(第一部分)

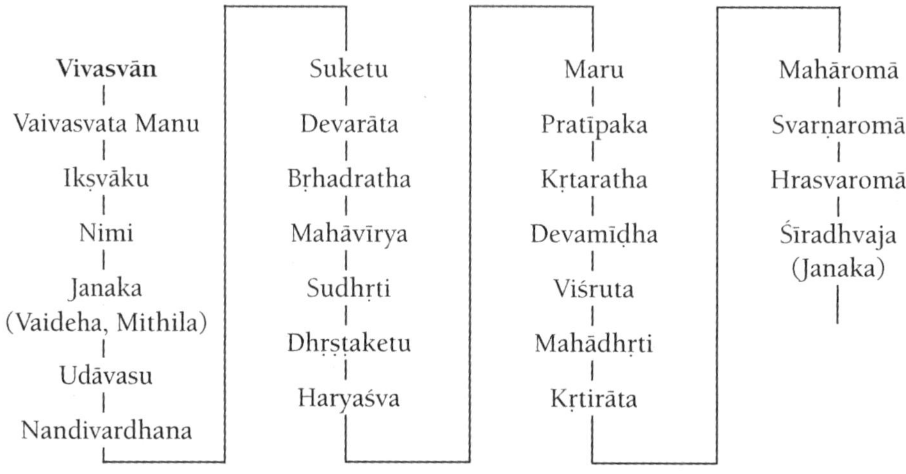

5弥提拉的君王们(第二部分)

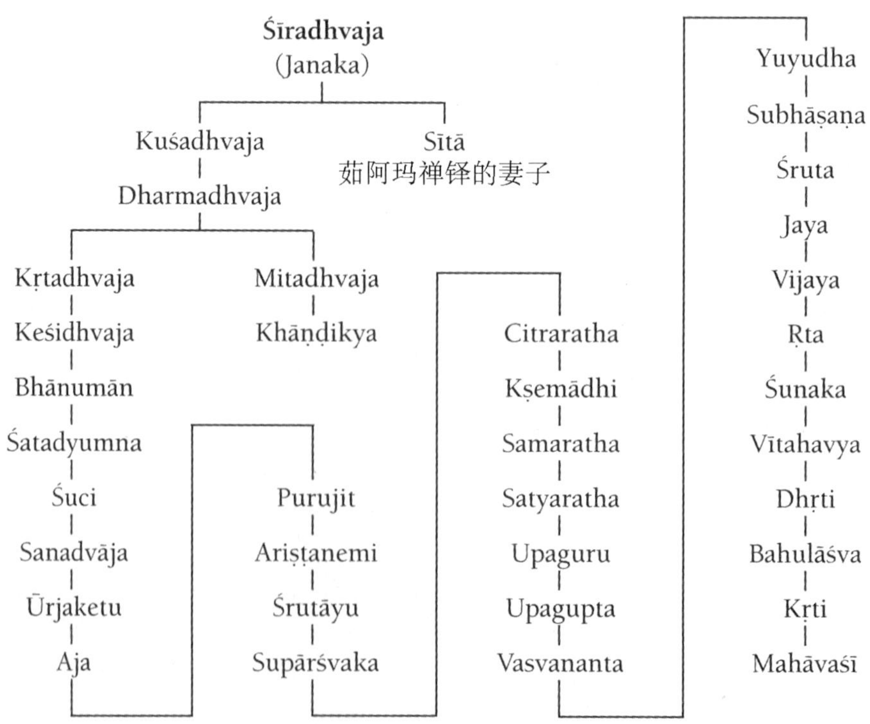

家谱表(五)

6.月亮神索玛的王朝

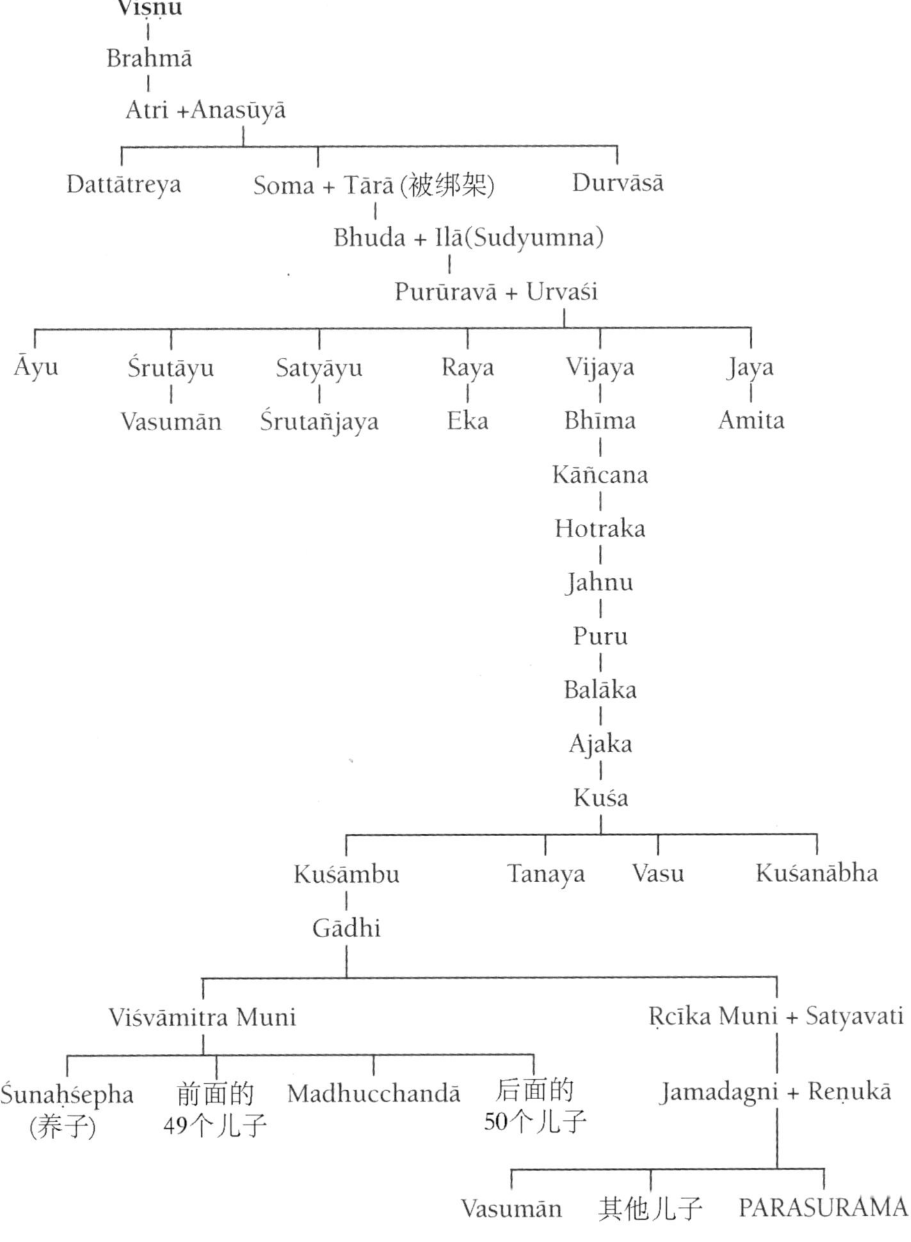

家谱表（六）

菩茹尔瓦的后代

这个家谱表记载的是雅杜（Yadu）王朝和菩茹（Pūru）王朝，以及菩茹尔瓦（Purūravā）王的其他后代。至尊人格首神奎师那（Kṛṣṇa），作为瓦苏戴瓦（Vasudeva）和黛瓦克伊（Devakī）的第八个儿子，显现在雅杜王朝中。

备注：向下的箭头表示对几代传承的概述。

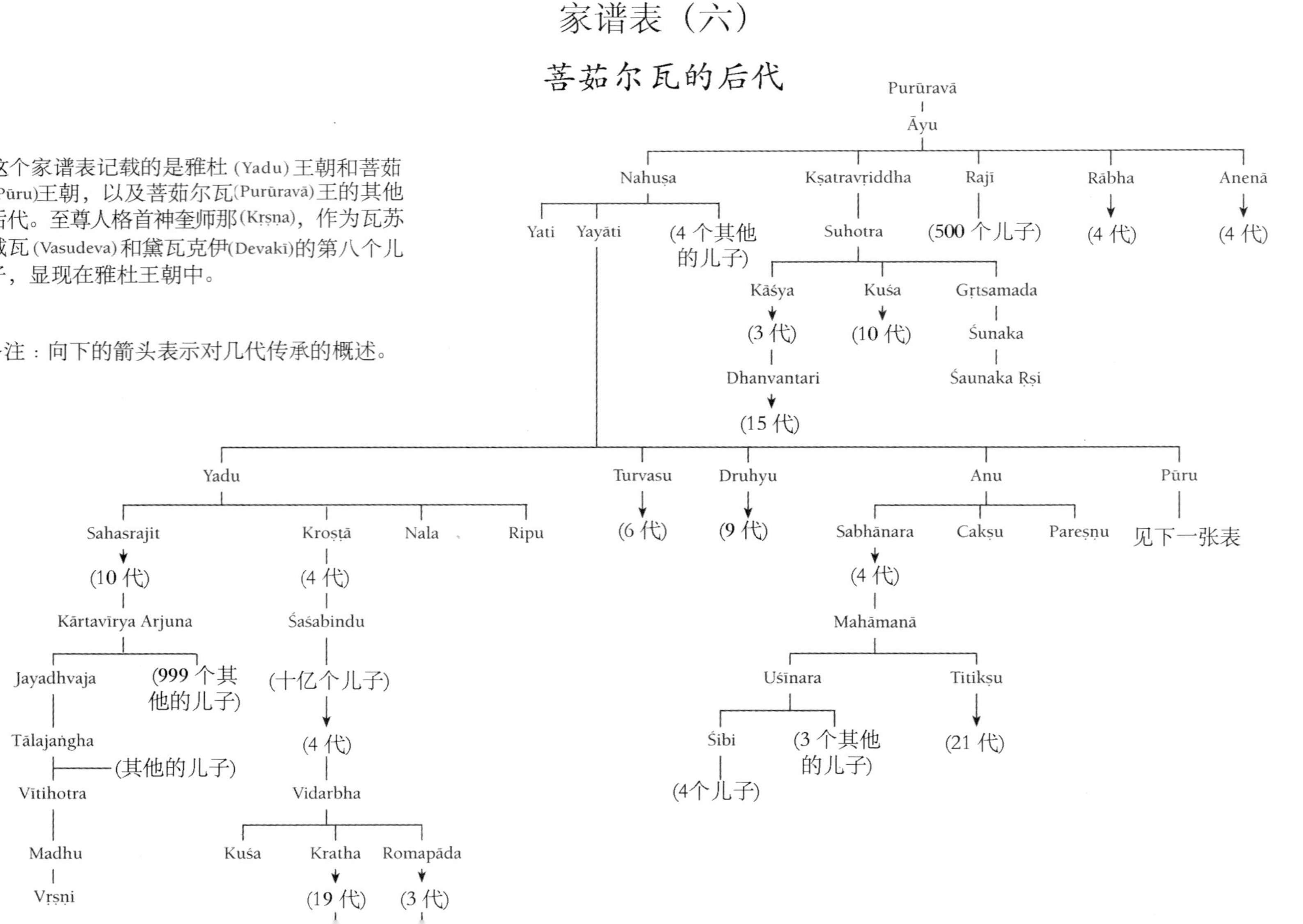

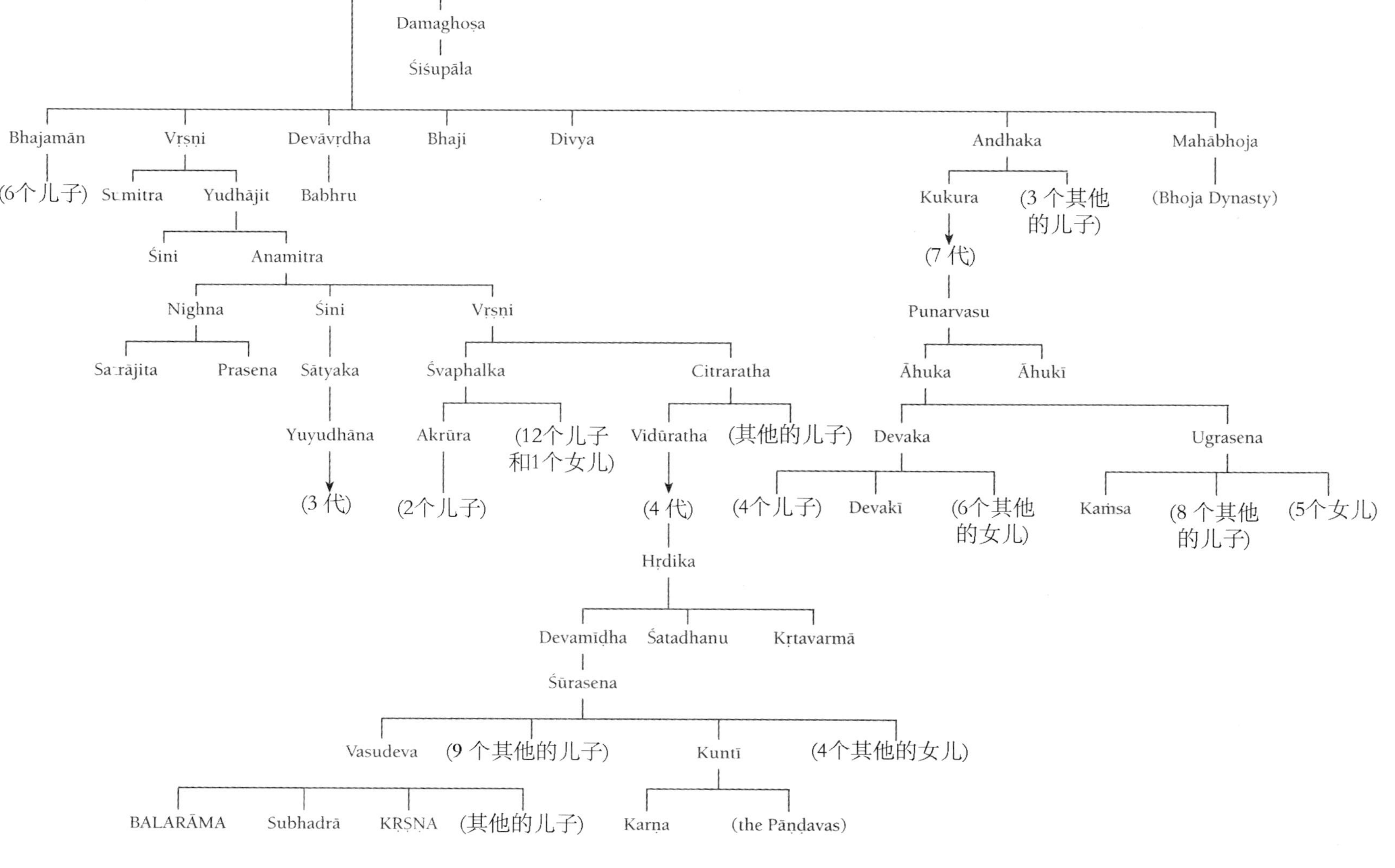

Sātvata
Cedi
Damaghoṣa
Śiśupāla
Bhajamān
Vṛṣṇi
Devāvṛdha
Bhaji
Divya
Andhaka
Mahābhoja
(6个儿子)
Sumitra
Yudhājit
Babhru
Kukura
(3 个其他的儿子)
(Bhoja Dynasty)
Śini
Anamitra
(7 代)
Nighna
Śini
Vṛṣṇi
Punarvasu
Satrājita
Prasena
Sātyaka
Śvaphalka
Citraratha
Āhuka
Āhukī
Yuyudhāna
Akrūra
(12个儿子和1个女儿)
Vidūratha
(其他的儿子)
Devaka
Ugrasena
(3 代)
(2个儿子)
(4 代)
(4个儿子)
Devakī
(6个其他的女儿)
Kaṁsa
(8 个其他的儿子)
(5个女儿)
Hṛdika
Devamīḍha
Śatadhanu
Kṛtavarmā
Śūrasena
Vasudeva
(9 个其他的儿子)
Kuntī
(4个其他的女儿)
BALARĀMA
Subhadrā
KṚṢṆA
(其他的儿子)
Karṇa
(the Pāṇḍavas)

家谱表(七)

菩茹尔瓦的后代(续)

(菩茹的后代)

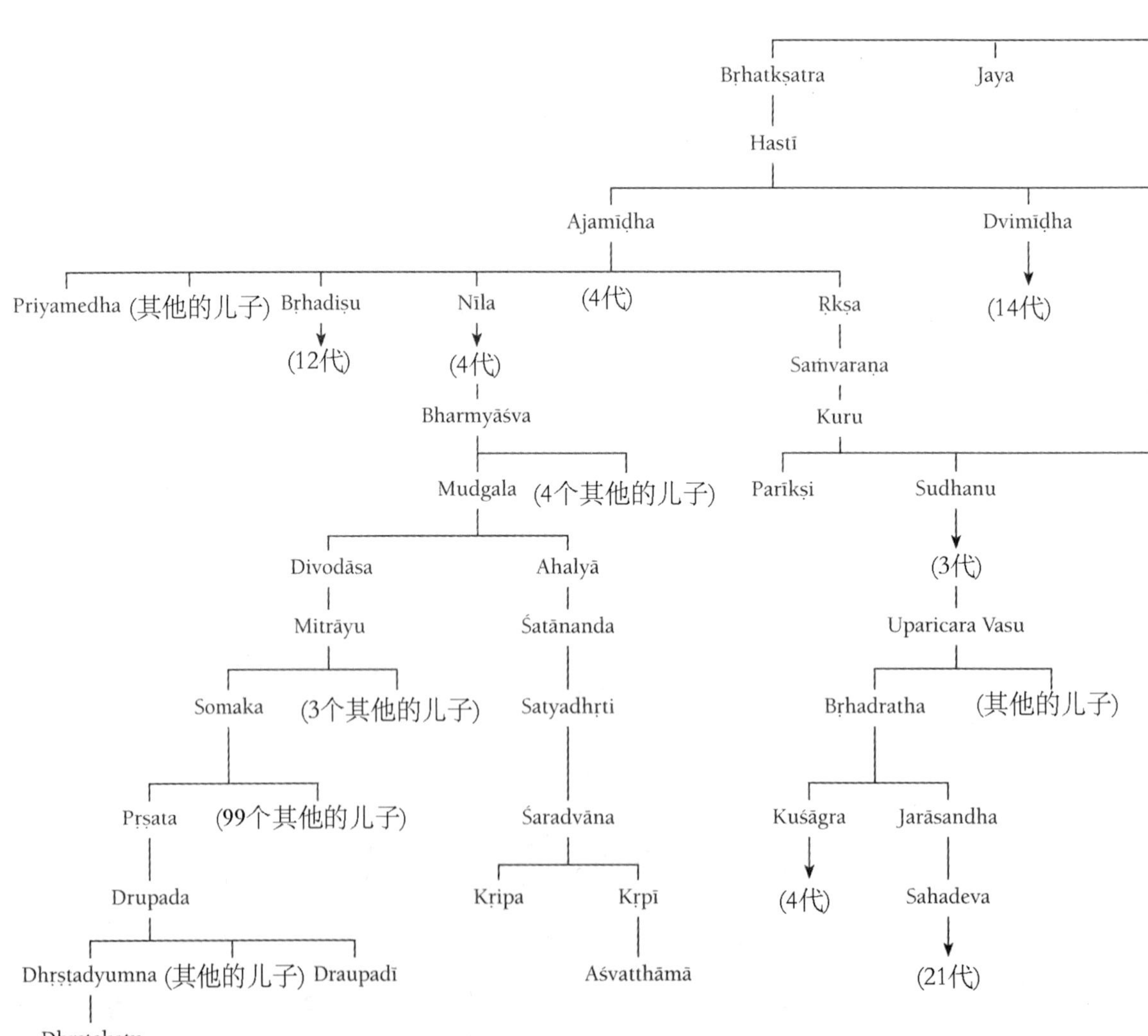

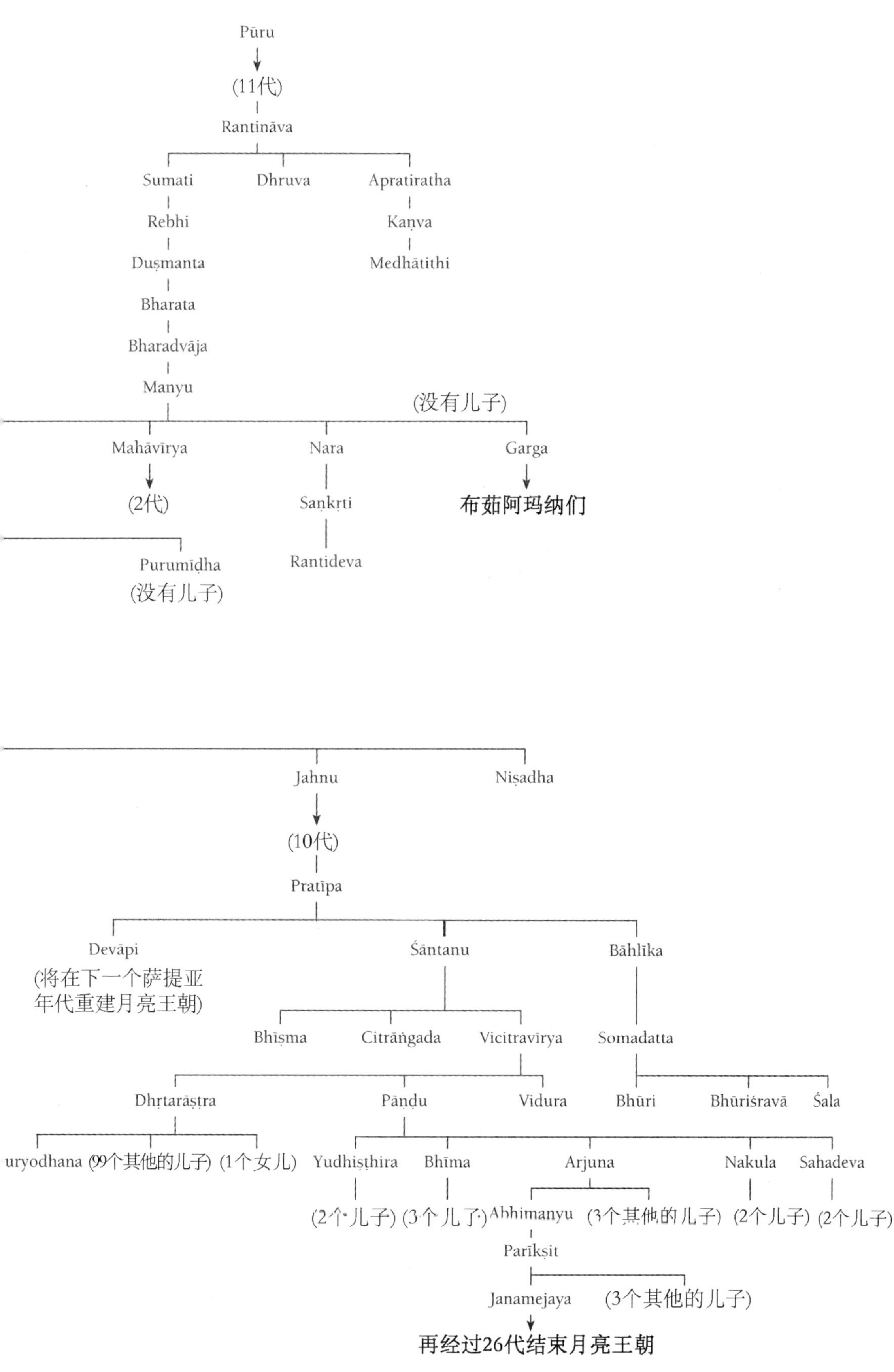
Pūru
(11代)
Rantināva
Sumati
Dhruva
Apratiratha
Rebhi
Kaṇva
Duṣmanta
Medhātithi
Bharata
Bharadvāja
Manyu
(没有儿子)
Mahāvīrya
Nara
Garga
(2代)
Saṅkṛti
布茹阿玛纳们
Purumīḍha
(没有儿子)
Rantideva
Jahnu
Niṣadha
(10代)
Pratīpa
Devāpi
(将在下一个萨提亚
年代重建月亮王朝)
Śāntanu
Bāhlīka
Bhīṣma
Citrāṅgada
Vicitravīrya
Somadatta
Dhṛtarāṣṭra
Pāṇḍu
Vidura
Bhūri
Bhūriśravā
Śala
uryodhana
(99个其他的儿子)
(1个女儿)
Yudhiṣṭhira
Bhīma
Arjuna
Nakula
Sahadeva
(2个儿子)
(3个儿子)
Abhimanyu
(3个其他的儿子)
(2个儿子)
(2个儿子)
Parīkṣit
Janamejaya
(3个其他的儿子)
再经过26代结束月亮王朝

词　　表

- A -

Ācārya — 以身作则，为整个人类树立灵修榜样的灵性导师。

Agnihotra-yajña — 一种点燃神圣火焰的祭祀仪式。

Ahaṅgraha-upāsanā — 崇拜自我。

Aṇimā — 使自己变得如原子般小的神秘力量。

Apsarās — 天堂中阿菩萨茹阿星球上的美丽仙女。

Ārati — 迎接和崇拜至尊人格首神的一种仪式。在这个仪式中要一边吟唱至尊主的圣名，一边摇铃，一边向至尊主供奉香，点燃用纯净黄油做灯芯的油灯和用樟脑为燃料的灯，以及供奉盛在海螺中的水、一块精美的手帕、芬芳的鲜花、牛尾毛做的拂尘和孔雀羽毛扇。

Arcanā — 崇拜神像的奉爱程序。

Artha — 经济发展。

Āsana — 瑜伽练习中的一种坐姿。

Āśrama — 一生中四个灵性阶段中的其中一个阶段，它们分别是：独身禁欲的学生生活阶段、居士阶段、逐渐退出家庭生活阶段和出家当托钵僧的完全弃绝阶段。

Aṣṭa-siddhis — 靠练瑜伽得到的八种瑜伽神通。

Asura — 无神论者、十足的物质主义者等不按经典原则做事的恶魔；嫉妒神，无视至高无上的绝对真理，反对为至尊主奎师那服务的人。

Avatāra — 至尊主降临到物质世界里的化身。

- B -

Bhagavad-gītā — 《博伽梵歌》，至尊主奎师那与祂的奉献者阿尔诸纳在一场大战即将开始前的谈话，其中详细地解释说，奉爱服务既是最重要的灵修方法，也是最高级的灵性完美境界。

Bhakta — 至尊主的奉献者。

Bhakti-yoga — 通过做奉爱服务与至尊主相连的方法。

Brahmacarya — 独身禁欲的学生生活，韦达制度中人生的第一个灵性阶段。

Brahman — 绝对真理，特别指绝对真理不具人格特征的方面。

Brāhmaṇa — 婆罗门，知识分子及祭司阶层。韦达社会制度中的最高阶层。

Brahmarṣi — 一种头衔，意思是“布茹阿玛纳中的圣人”。

Brahmāstra — 通过吟诵曼陀制造并发出的一种核武器。

- C -

Caṇḍāla — 不可触碰或低于韦达社会中社会四阶层人士的人；吃狗肉的人。

- D -

Dakṣiṇā — 门徒给灵性导师的礼物。这种礼物靠乞讨收集，并作为感谢给予灵性导师。

Deva-guṇa — 一类半神人。

Dharma — 宗教原则，人的天职，尤其指每一个灵魂的服务本性。

Dvi-parārdha — 布茹阿玛一生的寿命，共311兆400亿年。

- E -

Ekādaṣī — 用来增加对奎师那的想念的特殊日子，是满月和新月后的第十一天。经典规定在这一天禁食谷类和豆类。

- G -

Goloka Vṛndāvana (Kṛṣṇaloka) — 最高的灵性星球，主奎师那的私人住所。

Gopīs — 奎师那的牧牛姑娘朋友，是祂最顺从、最亲密的奉献者。

Gṛhastha — 按经典的规定过有节制的居士生活的人；韦达灵性生活的第二个阶段。

Guru — 灵性导师。

- H -

Hare Kṛṣṇa mantra — 请看Mahā-mantra。

Hlādinī- śakti — 至尊主的快乐能量。

- J -

Jāta-karma — 孩子出生时举行的一种净化仪式。

Jīva-tattva — 个体生物，至尊主的微粒部分。

Jīvan-mukta — 一个即使还住在现有的躯体中就已经解脱了的人。

Jñāna — 知识。

Jñānī — 通过经验性思辨培养知识的人。

- K -

Kali-yuga — “纷争、伪善的年代”，是大周期循环中的第四个年代，也是最后一个年代，从五千年前开始。

Kalpa — 布茹阿玛的白天，长度为四十三亿二千万年。

Kāma — 贪图物质享乐的欲望。

Kāmadhenu — 住在灵性世界中的灵性的乳牛，产出无限量的牛奶。

Kaniṣṭha-adhikārī — 初级奉献者。

Karatālas — 在集体歌唱神的圣名时用手敲击节奏的铙钹。

Karma — 物质、功利性的活动及其报应。

Karmī — 从事功利性活动的人；物质主义者。

Kīrtana — 吟唱至尊主的圣名并赞美至尊主的奉爱服务程序。

Kṛṣṇa-kathā — 至尊主奎师那的话，以及讲述主奎师那的话题。

Kṛṣṇaloka — 参看Goloka Vṛndāvana。

Kṣatriya — 战士或管理者；韦达社会的第二个阶层。

Kuśa — 在韦达仪式和祭祀中用的一种吉祥的草。

- L -

Laghimā — 使自己变得比鸿毛还轻的神秘力量。

- M -

Mahā-mantra — 为得到拯救而吟诵、吟唱的伟大的曼陀：

哈瑞·奎师那　哈瑞·奎师那　奎师那·奎师那　哈瑞·哈瑞
哈瑞·茹阿玛　哈瑞·茹阿玛　茹阿玛·茹阿玛　哈瑞·哈瑞

Mahātmā — 伟大的灵魂，主奎师那崇高的奉献者。

Mantra — 超然的声音振荡或韦达赞歌，它们可以使人摆脱心中的错觉。

Manuṣya-gaṇa — 人类。

Marakata-maṇi — 绿宝石。

Mathurā — 主奎师那的住所及五千年前显现的地方，温达文就在那一区域内。主奎师那在温达文从事过孩提时期的娱乐活动后，又回到那里。

Māyā — 至尊主的低等、错觉能量，负责统治这个物质创造并迷惑生物，使其遗忘自己与奎师那的关系。

Māyāvādī — 持非人格神哲学观念的人。他们以为绝对真理最终没有形象，个体生物与神是平等的。

Mokṣa — 摆脱物质的束缚。

Mṛdaṅga — 用黏土制作的鼓，在集体吟唱神的圣名时作伴奏用。

Mukti — 解脱；摆脱物质的束缚。

Muni — 一位圣人。

- P -

Paraṁ brahma — 主奎师那——至尊绝对真理——人格首神。

Paramparā — 师徒传承，灵性知识经由传承中有资格的灵性导师传递下来。

Parivrājakācārya — 弃绝阶层中的第三个阶段，身处这一阶段的奉献者一直不断地在旅行和传播有关绝对真理的知识。

Pātāla — 宇宙十四层星系中最低的一层星系。

Prakaṭa-līlā — 在地球展演的至尊主的娱乐活动。

Prasādam — 主奎师那的仁慈；以爱心供奉给至尊主后被灵性化了的食物或其他东西。

- R -

Rājarṣi — 伟大的圣洁君王。

Rākṣasas-gaṇa — 食人魔。

Rasātala — 我们这个宇宙中最低层星系帕塔拉中的最低的星球。

Ṛṣi — 圣人。

- S -

Sac-cid-ānanda-vigraha — 至尊主的永恒、极乐、充满知识的超然形象。
Sālokya — 到至尊主居住的星球上去居住的解脱。
Sāmīpya — 成为至尊主的一个同伴的解脱。
Saṅkīrtana — 聚众或集体赞美至尊主奎师那，特别是用吟唱至尊主的圣名的方法。
Sannyāsa — 韦达灵性生活中的第四个阶段；弃绝的生活。
Śāpa —布茹阿玛纳发出的诅咒。
Śāra grass — 发白的芦苇。
Sārṣṭi — 得到与至尊主有同样财富的解脱。
Sārūpya — 物质自然的善良属性。
Śāstra — 像韦达经典那样的启示经典。
Satī rite — 贞节的寡妇在她丈夫的丧葬仪式上自愿自杀。
Satyāgraha — 为达到政治目的而断食。
Soma-rasa — 在高等星系中半神人所喝的一种能使人增寿的饮料。
Śravaṇaṁ kīrtanaṁ viṣṇoḥ — 聆听和吟诵、吟唱有关主奎师那(维施努)的一切的奉爱方法。
Śūdra — 韦达社会制度中第四阶层的人——为其他阶层做服务的劳动者。
Surabhi cows — 住在灵性世界中的灵性的乳牛，产出无限量的牛奶。
Svāmī — 控制住自己的感官和心念的人；对托钵僧这种弃绝的人的称呼。

- T -

Tapasya — 苦修；为了取得灵性进步自愿承受某种物质的不便。
Tilaka — 奉献者用圣泥在前额和身体的其他部位所画的标志。

- V -

Vaidurya-maṇi — 可以发出不同颜色的灵性宝石。
Vaikuṇṭha — 灵性世界，在那里没有焦虑。
Vaiṣṇava　至尊主维施努(Viṣṇu, 奎师那)的奉献者。
Vaiśyas — 韦达社会制度中的第三阶层的人，即：农场主和商人。
Vānaprastha — 退出家庭生活的人，韦达灵性生活的第三个阶段。

Varṇa — 韦达社会制度中的四个阶层，由人所从事的工作性质和受哪一种物质属性影响所区分。请看Brāhmaṇa，Kṣatriya，Vaiśya，Śūdra。

Varṇāśrama-dharma — 韦达社会制度中的四个社会阶层和四个灵性阶段。请看Varṇa和Āśrama。

Vedas — 由主奎师那最先讲述的原始启示经典。

Virāṭ-rūpa — 把整个宇宙当作是至尊主身体的概念。

Viṣṇu — 至尊人格首神为了创造和维系物质宇宙而扩展出的四臂形象。

Viṣṇu-tattva —首神的范畴；适用于至尊主的主要扩展。

Viṣṇu-yajña — 为取悦主维施努而举行的祭祀。

Vṛndāvana — 奎师那永恒的住所，祂在那里完全展示了祂甜美的质量；这个地球上的一个村庄，至尊主奎师那五千年前在那里演出了祂孩提时的娱乐活动。

Vyāsadeva — 主奎师那的文学化身，为人类编纂了韦达经(Vedas) 、往世书(Purāṇas)、《韦丹塔・苏陀》(Vedānta-sūtra)和《玛哈巴茹阿特》(Mahābhārata)等韦达文献。

- Y -

Yajña — 韦达祭祀；也是一切祭祀的目的和享受者至尊主的名字，意思是祭祀的人格体现。

Yavana — 低等人，一般是肉食者；野蛮人

Yogī — 以某种方法努力与至尊者相连的超然主义者。

Yugas — 计算宇宙寿命的年代，四个年代循环往复。

梵文发音指导

人们历来用不同的字母来代表梵文，但在印度被最广泛采用的是戴瓦讷嘎瑞(devanāgarī)字母。戴瓦讷嘎瑞的意思是，半神人的城市文字。戴瓦讷嘎瑞共含有 48 个字母；13 个元音，35 个辅音。古代的梵文语法家根据方便、实用的语言学原则，把这些字母加以排列，其排列顺序被所有的现代语言学者所接受。本书所用的拉丁语字母拼音系统，50 年以来一直被语言学家所采用。

元音

अ a　आ ā　इ i　ई ī　उ u　ऊ ū　ऋ ṛ
ॠ ṝ　ऌ ḷ　ए e　ऐ ai　ओ o　औ au

辅音

喉　音：	क	ka	ख	kha	ग	ga	घ	gha	ङ	ṅa
颚　音：	च	ca	छ	cha	ज	ja	झ	jha	ञ	ña
卷舌音：	ट	ṭa	ठ	ṭha	ड	ḍa	ढ	ḍha	ण	ṇa
齿　音：	त	ta	थ	tha	द	da	ध	dha	न	na
唇　音：	प	pa	फ	pha	ब	ba	भ	bha	म	ma
半元音：	य	ya	र	ra	ल	la	व	va		
丝　音：	श	śa	ष	ṣa	स	sa				

送气音：ह ha　　鼻后音(anusvāra)：ं ṁ
无声音(visarga)：ः ḥ　　省字号(avagraha)：ऽ

数词

० -0　१-1　२-2　३-3　४-4　५-5　६-6　७-7　८-8　९-9

辅音后元音的写法

ा ā　ि i　ी ī　ु u　ू ū　ृ ṛ　ॄ ṝ　े e　ै ai　ो o　ौ au

例如：क ka　का kā　कि ki　की kī　कु ku　कू kū
कृ kṛ　कॄ kṝ　के ke　कै kai　को ko　कौ kau

一般来说当辅音是两个或两个以上一起时有特殊的写法，例如：क्ष kṣa त्र tra。

在辅音后没有标出元音时，应该当作有元音 a 来念。

当出现符号(्)时，表示没有元音，例如：क्。

元音发音

a —如英语 but 中的 u
ā —如英语 far 的 a 而两倍长于 a
ai —如英语 aisle 中的 ai
au —如英语 how 中的 ow
e —如英语 they 中的 e
i —如英语 pin 中的 i
ī —如英语 pique 中的 i 而两倍长于 i
ḷ —如 lree
o —如英语 go 中的 o
ṛ —如英语 rim 中的 ri
ṝ —如英语 reed 中的 ree 而两倍长于
u —如英语 push 中的 u
ū —如英语 rule 中的 u 而两倍长于 u

辅音发音

喉音

k —如英语 kite 中的 i
kh —如英语 Eckhart 中的 kh
g —如英语 give 中的 g
gh —如英语 dig-hard 中的 g-h
ṅ —如英语 sing 中的 ng

唇音

p —如英语 pine 中的 p
ph —如英语 up-hill 中的 p-h
b —如英语 bird 中的 b
bh —如英语 rub-hard 中的 b-h
m —如英语 mother 中的 m

卷舌音

ṭ —如英语 tub 中的 t
ṭh —如英语 light-heart 中的 t-h
ḍ —如英语 dove 中的 d
ḍh —如英语 red-hot 中的 d-h
ṇ —如英语 sing 中的 n

颚音

c —如英语 chair 中的 ch
ch —如英语 staunch-heart 中的 ch-h
j —如英语 joy 中的 j
jh —如英语 hedgehog 中的 dgeh
ñ —如英语 canyon 中的 n

齿音

t —如英语 tub 中的 t
th —如英语 light-heart 中的 t-h
d —如英语 dove 中的 d
dh —如英语 red-hot 中的 d-h
n —如英语 nut 中的 n

半元音

y —如英语 yes 中的 y
r —如英语 run 中的 r
l —如英语 light 中的 l
v —如英语 vine 中的 v

丝音

ś —如德语 sprechen 中的 s

ṣ —如英语 shine 中的 sh

s —如英语 sun 中的 s

送气音

h —如英语 home 中的 h

鼻后音(anusvāra)

ṁ —如法语 bon 中的 n

无声音(visarga)

ḥ —字尾的 h 音（aḥ 发音如 aha；iḥ 发音如 ihi）

梵文音节的声调没有明显的起伏，在一行中字与字之间也没有间单，有的只是一个音节接着一个音节连绵不断地连接。有的音节短，有的音节长，而长音节的长度是短音节的二倍。长音节含有长元音(ā, ai, au, e, ī, o, ṝ ,ū)或短元音后加一个以上的辅音(包括 ḥ 和 ṁ)。丝音辅音——后面带 h 的辅音，只算单辅音。

梵文诗句索引

- B -

- C -

- D -

- E -

- G -

- H -

- I -

- J -

- K -

- T -

- Y -

中文译者简介

嘉娜娃（金磊），法籍华人，生于北京，医疗管理专科毕业。自1991年开始接触瑜伽后，深受印度古代文化的吸引，逐渐走上翻译这些经典的道路。迄今为止，她已经翻译、编辑了许多著名的古印度典籍，其中包括帕谭伽里的《瑜伽经》以及帕布帕德的《博伽梵歌原意》和《博伽梵往世书》（《圣典博伽瓦谭》）等40本印度古籍。此外，还有中国广大读者熟悉的《瑜伽的故事》和《瑜伽的艺术》（上、下）等。